Will Jordan
Das CIA-Komplott

Buch

Ein längst vergangener Einsatz in Afghanistan holt den stellvertretenden CIA-Direktor Marcus Cain ein. Um den Schaden zu begrenzen, muss er selbst wieder aktiv werden. Doch der ehemalige CIA-Operator Ryan Drake erfährt, dass Cain seine sichere Zentrale im CIA-Hauptquartier verlässt – und er hat noch eine Rechnung mit ihm offen! Während Cain über Leichen geht, um seine Taten zu verbergen, versammelt Drake sein altes Team um sich. Sie haben nur wenig Zeit, denn sobald Cain seine Arbeit abgeschlossen hat, wird er unangreifbar sein. Allerdings ist Marcus Cain dem Team von Ryan Drake immer einen Schritt voraus – denn er hat bei seinem Gegner einen Verräter eingeschleust.

Autor

Will Jordan lebt mit seiner Familie in Fife in der Nähe von Edinburgh. Er hat einen Universitätsabschluss als Informatiker. Wenn er nicht schreibt, klettert er gerne, boxt oder liest. Außerdem interessiert er sich sehr für Militärgeschichte.

Weitere Informationen unter: www.willjordanbooks.co.uk

Die Ryan-Drake-Romane bei Blanvalet:

1. Mission: Vendetta
2. Der Absturz
3. Gegenschlag
4. Operation Blacklist
5. Codewort Tripolis
6. Das CIA-Komplott

WILL JORDAN

DAS CIA-KOMPLOTT

Thriller

Aus dem Englischen
von Wolfgang Thon

blanvalet

Die Originalausgabe erschien 2016 unter dem Titel
»Ghost Target« bei Canelo, London.

MIX
Papier aus verantwortungsvollen Quellen
FSC® C014496

Verlagsgruppe Random House FSC® N001967

2. Auflage

Redaktion: Rainer Michael Rahn
Umschlaggestaltung: © Johannes Frick
unter Verwendung von Motiven von iStock.com
(© Rockfinder) und Shutterstock.com
(© CREATISTA, © Getmilitaryphotos, © amgun,
© CLUSTERX, © givaga, © Nejron Photo)
HK · Herstellung: sam
Satz: KompetenzCenter, Mönchengladbach
Druck und Einband: GGP Media GmbH, Pößneck
Printed in Germany
ISBN 978-3-7341-0581-4

www.blanvalet.de

PROLOG

Militärstützpunkt Chapman, Afghanistan –
30. Dezember 2009

Es war ein kalter Dezembernachmittag in der Khost-Provinz. Die niedrige Wintersonne versank bereits hinter den Wolken, die sich am westlichen Horizont auftürmten. Die Mitglieder der kleinen Gruppe von CIA-Mitarbeitern, die sich im Zentrum des einsamen Vorpostens versammelt hatten, zogen ihre Jacken etwas enger, weil ein kühler Wind aus den trostlosen Bergen im Norden herunterfegte.

Geheimdienstanalystin Abigail Page wären über tausend andere Orte eingefallen, an denen sie gerade lieber gewesen wäre, und von denen die meisten etwas mit tropischen Stränden und Drinks mit Cocktailschirmchen zu tun hatten, aber sie verschwendete keinen Gedanken daran, wieder hineinzugehen. Nicht jetzt. Die Ereignisse, die sich gleich in diesem einsamen Stützpunkt am Rande der Zivilisation zutragen sollten, hatten das Potenzial, das Ergebnis des Krieges gegen den Terror dauerhaft zu beeinflussen. Hier und heute waren sie im Begriff, Geschichte zu schreiben.

Ihr Ohrhörer knisterte, als über einen sicheren Kommunikationskanal eine Nachricht durchgegeben wurde. »Checkpoint Bravo. Unser Mann ist da. Er kommt jetzt durch.«

Page beobachtete, wie die Schranke am inneren Checkpoint hochfuhr, ein verbeulter roter Kombi vorbeischaukelte und sich durch die Betonhindernisse fädelte.

Sie spürte, wie ihr Herzschlag einen Gang zulegte, als sich das Fahrzeug langsam der wartenden Gruppe näherte. Durch die staubbedeckte Windschutzscheibe waren schemenhaft zwei Männer zu erkennen. Der Fahrer war ein Afghane namens Arghawan, Chef der externen Sicherheitsdienstleister für das Camp Chapman. Er war der einzige Einheimische, dem sie die gefährliche Fahrt von der pakistanischen Grenze mit einem so wichtigen Informanten an Bord zutrauten.

Sie hatten sich zum Empfang des Passagiers hier versammelt. Humam Al-Balawi, ein zweiunddreißigjähriger Arzt aus Jordanien, war ein lautstarker Unterstützer von Al Kaida gewesen, bis ihn der jordanische Geheimdienst vor etwa einem Jahr in die Finger bekam und umdrehte. Ihr Angebot war schlicht: Werde Doppelagent für die CIA, oder wir werfen dich und deine ganze Familie für den Rest eures Lebens ins Gefängnis. Es versteht sich von selbst, dass Al-Balawi akzeptierte.

Seitdem hatte er die Jordanier und die Agency mit einem stetigen Strom brauchbarer Erkenntnisse versorgt, die eine ganze Reihe bestätigter Tötungen von Al-Kaida-Leuten durch Drohnenangriffe und zielgerichtete Attacken zur Folge hatten.

Er hatte sich verdient gemacht, doch solch kleinere Erfolge waren nur von geringer Tragweite, wenn man sie mit dem verglich, was er ihnen jetzt liefern zu können versprach. Es war der Aufenthaltsort von Ayman Al-Zawahiri, dem zweitmächtigsten Al-Kaida-Kommandanten und Osama bin Ladens rechter Hand – eine Zielperson, deren Gefangennahme durchaus die Zerstörung der gesamten Kommandostruktur des Terroristennetzwerkes zur Folge haben konnte.

Nachvollziehbar also, weshalb so viele hochrangige Geheimdienstexperten der Agency für dieses Treffen vor Ort waren. Selbst ein flüchtiger Blick auf die versammelte Gruppe offenbarte ein Who's who der Antiterror-Elite der Agency.

Zunächst war da Jennifer Matthews, Stützpunktchefin und seit zwanzig Jahren für die CIA im Außeneinsatz. Sie verfolgte Al Kaida bereits lange vor 9/11 und war eine der besten Expertinnen auf dem Gebiet.

Dicht neben ihr stand Don Livermore, der stellvertretende Chef der Kabuler Niederlassung, der den zweithöchsten Rang aller CIA-Mitarbeiter in Afghanistan bekleidete. Er war schon seit den dunklen Zeiten des Kalten Krieges im Dienst und hatte in Osteuropa, Afrika, Irak und Afghanistan Agenten geführt.

Ebenfalls anwesend war Al-Balawis jordanischer Führungsoffizier. Page wusste nur wenig über den Mann, es ging jedoch das Gerücht, er sei ein Cousin des jordanischen Königs Abdullah II. Selbst die Königsfamilie wollte an dieser Aktion beteiligt sein, und sie konnte es ihr nicht zum Vorwurf machen. Falls Al-Balawi tatsächlich über Informationen verfügte, die zur Zerstörung von Al Kaida führen konnten, wollte er das unbedingt mit seinem Namen in Verbindung gebracht sehen. Dies war ein Moment, der seine Karriere entscheiden konnte.

Page behielt den näher kommenden Kombi im Blick und hob das Satellitentelefon mit der verschlüsselten Verbindung ans Ohr. »Er ist auf dem Gelände«, meldete sie leise. »Nähert sich in diesem Moment.«

Einhundertfünfzig Meilen entfernt, in einem sicheren Konferenzraum der US-Botschaft in Kabul, beugte sich Hayden Quinn, der Chef der CIA-Niederlassung, näher zu seinem Laptop. Auf dem Gerät waren die Livebilder eines körnigen Luftüberwachungsvideos von Camp Chapman zu sehen, das von einer Predator-Drohne gesendet wurde, die über dem Treffpunkt kreiste. Das unbemannte Fluggerät war Al-Balawis Fahrzeug ab Pakistan gefolgt, um sicherzustellen, dass es nicht abgefangen wurde.

Quinn hatte unbedingt persönlich bei dem Meeting anwesend sein wollen, Himmel und Hölle in Bewegung gesetzt und mehr Vorschriften umgangen, als er jemals zugegeben hätte. Die gleichzeitige Anwesenheit des Kommandanten der Agency und seines Stellvertreters im selben Vorposten war jedoch ein Risiko, das niemand einzugehen bereit war.

»Verstanden«, erwiderte er. Er war mit Page über eine verschlüsselte Satellitenverbindung in Kontakt. »Was für einen Eindruck macht er?«

»Schwer zu sagen«, antwortete sie und versuchte, sich ihre Anspannung nicht anmerken zu lassen. Was für eine dumme Frage. Sie kannte den Mann nicht, konnte ihn durch die verdreckte Windschutzscheibe kaum erkennen und aus ihrer Position sicher nicht seine Stimmung einschätzen. »Der Wagen hält jetzt an.«

Der Fahrer stoppte den staubbedeckten Kombi und schaltete den Motor aus. Einen Moment angespannter, nervenaufreibender Stille verging, die nur vom Säuseln des Winterwindes unterbrochen wurde. Page hielt den Atem an, sie wusste, es war ein entscheidender Moment.

Dann plötzlich öffnete sich quietschend die Beifahrertür, und ein Mann stieg aus. Sofort richteten sich alle Augen auf ihn und verglichen ihn mit dem Gesicht aus seiner Geheimdienstakte, das sie sich eingeprägt hatten. Er war von mittlerer Größe und Statur und hatte ebenmäßige Gesichtszüge. Der Großteil seines noch jugendlich wirkenden

Gesichts war hinter einem Vollbart verborgen, in den sich bisher keine grauen Haare gemischt hatten. Er trug einen langen gefütterten Mantel, zweifellos um sich vor der Kälte des späten Dezembers zu schützen.

»Er ist es«, bestätigte Page über die verschlüsselte Telefonverbindung und konnte weder ihre Erleichterung noch ihre Aufregung verbergen. »Er ist wirklich hier.«

Tatsächlich waren das Triumphgefühl und die aufkeimende Freude unter den Versammelten fast spürbar. Auf ein Nicken von Matthews, der Stützpunktkommandantin, trat einer der privaten Sicherheitsdienstleister vor, die die Gruppe flankierten, um Al-Balawi abzuklopfen.

Bis zu diesem Zeitpunkt war das auf Befehl Quinns nicht geschehen; sein ungehinderter Einlass in Camp Chapman war als Zeichen des Respekts und des gegenseitigen Vertrauens gedacht. Doch selbst diese Geste des guten Willens stieß an ihre Grenzen, wenn einige der ranghöchsten Mitarbeiter der Agency nur wenige Meter entfernt waren. Eine kurze Durchsuchung sollte sicherstellen, dass er nichts mitgebracht hatte, was sich als Waffe verwenden ließ.

Al-Balawi hatte die Hände in den Manteltaschen vergraben und blieb so, während sich der Mann vom Sicherheitsdienst näherte. Der Mann hatte seine Waffe nicht gezogen, behielt die Hand jedoch instinktiv in ihrer Nähe.

»Bitte heben Sie Ihre Hände, Sir«, instruierte ihn der Sicherheitsmann auf eine ungewöhnlich respektvolle Weise. Er hatte strikten Befehl, den jordanischen Doppelagenten wie einen Ehrengast zu behandeln.

Nun bemerkte Page, die den Mann genau beobachtete, etwas, womit sie nicht gerechnet hatte. Es war ein Flackern in seinen Augen, eine plötzliche Anspannung seines Körpers, als ob er sich auf eine größere Anstrengung vorbereitete. Er nahm die Hände wie gefordert aus den Taschen.

»Oh verdammt«, keuchte Page, als sie den Plastikzünder in seiner linken Hand entdeckte und den Draht, der von dort aus in seinem Ärmel verschwand.

Sie sah, wie der Sicherheitsmann seine Waffe ziehen wollte, wie sich seine Finger um den Griff schlossen, und dann blitzte es plötzlich, und um sie herum wurde alles dunkel.

Quinn schrak zusammen, als das Videobild plötzlich weiß wurde, weil die Infrarotkameras der Drohne durch die heftige Explosion im Zentrum des Stützpunktes kurzfristig erblindeten.

»Was zum Teufel war das?«, wollte er wissen. Angst und Sorge trafen ihn wie eine Faust in den Magen. »Page, kommen. Lagebericht?«

Als die Detonation verhallte, wurde langsam das Bild wieder klarer, enthüllte ein Blutbad und zahlreiche Zerstörungen im Zentrum des kleinen Lagers. Feuer loderten in jedem Winkel des Screens, insbesondere bei den Trümmern des Fahrzeugs und beim Gebäude, das für Al-Balawis Verhör vorbereitet worden war. Manche der überall im Gelände verteilten Hitzequellen hatten ungefähr die Gestalt menschlicher Körper.

Andere waren nicht mehr zu erkennen.

»Oh Gott«, keuchte Quinn und starrte entsetzt auf den Monitor. »Oh Himmel, nein.«

Der Stützpunktkommandant, der stellvertretende Einsatzleiter, der jordanische Verbindungsmann … so gut wie alle wichtigen Köpfe der Agency in Afghanistan waren für das Meeting zusammengekommen und nur wenige Meter vom Zentrum der Explosion entfernt gewesen.

Als er merkte, dass die telefonische Satellitenverbindung noch stand, beugte er sich näher ans Mikro. »Page, reden Sie. Sind Sie da? Page!«

Abigail Page konnte das blecherne Schnarren seiner Stimme nicht hören, das aus dem mehrere Meter entfernt am Boden liegenden Satellitentelefon drang. Ihr Trommelfell war von der Druckwelle der Explosion geplatzt.

Benommen, verwirrt und ohne zu begreifen, was gerade geschehen war, öffnete sie die Augen und blickte sich um. Sie lag mehrere Schritte von der Stelle, wo sie zuletzt gestanden hatte, seitlich auf dem Boden und konnte nicht begreifen, wie das geschehen war. Doch da war ein Geruch in der Luft: Rauch, brennender Treibstoff und geschmolzenes Plastik.

Irgendwo in einem halb bewussten Winkel ihres Verstandes fügten sich die Einzelheiten zu einem Bild. Sie erinnerte sich an Al-Balawi, an den Moment unmittelbar vor der Explosion, und wie sie das Flackern in seinen Augen gesehen hatte – dann das Kabel, das in seinen voluminösen Mantel führte.

Ein Selbstmordattentäter. Er hatte ihr Vertrauen missbraucht, hatte sich ihre Beflissenheit und ihre Gier auf Ergebnisse zunutze gemacht und sich mitten im Stützpunkt in die Luft gesprengt, als einige der höchstrangigen Agency-Mitarbeiter nur wenige Schritte entfernt waren.

Der Gedanke reichte, um sie aufzurütteln.

Du musst jetzt aufstehen, sagte sie sich. Es könnte weitere Explosionen geben. Die anderen benötigen vielleicht deine Hilfe. Steh auf und stell fest, wer verletzt ist.

Sie versuchte sich aufzurichten, sich zu bewegen, doch der Körper hörte nicht auf ihre Befehle. Ihre Beine fühlten sich wie Bleiklumpen an, die sie am Boden hielten, doch sie übermittelten keine sensorischen Informationen mehr an ihr Gehirn. Es gab einen Schreckensmoment, dann Panik, dann wurde ihr bewusst, dass etwas Warmes und Feuchtes aus mehreren Punkten ihres Oberkörpers sickerte. Das bedeutete etwas, wusste sie, doch ihr Verstand wurde immer trüber und verwirrter.

Überraschenderweise war da kein Schmerz. Oder es gab ihn vielleicht, nur hatte sie ihn einfach noch nicht wahrgenommen. Ihr Verstand fuhr langsam herunter, wie eine Taschenlampe, deren Batterie sich allmählich erschöpft, und es fiel ihr immer schwerer, auch nur die Augen offen zu halten.

Jetzt merkte sie, dass noch jemand anders bei ihr auf dem Boden lag. Ein Mann. Sie erkannte in ihm den jordanischen Geheimdienstler, der gekommen war, um das Meeting zu überwachen. Seltsam unbeteiligt bemerkte sie, dass an seiner rechten Schulter der Arm fehlte, stattdessen waren da eine zerfetzte Fleischmasse und zertrümmerte Knochen. Seine dunkelbraunen Augen starrten leblos in den Himmel und sahen nichts.

Der Cousin eines Königs, dachte sie mit einem unpassenden Anflug von Humor, als eine eiskalte Windböe über den zerstörten Stützpunkt fegte und das Feuer und den Qualm verwirbelte. Dann wurde alles schwarz.

Ich werde neben dem Cousin eines Königs sterben.

TEIL EINS

WIEDERVEREINIGUNG

Ein im Jahre 2010 freigegebenes Dokument des National Security Archive bestätigt, dass der ISI, Pakistans Auslandsgeheimdienst, heimlich 200 000 Dollar aus US-amerikanischen Hilfszahlungen abgezweigt hatte, um den Selbstmordanschlag auf Camp Chapman zu finanzieren.
Der ISI bestreitet jede Beteiligung.

1

Marseille, Frankreich – drei Monate später

Philippe Giroux zog sich weiter in die dunklen Tiefen des Ladeneingangs zurück und gab vor, jemandem per Handy eine SMS zu schicken, als seine Zielperson auf der anderen Straßenseite vorbeiging.

Es war ein ruhiger Morgen, und die Luft begann sich gerade im Schein der über den Horizont aufsteigenden Morgensonne zu erwärmen. Eine leichte Brise wehte landeinwärts und führte den salzigen Duft des Mittelmeers und die fernen Schreie der Möwen mit sich, die über dem Hafen kreisten. Von einer nahe gelegenen Straße hörte er rhythmisches Bollern vom Motor eines kleinen Lieferwagens, vielleicht des Bäckers auf seiner morgendlichen Tour.

Von diesen kleineren Ablenkungen abgesehen waren die Straßen zu solch früher Stunde fast menschenleer. Perfekt für das, was er vorhatte.

Das Geheimnis einer guten Liquidierung ist Vorbereitung. Die meisten Männer in seiner Branche waren Opportunisten und schlugen zu, sobald sich eine Gelegenheit ergab, aber Giroux stellte es besser an. Er ließ sich Zeit und beobachtete seine Zielpersonen, bis er ein Bild von ihren Gewohnheiten, ein Gespür für die Umgebung und ihre möglicherweise zu erwartende Gegenwehr hatte.

Nachdem er diesem Mann hier in den letzten Tagen geduldig gefolgt war und ihn beobachtet hatte, fühlte sich

Giroux inzwischen sicher genug, um ein paar Schlüsse über ihn zu ziehen.

Seine Zielperson maß nach Giroux' Schätzung circa einen Meter fünfundachtzig bis einen Meter siebenundachtzig und hatte den durchtrainierten, athletischen Körperbau eines Menschen, dem viel Zeit für Training zur Verfügung stand. Die Muskelpakete an seinen gebräunten Unterarmen zeugten von einer handfesten physischen Stärke, und sein lässiges weißes Hemd fiel locker über seine breiten Schultern und die feste Brust.

Sein Gesicht war schmal und scharf konturiert, sein Haar dunkelbraun, der Haarschnitt kurz und funktional, und das Kinn von einem stoppligen Dreitagebart überzogen. Frauen fanden ihn zweifellos attraktiv, besonders wegen seiner Augen. Sie waren grün, lebhaft und durchdringend. Es war die Art von Augen, die viel sahen und wenig erkennen ließen.

Doch mehr noch als seine äußere Erscheinung war es die Art, wie er sich bewegte, die ihn als einen fähigen Mann kennzeichnete. Es war kein überhebliches Schlendern, sondern der selbstsichere, gemessene Schritt eines Mannes, der sich seiner Fähigkeiten und seines Platzes in der Welt bewusst war.

Seine Kleidung ließ nicht auf großen Wohlstand schließen – einfache graue Cargohose, ein lockeres Hemd mit hochgerollten Ärmeln, dazu preiswerte, aber praktische Wanderschuhe. Doch wie Giroux nur allzu gut wusste, trugen reiche Männer oft einfache Kleidung. Sie hatten genug Selbstbewusstsein, um sich nicht aufstylen zu müssen – ganz anders als die mit einem geringeren Vermögen, die sich teure Kleidung kauften, um mit ihrem Erscheinungsbild Wohlstand vorzutäuschen.

Dieser Mann gehörte in die erste Kategorie.

Er ging jeden Morgen früh in die Stadt, noch bevor die meisten anderen auf und unterwegs waren, und kaufte immer in derselben Bäckerei Lebensmittel. Er nahm nie denselben Weg durch die alte Stadt, was von Umsicht und dem Wissen zeugte, dass Vorhersehbarkeit und feste Gewohnheiten verwundbar machen konnten.

Doch es gab nur eine überschaubare Anzahl unterschiedlicher Wege zum selben Ziel, und selbst diesem Mann waren durch die Straßenführung Grenzen gesetzt.

Der größte Teil seines Weges führte ihn durch La Canebière, die Hauptdurchgangsstraße, die vom alten Hafen mit den großen dicht an dicht vertäuten Luxusyachten bis hinauf zum Réformés-Viertel im Osten führte. Doch Giroux wusste, dass er irgendwann einmal nach rechts abbiegen und eine der schmalen Seitenstraßen nehmen musste, die bergauf zur Kathedrale Notre Dame de la Garde führten.

Dort sollte es geschehen. Dort wollte Giroux ihn liquidieren.

Sein Auftraggeber hatte für die Tötung seiner Zielperson weder die Methode noch den Ort vorgegeben, was ihm nur entgegenkam. Manche Leute konnten nervtötend detailliert werden, einen bestimmten Waffentyp oder eine bestimmte tödliche Verletzung verlangen, dieser hier hatte es jedoch seinem eigenen Ermessen überlassen. Das Einzige, worum er gebeten hatte, war ein Fotobeweis der Tötung.

Er wartete, bis seine Zielperson ein gutes Stück voraus war, dann löste sich Giroux von dem Eingang und folgte ihm, wobei er, nur für den Fall, dass er sich umsah, immer noch so tat, als wäre er ganz auf sein Handy konzentriert. Seine gut eingelaufenen Sportschuhe machten beim Gehen kein Geräusch auf dem Kopfsteinpflaster.

Beim Beschatten kam es darauf an, selbstbewusst und

entspannt auszusehen, als ob man jedes Recht dazu hätte, dort zu gehen, wo man gerade ging. Wie ein Schauspieler, der eine Rolle spielte, musste man die Identität von jemandem annehmen, der einfach nur einen Spaziergang unternahm, und sich für das, was rings um ihn vorging, nicht interessierte.

Sein Äußeres half. Weil er von mittlerer Größe und Statur war, dazu ein rundliches und harmlos wirkendes Gesicht hatte, fiel es Giroux immer leicht, in der Menge unterzutauchen. Nur wenige bemerkten ihn, und noch weniger empfanden ihn als eine Bedrohung. Sie wussten es nicht besser.

Seine Zielperson erweckte nicht den Anschein, als wäre es ihr bewusst, dass sie beschattet wurde. Der Mann ging in seinem üblichen entspannten, gemessenen Tempo, schaute gelegentlich nach links oder rechts zu etwas, was ihn interessierte, doch im Großen und Ganzen genoss er ganz sorglos seinen morgendlichen Spaziergang.

Geh du nur, mein Freund, dachte Giroux. Das wird sich schon früh genug ändern.

Etwa hundert Meter voraus kam eine Seitenstraße in Sicht, und wie erwartet überquerte seine Zielperson die Straße und folgte ihr. Giroux verringerte den Abstand zunächst nicht und wartete, bis die Zielperson um eine Ecke verschwunden war, bevor er sein Tempo beschleunigte. Von nun an wollte er die Distanz verkürzen, so schnell wie möglich.

Die Seitenstraße diente vorwiegend als Zufahrt für die Lieferanteneingänge der Läden und Restaurants auf der parallel verlaufenden Hauptstraße. Weil sie auf beiden Seiten von dreigeschossigen Gebäuden flankiert war, lag sie fast immer im Schatten. Die Gasse selbst war mit großen stählernen Mülltonnen vollgestellt, die neben den Hinterausgängen von Küchen und Läden standen. Viele davon quollen von Plastiktüten über.

Hier stank es nach verdorbenen Lebensmitteln, aber es war der perfekte Ort für eine Liquidation. Die unangenehmen Gerüche sorgten dafür, dass nur wenige Fußgänger hier entlangkamen, die Läden und Restaurants waren noch geschlossen, die Schatten und die großen stählernen Mülltonnen schützten vor unliebsamen Augenzeugen auf der Hauptstraße. Obwohl er nicht damit rechnete, dass so früh am Tag jemand vorbeiging.

Als sich Giroux der Ecke näherte, steckte er die Hand in seine Jacke und schloss sie um den Griff des Polizeiknüppels, den er darin verborgen hielt. Es war eine altmodische Holzwaffe jener Art, die heutzutage bei der Polizei längst von leichteren Teleskopschlagstöcken ersetzt worden war. Aber sie war einfach und zuverlässig, und er wusste aus Erfahrung, dass ein guter, fester Schlag auf den Hinterkopf einen Mann genauso gut fällen konnte wie ein Ziegelstein. Und für den Fall, dass es nicht klappte, trug er auch noch ein Messer in einer Scheide hinten am Rücken.

Manche Männer in seinem Gewerbe liefen mit Schusswaffen herum, doch wozu sollte das gut sein? Schusswaffen waren teuer, nicht immer zuverlässig und bedurften der ständigen Pflege. Vor allem aber waren sie laut und verursachten Aufmerksamkeit. Liquidierungen hatten schnell und in aller Stille zu geschehen, und was das anbelangte, war ihm noch kein besseres Werkzeug als sein stabiler Holzknüppel untergekommen.

Jetzt war er fast da. Er zog den Knüppel aus der Manteltasche und schob ihn sich in den Ärmel, damit man ihn nicht auf den ersten Blick sah. Sein Opfer würde nicht einmal begreifen, was ihn erwischt hatte. Er atmete tief durch und wappnete sich für einen weiteren einträglichen Tag.

Er hätte nie erwartet, was als Nächstes geschah.

Als er um die Ecke bog, sah er sich plötzlich seiner Zielperson Auge in Auge gegenüber. Der Mann stand einfach nur da, die Hände in die Seiten gestützt, und starrte ihn aus diesen lebhaften grünen Augen an.

»Warum folgen Sie mir?«, fragte er zwar mit Akzent, aber doch in einem absolut verständlichen Französisch.

Mist.

Giroux hatte sich geirrt. Dieser Mann war keineswegs so harmlos und nichts ahnend gewesen, wie er angenommen hatte. Vielleicht hatte er ihn irgendwie kommen hören, vielleicht war er dem Mann schon früher aufgefallen und hatte dann sein Misstrauen geweckt, als er auch heute wieder aufgetaucht war. So oder so hatte er das Überraschungsmoment verloren. Doch Giroux besaß noch den Knüppel, sein Gegner war unbewaffnet, und er selbst war bereits fest entschlossen, seinen Plan in die Tat umzusetzen.

Diesen Job wollte er sich unter keinen Umständen durch die Lappen gehen lassen.

Er reagierte instinktiv und lockerte seinen Griff am Knüppel, sodass dieser herunterrutschte und ihm in die Hand fiel. Im selben Moment stürzte er sich nach vorn und schwang den Knüppel durch die Luft, um seinem Gegner einen festen, brutalen Schlag über den Kiefer zu verpassen. Diese Liquidierung würde vielleicht nicht so schnell oder sauber wie geplant über die Bühne gehen, aber das Endresultat sollte dasselbe bleiben.

Doch der Mann war nicht mehr da. Er hatte sich mit beängstigender Geschwindigkeit bewegt und war dem Hieb ausgewichen, als Giroux gerade zuschlagen wollte, sodass er das Gleichgewicht verlor. Er versuchte für den nächsten Schlag in Position zu gehen, doch noch während er dabei war, spürte er, wie ihm der Knüppel aus der Hand gerissen wurde. Als er sich nach rechts und wieder seinem Gegner zuwandte, sah er gerade noch, wie eine geballte Faust auf ihn zukam.

Es gab ein widerwärtiges Knirschen und eine Explosion weißen Lichts, als der Hieb ihn traf. Der Aufprall schickte Giroux, der ohnehin schon sein Gleichgewicht verloren hatte, in voller Länge wie einen Sack zu Boden. Er sah Sternchen, und aus seiner gebrochenen Nase strömte Blut. Er war in einer Pfütze mit fauligem Wasser gelandet, in der allerlei Müll schwamm. Sekunden später waren seine Jeans und seine Jacke durchnässt.

Giroux schnaubte und hustete sich das Blut aus der Kehle, aus seinen Augen strömten Tränen. Er sah zu dem Mann hoch, der nur wenige Augenblicke zuvor noch wie eine leichte Beute gewirkt hatte. Er stand ein paar Meter entfernt und wirkte so entspannt und ruhig, als wäre er gerade aus der Bäckerei spaziert.

Das war eine neue und sehr unwillkommene Erfahrung. Gewalt war Giroux nicht fremd, doch er war es gewohnt, sie auszuüben, nicht, ihr zum Opfer zu fallen. Er hatte Übung darin, Menschen aus dem Hinterhalt anzugreifen, sie unvorbereitet zu überrumpeln und zu erledigen, bevor sie überhaupt begriffen, wie ihnen geschah. Gegenwehr seiner Opfer war er nicht gewohnt. Der hier wehrte sich aber.

Wut und Angst flackerten in ihm auf, und Ersteres wurde von Letzterem noch verstärkt. Üblicherweise hatte er keine Angst vor Leuten, und das hier gefiel ihm nicht.

Er biss die Zähne zusammen, rappelte sich hoch und griff nach dem Messer, das er am Rücken trug.

»Du hast heute schon einen Fehler begangen«, warnte ihn sein Feind. »Mach nicht noch einen.«

Doch Giroux hörte nicht auf ihn. Seine Hand suchte das Messer, er schloss die Finger um das Heft. Gerade als er damit ausholte und es in einem weiten Bogen schwang, um seinen Gegner seitlich zu erwischen, machte der Mann einen Rückwärtsschritt. Er schlug ihm mit dem Polizeiknüppel das Messer direkt aus der Hand, wobei er Giroux gleich noch ein paar Finger brach.

Giroux blieb keine Zeit, die Verletzung zu registrieren. Bevor er sich besinnen konnte, kam sein Gegner näher, stellte einen Fuß hinter seinen und versetzte ihm einen einzigen kraftvollen Stoß mitten auf die Brust. Er stolperte und ging ein zweites Mal zu Boden. Diesmal stürzte er mit dem Kopf auf das grobe Kopfsteinpflaster.

Einen Moment später keuchte er, als er spürte, dass sich ihm die Klinge seines eigenen Messers an die Kehle drückte. Blut und Tränen trübten zwar seinen Blick, doch er wusste, dass sein furchtbarer Gegner ihm ein Knie auf die Brust drückte. Er konnte ihn, wenn er wollte, jederzeit töten. Giroux packte die nackte Angst.

»Jetzt hast du schon zwei Fehler begangen. Du wolltest mich umbringen, und du hast versucht, es allein zu tun«, sagte er leise und drohend. »Mach jetzt nicht noch einen Fehler und zwing mich nicht dazu, dich ein drittes Mal zu fragen. Warum bist du mir gefolgt?«

»I… ich wollte Sie ausrauben«, stammelte Giroux.

Er keuchte, als sich der Druck des Messers verstärkte, was das Blut quellen ließ.

»Arbeitest du für jemanden? Überleg dir genau, was du sagst, mein Freund.«

»Es ist die Wahrheit! Ich schwöre es!«, flehte Giroux. Jetzt war nicht der Moment, den starken Mann herauszukehren; er flehte um sein Leben, und er wusste es. »Sie haben ausgesehen wie ein leichtes Ziel. Ich dachte, Sie sind ein reicher Tourist.«

Der Mann starrte ihn mit seinen leuchtend grünen

Augen an, als wollte er ihm bis in die Seele sehen. Schließlich verringerte er zögernd den Druck der Klinge.

Der Mann hielt ihn auf dem dreckigen Boden fest und durchsuchte seine Taschen, bis er Giroux' zerknitterte, schäbige und enttäuschend leere Geldbörse fand. Dennoch besaß er einige Karten und Ausweise, die sein vormaliges Opfer mühelos entdeckte.

»Philippe Giroux, stimmt's?«, bemerkte er und verglich das zerschlagene und blutende Gesicht vor ihm mit dem Foto in seinem abgelaufenen Führerschein, auf dem Giroux weitaus jugendlicher aussah.

»Ja.«

»Na schön, Philippe. Anscheinend bist du nicht der Hellste, deshalb werde ich mich klar ausdrücken. Wenn du so etwas noch einmal versuchst, bringe ich dich um. Wenn du mir nachläufst, bringe ich dich um. Schon wenn ich dein Gesicht in Marseille oder sonst wo noch mal sehe, bringe ich dich um. Wenn du verstehst, was ich gerade gesagt habe, sag Ja.«

Giroux starrte ihn an. Sein Blick verriet ihm, dass dieser Mann solche Drohungen schon wahr gemacht hatte und nicht zögern würde, es noch einmal zu tun.

»Ja«, sagte er schließlich.

»Gut.« Ihm wurde das Messer von der Kehle gezogen und in einen umfriedeten Hof in der Nähe geworfen. »Vergiss nicht, dich ordentlich zu waschen.«

Ohne ein weiteres Wort stand der Mann auf, nahm seine Tüte mit Lebensmitteln aus der Bäckerei und ging fort, als ob nichts geschehen wäre.

2

In halber Höhe auf einem sanften Hügel ein paar Meilen östlich von Marseille gelegen und mit einem Blick auf eine geschützte Bucht und ein riesiges Stück Mittelmeer dahinter, bot die alte französische Villa einen Ausblick, bei dem die meisten Immobilienmakler vor Gier gesabbert hätten. Ryan Drake hatte Pech, dass der Ausblick so ziemlich das Einzige war, was dieser Ort zu bieten hatte.

Als Drake letztes Jahr vor der Agency fliehen musste, war er bei seiner Suche nach einem Ort, an dem er auf Tauchstation gehen konnte, vor etwa sechs Monaten per Zufall auf die alte baufällige Villa gestoßen. Das Gebäude litt offenkundig unter den Folgen jahrzehntelanger Vernachlässigung, schien ihm aber dennoch perfekt geeignet. Ein billiges, isoliert gelegenes und einfach zu verteidigendes Gebäude in Höhenlage, zu dem nur eine staubige einspurige Straße hinaufführte. Niemand kam da ohne sein Wissen näher als eine halbe Meile heran. Und da sich das nächstgelegene Haus auf der gegenüberliegenden Seite der Bucht befand, machte er sich nur wenig Sorgen, dass seine Nachbarn ihn ausspionieren könnten. Kurz gesagt, es war ein perfekter Unterschlupf.

Er hatte sich schon am nächsten Tag als ausländischer Immobilienentwickler auf der Suche nach restaurierungswürdigen Objekten ausgegeben und eine Anzahlung in bar geleistet. Es bedarf keiner besonderen Erwähnung, dass sein Angebot fast sofort akzeptiert wurde.

Er selbst hätte sich kaum als einen reichen Mann bezeichnet. Doch wie jeder offiziell gar nicht existente CIA-Agent mit einer Prise Weitsicht und Pragmatismus hatte er sich während seiner Zeit bei der Agency umfassend abgesichert. Dazu gehörten falsche Personalpapiere, Visa und Reisepässe ebenso wie eine angemessene finanzielle Reserve, die er bei Bedarf anzapfen konnte. Ein Mann wie er wusste nie, wann er vielleicht schnell verschwinden musste, und im Jahr zuvor in Libyen hatte sich diese Sorge als allzu real erwiesen.

Es sind einige Modernisierungsarbeiten nötig, hatte in der Beschreibung des Anwesens gestanden. Dass das stark untertrieben war, merkte er allzu bald.

Beim Vorbesitzer musste es sich offenbar um einen Messie gehandelt haben, denn das Haus war mit Müll jeglicher Art vollgestellt gewesen – angefangen von alten Zeitungen, Zeitschriften und Fotos bis hin zu uralten Fernsehern, Radios, Zimmerdekorationen, kaputten Möbeln und Hunderten anderer Dinge, die er sich gar nicht erst ansehen mochte. Im Keller hatte ein künstliches Bein versteckt in einer Ecke gelegen. Drake fühlte sich versucht, eine Fundanzeige aufzugeben, weil sein Besitzer es inzwischen bestimmt schon vermisste.

Nachdem sechs Monate vergangen waren, hatten sich die Dinge geringfügig verbessert. Die Wasserleitungen funktionierten, wenn ihnen danach war. Der Boiler verhielt sich wie ein launischer Teenager und gab sich mal kooperativ und nützlich, manchmal aber auch, als wollte er nichts mit ihm zu tun haben. Auf die Elektrik, die, wie ein gelber Aufkleber am Sicherungskasten stolz verkündete, 1936 installiert worden war, konnte man sich nicht verlassen, sobald mehr als drei Lampen gleichzeitig eingeschaltet waren. Er hatte sein Mögliches getan, um sie wieder voll funktionsfähig zu machen, doch seine bescheidenen Elektrikerkenntnisse konnten es nicht mit den Eigenheiten des französischen Hausbaus der 1930er Jahre aufnehmen.

Drake ließ die große Eichentür hinter sich zufallen und ging durch den breiten gefliesten Korridor in die Küche. Dort stellte er seine Tüte mit Brot und Gebäck auf den Tresen und schaltete den Wasserkocher an.

Er sah auf seine Hand hinunter und verzog das Gesicht, als er eine Spur getrockneten Blutes an den abgeschürften Knöcheln entdeckte. Auf seinem langen Heimweg hatte er kaum noch an den Kampf gedacht, sondern einfach sein Morgenprogramm abgespult, als ob nichts geschehen wäre.

Nachdem er bemerkt hatte, dass ihn der Mann observierte, hatte er es eine Zeit lang für möglich gehalten, dass es sich bei dem Kerl um einen ernst zu nehmenden Gegner handelte, um einen professionellen Killer, den die Agency schickte, um ihn aufzuspüren und umzubringen. Es stand eine ganze Reihe solcher Männer auf der Gehaltsliste.

Doch ihr kurzes Gerangel vorhin hatte Drake davon abgebracht. Der Angriff des Mannes war unbeholfen und dumm gewesen. Er war ein Straßenganove, sonst nichts. Von denen waren dieser Tage viele in Marseille unterwegs, sie hatten es auf die reichen Briten, Russen und Amerikaner abgesehen, die hier jeden Sommer einfielen.

Als er seine Hand in der Spüle unter den kalten Wasserstrahl hielt und zusah, wie das Blut des anderen weggespült wurde und im Ausguss verschwand, spürte er einen vertrauten, pochenden Schmerz, der von seinen Knöcheln ausstrahlte. Er hatte sich vor vielen Jahren bei einem Boxkampf die Hand gebrochen, und die Verletzung hatte einen Strich durch seine Hoffnungen auf eine Karriere als Profiboxer gemacht. Sie war zwar halbwegs verheilt, aber dann und wann machte ihm die alte Verletzung noch zu schaffen.

Vor Ort hatte er den Schmerz gar nicht wahrgenommen. Durch seine Adern pumpte Adrenalin, und er war zu sehr darauf konzentriert gewesen, sich nicht niederschlagen oder erstechen zu lassen, um sich darüber Sorgen zu machen. Doch jetzt, da er die Gelegenheit hatte, zur Ruhe zu kommen, holte er ihn wieder ein.

Es war eine Weile her, seit er sich in einer Situation wie dieser befunden hatte. Eine ganze Weile schon, genau genommen. Er hatte ein einfaches Leben geführt, und so waren die letzten sechs Monate trügerisch friedlich und ereignislos verstrichen. Ein Mann konnte fast die Vergangenheit vergessen, wenn er nur lange genug an einem Ort wie diesem verweilte.

Fast.

Er verharrte einen Moment an der Spüle und ging die Ereignisse im Kopf nochmals durch. Mit Straßenganoven kam er klar, aber nicht, wenn sich die Situation zu etwas Größerem entwickelte. Auch wenn sein heutiges Verhalten aus Gründen der Selbstverteidigung notwendig gewesen war, hatte er doch Aufmerksamkeit auf sich gelenkt, als er den Mann niederschlug.

Natürlich bestand die Möglichkeit, dass Philippe Giroux seine Warnungen beherzigen und sich aus Marseille verziehen würde, um sich eine andere Stadt zu suchen, in der er unvorsichtige Reisende aufs Korn nehmen konnte. Es war nicht ausgeschlossen, doch Drake hielt es für unwahrscheinlich. Straßengangster hatten ein Revierverhalten wie ein Wolfsrudel und waren nicht minder gefährlich, wenn man sie provozierte. Niemand konnte sagen, mit wem Giroux womöglich über den geheimnisvollen Fremden reden würde, der ihn heute Morgen fast umgebracht hätte, und es war auch nicht vorhersehbar, wem die Gerüchte schließlich zu Ohren kamen.

Vielleicht war der Zeitpunkt gekommen, weiterzuziehen und sich einen anderen Unterschlupf zu suchen. Das wäre das Klügste und Umsichtigste, um sein Überleben zu sichern. Doch warum fiel es ihm so schwer, darüber nachzudenken?

Das Klicken des Wasserkochers riss ihn aus seinen düsteren Grübeleien. Er stellte den Hahn ab und schüttelte die Hand ein paarmal, bis kaum noch Wasser daran war, dann goss er das kochende Wasser in eine bereitstehende Kaffeekanne. Auf dem Weg zum Kühlschrank, aus dem er Käse und Marmelade holen wollte, beschloss er, vorerst nicht mehr darüber nachzudenken – frühestens wieder nach dem Frühstück.

Es war noch nie ratsam gewesen, Entscheidungen auf nüchternen Magen zu treffen.

Kurz darauf saß Drake auf der Terrasse der Villa an einem verwitterten alten Holztisch, einem der wenigen Möbelstücke des Vorbesitzers, für die er noch eine Verwendung gefunden hatte. Er sah auf das klare blaue Wasser des Mittelmeers hinaus, während er darauf wartete, dass sein Laptop hochfuhr. Es versprach ein warmer Tag zu werden, und die Sonne stieg langsam in den fast wolkenlosen Himmel.

Er trank einen Schluck Kaffee und beobachtete, wie circa hundert Meter vor der Küste ein großes Motorboot kraftvoll durch die leichte Dünung pflügte und dabei schaumige Wellen hinter sich herzog. Selbst aus der Entfernung konnte er die jungen Frauen im Bikini sehen, die sich auf dem Achterdeck sonnten, während ein paar ältere Kerle in grellen Hemden im Ruderhaus herumkasperten. Das waren die Leute, die Giroux mühelos um ihr nicht allzu schwer verdientes Geld erleichtern konnte.

»Genießt du die Aussicht, hm?«, tadelte ihn eine Stimme.

Drake spürte ein Paar schlanke Hände über seine Schultern gleiten. Sie verharrten an seinem Hals und griffen etwas fester zu.

»Ich sehe genau, dass du die Frauen in den Bikinis angaffst.«

Er blickte auf, als Samantha McKnight in sein Blickfeld trat. Sie lief barfuß über die Steinfliesen und trug nur ein Höschen und ein weißes Spaghettiträgerhemdchen. Ihr dunkles Haar war noch vom Schlaf zerzaust, beziehungsweise von dem Mangel desselben, wenn man berücksichtigte, was sie in der letzten Nacht getrieben hatten, und sie war völlig ungeschminkt. Aber sie hatte es auch nicht nötig. Sie war ohnehin eine attraktive Frau, und das Leben in der mediterranen Sonne hatte ihre normalerweise blasse Haut gebräunt und ihr einen schimmernden Teint gegeben, den er äußerst reizvoll fand.

Drake grinste. »Das würde mir nicht mal im Schlaf einfallen.«

»Natürlich nicht. Schließlich habe ich eine Knarre in meiner Nachttischschublade.«

»Ja, aber ich habe gesehen, wie du schießt«, zog Drake sie auf. »Und überhaupt, was soll diese Rip-van-Winkle-Tour? Ich bin schon seit Stunden wach.«

»Ich war zehn Jahre lang bei den Streitkräften und musste mich morgens um fünf von beschissenen Schindern wecken lassen. So wie ich das sehe, habe ich mir eine kleine Auszeit verdient.« Sie grinste, und ihre Augen glänzten wie das Meer hinter ihr. »Außerdem sind mir letzte Nacht ein paar Stunden Schlaf entgangen.«

»Wenn du deine Trümpfe richtig ausspielst, könnten heute noch ein paar Stunden dazukommen«, sagte er und musterte sie über den Rand seiner Kaffeetasse. Der Wind vom Meer war etwas kräftiger geworden und drückte ihr das Tanktop so an den Körper, dass es für einen Moment aussah, als hätte sie gar nichts an.

Es war ein Anblick, der seine Wirkung auf ihn nicht verfehlte.

»Träum weiter.« Sie schnappte sich schnell seinen Teller mit den unberührten Croissants und verschwand damit flink aus seiner Reichweite, bevor er sie aufhalten konnte. »Erst recht, wenn du das ganze Essen hortest.«

»He! Dafür musste ich geschlagene vier Meilen laufen«, protestierte Drake.

»Und ich weiß ein solch nobles Opfer für eine unschuldige Jungfer wirklich zu schätzen.« McKnight bedachte ihn mit einem gespielt ernsten Blick, dann riss sie sich ein Stück von dem Gebäck ab, tunkte es in die Marmelade und stopfte es sich in den Mund.

Hilflos und Jungfer waren nicht gerade die Begriffe, mit denen Drake Samantha McKnight beschrieben hätte. Doch beim Anblick ihres wohlgeformten Körpers und den sanften Rundungen ihrer Brüste, die ihre spärliche Kleidung kaum verbergen konnte, wollte er sich mit ihr nicht über Kleinigkeiten streiten.

Sie setzte sich neben ihn auf einen Stuhl, streckte die langen Beine vor sich aus und schien sich ein paar Augenblicke lang ganz der Aussicht hinzugeben. Sie lächelte – es war ein Lächeln, wie es ihr zurzeit ziemlich leichtfiel.

»Weißt du was? Das Meer wird für mich wirklich nie langweilig. Die Geräusche der Wellen, der Salzgeruch der Luft, der endlose Horizont …«, sagte sie wehmütig. »Ganz egal, wie oft ich damit aufwache – es fühlt sich trotzdem jedes Mal wieder ganz neu an.«

Drake entschied, auf die letzte Bemerkung nicht weiter einzugehen. »Jedenfalls besser als ein regnerischer Montagmorgen in Croydon, so viel steht fest.«

Sie warf ihm einen Seitenblick zu. »Lass gut sein. Ich bin ein Mädchen aus Kansas. Ich war schon neunzehn, als ich zum ersten Mal den Ozean gesehen habe. Ich fand es unglaublich, dass es so viel Wasser auf der Welt gibt.«

Drake zog eine Braue hoch und widerstand der Versuchung, einen naheliegenden Scherz darüber zu machen, dass sie jetzt nicht mehr in Kansas war. »Dann hatten es deine Eltern wohl nicht so mit dem Reisen?«, fragte er stattdessen.

Daraufhin wurde ihr Lächeln etwas schwächer. »Mom hat uns schon früh verlassen, deshalb waren es nur mein Dad und ich. Und nein, Reisen war nicht so sein Ding.«

Er bedauerte, unangenehme Erinnerungen berührt zu haben. »Tut mir leid.«

Sie sah ihn an, und in ihrem Blick lag plötzlich eine Traurigkeit, die kaum zu ihrer normalerweise so lebhaften Persönlichkeit zu passen schien. Doch dann blinzelte sie nur, die dunkle Wolke schien vorbeizuziehen, und sie war wieder ganz die Alte.

»Braucht es nicht. Er war ein toller Vater.«

Während sie weiter frühstückte, richtete Drake die Aufmerksamkeit wieder auf den Laptop und öffnete sein Mailprogramm, um zu sehen, ob seine ehemaligen Teamkollegen Cole Mason und Keira Frost geschrieben hatten. Sie hatten zu seinem Shepherd-Team gehört, einem Elite-Team der CIA, und sie hatten die Aufgabe gehabt, verschwundene Mitarbeiter der Agency aufzuspüren und zu befreien. Ihre Versuche, die Geheimnisse des korrupten stellvertretenden CIA-Direktors Marcus Cain aufzudecken, hatten dazu geführt, dass sie als Kriminelle und Verräter abgestempelt worden waren. Jetzt waren sie genau wie Drake und McKnight auf der Flucht und hielten über anonyme E-Mail-Konten einen losen Kontakt aufrecht.

Er entdeckte eine Spammail, in der dem »Gentleman mit hohen Ansprüchen, aber wenig Geld« Rolex-Uhren angeboten wurden, außerdem versuchte der abgesetzte König von Nigeria wieder einmal, Drakes Bankverbindung zu erfahren. Der Kerl musste es wirklich nötig haben – es war bereits seine dritte E-Mail in diesem Monat.

Doch es gab eine Nachricht in seinem Posteingang, die ganz sicher keine Zeitverschwendung bedeutete. Sie hatte keinen Betreff, und der Absender war ein gewisser J. Doe. Der Name war nicht gerade originell, doch Drake wusste, wer dahinterstand. J. Doe war niemand, von dem »Na, wie geht's?«-Mails zu erwarten waren. Wenn sie mit ihm Kontakt aufnahm, dann hatte sie einen guten Grund dafür.

Er stellte seinen Kaffee ab und öffnete die E-Mail.

Wir müssen reden. Können wir uns treffen?

Drake verzog das Gesicht. Knapper konnte man eine Nachricht wohl nicht formulieren. Aber er kannte die Absenderin gut. Sie wollte über einen ungesicherten E-Mail-Server nichts verraten. Was immer sie ihm mitzuteilen hatte, musste persönlich übermittelt werden.

Die Frage war nur, was sie wollte.

»Alles in Ordnung?«, fragte McKnight, der auffiel, dass sich seine Miene geändert hatte.

»Hm?«, sagte er in Gedanken. »Ja, nichts, womit ich nicht klarkomme.«

»Das klingt rätselhaft.«

»Anstrengend trifft es eher.«

Trotz seiner ausweichenden Antworten wusste er genau, dass er irgendwie reagieren musste. Denn einerseits war J. Doe keine Person, die man so einfach ignorierte, zum anderen war damit zu rechnen, dass ihn das, worüber sie sich unterhalten wollte, früher oder später sowieso erreichte. Da war es besser, die Umstände, unter denen es geschah, selbst zu kontrollieren.

Einen Augenblick später fing er an zu tippen.

Marseille, heute Abend. Bar Mele, 20 Uhr.

Wenn sie es knapp und schroff haben wollte, konnte er damit ebenfalls dienen.

Die simple Nachricht schickte er durch den Cyberspace dorthin, wo auch immer sich die Empfängerin gerade aufhalten mochte. Je nach den Unwägbarkeiten der kreuz und quer verlinkten Server und der Anzahl billiger Rolex-Uhren, für die an diesem Tag geworben wurde, sollte es zwischen zehn Sekunden und zwei Minuten dauern, bis seine Nachricht eintraf.

Er hatte das Treffen für denselben Abend angesetzt, weil er es hinter sich bringen wollte, vorwiegend aber, um zu sehen, wie sehr sie darauf brannte, sich mit ihm zu treffen. Falls sie einwilligte, musste etwas Ernstes im Busch sein.

Drei Minuten später traf die Antwort ein.

Ich werde da sein. Komm nicht zu spät.

Drake lehnte sich in seinem Stuhl zurück und trank noch einen Schluck Kaffee. Jedenfalls bestätigte das seine Theorie. Das, worüber sie reden wollte, musste wichtig sein.

Doch ein besseres Gefühl vermittelte ihm das keineswegs.

3

Langley, Virginia – 30. April 1985

»Morgen, Tom«, sagte Marcus Cain, der mit einem Kaffee in der Hand den Flur entlangkam. »Bereit, die Welt zu retten?«

Es war gerade mal neun Uhr morgens, doch er hatte es bereits geschafft, noch vor der Arbeit einen 5-Meilen-Lauf durch Washington, D.C., zu machen. Anstatt danach müde und erschöpft zu sein, half ihm der Frühsport dabei, mental und körperlich in Form zu kommen. Er fühlte sich hellwach und voller Tatendrang, bereit, es mit allem und jedem aufzunehmen.

Marcus Cain war groß, schlank, muskulös, gut aussehend, und er hob sich damit deutlich von den üblichen schlaffen Schultern und Bierbäuchen mittleren Alters ab, die Langley bevölkerten. Er war gerade erst dreißig Jahre alt, verfügte über einen scharfen Verstand und war sehr karriereorientiert. Erst kürzlich war er auf den Posten eines Sachbearbeiters befördert worden, was ihm das Kommando über Außendienstler einbrachte und die Berechtigung, sich seine eigenen nachrichtendienstlichen Quellen zu erschließen. Für einen Mann seines Alters war es sowohl eine Ehre als auch eine Herausforderung, die er unbedingt meistern wollte.

Sein Kollege Tom McBride hatte einen Stapel versiegelter brauner Dokumentenmappen unter dem Arm, der ihre gemeinsamen Aufgaben des bevorstehenden Tages repräsentierte. Instinktiv versuchte er mit Cain Schritt zu halten; keine leichte Aufgabe, da McBride einige Zentimeter kleiner, zehn Jahre älter und viel schwerer war. Dennoch hätte er niemals zugegeben, dass es ihm schwerfiel mitzuhalten.

»Du bist heute so nervtötend gut gelaunt«, bemerkte er mit gut gemeintem freundlichem Spott. »Hat dich letzte Nacht mal eine rangelassen oder so?«

Cain warf ihm einen Seitenblick zu. »Deine Eifersucht ist schlimmer als dein Aftershave, Tom. Und das will wirklich etwas heißen.«

»Ich mag das Aftershave.«

»Irgendjemand muss es wohl mögen«, räumte McCain ein. »Also pack's aus. Was sind die guten Nachrichten?«

»Die neuesten Geheimdienstdossiers aus Afghanistan«, begann McBride und hielt die erste Mappe hoch. Seine Miene sagte alles. Die Sowjets siegten, und die von der CIA unterstützten Mudschahedin verloren. Das alte Lied.

Cain ließ sich widerwillig die Akte geben. »So gut, hm?«

»Schlimmer noch. Die schlimmen Details kannst du dir später selbst heraussuchen. Die Kurzversion lautet, dass die Stabsleitung von dir verlangt, deinen üblichen Quatsch herunterzubeten. Voll ausgearbeitet und als Kurzfassung für den Führungsstab, dazu ein paar Einsatzvorschläge bis morgen früh.«

»Warum? Damit sie meine letzten beiden Berichte ignorieren können?«, fragte Cain, dessen gute Laune gerade einen deutlichen Dämpfer bekommen hatte. »Vielleicht sollte ich das Ganze auf Band sprechen und es ihnen als Dauerschleife vorspielen.«

McBride grinste matt. »Diesmal ist es anders. Später in der Woche ist eine Einsatzbesprechung mit einem gewissen William Carpenter angesetzt, einem Colonel bei den Sondereinsatzkommandos der Streitkräfte. Ich weiß noch nicht allzu viel über die Einzelheiten, aber es werden eine Menge wichtige Leute da sein, und sie haben dich gebeten, deine Erkenntnisse zu präsentieren. Daraus kannst du deine eigenen Schlüsse ziehen.«

Nun war sogar Cain verblüfft. Sollte sein inständiges Eintreten für eine direkte US-Intervention in Afghanistan am Ende womöglich doch noch Gehör gefunden haben? Natürlich hatte es immer auch Nachteile, wenn man sich allzu sehr exponierte. Wenn man die Sache versaute oder die Erwartungen der Leute enttäuschte, die ihr Vertrauen auf einen gesetzt hatten, dann konnte die eigene Karriere ganz schnell im Nirgendwo versanden.

Aber Cain hatte keine Angst davor, Risiken einzugehen. Er wäre nie so weit gekommen, wenn er immer auf Nummer sicher gegangen wäre. Und falls es ihm tatsächlich gelang, sie für seinen Plan einzunehmen und dieser dann auch funktionierte, dann konnte aus ihm auch ganz schnell ein aufstrebender Hoffnungsträger werden.

»Na ja, da bin ich ja gleich ganz aufgeregt«, sagte er und klemmte sich die Unterlagen für die Einsatzbesprechung unter den Arm. Er wollte gerade nach rechts abbiegen und sich in seine vergleichsweise ruhige Arbeitsnische zurückziehen, da rief ihm McBride noch etwas hinterher: »Ach, und da wäre noch eine Sache.«

Cain verharrte mitten im Schritt. »Ja?«

»Da ist etwas von unseren Kollegen beim norwegischen Geheimdienst gekommen.«

Er mimte Überraschung. »Ach, so etwas gibt es?«

»Das werde ich so weitergeben«, stichelte McBride. »Na ja, vielleicht ist es etwas weit hergeholt, aber es sieht so aus, als hätten sie sich einen sowjetischen Überläufer eingefangen.«

Nun erwachte sein Interesse. »Militär?«

»Nein.«

»Regierung?«

»Zivilistin. Neunzehn Jahre alt. Sie hat sich den Norwegern gestellt und um Asyl in den Vereinigten Staaten gebeten.«

Cains Enthusiasmus schwächte sich merklich ab. »Dann soll sie sich beim State Department melden, nicht bei der CIA«, antwortete er und war mit seinen Gedanken schon wieder beim bevorstehenden Briefing.

»Moment mal, jetzt kommt der interessante Teil. Bei ihrer Vernehmung kam heraus, dass sie 100 Meilen durch arktisches Gelände gewandert ist. Dabei wäre sie fast an Unterkühlung gestorben.«

»Dann ist sie zäh, aber dumm.« Falls es der Wahrheit entsprach, war es zwar ein beachtliches Zeugnis ihrer Überlebenskünste, aber nicht gerade ein Beweis ihrer Intelligenz. Es gab weitaus einfachere Methoden, um außer Landes zu kommen. »Und was geht uns das an?«

»Weil sie darum gebeten hat, für uns gegen die Sowjets zu arbeiten. Gefordert – müsste man wohl eher sagen. Sie hat angegeben, dass sie zu allem bereit sei, um etwas gegen sie zu unternehmen.«

Cain war nicht beeindruckt. Geheimdienstagenten wurden normalerweise in einem langwierigen Rekrutierungsprozess angeworben, der mit Vertrauensbildung, Ausbildung, Bestechung und manchmal auch Nötigung zu tun hatte. Sie klopften nicht einfach bei der Agency an und baten um einen Job.

»Vergiss sie«, beschied er und war sich seiner Sache bereits sicher. »Wahrscheinlich ist sie nur ein verkorkstes Kind, das Aufmerksamkeit sucht.«

»Du nimmst sie nicht ernst. Das haben die Norweger

auch nicht getan. Zuerst haben sie ihr irgendeinen Nachwuchsanalysten zur Vernehmung geschickt, aber sie hat die Sache sofort durchschaut und sich beharrlich geweigert, etwas auszusagen, bevor man ihr einen Führungsoffizier zuteilt.«

Cain verzog das Gesicht. »Dann kannte sie deren Befehlsstrukturen?«

»Nein, du verstehst nicht. Sie hat gemerkt, dass man sie belog«, erklärte McBride. »Den Vernehmungsprotokollen zufolge hat man sie bei sechs verschiedenen Gelegenheiten mit Falschinformationen gefüttert, und sie hat sie jedes Mal dabei erwischt. Aus irgendeinem Grund scheint es fast unmöglich zu sein, sie zu täuschen.«

Cain war drauf und dran, über die Vorstellung zu lachen. Er konnte es immer noch nicht glauben, doch er musste zugeben, dass es sein Interesse weckte. »Also, was willst du von mir?«

»Du bist ein Führungsoffizier. Das Rekrutieren von Agenten ist deine Aufgabe«, erinnerte ihn McBride. »Pass auf… Du checkst sie einfach kurz durch. Wenn du das Gefühl hast, dass da was ist, was uns nützen könnte, dann schleusen wir sie durch die üblichen Prozeduren. Falls nicht, schicken wir sie wieder weg. Wie klingt das?«

Cain blickte den Flur zu seinem Büro hinunter. Dorthin sollte er jetzt steuern, um sein Briefing vorzubereiten. Dennoch hatte diese geheimnisvolle junge Frau, die hundert Meilen durch Eis und Schnee gewandert war, nur um die Chance zu erhalten, für die Agency zu arbeiten, sein Interesse geweckt.

»Na schön«, gab er schließlich widerwillig nach. »Wo halten sie sie fest?«

Er wollte ihr fünf Minuten seiner Zeit einräumen und sich dann entscheiden. Und ganz gleich, wie die Entscheidung ausfiel, konnte er sich nicht vorstellen, ihr jemals wieder zu begegnen.

Langley, Virginia – 14. März 2010

Marcus Cain nahm die Lesebrille ab, schloss die Augen und rieb sich die Schläfen. Er gab sich Mühe, die Kopfschmerzen zu ignorieren, die in seinem Schädel pochten, und sich auf die Einsatzunterlagen zu konzentrieren, die vor ihm ausgebreitet lagen. Es war eine stille, doch nicht minder schmerzvolle Erinnerung an die Flasche Whisky, die er letzte Nacht fast komplett ausgetrunken hatte, um die Zeit durchzustehen.

Er konnte sich nicht mehr daran erinnern, wann er zum letzten Mal einen Tag ohne einen Drink beendet hatte.

Er kramte in seiner Schreibtischschublade, angelte einen Streifen Aspirin heraus, warf sich zwei davon in den Mund und spülte sie mit dem bitteren Rest aus seiner Kaffeetasse hinunter.

Der Inhalt seiner Mappe mit den Aufgaben des Tages bot ihm keinen Grund, sich besser zu fühlen. Die Agency führte an vielen Fronten ihren Krieg gegen den Terror, und sie war dabei, ihn zu verlieren. Im Irak und in Syrien war der IS wieder auf dem Vormarsch; die hatten ihre versprengten Truppen zur nächsten Offensive zusammengezogen. Die präventiven Drohnenschläge, die er für Libyen angeordnet hatte, mochten einige ihrer Kommandanten getötet und ihren Anstrengungen einen Schlag versetzt haben, doch solche Angriffe schoben das Unvermeidliche nur hinaus. Ohne amerikanische Unterstützung konnte die gerade erst im Aufbau befindliche irakische Armee nicht standhalten, und nach neun Jahren eines teuren und fruchtlosen Krieges hatten weder der Kongress noch die Öffentlichkeit die Nerven, erneut Truppen zu entsenden.

In Afghanistan war es sogar noch schlimmer. Dort erstarkte Al Kaida von Neuem und schlug mit zunehmender Dreistigkeit aus den gesetzlosen Bergregionen heraus zu, wo die Regierungstruppen keinen Einfluss mehr geltend machen konnten. Die afghanischen Streitkräfte konnten mit der geringen Anzahl der Männer, die ihnen zur Verfügung standen, nur mit Mühe die Regionen halten, die sie bereits eingenommen hatten, und ihre Schlagkraft ließ immer mehr nach, weil desertierende Soldaten und die Verluste auf dem Schlachtfeld ihren Tribut forderten.

Und die Afghanen waren nicht die Einzigen, die Verluste zu beklagen hatten. Der Selbstmordanschlag von Camp Chapman vor drei Monaten hatte der Agency einen verheerenden Schlag zugefügt, von dem sie sich noch immer nicht ganz erholt hatte. Neun ihrer fähigsten und erfahrensten Mitarbeiter waren tot und weitere sechs verwundet; das stellte den größten Verlust dar, den die Agency seit fünfundzwanzig Jahren durch einen einzigen Schlag hatte hinnehmen müssen.

Doch das Attentat hatte noch weitaus gravierendere Folgen gehabt. Die ganze Agency, von ihren Verfahrensweisen über die Ziele ihrer Operationen bis hin zu ihrer Führung, war sehr kritisch unter die Lupe genommen worden, seit sich die Sache mit dem Attentat herumgesprochen hatte. Sogar die Öffentlichkeit hatte davon erfahren, weil die Katastrophe einfach zu groß war, um sie zu vertuschen, und als Folge davon waren die Vertrauenswerte auf ein Rekordtief gesunken.

Die beste und geheimste Organisation der Welt war in der Öffentlichkeit als fehlbar, verletzlich und hilflos vorgeführt worden. Dabei war sie gerade jetzt so wichtig wie niemals zuvor.

Er blickte von den deprimierenden Einsatzunterlagen auf, als seine Tür sich öffnete und ein älterer Mann hereinkam, der sich gar nicht erst die Mühe machte anzuklopfen. Es gab nicht viele Männer, die ohne Vorwarnung oder Genehmigung einfach so in Marcus Cains Büro marschieren durften, doch CIA-Direktor Robert Wallace zählte bedauerlicherweise zu ihnen.

Er gehörte zu den neuen Gesichtern in der obersten Führungsspitze, die im Zuge von Barack Obamas Marsch ins Weiße Haus ernannt worden waren. Wallace' Ernennung zum Direktor war ungewöhnlich, weil er weder einen militärischen noch nachrichtendienstlichen Hintergrund hatte. Stattdessen hatte man der Agency einen ganz normalen Durchschnittspolitiker vor die Nase gesetzt: einen Mann, dessen Karriere aus breitgewalzten Anhörungen, knochentrockenen Ausschüssen und kleingeistigem Parteiengezänk bestand. Dieser Mann verstand nur wenig von der Arbeit, die in Langley geleistet wurde.

Es lag auf der Hand, dass er, weil er auf dem Gebiet der Geheimdienste ein völlig unbeschriebenes Blatt war, ausgewählt worden war, um das Image des Nachrichtendienstes zu verbessern, das sich in den acht Jahren der Bush-Administration deutlich verschlechtert hatte. Zu seinen ersten Amtshandlungen als Direktor hatte es gehört, offizielle Ermittlungen wegen der besonderen Verhörmethoden einzuleiten, die die Agency nun schon seit Jahren erfolgreich anwandte. Außerdem hatte er das Budget für Spionage zusammengestrichen und immer größere Mittel für unbemannte Fluggeräte bereitgestellt.

Cain hatte dem Mann bisher nicht viel abgewinnen können, und er war sich sicher, dass das Gefühl auf Gegenseitigkeit beruhte. Nach dem Gesichtsausdruck zu urteilen, mit dem sich Wallace näherte, sollte sich daran auch heute nichts ändern.

»Haben Sie das gesehen?«, wollte er wissen und knallte eine Ausgabe der *Washington Post* auf Cains Schreibtisch. Aufgeschlagen war ein ganzseitiger Artikel, dessen Überschrift lautete:

CIA-Krise – Ist Afghanistan schon verloren?

Cain beugte sich vor und ließ den Blick darüber streifen. Er hatte den Artikel bereits gelesen, doch er wollte nicht, dass Wallace es erfuhr. »Ich finde, die Frage ist angemessen, Bob.«

Wallace sah ihn wütend an. »Jetzt ist nicht der geeignete Zeitpunkt für Ihre neunmal klugen Bemerkungen, Marcus. Verstehen Sie denn nicht? Unsere Kriegsschauplätze sind nicht nur Afghanistan und Irak, wir kämpfen auch hier in Washington. Und wir verlieren an allen Fronten.«

Cain lehnte sich in seinem Stuhl zurück und musterte den Direktor. Er war jetzt nicht mal ein Jahr im Amt, aber sein Haar war bereits merklich grauer geworden, und die Falten auf seiner Stirn hatten sich unauslöschlich tief eingegraben. Es hatte seinen Grund, weshalb sich die meisten Direktoren nur wenige Jahre auf ihrem Platz behaupteten – und dieser Grund war nicht nur politischer Natur: Der permanente Stress und der Druck brannten die Männer einfach aus.

Es hätte Cain überrascht, sollte Wallace auch nur noch ein weiteres Jahr überstehen.

»Ich finde, dann hängt alles davon ab, wie Sie diese Schlachten schlagen wollen«, sagte er schließlich. »Wie ein Politiker oder wie ein Nachrichtendienstler. Denn beides gleichzeitig können Sie nicht. Früher oder später müssen Sie sich entscheiden.«

Die kaum unverhohlene Spitze entging dem Direktor nicht. »Passen Sie auf, was Sie sagen, Marcus. Bei meinem Vorgänger hatten Sie wegen der Dinge, die Sie vor zwanzig Jahren in Afghanistan getan haben, vielleicht einen Stein im Brett, aber jetzt ist jetzt, und ich bin nicht er«, warnte Wallace. »Der Präsident will Ergebnisse sehen. Er verlangt eine Exit-Strategie, und die kann ich ihm nicht geben, solange die Al Kaida noch aktiv ist. Das Einzige, was wir ihm zeigen können, sind ein paar neue Sterne unten an der Wand.«

Die Bemerkung reichte, um Cain zusammenzucken zu lassen. Die Gedenkwand am Haupteingang des Gebäudes bekam jedes Mal einen neuen Stern, wenn ein CIA-Mitarbeiter im Einsatz sein Leben verlor. Dort gab es inzwischen deutlich mehr Sterne als zu dem Zeitpunkt, als Cain seine Karriere begonnen hatte.

»Was sollen wir Ihrer Meinung nach tun?«

Wallace deutete mit dem Zeigefinger auf die Zeitung. »Hört auf herumzuwichsen und erledigt diese Sache. Sie sitzen noch auf diesem Stuhl, weil Sie angeblich unser Experte für alles sind, was Afghanistan betrifft. Also finden Sie eine Lösung. Sonst suche ich mir jemand, der das kann.«

Cains Blick wurde starr. Er spürte, wie der Kopfschmerz, der ihn schon den ganzen Morgen begleitete, stärker wurde. Unbemerkt von Wallace ballte er die Hände zu Fäusten.

»In Ordnung, Bob. Ich werde sehen, was ich tun kann«, sagte er ruhig, ohne sich seine Gefühle anmerken zu lassen.

Wallace war anzusehen, dass es ihn Mühe kostete, sich eine höhnische Bemerkung zu verkneifen. Er wandte sich zum Gehen. »Behalten Sie den Artikel. Er könnte interessant für Sie sein«, rief er über die Schulter zurück.

»Diese Lösung, nach der Sie suchen …«, sagte Cain, als

Wallace die Tür öffnen wollte. »Soll ich Ihnen diese Lösung als Politiker oder als Geheimdienstler liefern?«

Der Direktor zögerte einen Moment und umklammerte den Türgriff fester. Dann ging er ohne ein weiteres Wort hinaus und zog die Tür fest hinter sich zu.

Cain blieb ein paar Augenblicke lang schweigend sitzen und dachte über den Wortwechsel nach. Wallace war ein mieser Politiker, der mehr daran interessiert war, seinen eigenen Ruf zu polieren, als brauchbare geheimdienstliche Erfolge zu erzielen. Aber dieser Mistkerl hatte verdammt viel Macht. Wenn es hart auf hart kam, konnte er Cain als stellvertretenden Direktor ablösen lassen.

Und das war eine Position, für die Cain eine Menge geopfert hatte.

»Verdammt noch mal«, murmelte er, stieß sich von seinem teuren Schreibtisch ab und ging durch sein Büro zu den Fenstern, durch die man einen Blick auf die Parklandschaft rund um das Hauptquartier der Agency hatte.

Es war ein der Jahreszeit entsprechend dunkler und unerfreulicher Tag in Virginia. Über den Himmel zogen langsam dunkle Regenwolken. Warum die Gründerväter auf die Idee gekommen waren, die Hauptstadt der Nation ausgerechnet mitten in einen verdammten Sumpf zu bauen, würde er wohl nie begreifen.

Er blickte in die Ferne zur Spitze des Washington Monuments und sah dabei kurz sein eigenes Spiegelbild in der polierten Scheibe. Es war das Spiegelbild eines Mannes, der vor der Zeit gealtert war, mit einem verbrauchten Gesicht, in das sich Jahre der Sorgen und der Probleme eingegraben hatten. Sein Haar ergraute langsam, er ließ die Schultern hängen, und in seinem Blick lag ein Schmerz, der davon herrührte, dass alles, wofür er so hart gearbeitet hatte, unter seinen Augen langsam auseinanderfiel.

Er erinnerte sich daran, dass er Wallace insgeheim verhöhnt hatte, weil man ihm den Stress seiner Aufgabe ansah.

Jetzt wusste er, dass es Zeit war zu handeln. Nicht als Politiker oder als Geheimdienstler, sondern als ein Mann, der es mit dem Feind aufnahm, dem sie sich zurzeit gegenübersahen.

Er wandte seinen Blick von dem düsteren Himmel ab und ging durchs Büro zu seinem Schreibtischtelefon. Dann wählte er die Nummer, die er in letzter Zeit öfter angerufen hatte, als ihm lieb war. In der Leitung klickte und brummte es ein paarmal, während die Verschlüsselungssoftware des Telefons damit beschäftigt war, eine sichere Satellitenverbindung herzustellen, dann klingelte es.

Es dauerte nicht lange, bis jemand an den Apparat ging. »Stationschef.«

»Quinn, hier ist Marcus.«

Hayden Quinn war sein Stationschef an der US-amerikanischen Botschaft in Pakistan und für die Leitung aller Operationen der Agency im Land zuständig. Er war so kompetent, dass ihn Cain für den idealen Leiter einer Jagd auf die oberste Führungsriege von Al Kaida gehalten hatte. Aber Kompetenz tat nichts zur Sache, wenn sie keine Ergebnisse zutage brachte, und nachdem er nun seit fast einem Jahr die Position innehatte, begann sich Cain zu fragen, ob er mit Quinn wirklich die richtige Wahl getroffen hatte.

»Erzählen Sie mir was Positives«, verlangte Cain, ohne Zeit mit einer Begrüßung zu verschwenden.

Die kurze Pause verriet ihm im Grunde schon, was er wissen musste. »Ich fürchte, die Pakistanis spielen nicht mit offenen Karten, Sir«, sagte Quinn schließlich. Seine Nervosität war unüberhörbar. »Sie behaupten zwar, dass sie eng mit uns zusammenarbeiten, aber in Wahrheit mauern sie. Wir kommen nicht an die wichtigen Informationen heran.«

Cain spürte, wie die Muskeln auf seinem Schultergürtel sich verkrampften, während sein Kopfschmerz noch stärker wurde. »Und was ist mit irgendwelchen Hintertüren?«

»Wir haben es praktisch auf jedem Kanal versucht, der uns zur Verfügung steht, Sir«, entschuldigte sich Quinn. »Ich fürchte, wenn wir noch stärkeren Druck ausüben, wenden sie sich offen gegen uns.«

Cain hatte schon seit Längerem den Verdacht, dass Teile des pakistanischen Militärs und der Geheimdienste mit den Zielen von Al Kaida sympathisierten. Bedauerlicherweise durfte man Amerikas einzigem – und dazu wankelmütigem – Verbündeten in der Region nicht einfach vorwerfen, ein doppeltes Spiel zu spielen. Das hätte einen neuen Krieg ausgelöst.

Cain schloss die Augen, als der Schmerz in seinem Kopf ihn zu überwältigen drohte. Das Blut pochte wie eine große Trommel in seinem Schädel.

»Sir, sind Sie okay?«, hörte er Quinns blecherne Stimme durch die Leitung hallen. »Haben Sie meinen letzten Satz gehört?«

In diesem Moment fällte Cain seine Entscheidung. Eine Entscheidung, von der es kein Zurück mehr gab. Er musste aus der Sackgasse herauskommen – so oder so.

»Ja, ich habe Sie verstanden, Quinn. Machen Sie sich keine Sorgen, ich schicke Ihnen jemanden, der Sie unterstützen kann.«

»Sir?« Jetzt mischte sich geradezu Angst in Quinns Tonfall. Es war die Furcht eines Mannes, der die eigene Karriere vor seinen Augen den Bach hinuntergehen sah, weil er ohne großes Aufheben kaltgestellt und gegen einen Ersatzmann ausgetauscht werden sollte.

»Glauben Sie mir, er bringt die Pakistanis schon dazu, mit offenen Karten zu spielen. Ich möchte, dass Sie voll und ganz mit ihm kooperieren. Ganz egal, was er braucht, Sie besorgen es ihm. Und Sie tun das in aller Stille. Haben Sie mich verstanden?«

»Ja, aber …«

Er beendete das Gespräch, ohne Quinns entgeisterte Antwort abzuwarten, zückte sein Privathandy und wählte aus dem Gedächtnis eine andere Nummer. Eine Nummer, die nur wenige Auserwählte kannten.

Quinn mochte nichts zustande bringen, aber Cain kannte einen Mann, dem das gelingen würde. Ein Mann, der nicht an dieselben Regeln gebunden war wie Quinn und seine Kollegen. Ein Mann, der keine Fragen stellte und vor nichts zurückschreckte, und das ohne auch nur Fragen zu stellen.

»Ja?«, antwortete nach dem dritten Klingeln eine tiefe, raue Stimme.

»Hawkins«, sagte Cain. »Machen Sie sich reisefertig. Ich habe einen kleinen Auftrag in Pakistan für Sie.«

4

Marseille, Frankreich

Was Essen und Trinken anbetraf, konnte man an schlechteren Orten als der Bar Mele seinen Abend verbringen. Es war ein Freiluftcafé, spezialisiert auf Meeresfrüchte und lokale Delikatessen, und lag im alten Handelshafen, der lange Zeit das Herz Marseilles gewesen war, direkt am Wasser.

In dem Hafen herrschte immer noch so viel Betrieb wie vor ein paar Hundert Jahren, doch heutzutage beherbergte er Luxusyachten, Speedboote und andere Freizeitschiffe anstelle der traditionellen Fischereiboot- und Handelsschiffsflotte.

Viele dieser Yachten waren jetzt mit Dekorationen und Lichtern behängt. Musik aus einem Dutzend unterschiedlicher Kulturen wehte übers Wasser. Unablässig bewegten sich kleinere Boote zwischen den großen Schiffen, die Passagiere und kistenweise Alkohol für die Feiern transportierten.

Weiter draußen in der Nähe der nördlichen Hafenmündung lag mächtig und unbezwingbar die alte Festung Fort Saint-Jean. Ihr schloss sich auf der südlichen Seite das Fort Saint-Nicolas an, dessen mächtige Mauern und Schießscharten von Flutlichtern in bunten Farben angestrahlt wurden. Vor zweihundert Jahren hatten sie den wichtigen Handelshafen vor der Royal Navy geschützt. Heute waren die Festungen nur noch Touristenattraktionen.

Drake saß in Gesellschaft einer Flasche Corona an einem Tisch und blickte auf den Hafen hinaus. Er sah sich an, wie die Lichter der vertäuten Yachten und der eng nebeneinander gebauten Häuser auf den Wellen tanzten. In der Abenddämmerung hatte sich die Luft abgekühlt und rings um den Sitzbereich waren Lampen entzündet worden, die den kleinen Besuchergruppen Wärme und Licht spendeten, die nach und nach den Platz füllten.

Er hatte sich aus guten Gründen für diese Bar entschieden. Sie befand sich auf einem der alten Piers, weshalb man sich ihr nur zu Fuß und nur aus einer Richtung nähern konnte. Sein Stuhl war so ausgerichtet, dass er zur Promenade sehen konnte, was ihm einen guten Blick auf jeden erlaubte, der in seine Richtung kam.

Ein anderer, weniger dramatischer, aber dafür umso praktischerer Grund war, dass er einfach Hunger hatte, und es sprach nichts dagegen, zwei Fliegen mit einer Klappe zu schlagen.

Wäre er tatsächlich im Einsatz gewesen, wäre er nie als Erster eingetroffen. Es war immer besser, zu spät zu kommen und die Kontaktperson als Erste eintreffen zu lassen, sodass man die Gelegenheit bekam, ihre Körpersprache zu beobachten und nach subtilen Hinweisen zu suchen, dass etwas nicht stimmte. Doch er wusste, dass J. Doe auf dieselbe Weise geschult und bedeutend paranoider als er selbst war, und er hatte keine Lust, den halben Abend damit zu verschwenden, sich gegenseitig sinnlos zu belauern.

Er nahm noch einen Schluck von seinem Bier und überließ sich den nächtlichen Geräuschen der geschäftigen Stadt, dem sanften Plätschern der Wellen und der Musik, die aus der Ferne von den Partybooten herüberkam. Bis zum heutigen Tag hatte es den Anschein gehabt, als wäre der Sturm, der sein Leben in den letzten paar Jahren so gebeutelt hatte, in weite Ferne gerückt und fast vergessen hinter dem Horizont verschwunden.

Doch eben nur fast.

Es stellte sich heraus, dass er nicht lange zu warten brauchte. Ein paar Minuten nach acht Uhr entdeckte er seine Kontaktperson auf dem Weg zur Bar. Sie bewegte sich mit dem lässigen Tempo eines für den Außeneinsatz trainierten Agenten, der so tat, als unternehme er nur einen Abendspaziergang. Drake spürte, wie er sich unwillkürlich anspannte.

Anya rief immer wieder eine solche Reaktion in ihm hervor.

Groß gewachsen, gebräunt, athletisch gebaut und mit einem fein geschnittenen, exotisch wirkenden aparten Gesicht war Anya eine atemberaubend attraktive Erscheinung, die sowohl Männern als auch Frauen auffiel und gleichzeitig irgendwie etwas Kennzeichnendes für ihr Geschlecht verkörperte. Sie war inzwischen Mitte vierzig und besaß dennoch die Spannkraft und die jugendliche Energie einer Frau, die nur halb so alt war wie sie selbst, obwohl die subtile Anmut und das gelassene Selbstvertrauen, das sich in ihren Bewegungen ausdrückte, von der Erfahrung zeugte, die mit zunehmendem Alter kam.

Was sie in Drakes Augen jedoch so außergewöhnlich machte, hatte nicht nur mit ihrer äußeren Erscheinung zu tun, sondern reichte viel tiefer. Er war immer der Meinung gewesen, dass jeder, der bezweifelte, dass auch Frauen den Killerinstinkt, den Einfallsreichtum oder die gnadenlose Entschlossenheit haben konnten, die nötig waren, um in der geheimen Welt der Nachrichtendienste erfolgreich zu sein, nur eine Stunde in Anyas Gesellschaft zu verbringen brauchte, um eines Besseren belehrt zu werden.

Im Grunde reichten vermutlich sogar schon zehn Minuten.

Ihre erste Begegnung hatte vor fast drei Jahren stattgefunden, als er noch ein hochdekorierter Agent der Agency gewesen war. Damals hatte man ihn mit der Aufgabe betraut, sie aus einem russischen Hochsicherheitsgefängnis herauszuholen. Wie sich herausstellte, war dies noch der einfachste Teil der Operation gewesen. Damals hätte er sich nie träumen lassen, in welches Geflecht von Verschwörungen, Betrug, Morden und Vertuschungsaktionen dieser Einsatz ihn manövrieren würde.

Über Anyas Privatleben hatte er nie viel in Erfahrung gebracht, auch nicht über die Zeit, bevor sie zur Agency gekommen war, was sie wohl auch beabsichtigt hatte. Doch nach und nach, durch seine eigenen Erfahrungen mit ihr, aber auch durch ihre zögerlichen Eingeständnisse, hatte er sich langsam ein Bild über die unbekannten Teile ihres Lebens machen können, das ebenso schockierend und tragisch wie bemerkenswert und geheimnisvoll war.

Er war sich nicht ganz sicher, ob er wirklich alles über sie wissen wollte.

Mit ihren scharfen eisblauen Augen hatte sie ihn schon erfasst. Ihr Blick glich vermutlich dem, mit dem Löwen Antilopen betrachten, bevor sie sich auf sie stürzen. Sie kam an seinen Tisch und setzte sich ohne ein weiteres Wort auf den Stuhl ihm gegenüber. Dann musterte sie ihn einen langen Moment, als ob sie ihn mit dem Bild verglich, das sie in ihrem Gedächtnis gespeichert hatte.

Er tat das Gleiche.

Seit ihrer letzten Begegnung war fast ein Jahr vergangen, und es sah nicht so aus, als ob sie sich seither sehr verändert hätte. Ihr hellblondes Haar, einst mehr aus praktischen als aus ästhetischen Gründen kurz geschnitten, war inzwischen länger geworden und anders gestylt. Vermutlich um sich besser unter die Zivilisten mischen zu können, hatte sie sich heute für eine weiße Hose, ein graues Tanktop und eine eng anliegende dunkelblaue Jacke entschieden.

Die wegen der abendlichen Wärme überflüssig war, doch Anya würde sie nicht ablegen. Denn wenn sie es täte, würde sie das Netzwerk von Narben offenbaren, das ihren ganzen Rücken kreuz und quer überzog – es waren Erinnerungen an eine Tortur, die viele Jahre zurücklag und die sie lieber vergessen wollte. Sie hatten zwar nie darüber gesprochen, doch er spürte, dass ihr diese Narben auch Selbstbewusstsein verliehen.

Was sie sah, schien Anya zu befriedigen. Sie nickte grüßend. »Schön, dich wieder zu sehen, Ryan. Du siehst … erholt aus.«

Ihrem Maßstab nach entsprach das einer tränenreichen, freudestrahlenden Umarmung.

Drake richtete den Blick auf eine Gruppe junger Männer und Frauen, die auf ihrem Weg zu einem der Partyboote an ihnen vorbeigingen. Sie waren alle groß, schlank, gebräunt, stylisch gekleidet und sahen aus, als wären sie soeben einer französischen Touristikwerbung entstiegen.

»Ich versuche nur, mit den Kardashians mitzuhalten.«

Anya interessierte sich nicht für seinen Versuch, humorvoll zu sein. Sie ließ ihren Blick über die vertäuten Yachten schweifen, die mittelalterlichen Festungen und die belebten Bars und Cafés. Dabei wirkte sie wie ein Astronaut, der sich auf der Oberfläche einer fremden Welt umschaut.

»Dass du dich in Marseille wohlfühlst, hätte ich nicht gedacht«, sagte sie schließlich.

Er lachte finster. Wo zur Hölle hätte er denn ihrer Meinung nach wohl stranden sollen? In New York? London? Washington? Es gab auf der Welt nicht gerade unzählige Möglichkeiten für einen unehrenhaft entlassenen ehemaligen CIA-Agenten, der wegen Geheimnisverrats gesucht wurde.

»Im Sturm ist jeder Hafen recht, werte Kollegin. Außerdem könnte ich mich daran gewöhnen, glaube ich.«

»Das sehe ich. Was hast du in den letzten sechs Monaten getrieben?«

»Ich war fleißig«, gab er zurück, hob sein Bier an den Mund und trank einen Schluck davon, bevor er es heftig zurückstellte. »Hör zu, diese ganze Wie-geht-es-dir-Nummer ist toll, aber seien wir ehrlich: Small Talk passt eigentlich gar nicht zu dir. Können wir vielleicht zu der Stelle vorspulen, an der du mir erzählst, warum du wirklich hier bist?«

Sie legte den Kopf schräg und musterte ihn nachdenklich. »Was glaubst du, warum ich hier bin?«

»Na ja, ich hoffte, du bist gekommen, um dich bei mir dafür zu bedanken, dass ich Miss Mitchell für dich aus dem staatlichen Gewahrsam befreit habe. Ich habe ja grundsätzlich nichts dagegen, dir einen Gefallen zu tun, aber das war etwas heftig. Habe ich dir eigentlich schon erzählt, dass mein Team und ich fast ums Leben gekommen wären, als wir die Sache durchgezogen haben?«

Zum damaligen Zeitpunkt hatte er es nicht gewusst, doch die Frau, die er auf Bitten Anyas aus einem Krankenhaus in Istanbul herausgeholt hatte, war ebenfalls eine CIA-Agentin. Sie war schwer verletzt mit einem Bauchschuss in die Intensivstation eingeliefert worden. Sie musste die falschen Leute gegen sich aufgebracht haben, denn sie lebendig aus dem Land herauszubringen hatte sich sogar für Drake und sein Team als echte Herausforderung erwiesen. Er hatte sich vorgenommen, es Anya unter die Nase zu reiben, sobald die Sache durchgestanden war.

»Mehrfach«, versicherte sie ihm. »Und ich bin dir dafür sehr dankbar.«

Das war nicht gerade ein überschwängliches Lob, doch es war wenigstens ehrlich gemeint.

»Wir wissen beide, dass du nicht deshalb gekommen bist«, fuhr er fort. »Also schieß los.«

Sie sah auf die Hand hinunter, mit der er sein Bier hielt, und bemerkte die blutigen Kratzer an seinen Knöcheln. »Wenn ich mich nicht irre, handelt man sich solche Verletzungen bei einer Schlägerei ein. Hattest du Ärger?«

»Hängt davon ab, was du als Ärger definierst«, wich er aus. »Warum fragst du?«

Anya lehnte sich auf ihrem Stuhl zurück, und ihre blassblauen Augen schimmerten im Licht der Laternen, als sie ihn betrachtete. »Weil ich ihn auf dich angesetzt habe.«

Drake reagierte nicht sofort, weil er es für das Beste hielt, an einem öffentlichen Ort nicht zu sagen, was ihm sofort in den Kopf kam. Stattdessen führte er die Flasche an die Lippen, trank langsam und nachdenklich, fasste sich und sortierte seine Gedanken, bevor er sich auf dieses spezielle Thema einließ.

»Falls du dafür eine Erklärung hast, wäre es das Beste, sie jetzt auf den Tisch zu legen, Anya«, sagte er. Seine Stimme hatte jetzt einen gefährlichen, feindseligen Unterton. »Und um unser beider willen hoffe ich, dass sie überzeugend klingt.«

Jeder andere hätte sich von seinem feindseligen Ton einschüchtern lassen, weil unter seiner Oberfläche ein kaum verhüllter Zorn brodelte, der nur auf einen Anlass dafür wartete, aus ihm herauszuplatzen. Jeder andere Mensch, aber nicht Anya.

»Es war ein Test.«

Er zog die Brauen zusammen und verzog das Gesicht. »Und was genau wurde da getestet?«

»Du, Ryan. Ich habe dich getestet.«

Drake mahlte mit den Kiefern. Anya hatte Glück, dass sie eine Frau war, sonst hätten seine Knöchel nach dem heutigen Abend noch ein paar Kratzer mehr aufgewiesen.

»Der Mann hat versucht, mich umzubringen«, sagte er eisig. »Wenn er nun Erfolg gehabt hätte?«

»Dann hätte ich gewusst, dass nichts von dir übrig war, was sich zu retten lohnt«, erklärte sie. »Dem Ryan Drake, den ich einmal kannte, hätte kein Straßenganove etwas antun können.«

»Was zum Teufel soll das denn bedeuten?«

Anya musterte noch einmal kühl die unmittelbare Umgebung. Die Bars, die Restaurants, die Partyboote, die jungen Paare und die Gruppen von Freunden auf ihrem Weg zum Abendessen. Das normale Straßenleben einer halbwegs normalen Stadt.

»Das hier ist ein … bequemer Ort, um für eine Weile von der Bildfläche zu verschwinden, richtig?«, fuhr sie fort. »Gutes Wetter, gutes Essen, guter Wein. An so einem Ort kann ein Mann wie du lange untertauchen, wenn er will. Vielleicht sogar auf Dauer.«

»Ich weiß immer noch nicht, worauf du hinauswillst.«

Anya legte die Arme auf den Tisch und beugte sich mit einem vorwurfsvollen Blick vor. »Du wirst weich, Ryan. Weich und bequem. Zu viel Sonne, zu viel Alkohol … Zu viel Entspannung. Du verlierst den Fokus und vergisst die Mission. Bevor du dich versiehst, gehst du in diesem falschen Leben unter und vergisst, wer du wirklich bist.«

Drake spürte, wie der Zorn und die Empörung in ihm wuchsen, als ihm richtig klar wurde, was sie da eigentlich sagte. Wie konnte sie es wagen, ihm vorzuwerfen, dass er weich wurde? Wie konnte sie es wagen, sein Leben zu gefährden, nur um etwas zu beweisen? Und was, verdammt noch mal, gab ihr das Recht, sich in sein Leben einzumischen und ihm zu sagen, wie er es zu führen hatte?

Ihre Bemerkungen waren vermutlich auch deshalb so schwer zu akzeptieren, weil er tief im Inneren spürte, dass sie recht hatte.

»Und wer bin ich deiner Meinung nach wirklich?«, forderte er sie heraus. Er war noch viel zu aufgebracht, um die Wahrheit einzugestehen. »Was weißt du denn wirklich über mich? Meinen Geburtstag, meine Vergangenheit, meine Lieblingseissorte? Nichts. Ich bin nur der Typ, der sein Leben riskiert hat, um das deine zu retten. Aber so ein Mist wie das hier lässt mich wirklich daran zweifeln, ob ich das Richtige getan habe.«

Er hätte schwören können, dass ihre Wangen sich schwach rot färbten. »Ich habe dich nicht darum gebeten.«

»Wäre es dir lieber gewesen, wenn ich zugelassen hätte, dass du dir deinen Arsch in diesem russischen Gefängnis abfrierst?«, fragte er mit brutaler Offenheit. »Dein Leben war ja wohl nicht gerade ein Zuckerschlecken, bevor ich gekommen bin.«

Darauf erwiderte Anya nichts, weil sie keine Antwort für ihn hatte. Jedenfalls keine, die sie ihm jetzt hätte geben können. Es befriedigte ihn auf gewisse Weise festzustellen, dass er sie endlich einmal in die Enge getrieben hatte.

»Das glaube ich nämlich nicht«, sagte er in der Überzeugung, seinen Standpunkt klargemacht zu haben. »Aber sag mir eins, Anya. Was haben wir mit unseren Kämpfen, unserer Flucht und all dem Töten eigentlich erreicht? Cain ist immer noch auf freiem Fuß, er ist stärker als je zuvor, und die Liste der Leute, die unseren Tod wollen, wird ständig länger. Es ist schwer, im Spiel zu bleiben, wenn man immer nur verliert.«

»Was hast du vor, Ryan? Weglaufen und dich verstecken? Und hoffen, dass alles von selbst aufhört?« Sie seufzte und sah woandershin. »Wir wissen beide, dass es so nicht funktioniert. Es spielt keine Rolle, wie weit du läufst, oder wie gut du dich versteckst. Früher oder später holt dich unsere Welt immer wieder ein.«

»Hör auf damit«, unterbrach er sie. »Fang nicht an, uns zu vergleichen, denn wir sind nicht gleich. Vielleicht habe ich gelernt, mich mit dem hier zufriedenzugeben. Vielleicht habe ich mich einfach mehr daran gewöhnt, als dir lieb ist. Vielleicht habe ich Gefallen an einem normalen Leben gefunden, einem Leben, in dem mir nicht die Kugeln um die Ohren fliegen und verdammte Wirrköpfe mich umzubringen versuchen, vielleicht gefällt mir das genau so. Und weißt du was? Genau davor hast du Angst.«

Er sah, wie sie die Brauen zu einer stummen Frage hochzog. Es war zweifellos eine Weile her, seit ihr jemand so etwas vorgeworfen hatte. »Angst?«

»Ja, Angst. Nicht vor der Mission oder der Gefahr oder den Kugeln … Du hast Angst vor dem, was danach kommt. Falls wir es irgendwie schaffen, Cain zu erledigen und diesen Mist für immer abzuschütteln, hast du nichts mehr, wofür du kämpfen kannst. Du hast Angst vor dem, was du tun wirst, wenn sich der Staub legt und keine Kämpfe und kein Töten mehr übrig sind, sondern nur noch das Leben. All diese langen Jahre, die sich vor dir ausdehnen, wenn du versuchen musst, dich anzupassen und jemand zu sein, der du gar nicht bist. Dass du versuchen musst … normal zu sein. Du willst darüber reden, wie es ist, den Fokus und die Perspektive zu verlieren? Dann solltest du vielleicht mal in den Spiegel sehen.« Er vollführte eine Geste, die ihre Umgebung einschloss. »Verurteile mich ruhig, wenn du willst, aber ich brauche das. Ich brauche das, weil ich nicht damit enden will, mehr Angst vorm Leben als vorm Sterben zu haben. Ich will nicht so enden wie du.«

Er wusste, dass seine Worte brutal gewesen waren, und

dass es in mancherlei Hinsicht auch unfair war, sie so anzugehen. Teilweise bedauerte er schon, es so drastisch ausgedrückt zu haben, aber er hätte es nicht anders formulieren können. Es kam so heraus, weil es nicht anders ging, denn drei Jahre voller Kämpfe und Töten, Jahre, in denen er hatte ansehen müssen, wie gute Menschen in diesem immer verzweifelter geführten Kampf ihr Leben opferten, waren nicht spurlos an ihm vorübergegangen. Noch schlimmer war, dass auch einige der Menschen, die ihm auf dieser Welt am meisten bedeutet hatten, dabei auf der Strecke geblieben waren.

Manchmal fragte er sich, ob Anya das alles überhaupt etwas bedeutete.

Falls er diesbezüglich Zweifel gehabt haben sollte, überzeugte ihn ihre Reaktion auf seine beißende Antwort vom Gegenteil. Man konnte sie kaum eine emotionale Person nennen, doch er konnte es trotzdem sehen. Er sah die Verletzung, den Schock und die Empörung in ihrem Blick aufflackern.

Es erging ihr wie ihm gerade eben noch – die Worte hatten sie verletzt, weil sie im Innersten wusste, dass auch er recht hatte.

»Ich habe dich wirklich für alles Mögliche gehalten, Ryan«, sagte sie schließlich. »Aber noch nie für einen Feigling.«

»Dann will ich dich gern enttäuschen.« Drake atmete tief durch, dann trank er den Rest des Biers in einem Zug aus, stand auf und legte genug Geld auf den Tisch, um damit die Rechnung zu begleichen. »Tut mir leid, dass du umsonst gekommen bist.«

»Warte«, sagte sie und fasste ihn am Arm. Auch sie war aufgestanden, weil sie ihr Anliegen loswerden wollte, bevor er ging, obwohl sie einen Moment brauchte, um die richtigen Worte zu finden. »Vielleicht … Vielleicht hast du recht mit dem, was du über mich gesagt hast«, räumte sie schließlich ein. »Aber das heißt nicht, dass ich mich in dir geirrt habe. Denk über das nach, was ich gesagt habe, Ryan.«

»Das gilt auch für dich«, riet ihr Drake und entzog sich ihrem Griff.

Er sagte nichts mehr, drehte sich um und ging über den Pier davon. Er brauchte Zeit zum Nachdenken, musste sich über die widerstreitenden Gefühle klar werden, die ihr Auftauchen in ihm aufgewirbelt hatten.

Doch vor allem musste er jetzt allein sein.

5

Samantha klammerte sich an die Kante der angeschlagenen Porzellanspüle. Wieder verkrampfte sich ihr Magen schmerzhaft und presste einen bitteren Schwall durch ihre Speiseröhre nach oben. Sie hatte längst schon das Gefühl, ihren gesamten Mageninhalt erbrochen zu haben, aber anscheinend reichte das noch nicht. Sie konnte nur versuchen, ihre Atmung zu kontrollieren und ihrem Körper dabei seinen Lauf zu lassen.

Nach einiger Zeit begann sich der schlimmste Schwindel abzuschwächen. Sie drehte den Wasserhahn auf, spülte sich den Mund und spuckte den letzten, faulig schmeckenden Rest in die Schüssel.

Als sie den Kopf hob, um sich im Spiegel anzusehen, war sie von ihrem Anblick nicht erbaut. Sie sah mitgenommen und blass aus, ihre Augen waren gerötet, und ihr dunkles Haar hing schlaff herunter. Wenigstens hatte sie es geschafft, nicht auch noch darauf zu spucken.

Anfangs war es ihr noch leichtgefallen, die weniger offensichtlichen Symptome abzutun und die untypische Müdigkeit und die Magenkrämpfe entweder auf das zurückzuführen, was Frauen jeden Monat durchstanden, oder auf eine unbedeutende Infektion, die sie sich zugezogen hatte. Doch dann bemerkte sie, dass ihre Brüste anschwollen und berührungsempfindlich wurden, und ganz plötzlich wurde ihr klar, dass ihre Periode überfällig war. Zuerst nur ein paar Tage, dann eine Woche und dann zwei.

Sie hatte während dieser Zeit nichts gesagt oder getan und gehofft, dass sie sich irrte, und dass sich ihre Ängste als sinnlose Sorgen wegen nichts entpuppten.

Und dann wurde ihr an diesem Abend plötzlich so schwindelig.

Jetzt konnte es kaum noch Zweifel geben. Sie war keine Ärztin, doch sie konnte trotzdem die Anzeichen und Symptome kennen und einen logischen Schluss daraus ziehen.

»Verdammt«, sagte sie und starrte ihr Spiegelbild an, als erwartete sie von ihm Antworten, als sollte es ihr versichern, dass alles schon gut würde und ihr sagen, was zur Hölle sie mit einer ungeplanten Schwangerschaft anfangen sollte.

Wie es hatte geschehen können, lag auf der Hand, doch von all den Dingen, die ihre fragile Existenz hier zerstören konnten, war dies etwas, über das sie nie nachgedacht hatte. Warum jetzt? Sie und Drake hatten oft miteinander geschlafen, doch sie hatten immer Vorsichtsmaßnahmen ergriffen. Keiner von ihnen hatte ein Interesse daran, eine Familie zu gründen, und schon gar nicht, solange ihr eigenes Leben dermaßen gefährdet war. Doch es war trotzdem geschehen. Wie Millionen von jungen Mädchen in der ganzen Welt, die sich eingebildet hatten aufzupassen, war sie irgendwie ihrer eigenen Biologie auf den Leim gegangen.

Was für ein grausamer Witz war das, nach allem, was sie sonst schon durchgemacht hatten.

Selbstverständlich wusste sie, dass sie diese sensible Angelegenheit schnell und diskret beenden musste, bevor noch mehr daraus wurde. Es war einfach weder Zeit noch Raum, um »Glückliche Familie« spielen zu können. Sie waren zwei abtrünnige CIA-Agenten auf der Flucht vor den Behörden. Bisher war es ihnen gelungen, unauffällig zu bleiben, doch wie sollte ihnen das mit einem Kind im Schlepptau gelingen?

Schwangerschaften machten Ärzte erforderlich, Scans, Tests und jede Menge anderer gefährlicher Dinge, die früher oder später dazu führen würden, dass ihre falschen Identitäten enttarnt wurden. Ganz zu schweigen von der Geburt selbst oder dem nackten Wahnsinn, der schieren Unvernunft, ein Kind in die Welt zu setzen, in der sie immer noch lebten. Nein, sie musste sich jetzt darum kümmern, bevor es sich noch zu einem größeren Problem auswuchs.

Es war nicht nur die richtige Entscheidung, sondern die einzig mögliche.

Doch auch nachdem diese sehr logische und pragmatische Entscheidung getroffen war, erklang in ihrem Hinterkopf eine Stimme des Zweifels und des Widerspruchs. Wie es dazu kam, konnte sie gar nicht genau sagen. Sie hatte sich nie als besonders mütterliche Frau gesehen und nie Stiche der Sehnsucht oder der Unerfülltheit verspürt, wenn sie Mütter oder Kinder sah. Und doch war etwas in ihr passiert, als ihr klar wurde, dass in diesem Moment ein Leben in ihr heranwuchs. Es mochte zwar ein winziges, bewusstloses und ungeplantes Leben sein, doch ein Leben war es allemal. Und dieses Leben hatte sie nicht allein in Gang gesetzt, sondern zusammen mit dem Mann, mit dem sie das letzte Jahr über zusammengelebt hatte.

Hatte er wirklich kein Recht, es zu erfahren? Sollte sie wirklich willkürlich eine solche Entscheidung treffen, ohne sich mit ihm auch nur darüber zu beraten? Ob er es überhaupt wissen wollte? Oder würde es nur einen Keil zwischen sie treiben?

Und was das Wichtigste von allem war: Was würde es für den wahren Grund ihres Hierseins bedeuten? Wie konnte sie ihre Mission erfüllen, wenn sie wusste, dass Drake der Vater ihres Kindes war?

Sie spritzte sich kaltes Wasser ins Gesicht, dann sah sie

wieder ihr Spiegelbild an und formte mit den Lippen tonlos ein einziges Wort. »Scheiße.«

Ihre widersprüchlichen Gedanken verflogen, als die Vordertür aufgestoßen wurde und sie schnelle und hämmernde Schritte im Flur hörte. Drake war von seinen Besorgungen zurückgekehrt, und wie es sich anhörte, war etwas nicht in Ordnung.

Drake atmete schwer, tänzelte um den schweren Sandsack herum und ließ linke und rechte Haken auf ihn einprasseln. Sein T-Shirt war schweißnass, sein dunkles Haar klebte ihm am Schädel. Die Schläge erschütterten seine Arme bis hinauf zu den Schultern, und die malträtierten Gelenke seiner bereits verletzten Hand protestierten gegen die Strafe, die sie erdulden mussten, doch er machte mit finsterer Entschlossenheit immer weiter.

Nachdem er den Müll aus Jahrzehnten entsorgt hatte, die der Vorbesitzer der Villa im Keller angesammelt hatte, hatte er sich die Freiheit genommen, ein paar einfache Trainingsgeräte aufzustellen. Die erste Stelle nahm dabei der schwere Sandsack ein, den er an der Decke an einem der stabileren Balken aufgehängt hatte.

Es war nicht viel, aber ein nützlicher Ort, wenn er Zeit zum Nachdenken brauchte, um sich zu verausgaben oder einfach nur, um seine Frustration abzulassen. Heute Abend konnte er alle drei gebrauchen, weil Anyas verletzende Worte von vorhin in seinem Kopf widerhallten wie der Klang einer Glocke.

Du wirst weich, Ryan. Weich und bequem. Zu viel Sonne, zu viel Alkohol… Zu viel Entspannung. Du verlierst den Fokus und vergisst die Mission. Bevor du dich versiehst, gehst du in diesem falschen Leben unter und vergisst, wer du wirklich bist.

Er biss die Zähne zusammen und rammte seine Fäuste, die in Boxhandschuhen steckten, wieder und wieder gegen den gefütterten Ledersack. Der schwere Sack schwankte und schaukelte von den Schlägen, doch er achtete nicht darauf. Er war mit dem Kopf ganz woanders. Seine Gedanken kehrten zu den Worten zurück, mit denen sie sich vor drei Jahren im Irak voneinander verabschiedet hatten.

»Ich habe Hussam versprochen, dass ich dich beschützen würde, Anya. Ob du nun glaubst, dass du es nötig hast, oder nicht – ich werde für dich da sein, und ich werde dich nicht aufgeben.«

Damals hatte er gesehen, dass sich in ihrem Blick etwas änderte, als würde sie plötzlich ihre Abwehr fallen lassen. Sie sah aus wie in jener letzten Nacht, als sie sich einander geöffnet und gegenseitig ihre Herzen im flackernden Licht des Lagerfeuers ausgeschüttet hatten.

Sie hatte einen Moment gezögert, dann war sie auf ihn zugegangen und hatte ihm die Hand hingestreckt, ohne ein Wort zu sagen, und darauf gewartet, dass er sie nahm. Er tat es, ohne zu zögern, ohne Bedauern und ohne ihr etwas vorzumachen. Er akzeptierte sie so, wie sie ihn akzeptiert hatte.

Anya hatte seine Hand festgehalten und gelächelt. Doch es war ein bittersüßes Lächeln, das mit Traurigkeit und Bedauern durchsetzt war.

»Weißt du, was dein Problem ist, Ryan? Du bist ein guter Mann.«

Sein Herz schlug heftig, und sein Atem kam stoßweise, als er den Sack umrundete. Die Muskeln brannten, und seine Beine waren schwer. Seine Knöchel schmerzten von der Tortur, Blut sickerte aus der aufgescheuerten Haut in das Tape und die Bandagen um seine Hände, doch das war ihm völlig egal.

Die Wut brannte noch in ihm, das selbstquälerische Workout hatte nichts daran geändert, als er sich auf einer Wiese sitzen sah, auf einem Hügel irgendwo in der walisischen Landschaft. Das war im letzten Jahr an dem Tag gewesen, als er sich von der Agency getrennt und auf die lange Flucht begeben hatte. Es war der Tag, an dem er gezwungen gewesen war, sich von der einzigen Familie zu verabschieden, die ihm noch geblieben war.

Er streckte den Arm aus und berührte sanft Anyas Hand. Ausnahmsweise rückte sie nicht von ihm ab.

»Weißt du noch, was ich einmal zu dir gesagt habe? Ich habe dir versprochen, dass ich für dich da sein werde, selbst wenn du glaubst, dass du mich nicht brauchst, und dass ich alles tun würde, um dir zu helfen und dich niemals aufgeben würde. Denn das ist jetzt ebenso mein Kampf wie deiner. Daran hat sich nichts geändert. Wir haben diese Sache zusammen begonnen, Anya«, sagte er. »Du und ich. Und so bringen wir die Sache auch zu Ende. Gemeinsam.«

Die Frau hatte darauf nichts erwidert, doch er hatte es in diesem Moment gespürt. Er hatte gespürt, wie sie seine Hand ein ganz kleines bisschen gedrückt hatte.

Mit einem erschöpften Stöhnen landete Drake noch einen letzten Schlag, dann wandte er sich ab, beugte sich vornüber und rang keuchend um Atem.

»Ich glaube, du hast für heute genug trainiert«, bemerkte eine Stimme.

Drake schluckte, richtete sich auf und sah zu Samantha hinüber, die die Kellertreppe hinuntergekommen war, ohne dass er es bemerkt hatte. Wie lange sie ihn schon beobachtet hatte, wusste er nicht, doch ihrem besorgten Blick war deutlich anzusehen, dass sie genug gesehen hatte.

»Ich war …« Er brachte den Satz nicht zu Ende und wusste nicht, was er sagen sollte.

Glücklicherweise ergriff sie gleich das Wort. »Ich kenne nur einen einzigen Menschen, der dich dermaßen aus der Fassung bringen kann.« Sie deutete mit dem Kopf die Treppe hinauf. »Na komm, lass uns reden.«

Drake stöhnte auf, als er ein Geschirrtuch, das mit Eis gefüllt war, über seine pochende linke Hand legte und darauf wartete, dass die Kälte allmählich den Schmerz in den Gelenken betäubte. An diesem Abend hatte er seiner alten Verletzung ganz gewiss keinen Gefallen getan.

In der Küchennische hatte McKnight ein Glas bereitgestellt. Sie holte eine Flasche Maltwhisky aus dem Regal und schenkte eine ordentliche Portion ein.

»Ich weiß nicht, was mit dir los ist, Ryan«, sagte sie und reichte ihm das Glas. »Auch wenn wir nicht in Gefahr sind, scheinst du fest dazu entschlossen zu sein, dir selbst Schmerzen zuzufügen.«

Drake nahm ihr den Drink ab und bedankte sich mit einem Nicken. »Trinkst du nicht mit?«

Sie wich seinem Blick aus. »Du hast es nötig. Ich nicht.«

»Auch in Ordnung.« Drake nahm einen großen Schluck von dem starken Drink und schloss einen Moment die Augen, während der Alkohol seine Kehle hinunterbrannte und sich die Glut schließlich in seinem Magen sammelte.

»Also raus damit, was wollte sie?«, fragte McKnight plötzlich. »Wollte sie einen neuen Einsatz? Sollst du wieder etwas für sie erledigen, ohne dass sie dafür eine Erklärung abgibt? So läuft das doch normalerweise mit ihr, oder?«

Er hatte ihr vorher nichts von seinem wahren Grund für den Abstecher nach Marseille erzählt. Irgendwie fühlte er sich schuldig, weil er sich mit Anya getroffen hatte, als wäre ihre Begegnung eine verbotene Heimlichkeit gewesen und keine heftige, angespannte Konfrontation zwischen zwei entfremdeten Verbündeten.

McKnight war Anya noch nie persönlich begegnet, doch die Feindseligkeit, die sie der rätselhaften Frau entgegenbrachte, war spürbar. Das konnte er ihr nicht zum Vorwurf machen – aus ihrer Perspektive musste Anya wie ein Tornado erscheinen, der sein Leben durcheinanderwirbelte und dabei eine Spur der Zerstörung hinter sich herzog, bevor sie wieder verschwand. Manchmal fragte er sich, ob dieses Bild von ihr nicht viel mehr der Wahrheit entsprach, als er es sich selbst eingestehen wollte.

»Sie ist hergekommen, um mich an etwas zu erinnern. Auf ihre spezielle Art jedenfalls.«

»Woran wollte sie dich erinnern?«

Drake öffnete die Augen, streckte den Arm aus und berührte zärtlich mit seiner verletzten, bandagierten Hand ihre Wange. Einen Moment lang dachte er darüber nach, wie naiv zufrieden sie beide noch am Morgen gewesen waren, wie weit entrückt ihnen ihre Ängste vorgekommen waren. Wie es fast möglich gewesen war, das Geschehene zu vergessen.

»Dass nichts von Dauer ist.«

»Bis jetzt ging es doch«, erinnerte sie ihn. »Was hat sich geändert?«

»Ich.« Er nahm noch einen Schluck von dem Whisky. »Als wir hergekommen sind, sollte das hier nur ein Ort sein, um von der Bildfläche zu verschwinden und unseren nächsten Schritt zu planen. Es war nie vorgesehen gewesen, dass es so lange dauert. Aber hier mit dir zusammen zu sein, nur wir zwei und an diesem Ort, das war … wie ein Traum, Sam. Mehr wollte ich doch überhaupt nicht. Und ich glaube, dass ich nach einer Zeit anfing, mir zu wünschen, dass es real sei.«

»Es ist real, Ryan«, sagte sie, nahm seine Hand und sah ihm tief in die besorgten Augen. »Merkst du das denn nicht? Wir sind hier, wir sind zusammen, und das ist das Einzige, was zählt. Es ist eine andere Welt, und die, die wir hinter uns gelassen haben … braucht jetzt kein Teil unseres Lebens mehr zu sein. Wir können uns dazu entscheiden, sie hinter uns zu lassen.«

»Und was ist mit Anya?«

Ihre Miene verdüsterte sich. »Kämpfen ist das Einzige, was sie kann. Wenn sie vorhat, diesen Krieg zu führen, dann lass sie. Aber es sind bereits genug gute Leute für sie gestorben. Es soll dir nicht auch so gehen, Ryan. Ich weiß, dass du ihr helfen willst, aber … manchen Leuten kann man nicht helfen.«

Da war es – es war derselbe Zweifel, den Drake im Stillen selbst schon einige Zeit mit sich herumgeschleppt hatte. Es jetzt jemand anders aussprechen zu hören schien seinen Ängsten nur noch mehr Gewicht zu verleihen.

»Ich habe ihr gesagt, dass ich sie nicht im Stich lassen würde.« Drake blickte auf sein Glas hinunter. Er war hin- und hergerissen zwischen der Loyalität der Frau gegenüber, deren Leben er gerettet hatte, und der Frau, die er nicht verlieren wollte. »Und jetzt verlangst du von mir, genau das zu tun.«

»Ich verlange von dir, dass du gründlich darüber nachdenkst«, beschwor sie ihn. »Wir sind auf der Flucht vor der Agency, weil wir letztes Jahr in Libyen einen Fehler gemacht haben. Wir sind da reingegangen, ohne nachzudenken. Jetzt ist nicht der richtige Zeitpunkt, um denselben Fehler noch einmal zu begehen, erst recht nicht nach dem, was ich da unten im Keller gesehen habe.«

Sie hatte recht. Er mochte es sich selbst kaum eingestehen, doch sie hatte recht. Dass Emotionen Grundlagen von

Entscheidungen geworden waren, hätte sie alle in Libyen fast das Leben gekostet. Und heute Abend war ganz real die Gefahr aufgetaucht, den gleichen Fehler noch einmal zu begehen.

»Schlaf wenigstens noch einmal darüber, Ryan«, fuhr Samantha fort, die spürte, dass ihm ihre Worte zu denken gaben. »Und wenn du die Sache morgen noch genauso siehst, dann … dann finden wir eine Möglichkeit, damit umzugehen. Okay?«

Jetzt blickte Drake sie an. Samantha McKnight – wie immer die Pragmatikerin, die in der Lage war, bei Problemen die widerstreitenden Loyalitäten und Emotionen zu durchschauen. Er spürte, dass ihr Ratschlag sinvoll und es auch völlig richtig war, so zu handeln, und doch konnte er das Gefühl nicht abschütteln, dass er gerade dabei war, etwas aufzugeben.

Etwas, das ihm später vielleicht leidtun würde.

»In Ordnung, Sam«, willigte er ein, obwohl das Thema noch längst nicht erledigt war. »In Ordnung.«

Bei diesen Worten hellte sich ihre Miene etwas auf; sie lächelte ihn zurückhaltend an, streckte die Arme aus und zog ihn an sich. Der Krieg mochte weiterhin ein Thema sein, doch was den heutigen Abend anbetraf, war die Schlacht vorüber.

6

München, Deutschland

»Noch ein Bier, Mann!«, sagte Keira Frost und knallte ihre leere Flasche Bier und einen 10-Euro-Schein auf den Tresen. Sie musste laut sprechen, um die stampfende Technomusik zu übertönen, die durch die voll besetzte Bar dröhnte, aber das war ihr herzlich egal. Sie hatte noch nie ein Problem damit gehabt, deutlich zu machen, was sie wollte.

Der Barmann, ein großer, hager wirkender Typ Anfang zwanzig musterte die zierliche junge Frau, die vor ihm stand, mit einer Mischung aus Genervtheit und Unsicherheit. Das hier war ihr drittes Bier innerhalb von fünfzehn Minuten.

Sie spürte seine Zweifel, sah an ihm hoch und blickte ihn fest und herausfordernd an. »Hast du ein Problem damit?«

Er zuckte mit den Schultern. Anscheinend hielt er es für das Beste, sich nicht mit ihr anzulegen, und hebelte schnell den Kronkorken von der nächsten Bierflasche.

»Kein Problem«, sagte er und schnappte sich den Geldschein.

»Das sehe ich auch so«, murmelte sie, hob die Flasche an den Mund und nahm einen kräftigen Schluck. Man konnte sie nicht leicht unter den Tisch trinken, doch sogar sie spürte allmählich die Wirkung der vorangegangenen drei Biere. Und das war ihr nur recht. Falls sie hier nicht betrunken herauskam, musste sie irgendetwas falsch gemacht haben.

Wie Drake war auch sie dazu gezwungen gewesen, ihren Job bei der Agency als Spezialistin in einem Shepherd-Team aufzugeben und die Flucht anzutreten, nachdem ihr Versuch, Marcus Cain das Handwerk zu legen, gescheitert war. Sie waren ein Risiko eingegangen und hatten verloren, weil sie geglaubt hatten, dass die Beweise für den Waffenschmuggel und die Unterstützung von Terroristen, die sie entdeckt hatten, ausreichten, um Cains Karriere zu zerstören. Stattdessen hatten sie feststellen müssen, dass sie von genau dem Mann, den sie vernichten wollten, manipuliert worden waren, und dass ihr Scheitern für sie zu einem offenen Krieg sowohl mit McCain als auch mit der öffentlichkeitsscheuen Gruppe führte, die er vertrat.

Nach der Trennung von den anderen war Frost schließlich in Deutschlands drittgrößter Stadt untergetaucht. Die Stadt hatte über 1,5 Millionen Einwohner und einen hohen Ausländeranteil, was sie zu einem guten Ort machte, um vorübergehend unterzutauchen. Weil sie keine Arbeit hatte, mit der sie sich beschäftigen konnte, lief es bei ihr allmählich darauf hinaus, dass sie sich an den Abenden betrank und tagsüber schlief, während sie auf Befehle von Drake wartete.

Befehle, die nicht eintrafen.

Sie hätte nie erwartet, dass sie sich eines Tages wieder nach den alten Zeiten sehnen würde, als ihr Drake regelmäßig mit einschüchternden Herausforderungen und unmöglichen Zeitvorgaben kam, aber jetzt war es doch so weit gekommen. Die Untätigkeit machte sie fertig, und die fehlenden Ziele sorgten dafür, dass sie anfing, über die Vergangenheit nachzudenken, über das Was-wäre-Wenn zu spekulieren.

Jetzt spürte sie mehr, als dass sie es sah, wie sich jemand neben ihr an den Tresen hockte, der sie aus ihren düsteren

Gedanken holte. »He, wo warst du mein ganzes Leben lang, Schöne?«, fragte eine Männerstimme.

»No sprecken Deutsch, Buddy«, erwiderte Frost, ohne sich umzudrehen. Eigentlich hätte sie in dieser Nacht nichts gegen männliche Begleitung einzuwenden gehabt, wenn sie ihr dabei half, wenigstens einen Teil ihres Frustes loszuwerden, doch sie hatte vor, sich vorher noch ein paar Biere zu genehmigen.

»Ah, dann also Englisch«, erwiderte ihr neuer Sitznachbar und schaltete so locker auf die andere Sprache um, wie man im Auto einen Gang wechselt.

»Du bist Amerikanerin, stimmt's?«

»Du bist ein Blitzmerker, Sherlock.«

Er kicherte belustigt über ihre nicht gerade freundliche Erwiderung. »Es ist doch eigenartig. Da sehe ich dieses wunderhübsche Mädchen ganz allein am Tresen sitzen und frage mich, wie ist das nur möglich?«

»Vielleicht warte ich auf jemanden«, gab sie zu bedenken.

»Nicht nach vier Bier, glaube ich.«

Jetzt erwachte in Frost das Interesse. Sie drehte sich auf ihrem Sitz um, musterte den Neuankömmling und ließ sich gleich noch einmal ihre Optionen durch den Kopf gehen. Er war groß, blond und gut gebaut, den sehnigen Muskeln seiner freiliegenden Unterarme nach zu urteilen, und hatte so gar keine Ähnlichkeit mit den notgeilen, übergewichtigen älteren Männern, die regelmäßig bei ihr zu landen versuchten. Das Gesicht, das sie betrachtete, war attraktiv und jugendlich, er hatte einen Dreitagebart, und seine dunklen Augen glänzten in dem roten Licht, das von oben auf sie fiel, als er sie sichtlich angetan musterte.

Was ihr durch den Kopf ging, musste sich in ihrer Miene abgezeichnet haben, denn sie sah, wie ein Lächeln das attraktive Gesicht erhellte, während er sie von oben bis unten betrachtete.

»Dir entgeht wohl nichts, was?«, fragte sie und war sich nicht sicher, ob sie sich durch die Aufmerksamkeit geschmeichelt oder verärgert fühlen sollte.

»Du bist mir jedenfalls aufgefallen. Und ich wundere mich, dass ich der Einzige bin.« Er zuckte mit den Schultern. »Ich glaube, da entgeht den anderen etwas.«

Was das Anbaggern betraf, hatte der hier wirklich etwas drauf, das musste sie zugeben.

Sie kam zu dem Schluss, dass der heutige Abend vielleicht doch nicht völlig vergeudet war. »Also ... wie soll ich dich nennen?«, fragte sie. »Sherlock passt irgendwie nicht so richtig.«

»Anton.«

Sie prostete ihm mit der Flasche zu. »Kate.«

Dieser Typ gefiel ihr, aber ihren richtigen Namen wollte sie ihm unter keinen Umständen sagen.

»Der Name gefällt mir. Er passt zu dir«, erklärte er. »Was führt dich nach München, Kate?«

»Du meinst Geschäft oder Vergnügen?«, fragte sie mit einem ironischen Grinsen. »Mit Ersterem hat es jedenfalls angefangen ...«

»Und mit dem Zweiten wird es vielleicht enden.«

Ganz schön frech, dachte sie. Ein bisschen billig, aber trotzdem ganz schön frech. Das gefiel ihr an Männern. »Kommt wohl ganz darauf an, wer mir dabei Gesellschaft leistet.«

Nun stießen sie miteinander an und tranken. Fürs Anstoßen hätte eigentlich ein Schluck genügt, aber eine alberne Konkurrenz führte dazu, dass keiner der beiden zuerst aufhören wollte zu trinken. Es führte dazu, dass beide weitertranken, bis ihre Flaschen leer waren, dann knallten sie sie beide fast gleichzeitig auf den Tresen. Anton war vielleicht eine Sekunde früher fertig als sie, aber damit konnte sie leben. Vermutlich hatte er nicht gerade erst drei Flaschen in kurzer Folge nacheinander geleert.

»Wenn ich es nicht besser wüsste, würde ich sagen, du versuchst, mich betrunken zu machen«, sagte sie mit einem schelmischen Grinsen. »Willst du das etwa ausnutzen?«

In dem Fall konnte man ihm nur Hals und Beinbruch wünschen. Einer der Vorteile, eine ehemalige Geheimagentin im Dienst eines der besten Geheimdienste der Welt zu sein, war es, dass sie normalerweise nicht viel von betrunkenen Arschlöchern zu fürchten hatte, die das Wörtchen »Nein« nicht mochten.

»He, ich bin anständig.«

»Wirklich?« Sie beugte sich etwas näher heran und sagte so leise, wie es in der lauten Umgebung gerade noch möglich war: »Ich jedenfalls bin kein anständiges Mädchen.«

»Dann bist du ja genau das, wonach ich gesucht habe.«

Die dröhnende Technomusik hämmerte immer noch in ihrem Schädel, und plötzlich ging sie ihr auf die Nerven, weil sie jemanden gefunden hatte, mit dem sie tatsächlich reden wollte. Na ja – reden und ein paar andere Dinge auch noch.

»Und wie findest du den Laden hier?«, fragte sie plötzlich.

Er blickte sich ein, zwei Momente lang um, richtete dann seine Aufmerksamkeit wieder auf sie und ahnte, worauf sie hinauswollte. Jetzt beugte er sich etwas näher zu ihr; seine Körpersprache war offen und einladend. Sie hatte keinen Grund, sich zu beschweren.

»Ich finde, es ist etwas laut. Vielleicht sollten wir woanders hingehen, wo es etwas … ruhiger ist?«

Das war ihr nur recht. Was ihr an deutschen Männern so gut gefiel, war, dass sie es einen ziemlich schnell wissen ließen, wenn man ihnen gefiel. Das war besser, als die ganze Nacht lang mit langweiligem Small Talk zu vergeuden. Schließlich war es ja nicht gerade so, dass sie nach einem Lebensgefährten Ausschau hielt.

»Ganz deiner Meinung«, stimmte sie zu. »Tu mir einen Gefallen und bestell uns zwei Kurze, bevor wir gehen. Etwas Starkes und Klares. Ich bin gleich wieder zurück.«

Anton markierte Enttäuschung. »Willst du mich ganz allein lassen?«

Die junge Frau grinste, packte ihn am T-Shirt, zog ihn näher zu sich heran und küsste ihn mit geöffneten Lippen. Sie presste ihren Mund an seinen, hart und fordernd und ohne den geringsten Zweifel daran zu lassen, wonach ihr heute Abend noch der Sinn stand.

Schließlich ließ sie ihn wieder los, machte einen Schritt zurück und grinste über die Reaktion, die ihr Kuss hervorgerufen hatte. »Ja, aber es lohnt sich, auf mich zu warten«, versicherte sie ihm, dann streckte sie zwei Finger hoch. »Zwei Kurze. Besorg's mir.«

Frost kämpfte sich durch die Menge der Nachtschwärmer, die ungeduldig darauf warteten, bedient zu werden. Sie umrundete den Tresen und steuerte auf die Toiletten weiter hinten zu. Sie war in Gedanken so sehr mit dem bevorstehenden Abend beschäftigt, dass ihr die beiden Männer nicht auffielen, die sie verfolgten.

Es war fast eine Erleichterung, als die Schwingtür hinter ihr zuging und sie in den relativ ruhigen Flur kam, der dahinter lag. Sie blickte zu den Schildern über den Türen hoch. Herren, dann Damen und schließlich ganz am Ende eine dritte Tür, hinter der sie den Notausgang vermutete.

Als sie einen Moment allein war, hielt sie kurz inne, lehnte sich gegen die Wand, atmete tief durch und strich sich mit den Fingern durchs Haar. Mit einunddreißig Jahren war sie vermutlich ein bisschen zu alt für One-Night-Stands in fremden Ländern mit völlig Fremden, aber zur Hölle damit. Es gab nicht viel im Leben, das man nicht mit einem guten Kampf oder einer guten Nummer wieder auf die Reihe bekam, und Letzteres lag bei ihr schon eine Weile zurück.

Sie steuerte gerade auf die Toiletten zu, als sie die Tür hinter sich aufgehen hörte. Nun war es zwar ein gut besuchter Laden, und man konnte davon ausgehen, dass die Toiletten häufiger benutzt wurden, doch ihr Instinkt und die Gewohnheit sorgten dafür, dass sie sich trotzdem umdrehte.

Hätte sie dem Alkohol etwas zurückhaltender zugesprochen, hätte sie das, was auf sie zukam, vielleicht eine halbe Sekunde früher bemerkt, sie hätte vielleicht eine halbe Sekunde schneller reagiert und wäre vielleicht dem Schlag ausgewichen, der auf ihren Hinterkopf zielte. Aber das hatte sie nicht, und deshalb gelang es ihr auch nicht.

Die Explosion, das weiße Licht und der Schmerz, der noch schlimmer durch ihren Kopf dröhnte als die Musik draußen, reichten fast aus, um sie in den Strudel der Bewusstlosigkeit zu ziehen. Sie sackte zur Seite und verlor allmählich den Boden unter den Füßen. Dabei versuchte sie vergeblich, sich an der Wand abzustützen.

Dem ersten explosiven Treffer folgte einen Augenblick später ein zweiter, heftiger Schlag in die Rippen, der sie aller Kraft und allen Widerstandsgeistes beraubte, die ihr noch geblieben waren. Ihr Oberkörper fiel vornüber, und in ihrer Kehle stieg die Galle hoch.

Mit verschwommenem Blick konnte sie gerade noch einen großen jungen Mann mit kurzem blondem Haar auf sie zustürmen und sie auffangen sehen, dann wurde ihr plötzlich etwas Schweres über Kopf und Oberkörper gestülpt, und alles wurde dunkel.

»Halt sie fest! Heb sie hoch!«, rief Anton seinem Partner zu, einem großen Bayern mit kahlrasiertem Schädel und dem Namen Ruprecht.

»Bist du sicher, dass sie es ist?«, fragte Ruprecht, während er der bewusstlosen Frau die Handgelenke mit Kabelbindern aus Plastik hinter dem Rücken fesselte, bevor er sie hochhob.

»Ich hab sie! Beweg dich! Los!«

Da sprintete Anton bereits auf den Notausgang zu, dicht gefolgt von Ruprecht, dessen Atmung etwas heftiger war, weil er mit seiner Last zu kämpfen hatte. Keira Frosts leblose Gestalt war unter dem Jutesack zu erkennen, den man ihr übergeworfen hatte.

Anton trat die Tür auf, die zu einem engen Hof hinter der Bar führte, der von Lieferanten und der Müllabfuhr genutzt wurde. Dort wartete ein VW-Transporter auf ihn, der vom dritten Teammitglied, Antons Bruder Martel, gefahren wurde.

Sie mussten schnell sein. Das Öffnen der Notausgangstür löste mit Sicherheit einen Alarm aus, der den Security-Chef der Bar dazu veranlassen würde, nach dem Rechten zu schauen. Anton hatte vor, bis dahin mit seiner Beute über alle Berge zu sein.

Er nickte Martel auf dem Weg zur Heckklappe des Wagens im Vorbeigehen zu, dann riss er die Türen auf. »Leg sie rein. Los!«, rief er. Durch das Adrenalin und die Aufregung redete er lauter, als nötig war.

Ruprecht hievte sich die Last von der Schulter und warf sie buchstäblich in den Frachtraum, als ob sie ein Stück Holz wäre. Ihr erstickter Schrei, als sie aufschlug, machte deutlich, dass sie sehr unsanft auf dem Blechboden gelandet war.

»Pass doch auf, um Gottes willen!«, herrschte Anton den

gemieteten Muskelmann an. »Wenn wir sie umbringen, verlieren wir drei Millionen Euro.«

Ruprecht warf ihm einen bösen Blick zu. »Sie wird das schon überleben. Steigt ein.«

Die Achsen schienen beim Einsteigen wegen seines nicht unerheblichen Gewichts zu ächzen. Er trat die bewusstlose Frau zur Seite, um Platz zu schaffen. Anton folgte dicht hinter ihm. Er schloss die Türen, schob sich auf den Beifahrersitz und beugte sich zu seinem Bruder. »Wo zum Teufel hast du diesen Typ aufgegabelt?«, fragte er leise.

»Entspann dich. Er ist cool«, versicherte ihm Martel ein wenig zu zuversichtlich. Sein fahriger Blick ließ darauf schließen, dass er, als sie im Laden waren, ein oder zwei Linien Koks gezogen hatte, obwohl er zuvor versprochen hatte, clean zu bleiben, bis die Sache vorüber war. »Schnall dich an.«

Dann legte er den Gang ein und lenkte den Transporter durch die Hofeinfahrt. Am gegenüberliegenden Ende bog er rechts ab und fuhr auf die Hauptstraße. Es dauerte keine Minute, bis sie weg waren.

Obwohl sich Anton über seinen Bruder ärgerte und Ruprecht misstraute, spürte er, wie seine Nervosität verflog. Sie hatten ihre Beute, waren ein ganzes Stück vom Tatort entfernt, und alles hatte genauso geklappt, wie er es geplant hatte. Angesichts des Kopfgeldes, das auf sie ausgesetzt war, und der Warnungen, dass sie sehr gefährlich sei, hatte er mit größeren Schwierigkeiten gerechnet.

»Fahr hier ran«, sagte Ruprecht. »Da, rechts auf den Parkplatz.«

Anton verzog wegen der plötzlichen Planänderung das Gesicht. »Warum?«

Der große Bayer sah ihn böse an. »Ich will mich vergewissern, dass sie es ist. Und jetzt fahr rechts ran.«

»Vergiss es. Fahr weiter«, befahl Anton, der den Absichten des Mannes misstraute. Das Letzte, was er jetzt brauchen konnte, war, anzuhalten und am Straßenrand einem Dutzend von Ruprechts Freunden zu begegnen, die ihm seine Trophäe streitig machen wollten. »Wir halten hier nicht an.«

»Wie du willst«, grunzte Ruprecht und schaltete das Innenlicht ein. »Aber ich will sie mir richtig ansehen.«

Er griff in seine Tasche, faltete den Ausdruck eines Fotos der Frau namens Keira Frost auseinander und legte es auf den Boden. Dann zog er eine Sig-Sauer-Automatik hinten aus der Jeans und spannte den Hahn.

Er hielt die Waffe in der Linken, dann nahm er die Stoffhaube, die sie ihr übergestülpt hatten und zog sie hoch, bis man ihre bewusstlose Gestalt sehen konnte.

Dann ging alles ganz schnell. Schneller, als Ruprecht reagieren konnte. In einem plötzlichen Wirbel von Bewegungen erwachte die junge Frau zum Leben. Ihre rechte Hand schoss nach oben, etwas Metallisches blitzte im kalten elektrischen Licht, und plötzlich stöhnte der massige Deutsche vor Schmerz. Anton starrte ihn geschockt an und sah den Griff eines Klappmessers aus seinem Hals ragen, als Ruprecht zur Seite sackte. Aus der aufgeschlitzten Arterie pumpte Blut.

Er verkrampfte den Finger am Abzug. Das Innere des Lieferwagens dröhnte von einem lauten Schuss, als sich die Waffe löste und eine Kugel in den Fahrzeugboden einschlug.

»Was zum Teufel!«, schrie Martel. Er fuhr bei dem ohrenbetäubenden Knall zusammen, und der Transporter fing an, gefährlich zu schlingern.

Zu spät begriff Anton, dass ihr Opfer nicht so hilflos und kampfunfähig war, wie er angenommen hatte, und dass die Frau sich mit einem Messer freigeschnitten hatte.

Sein Magen verkrampfte sich, als ihm klar wurde, dass sie eine Bedrohung darstellte. Eine Bedrohung, auf die sie sofort reagieren mussten.

Doch bevor er in den Frachtraum klettern und sie bändigen konnte, sah er, wie sie nach Ruprechts Waffe griff und sie ihm aus der Hand riss, während er versuchte, sich das Messer aus dem Hals zu ziehen. Er schrie, es war ein tiefes und animalisches Heulen in einer Mischung aus Schmerz, Schock und ungeheurer Wut.

Dann folgte ein weiterer ohrenbetäubender Knall, gefolgt von dem Rumms, mit dem sein Körper auf den Boden schlug. Der Schrei hörte schlagartig auf.

»Schnapp sie dir!«, schrie Martel. »Bevor die verdammte Nutte …«

Sein Satz wurde abrupt unterbrochen, weil ein 9-mm-Parabellumgeschoss eine klaffende Wunde in seine Kehle schlug, gleichzeitig seine Luftröhre herausriss und seine Wirbelsäule verletzte.

Der Transporter schlingerte führerlos von der Fahrbahn. Anton drehte sich um und versuchte, nach dem Lenkrad zu greifen, gerade noch rechtzeitig, um zu sehen, wie ihm ein Fahrbahnteiler aus Beton entgegenraste.

Der Transporter krachte mit der Kraft von mehreren Tonnen Stahl, die sich mit fast fünfzig Meilen pro Stunde vorwärts bewegt hatten, gegen das Hindernis. Der Aufprall zerknüllte das vordere Chassis, als ob es aus Papier wäre, und zerstörte die Maschine. Weil ihn kein Sicherheitsgurt zurückhielt, wurde Anton von seiner eigenen Bewegungsenergie nach vorn geschleudert. Er stürzte mit knochenbrecherischer Gewalt durch die zerschmetterte Windschutzscheibe, schleuderte über das Betonhindernis und blieb ein paar Meter dahinter in einem blutigen Haufen liegen.

Für die nächsten paar Sekunden herrschte Stille am Unfallort, die nur von den Öltropfen unterbrochen wurde, die aus dem Wrack rannen, und von dem beständigen Ticken des abkühlenden Motorblocks. Aus dem zerstörten Kühler stieg Dampf auf und verbreitete sich neblig in der kühlen Nachtluft.

Dann erzitterte plötzlich die Hecktür des Transporters, als von innen etwas dagegenkrachte. Der Schlag wurde ein zweites Mal mit gleicher Stärke geführt. Beim dritten Versuch ging sie schließlich auf und eine angeschlagene, blutige Gestalt kroch heraus und landete auf der Straße.

Keira landete hart auf dem Asphalt und stöhnte vor Schmerz, als sich Glassplitter aus der zerschmetterten Windschutzscheibe in ihre Arme und ihre Seiten bohrten. Ihr tat alles weh, sowohl von den Schlägen, die sie eingesteckt hatte, als auch von dem Aufprall, der den Transporter zerstört hatte. Sie kämpfte um einen klaren Blick, weil ihr immer wieder alles vor den Augen verschwamm. Tränen liefen ihr über die Wangen, sie schloss für einen Moment die Augen, rollte sich zusammen und versuchte, mit dem Schmerz fertigzuwerden.

Steh auf!, warnte sie eine Stimme. *Steh auf, du blöde Kuh, bevor die Cops kommen. Beweg dich!*

Sie biss die Zähne zusammen und klammerte sich an die Waffe, die sie ihrem Entführer mit so viel Mühe abgenommen hatte. Frost schaffte es, eine blutige Hand unter sich auf den Boden zu kriegen und sich aufzurichten.

Der große Kerl und der Fahrer waren tot – das wusste sie, weil der Innenraum des Transporters mit dem Inhalt ihrer Schädel bespritzt war – aber ein leises Stöhnen von der anderen Straßenseite verriet ihr, dass der dritte Entführer lebte. Noch jedenfalls.

Sie stöhnte vor Schmerzen, humpelte um das Wrack des Lieferwagens herum, näherte sich dem Fahrbahnteiler aus

Beton und schaffte es dann irgendwie, sich darüberzuhieven.

Auf der anderen Seite lag Anton. Er bewegte sich langsam, als ob er aufstehen wollte. Beide Beine waren verdreht und standen in einem unnatürlichen Winkel ab, und seiner angestrengten Atmung nach zu urteilen, hatte er sich mehrere Rippen gebrochen, die vermutlich seine Lunge perforiert hatten.

Frost kämpfte sich weiter, kniete neben ihm nieder und packte ihn am T-Shirt, so wie sie es vorhin im Club getan hatte. Aber diesmal erwartete ihn kein Kuss – nur der Lauf einer 9-mm-Automatik.

»Wer hat euch geschickt?«, wollte sie wissen.

Aus seinem Mundwinkel sickerte Blut. Er hatte seinen Blick auf sie gerichtet, aber sie fragte sich, ob er überhaupt noch sprechen konnte.

Sie hielt ihm das zerknüllte blutige Foto von ihr, das hinten im Transporter gelegen hatte, so dicht vor die Nase, dass er es nicht übersehen konnte.

»Wer hat euch losgeschickt, um mich zu entführen?«, wiederholte sie. Zorn und Wut überlagerten die Schmerzen ihres eigenen geschundenen Körpers. »Antworte, du Drecksack!«

»Kopfgeld …«, brachte er heraus. »Für dich … lebendig.«

Frost schloss die Augen und stöhnte. Er gehörte nicht zur Agency, so viel stand fest. Er und seine beiden Kumpel waren Kopfgeldjäger, die davon lebten, Flüchtige einzufangen. Zweifellos hatten sie ihr Foto bei Interpol gesehen, beim FBI oder auf irgendeiner anderen Website mit Most-Wanted-Listen, und angenommen, mit ihr schnell ein Vermögen verdienen zu können.

Darüber hätte sie sich eigentlich eher freuen sollen, als es noch schlimmer zu finden, aber das tat sie nicht.

Denn es bedeutete, dass Anton wahrscheinlich gar nicht mal so ein schlechter Kerl war, sondern nur ein Mann, der seinen Lebensunterhalt zu verdienen versuchte. Das machte es für sie umso schwerer, das zu tun, was sie tun musste.

Eine schnelle Taschendurchsuchung bei ihm brachte keine Ausweispapiere zum Vorschein. Kein Führerschein, keine Kreditkarten, genau genommen nicht mal eine Geldbörse. Nur ein paar Euros und Kleingeld. Er hatte hinten ein Handy in der Tasche, aber es war ein billiges Prepaidhandy, das er sich vermutlich nur für diesen Job angeschafft hatte. Wenigstens war er so schlau gewesen, die Sache ohne Erkennungsmerkmale anzugehen.

»Geh …«, flüsterte er, als sie das Handy einsteckte. »Lass … mich hier liegen.«

Sollte sie ihn hier liegen lassen, damit die Polizei ihn einsammeln, ins Krankenhaus bringen, wieder aufpäppeln und dann über das, was hier geschehen war, ausquetschen konnte? Sollte sie ihn hier zurücklassen, damit er ihnen erzählen konnte, dass eine gesuchte Verbrecherin seine beiden Freunde umgebracht hatte und immer noch auf der Flucht war?

»Tut mir leid, Anton.« Frost blickte ihn mit leichtem Bedauern an, stand auf und richtete die Waffe auf seinen Kopf. »Das mit den Drinks wird wohl nichts.«

Sie drehte das Gesicht weg, um nichts von dem Blutspritzen abzubekommen, und drückte den Abzug. Als sich der Schuss löste, schlug ihr der Rückstoß die Waffe fest in die Hand, die ausgestoßene Hülse fiel in kurzer Entfernung auf den Asphalt. Es war erledigt.

Erst jetzt, als das vorbei war, spürte sie die warme Feuchtigkeit an ihrer rechten Seite. Sie schloss die Augen, zog ihre Jacke zur Seite und fasste dorthin – fast war sie überrascht, dass ihre Hand voller Blut war, als sie sie wieder zurückzog.

Sie dachte an ihre kurze brutale Konfrontation mit dem großen Mann hinten im Lieferwagen und an die plötzliche Erschütterung, als er versehentlich einen Schuss in den Stahlboden des Transporters abgab. Nur war die Kugel nicht einfach in den Fahrzeugboden eingedrungen, sondern hatte zuvor sie durchschlagen.

»Verdammt …«, sagte sie, und es war, als würde ihr Körper immer schwerer, weil sich die Schwerkraft ringsum plötzlich verdoppelt zu haben schien.

Sie musste von hier verschwinden. Hier mitten auf der Straße konnte sie jeder sehen, und wahrscheinlich war die Polizei bereits auf dem Weg hierher. Um die Verletzungen konnte sie sich später kümmern, doch fürs Erste musste sie von hier verschwinden.

Sie versuchte den Schmerz zurückzudrängen, dann machte sie kehrt, lief zum Gebüsch auf der gegenüberliegenden Straßenseite und tauchte schnell im Dunkeln unter.

7

Mailand, Italien

»Yep, das müsste funktionieren«, erklärte Cole Mason und beugte sich über den zerlegten Scooter-Motor, der vor ihm auf der Werkbank lag wie ein Patient auf dem Operationstisch. »Weißt du, das Problem bei diesen alten Motoren sind die Lager. Die verdammten Teile brennen schneller aus als eine Teenagerromanze. Da könnte man sich doch fragen, warum? Das ist, weil die Idioten, die mit ihren Scootern herumfahren, sich nie die Mühe machen, den verdammten Ölstand zu überprüfen.«

Er fummelte den Kugellagerring aus dem Gehäuse und hielt ihn zur näheren Betrachtung ins Arbeitslicht. Erwartungsgemäß war der innere Schaft von den kleinen Stahlkügelchen beschädigt und deformiert worden, die eigentlich einen reibungslosen Betrieb gewährleisten sollten.

Drei weitere Motorräder warteten unten in der improvisierten Garage auf seine Aufmerksamkeit. Roller und Mopeds waren in diesem Teil der Welt so normal wie das Atmen. Alle benutzten sie, von jungen Kellnerinnen, die sich auf dem Weg zur Arbeit durch den Verkehr schlängelten, bis hin zu alten Männern um die achtzig, die damit morgens schnell Milch holten. Jeder benutzte sie, was bedeutete, dass jeder sie früher oder später reparieren lassen musste.

»Na ja, so fällt für Leute wie uns wenigstens immer

Arbeit an«, schloss er. »Stimmt's oder habe ich recht, Rocky?«

Er drehte sich mit seinem Stuhl um und betrachtete den großen gefleckten Kater, der in der gegenüberliegenden Ecke des großen Raumes saß, der ihm als Wohnung, Küche, Schlafzimmer und Werkstatt diente.

Er hatte keine Ahnung, woher der Kater kam. Er hatte ihn etwa eine Woche nach seinem Einzug in einem Winkel seines improvisierten Zuhauses entdeckt. Cole Mason hielt sich selbst nicht unbedingt für den geborenen Katzenfreund, aber da er sonst niemanden hatte, mit dem er reden konnte, akzeptierte er ihn gerne als Mitbewohner. Im Gegenzug schien er ihn ebenfalls zu tolerieren, was wahrscheinlich schon der äußerste Gunstbeweis war, den man von einer Katze erwarten konnte.

Weil der Kater kein Halsband trug und er nicht wusste, ob er einen Besitzer hatte, hatte Mason angefangen, ihn Rocky zu nennen, denn schließlich war er Italiener; und außerdem liebte er die Boxerfilme.

Er vermutete, dass die italienische Herkunft etwas war, das die beiden gemeinsam hatten. Sein ursprünglicher Familienname hatte Martinelli gelautet, bis sein Großvater um die Jahrhundertwende in die Vereinigten Staaten gezogen war. Das war für Cole der Vorwand gewesen, sich hier in Mailand niederzulassen – als würde er irgendwie in seine Heimat zurückkehren.

»Wusste ich doch, dass du das genauso siehst wie ich«, sagte Mason und interpretierte das ausgiebige Gähnen des Katers als Ausdruck der Zustimmung.

Er stieß sich von der Werkbank ab und ließ seinen Bürostuhl durch den freien Raum bis zu seinem Küchentisch gleiten, als wäre er ein Astronaut, der einen gewagten Sprung von einem Raumschiff zum anderen macht. Es machte ihm Spaß, sich mit solchen kleinen Übungen immer wieder vor neue Herausforderungen zu stellen, und er versuchte, seinen Kurs durch verschiedene Hindernisse schwierig zu gestalten. Wie beim Billard kam alles auf den richtigen Winkel an.

Die waghalsige Aufteilung des Raumes spiegelte seine vielfältige Nutzung wider. In einer Ecke gab es einen Küchentresen mit einem Kühlschrank, einer Herdplatte und einem Tisch. Es gab eine durchgesessene alte Couch und einen Fernseher in einer anderen Ecke, und auf der gegenüberliegenden Seite des Zimmers stand ein einfaches Metallbett an der Wand. Der übrige Platz wurde von einer Werkbank eingenommen, auf der Werkzeuge und Ersatzteile lagen. Den Boden bildeten Holzdielen, die Wände bestanden aus ungestrichenen roten Ziegelsteinen. Auf Bequemlichkeit oder Ästhetik war kaum Wert gelegt worden.

Dies war die Art, wie sie zurzeit leben mussten – sowohl er selbst als auch die kleine Gruppe ehemaliger Shepherd-Agenten, die er seine Freunde nannte. Sie zogen von einem Ort zum andern und waren jederzeit bereit, auf Zuruf alles stehen und liegen zu lassen und zu flüchten. Trotzdem musste er zugeben, dass er es bedauern würde, Mailand verlassen zu müssen.

Auf dem Küchentisch dampfte eine Kaffeemaschine. Mason stoppte seine Fahrt mit einem sanften Stiefeltritt und goss sich eine Tasse ein. Zu den Dingen des Lebens hier, die er wirklich schätzte, gehörte die Qualität des Kaffees.

»Weißt du, ich hätte mir nie vorgestellt, dass ich Motoren reparieren würde, nachdem ich vorher verdeckte Einsätze durchgeführt habe. Unter Karrieregesichtspunkten betrachtet ist das nicht unbedingt ein Fortschritt«, sinnierte er und nahm einen Schluck von der starken schwarzen Flüssigkeit. »Eine komische alte Welt, hm?«

Rocky schien von seinen philosophischen Überlegungen nicht besonders beeindruckt zu sein, sondern leckte stattdessen angelegentlich seine Pfoten.

Das war der Augenblick, in dem sich Masons Welt änderte.

Er hatte gerade erst die Tasse wieder hingestellt, als er aus seinen Gedanken gerissen wurde, weil die Scheibe eines nahen Fensters zerplatzte und die Glassplitter auf den Boden klirrten. Im selben Moment flog etwas durch das gezackte Loch und knallte gegen die gegenüberliegende Wand, bevor es mit einem metallischen Geräusch zu Boden fiel.

Mason sah das explosive Projektil nur ganz kurz aus den Augenwinkeln, als er auch schon wusste, worum es sich handelte. Er wandte sich instinktiv ab, gerade als die Granate detonierte. Ein paar Sekunden lang war rings um ihn nur noch weißes Licht.

Er öffnete die Augen, dann schüttelte Mason den Kopf, Staub und Glassplitter fielen rings um ihn auf den Boden, als er vergeblich versuchte, das hartnäckige Klingeln in seinen Ohren loszuwerden. Seine Umgebung schien sich in Zeitlupe zu bewegen. Wo vorher noch klare Formen waren, wirkte jetzt alles verschwommen und traumartig, während sein geschockter Verstand zu begreifen versuchte, was vor sich ging.

Er hatte es gerade noch im letzten Moment geschafft, sich von der Blendgranate abzuwenden, was ihn davor geschützt hatte, von dem intensiven Lichtstoß geblendet und völlig außer Gefecht gesetzt zu werden. Doch er hatte es nicht geschafft, seine Ohren vor der Druckwelle zu schützen, die ihn taub gemacht und seinen Gleichgewichtssinn gestört hatte, was es ihm schwer machte, sich auch nur zu bewegen.

Doch bewegen musste er sich, und zwar ziemlich schnell. Er kannte die Wirkungen solcher auch Flashbangs genannten Granaten nur zu gut; schließlich hatte er sie bei zahllosen Angriffen auf Häuser selbst verwendet. Normalerweise wurden sie wie konventionelle Granaten per Hand geworfen, es gab aber auch Varianten, die man aus größerer Entfernung mit einem Gewehr abschießen konnte. Die Absicht blieb in jedem Fall dieselbe. Sie hatten die Aufgabe, einen Feind zu schwächen und zu verwirren, um einem Kommando die Möglichkeit zu geben, zuzuschlagen und das Gebäude zu stürmen.

Er kauerte sich hin und versuchte den Schwindel und das Gefühl der Betäubung zu verdrängen. Dann riskierte er einen Blick hinunter in die Garage. Dort unten standen mehrere Motorräder und Mopeds in dem freien Raum, der irgendwann vermutlich mal eine Laderampe gewesen war, und warteten darauf, dass er sich um sie kümmerte. Aber allzu bald würde er nicht dazu kommen, zumal dort jetzt mehrere ungebetene Gäste herumwuselten. Es war das Zugriffsteam, das zwischen den geparkten Fahrzeugen hindurchlief und auf die Treppe vorrückte, die zu seinem Wohnquartier hinaufführte.

Er überwand jetzt die Nachwirkungen der Granate, und sein Hirn schaltete in den Survival-Modus, wie ein Hubschrauber, der durchstartet, um jeden Moment abzuheben.

Er zählte mindestens vier Agenten, alle mit Schutzwesten ausgestattet und mit Heckler & Koch-MP5 bewaffnet, zuverlässige Maschinenpistolen, die schon seit fast vier Jahrzehnten auf dem Markt waren und sich weiterhin großer Beliebtheit bei Spezialkommandos der Armee und der Polizei erfreuten. Die langen, klobigen Aufsätze auf den Läufen erkannte er als Schalldämpfer, dabei wusste wohl nur der Himmel, wozu das nach dem Krach, den die Flashbangs gemacht hatten, noch gut sein sollte. Die Laserstrahlen der Zieloptiken schnitten wie rote Sensen durch den

Qualm und huschten nach links und rechts auf der Suche nach einem Ziel.

Es konnte nicht mehr lange dauern, bis sie eins fanden, wenn er jetzt nicht reagierte.

Er bückte sich, um nicht gesehen zu werden, und lief zur Werkbank hinüber, wo er noch Minuten zuvor damit beschäftigt gewesen war, den beschädigten Scooter-Motor auseinanderzunehmen. Ein Ruf von unten verriet ihm, dass man die Geräusche seiner Stiefel auf den Dielenbrettern gehört hatte, und er zuckte zusammen, als eine Salve von 9-mm-Geschossen keine zwei Armlängen von ihm entfernt die Dielen durchschlug und Holzsplitter auf ihn einprasselten.

Er ignorierte den Schmerz, als sich die herumfliegenden Splitter in seine bloße Haut bohrten, und tastete unter der Werkbank herum, bis seine Finger auf das stießen, wonach er suchte. Es war ein einzelner elektrischer Schalter, der unten am Holz befestigt war. Mason hoffte inständig, dass der Mechanismus durch die Granatenexplosion nicht beschädigt worden war. Er schob die Plastiksicherung beiseite und drückte auf den Knopf.

Man hörte ein lautes Summen, als in der Nähe des Treppenaufganges ein Elektromotor ansprang. Dazu kam das dumpfe Kratzen eines Stahlbolzens, der weggezogen wurde. Daraufhin konnte das schwere Eisentor, das damit fixiert gewesen war, krachend herunterfallen und einrasten.

Es war eine primitive Sicherheitsmaßnahme, die an die Falltore erinnerte, mit denen man im Mittelalter Burgen geschützt hatte, doch das Kommando konnte damit mindestens dreißig Sekunden lang aufgehalten werden, vielleicht sogar noch länger, falls sie keine Sprengladungen dabeihatten. Das gab ihm hoffentlich genug Zeit zur Flucht.

Noch während die Eisenplatte von den Einschlägen einer MP5-Salve widerhallte, sprintete Mason in die entgegengesetzte Ecke des Raumes, riss die Türen eines heruntergekommen aussehenden Kleiderschrankes auf, schlüpfte hinein und zog die Türen hinter sich zu.

Das Kommandoteam brauchte tatsächlich nur knapp über zwanzig Sekunden, um das Hindernis aus dem Weg zu räumen. Sie sprengten die Aufhängungen mit konzentriertem Feuer aus ihren Maschinenpistolen. Die ersten beiden Männer aus dem Team traten über die schwere Eisenplatte, dann stiegen sie vorsichtig die Stufen hinauf und schwenkten die Waffen nach links und rechts.

Sie waren extrem wachsam, ihre Nerven waren zum Zerreißen gespannt, als sie Masons Wohnzimmer erreichten und dort fieberhaft nach ihrer Zielperson suchten. Man hatte sie davor gewarnt, dass dieser Mann gefährlich war, bestens ausgebildet und wahrscheinlich bewaffnet – eine Kombination, die keinem von ihnen besonders schmeckte. Aber sie fanden kein Ziel. Der freie Bereich, immer noch voller Rauch, war gespenstisch still.

Als ihnen die Wachposten, die sie draußen aufgestellt hatten, bestätigten, dass er nicht durch die Fenster geflohen war, und weil die Treppe auf diesem Stockwerk der einzige Ausgang war, musste er sich logischerweise irgendwo hier drinnen befinden. Der Teamführer deutete nach links und schickte einen Mann los, um den Küchenbereich zu durchsuchen, während er weiter in den Raum hineinging.

Unter den Werkbänken war nichts. Keines der anderen Möbelstücke war groß genug, um einen erwachsenen Mann zu verbergen. Es gab keine Verstecke, die ins Auge sprangen, außer …

Er spürte ein Klopfen auf der Schulter und folgte der Richtung, in die sein Teamkamerad stumm zeigte. Ein kaputter alter Schrank stand in einer Zimmerecke. Er war groß genug, dass sich ein Mann darin verstecken konnte.

Es war das einzig mögliche Versteck.

Er verstärkte seinen Griff an der Waffe, dann nickte er zur Bestätigung und rückte weiter vor. Unter seinen Stiefeln knirschten Glassplitter, und die alten Dielen quietschten. Noch drei Meter.

Eineinhalb Meter.

Er presste die Waffe fest an seine Schulter und jagte einen Schuss durch den Schalldämpfer in den Schrank. Dabei zielte er tief, um den Mann nur zu verwunden, ihn aber nicht umzubringen. Das trockene alte Holz splitterte, als das 9-mm-Geschoss glatt hindurchschlug.

Doch von innen hörte man keinen Schmerzens- oder Schreckensschrei. Kein Flehen, das Feuer einzustellen, kein Angebot, sich zu ergeben. Nichts außer einem dumpfen Knall, als das Geschoss von irgendetwas Metallischem abprallte.

Er schnitt eine Grimasse, als er merkte, dass etwas faul war. Ohne länger zu warten, streckte er den Arm aus und riss die Türen auf.

»Verdammt noch mal«, knurrte er auf Italienisch und blickte auf einen Wäscheschacht aus Metall. Der Schrank war anscheinend absichtlich so positioniert worden, dass er ihn verdeckte.

»Zielperson flüchtet. Ich wiederhole: Zielperson flüchtet! An alle Einheiten: Haltet die Augen offen!«

Weitere italienische Polizeiwagen waren bereits auf dem Weg zum Gebäude. Sie bewegten sich mit der Geschwindigkeit und Effizienz, die nur jahrelanges Training ermöglichte. Schnell riegelten sie die ganze Gegend ab. Doch zu ihrem Pech war ihnen die Zielperson bereits durch die Finger geschlüpft.

Der Wäscheschacht hatte Mason ganz unspektakulär in den Keller des Gebäudes befördert, dort waren ein paar alte Matratzen aufgestapelt, um seinen Sturz aus dem ersten Stock abzufedern. Auf dem Weg nach unten hatte er ein paar Stöße abbekommen, und er war wie ein Ziegelstein durch den Metallschacht gepoltert. Aber er war noch in einem Stück und so gut wie unverletzt, als er sich wieder hochrappelte und die Matratzen wegzog.

Jemand, der ihm bis hier hinunter folgte, musste sich auf eine harte Landung gefasst machen, aber da sie gerade sein Haus gestürmt und ihn fast umgebracht hatten, empfand er kaum Mitleid.

Als das erledigt war, lief er zur entgegengesetzten Seite des spärlich beleuchteten Raumes, wo ein paar Kisten an der Wand hoch aufgestapelt waren. Er zog sie beiseite und legte eine kleine Öffnung in der Ziegelwand frei, die gerade groß genug war, damit ein Mann hindurchkriechen konnte. In Wahrheit war es nicht nur die günstige Miete, die Mason an diesen Platz gezogen hatte. Er hatte ihn wegen der Nähe zu einem der unterirdischen Versorgungstunnel gewählt, die die ganze Gegend durchzogen und für alles Mögliche von Wasser über Gas bis hin zu Elektrizität verwendet wurden. Nachdem er herausgefunden hatte, in welche Richtung er sich halten musste, brauchte er nur noch ein Stück der Kellerwand einzureißen und ein kurzes Stück zu graben.

Die Arbeit in klaustrophobischer Enge hatte zwar seinem Rücken erhebliche Schmerzen beschert, doch die Mühe zahlte sich heute aus. Er kauerte sich hin und tastete nach der Taschenlampe, die er am Eingang deponiert hatte. Schließlich schaltete er sie an. Vor ihm wurde ein drei Meter langer Tunnel sichtbar, der hier und da mit Holzresten abgestützt war.

Binnen Sekunden kroch er durch die enge unterirdische Passage. Die Wände reflektierten das Taschenlampenlicht. Er konnte seinen eigenen keuchenden Atem noch nicht hören, weil es noch zu laut in seinen Ohren dröhnte, doch er spürte die heftigen Schläge, mit denen das Herz in seiner Brust hämmerte. Für enge Räume hatte er noch nie viel übriggehabt, und das Gefühl war in diesem Moment stärker als jemals zuvor.

Immer in Bewegung bleiben. Gleich geschafft.

Ein einfaches Metallgitter verschloss das gegenüberliegende Ende des Tunnels. Er hatte es dort für den Fall, dass Ingenieure der Stadt zur Inspektion vorbeikamen, zur Tarnung angebracht. Ein einziger harter Stoß mit seiner freien Hand reichte aus, um es zu lösen, damit er hindurchkriechen konnte.

Der Tunnel für Versorgungsleitungen, in den er nun kam, war kaum einen Meter breit und höchstens eineinhalb Meter hoch, und ein Großteil des Raumes bestand aus einem verwirrenden Netzwerk von Kabeln, Isolierungen und Rohren in allen Größen und Formen. Viele waren mit bunten Aufklebern oder handgeschriebenen Zetteln versehen. Es war ein sehr schmaler, unbeleuchteter Raum, doch verglichen mit dem Tunnel, durch den er gerade gekrochen war, fühlte es sich an wie ein Fußballfeld.

Mason wusste, dass sich circa fünfzig Meter voraus eine kurze Leiter befand, an deren Spitze ein Gullideckel war, durch den er auf die Straße gelangen und flüchten konnte. Ab dann wollte er seinen Notfallplan durchziehen.

»Tut mir leid, Rocky«, keuchte er und dachte etwas wehmütig an den Straßenkater, mit dem er sich angefreundet hatte. So oder so – die Wahrscheinlichkeit, dass sich ihre Wege noch einmal kreuzten, war eher gering. »Sieht so aus, als müsstest du dir ein neues Zuhause suchen.«

Mit diesem Gedanken im Kopf wandte er sich um und lief in den Tunnel, wobei er sich tief bückte, um seinen Kopf nicht an den Rohren zu stoßen. Die Zeit lief gegen ihn. Er musste Mailand verlassen, so schnell wie möglich.

8

US-Botschaft – Islamabad, Pakistan

Wäre Hayden Quinn Diplomat und nicht Chef der örtlichen CIA-Niederlassung gewesen, hätte er die vergangenen paar Tage mit Sicherheit als »herausfordernd« bezeichnet. In Wirklichkeit hätte es für ihn kaum schlimmer kommen können.

Nachdem ihn der stellvertretende Direktor der Agency am Telefon zusammengefaltet hatte, fühlte er sich in der Zwickmühle, ohne genau zu wissen, was die Konsequenzen dieser Situation sein würden. Ob man ihn bald nach Langley zurückbeorderte, um ihn dort wegen seines Versagens zu vernehmen? Oder würde man ihn einfach feuern, was seiner einst so vielversprechenden Karriere den Todesstoß versetzen würde?

Er hatte keine Ahnung und auch zu viel Angst, Marcus Cain zurückzurufen, um die Situation zu klären. Deshalb hatte er getan, was die meisten Angestellten tun, wenn ihre Arbeitsleistungen infrage gestellt werden – er hatte sich in die Arbeit gestürzt, seine Untergebenen hart rangenommen und von ihnen verlangt, ihre Berichte und Aufgaben so schnell wie möglich abzuschließen. Irgendwie redete er sich immer noch ein, dass ein plötzlicher Durchbruch Cains Zorn beschwichtigen und seinen Ruf wiederherstellen konnte.

Es war eine vergebliche Hoffnung, die zudem platzte, als

eines Morgens nach seiner ersten Besprechungsrunde das Telefon auf seinem Schreibtisch klingelte.

»Ja?«, meldete er sich, während er einen Geheimdienstbericht überflog.

Draußen vor den kugelsicheren Scheiben seines Bürofensters waren die Straßen von Islamabads Innenstadt bereits von Fahrzeugen aller Art überfüllt – Lastwagen, Autos, Pick-ups, Taxis und winzige Motorroller, die so klein wirkten, als hätten die Fahrer darauf kaum Platz. Der Staub, den unzählige Reifen aufwirbelten, vermischte sich mit den ätzenden grauen Wolken von Auspuffgasen zu einer stinkenden Smogwolke, die sich wie eine Glocke über die Stadt legte. Er hatte keine Ahnung, wie die Einheimischen damit fertigwurden, doch er stellte fest, dass er seine Heimat jedes Mal etwas mehr vermisste, wenn er hinaussah.

»Hier spricht die Eingangskontrolle. Wir haben hier einen Mister Stryker, der zu Ihnen möchte. Er sagt, Langley hätte ihn geschickt, und dass Sie ihn erwarten.«

Quinn spürte, wie sein Magen sich verkrampfte. Er begriff, dass Cain seine Drohung wahr gemacht hatte.

Er räusperte sich und griff nach der Krawatte, die er bereits abgenommen und auf den Schreibtisch gelegt hatte. »Okay. Schicken Sie ihn rauf.«

»Eigentlich, Sir, ist er schon auf dem Weg«, meldete die Wache. »Seine Sicherheitsstufe ist … Er braucht unsere Genehmigung nicht, um reinzukommen, Sir.«

Quinn hätte es nicht für möglich gehalten, dass man sich noch mieser fühlen könnte, doch jetzt ahnte er, wie sehr er sich geirrt hatte. Noch bevor er etwas erwidern konnte, wurde die Tür zu seinem Büro geöffnet, und der Mann, den er für Stryker hielt, trat, ohne anzuklopfen, ein.

Das Erste, was Quinn an dem Mann auffiel, war seine Größe. Es war nicht nur die rein körperliche Größe und die muskulöse Statur, es war vielmehr seine Präsenz – eine Aura der Autorität und eine unausgesprochene Bösartigkeit, die seinen ohnehin schon beeindruckenden Körper noch mehr zu betonen schien. Er ging ruhig, aber mit entschlossenen Schritten, und seine selbstsichere Art sich zu bewegen ließ auf einen militärischen Hintergrund schließen, was wenig überraschend war. Die Agency riss sich viele ehemalige Militärangehörige unter den Nagel, weil man ihre Fähigkeiten bei Kommandoeinsätzen gut gebrauchen konnte.

Er trug einen dunkelgrauen Businessanzug, der aussah, als wäre er ihm auf den Leib geschneidert worden, und hatte eine teure Lederaktentasche unter dem Arm. Sein kurzes braunes Haar war ordentlich gekämmt, er war glatt rasiert, und in seinem Blick war keine Spur von Müdigkeit, wie man nach einem langen Flug von den Vereinigten Staaten nach Pakistan eigentlich erwarten konnte. Abgesehen von der Narbe, die sein Gesicht durchzog, sah er wie der Prototyp eines Mitarbeiters der Agency aus: geschniegelt, fit und motiviert. Die Narbe war schmal und sauber und ließ an irgendeine Klinge denken. Sie lief in einer wilden Kurve von seinem Kinn über die linke Wange und endete knapp über seiner Augenbraue. Sie war gut verheilt, doch das rosafarbene Narbengewebe deutete darauf hin, dass sie noch frisch war – vermutlich aus dem letzten Jahr. Wer oder was auch immer dafür verantwortlich gewesen war, sie hatte jedenfalls den Effekt, dass sein ohnehin schon einschüchterndes Gesicht damit nahezu beängstigend wirkte.

Quinn legte auf und stand automatisch hinter seinem Schreibtisch auf. Sein Hemdkragen war noch hochgezogen, und die Krawatte hing lose um seinen Hals. »Das nennt man wohl mit heruntergelassenen Hosen erwischt werden«, dachte er frustriert.

»Sie müssen …«

»Stryker. Mark Stryker«, fiel er Quinn ins Wort. Er kam vor und schüttelte Quinn die Hand, wobei er sie ihm fast zerquetschte. Er blickte auf Quinns offenen Hemdkragen und grinste amüsiert. Die Narbe machte eher eine böse Fratze als ein freundliches Grinsen daraus, doch Quinn hatte den Verdacht, dass der Mann nichts anderes vorgehabt hatte.

»Habe ich Sie in einem schlechten Moment erwischt?«

»Ich war gerade dabei …«

Er stammelte seine Antwort, als ihm Stryker erneut ins Wort fiel. »He, machen Sie sich keine Sorgen. Ich stehe nicht auf Förmlichkeiten, also müssen Sie es auch nicht so genau nehmen.« Dann sah er an seiner eigenen formellen Kleidung herunter, zuckte mit den Schultern, und sein seltsam animalisches Grinsen wurde breiter. »Der Anzug war ehrlich gesagt Marcus' Idee. Ich bin eher so der Stiefel- und Jeanstyp, aber er dachte wohl, das könnte die falsche Botschaft sein, wenn Sie wissen, was ich meine.« Er hustete amüsiert und schlug Quinn jovial mit so viel Kraft auf den Arm, dass er ihn fast aus dem Gleichgewicht gebracht hätte, dann wandte er sich ab und legte die Aktentasche auf den Schreibtisch. Da es gerade um Botschaften ging, ertappte sich Quinn, wie er darüber nachdachte, welche Botschaft ihm dieser Mann überbringen sollte.

»Also, Mister Quinn, Marcus hat bestimmt schon erklärt, dass ich hergeschickt wurde, um bei ein paar … heiklen Angelegenheiten auszuhelfen.« Er öffnete die Schnallen seiner Aktentasche. »Aber das Wichtigste zuerst. Ich möchte nicht, dass Sie mich als eine Bedrohung oder ein Problem ansehen. Ich bin nicht hier, um Ihnen den Job wegzunehmen oder Sie schlecht dastehen zu lassen, okay? So ein Fall ist das nicht.«

»Ich verstehe.« Wenn es von jemand anderem gekommen

wäre, hätte es Quinn vielleicht sogar etwas beruhigt. »Weshalb sind Sie hier?«

Stryker sah von seiner Aktentasche auf. »Sehen Sie in mir lieber so etwas wie einen ... Mediator.« Er lächelte, und seine frisch verheilte Wunde verzog sich zu einem brutalen Grinsen. »Ich weiß, das ist eine von diesen albernen und dämlichen Floskeln, wie Geschäftsleute sie benutzen, stimmt's? Normalerweise würde ich mich selbst dafür in den Hintern treten, aber diesmal stimmt es irgendwie. Ich bin hier ... um die Differenzen zwischen Ihnen und unseren Freunden beim pakistanischen Geheimdienst zu überbrücken. So etwas kann ich gut. Ich kann gut mit Menschen umgehen.«

Quinn war noch nie einem Mann begegnet, auf den diese Aussage weniger zutraf – und der sich dieses Umstandes so bewusst war.

»Also, ich bin Ihre Berichte über Anbahnungsversuche mit potenziellen ISI-Kontakten durchgegangen und dabei ...« Er führte den Satz nicht zu Ende, als er merkte, dass Quinn ihn anstarrte. Genauer gesagt die Verletzung in seinem Gesicht. Und wieder sah er dieses beunruhigende, höhnische Grinsen. »Sie sehen sich diesen Lackschaden an, hm?«

Quinn spürte, wie seine Wangen knallrot anliefen. »Entschuldigung, ich wollte nicht ...«

»He, kein Problem. Machen Sie sich darüber keine Gedanken. Man kann ja auch schwer daran vorbeisehen, stimmt's?«, bemerkte Stryker, legte ihm die Hand auf die Schulter und drückte ein wenig zu. »Ich will nicht, dass irgendwelche Peinlichkeiten zwischen uns stehen. Außerdem gefällt sie mir. Sie erinnert mich an etwas.«

Quinn runzelte die Stirn. »Woran?«

»Mich nicht mit der falschen Frau anzulegen.« Er kicherte

amüsiert über seinen eigenen Witz, obwohl seine grauen Augen nicht mitlachten. »Wie auch immer, das ist Schnee von gestern, also lassen Sie uns zum Geschäftlichen kommen, in Ordnung?«

»Ja … natürlich«, pflichtete Quinn ihm bei, der froh war, das Gesprächsthema wechseln zu können.

»Gut. Also, wie schon gesagt, ich habe mir die Liste von ISI-Kontakten angesehen, die Sie nach Langley geschickt haben«, sagte er und holte Dossiers über einige wichtige Offiziere beim pakistanischen Militärgeheimdienst Inter-Services-Intelligence hervor, die Quinns Team angelegt hatte. Er blätterte sie durch und blieb bei einem hängen. »Was können Sie mir über Majid Reza sagen?«

Bei diesem Namen verzog Quinn das Gesicht. »Reza? Er ist Attaché bei ihrem nachrichtendienstlichen Oberkommando Nord und arbeitet vorwiegend im Logistikbereich. Er ist eine kleine Nummer und gerade eben noch in die Liste aufgenommen worden.«

»Also hat er keine Leibwächter?«, wollte Stryker wissen.

»Ganz sicher nicht.«

Stryker schien das zu gefallen. »Was ist mit seinem Privatleben? Hat er eine Frau? Kinder?«

Quinn schloss die Augen und versuchte, sich an die Details zu erinnern. »Er ist unverheiratet, beide Eltern tot. Die nächsten Verwandten sind zwei Schwestern, die in der Shind-Provinz leben.«

Er nickte nachdenklich. »Gibt es sonst etwas? Irgendwelche Laster? Frauen, Alkohol … Kinder?«

Jetzt wurde es eng für Quinn. Weil Reza nur ein kleines Licht war, hatte die Agency nicht annähernd so viel Zeit darauf verwendet, ihm auf den Zahn zu fühlen wie einigen anderen wichtigen Entscheidungsträgern des ISI. Es gab nur noch eine Sache, die ihm in den Sinn kam. »Wir haben es noch nicht bestätigt, doch es gab Hinweise darauf, dass er Heroin konsumiert.«

Und wieder sah er dieses Grinsen. »Perfekt.« Stryker packte die Dossiers wieder in seine Aktentasche, ließ die Schlösser zuschnappen und wandte sich an den Stationschef. »Okay, mein Bester, ich brauche Folgendes von Ihnen …«

9

Beim ersten Licht des Sonnenaufgangs saß Drake hinter der Villa auf der Terrasse und blickte aufs Meer hinaus, ohne wirklich etwas zu sehen. Der Kaffee in dem Becher, der neben ihm auf dem Tisch stand, war längst kalt, doch er achtete nicht darauf.

Er hatte in der vorangegangenen Nacht nur wenig geschlafen und über seine Begegnung mit Anya nachgegrübelt, über die harten Worte, die zwischen ihnen gefallen waren, doch vor allem über ihre finstere Prophezeiung.

Was hast du vor, Ryan? Weglaufen und dich verstecken? Und hoffen, dass alles von selbst aufhört? Wir wissen beide, dass es so nicht funktioniert. Es spielt keine Rolle, wie weit du läufst oder wie gut du dich versteckst. Früher oder später holt dich unsere Welt immer wieder ein.

Drake wusste, dass er sich auf etwas anderes konzentrieren und aufhören musste, ihre Worte ständig wiederzukäuen. Auf der Suche nach einer Ablenkung griff er in seine Hosentasche und holte ein vertrautes Objekt heraus, das er fast immer bei sich hatte. Ein Objekt, das ihm fast ebenso sehr ein Geheimnis war wie die Person, die es ihm gegeben hatte.

Es war ein Schlüssel von ungewöhnlichem Aussehen und unbekanntem Zweck, der als zusätzliche Sicherheitsmaßnahme der Länge nach vier verschiedene Zahnreihen hatte, was das Kopieren extrem schwierig machte. Später war der Schlüsselkopf sorgfältig mit einigen Ziffern versehen worden, mit denen er auch nichts anzufangen wusste. Er konnte kein Muster darin erkennen.

Es war ein Vermächtnis seiner verstorbenen Mutter, die vor wenigen Monaten brutal ermordet worden war. Das Abschiedsgeschenk für einen Sohn, den sie als Kind zurückgelassen und als Erwachsenen kaum gekannt hatte. Das geheimnisvolle Geschenk war mit einer knappen Nachricht gekommen, in der sie ihm ihr Bedauern mitteilte und Geheimnisse andeutete, die sie sein Leben lang vor ihm verborgen gehalten hatte.

Vermutlich war der Schlüssel von entscheidender Bedeutung, um diese Geheimnisse zu enthüllen, aber in ihrem Brief hatte sie nichts darüber geschrieben, wozu er gut war oder wo er ihn benutzen sollte. Und ohne weitere Informationen würde Drake auch weiterhin im Dunkeln tappen.

Der Schlüssel selbst hatte ihm auch keine Hinweise gegeben. An dem verwendeten Metall war nichts Ungewöhnliches, sodass es auf keinen besonderen Hersteller zurückzuführen war, und auch im Inneren war nichts versteckt. Der Schaft mit den vier Zahnreihen war zwar nicht alltäglich, aber durchaus üblich. So etwas wurde in allen möglichen Zusammenhängen, bei denen es auf große Sicherheit ankam, verwendet, wie zum Beispiel bei Waffenlagern, Panzerschränken, selbst bei Banken. Er konnte für alles Mögliche und an allen möglichen Orten verwendet werden.

Trotzdem hatte sich seine Mutter dazu entschieden, ihm den Schlüssel zu überlassen. Falls er ihrem Brief glauben konnte, war er unerlässlich, um die Wahrheit über ihre Vergangenheit aufzudecken, über ihre Verwicklung mit der geheimen Gruppe, die als *der Kreis* bekannt war, und vor allem, um den Grund zu erfahren, warum sie ermordet wurde.

Auf den polierten Stahlzähnen glänzte das Morgenlicht, als wollte es ihn dazu ermutigen herauszufinden, was es mit dem Schlüssel auf sich hatte. Irgendetwas entging ihm – und er wusste es. Sie wollte, dass er die Wahrheit herausfand, und sie hätte ihn vor kein unlösbares Problem gestellt. Vermutlich wollte sie sicher sein, dass nur er es lösen konnte, weil dazu etwas nötig war, was nur er wissen konnte.

Aber was?

»Ich dachte mir schon, dass ich dich hier draußen finde.« McKnight setzte sich neben ihn. »Du konntest wohl nicht schlafen, was?«

»Mir geht gerade eine Menge durch den Kopf.«

Ihr Blick blieb an dem Schlüssel haften. Sie wusste, was er ihm bedeutete und wer ihm den Schlüssel gegeben hatte. Aber wozu er gut sein sollte, wusste sie so wenig wie er.

»Denkst du noch oft an sie?«, fragte McKnight. »An deine Mutter?«

»Manchmal. Aber jedes Mal, wenn ich es tue, bleiben am Ende mehr Fragen als Antworten übrig.« Er schüttelte den Kopf. Es war ihm immer noch ein Rätsel, wie sie es hatte schaffen können, ihr ganzes Leben so lange vor ihm zu verbergen. »Warum hat sie mir nichts gesagt?«

»Vielleicht hat sie versucht, dich zu beschützen?«, spekulierte Samantha.

Drake drehte den Schlüssel noch einmal in der Hand, dann schob er ihn zögernd wieder in seine Tasche zurück. »Ich brauche keinen Schutz. Ich brauche Antworten.«

Anscheinend wollte McKnight noch etwas sagen, aber sie kam nicht dazu, weil Drakes Handy klingelte. Weil nur eine Handvoll ausgesuchter Personen seine Nummer kannte, war jeder Anruf, der ihn erreichte, es wert, angenommen zu werden.

Ein schneller Blick auf die ID des Anrufers zeigte jedoch

eine Nummer, die er nicht kannte. Drake zog eine Braue hoch und nahm das Gespräch an. Dann wartete er einen Moment, während die Verbindung aufgebaut wurde.

»Ja?«, meldete er sich zögernd.

»Ryan. Hier spricht Cole.«

Drakes Misstrauen legte sich etwas. Es war sein alter Freund und Kamerad Cole Mason. Dem lauten Motorengeräusch und dem Fahrtwind im Hintergrund nach zu urteilen war er unterwegs.

»Cole, warum hast du das Telefon gewechselt? Stimmt was nicht?«

»Eine ganze Menge stimmt nicht«, erwiderte der Mann in grimmiger Ehrlichkeit. »Ich habe in meinem Versteck mächtig Ärger bekommen und musste überstürzt flüchten.«

Drakes vorsichtiger Optimismus schwand. »Was für Ärger?«

»Mit der italienischen Polizei. Ein Einsatzkommando, so wie es aussah. Sie hatten Granaten, automatische Waffen, das volle Programm. Ich bin nur knapp entkommen.«

»Verdammt!«, stieß Drake hervor. »Du bist okay?«

»Es ging mir noch nie besser, aber hier in Italien ist meine Deckung aufgeflogen«, sagte Mason mit unverhohlener Enttäuschung. »Ich habe fast meine ganze Habe zurücklassen müssen und musste einen fahrbaren Untersatz stehlen, um aus Mailand herauszukommen. Und ein neues Telefon für den Fall, dass sie das alte orten.«

Drake schloss die Augen. Er war noch geschockt von der plötzlichen Entwicklung. Sechs ereignislose Monate hatten ihn eingelullt und ihm ein Gefühl selbstgefälliger Zufriedenheit vermittelt, für das keine Veranlassung bestanden hatte, wie sich herausstellte.

»Soll ich mich irgendwo verkriechen und die Sache aussitzen?«, wollte Mason wissen, obwohl sie beide wussten, dass ihm das ohne Geld und Papiere ziemlich schwerfallen würde.

»Nein«, entschied Drake. Er konnte seinen Freund unmöglich im Stich lassen. Sie hatten einen Notfallplan für diese Art von Vorkommnissen. »Komm zur *Alamo*. Du weißt, was zu tun ist.«

Alamo war ihr Plan B für den Fall, dass einer oder mehrere von ihnen aufflogen und zur Flucht gezwungen waren. Es war ein Ort, um sich zu sammeln, sich zu bewaffnen und sich auf den Kampf gegen das vorzubereiten, was auch immer ihre Feinde gegen sie im Schilde führen mochten. Es war als letzte Zufluchtsstätte gedacht gewesen, auf die sie nur in absoluten Notfällen zurückgreifen wollten.

Diese Zeit war jetzt gekommen.

»Verstanden. Mason Ende.«

Drake legte auf, seufzte und strich sich mit den Händen durchs Haar. Die Schlussfolgerungen aus dem, was er gerade gehört hatte, ratterten durch seinen Kopf.

»Was ist ihm passiert?«, fragte Samantha, die nur einen der beiden Gesprächspartner gehört hatte, sich aber ihr Teil denken konnte. »Ist er okay?«

Drake berichtete ihr rasch das Wichtigste von dem, was ihm Mason gerade erzählt hatte, und dass er ihm befohlen hatte, sich zur *Alamo* zurückzuziehen. Er sah, dass McKnight bei diesen Nachrichten blass wurde.

»Jesus Christus«, stöhnte sie. »Wenn sie es schaffen, Cole zu finden, könnten wir alle in Gefahr sein.«

Doch Drake antwortete nicht. Stattdessen legte er lauschend den Kopf schief, weil seinen hellwachen Sinnen das Geräusch von der Serpentinenstraße nicht entgangen war, die zu ihrer Villa hinaufführte. Es war das Brummen eines Motors und dazu das Knirschen von Rädern auf dem unbefestigten Boden.

Jemand näherte sich ihnen.

Drake reagierte sofort und lief ins Haus. In einer Schublade in der Küche befand sich eine Browning-9-mm-Automatik. Es war ein Souvenir von ihrem letzten Job in Libyen und hatte sich in den Monaten, die seitdem vergangen waren, als handlicher Begleiter erwiesen.

Drake schob das Magazin in die Waffe, zog den Schlitten zurück, um die erste Patrone zu laden, vergewisserte sich, dass die Waffe gesichert war, und schob sie sich dann hinten in die Hose. Es war natürlich nur eine reine Vorsichtsmaßnahme. Selbst in ländlichen Gefilden wie diesem gab es durchaus Passanten – normalerweise Touristen, die sich verlaufen hatten und sich nach dem Weg erkundigen wollten, oder ab und zu auch mal einen Lieferwagenfahrer, der von seinem Kurs abgekommen war.

Nach seiner Unterhaltung mit Mason wollte Drake jedoch keine Risiken eingehen.

»Halte dich im Hintergrund, okay?«, befahl er McKnight, während er schon auf dem Weg zur Vordertür war. Das Motorengeräusch war ziemlich laut, wer da kam, hatte ein ganz schönes Tempo drauf. Dann hörte es schlagartig auf.

Er näherte sich der Tür, die Hand mit der Waffe hinten am Rücken. Drake öffnete das große solide Schloss, fasste den Türgriff, atmete tief durch und riss die Tür auf.

Sofort spürte er, wie die Spannung von ihm abfiel. Das war kein Reisender, der sich verlaufen hatte, und auch kein Schießeisen schwingender Terrorist, der sich mit ihm anlegen wollte, sondern eine kleine zierliche Frau in einer verstaubten Motorradkombi. Ihre Suzuki parkte mitten auf der Kieseinfahrt nur wenige Meter entfernt, und der Helm lag noch auf dem Sitz.

Die junge Frau versuchte ein wildes, raubtierhaftes Grinsen, doch stattdessen kam nur eine schmerzerfüllte Grimasse heraus. Drake fiel auf, dass ihr Gesicht ganz untypisch blass und eingefallen war. Ihre Augen hatten vor Erschöpfung dunkle Augenringe, und die Haut an ihrer linken Wange war abgeschürft. Sie presste eine Hand gegen ihre Seite und beugte sich vor, als ob sie so besser stehen könnte.

»Keira, was zum Teufel ist dir denn passiert?«, entfuhr es Drake, erschrocken über ihren Anblick.

»Ich dachte, ich schaue mal bei einem alten Freund vorbei«, brachte sie heraus und machte einen wackeligen Vorwärtsschritt. »Es ist schon eine Weile her, Ryan …«

Drake nahm die Hand von der Waffe und rannte los, als die Beine unter ihr nachgaben. Sie fiel ihm in die Arme.

10

Rawalpindi, Pakistan

Majid Reza saß am Küchentisch in seiner kleinen engen Wohnung im Zentrum von Rawalpindi, der Schwesterstadt des nahe gelegenen Islamabad. Sein Hemd und sein Jackett hingen über der Rückenlehne seines Stuhls, er beugte sich vor und konzentrierte sich auf das, was er gerade tat. Durch das offene Fenster drangen der dröhnende Lärm des Verkehrs und wütendes Hupen. Die Geräusche vermischten sich mit dem Getrampel von Schritten aus der Wohnung über ihm und den gedämpften Schreien eines Zwists aus der Nachbarwohnung. Kleine Störungen, die seine Geduld regelmäßig auf die Probe stellten.

Wie viele ISI-Mitarbeiter bezog er ein anständiges Gehalt, das eigentlich für eine komfortable Wohnung in einem vorzeigbaren Stadtteil ausgereicht hätte, doch bei ihm lagen die Dinge anders. Seine besonderen Umstände sorgten dafür, dass ein Großteil seines monatlichen Gehaltes für etwas ganz anderes draufging.

Er hielt den verrußten Löffel über eine flackernde Kerze auf dem Tisch, bis er so heiß war, dass die Hitze die Kristalle darin schmolz und in eine brodelnde, schmutzig braune Flüssigkeit verwandelte. Schon bald würden der Krach und die Hitze und all die Ärgernisse seiner schmutzigen Wohnung in ganz weiter Ferne liegen.

Er legte den Löffel vorsichtig auf den Tisch, um nichts

von seinem wertvollen Inhalt zu verschütten, dann holte er die Spritze aus der Verpackung und steckte die Nadel auf. HIV und andere durch Blut übertragbare Krankheiten waren in diesem Teil der Welt weit verbreitet, weil Drogenkonsumenten gezwungen waren, Nadeln zu teilen. Doch perverserweise legte er auf diese Sache besonderen Wert. Er achtete darauf, jedes Mal eine neue Nadel frisch aus der sterilen Verpackung zu benutzen.

Es war seine Art, sich einzureden, dass er besser dran sei als die Junkies, die auf der Straße lebten. Er hatte einen Job, eine Karriere, eine Zukunft. Es stimmte zwar – ab und zu genoss er es, high zu sein, wie viele andere in Pakistan auch. Aber das war auch schon alles. Eine kurze Ablenkung, ein Freizeitvergnügen, das sich von Trinken und Rauchen nur wenig unterschied. Sobald es ihm keinen Spaß mehr machte oder ihn nicht mehr ablenkte, würde er aufhören.

Als die Kanüle präpariert war, hielt er die Spitze der Nadel in den braunen Sud, zog langsam den Kolben zurück und sah zu, wie sich die Flüssigkeit vom Löffel in der Spritze verteilte. Man musste bei solchen Dingen präzise und methodisch vorgehen, dachte er, und versuchte, dabei das leichte Zittern seiner Hände zu ignorieren.

Als er fertig war, seufzte er und kostete den Moment aus, bevor er sich den Schuss setzte. Er spürte das Verlangen in seinem Körper und die Vorfreude auf die Entspannung, die er gleich erwarten durfte.

Doch bevor er die Spritze nehmen konnte, wurde er gestört, weil jemand heftig an seine Wohnungstür klopfte.

»Verschwinden Sie!«, rief er. »Ich bin beschäftigt.«

Es klopfte wieder, diesmal noch lauter und fordernder.

»Was wollen Sie?«

»Majid Reza?«, hallte eine Stimme durch die Tür.

»Ja.«

»Wir haben ein Problem. Ich bin geschickt worden, um Sie abzuholen.« Die Stimme war tief und kräftig, doch sie hatte einen ganz leichten Akzent, den er nicht einordnen konnte. Auf jeden Fall reichten die Worte aus, um ihm einen Schauer über den Rücken laufen zu lassen.

Reza stieß einen leisen Fluch aus, dann legte er die Spritze hin und pustete die Kerze aus. »Was für ein Problem?«, fragte er hastig, während er die Spritze und die dazugehörigen Utensilien in die alte Keksdose zurückpackte, in der er sie aufbewahrte.

»Das möchte ich lieber nicht durch den ganzen Flur brüllen«, erklärte der Neuankömmling gereizt. »Und jetzt machen Sie schon die Tür auf, damit wir uns unterhalten können.«

Reza verstaute die Blechbüchse in einer Schublade, dann zog er sich das Hemd über seinen schmächtigen Körper und hastete zur Tür, allerdings nicht, ohne vorher seine Dienstpistole aus dem Halfter zu ziehen, das auf dem Bett lag. Wer auch immer dieser Mann war – Reza wollte kein Risiko eingehen.

Er vergewisserte sich, dass die Sicherheitskette an der Tür eingehängt war und dass die Automatik, die er hinter dem Rücken hielt, nicht zu sehen war. Dann öffnete er zaghaft das Schloss und zog die Tür auf, um zu sehen, wer da gekommen war.

Die schnelle, unscharfe Bewegung nahm er kaum noch wahr, auch nicht die Lämpchen auf dieser seltsamen Plastikpistole, die plötzlich erschien, doch was als Nächstes geschah, spürte er auf jeden Fall. Es gab ein lautes Plopp, und er zuckte zusammen, als etwas in seine rechte Schulter eindrang.

Einen Augenblick später erfasste ein glühend heißer Schmerz seinen ganzen Körper und verursachte einen Kurzschluss an allen seinen Nervenenden und Muskeln. Sein Körper gehorchte ihm nicht mehr, und er fiel betäubt auf den Boden. Die Waffe rutschte ihm einfach aus der Hand, weil seine Finger nicht mehr funktionierten.

Reza lag nun hilflos in einer Fötusposition am Boden und hörte kaum noch das charakteristische Geräusch eines Bolzenschneiders, der die Sicherheitskette durchtrennte. Dann ging die Tür auf, und eine dunkle Person kam herein, die er kaum erkennen konnte. Eine Person, die nur aus einem einzigen Grund gekommen war: seinetwegen.

11

»Mach den Tisch frei!«, rief Drake und trug die halb bewusstlose Frau in die Küche der Villa.

McKnight lief ihm voraus. Mit einer Armbewegung wischte sie die Tassen und Teller vom Tisch. Drake, der dicht hinter ihr folgte, hob Frost vorsichtig auf die Tischplatte.

Sie war verletzt – so viel stand jedenfalls fest –, aber er wusste nicht, wie schlimm, solange er sie nicht untersuchte. Er öffnete den Reißverschluss ihrer Lederjacke, zog sie zur Seite und entdeckte jetzt, was ihre Schmerzen verursachte.

Die rechte Seite ihres grauen T-Shirts war von Blut durchtränkt, das teilweise schon getrocknet und geronnen war. Trotzdem war klar ersichtlich, dass sie viel Blut verloren haben musste.

»Jesus, Keira, was zum Teufel ist dir denn passiert?«, fragte McKnight.

Jetzt war keine Zeit, sich mit Fragen abzugeben. Für Antworten war später noch Zeit. Erst einmal kam es darauf an, sich um ihre Wunden zu kümmern und sie zu stabilisieren.

»Das muss ich mir ansehen. Gib mir die Schere«, verlangte Drake und streckte die Hand aus. Fast im selben Augenblick spürte er, wie ihm das verlangte Werkzeug in die Hand gedrückt wurde. Dann machte er sich an die Arbeit und schnitt das blutgetränkte T-Shirt auf, damit er sich die Wunde richtig ansehen konnte.

»Wenn mich einer antatscht, hau ich ihn um«, warnte

Frost, aber sie lallte und murmelte so leise, als wäre sie betrunken. Der Blutverlust in Verbindung mit dem Schmerz und der Müdigkeit hatte ihr sehr stark zugesetzt.

Ein oberflächlicher Blick sagte ihm, dass sie einen heftigen Kampf hinter sich haben musste. Mehrere massive Prellungen verunstalteten ihren Körper, und ihre Haut hatte sich an mehreren Stellen schlimm verfärbt. Er fand auch etliche kleinere Schnittverletzungen an ihren Armen und Händen, und in einigen davon befanden sich offenbar noch Glassplitter. Darum würde er sich später kümmern. Was ihm am meisten Sorgen machte, war die große Verletzung.

Drake sah, dass jemand schon versucht hatte, die Wunde zu verbinden. Zumindest war eine Kompresse angelegt und mit Pflastern fixiert worden, doch der provisorische Verband hatte die Blutungen nur verlangsamt.

»Hier gibt es ernsthafte Blutungen. Es sieht nicht so aus, als wäre eine Arterie verletzt, aber es ist eine schlimme Wunde.«

»Warum ist sie nicht in ein Krankenhaus gegangen?«, fragte McKnight.

»In Krankenhäusern stellen Leute Fragen.« Ganz besonders dann, wenn der Patient solche Verletzungen hatte, wie Frost sie seiner Meinung nach aufwies. Er beugte sich vor, sah der jungen Frau in die Augen und hoffte, dass sie noch wach genug war, um ihn zu verstehen. »Ich werde jetzt den Verband abnehmen, Keira. Es könnte wehtun.«

Er sah zu McKnight, die nickte und die junge Frau an den Schultern packte, um sie herunterzudrücken, falls sie sich wehrte, was mit ziemlicher Wahrscheinlichkeit zu erwarten war.

»Als ob das eine Rolle … Au! Verdammt!«, schrie Keira laut, als er die Kompresse samt Pflastern herunterriss.

McKnight musste sich ziemlich anstrengen, damit sie nicht vom Tisch fiel, weil sie sich aufbäumte und um sich trat.

»Ganz ruhig, Keira. Ganz ruhig«, flüsterte die ältere Frau. »Das wird schon.«

»Nicht, solange dieser Kerl ganze Fleischbrocken aus mir herausreißt«, erwiderte Frost. »Verdammt, Ryan. Ich hoffe, ich kann das eines Tages auch mal mit dir machen.« Sie biss die Zähne zusammen und hatte Tränen in den Augen.

Aber jetzt konnte sich Drake die Wunde endlich richtig ansehen. Es handelte sich, wie erwartet, um eine Schussverletzung. Sie klaffte knapp unterhalb des Brustkorbs in der rechten Seite, doch Keira hatte anscheinend noch Glück gehabt. Hätte sie der Schuss nur ein kleines Stückchen weiter links getroffen, wäre wahrscheinlich eines ihrer inneren Organe verletzt worden. In dem Fall hätte er nichts für sie tun können.

So wie es aussah, war es eine zwar unangenehme, doch vermutlich nicht lebensbedrohliche Fleischwunde.

»Ein glatter, sauberer Durchschuss.« Er blickte Frost in die Augen und versuchte, locker und entspannt zu klingen. »Worüber beschwerst du dich, du Jammerlappen? Das ist doch eine Kleinigkeit.«

Sie versuchte zu grinsen. »Erinnere mich daran, dass ich dir das sage, wenn du das nächste Mal eine Kugel abkriegst.«

»Darauf würde ich mich nicht verlassen.« Drake sah zu McKnight und deutete mit dem Kopf zu einem Regal an der gegenüberliegenden Seite der Küche. »Hol bitte den Erste-Hilfe-Kasten. Ich brauche sauberes Verbandsmaterial und Nähzeug.«

12

Rawalpindi, Pakistan

Er konnte sich nicht bewegen.

Im selben Moment, als Reza langsam zu sich kam, wusste er, dass etwas Schlimmes passiert war. Seine Arme und Beine waren gespreizt, und er spürte, dass seine Handgelenke und Knöchel von irgendetwas festgehalten wurden. Doch erst als er aufsah, merkte er, dass er an die festen Metallgitter seines eigenen Bettes gefesselt worden war.

Dann merkte er, dass er nicht sprechen konnte. Ein Lappen war in seinen Mund gestopft und mit einem Streifen Klebeband befestigt worden. Er versuchte, ihn herauszudrücken und zu schreien, aber das einzige Resultat war ein jämmerliches ersticktes Grunzen.

Er bekam Panik, sein Herz pochte, er trat aus und bäumte sich auf, zog verzweifelt und vergeblich an seinen Handgelenken und Knöcheln. Von der Anstrengung taten ihm die Muskeln weh und brannten, doch er hatte keine Chance, sich zu befreien. Dieses Wissen vergrößerte seine Angst nur.

»An Ihrer Stelle würde ich damit aufhören, Majid«, warnte eine Stimme. »Sie tun sich nur weh.«

Als ihm klar wurde, dass sich der Mensch, der ihn angegriffen hatte, im selben Raum befand wie er selbst, beschleunigte sich Rezas Herzschlag, und er kämpfte mit noch größerer Entschlossenheit.

»He! He! Ich hab doch gesagt, dass Sie damit aufhören sollen«, rief die Stimme. »Beruhigen Sie sich, sonst muss ich Sie noch einmal tasern.«

Reza fügte sich widerwillig in sein Schicksal, und sein Widerstand erlahmte. Er blickte zur Tür und konnte jetzt endlich den Mann erkennen, der ihn gefesselt hatte. Er war groß und breit und trug Zivilkleidung – Jeans, abgewetzte Wanderschuhe, ein Freizeithemd und eine abgetragene Lederjacke. Ein absoluter Durchschnittstyp – wenn nicht sein Gesicht gewesen wäre.

Sein Gesicht und sein Kopf waren unter einer schwarzen Sturmhaube verborgen, die nur die Augen und den Mund freiließ. Er wollte offenbar nicht, dass Reza ihn später identifizieren konnte, was ihn zumindest hoffen ließ, dass es so etwas wie ein Später gab.

Er sprach fehlerfreies Urdu, aber ohne eine dicke Wohnungstür, die seine Worte dämpfte, war sein ausländischer Akzent unüberhörbar. Es musste ein Amerikaner sein. Was um alles in der Welt wollte ein Amerikaner von ihm?

»Schon besser«, fuhr der Angreifer fort, als er merkte, dass Reza sich beruhigte. »Sie sollten jetzt mit mir kooperieren, Majid. Es ist nicht nötig, unser Verhältnis auf dem falschen Fuß zu beginnen.«

Er stieß sich vom Türrahmen ab und näherte sich dem Bett. Seine langsamen Schritte auf den blanken Dielenbrettern waren ein starker Kontrast zu dem wild klopfenden Herzen Rezas. Doch anstatt ihn anzugreifen, zog der Mann einfach einen Stuhl heran und setzte sich neben das Bett, als ob Reza ein kranker Verwandter wäre, dem er einen Besuch abstattete.

»Sie fragen sich jetzt bestimmt, warum ich hier bin. Wir haben beide viel zu tun, deshalb werde ich es schnell machen. Das Einzige, was ich von Ihnen will, sind Informationen. Das ist doch nicht allzu schwer, oder? Sie sind einfach nur ehrlich, dann bin ich auch schon wieder weg.« Er beugte sich vor, und der Stuhl knirschte unter seinem Gewicht. »Ich will wissen, wer für den Angriff auf Camp Chapman verantwortlich war, und ich will wissen, wo sich die Anführer von Al Kaida verstecken.«

Rezas Herzschlag beschleunigte sich wieder. Der Mann verlangte etwas, das er ihm unmöglich geben konnte – nicht nur wegen der möglichen Konsequenzen eines solchen Verrats, sondern weil er es einfach nicht wusste. Er war nicht annähernd bedeutend genug.

»Ich weiß, dass Sie es erst einmal leugnen werden«, fuhr der Amerikaner fort. »Schließlich spielen wir hier um hohe Einsätze. Es ist wie ein Pokerspiel – jeder blufft, aber jeder weiß es. Wir wissen, dass der ISI diesen Leuten seit mindestens fünf Jahren Unterschlupf gewährt, und Sie wissen, dass wir es wissen. Doch Sie tun so, als ob Sie es nicht wüssten, und wir tun aus diplomatischen Gründen so, als ob wir Ihnen glaubten. Tja, und jetzt bin ich hier, weil es Zeit wird, dass alle ihre Karten auf den Tisch legen. Und ich will jetzt sehen, was Sie in der Hand haben. Wir wissen beide, dass Sie keine große Nummer in diesem speziellen Spiel sind, Majid. Das ist eine miese Sache, aber so ist es nun mal, mein Freund. Im Grunde wissen Sie nichts, aber ich schätze, Sie kennen jemanden, der Bescheid weiß. Also, was sagen Sie? Werden Sie mir sagen, an wen ich mich wenden kann?«

Reza schüttelte den Kopf und versuchte durch den Knebel zu rufen, dass er nichts wusste, dass er nur eine untergeordnete Verwaltungskraft war und die höheren Ränge des ISI nicht kannte. Aber die Mühe war vergebens. Der Knebel verhinderte, dass mehr als ein leises Grunzen über seine Lippen kam.

»Ich dachte mir schon, dass Sie das sagen würden«, schloss

der Amerikaner enttäuscht. »Aber machen Sie sich keine Sorgen. Ich habe etwas, das dabei helfen kann, Sie zu motivieren.«

Er griff in seine Lederjacke und zog etwas hervor. Etwas, das in dem trüben Licht der Straße glänzte, das durch die verdreckten Schlafzimmerfenster drang. Etwas, bei dem sich Reza vor Angst der Magen umdrehte.

Es war ein Messer, doch ein Messer, wie Reza es noch nie gesehen hatte. Die Klinge war fast im rechten Winkel gebogen und bildete eine seltsame L-Form, bei der man klar erkennen konnte, dass es sich bei dem Instrument nicht um eine Waffe handelte. Es sah eher wie etwas aus, das ein Chirurg oder ein Schlachter benutzen würde.

»Sie wissen, was das ist?«, fragte er. »Es ist ein Kastrationsmesser. Wissen Sie, Pferdezüchter haben oft Probleme mit ihren Hengsten. All das Testosteron, das ihnen durch die Adern pumpt, macht sie eigenwillig, aggressiv, und man kann sie nicht kontrollieren. So einen Hengst kann man nie zähmen. Ganz egal, wie oft man ihn peitscht oder an die Leine legt. Aber man kann etwas anderes tun. Man nimmt ihm nur eine Kleinigkeit weg, dann wird er brav wie ein Lamm. Und wissen Sie was? Ich habe festgestellt, dass das auch bei Männern wie Ihnen funktioniert.«

Er griff in seine Tasche, zog ein Paar Chirurgenhandschuhe aus Gummi hervor und musste ein bisschen herumfummeln, bis er die richtigen Löcher für die Finger fand. Als er damit fertig war, beugte er sich vor und riss Rezas Unterwäsche herunter, bis seine Genitalien freilagen.

»Die gute Nachricht ist, dass die Blutung gar nicht so schlimm ist, wie man sich denken würde«, erklärte er, während er mit dem Messer näher kam. »Jedenfalls stirbt man davon nicht. Infektionen können später natürlich zum Problem werden, doch das ist Ihre geringste Sorge. Denn der Schmerz … Ich will es mal so sagen: Mir ist noch kein Mann begegnet, der danach nicht geredet hat.«

So gefesselt, wie er war, konnte Reza nichts tun, um sich zu bedecken oder um sich zu schützen. Ihm blieb nichts, als total verängstigt in seinen Knebel zu schreien, sich aufzubäumen und herumzustrampeln wie ein Pferd, das seinen Reiter abzuwerfen versucht. Aber es gab kein Entkommen. Es gab nichts, das er tun konnte, um es abzuwenden, außer dem Mann zu geben, was er wollte.

»Wenn Sie mir etwas sagen wollen, nicken Sie«, verlangte der Amerikaner und positionierte die gebogene Klinge so unter Rezas Hoden, dass die Sache mit einem einzigen Ruck nach oben erledigt wäre.

Er nickte wie wild und bewegte den Kopf mit solcher Kraft, dass er sich dabei den Hals verrenkte.

»Ich nehme Ihnen jetzt den Knebel ab. Falls Sie vorhaben zu schreien, sollten Sie es lieber bleiben lassen«, warnte er. »Denn glauben Sie mir, dieses Messer funktioniert genauso gut bei Zungen.«

Reza stöhnte vor Schmerz, als das Klebeband abgerissen wurde und dabei Haare und eine Hautschicht mitriss. Dennoch war die Erleichterung spürbar, als ihm der Knebel aus dem Mund gezogen wurde. Er sog gierig die Luft durch den Mund und füllte sich die Lunge.

»Wer im ISI weiß Bescheid?«, wollte der Mann wissen, der ihn überfallen hatte. »Geben Sie mir einen Namen. Und kommen Sie nicht auf die Idee, mich anzulügen.«

»Er wird mich umbringen«, protestierte Reza matt.

»Dann sollten Sie vielleicht darüber nachdenken, Pakistan zu verlassen, sobald die Sache durch ist.« Er sah ein gefährliches Glitzern in den Augen des Mannes. »Dann haben Sie zwar keinen Job, aber wenigstens noch ihre Eier. Also … der Name.«

Reza schloss die Augen. Er wusste, dass er ebenso gut sein eigenes Todesurteil unterschreiben konnte, wenn er mitspielte, dass ihn dieser Mann aber mit Sicherheit umbrächte, wenn er es nicht täte.

»Qalat«, sagte er schließlich. »Vizur Qalat.«

»Wer zum Teufel ist das?«

»Ein Agentenführer aus der Abteilung für verdeckte Operationen.« Die CAD, die Covert Action Division, war der geheimste und elitärste Zweig in Pakistans Geheimdienstlandschaft. Sie war für Missionen zuständig, von denen die meisten Mitarbeiter und Sachbearbeiter nie etwas erfuhren. »Ich kenne den Mann nicht, aber ich weiß, dass er über gute Beziehungen verfügt. Wenn es irgendjemanden gibt, der Ihnen helfen kann, sie zu finden, dann ist es Qalat.«

Der Amerikaner musterte ihn misstrauisch. »Du willst mich doch wohl nicht auf den Arm nehmen, oder, Majid?«

»Es ist die Wahrheit. Ich schwöre.« Reza blickte ihm flehend in die Augen. »Sie müssen mir glauben.«

Nach ein paar Sekunden angespannter Stille nickte der Amerikaner schließlich. »Das tue ich«, bestätigte er. »Gut gemacht, Majid. Danke für Ihre Hilfe.«

Er steckte Reza wieder den Knebel in den Mund und klebte ihn mit Klebeband fest. Dann legte er das Messer hin und nahm stattdessen die Keksdose, in der Reza seine Spritze und andere Utensilien verstaut hatte.

»Und weil Sie so brav gewesen sind, habe ich eine kleine Belohnung vorbereitet«, erklärte er und nahm die Spritze heraus. »Ich habe etwas von meinem eigenen Zeug dazugetan, gratis. Für den gewissen Extrakick, wenn Sie wissen, was ich meine.«

Er hielt Rezas Arm fest, damit der sich nicht wehren und das empfindliche Instrument zerbrechen konnte. Dann stach er die Nadel vorsichtig in eine vorstehende Vene und drückte den Kolben.

»Schöne Träume«, sagte er, diesmal auf Englisch.

Reza hatte kaum Zeit, sich über die Bedeutung seiner Worte Gedanken zu machen, da fing er schon an, die Wirkung des starken Cocktails zu spüren. Ein paar Momente lang spürte er den typischen Rausch und die Euphorie, die ihm vom Heroin so vertraut waren, doch dann schlich sich etwas anderes ein. Eine Dunkelheit sickerte aus dem Rand seines Blickfeldes herein und nahm alles ringsum ein.

Reza schrie ängstlich auf, aber der Knebel in seinem Mund machte seine letzten Anstrengungen wirkungslos – die Dunkelheit umfing ihn, und langsam wurde ihm schwarz vor Augen.

Insgesamt dauerte es fast drei Minuten bis zu seinem Atemstillstand, bis er kein Lebenszeichen mehr von sich gab. Das war länger, als es normalerweise dauerte, doch Hawkins vermutete, dass der Mann eine körperliche Toleranz gegenüber Drogen wie diese entwickelt hatte.

Er band Rezas Gliedmaßen von den Bettpfosten los und legte den Mann dann sorgfältig in einer Fötusposition aufs Bett, wobei er darauf achtete, die leere Spritze neben ihm zu platzieren. Wenn man ihn irgendwann finden würde, lag die Todesursache auf der Hand, und eine toxikologische Untersuchung würde bestätigen, dass er einer dieser Junkies war, die an einer Überdosis Heroin gestorben waren.

Hawkins packte seine Ausrüstung zusammen, streifte sich die Gummihandschuhe ab, fischte das Handy aus der Tasche und wählte eine Nummer in den Staaten. Nach wenigen Augenblicken ging jemand an den Apparat.

»Cain.«

»Ich habe einen Namen«, berichtete Hawkins. »Vizur Qalat. Agent in ihrer Abteilung für verdeckte Aktionen.«

Am anderen Ende der Leitung blieb es ein paar Sekunden lang stumm. Es war eine angespannte, brütende Stille, die nur vom Dröhnen des Straßenverkehrs und dem gelegentlichen Hupen eines Autos unterbrochen wurde.

»Sagt Ihnen der Name etwas?«, fragte Hawkins.

»Vielleicht«, erwiderte Cain, ohne sich näher darüber auszulassen. »Wie belastbar ist diese Spur?«

Hawkins blickte zu dem Toten, der gekrümmt auf dem Bett lag. »Ziemlich belastbar.«

Am anderen Ende herrschte Stille. Hawkins erwartete keinen Dank und keine Glückwünsche, doch er wusste, dass Cain jetzt über das nachdachte, was sich aus den neuen Erkenntnissen ergab.

»Finden Sie so viel wie möglich über ihn heraus«, befahl der stellvertretende Direktor. »Und arrangieren Sie ein Treffen.«

Hawkins grinste. Er fragte sich, ob Qalat zu den Männern gehörte, die rational handelten, oder ob er schließlich doch noch die Chance bekam, das Kastrationsmesser zu benutzen.

»Ist so gut wie erledigt.«

13

Eine halbe Stunde nach ihrer Ankunft hatte sich Frosts Zustand glücklicherweise stabilisiert. Die provisorische Naht zum Schließen der Schussverletzung schien zu halten, und die Blutung war so weit zurückgegangen, dass Drake sie jetzt auf die Couch legen und neu verbinden konnte. Es bestand noch immer Infektionsgefahr, doch damit mussten sie jetzt leben.

»Hier!« McKnight reichte der jungen Frau eine Tasse mit gezuckertem Tee.

Frost nahm vorsichtig einen Schluck und rümpfte die Nase, als wäre es Gift. »Etwas Stärkeres wäre mir lieber.«

»Das kann ich mir denken. Aber du warst dehydriert, in einem Schockzustand, und du hast in den letzten zwölf Stunden Gott weiß wie viel Blut verloren«, erklärte Drake nachdrücklich. »Du brauchst Flüssigkeit – und zwar jede Menge. Also hör auf zu jammern und trink.«

Frost wusste, wann sie klein beigeben musste. Sie nahm sich zusammen, als müsste sie gleich einen Schluck Absinth schlucken, dann machte sie sich daran, den Tee zu trinken.

»Wie fühlst du dich?«, fragte McKnight.

»Na ja, abgesehen davon, dass ich jetzt ein Loch habe, das gestern noch nicht da war, ziemlich gut.« Die junge Frau blickte sich um und brachte ein Grinsen zustande. Diesmal war es ehrlich. »Ach übrigens, mir gefällt, was ihr aus dem Haus gemacht habt.«

Doch ihr Lächeln erlosch so schnell, wie es gekommen war. Ihr war deutlich anzusehen, dass sie noch mehr sagen wollte.

»Tut mir leid, dass ich hier so hereinschneie«, brachte sie schließlich heraus. Sie hasste nichts so sehr, wie in der Schuld anderer Menschen zu stehen. »Ich wäre nicht hergekommen, aber ich wusste nicht, wohin ich sonst sollte.«

Allmählich kamen sie auf den Punkt. Drake setzte sich ihr gegenüber auf einen Stuhl. »Was ist passiert?«

»Letzte Nacht haben mich so ein paar Dreckskerle überfallen und versucht, mich in einem Lieferwagen zu kidnappen.« Mit abwesender Miene nahm Frost einen der Glassplitter zwischen Daumen und Zeigefinger, zog ihn aus dem Arm und legte ihn achtlos auf den Beistelltisch. »Es war mein Fehler. Ich habe nicht aufgepasst. Jetzt sind sie tot, aber ich habe dabei ganz schön was abbekommen. Ich konnte natürlich nicht in München bleiben, weil sie vielleicht meine Wohnung beobachten. Außerdem konnte es sein, dass sich die Polizei bei den örtlichen Krankenhäusern erkundigt, deshalb habe ich mich so gut zusammengeflickt, wie es ging, und mich beeilt, von dem ganzen Mist wegzukommen. Ich bin gleich danach hergefahren.«

»Soll das heißen, du hast in einer Nacht den ganzen Weg von München bis Marseille zurückgelegt?«, fragte McKnight, beeindruckt von so viel Durchhaltevermögen. »Mit dieser Verletzung?«

»Das ist schon okay. Ich hatte meine kleinen Freunde dabei«, sagte Frost, griff in ihre Gesäßtasche und zog einen fast leeren Streifen Schmerztabletten heraus. »Mit einer Dose Red Bull gehen die runter wie Butter. Die Blutung war zuerst gar nicht so schlimm, aber es wurde immer übler, je länger ich gefahren bin. Ich muss zugeben, ich war ganz schön froh, endlich dieses Haus zu sehen, als ich abgebogen bin. Es tut mir nur leid, dass ich euch erschreckt habe und umgefallen bin.«

Drake erwiderte nichts. Sie musste sich wirklich nicht dafür entschuldigen, dass sie fast gestorben wäre. »Waren die Männer, die dich angegriffen haben, Agenten?«

Sie schüttelte den Kopf. »Dafür waren sie zu dumm und zu nachlässig. Es waren Kopfgeldjäger, die wahrscheinlich eine satte Belohnung einstreichen wollten.«

Sie faltete ein zerknülltes, blutbeflecktes Stück Papier auseinander und hielt es Drake hin, damit er es sich ansehen konnte. Das Foto mochte ein paar Jahre alt sein, doch es zeigte zweifelsfrei Frost.

»Sieht aus, als wäre ich berühmt«, bemerkte sie mit grimmigem Humor.

Die Sache ging Drake an die Nieren, denn er wusste, dass die Angriffe auf Frost und auch auf Mason irgendetwas mit diesem Foto zu tun haben mussten. »Ich dachte, du behältst alle Webseiten mit Fahndungsaufrufen im Auge.«

»Das habe ich auch.« Sie schien sich gegen den unausgesprochenen Vorwurf zu wehren, nachlässig geworden zu sein. »Das heißt nicht, dass nicht trotzdem welche existieren, von denen ich nichts weiß. Zum Teufel, vielleicht gibt es sogar Foren, die nur für Kopfgeldjäger zugänglich sind.«

»Es spielt letztlich keine Rolle, woher das Foto stammt. Auf jeden Fall hat ihnen jemand einen Tipp gegeben, wo du steckst«, spekulierte McKnight und warf Drake einen vielsagenden Blick zu. »Was bedeutet, dass wahrscheinlich auch Fotos von uns anderen in Umlauf gebracht wurden.«

»Cain.« Frost schien den Namen förmlich auszuspucken.

Mehr brauchte sie nicht zu sagen. Es war offensichtlich, dass das Timing der beiden Angriffe, zwischen denen nur wenige Stunden lagen, kein Zufall sein konnte. Und Cain war der einzige Mensch, der daran Interesse haben konnte und über genug Einfluss verfügte, um es auch in die Wege zu leiten.

Dann fiel Frost noch etwas ein. Die restliche Farbe wich aus ihrem Gesicht. »Himmel, und wenn er mich bis hierher verfolgt hat?«

»Entspann dich. Niemand hat dich bis hierher verfolgt«, sagte Drake und stand auf, um nach draußen zu gehen und ihr Motorrad hereinzuholen, das nicht einfach da draußen stehen bleiben sollte, wo es jeder sehen konnte.

»Wie kannst du dir da so sicher sein?«

»Weil wir noch am Leben sind.«

Er steuerte in Richtung der Tür und warf Frost einen kurzen Blick zu. »Du bleibst hier, bis du wieder auf den Beinen bist. Du brauchst dich nicht zu entschuldigen, und wir brauchen darüber nicht zu diskutieren. Was passiert ist, war nicht deine Schuld!«

Sie vermied es, ihn anzublicken, doch er konnte sehen, dass ihr seine Worte guttaten. Jedenfalls hatte sie endlich einmal keine bissige Erwiderung parat.

»Wie auch immer.« Er wollte gerade gehen, als Frost noch etwas sagte. »Ryan?«

»Ja?«

Sie streckte ihm die Hand hin. Drake wusste, was es bedeuten sollte, was sie sagen wollte, aber nicht konnte. Er nahm ihre Hand und drückte sie fest. Diese kleine Geste bedeutete ihm mehr als jeder Dank und jede Schmeichelei.

Schließlich ließ er sie los und nickte sanft. »Bleib hier und ruhe dich aus. Und versuch dich um Himmels willen aus allem Ärger herauszuhalten.«

»Ich kann nichts versprechen!«, rief sie ihm nach, als er hinausging.

14

CIA-Hauptquartier, Langley, Virginia – 30. April 1985

Man hatte die junge Frau in die Verhörzelle geschafft, wo sie regungslos an dem Metalltisch in der Mitte des Raumes saß. Ihre Hände ruhten auf ihrem Schoß, und sie hatte den Kopf gesenkt, als dächte sie nach. Locken ihres langen blonden Haares fielen um ihr Gesicht und verhüllten es teilweise.

Cain beobachtete sie auf den Monitoren in dem Observationsraum nebenan. Er blickte zu dem Techniker, der in dem Raum Dienst hatte.

»Hat sie etwas gesagt, seit sie hergebracht wurde?«

»Nein, Sir.« Er klang, als hätte er schon viel zu lange darauf gewartet, dass etwas geschieht. »Sie hat in der letzten Stunde nicht einmal mit der Wimper gezuckt. Ich habe sogar jemanden reingeschickt, nur um sicherzugehen, dass die Kamera keine Fehlfunktion hat.«

Cain verzog das Gesicht und wandte die Aufmerksamkeit wieder ihrer schmalen Personalakte zu, die er auf dem Weg hierher überflogen hatte. Es stand nicht allzu viel drin. Sie behauptete, in einem kleinen Dorf im Baltikum geboren zu sein, und dass ihre Eltern bei einem Unfall ums Leben gekommen waren, als sie noch ein Kind war. Enttäuscht vom Leben in der Sowjetunion und ohne Verwandte hatte sie irgendwann beschlossen, in den Westen zu fliehen.

Dann hatte sie sich auf den anstrengenden Weg nach

Norden gemacht, hatte nachts die Grenze nach Finnland überquert in der Absicht, Norwegen zu erreichen und dort Asyl zu beantragen. Sie kannte offensichtlich Finnlands offizielle Politik, Flüchtlinge aus der Sowjetunion wieder in ihr Heimatland zu verfrachten.

Alles war gut gegangen, bis sie sich in einem Schneesturm verlaufen und die Orientierung verloren hatte. Sie war gezwungen, mehrere Tage in einem improvisierten Unterschlupf auszuharren, bis sie ihre Reise fortsetzen konnte. Unterkühlt, erschöpft und dem Tode nah war sie von einer norwegischen Grenzpatrouille aufgelesen worden. Bei der medizinischen Untersuchung ergab sich, dass sie körperlich fit war und die Strapazen gesund überstanden hatte.

Von diesen wenigen Informationen abgesehen, schien sie jedoch ein unbeschriebenes Blatt zu sein. Um mehr über sie zu erfahren, musste man mit ihr reden.

»In Ordnung. Ich gehe hinein«, entschied Cain und klemmte sich ihre Akte unter den Arm.

Er ging über den kurzen Flur, der zum angrenzenden Raum führte, und zeigte dem Sicherheitsbeamten, der davor Wache hielt, seinen Ausweis. Es summte laut, als das elektronische Schloss entriegelt wurde, dann schwang die Tür auf.

Erst als er sich dem Tisch näherte, blickte die junge Frau endlich auf, sodass Cain sie zum ersten Mal richtig betrachten konnte.

Sie hatte eine starke Kinnpartie, hohe Wangenknochen und eine gerade Stirn. Ihr Gesicht wirkte insgesamt etwas nordisch, wie es bei vielen Menschen aus dem Baltikum der Fall war. Die Gesichtsform der Menschen russischer Herkunft war im Gegensatz dazu eher oval. Ihr blondes, etwas welliges Haar reichte ihr bis über die Schultern. Einzelne Strähnen fielen ihr seitlich übers Gesicht. Ihre vollen Lippen waren geschlossen, ihr Kinn ein wenig vorgestreckt, als wollte sie der Autorität, die er repräsentierte, stumm Widerstand leisten.

Sie saß und trug ein einfaches weißes T-Shirt und eine Hose, deshalb konnte er ihre Größe und ihren Körperbau schlecht einschätzen, aber ihm fielen die drahtigen, sehnigen Muskeln an ihren unbedeckten Armen auf, die für ein aktives Leben mit viel Bewegung sprachen. Er hatte keinen Grund zu der Annahme, dass sich ihr übriger Körper davon unterschied. Er nahm außerdem etliche kleinere Narben an beiden Händen wahr. Sie wiesen sie als jemanden aus, der schon so manchen Kampf überstanden hatte.

Vor allem aber fesselten ihre Augen seine Aufmerksamkeit. Sie waren leuchtend blau und kalt wie Gletschereis und fixierten ihn mit einer unerschütterlichen Intensität, die fast beunruhigend war – als könnte sie durch ihn hindurchsehen. Der Blick dieser Augen kündete von einer Seele, die in ihrem kurzen Leben schon jede Menge erlebt hatte.

Alles zusammengenommen war die Frau, die vor ihm saß, außerordentlich attraktiv und auf eine seltsame Weise verführerisch. Sie war jung und hübsch, aber dazu kamen eine gewisse Härte und ein Selbstvertrauen, wie sie nur Erfahrung und das Alter mit sich brachten. Sie war voller seltsamer, aber unwiderstehlicher Widersprüche – jung und ungestüm, aber auch gerissen und einfallsreich, schön und zäh, ruhig und gelassen, aber anscheinend kampferfahren und mit Gewalt vertraut.

Wer war sie? Was wollte sie? Und was hatte sie hergeführt?

»Guten Morgen, Anya«, begann er und setzte sich ihr gegenüber auf einen Stuhl. »Ich heiße Mike Cunningham.«

»Nein«, sagte sie einfach.

»Wie bitte?«

Sie sah ihn neugierig an, als wäre er ein Puzzle, das noch nicht ganz zusammengefügt worden war. »Das ist nicht Ihr richtiger Name. Ich glaube, Sie haben nicht die Wahrheit gesagt.«

Dafür, dass sie so jung war, sprach sie ziemlich gut Englisch, allerdings mit einem starken Akzent. Es machte ihr anscheinend Mühe, gewisse Worte auszusprechen. »Wie kommen Sie darauf?«, fragte er und achtete darauf, sich nichts anmerken zu lassen.

»Als Sie den Namen gesagt haben, haben Sie gezögert. Er geht Ihnen nicht natürlich über die Lippen. Ich glaube, dieser Name war nicht Ihr richtiger Name. Und als Sie in den Raum gekommen sind, habe ich kurz einen Blick auf Ihren Ausweis werfen können.« Ihre Lippen teilten sich im Anflug eines Lächelns. In ihrem Kopf fügten sich die Teile des Puzzles zusammen. »Es war ein Test, ja? Sie haben mich getestet.«

Cain zog für einen kurzen Moment überrascht die Brauen hoch, weil sie sein Täuschungsmanöver intuitiv und mit guter Beobachtungsgabe so schnell durchschaut hatte. Er nahm sich vor, es später in der Akte zu vermerken, die er über sie zusammenstellte.

»Sehr gut, Anya«, räumte er ein und legte die Akte auf den Metalltisch. »Mein richtiger Name lautet Cain. Marcus Cain.«

Damit schien sie sich zufriedenzugeben. Jedenfalls versuchte sie nicht, ihn zu korrigieren.

»Sind Sie hier der Chef?«

Cain grinste. »Nicht ganz. Aber ich stehe in der Hierarchie ziemlich weit oben, und höher werden Sie nicht kommen. Entweder reden Sie mit mir, oder wir stecken Sie in das nächste Flugzeug zurück in die Sowjetunion. In Ordnung?«

Sie zuckte mit den Schultern und fügte sich seinen Bedingungen. »In Ordnung.«

»Gut. Also ...« Er beugte sich vor und stützte die Arme auf den Tisch. »Reden wir über Sie, Anya. Sie haben einiges auf sich genommen, um hierherzukommen. Was genau wollen Sie von uns?«

»Ich will für Sie arbeiten.«

»Weshalb?«

Sie schluckte und senkte für einen Moment den Blick, bevor sie fortfuhr. »Weil ich möchte, dass mein Land die Sowjets für immer vertreiben kann. Ich will Freiheit für mein Volk, damit es selbst über seine Zukunft entscheiden kann. Amerika hat sich diesen Idealen verschrieben, ja? Gut. Ich will das auch. Und ich bin bereit, alles dafür zu geben, damit es geschieht.«

Cain zögerte etwas, bevor er antwortete. Hätte jemand anders dasselbe gesagt, hätten solche Worte vielleicht überzogen und idealistisch gewirkt, als wären sie nur aus jugendlichem Feuer und Leidenschaft geboren. Aber in dieser Frau sah er noch etwas anderes. Er spürte hinter dem, was sie sagte, Entschlossenheit und einen eisernen Willen.

»Das ist ein großes Ziel«, sagte er und hoffte, dass es nicht spöttisch klang. »Wie kommen Sie auf die Idee, dass Sie für uns arbeiten könnten? Haben Sie irgendwelche Fähigkeiten? Technische Kenntnisse? Verbindungen zu dem Sowjetregime?«

Sie schüttelte den Kopf.

Cain stieß einen leisen enttäuschten Seufzer aus und klappte ihre Akte zu. »Dann tut es mir leid, Anya.«

»Moment«, sagte sie, griff mit erstaunlicher Geschwindigkeit über den Tisch und hielt seine Hand fest. Cain blickte auf und sah in diese harten, intensiven blauen Augen. »Sie verstehen nicht. Ich habe keine Familie, keine Freunde und niemanden, der von mir abhängt. Niemanden, mit dem ich erpresst werden könnte. Dafür hat der Staat gesorgt«, fügte sie mit einem bitteren Blick hinzu. »Ich habe nichts, also habe ich nichts zu verlieren.«

»Nur Ihr Leben«, stellte er klar. »Sind Sie so scharf darauf, es zu verlieren?«

Sie dachte einen Moment lang darüber nach. »Wie hat es Ihr General Patton ausgedrückt? Es ist besser, für etwas zu sterben, als für nichts zu leben.«

»Ich glaube, es hieß ›kämpfen‹ und nicht ›sterben‹«, warf er ein. Ihren Enthusiasmus musste er ihr jedenfalls zugutehalten. »Selbst, wenn ich es auch nur für einen kurzen Moment in Erwägung zöge, muss Ihnen doch klar sein, dass es Monate dauern würde, Sie zu durchleuchten, von dem Training ganz zu schweigen, das danach kommt. Eine Agentin zu sein, das ist nicht gerade ein Halbtagsjob.«

Sie runzelte die Stirn. »Ein was?«

»Schon gut. Der Punkt ist, zu uns kommen viele Leute wie Sie. Leute, die Spion spielen wollen. Die meisten schaffen es nicht einmal in die erste Runde.«

»Trotzdem reden Sie gerade mit mir«, bemerkte sie. »Und ich bin nicht hergekommen, um Spielchen zu spielen.« Sie seufzte und sah ihm direkt in die Augen. Ihr ursprünglicher Trotz und ihr Selbstbewusstsein waren verschwunden. »Bitte, Marcus Cain. Ich will kein Mitleid, sondern nur eine Chance, mich zu beweisen. Bis jetzt hat mein Leben niemandem etwas bedeutet. Lassen Sie mich mit dem, was davon noch übrig ist, etwas Sinnvolles anfangen.«

Die Intensität, die Entschlossenheit, die pure Willenskraft, die hinter diesem letzten Appell standen, waren aufrüttelnd. Cain spürte ihre Ausstrahlung und fragte sich einmal mehr, was diese junge Frau dazu gebracht hatte, sich auf ein so gefährliches Spiel einzulassen, einen so weiten Weg zurückzulegen und alles zu riskieren.

Zu seiner eigenen Überraschung merkte er, dass er gerade dabei war, sich auf ihre Seite zu schlagen. Sie hatte etwas Überzeugendes, geradezu Magnetisches an sich. Ihre einfachen und doch tief empfundenen Ideale, ihre Energie, die Entschlossenheit und das Selbstvertrauen der Jugend kamen gut bei ihm an. Es war ein starker Kontrast zu den zynischen, pragmatischen alten Männern, mit denen er es normalerweise zu tun hatte.

Vielleicht verdiente sie, worum sie bat. Verdiente nicht jeder wenigstens eine Chance?

»Ich kümmere mich darum und melde mich bei Ihnen«, versprach er, nahm die Akte und stand auf, um zu gehen.

CIA-Hauptquartier, Langley, Virginia – März 2010

Cain saß in seinem Büro und war in das geheime nachrichtendienstliche Dossier vertieft, das die Agency über Vizur Qalat, den pakistanischen Geheimdienstoffizier, zusammengestellt hatte, auf den Hawkins sie aufmerksam gemacht hatte. Die Akte umfasste nur bestimmte Zeiträume und war unvollständig, doch allein die Liste seiner Beförderungen zeichnete ein Bild, mit dem Cain etwas anfangen konnte.

Ein interessanter Mann, der ein noch interessanteres Leben geführt hatte, mit zahlreichen Kontakten zur Agency. Er war siebenundvierzig Jahre alt und hatte seine Laufbahn bei der pakistanischen Armee begonnen. Dort war er rasch aufgestiegen, bis er schließlich in den militärischen Nachrichtendienst aufgenommen wurde. Er hatte die Vereinigten

Staaten in den 1980er Jahren aktiv bei Operationen gegen die Sowjets in Afghanistan unterstützt, Informationen über russische Truppenbewegungen weitergegeben und sogar Waffen über die Grenze geschmuggelt.

Deshalb war Cain der Name so bekannt vorgekommen, als Hawkins ihn zum ersten Mal erwähnte. Er erinnerte sich an seine persönlichen Erfahrungen mit Qalat, insbesondere nachdem er ein neues Foto gesehen hatte. Er mochte seit ihrer letzten Begegnung gealtert sein, doch es handelte sich zweifelsfrei um ihn. *Was für einen seltsamen Sinn für Humor das Leben zu haben scheint,* dachte Cain, weil es ihn mit diesem Mann nach über zwei Jahrzehnten wieder konfrontierte.

Interessiert las er weiter. Im Jahre 1999 hatte Qalat bei der Durchführung des Militärputsches geholfen, bei dem Pakistans demokratisch gewählter Premierminister Nawaz Scharif gestürzt wurde. Zur Zeit der Angriffe vom 11. September war Qalat bereits beim ISI – Pakistans wichtigstem Nachrichtendienst. Dort hatte er einige gemeinsame Operationen gegen Talibanzellen geführt, die sich im von den Stämmen kontrollierten Bergland nahe der pakistanischen Grenze versteckten. Die meisten dieser Operationen waren erfolgreich verlaufen.

Über sein Privatleben war nur wenig bekannt, abgesehen davon, dass er unverheiratet war und keine näheren Angehörigen hatte. Eine graue Eminenz also, die man oft am Rande größerer Ereignisse, doch niemals in ihrem Epizentrum antraf. Dieser Mann hatte es fast sein ganzes Leben lang geschafft, weitgehend unter dem Radar der Agency zu bleiben, und nun war er es vielleicht, der den Schlüssel zur Vernichtung ihres größten Feindes in den Händen hielt.

Wenn sie ihn dazu bringen könnten, mit ihnen zusammenzuarbeiten!

Cain blinzelte. Das Summen seines Handys holte ihn in die Realität zurück. Er legte den Aktenordner wieder auf den teuren Mahagonischreibtisch, fingerte das Telefon aus seinem Jackett und nahm das Gespräch an. Wie erhofft kam der Anruf von einem Agenten des Kommandos, das er nach Italien geschickt hatte.

»Die Polizei hat den Köder geschluckt, Sir«, berichtete der Mann. Seine Stimme klang erstaunlich sanft und ruhig, wenn man seinen Beruf bedachte. »Sie haben Masons Unterschlupf gestürmt – so wie wir es vorhergesehen haben.«

»Haben sie ihn erwischt?«, fragte Cain mäßig interessiert.

»Negativ. Anscheinend war er auf eine Razzia vorbereitet. Sie suchen jetzt in einem größeren Umkreis, aber es sieht aus, als wäre er ihnen durch die Lappen gegangen. Wir haben ihn auch aus den Augen verloren.«

Mason war so gerissen wie seine Kameradin Frost und zog alle Register, um die Agency nicht auf sich aufmerksam zu machen. Er war nur selten unvorsichtig. Ohne die Hinweise seines Maulwurfs wären beide Agenten Cains Meinung nach wahrscheinlich sogar dauerhaft untergetaucht. Aber so hatten sie Cains Leute vor etwa einem Monat endlich aufgespürt und sie seitdem unauffällig beobachtet.

»Das spielt keine Rolle. Wir wissen, wohin er will.«

Ein paar diskrete Tipps, zuerst an ein paar Ganoven in München und dann an die Polizei in Mailand, hatten exakt das bewirkt, worauf er es abgesehen hatte. Jetzt waren beide Kameraden Drakes auf der Flucht, und er wusste genau, zu wem sie laufen würden.

»Verschwinden Sie aus Italien«, befahl Cain. »Und bereiten Sie sich auf Phase zwei vor. Ich will, dass Sie innerhalb einer Stunde starten können. Verstanden?«

»Vollkommen, Sir.«

Befriedigt beendete Cain das Telefonat und steckte das

Handy ein, dann richtete er seine Aufmerksamkeit wieder auf Qalats Dossier. Die Elemente dieses Puzzles bewegten sich fast wie von selbst zur richtigen Position und brauchten nur dann und wann einen kleinen Stups, um auf dem richtigen Kurs zu bleiben. Nicht mehr lange, dann waren sie genau da, wo er sie haben wollte.

Das Einzige, was er jetzt noch brauchte, war das letzte Puzzleteil. Das entscheidende Element, das ihm immer wieder entwischte – Anya.

15

Marseille, Frankreich

Es war früher Abend in Südfrankreich, die Sonne sank dem westlichen Horizont entgegen und tauchte den Himmel in leuchtende Farben, als Drake ein einfaches Abendessen in der Küche der Villa vorbereitete. Ihm ging zu viel durch den Kopf, um hungrig zu sein, und in Wahrheit war er auch kein guter Koch, dennoch brauchten sie alle etwas zu essen. Zumindest konnte er eine Dose Bohnen, ein paar Kartoffeln und etwas Corned Beef aufwärmen, ohne jemanden zu vergiften.

Sie wollten bald aufbrechen, um sich mit Mason an der *Alamo* zu treffen. Sie blieben nur noch, um Frost etwas Zeit zu geben, damit sie vor ihrer Reise wieder zu Kräften kam. Danach mussten sie sich über ihren nächsten gemeinsamen Schritt verständigen. Drake hatte wegen der sehr realen Bedrohungslage, in der sie sich befanden, schon einen Plan im Kopf, doch ob die anderen ihm zustimmen würden, stand auf einem anderen Blatt.

Er wurde durch das Geräusch von Schritten in seinen Vorbereitungen unterbrochen und sah auf. Frost kam aus dem Badezimmer, ihr Haar war noch nass vom Duschen.

Statt der blutigen Jeans und der Motorradlederjacke trug sie eine Jogginghose und eine einfache weiße Weste, die man leicht hochziehen konnte, um sich den Verband an ihrem Bauch anzusehen. Sie hatte ein Handtuch über ihre Schultern drapiert, und offenbar hatte sie starke Schmerzen, doch wenigstens sah sie jetzt wieder aus wie früher.

»Sag es nicht«, warnte sie. »Ich weiß, dass ich noch nie so schön ausgesehen habe wie in diesem Moment, aber reiß dich gefälligst zusammen. Mir ist jetzt nicht nach Party zumute.«

»Ich gebe mein Bestes«, versprach er. Wenigstens war ihr Sinn für Humor zurückgekehrt, auch wenn man sich darüber streiten konnte, ob das nun gut war oder nicht.

»Die Dusche nervt übrigens. Sie kann sich nicht entscheiden, ob sie heiß oder kalt prasseln will«, bemerkte sie und setzte sich an den kleinen Esstisch, wobei sie vor Schmerz zusammenzuckte, als ihr malträtierter Körper sie noch einmal daran erinnerte, welchen Strapazen er in den letzten vierundzwanzig Stunden ausgesetzt war.

»Steht auf meiner Zu-erledigen-Liste«, erwiderte Drake mit der erschöpften Resignation langer Erfahrung. »Aber wie geht es dir überhaupt?«

»Großartig. Ich habe seit meinem letzten Exorzismus nicht mehr so viel Spaß gehabt.« Sie strich sich mit den Händen durch ihr kurzes zerzaustes Haar. »Und ich habe Hunger.«

Drake war nicht überrascht. Frost war zwar nur halb so groß wie er, doch sie aß und trank wie ein professioneller Rugbyspieler. Er hatte keine Ahnung, wie ihr Metabolismus funktionierte, doch er musste sich sehr von dem der meisten anderen Menschen unterscheiden, weil sie es irgendwie schaffte, immer schlank und fit zu bleiben, ganz egal, was oder wie viel sie auch in sich hineinstopfte.

Er löffelte ihr etwas von der Pampe, die er zubereitet hatte, auf einen Teller und stellte ihn vor sie hin. »Guten Appetit.«

Die junge Frau musterte das Essen misstrauisch. »Was zur Hölle ist das denn?«

»Ihr Amerikaner nennt es Haschee.«

»Ja? Und wie nennt ihr es?«

»Weiß der Teufel, aber ich habe damit die Grundausbildung bei der Armee durchgestanden, also kann es nicht allzu schlecht sein.« Er gab ihr eine Gabel. »Iss.«

Sie bedankte sich nicht, denn sie wusste, dass er das nicht erwartete. Stattdessen machte sie sich über das Essen her. Sie war zwar anfangs noch vorsichtig, aber es dauerte nicht lange, dann schlang sie es so hinunter, wie es ihrem Zustand entsprach – sie hatte seit fast vierundzwanzig Stunden nichts Anständiges mehr zu essen bekommen.

»Weißt du, das würde viel besser rutschen mit etwas ...«

»Vergiss es, Keira«, fiel Drake ihr ins Wort und fühlte sich wie ein erschöpfter Vater, der mit einem fordernden Kind zurechtkommen musste. »Daraus wird nichts. Finde dich damit ab.«

»Das ist ja wieder mal typisch«, murmelte sie. »Schlimmer als bei meiner Mutter.«

Unvermittelt verstummte sie. Zu Drakes Überraschung trat ein trauriger, wehmütiger Ausdruck in ihren Blick, als würde ihr etwas Unangenehmes durch den Kopf gehen.

»Stimmt was nicht?«, fragte er.

Sie sah sich um und betrachtete ihre schlichte Umgebung. Die einfache, rustikale Möblierung, die alten Türen mit der abblätternden Farbe, die Arbeitsflächen voller Utensilien und persönlicher Dinge, das Sonnenlicht, das durch die Fensterläden fiel.

»Es ist dieses Haus hier«, sagte sie leise. »Es wirkt alles so ... so normal.«

Drake grinste sie ironisch an. »Ist das schlecht?«

»Nein, ich meine ...« Sie schüttelte den Kopf. Es sah fast

aus, als wäre sie auf sich selbst wütend. »Verdammt, Ryan, eigentlich weiß ich selbst nicht, was ich meine.«

»Versuch es«, forderte er sie auf. »Normalerweise bist du nicht um Worte verlegen.«

»Es ist nur ... Es sieht wirklich so aus, als hättet ihr beide euch hier häuslich eingerichtet. Du und Sam, ihr habt ein richtiges ... Zuhause.« Sie sprach das Wort aus, als wäre es ihr gänzlich unvertraut. »Ich meine, es fehlen noch ein weißer Gartenzaun und zweieinhalb Kinder, aber es ist eine richtige Wohnung und ein richtiges Leben. Ich hatte einfach nicht damit gerechnet, das ist alles.«

»Für uns alle ändern sich die Dinge irgendwann.« Er breitete die Arme aus, als wollte er seine Umgebung umschließen. »Vielleicht hat dieses Haus hier mir eine andere Perspektive gegeben.«

»Wie du dein Leben leben willst?«

Sie stellte diese Frage nicht in ihrem typischen sarkastischen Tonfall, sondern mit echtem Interesse, um den Mann neben ihr zu verstehen.

»Wollen wir das nicht alle?«, fragte Drake, der sich gar nicht sicher war, ob er die Antwort selbst kannte. »Ein Zuhause. Ein Leben.«

Sie grinste ihn an, und eine Spur ihrer typischen Großspurigkeit kehrte zurück. »Du kennst mich. So weit plane ich nie im Voraus.«

Draußen, nicht weit von der Villa entfernt, stand McKnight in der Nähe der Klippe und blickte westwärts über die Bucht zu den kleinen Fischerbooten, die in der sanften Dünung dümpelten. Bei Einbruch des Abends war die Brise etwas frischer geworden. Sie wühlte die See auf, sodass sich auf den Wellen weiße Schaumkronen brachen, aber die Luft war noch so schwülwarm wie am Nachmittag.

Sie schluckte mühsam und versuchte die zunehmende Übelkeit zu unterdrücken, die im Laufe des Nachmittags stärker geworden war. Sie hätte sich gern eingeredet, dass es nur eine Folge des ereignisreichen Tages war, doch insgeheim erkannte sie darin die stumme Erinnerung an das Geheimnis, das sie vor ihren Gefährten verheimlichte.

Doch das musste fürs Erste warten. Für sie alle stand zu viel auf dem Spiel, um sich von so etwas ablenken zu lassen. Hier und jetzt gab es andere Dinge, die sie in den Griff bekommen musste. Sie sah sich um, um sicherzugehen, dass Drake sie nicht sehen konnte, dann zog sie ihr Handy aus der Tasche und wählte schnell eine Nummer. Eine Telefonnummer, die sie jedes Mal, wenn sie sie benutzte, hinterher sorgfältig aus der Telefonliste ihres Handys löschte. Eine Nummer, die sie regelmäßig alle drei Tage anrufen musste.

Es klingelte nicht lange, bis er an den Apparat ging.

»Ja, Samantha?«

Marcus Cain hatte sie immer mit ihrem vollen Namen angesprochen. Sie wusste nicht weshalb, doch sie spürte immer unterschwelligen Spott und Herablassung dabei. Denn er hatte gegen sie alle Karten in der Hand. Das hatte er schon immer.

»Was zum Teufel bilden Sie sich eigentlich ein?«, kam sie ohne Vorrede zum Punkt.

»Wie bitte?«

»Sie wissen verdammt gut, wovon ich rede. Frost und Mason. Sie haben letzte Nacht versucht, sie umbringen zu lassen!« Sie brauchte jede Menge Selbstkontrolle, um ihren Zorn und ihren Hass im Zaum zu halten. Zorn auf ihn und Hass auf sich selbst.

»Samantha, ich glaube, Sie sollten sich beruhigen. Um unser beider willen.«

Jetzt sprach er mit der Stimme der Vernunft und hielt seinen Tonfall bewusst neutral, fast einfühlsam. Doch hinter dieser Fassade lag noch ein anderer, härterer Unterton, der sie warnte, dass er sich ihren Ton nicht lange gefallen lassen würde.

»Sagen Sie mir nicht, dass ich mich beruhigen soll. Die beiden sind fast gestorben«, sagte sie mit leiser Stimme.

Falls sie so etwas wie ein Schuldbekenntnis von ihm erhofft hatte, wurde sie enttäuscht. »Und wenn sie gestorben wären?«

»Das war nicht unsere Vereinbarung, Marcus«, erwiderte sie, nun allerdings nicht mehr ganz so entschieden. »Zu so etwas habe ich mich nicht bereit erklärt.«

»Und wofür genau haben Sie sich bereit erklärt, Samantha? Wollten Sie Drake aus allen Schwierigkeiten heraushalten? Mir seine Lieblingsfilme verraten?« Er legte eine kleine Pause ein, und sie spürte, dass sie mit etwas Schlimmerem rechnen musste. »Und was war mit Sex? Gehörte das auch zu unserer Vereinbarung?«

Sie spürte, wie sie bei diesen Worten erblasste. Das Herz schlug wild in ihrer Brust. Er wusste es. Er wusste alles. Weshalb sollte er es auch nicht wissen? Marcus Cains Karriere beruhte auf Dingen, die er über andere herausgefunden hatte, Dinge, von denen diese anderen nicht wollten, dass sie bekannt wurden.

»Sie haben von mir verlangt, sein Vertrauen zu gewinnen. Ich habe getan, was ich tun musste«, sagte sie, sobald sie sich wenigstens so weit gefasst hatte, dass sie wieder normal reden konnte.

»Das kann ich mir vorstellen.« Seine Verachtung war unüberhörbar, und sie spürte, wie der Hass in ihr anschwoll, wenn sie sich vorstellte, dass er sie beide zusammen beobachtet hatte. »Vielleicht machen Sie sich etwas vor, Samantha, was die Grundsätze unserer Vereinbarung betrifft. Falls Sie sich einbilden sollten, es sei so eine Art Partnerschaft, bei der Sie sich aussuchen können, welchen Anweisungen Sie folgen, irren Sie sich sehr. Sie waren ein Nichts, als ich Sie aus diesem Militärgefängnis herausgeholt habe – nur eine dumme Marineinfanteristin, die sich mit der Hand in der Keksdose hat erwischen lassen. Ich habe Ihnen eine zweite Chance gegeben – die Chance zu einem Neuanfang. Ich kann gar nicht genug betonen, wie leicht ich Ihnen das wieder wegnehmen kann.«

McKnight versuchte zu schlucken, doch ihre Kehle war wie zugeschnürt und trocken wie Sandpapier. Er hatte natürlich recht. Jedes seiner Worte entsprach der Wahrheit. Er hatte ihr eine zweite Chance gegeben und sie mit einem Angebot, das sie einfach nicht hatte ausschlagen können, vor einer fünfzehnjährigen Gefängnisstrafe bewahrt.

Seither hatte sie sich schon oft gewünscht, sich nicht darauf eingelassen zu haben. Als sie Cains Angebot akzeptierte, hatte sie einen Pakt mit dem Teufel geschlossen. Sie bezweifelte, dass das, was mit ihr geschah, ihn um seinen Nachtschlaf bringen würde, wenn diese Sache ausgestanden war. Sie war für ihn nur ein Werkzeug, das er so lange benutzte, bis es seinen Zweck erfüllt hatte.

Und es war ein grauenvoller Zweck.

»Ist das zwischen uns geklärt?«

Sie musste sich zwingen, es laut auszusprechen. »Ja. Ist es.«

»Gut. Jetzt erzählen Sie mir von Drake. Was hat er vor?«

Sie und Drake hatten während ihrer Zeit hier für viele Eventualitäten vorgeplant, und sie konnte sich ziemlich gut denken, was er jetzt im Sinn hatte. Sobald er wieder mit Mason zusammen war, würde er zurückschlagen wollen und seinen Feind angreifen. Wenn sie Cain jetzt etwas davon verriet, war es so, als würde sie ihre Todesurteile unterschreiben.

Bis jetzt hatte sie sich immer eingeredet, dass sie keine andere Wahl hatte, als Cains Spiel zu spielen, und dass Drake und die anderen zum Scheitern verurteilt waren, ganz egal, was sie taten. Dass sie gegen einen Feind kämpften, der weitaus stärker war als sie.

Das war schließlich auch der Grund, warum sie sich dafür eingesetzt hatte aufzuhören, gegen Cain vorzugehen. Sie hatte geglaubt, Drakes Leben schützen zu können, wenn es ihr gelang, die brüchige Feuerpause zwischen ihnen aufrechtzuerhalten.

Damit war es jetzt vorbei.

In diesem kritischen Moment tat Samantha etwas, mit dem nicht einmal sie gerechnet hatte. Sie legte eine Hand zärtlich auf ihren Bauch, der noch hart und flach war und dem von außen das werdende Leben darin nicht anzusehen war. Und doch war es da.

Ihr Kind. Drakes Kind.

»Nichts.« Sie brachte das Wort fast schneller über die Lippen, als sie es selbst merkte.

Darauf folgte zunächst nur Schweigen. Sie spürte seinen Zweifel und das Misstrauen. Cain war weder dumm noch naiv, und er verfügte über viel Menschenkenntnis. Er wusste, dass Weglaufen und Verstecken nicht Drakes Stil war – schon gar nicht, wenn das Leben seiner Freunde bedroht worden war.

»Nichts?«

Samantha blickte aufs Meer hinaus und beobachtete in der Entfernung einen Helikopter, der in einiger Höhe über das unruhige Wasser flog. Ein Sightseeingflug für Touristen vielleicht oder einer der wohlhabenderen Yachtbesitzer, der stilgerecht in Marseille landen wollte. Er steuerte auf die

Küste zu und verschwand schon bald hinter der felsigen Landzunge auf der anderen Seite der Bucht.

»Er hat keinen Plan. Ich glaube, er hatte nie einen«, sagte sie. »Und jetzt sind ihm die Optionen ausgegangen.«

Sie konnte selbst kaum glauben, was sie gerade gesagt hatte. Sie hatte einfach so eine Linie überschritten und jetzt nicht mehr nur die Freunde zum Feind, die sie die ganze Zeit verraten hatte, sondern auch diesen Mann, der ihr eine Schlinge um den Hals gelegt hatte. Und doch hasste sie sich zum ersten Mal seit langer Zeit nicht selbst. Zum ersten Mal seit langer Zeit hatte sie das Richtige getan.

»Sie halten mich doch nicht etwa hin, oder, Samantha?«

Sie wusste, dass es jetzt darum ging, ihn zu überzeugen. Sie musste sich Details ausdenken und die Lüge ausschmücken. Von Cain zu erwarten, dass er ihre Behauptung so einfach schluckte, reichte jetzt nicht.

»Sie kennen Drake nicht so wie ich. Er hat sich seit den Ereignissen in Libyen verändert.« Die besten Lügen waren schließlich die, die der Wahrheit am nächsten kamen. »Er sucht nicht mehr nach Wegen, um zurückzuschlagen, er will die Sache nicht mehr gewinnen. Er hat schon zu viel verloren, glaube ich … Jetzt geht es ihm nur noch ums Überleben – um seines und das der anderen.«

Sie konnte immer noch das Dröhnen des Helikopters wahrnehmen, der irgendwo hinter dem Hügel vor ihren Blicken verborgen war, obwohl das Geräusch kaum zu hören war, weil ihr Herzklopfen es übertönte.

»Verstehe.« Sein neutraler Tonfall ließ unmöglich erkennen, ob er es tatsächlich verstand oder nicht. »Also halten Sie ihn nicht mehr für eine Bedrohung?«

Er setzte sie unter Druck, und sie wusste, dass von ihrer nächsten Antwort alles abhing. Wenn sie es jetzt zu leidenschaftlich abstritt, merkte er, dass sie log, aber wenn sie sich zu sehr an die Wahrheit hielt, konnte es Cain dazu veranlassen, auf jeden Fall zu handeln.

»Ich weiß es noch nicht genau«, erwiderte sie und hielt dabei das Handy dichter an ihr Ohr, um es von dem lauter werdenden Wummern des Helikopters abzuschirmen. »Aber ich weiß, dass ihm seine Freunde wichtiger sind als der Kampf gegen Sie. Solange seine Freunde in Sicherheit sind, wird er nicht riskieren, sich in etwas hineinziehen zu lassen.«

»Interessant.« Cain schien laut nachzudenken. Es war eine interessante Betrachtungsweise.

Samantha atmete tief durch. Einen Moment lang hatte sie die Hoffnung, dass es ihr vielleicht gelungen war, weiteres Blutvergießen zu verhindern. Vielleicht hatte sie genug getan, um Cain davon zu überzeugen, dass Drake und die anderen seine Aufmerksamkeit nicht mehr verdienten.

»Vielleicht haben Sie recht«, fuhr Cain fort. »Vielleicht stimmt das alles, was Sie mir erzählen. Vielleicht aber auch nicht. Ich fürchte, ich kann es mir nicht erlauben, dieses Risiko einzugehen.«

Plötzlich tauchte auf der anderen Seite der Bucht etwas Dunkles über den felsigen Hügeln auf. Die untergehende Sonne erzeugte einen starken Kontrast, und breite Rotoren wischten durch die Luft, als der Hubschrauber auf sie zuflog. Erst jetzt begriff Samantha, dass es kein Touristenflug war, und auch kein reicher Playboy, der seinen Leuten imponieren wollte.

Oh Gott! Lieber Gott, nein!

»Marcus, bitte«, sagte sie mit zitternder Stimme. »Sie brauchen doch nicht …«

»Sie wussten doch, dass es am Ende darauf hinauslaufen würde. Haben Sie wirklich geglaubt, ich könnte Drake und die anderen am Leben lassen, nach allem, was sie getan haben? Der Mann wird immer eine Bedrohung darstellen, ganz gleich wie sehr man auch versucht, ihn zu bremsen. Es tut mir leid, aber das ist ein Risiko, das ich ausmerzen muss.«

Es war alles nur ein Trick gewesen, um sie zusammenzubringen, damit sie sich trafen und Cain die Gelegenheit gaben, Drake und sein Team mit einem einzigen Schlag zu erledigen. Wie dumm sie gewesen war, sich etwas anderes einzubilden!

»An ihrer Stelle würde ich dafür sorgen, ganz schnell von der Villa wegzukommen«, riet ihr Cain. »Die Hubschrauberbesatzung hat den Befehl, auf niemanden zu feuern, der sich außerhalb ihres Einsatzgebietes befindet, aber ich kann Sie nicht schützen, wenn Sie sich nicht selbst helfen. Gehen Sie weg, gehen Sie nach Hause und betrachten Sie Ihre Mission als erledigt. Ich kümmere mich um den Rest.«

Sie traute ihren Ohren nicht. Cain bot ihr einen Ausstieg an – eine letzte Chance, mit gereinigtem Sündenregister nach Hause zu kommen. Sie konnte jetzt alles hinter sich lassen und ein neues Leben beginnen. Auf Kosten ihrer Freunde.

Sie wusste sofort, dass sie mit dieser Vereinbarung niemals würde leben können.

»Gleich geht das Feuerwerk los, Samantha. Sie können jetzt für Drake nichts tun, aber Sie können ihr eigenes Leben retten. Ist Ihnen das denn gar nichts wert?«, fragte er. »Es ist Ihre Entscheidung, aber ich hoffe, sie treffen die richtige Wahl.«

Mit diesen Worten beendete Cain das Gespräch. Aber das war McKnight jetzt auch egal. Sie vergaß das Telefon, kehrte um und rannte aufs Haus zu, noch während der Hubschrauber über die Bucht flog und der Rückstoß der Rotoren das Meer darunter aufwühlte.

»Ryan! Hubschrauber im Anflug!«, schrie sie und rannte auf das Gebäude zu. Angst und Adrenalin beschleunigten ihre Schritte.

In der Villa schrak Drake zusammen, als er ihre Stimme hörte, und fuhr zum Fenster herum. Er warf einen Blick durch die Jalousien auf den Hubschrauber, der in ihre Richtung schwenkte und die Nase hob, um über dem Wasser seine Geschwindigkeit zu verringern.

Er erkannte den blau-weißen Rumpf, der ihn als privates Fluggerät kennzeichnete, vermutlich eine Variante des Bell Huey. Sonnenlicht glänzte auf der gewölbten Kuppel des Cockpits, als die Seitentür aufgeschoben wurde und im Passagierraum zwei Männer sichtbar wurden, die beide bewaffnet waren.

In diesem Augenblick schaltete sich sein Überlebensinstinkt ein. Er sprang vom Fenster weg, hastete zu Frost, die gerade dabei war, vom Tisch aufzustehen, packte sie um die Taille und warf sie zu Boden. Im selben Moment sprang die Hintertür der Villa auf, und McKnight stürmte ins Haus.

»Runter!«, schrie Drake.

Eine Sekunde später zersplitterten die Fenster unter den Feuerstößen aus automatischen Waffen, als die beiden Passagiere mit zwei Maschinengewehren zu feuern begannen. Großkalibrige Geschosse schlugen in die gegenüberliegende Wand ein und zerschmetterten Ziegel und Gips, deren Splitter auf die drei Personen in der Küche herabregneten. Das Dröhnen der beiden auf Dauerfeuer eingestellten Waffen verschmolz zu einer ohrenbetäubenden Kakofonie, die von jeder Wand widerhallte.

»Wer zum Teufel schießt da auf uns?«, schrie Frost. »Wie haben sie uns gefunden?«

Das waren Fragen, über die sie später nachdenken konnten, vorausgesetzt, sie lebten so lange. Drake achtete jedenfalls nicht darauf. Er streckte den Arm aus, nahm McKnights ausgestreckte Hand und zog sie zu sich. Ihr Körper rutschte über das zersprungene Glas, über Holz und Steinbrocken, die den Boden bedeckten.

»Bist du okay?«, schrie er ihr direkt ins Gesicht. Sie wirkte nicht verletzt, aber er musste sich vergewissern.

Sie nickte und hatte die Augen vor Schreck weit aufgerissen. »Er hat uns gefunden. Er wird uns alle umbringen. Was machen wir jetzt, Ryan?«

Das war die Frage. An Ort und Stelle zu bleiben oder einen Gegenangriff zu versuchen, war völlig sinnlos, das wusste er sofort. Wahrscheinlich benutzten die beiden Schützen in dem Hubschrauber Maschinengewehre, die mit Patronengurten nachgeladen wurden. M60 oder etwas Vergleichbares, dem Geräusch nach zu schließen, und das verhieß nichts Gutes. Diese Waffen waren treffsicher, hatten eine hohe Durchschlagskraft und waren sehr zuverlässig, wenn jemand damit umgehen konnte.

Dem Feuer nach zu urteilen, mit dem sie eingedeckt wurden, hatten sie genug Munition dabei, um noch eine ganze Weile lang aufs Geratewohl zu schießen. Wer sich einem solch mörderischen Feuer aussetzte, war erledigt, bevor er auch nur einen einzigen Schuss abgeben konnte. Und einfach nur liegen zu bleiben und darauf zu hoffen, dass man überlebte, konnte einem Bodenteam Zeit verschaffen, das Haus zu stürmen.

Flüchten oder kämpfen. Leben oder sterben.

In diesem Moment traf er die Entscheidung.

»Bleib unten und folge mir. Bewegung!«, zischte er, kroch durch den Schutt, der jetzt den völlig zerstörten Küchenbereich überzog, und steuerte auf die Diele zu.

Dreißig Meter über ihnen in dem Bell-206-Helikopter justierte der Pilot die Flughöhe leicht, um den beiden Schützen ein optimales Schussfeld auf die Villa unter ihnen zu ermöglichen.

Er schaltete sein Funkmikrofon ein, um mit den beiden Agenten zu sprechen, die sich im Passagierbereich aufhielten. »Macht ihnen Feuer.«

»Verstanden«, lautete die knappe Antwort. Der erste Schütze legte sein leichtes M60-Maschinengewehr zur Seite und hievte sich einen langen schlanken RPG7-Granatwerfer auf die Schulter. Diese mächtigen panzerbrechenden Waffen hatten die Sowjets in den frühen 1960er Jahren entwickelt; sie waren nach wie vor das Verderben für jeden Panzerkommandanten auf der ganzen Welt. Sie waren einfach zu handhaben und zu warten und konnten mit unterschiedlichster Munition geladen werden – von Splittergeschossen über panzerbrechende Munition bis hin zu Gas- oder Rauchpatronen. Das hier war jedoch etwas Besonderes.

In der Abschussvorrichtung befand sich ein einzelner thermobarischer TBG7-Sprengkopf, der beim Einschlag allen Sauerstoff im Umkreis aufsaugte und eine extrem heiße Explosion verursachte. Die entstehende Druckwelle war weitaus stärker als bei konventionellen Geschossen. Und die Sprengköpfe waren besonders effektiv, wenn man sie in geschlossenen Räumen wie Tunneln, Bunkern oder zivilen Gebäuden wie dem unter ihnen verwendete.

Es gab ein hörbares Zischen, als die Initialzündung das Projektil aus dem Lauf drückte, eine Sekunde später folgte das kräftigere Röhren, als der Propeller der Rakete zündete. Der Pilot sah zu, wie der Sprengkopf in Richtung Villa flog und durch das klaffende Loch verschwand, das einmal ein Fenster gewesen war.

Ein dumpfer roter Blitz aus dem Inneren des Gebäudes verriet ihm, dass die Sprengladung gerade detoniert war. Er reckte den Hals, um sich den Schaden anzusehen, und beobachtete, wie die übrig gebliebenen Fenster in einem Hagel aus Feuer und Glas nach außen explodierten. Die Tür wurde aus den Angeln gerissen, und das Ziegeldach schien sich nach oben zu wölben wie ein überfüllter Ballon, der kurz vorm Platzen war. Schwächere Teile gaben unter dem Druck nach, sodass Rauch und Flammen in die Abendluft geblasen wurden.

»Guter Treffer«, rief der Schütze und senkte den jetzt leeren Granatwerfer. »Ich sehe da unten nichts mehr, was sich bewegt.«

Der Pilot war geneigt, dem zuzustimmen. Jeder in dem Gebäude war mit Sicherheit getötet worden – entweder durch die Druckwelle der Explosion oder durch den anschließenden Schrapnellhagel.

»Verstanden. Sie sind erledigt.« Er stellte sein Funkgerät auf eine andere Frequenz ein, dann drückte er wieder den Mikrofonknopf, um eine verschlüsselte Nachricht abzuschicken. »Karma eins, wir waren gründlich. Das Zielgebäude ist neutralisiert. Keine Überlebenden vor Ort.«

»Verstanden, Karma eins«, antwortete eine knisternde Stimme über Funk. Die Stimme eines Mannes – Marcus Cains Stimme. »Gute Arbeit. Rückzug.«

»Verstanden. Karma eins verschwindet von hier.«

Er verschwendete keine Zeit und drehte mit dem Helikopter in einem großen Bogen nach Steuerbord ab. Er flog aufs Meer hinaus, damit sie die Waffen und jeden weiteren Beweis ihres geheimen Einsatzes über Bord werfen konnten. Ihr Treffpunkt war ein kleines Flugfeld fünfzig Meilen weiter östlich, wo sie landen und rasch die Registriernummer des Hubschraubers und seine Farben ändern konnten, damit er wieder sein ursprüngliches rot-schwarzes Aussehen bekam. In einer Stunde würde niemand mehr wissen, dass dieser Hubschrauber überhaupt existiert hatte.

Als sie sich immer mehr von der Küste Frankreichs entfernten, drehte sich der Pilot ein letztes Mal nach der qualmenden Ruine der Villa um, die sie hinter sich gelassen hatten. Wie der Rest seiner Crew wusste er weder, wer das Pech gehabt hatte, dort zu leben, noch, was diese Personen sich hatten zuschulden kommen lassen, um einen solch brutalen Abgang zu verdienen.

Während der Hubschrauber in der Entfernung verschwand, kehrte Stille über den Ruinen der Villa ein, unterbrochen nur vom Knistern des qualmenden Holzes und dem Ächzen des teilweise zusammengefallenen Daches, das ganz einzustürzen drohte. Der auffrischende Meereswind strich über das zerstörte Gebäude, pfiff durch die leeren Fensterrahmen und verwirbelte Rauch und Glut.

Dann plötzlich krachte und bebte die verkohlte und geschwärzte Tür, die zum Keller der Villa führte, weil von der anderen Seite dagegen geschlagen wurde. Der Schlag wiederholte sich mit größerer Kraft, und die Tür verschob sich um ein oder zwei Zentimeter in dem beschädigten Türrahmen. Dann, in einer letzten Kraftanstrengung, die sich aus purem Zorn und Frustration speiste, gelang es mit einem dritten Schlag, das verbogene und verklemmte Hindernis zu öffnen.

Drake trat mit der Browning-Automatik in der Hand in die Trümmer der ehemaligen Diele. Er sah sich sofort um. Gleich hinter ihm kam McKnight, ebenfalls bewaffnet. Als Letzte folgte Frost.

»Jesus Christus«, flüsterte die junge Frau und staunte über das Ausmaß der Zerstörung in der einst so friedvollen und abgeschiedenen Unterkunft.

Drake verzichtete auf einen Kommentar und behielt seine Gedanken lieber für sich.

»Ich höre nichts«, sagte McKnight nach einer Weile und legte den Kopf schief. »Der Hubschrauber ist weg.«

»Offenbar halten sie uns für tot«, spekulierte Frost. »Damit liegen sie ja auch gar nicht so falsch. Wenn du uns nicht in den Keller verfrachtet hättest, hätte uns das verdammte Ding pulverisiert.«

Es war sehr knapp gewesen. Drake hatte es gerade eben noch geschafft, die Tür zu schließen und Deckung zu suchen, bevor der thermobarische Sprengkopf im oberen Stockwerk explodierte. Selbst unter der Erde, in der relativen Sicherheit des Kellers, hatte die Explosion sie zu Boden geschleudert und übel durchgerüttelt. Nach der schlagartigen Änderung des Luftdrucks klingelten ihnen die Ohren, und sie hatten Kopfschmerzen.

Doch es war mehr als nur ein materieller Schaden. Drake wusste nur zu gut, was dieser Angriff bedeutete. Das Leben, das er und Samantha sich hier in den letzten sechs Monaten aufgebaut hatten, war ebenfalls pulverisiert worden.

»Himmel, das tut mir so leid, Ryan.« Frost brach fast die Stimme, als ihr bewusst wurde, dass dieser Angriff kurz nach ihrer Ankunft erfolgt war. »Sie müssen mich gefunden haben. Dann sind sie mir gefolgt und haben mich benutzt, um hierher …«

»Schenk dir das, Keira. Wir müssen von hier verschwinden«, fiel Drake ihr ins Wort und ließ die Waffe sinken. »Im Umkreis von zehn Meilen dürfte jeder diese Explosion gehört haben. Die Polizei ist wahrscheinlich schon unterwegs.«

»Wo sollen wir denn hin?«, erkundigte sich die junge Frau.

Drake drehte sich um und sah sie an. »Ich hoffe, du kannst gut klettern.«

Die Villa lag zwar auf einem Hügel am Rand einer kleinen geschützten Bucht, aber der Naturhafen war zu flach, um von anderen Schiffen als Yachten oder Fischerbooten genutzt zu werden, und der kleine Strand, den es dort gab, war zu klein und zu steinig, um für Touristen interessant zu sein. Für das, was Drake vorhatte, war er jedoch bestens geeignet.

Sie liefen einen steilen, unebenen Pfad hinunter, der sich am Hang entlangschlängelte. Dann standen die drei Überlebenden auf einem breiten Felsvorsprung, der in die Bucht hineinragte und so eine natürliche Mole bildete. Gleich in der Nähe war ein Schlauchboot vertäut, das groß genug war, um drei bis vier Passagieren Platz zu bieten. An der Backbordseite war ein Außenbordmotor befestigt.

»Nicht gerade die *Queen Elizabeth 2*, Ryan.« Frost musterte das kleine Boot skeptisch.

»Es reicht, um uns zu unserem Ziel zu bringen. Außerdem werden die Straßen wahrscheinlich bewacht. Los, steigt an Bord«, sagte Drake und hielt ihr die Hand hin.

Die junge Frau keuchte nach dem anstrengenden und schmerzhaften Abstieg von der Villa und nahm ausnahmsweise einmal seine Hilfe an. McKnight, die sich inzwischen an das Boot gewöhnt hatte, sprang ohne Mühe an Bord. Drake kippte den Außenborder, sodass die Schraube unter Wasser lag, und zog kräftig am Starterseil.

Als der Motor stotternd zum Leben erwachte, warf Drake einen letzten Blick zur Villa hinauf, die sie verlassen hatten. Noch drang Rauch durch das kaputte Dach und die leeren Fenster, und er rechnete damit, dass das Feuer, das die Explosion ausgelöst hatte, den Rest des Gebäudes zerstören würde, bevor die Feuerwehr eintraf, um den Brand zu löschen. Das war zur Abwechslung mal eine positive

Nachricht, denn so gewannen sie etwas Zeit, bevor die französische Polizei merkte, dass die Bewohner des Hauses bei der Explosion nicht getötet worden waren.

Dennoch konnte es kaum die Trauer lindern, die ihn überfiel, als er diesen Ort verlassen musste, weil er wusste, dass er niemals hierher zurückkehren würde.

Er spürte eine Hand auf seiner Schulter und drehte sich zu Samantha um, die an seiner Seite stand. »Wir können uns etwas anderes suchen«, sagte sie leise.

Drake erwiderte nichts. Er setzte sich vor den Außenborder, betätigte den Gashebel und steuerte das Boot von dem Schauplatz der Katastrophe weg.

16

Die Sonne stand bereits tief über dem Horizont, als Drake vom Gas ging, sodass das kleine Motorboot circa eine Meile außerhalb des Hafens von Marseille langsam zum Stehen kam. Während ihrer angespannten Fahrt hatten sie nicht viel gesagt, aber sie waren erleichtert, dass ihnen niemand gefolgt war.

Jedenfalls konnten sie niemanden entdecken. Trotzdem wussten sie, dass sie vielleicht von einer Prädatordrohne beschattet wurden, oder dass ein Satellit ihre Fahrt von oben beobachtete.

»Wisst ihr, ich kann mir nicht helfen, aber irgendwie denke ich, dass unser Leben ganz schön mies ist«, bemerkte Frost und starrte sehnsüchtig zu den großen Luxusyachten hinüber, die in der Nähe der Hafeneinfahrt vor Anker lagen. Musik und Partygeräusche schallten über das Wasser.

»Merkst du das erst jetzt?«, fragte Drake, fischte sein Handy aus der Tasche und wählte eine Nummer.

Sie zuckte mit den Schultern. »Wäre doch schön, sich mal anzusehen, wie diese Leute so leben.«

Drake antwortete nicht und wartete, dass jemand am anderen Ende an den Apparat ging. Zu seiner Erleichterung dauerte es nur wenige Sekunden. »Wir sind in Position. Gib uns ein Signal.«

Es dauerte tatsächlich nur ein oder zwei Sekunden, bis etwa eine Meile westlich eine Signallampe blinkte. Die tief stehende Sonne machte es zwar schwer, die Quelle auszumachen, aber Drake wusste genau, in welcher Richtung er suchen musste.

»Guter Mann«, sagte er. »Bleib auf Position, wir sind unterwegs.«

Er gab wieder Vollgas und lenkte das kleine Fahrzeug mit Höchstgeschwindigkeit über die unruhigen Wellen. Die salzige Gischt brannte in seinen Augen und den kleinen Schnittwunden an seinen Armen, die er sich bei dem Angriff zugezogen hatte. Solchen Unbequemlichkeiten schenkte er jedoch keine Beachtung. Er konzentrierte sich auf die anstehende Aufgabe, als ihr Ziel endlich in Sicht kam.

Der alte, heruntergekommene hölzerne Fischkutter sah aus, als wäre er noch nie gestrichen worden. Im Vergleich mit den ultramodernen Freizeitschiffen, die den großen Hafen Marseilles bevölkerten, wirkte die *Alamo* geradezu schäbig. Und genau darum ging es. Niemand achtete auf sie, am allerwenigsten die Diebe, die sich ihren einträglichen Lebensunterhalt dadurch verdienten, dass sie sich nachts an Bord unbewachter Schiffe schlichen und diese um wertvolle Ausrüstungsgegenstände erleichterten.

Drake steuerte das Schlauchboot längsseits zu dem größeren Schiff und ging vom Gas, bis beide Fahrzeuge die gleiche Geschwindigkeit hatten. Ein paar Augenblicke später erschien oben an der Reling eine Gestalt.

Drake seufzte erleichtert, als Cole Mason zu ihm heruntergrinste. Er sah müde und mitgenommen aus, doch er war froh, ihn zu sehen. Die Freude beruhte sichtlich auf Gegenseitigkeit.

»Ahoi«, sagte Cole und grinste noch breiter. »Das wollte ich immer schon mal im richtigen Kontext sagen. Bleibt dran, dann werfe ich euch ein Seil runter.«

Es dauerte nicht lange, bis ihm eine Leine zugeworfen wurde, mit der Drake das Schlauchboot seitlich an der

Alamo festband. Er hielt die Leine fest, damit sie nicht abtrieben. Dann sah Drake Samantha zu, wie sie die Stahlsprossen hinaufstieg, die außen am Rumpf des Bootes befestigt waren. Frost folgte etwas zögerlicher. Er ging als Letzter und war ebenso froh, auf ein größeres Boot zu gelangen, wie seinen Freund wiederzusehen.

Mason hatte McKnight begrüßt, sobald sie an Bord war, und die Frau so fest in die Arme genommen, dass sie praktisch in der Luft hing. »Verdammt schön, dich wiederzusehen, Sam.«

Sie erwiderte seine Begrüßung unwillkürlich mit gleicher Begeisterung. Sie kannte ihn noch nicht so lange wie Drake oder Frost, doch die beiden hatten im Laufe der Jahre eine lockere, entspannte Kameradschaft entwickelt, die mit der Zeit nur noch stärker geworden war.

»Ganz meinerseits. Ich bin froh, dass du in einem Stück aus Mailand herausgekommen bist.«

»He, Blödmann«, sagte Frost in ihrer typischen schroffen Art. »Du wirst mir verzeihen, dass ich dich nicht hochhebe.«

Mason sah sie von der Seite an und wollte es ihr mit gleicher Münze heimzahlen, doch das Grinsen verging ihm schnell, als er sah, wie blass und angeschlagen sie aussah. »Was zum Teufel hast du denn angestellt, Keira?«

»Das ist eine lange Geschichte. Aber du brauchst jetzt bei mir nicht die große Florence-Nightingale-Nummer abzuziehen.« Sie warf Drake einen vielsagenden Blick zu. »Die Rolle hat Ryan schon übernommen.«

Als Mason seine Aufmerksamkeit auf Drake richtete, bemerkte er seine Miene und schloss daraus, dass auch er einiges zu berichten hatte. »Was ist passiert, Ryan?«

»Eine Menge.« Drake atmete tief durch. »Darüber sprechen wir besser unten. Hast du die Hauptkabine schon gesichert?«

Der ältere Mann schüttelte den Kopf. »Nein, nur den Maschinenraum und das Ruderhaus. Das, was ich brauchte, um mit dieser Badewanne in See zu stechen.«

Drake nickte, ging zu der rostigen Stahlluke, die den Einstieg zu den unteren Decks verschloss, und kniete sich daneben. Sie war mit einem schweren Vorhängeschloss gesichert, das er öffnete und entfernte. Dann hob er die Klappe ein bis zwei Zentimeter weit an und tastete nach der Angelsehne, die er dort befestigt hatte. Eine einzige kleine Bewegung reichte, um sie auszuhaken und zu verhindern, dass sie die selbst gebastelte Vorrichtung zur Selbstzerstörung auslöste, die McKnight dort zum Schutz vor ungewollten Eindringlingen installiert hatte.

Er wollte auf keinen Fall, dass die Fracht des Kutters in die falschen Hände fiel.

»Gehen wir«, sagte er und half der verletzten jungen Frau durch die Luke, die in den Bauch des Schiffes führte. Die Stufen waren so steil, dass dies nicht gerade leicht war, doch mit etwas Überredung und Hilfe schaffte er es, sie nach unten zu bugsieren. Die anderen folgten ihnen.

Drake schaltete am Eingang das Licht an, das in der dunklen Kabine aufflackerte.

»Eines muss man dir lassen«, sagte Frost und blickte sich um. »Du planst auf jeden Fall voraus.«

Für den flüchtigen Beobachter wirkte die *Alamo* wie ein vernachlässigter, schrottreifer alter Fischkutter, der beim nächsten rauen Wind vermutlich sinken würde. Doch die äußere Erscheinung konnte täuschen, das wusste Drake.

Die Hauptkabine war etwa neun Meter lang und drei Meter breit und im Gegensatz zum Äußeren sauber, ordentlich und gut in Schuss. Der Boden war abgeschmirgelt und poliert, die Wände erst kürzlich gestrichen, und alle Einbauten waren nagelneu.

Auf der Backbordseite befanden sich ein Kommunikationsterminal und ein Arbeitsbereich. Ein paar Laptops waren mit einem größeren Flachbildmonitor verbunden, der über einem Bullauge befestigt war. Dazu gehörten auch ein Funkgerät, das auf verschlüsselten Frequenzen senden konnte, eine Radarstation und ein Satellitentelefon, das in ein Ladegerät eingestöpselt war.

Auf der anderen Seite der Kabine befand sich eine einfache, aber zweckmäßige Kombüse mit ein paar Schränken, in denen Regenwasser und Konserven gelagert waren. Drake hatte darauf bestanden, die *Alamo* mit ausreichend Nahrung, Treibstoff und Vorräten zu versehen, um eine Crew von vier Personen maximal einen Monat zu versorgen. Seiner Meinung nach gab es nur eines, das besser war als ein sicherer Rückzugsort an Land – ein Unterschlupf, der sich buchstäblich überall dorthin verlegen ließ, wo es einen Hafen gab.

Die Toiletten und Waschräume lagen weiter hinten, aber es war der Stauraum im Bug, dem Drakes Hauptaugenmerk galt. Er lotste Frost zu dem Ledersessel am Kommunikationsterminal und zückte einen zweiten Schlüssel an der Kette, die er bei sich trug.

Nahrung und Treibstoff waren das eine, doch eine Gruppe wie seine konnte durchaus auch Waffen zur Selbstverteidigung brauchen. Aus diesem Grund war das Lager der *Alamo* mit einer Auswahl von Sturmgewehren, Maschinenpistolen, Gewehren, Pistolen, Munitionskisten und Ersatzmagazinen gefüllt. Zusätzlich zu diesen Waffen gab es mehrere Sets mit Schutzkleidung, taktische Funkgeräte, medizinische Ausrüstung, Survival-Ausrüstung und so gut wie alles andere, was eine kleine Gruppe von Agenten benötigen konnte.

Er stellte befriedigt fest, dass niemand die Waffenkammer

angerührt hatte. Dann kehrte Drake in die Hauptkabine zurück. »Alles klar«, sagte er einfach nur. »Wie geht es dir?«, erkundigte er sich bei Keira.

»Ich hasse Boote. Wie wär's damit?«

Drake bedachte sie mit einem missbilligenden Blick. »Gibt es ein Verkehrsmittel, das du magst?«

»Ja. Motorräder. Deshalb besitze ich eins.«

»Sehr witzig. Als du heute Morgen aufgekreuzt bist, hast du nicht gelacht«, erinnerte Drake sie, bevor er seine Aufmerksamkeit wieder auf Mason richtete. »Cole, schildere uns alles, was passiert ist. Zwei von uns sind innerhalb weniger Stunden angegriffen worden, und wir müssen herausfinden, wie und warum. Dann wissen wir mehr.«

Es dauerte ungefähr zehn Minuten, bis Mason seine Erlebnisse bei der Erstürmung seines Unterschlupfes in Mailand berichtet hatte, Frost erzählen konnte, wie sie in München angegriffen und fast entführt worden war, und Drake die ganze Bestandsaufnahme mit dem Angriff auf ihre Villa abschloss.

»Cain hat zuerst Keira und mich angegriffen, aber nicht mit voller Stärke«, fasste Mason seine Gedanken zusammen. »Wenn er gewollt hätte, dass wir sterben, hätte es einfachere und sicherere Wege gegeben, um das zu bewerkstelligen.«

»Er hat dich geködert und versucht, dich zu verletzen, damit du zu mir kommst«, überlegte Drake. »Er wollte uns alle hier haben, damit er uns alle zusammen umbringen kann.«

»Kurz gesagt, wir sind am Arsch, Kollegen«, schlussfolgerte Frost.

»Kurz gesagt, Cain macht sich keine Mühe mehr, das Ganze hinter geschlossenen Türen zu halten«, korrigierte Drake sie mit einem scharfen Blick. »Das war eine offene Kriegserklärung.«

Frost schien ausnahmsweise einmal ratlos zu sein. »Aber wir waren vorsichtig, wir haben unsere Spuren verwischt, falsche Ausweise benutzt – das volle Programm.«

Für Drake war die Antwort erschreckend offensichtlich. »Wenn man sich der Dienste jedes Polizei- und Nachrichtendienstapparates der westlichen Welt versichern kann, hat man einfach die besseren Karten. Jeder, an dem man auf der Straße vorbeigeht, jede Verkehrskamera, jeder Mann und jede Frau in Uniform … All das kann jetzt gegen uns arbeiten.«

»Aber weshalb? Warum jetzt, nach all der Zeit?«, fragte Frost.

»Um uns aus der Deckung zu locken«, mutmaßte Mason. »Er verpasst uns einen Schlag und drängt uns in die Ecke. Er weiß, wir haben keine andere Wahl, wir müssen reagieren.«

»Und wie sollen wir reagieren? Ziehen wir um? Beschaffen wir uns neue Identitäten?«

Drake schüttelte den Kopf und blickte finster drein. »Das würde das Unvermeidbare nur hinauszögern. Cain will unseren Tod, und wir alle wissen, dass wir diese Schlacht nicht gewinnen können. Wir können nicht gegen die Agency kämpfen, und wir können nicht vor ihr flüchten – jedenfalls nicht lange.«

»Was schlägst du vor?«, fragte Mason.

Drake erwiderte nichts, sondern stand auf. Er brauchte ein wenig Abstand von den anderen. Er musste die Sache durchdenken, denn das, was ihm durch den Kopf ging, könnte das größte Risiko darstellen, auf das sie sich jemals eingelassen hatten.

Also ging er an Deck und sah mit verschränkten Armen aufs Meer hinaus. Normalerweise wirkte dieser Ausblick beruhigend auf ihn, heute jedoch nicht. Jeder Muskel in seinem Körper fühlte sich angespannt an, bereit, jederzeit in Aktion zu treten. Seine Instinkte sagten ihm, dass er eine uralte, archaische Entscheidung treffen musste: Kampf oder Flucht.

Doch dem Feind, der ihm gegenüberstand, war nicht mit Zähnen und Klauen beizukommen. Er wusste nur zu gut, wie die Agency mit Leuten umsprang, die so unklug waren, sie sich zum Feind zu machen. Sie war ein Monster, deren tückische Fühler bis in jeden Winkel der Welt hineinragten, sie konnte sich im Dunkeln fortbewegen und unerkannt bleiben. Die Bedrohungen, die von ihr ausgingen, waren so komplex und hatten so viele Facetten wie ein Diamant, und sie zeigte sowohl ganz offen Stärke als auch Heimtücke. Sie konnte verdammt gute Leute gegen sie einsetzen, und ihr standen buchstäblich unbegrenzte Mittel zur Verfügung, um ihr Ziel zu erreichen.

Sie kämpften gegen ein Monstrum, dessen Leib sie nichts anhaben konnten. Nur ihr Kopf blieb unabänderlich menschlich und deshalb verletzlich.

»Diesen Blick kenne ich nur zu gut«, sagte McKnight, die ihm nach draußen gefolgt war. »Du planst doch etwas.«

»Ja.« Es hatte keinen Sinn, sie zu belügen.

»Du willst nach allem, was heute passiert ist, zurückschlagen.«

Darauf erwiderte Drake nichts. Sie kannte die Antwort ohnehin.

Er hörte, wie McKnight frustriert seufzte. »Verstehst du denn nicht, dass Cain genau das will? Wenn du jetzt zurückschlägst, solange wir keinen festen Boden unter den Füßen haben und in der Unterzahl sind, spielst du ihm nur in die Hände.«

»Vielleicht«, pflichtete er ihr bei. »Aber ich mache meinen Zug lieber, solange ich dazu noch in der Lage bin.«

Wie der Boxer, der er einst gewesen war, wollte er lieber

im Kampf untergehen, statt einfach das Handtuch zu werfen und sich kläglich einem Feind zu ergeben, der keine Gnade zeigen würde. Solange er kämpfte, hatte er wenigstens eine Chance. Wenn er aufgab, hatte er gar keine.

»Aber Cain glaubt jetzt doch, dass wir tot sind. Warum belassen wir es nicht dabei?«

»Weil es nie vorbei sein wird«, sagte Drake und wandte sich ihr zu. »Früher oder später erfährt er, dass keine Leichen in dem Schutt gefunden wurden. Dann wird er uns wieder jagen. Und das so lange, bis er schließlich Erfolg hat. Ganz gleich, wie weit wir flüchten oder wie gut wir uns verstecken, er findet uns.« Er seufzte und schüttelte den Kopf. »Es wird nie vorbei sein. Nicht solange Cain lebt.«

Sie sah das gefährliche Schimmern in seinem Blick und die kalte Entschlossenheit, die in ihm wuchs. Jetzt wusste sie, worüber er nachdachte.

»Redest du etwa von …«

»Ich rede von Operation Downfall«, beendete er den Satz für sie.

Er sah, wie sie ausatmete und schluckte, als sie die Tragweite seiner Worte begriff. Sie wusste, dass er einen solchen Vorschlag nicht machen würde, wenn es ihm nicht todernst wäre.

Und jetzt war es so weit.

In Wahrheit war Ryan hier nicht so untätig gewesen, wie Samantha gemutmaßt hatte. Die ruhigen Tage hatten ihm die Zeit und die Gelegenheit gegeben, die er brauchte. Er war die Herausforderung mit derselben Konzentration und Entschlossenheit angegangen, die ihn zu einem der besten Leiter von Shepherd-Teams gemacht hatte, den die Agency je hatte. Er war kaltblütig alle Möglichkeiten, Theorien und Mutmaßungen durchgegangen, bis schließlich eine kühl kalkulierte Lösung übrig blieb.

Ihre früheren opportunistischen und schlecht koordinierten Versuche, Belastungsmaterial zu finden, um Cain unter Druck zu setzen, seine Pläne zu durchkreuzen oder sie auf andere Weise aufzudecken, waren allesamt gescheitert.

Inzwischen war ihm klar geworden, dass sie vermutlich von Anfang an zum Scheitern verurteilt gewesen waren, weil sie versuchten, Cain in seinem eigenen Spiel zu schlagen, indem sie nach seinen Regeln spielten. Er spielte diese Spiele schon weitaus länger als jeder Einzelne von ihnen, und seine Gerissenheit in Verbindung mit seiner jahrelangen Erfahrung hatte es ihm erlaubt, jedem ihrer Schritte zuvorzukommen.

Jetzt gab es nur noch die Möglichkeit, die Sache direkter anzugehen. Deshalb hatte er in den vergangenen paar Monaten mehr Pläne geschmiedet, verworfen und verfeinert, als er sich erinnern konnte. Jeder einzelne hatte einem einzigen Ziel gedient. Und schließlich hatte er einen ersonnen, der funktionieren konnte.

Operation Downfall war der Codename für die Ermordung von Marcus Cain.

17

CIA-Hauptquartier – Langley, Virginia

Dan Franklin, Abteilungsleiter für Spezialeinsätze, musterte das Stück Teppichboden, das sich zwischen ihm und seinem Büroschreibtisch befand. Zwei, vielleicht zweieinhalb Meter trennten ihn von dem einfachen Holzmöbel, doch die kurze Entfernung dehnte sich vor ihm aus wie ein gähnender Abgrund.

»Ein kleiner Schritt für einen Mann …«

Er atmete tief ein, dann hob er seinen linken Fuß und setzte ihn fest auf den Teppich. Dabei gab er sich Mühe, nicht aus dem Gleichgewicht zu kommen. Es war ein kleiner Schritt, doch niemand half ihm dabei, und er spürte, dass sein Herz vor Aufregung schneller schlug. Nun konzentrierte er sich auf seine Aufgabe, hob den rechten Fuß und brachte ihn nach vorn, im Anschluss nutzte er gleich den Schwung der Bewegung, um den linken Fuß wieder ins Spiel zu bringen.

Er musste aussehen wie ein Kleinkind, das auf unsicheren Füßchen schwankte und versuchte, Gliedmaßen zu koordinieren, an deren Verwendung es nicht gewöhnt war, doch das war ihm in diesem Moment egal. Jetzt kam es nur darauf an, den Schreibtisch zu erreichen. Das war das Einzige, worauf er sich jetzt konzentrierte.

Noch ein Schritt und noch einer. Er war fast da. Er konnte es schaffen. Er würde es schaffen.

Eine unscheinbare Falte im Teppich, kaum ausreichend, um einen Staubsauger aufzuhalten, reichte aus, um seine Hoffnung zu zerstören. Seine linke Fußspitze blieb an dem kleinen Hindernis hängen, plötzlich verlor er sein labiles Gleichgewicht und fiel vornüber. Er warf die Arme nach vorn, um sich an der Kante seines Schreibtischs abzufangen und sich einen schmerzhaften und erniedrigenden Sturz zu ersparen.

Es gelang ihm gerade eben, doch seine Hand stieß an einen Kaffeebecher, der dort stand und über den Tisch rollte, bis er laut zu Boden fiel.

»Mist«, knurrte Franklin und zog sich am Schreibtisch hoch.

Kaum hatte er es ausgesprochen, als die Tür seines Büros aufgerissen wurde und seine Sekretärin Barbara hereinstürmte. Sie sah sich rasch in dem Raum um. Ihr Blick war voller Sorge, und als sie erkannte, was den Lärm verursacht hatte, schlug er in Mitleid um. Genau das, was Franklin nicht ertragen konnte.

»Mister Franklin, ist alles in Ordnung?«

»Ja«, erwiderte Franklin und strich seinen Schlips glatt. »Alles in Ordnung.«

Die Frau nickte, dann entdeckte sie plötzlich den Kaffeebecher auf dem Fußboden. Der dicke Teppich hatte verhindert, dass er beim Aufprall zerbrach, aber die Kaffeereste im Becher waren in weitem Bogen umhergespritzt und hatten den Boden befleckt.

»Oh nein. Ich hebe das für sie auf«, sagte sie und kam automatisch näher, um sich darum zu kümmern.

»Nein!«, sagte er mit mehr Nachdruck, als er eigentlich vorgehabt hatte, und fuhr dann freundlicher fort. »Alles in Ordnung. Ein dummer Fehler. Ich mache das gleich sauber.«

Seine Sekretärin zögerte. Sie wollte helfen, bemühte sich aber gleichzeitig, ihn nicht in Verlegenheit zu bringen. Sie wusste besser als die meisten anderen, wie viel ihm das bedeutete.

Um die unangenehme Situation zu überspielen, stieß sich Franklin vom Schreibtisch ab und richtete sich so gerade auf, wie er konnte. »Aber da Sie gerade hier sind – könnten Sie bitte die Besprechung mit Breckenridge um eine halbe Stunde verschieben? Ich brauche noch etwas Zeit, um die Lageberichte aus Bagdad durchzugehen.«

Barbara nickte, froh, einen Grund zu haben, wieder gehen zu dürfen. Franklin wartete, bis sie die Tür hinter sich geschlossen hatte, dann sank er mit einem erschöpften Stöhnen nach vorn und stützte sich mit beiden Händen auf dem Schreibtisch ab.

Er tastete sich am Schreibtisch entlang wie ein Kind, das sich an der Kante eines Swimmingpools festhielt, dann ließ er sich in seinen gepolsterten Lederstuhl sinken und atmete erleichtert aus. Es dauerte gute dreißig Sekunden, bis er sich bücken und den heruntergefallenen Kaffeebecher aufheben konnte. Als er sich wieder aufrichtete, fiel sein Blick auf etwas, das in einer Ecke des Büros an der Wand lehnte.

Ein Spazierstock.

Er hatte ihn bekommen, als man ihn nach der Operation im vergangenen Jahr, bei der seine Wirbelkörper versteift worden waren, endlich aus dem Krankenhaus entlassen hatte. Die Operation war insofern erfolgreich gewesen, als er nicht mehr von den chronischen Rückenschmerzen geplagt wurde, die ihn in den letzten Jahren zusehends außer Gefecht gesetzt hatten. Sie waren die Folge einer Bombenexplosion am Straßenrand, die seiner Karriere beim Militär ein Ende gesetzt hatte. Der langfristige Nutzen der Operation war jedoch fragwürdig. Einige beängstigende

Tage lang hatte er sogar im Bett gelegen, ohne seinen Unterleib zu spüren, und er hatte befürchtet, für den Rest seines Lebens auf einen Rollstuhl angewiesen zu sein.

Das hatte sich irgendwann geändert, und in den folgenden Monaten hatte er ein hartes Programm zur Wiederherstellung seiner Kräfte durchgezogen, einschließlich einer strengen Physiotherapie, weil er fest entschlossen war, so bald wie möglich seine Arbeit wiederaufzunehmen. Seit jenem ersten Tag, an dem er es geschafft hatte, mit den Zehen zu wackeln, hatte er große Fortschritte gemacht. Die Ärzte hatten ihn allerdings gewarnt, dass er womöglich nie mehr ohne Stock würde gehen können.

»Vergessen Sie es. Ich werde nie am Stock gehen«, war damals seine Antwort gewesen. Kühne Worte, hinter denen gleichermaßen Angst und Trotz standen, und die sich als bedauerlich falsch erwiesen hatten. Dennoch war Franklin fest entschlossen, sich wieder in Form zu bringen, um das Leben weiterzuführen, durch das ihm seine Verletzung schon seit so langer Zeit einen Strich machte.

Einen Schritt nach dem anderen. Das war das Beste, wozu er zurzeit in der Lage war.

Er wurde vom Summen des Handys in der Schreibtischschublade aus seinen Gedanken gerissen. Es war keines der sicheren, verschlüsselten Telefone, die er bei der Arbeit alltäglich benutzte, sondern ein billiges Prepaidtelefon, das er vor ein paar Monaten gekauft hatte. Ein Telefon, dessen Nummer nur einigen wenigen Auserwählten bekannt war.

Er sah zur Bürotür, um sich zu vergewissern, dass sie verschlossen war, dann beugte er sich vor und schloss mit dem Schlüssel an seinem Bund die Schublade auf. Schließlich tastete er an der Unterseite herum, bis seine Finger auf das Plastikgehäuse stießen, das dort mit Klebestreifen befestigt war.

Er löste das Handy und hielt es versteckt in der Handfläche. Dann rief er die Nachrichtenliste auf. Dort wartete eine einzige neue Nachricht auf ihn, und er wusste, von wem sie stammte.

Er klickte sie an. Sie bestand nur aus einem Wort.

DOWNFALL

»Verdammt!«, keuchte er, als ihm klar wurde, dass sich Drake entschieden hatte, seinen verzweifelten Plan in die Tat umzusetzen. Monate ohne erkennbare Aktivitäten hatten ihn fast davon überzeugt, dass sein alter Freund seine Absicht aufgegeben hatte und es stattdessen vorzog, zu verschwinden und den Rest seines Lebens in relativem Frieden zu verbringen.

Das hatte Franklin jedenfalls gehofft.

Es musste etwas geschehen sein, das ihn veranlasst hatte, seine Meinung zu ändern. Etwas Einschneidendes. Franklin wusste nicht, was vor sich ging, doch er wusste, dass Drake seinen Plan nicht in die Tat umsetzen würde, wenn es eine andere Wahl gäbe. Ihm blieb jetzt nichts anderes übrig, als seine Rolle zu spielen.

Er beugte sich etwas näher und tippte eine kurze Erwiderung.

Melde mich.

Danach legte er das Telefon wieder in das Versteck in der Schublade zurück, schob sie zu und schloss sie ab. Während er das tat, streifte sein Blick erneut den Gehstock.

»Ich hoffe, du weißt, was du tust, Ryan«, flüsterte er.

18

US-Botschaft – Islamabad, Pakistan

Als Quinn sein Büro verließ, lief er Bill Barratt über den Weg, einem der ranghöchsten Analysten in der pakistanischen Niederlassung der Agency. Der Mann war hochgewachsen, hatte silbergraue Haare und einen Schnurrbart, auf den Clark Gable stolz gewesen wäre. Quinn war immer der Meinung gewesen, dass der Mann wirklich seine Chance als Idol irgendwelcher Matinee-Vorstellungen verpasst hatte – vielleicht weil er das Pech hatte, ein paar Jahrzehnte zu spät geboren worden zu sein. Auf jeden Fall war er schon seit Ewigkeiten bei der Agency und vermutlich der versierteste Mann im Staatsdienst, wenn es darum ging, sich ein Bild über die komplexe Lage in diesem Teil der Welt zu verschaffen. Und dabei die Politik, die unterschiedlichen Stämme, die Ethnien und die militärischen Bedingungen zu berücksichtigen.

Barratt war normalerweise lakonisch und nicht aus der Ruhe zu bringen, heute wirkte er jedoch ungewöhnlich angespannt. »Quinn, haben Sie eine Minute Zeit?«, fragte er mit gedämpfter Stimme.

Quinn runzelte die Stirn und fragte sich, was er jetzt wohl zu hören bekommen würde. *Als ob die Situation hier nicht schon schwierig genug wäre,* dachte er niedergeschlagen.

»Ja sicher«, sagte er und bat Barratt in sein Büro. »Was gibt's denn, Bill?«

Der ältere Mann vergewisserte sich, dass die Tür hinter ihm geschlossen war, bevor er zu sprechen begann. »Die NSA hat gerade einen Bericht abgefangen, der über das örtliche Polizeinetzwerk verbreitet wurde. Erinnern Sie sich noch an den ISI-Agenten, den ich für Sie checken sollte?«

»Majid Reza? Sicher. Was ist mit ihm?«

»Er ist tot. Er wurde heute Morgen in seiner Wohnung gefunden. Er starb angeblich an einer Überdosis.« Barratts Gesichtsausdruck machte deutlich, dass er das keine Sekunde lang glaubte. »Ich dachte, Sie sollten das erfahren.«

Quinn spürte, wie er angesichts der Nachricht blass wurde. Man brauchte kein Genie zu sein, um zu verstehen, dass Stryker – sofern das wirklich sein Name war – bei Rezas Abgang seine Finger im Spiel hatte. Er hatte von Anfang an ein ungutes Gefühl bei dem Mann gehabt, seit er damals in seinem Büro aufgetaucht war, ausgestattet mit einer Generalvollmacht von Marcus Cain, die es ihm erlaubte, sämtliche Sicherheitsbereiche zu betreten.

Aber das hier hob die Sache auf eine neue Ebene. Was zur Hölle bildete sich Stryker ein, wenn er einen internationalen Zwischenfall mit einem ohnehin schon nervösen Verbündeten provozierte? Wenn man ihn gesehen hatte, wie er Rezas Haus betrat oder verließ …

»Haben die Pakistanis schon reagiert?« Er hoffte, dass man ihm seine Besorgnis nicht ansah.

Barratt schüttelte den Kopf. »Es ist noch zu früh, das zu sagen. Ich gehe davon aus, dass sie zuerst alle Fakten sammeln wollen, bevor sie den nächsten Schritt machen, aber sie neigen zum Schulterschluss, wenn sie einen ihrer Leute verlieren.« Er musterte Quinn eine Zeit lang schweigend und nachdenklich. »Wollen Sie irgendwelche Vorsichtsmaßnahmen einleiten? Die Sicherheitsstufe erhöhen?«

Er war zweifellos besorgt, dass es wieder einen Angriff

auf die US-Botschaft geben könnte. So etwas war genau hier in Islamabad vor dreißig Jahren geschehen: Demonstranten, die glaubten, die Vereinigten Staaten wären in die Bombardierung einer Moschee verwickelt, waren über die Mauer geklettert und hatten alles niedergebrannt.

»Nein«, entschied er schließlich. »Wir wollen ihnen keinen Hinweis darauf geben, dass wir etwas wissen.« Er holte tief Luft, sah den alten Analysten an und setzte ein falsches Lächeln auf. »Danke für die Warnung, Bill. Und … die Sache bleibt unter uns, okay?«

Barratt zögerte einen Moment. Einerseits wollte er loyal gegenüber seinem Niederlassungschef sein, andererseits machte er sich auch Sorgen über einen möglichen schwelenden Konflikt mit Pakistan. Er war jedoch schon lange genug im Geschäft, um zu wissen, dass man gut daran tat, nicht ausgerechnet den Chef der Niederlassung, in der man stationiert war, gegen sich aufzubringen, und deshalb ging er klugerweise einfach davon, ohne ein weiteres Wort zu verlieren.

Quinn war sich seiner Sache keineswegs sicher. Seit er hier stationiert war, spürte er Cains Erwartungen auf sich lasten, obwohl er siebentausend Meilen von Langley entfernt war. Der stellvertretende Direktor machte Druck, weil er Ergebnisse sehen wollte, und wenn konventionelle Methoden nichts brachten, schreckte er auch nicht davor zurück, unkonventionelle anzuwenden.

Und er, Quinn, steckte mittendrin. Es war offensichtlich, dass sein Kopf als Stationschef rollen würde, wenn die Sache in die Binsen ging. Stellte Cain ihm etwa eine Falle, um ihn abzusägen? Erlebte er gerade den Anfang vom Ende seiner Karriere?

Er blickte aus dem Fenster auf die Stadt, die sich vor dem schwer befestigten Gelände der Botschaft ausdehnte. In diesem Land lebten zweihundert Millionen Menschen, von denen die meisten den USA bereits jetzt misstrauten. Einen Moment lang spürte er so etwas wie eine erstickende Klaustrophobie, wenn er sich vorstellte, wie Tausende von protestierenden, wütenden Menschen – bewaffnet und außer sich – Blut sehen wollten.

Er benötigte etwa dreißig Sekunden angespannten, nervösen Nachdenkens, bis er eine Entscheidung traf. Dann nahm er sein verschlüsseltes Handy, verließ das Büro und schloss die Tür sorgfältig hinter sich ab. Mit dem Handy in der Tasche marschierte Quinn durch das Gewirr von Fluren, Büros und Konferenzräumen, die das pulsierende Herz der Agency-Operationen in Pakistan repräsentierten. Er achtete kaum auf die anderen Angestellten, als er zu dem Treppenhaus ging, von dem aus man auf das Dach gelangte.

Wie bei den meisten großen US-Botschaften hatte das Gelände in Islamabad einen eigenen Heliport, um kurzfristig hochrangiges Personal einfliegen, aber auch – was noch wichtiger war – schnell evakuieren zu können, falls der entsprechende Befehl kam. Der Landeplatz war zurzeit frei, und glücklicherweise schien das große offene Dach menschenleer zu sein.

Quinn zog das Handy aus der Tasche, schaltete den Verschlüsselungsmodus ein, damit niemand die Unterhaltung belauschen konnte, und tippte schnell eine Nummer aus den Vereinigten Staaten ein. Eine Nummer, von der er gehofft hatte, sie niemals benutzen zu müssen.

»Franklin«, antwortete eine Stimme, nachdem es ein paarmal geklingelt hatte.

Quinn schluckte mühsam, denn er wusste, dass er gerade eine Linie überschritt, was seine Karriere bald beenden konnte. Doch wenn er schon unterging, dann wenigstens aus den richtigen Gründen.

»Dan, hier spricht Hayden. Wir müssen reden.«

19

Im Kaffeehaus herrschte zu dieser frühen Stunde Hochbetrieb. Kunden stellten sich in Schlangen an, um sich ihren Coffee to go zu holen; andere, die mehr Zeit hatten, saßen an den Tischen entlang der Wände. Sie redeten, aßen, rauchten und tranken zusammen. Die Luft war von den Gesprächen, dem kräftigen Aroma des Tabakrauchs und der dampfenden Getränke erfüllt, die Atmosphäre war entspannt und freundlich.

Für Vizur Qalat waren die Aussichten jedoch nicht so erfreulich.

»Ihre Probleme gehen mich nichts an, Rashid. Mir macht Sorgen, dass wir die Kontrolle über die Nordprovinzen verlieren, weil wir nicht wissen, was zum Teufel da los ist. Deshalb sage ich ganz klar: Entweder Sie beschaffen mir die Informationen, um die ich Sie gebeten habe, oder ich suche mir jemand anders, der das kann. Habe ich mich klar ausgedrückt?« Er sprach leise in das Telefon, damit seine Worte im allgemeinen Gemurmel untergingen.

»Das haben Sie, Sir«, erwiderte sein Untergebener. Seine Stimme klang entschlossen, und da war auch noch etwas anderes – Angst. Angst motivierte die Männer mehr als alles andere, denn es war schlimmer, das, was man hatte, zu verlieren, als dabei zu scheitern, etwas Neues zu gewinnen. »Wird erledigt.«

»Das hoffe ich«, gab Qalat zurück und klappte sein Handy genau in dem Moment zu, als ihm der Coffee to go gebracht wurde. Es war nicht gerade die feine Art, den Kaffee unterwegs trinken zu müssen, doch sein überquellender Terminkalender erlaubte es ihm nicht mehr, morgens entspannt hier einzukehren. Er schaffte es höchstens noch, auf seinem Weg zum ISI-Hauptquartier kurz vorbeizuschauen – wie immer in Begleitung seiner beiden Leibwächter.

Beide Männer waren Veteranen der pakistanischen Armee. Er hatte sie persönlich ausgewählt, weil er Männern mit einem militärischen Hintergrund eher traute. Die beiden hatten bereits in mehr Feldzügen gekämpft als die meisten Soldaren in ihrem ganzen Leben. Er vertraute ihnen mehr als jedem anderen auf dieser Welt. Er nickte dem Barista anerkennend zu, dann drehte er sich mit dem Kaffee in der Hand um und steuerte auf den Ausgang zu.

Draußen sah es nach einem warmen und sonnigen Frühlingstag aus, doch er achtete kaum auf das gute Wetter. Er war in Gedanken versunken und grübelte über die Probleme nach, die ihn gerade beschäftigten. Insbesondere über die CIA, die sich unermüdlich in Dinge einmischte, die sie nichts anging.

Ihre Drohnen flogen täglich durch den pakistanischen Luftraum und griffen oft Ziele an, die sich weit im Staatsgebiet der Republik befanden, gleichzeitig zogen ihre Spezialkommandos ungestraft durch die Berge und über die abgeschiedenen Pässe an der afghanischen Grenze. Ihre Botschaft im Herzen Islamabads war nichts anderes als ein Hort für Spione und Überwachungssysteme. Und all das wurde von der pakistanischen Regierung toleriert. Wo sollte das alles noch enden?

Der Selbstmordattentäter von Camp Chapman hatte den Amerikanern zwar einen Schlag versetzt und ihre Ambitionen zurechtgestutzt, doch es war nur eine Frage der Zeit, bis sie sich neu aufstellen würden. Und niemand wusste, ob er sie dann noch einmal aufhalten konnte.

Seine Überlegungen wurden rüde unterbrochen, als jemand im selben Moment das Kaffeehaus betrat, in dem Qalat hinausging, und mit ihm zusammenstieß. Der ISI-Offizier fluchte, als ein Schwall des brühend heißen Kaffees auf seiner Hand landete, und er wandte sich wütend zu dem Trottel um, der ihm vor die Füße gelaufen war.

Wer auch immer es war, er war jedenfalls sehr groß. Weitaus größer als Qalat mit seinen ein Meter achtundsiebzig und unter seinem teuren Maßanzug kräftig gebaut. Sein Hemd und sein Gürtel spannten sich über dem gewölbten Bauch, sein fleischiger Hals und seine Wangen waren fast ganz unter einem ergrauenden Bart verborgen. Das Haar war blond – oder war es zumindest einmal gewesen – und bekam nun allmählich jene staubig braune Farbe, die blondes Haar im Laufe der Jahre oftmals annnahm. Ein Westler.

»Es tut mir schrecklich leid«, stammelte er und sah Qalat durch dicke Brillengläser an, die seine Augen beinahe grotesk vergrößerten. »Ich wollte nicht …«

Er wurde mitten im Satz unterbrochen, als einer von Qalats Leibwächtern zwischen die beiden trat und den großen Mann mit der schieren Kraft seiner hundert Kilo reiner Muskelmasse auf die Straße zurückschob. Der Mann legte sich auf jeden Fall sehr ins Zeug, zweifellos erschrocken darüber, dass jemand problemlos so nah an seinen Chef herangekommen war.

»He! Beruhige dich, Mann, das war nur ein Versehen«, protestierte der fette Geschäftsmann mit einem betont englischen Akzent. Sein Gesichtsausdruck angesichts der heftigen Reaktion grenzte an Panik.

Qalats zweiter Leibwächter hielt sich an die unausgesprochene Vereinbarung zwischen den beiden Männern und blieb dicht bei seinem Chef, um ihn zu schützen.

»Alles in Ordnung bei Ihnen, Sir?«, fragte der Leibwächter schnell und leise, während er mit den Blicken fieberhaft die Umgebung absuchte. Seine Hand ruhte an der verborgenen Waffe in seiner Anzugjacke, die er jeden Moment ziehen konnte, falls sich die scheinbare Zufallsbegegnung als ein Ablenkungsmanöver für etwas Gravierenderes erweisen sollte.

»Es geht mir gut, verdammt noch mal!«, erwiderte Qalat gereizt und schüttelte sich den Kaffee von der Hand. Sein Leibwächter reichte ihm wortlos ein Taschentuch, und er nahm es ebenso wortlos an.

Draußen war der erste Leibwächter schon damit beschäftigt, den dicken Geschäftsmann kurz zu filzen, der seinerseits vor Verlegenheit rot angelaufen war. Als Qalat auf die Straße hinaustrat, hörte er ihn protestieren.

»Jetzt passen Sie mal auf. So allmählich reicht mir Ihr Gestapogehabe!«, protestierte er empört, obwohl klar war, dass seine Worte nichts als Schaumschlägerei waren. »Es war ein Versehen. Wenn es um den Kaffee geht, dann bezahle ich dem Mann gern einen neuen.«

Als Qalat näher kam, warf ihm sein Leibwächter die Brieftasche des Mannes zu. Qalat klappte sie auf und schaute kurz auf seinen Ausweis. Colin Davis, ein Aktienhändler für Millennium Brokerage. Er arbeitete an der Börse von Islamabad.

»Colin Davis«, sagte er und musterte den Mann einen Moment.

»Ganz recht«, erwiderte Davis und grinste. Er hatte schiefe Zähne, wie nur Engländer sie haben konnten, und betrachtete nervös die beiden Leibwächter. »Hören Sie, ich glaube es gab ein ...«

Qalat warf ihm die Brieftasche zu, und Davis fing sie so ungeschickt auf wie ein Mann, der seit seiner Kindheit nichts Sportlicheres mehr getan hatte, als ein paar Treppen hinaufzusteigen. Mit dieser Art Dummkopf wollte er sich nun wirklich nicht abgeben. Es gab bereits Zuschauer, die darauf warteten, ob sich die Konfrontation noch weiter zuspitzen würde. Qalat hatte nicht vor, ihnen eine Vorstellung zu liefern.

»Vielleicht sollten Sie in Zukunft besser aufpassen, Mr. Davis«, erwiderte Qalat säuerlich. Dann ging er an ihm vorbei auf sein geparktes Mercedes SUV zu. Seine Bodyguards flankierten ihn links und rechts, nach der Kollision etwas näher als sonst, und ließen den verblüfften Ausländer stehen.

»Fahren wir. Wir haben schon genug Zeit verschwendet«, sagte Qalat und setzte sich in den bequemen Fond des klimatisierten Wagens.

Als das SUV losfuhr und sich in den regen Verkehr einfädelte, wandte sich Colin Davis ab und ging mit entschlossenen Schritten zu seinem eigenen Wagen hinüber, der nicht weit entfernt parkte. Er startete den Motor und entfernte sich vom Schauplatz, als wäre ihm die Szene, die er gerade verursacht hatte, äußerst peinlich.

Erst als er sich etwa einen Block von dem Café entfernt hatte und sicher war, dass ihm niemand gefolgt war, zog er den falschen Bart vom Gesicht. Als Nächstes folgten die Perücke, die Brille, die seinen Augen Schmerzen bereitet hatte, und dann die falschen Zähne. Er konnte im Wagen schlecht den Anzug ausziehen, der sein Übergewicht simulierte, deshalb musste er sich fürs Erste damit zufriedengeben, die Klimaanlage auf Maximum zu stellen.

Weiß der Teufel, wie dicke Menschen in diesem Land überleben können, dachte Hawkins, wischte sich den

Schweißfilm von der Stirn und lockerte seine Krawatte. Schon von dem Versuch, Übergewicht vorzutäuschen, war sein Hemd völlig durchnässt.

Trotzdem hatte es sich gelohnt, darauf zurückzugreifen, um sein Ziel zu erreichen. Qalat war ein vorsichtiger Mann, doch er war auch berechenbar und deshalb verletzlich. Ein paar Tage, die er damit verbracht hatte, ihn zu observieren und seine Gewohnheiten auszuspähen, hatten genügt, um die Adresse seines Lieblingscafés herauszufinden, das er jeden Morgen mit geradezu militärischer Pünktlichkeit besuchte. Aber was sollte man auch anderes von einem Militär erwarten?

Er schaltete das Bluetooth-System des Wagens ein, dann wählte er eine Telefonnummer.

Eine halbe Meile entfernt zog Qalat die Brauen zusammen, als er plötzlich spürte, wie etwas in seiner Jacke vibrierte. Er bewahrte sein Handy immer in der linken Hosentasche auf.

Als er hineingriff, entdeckte er ein Handy, das zuvor noch nicht dort gewesen war. Es war eines jener billigen Prepaidtelefone, wie es sie überall in Islamabad zu kaufen gab. Sie waren bestens dazu geeignet, sich mit jemandem in Verbindung zu setzen, ohne überwacht werden zu können.

Sofort fiel ihm die Begegnung vor dem Kaffeehaus ein. Der Zusammenstoß mit dem dicken Engländer war offenbar alles andere als zufällig gewesen.

Es gab nicht viele Agenten, die es fertigbrachten, so einen Taschenspielertrick in der halben Sekunde durchzuziehen, in der sie einander nah genug gewesen waren – und ganz sicher nicht, ohne dass er es gemerkt hätte. Dieser Mann – wer auch immer er sein mochte – verstand sein Handwerk. Das machte Qalat nervös.

Er zögerte ein, zwei Sekunden lang, dann nahm er das

Gespräch an und hielt sich das Telefon ans Ohr. »Ich vermute, Sie heißen nicht Davis«, begann er.

»Bingo, Mister Qalat.« Die Stimme, die ihm antwortete, war die eines Amerikaners, so dreist und selbstbewusst, wie nur die Amis klangen.

Falls er beabsichtigte, ihn damit zu verunsichern, dass er seinen Namen nannte, war sein Vorhaben zum Scheitern verurteilt. »Sie haben mir etwas voraus, mein Freund«, sagte er und hielt seinen Tonfall sanft und entspannt. »Sie wissen, wie ich heiße, aber ich weiß nicht, wer Sie sind.«

»Dazu kommen wir noch«, versicherte ihm der Amerikaner. »Aber sprechen wir zuerst über Sie. Ich kenne nicht nur Ihren Namen.«

»Davon bin ich überzeugt.« Er hätte sich kaum so viel Mühe gemacht, wenn es anders wäre.

»Ich weiß, dass Sie letztes Jahr einen Privatjet für einen Flug von Pakistan in die Türkei gebucht und hinterher befohlen haben, sämtliche Kopien der Flugpläne zu vernichten. Sie haben natürlich nicht damit gerechnet, dass die AWACS-Flugzeuge sämtliche verdächtigen ISI-Flüge verfolgen, aber wer kann Ihnen das zum Vorwurf machen? Man weiß ja wirklich nie genau, ob man beobachtet wird.«

»Wirklich beeindruckend.« Qalat musste sich sehr anstrengen, um nicht durchblicken zu lassen, wie stark er verunsichert war. »Aber Sie haben sich heute gewiss nicht wegen meiner Reisen mit mir in Verbindung gesetzt.«

»Das stimmt. Mich interessiert nicht so sehr, wohin Sie geflogen sind, sondern warum Sie dort waren. Ich will mit Ihnen über die Black List reden, Mister Qalat.«

Bei diesen Worten spürte Qalat, wie es ihm kalt über den Rücken lief. Und das hatte nichts mit der kalten Luft zu tun, die ihm aus den Luftschlitzen des Wagens entgegenblies. Wie konnte dieser Mann davon wissen?

Dass er mit seinem Vorhaben in der Türkei gescheitert war, belastete ihn immer noch – es war wie eine Wunde, die nicht heilen wollte. Die sogenannte Black List, die schwarze Liste, war ein verschlüsseltes Verzeichnis der geheimsten Operationen der CIA. Nur die oberste Führungsspitze innerhalb der Agency wusste überhaupt von ihrer Existenz, und noch weniger hatten Zugriff darauf. Qalat hatte sehr viel investiert, um etwas über ihren Ursprung und ihren Zweck herauszufinden, und noch viel mehr hatte er für die Chance riskiert, sie zu stehlen. Hätte er über ihre dunkelsten Geheimnisse Bescheid gewusst, hätte er die Amerikaner praktisch in der Hand gehabt. Das hätte ihm die Möglichkeit gegeben, sie so zu manipulieren, wie er wollte, und ihm den Weg zu wirklicher Macht geebnet.

Doch dazu war es nicht gekommen. Der Agent seiner Wahl, ein angeblicher britischer Computerhacker namens Arran Sinclair, hatte es nicht geschafft, an die Black List zu kommen, und war stattdessen mit einem leeren Computerlaufwerk zurückgekehrt. Man hatte ihn aufs Kreuz gelegt. Sinclair hatte für sein Versagen zwar mit dem Leben bezahlt, doch eine solch kleinliche Rache reichte einem Mann mit Qalats Ambitionen bei Weitem nicht aus.

»In Ordnung«, stimmte er schließlich zu. »Sie haben meine Aufmerksamkeit. Was wollen Sie?«

»Wir haben beide etwas, was der andere will. Vielleicht können wir eine Lösung finden, die uns beiden weiterhilft.«

Qalat war zwar äußerst beunruhigt, konnte jedoch seine Neugier nicht unterdrücken. Dieser Mann wusste offensichtlich eine Menge und verfügte über beste Beziehungen – zwei Eigenschaften, die man in seiner Branche besser nicht ignorierte.

»Ich höre.«

20

CIA-Ausbildungseinrichtung, Camp Peary, Virginia – 2. August 1985

Anya holte tief Luft und umkreiste vorsichtig ihren Gegner. Sie hielt die Hände oben, bereit, sich zu verteidigen, und wartete auf seinen Angriff. Sie wusste, dass er kommen würde. Ihr Gegner war nicht groß, aber schnell, stark und aggressiv und nur zu gern bereit, alle diese drei Eigenschaften zu seinem Vorteil zu nutzen. Er verfügte bei seiner kurzen und stämmigen Figur über eine brutale Stärke, gegen die sie keine Chance hatte. Ihr Körper trug bereits die Spuren mehrerer gescheiterter Versuche, mit seiner trickreichen und effektiven Strategie fertigzuwerden.

Er spielte seine Stärken aus. Ihr blieb nichts anderes übrig, als sich auf die ihren zu besinnen.

Da! Sie sah, wie sich seine breiten Schultermuskeln anspannten. Sie barsten förmlich vor Energie. Sie stellte sich darauf ein, seinen Angriff abzuwehren.

Wie erwartet stürzte er sich einen Moment später auf sie, täuschte zuerst nach links an, dann wechselte er die Richtung und versuchte es mit einer kurzen Geraden, die auf ihre Kehle zielte. Solch ein Schlag auf die Luftröhre konnte selbst den härtesten Agenten außer Gefecht setzen, und trotz der gepolsterten Handschuhe, die beide trugen, würde er gewiss zu ihrer wachsenden Sammlung von blauen Flecken beitragen.

Doch der Schlag erreichte sein Ziel nicht. Sie hatte sich schon zur Seite gedreht und entging ihm knapp, dann versetzte sie ihm ein paar harte Schläge, als seine Seite ungeschützt war. Es reichte nicht, um ihn kampfunfähig zu machen, doch es erinnerte ihn schmerzhaft daran, dass sie kein Fallobst war.

Über sein Scheitern verärgert, stieß er mit dem Ellenbogen zu in der Hoffnung, sie zu überrumpeln. Aber seine Anstrengungen waren vergebens. Anya hatte sich bereits geduckt, und sein Arm schoss harmlos über ihren Kopf hinweg.

Jetzt machte es Spaß. Sie hatte den Mann im Griff, kannte seine bevorzugte Taktik und wusste, wie sie damit umgehen musste. Inzwischen war sie sich sicher, dass sie ihn schlagen würde. Sie hatte ihre Jugend in der Sowjetunion in Einrichtungen für jugendliche Straftäter verbracht und dort buchstäblich um ihr Leben kämpfen müssen. Im Vergleich dazu waren diese Sparringskämpfe mit anderen CIA-Anwärtern geradezu entspannend. Hier brauchte sie sich wenigstens keine Sorgen darum zu machen, dass jemand versuchte, ihr von hinten ein Messer in den Rücken zu rammen.

Doch sie war immer auf der Hut, und diese natürliche Vorsicht erwies sich als äußerst nützlich. Sie hörte hinter sich Schritte und drehte sich gerade in dem Moment um, als sich ein zweiter Gegner auf sie stürzte.

Zwei gegen eine. Solche Kämpfe hatte sie zuvor schon absolviert und wusste, dass man in einer solchen Situation nur gewinnen konnte, wenn man den Kampf schnell zu Ende brachte, bevor die zahlenmäßige Übermacht ihre Wirkung entfaltete.

Sie ließ sich auf den Boden fallen, um dem Tritt zu entgehen, mit dem er auf ihre Taille zielte, erwischte ihn mit dem linken Bein von hinten und schlug ihm das Knie weg. Er ging hart zu Boden und landete auf dem Rücken. Sie stürzte sich auf ihn, bevor er sich erholen konnte, und hieb ihm ihre Faust mit aller Kraft auf den Ansatz des Brustkorbes. Sie hörte ein Grunzen, als die Luft aus seiner Lunge entwich, und wusste, dass er jetzt für circa zehn Sekunden außer Gefecht gesetzt war, während er versuchen musste, wieder zu Atem zu kommen.

So blieb ihr genug Zeit, sich um seinen Kameraden zu kümmern.

Der erste Kämpfer hatte sie inzwischen umrundet, warf sich ihr mit aller Kraft entgegen und schleuderte sie zu Boden. Er war im Nu über ihr und drückte sie mit seinem vollen Gewicht nach unten, damit sie aufgab. Zu Fall bringen und festnageln – eine Standardtaktik, wenn einem die eigene Größe und Stärke einen Vorteil verschafften.

Sie sah seine Faust auf sich zukommen. Sie konnte sich nicht zur Seite drehen oder ausweichen, deswegen musste sie sich damit zufriedengeben, sich abzuwenden, damit ihre Schulter den Hauptteil des Schlages abfing. Sie stöhnte, als die Faust mit brutaler Gewalt ihren Oberarm traf, doch sie wusste, dass sie mit ihrer Bewegung verhindert hatte, bewusstlos geschlagen zu werden.

Sie wusste, dass sie an diesem Punkt aufgeben konnte. Ein einfaches Klopfen auf die Matte beendete das Sparringstraining, bevor es zu echten Verletzungen kam. Doch damit würde sie ihre Niederlage eingestehen. Es wäre das Zeichen dafür, dass sie nicht selbst auf sich aufpassen konnte. Sie hatte in ihrem ganzen Leben noch nie aufgegeben, und sie hatte nicht vor, jetzt damit anzufangen.

Anya sah, wie der zweite Schlag auf sie zukam, doch dann riss sie plötzlich ihren Kopf zur Seite und bewirkte so, dass er sie nur um Zentimeter verfehlte. Wenn seine Hände nicht geschützt gewesen wären und der Boden nicht mit Matten ausgelegt, wären beim Aufprall seiner Faust auf dem Boden mit Sicherheit Knochen zu Bruch gegangen. So stöhnte er nur vor Schmerz.

Ein drittes Mal wollte Anya ihm keine Gelegnheit zu einem Schlag geben. Seine Verletzung lenkte ihn einen Moment ab, sodass sein Griff sich etwas löste, doch sein bloßes Gewicht genügte, um sie an der Flucht zu hindern. Die einzige Möglichkeit, ihn loszuwerden, war, schmutzig zu kämpfen.

Sie griff zwischen seine Beine, spürte seine Genitalien durch den Stoff seiner Trainingshose, packte fest zu und drehte gleichzeitig ruckartig die Faust. Die Reaktion erfolgte augenblicklich. Er stöhnte vor Schmerz, sackte nach vorn und versuchte, sich von ihr wegzurollen. Sie sprang hoch, warf sich auf ihn, erwischte einen Arm und drehte ihn hinter seinen Rücken. Dort hielt sie ihn fest und verhinderte, dass er ihr entkam.

In diesem Moment hörte sie es. Das Klopfen seiner anderen Hand auf der Matte. Das Zeichen dafür, dass er aufgab.

»Time!«, rief der Kampftrainer aus der Ecke des Trainingsbereiches.

Es war für sie noch immer eine neue Erfahrung, Kämpfe so schnell zu beenden, die Aggression und den natürlichen Überlebensinstinkt, der sie im Eifer des Gefechts überkam, einfach abzuschalten. Doch es war unumgänglich, das wusste sie. Zurückhaltung und Disziplin waren ebenso wichtig wie der sprichwörtliche Killerinstinkt, obwohl Letzterer ihr in ihrem bisherigen kurzen Leben weitaus bessere Dienste geleistet hatte.

»Ich sagte: Abbruch!«

Anya ließ den Mann los, stand auf und stieß frustriert

die Luft aus. Dann wischte sie sich mit dem Arm über die Stirn. Nach der Art zu urteilen, wie ihr Widersacher seine Hände zwischen die Beine presste, ging sie davon aus, dass es noch eine Weile dauern würde, bis er wieder aufstand.

»Machen Sie Pause«, befahl ihr Trainer.

Sie schüttelte den Kopf. »Ich kann weiterkämpfen.«

Er sah zu ihren beiden Gegnern hinüber – beide waren Kandidaten im selben Trainingsprogramm wie sie. »Die beiden aber nicht.«

»Dann finden Sie einen, der es kann«, erwiderte Anya eine Spur ungeduldig. Anstatt sich nach ihrem Sieg gegen die zwei größeren und stärkeren Gegner erleichtert zu fühlen, war sie aufgedreht und reizbar, von der nervösen Energie erfüllt, für die sie jetzt kein Ventil mehr bekam.

»Ich sagte, machen Sie Pause«, wiederholte der Trainer, sah ihr dabei fest in die Augen und betonte jedes einzelne Wort. Eine einfache, aber wirksame Erinnerung daran, dass nicht sie diejenige war, die hier das Sagen hatte.

Sie zuckte widerstrebend die Achseln, wandte sich ab und ging an den Rand des Trainingsbereiches, um einen Schluck Wasser zu trinken. An ihrer gespannten Haltung und ihren schnellen, entschlossenen Schritten war deutlich zu erkennen, dass sie verärgert war.

»Ist sie eine Nummer zu groß für euch, Jungs?« Marcus Cain hatte das Ganze fasziniert aus dem Beobachtungsraum verfolgt, von wo aus man einen Blick über die ganze Sporthalle hatte. Man sah nicht oft, dass eine unbewaffnete Frau es mit zwei männlichen Auszubildenden aufnahm und die Oberhand behielt, doch das hier war etwas völlig anderes.

Der zuständige Ausbildungsleiter warf ihm einen kurzen Seitenblick zu. »Soll das ein Witz sein? Die beiden waren die einzigen Kerle in ihrer Gruppe, die überhaupt bereit waren, sich mit ihr anzulegen.« Er schüttelte den Kopf. »So eine wie die habe ich noch nie erlebt. Sie scheint zu wissen, was ihre Gegner vorhaben, bevor sie selbst es erkennen. Und wie Sie sehen, hat sie kein Problem damit, schmutzig zu kämpfen. Wo haben Sie sie gefunden?«

»Das ist eine lange Geschichte«, erwiderte Cain, der kaum den Blick von der jungen Frau lösen mochte. So wie am ersten Tag, als er sie im Verhörzimmer kennengelernt hatte, umgab sie etwas Verlockendes, geradezu Magnetisches. »Wie bewältigt sie den Rest des Programms?«

»Ihre Schießkünste sind hervorragend. Körperliche Fitness, Geschicklichkeit, Problemlösung, Situationsbewusstsein – alles top.« Er lachte amüsiert. »Sagen Sie Bescheid, wenn Sie keinen Job für sie finden. Sie könnte unseren Ausbildern noch das ein oder andere beibringen.«

Cain grinste und beobachtete, wie Anya einen Schluck Wasser trank und sich für den nächsten Kampf bereit machte. »Nur keine falschen Hoffnungen.«

Er machte sich auf den Weg nach unten in die Sporthalle. Anya war gerade dabei, auf den Matten Dehnungsübungen zu machen, damit ihre Muskeln sich zwischen den Kämpfen nicht verkrampften.

»Die sind Sie doch nicht zu hart angegangen, oder?«

Sie blickte zu ihm hoch und richtete sich auf. Dann wischte sie sich unsicher eine Locke ihres blonden Haares aus dem Gesicht. »Marcus. Was tun Sie hier?«

Er grinste und fand ihre Verlegenheit belustigend, vielleicht sogar ein wenig charmant. »Ich dachte, ich komme mal vorbei, um zu sehen, wie Ihnen das Training bekommt. Den beiden haben Sie wirklich eine Lektion erteilt.«

Die Röte auf ihrem Gesicht schien sich noch zu vertiefen. »Ich habe nur …«

»Ich weiß, was Sie getan haben«, versicherte ihr Cain. »Ich habe es gesehen, als Sie mit dem Trainer gesprochen haben. Sie sind schon drei Monate hier und drehen allmählich durch, stimmt's?«

Sie verzog verwirrt das Gesicht. Dann schien sie zu begreifen, worauf er anspielte. Sie antwortete tonlos, als hätte sie die Worte auswendig gelernt. »Ich habe jeden Test bestanden, dem mich die CIA unterzogen hat, aber ich werde immer noch hierbehalten. Weshalb?«

»Um darüber mit Ihnen zu reden, bin ich hier«, gab er zu. »Die Wahrheit ist … die Agency vertraut Ihnen nicht gerade, und außerdem hat man nicht damit gerechnet, dass Sie die Prüfungen bestehen. Sie haben das trotzdem geschafft, und jetzt wissen sie nicht, was sie mit Ihnen anfangen sollen.«

Sie reagierte auf seine Mitteilung so, wie er es erwartet hatte. Sie wandte sich ab und schleuderte ihre Wasserflasche auf den Boden. Die beiden Studenten auf der anderen Seite der Turnhalle schauten besorgt zu ihr hinüber. »Dann verschwende ich meine Zeit. Was muss ich Ihnen denn noch geben, dass Sie mir glauben? Mein Leben?«

Cain konnte ihr nicht zum Vorwurf machen, dass ihr die ganze Sache auf die Nerven ging. Sie hatte alles riskiert, um hierherzukommen, und sich in den letzten Monaten mit der Hingabe eines Profisportlers in das Training gestürzt. Doch bis jetzt war nichts dabei herausgekommen als ein paar schmerzhafte blaue Flecke. Vielleicht konnte er ihr aber jetzt etwas mehr anbieten.

»Wie schon gesagt, ich bin hergekommen, um mit Ihnen über Ihre Zukunft zu reden. Wollen Sie mir zuhören, oder wollen Sie lieber noch ein bisschen Dampf ablassen?«

Ihre Verlegenheit verstärkte sich, und sie senkte den Blick. Ausnahmsweise brachte sie es nicht fertig, ihn anzusehen. »Entschuldigen Sie. Ich hätte die Kontrolle nicht verlieren dürfen.«

Er beschloss, nicht darauf herumzureiten, sondern stattdessen zur Sache zu kommen. »Die Agency stellt in Kooperation mit dem US-Militär ein Kommando zusammen und schickt ... ausländische Agenten wie Sie hinter die feindlichen Linien. Ich kann nicht versprechen, dass es leicht oder ungefährlich sein wird, aber wenn Sie auf Einsätze scharf sind, ist das vermutlich Ihre beste Chance. Interesse?«

Jetzt sah sie ihn wieder an, und er bemerkte die wachsende Aufregung in ihrem Blick. Ein Lächeln erschien auf ihrem Gesicht. Himmel, sie war wirklich schön, wenn sie lächelte.

»Ich bin interessiert.«

Washington, D.C. – März 2010

Cain wusste, das war der Anfang gewesen. Der Anfang des Wegs, der sie dorthin geführt hatte, wo sie sich jetzt befanden. Selbst heute, ein Vierteljahrhundert später, grübelte er noch über seine Entscheidung nach, die unerprobte junge Agentin auf eine derart gefährliche Mission zu schicken. Vielleicht hatte er auch damals schon gewusst, dass sie die Herausforderung meistern würde, dass sie mit ihrem eisernen Willen und ihrer äußersten Entschlossenheit alles überleben konnte, was die Welt für sie bereithielt. Oder vielleicht hatte er auch die Gelegenheit erkannt, ihre einzigartigen Fähigkeiten zu nutzen, damit das ganze waghalsige Unternehmen wenigstens eine kleine Chance hatte. Vielleicht hatte er es sogar in zynischer Weise als eine Möglichkeit betrachtet, sein persönliches Prestige aufzubessern, indem er die heldenhafte Außenagentin als seine eigene Entdeckung präsentierte.

Vielleicht, doch das waren nicht die wahren Gründe. In Wahrheit wusste er schon damals, dass vieles von dem, was die Agency unternahm, für jemanden wie Anya nicht interessant war. List und Täuschung, Fehlinformationen, akribisches und methodisches Sammeln von Informationen – das alles lockte sie nicht. Sie wollte Rache – direkt, brutal und vernichtend. Sie wollte den Männern wehtun, die ihr alles genommen hatten, damit sie einen Teil des Schmerzes und der Trauer spürten, die sie selbst hatte ertragen müssen.

Anya war keine Spionin – und das würde sie auch nie sein. Sie war eine Kriegerin. Das steckte in jeder Faser ihres Seins, in jedem Gedanken und in jeder ihrer Handlungen. Und dieses natürliche Potenzial war durch den Überlebenskampf, in dem sie sich alltäglich mit Zähnen und Klauen hatte behaupten müssen, nur noch gewachsen. Sie hatte das Pech, ein paar Jahrhunderte zu spät und dann auch noch als Frau geboren zu sein, doch das änderte nichts an dem, was sie war. Sie war eine Kriegerin, und eine Kriegerin brauchte einen Krieg.

Zu ihrem Glück hatte er einen für sie gefunden. Obwohl er sich nie hätte träumen lassen, welch schrecklichen Preis sie beide dafür würden zahlen müssen.

Cain griff nach der Kristallkaraffe auf dem Büfett und goss sich einen Single Malt ein. Er war zu Hause, weit weg von dem Druck und den ständigen Anforderungen Langleys. Zweifellos war das ein Ort, an dem die meisten Menschen die Zeit dazu fanden, sich zu entspannen und den Tag, der hinter ihnen lag, Revue passieren zu lassen. Doch für Cain, der ganz allein in diesem großen Haus lebte und nichts als seine eigenen Gedanken zur Gesellschaft hatte, stellte dies eine ganz eigene Herausforderung dar.

Er war jetzt achtundfünfzig Jahre alt. Ein Alter, in dem die meisten Männer schon längst eine Familie gegründet hatten und sich womöglich bereits Gedanken über die nächste Generation machten. Er hatte vor langer Zeit einmal damit angefangen, doch seine Karriere hatte ihm einen Strich durch die Rechnung gemacht. Er hätte es vorhersehen können, hätte auf die alten Veteranen hören sollen, die ihn warnten, dass seine Arbeit Ablenkungen wie Familie nicht duldete – doch das hätte es nicht leichter gemacht.

Vielleicht war es so das Beste, dachte er und nahm einen großen Schluck Whisky. Er hatte für kurze Zeit einmal Ehemann gespielt, doch es war offensichtlich, dass er für ein solches Leben nicht geschaffen war. Dafür fehlten ihm wesentliche Charakterzüge, nämlich jene, die Männer dazu brachten, ihre Familie über alles andere zu stellen.

Männern wie ihm war es einfach nicht bestimmt, sesshaft zu werden und ihren Frieden und ihre Zufriedenheit in den alltäglichen Dingen des Lebens zu finden. Sie waren nicht auf der Welt, um glücklich zu sein. Sie dienten einem anderen Zweck, einem höheren Auftrag, einem Endziel, das jedes Opfer rechtfertigte. Zumindest redete er sich das ein.

Sein privates Handy klingelte, und er konnte sich denken, wer ihn anrief. Er stellte den Whisky ab, nahm das Telefon und drückte auf den Knopf, um das Gespräch anzunehmen.

»Was gibt's, Hawkins?«

»Qalat hat angebissen«, berichtete sein Agent. »Ich hatte recht, was ihn angeht – er war vor ein paar Monaten in der Türkei und hat dort nach der Black List gesucht.«

Cain hätte gegrinst, wenn diese Enthüllung nicht so beunruhigend gewesen wäre. Anya selbst war vor ein paar Monaten bei einem waghalsigen Cyberangriff gefährlich nahe dran gewesen, diese Schwarze Liste in die Finger zu bekommen. Cain war natürlich wie immer mit der Situation fertiggeworden, hatte die Liste als Köder benutzt, um sie aus der Deckung zu locken, und sie dabei fast erwischt. Doch am Ende war es Anya gelungen, mit einer gefälschten Kopie der Datei, die ihr überhaupt nichts brachte, zu fliehen. Dann hatten sich beide Seiten zurückgezogen, um ihre Wunden zu lecken.

Die Black List war inzwischen gelöscht worden, weil sie zu einer Belastung geworden war und nicht mehr die Sicherheitsmaßnahme darstellte, als die man sie einst geplant hatte. Doch der Umstand, dass sogar ein Mann wie Qalat davon wusste, gab Anlass zur Sorge. Was führte er im Schilde? Und wie viel wusste er wirklich?

»Dann ist er für uns eine Bedrohung«, schloss Cain, der wusste, dass Hawkins den Mann mit Vergnügen eliminieren würde, wenn man es ihm befahl.

»Wahrscheinlich stimmt das, aber er könnte uns trotzdem nützlich sein. Er erwartet ein Treffen mit uns in Pakistan, um über einen Deal zu diskutieren. Der Mann ist ein Hasardeur und will hoch hinaus, aber dumm ist er nicht. Wenn wir ihn richtig in die Mangel nehmen, liefert er uns vielleicht genau das, was wir wollen.«

Und was sollen wir ihm im Gegenzug anbieten?, dachte Cain. Er hatte sich schon oft genug Ärger damit eingehandelt, dass er Männern etwas schuldig blieb, deren Absichten alles andere als nobel waren. Allerdings würde sich wohl eine Gelegenheit wie die hier vermutlich kein zweites Mal bieten.

»Beraumen Sie das Treffen an«, befahl er. »Achten Sie darauf, dass es in einem unserer Sicheren Häuser in Islamabad stattfindet. Ich will höchste Sicherheitsstufe. Melden Sie sich, wenn alles vorbereitet ist.«

»Wie Sie wollen«, schloss Hawkins. Er war ein Killer und kein Leibwächter. Cain bezweifelte, dass es Hawkins' Nachtruhe stören würde, wenn ihm, Cain, irgendetwas zustieß, aber das war auch in Ordnung. Hawkins hatte nie vorgegeben, jemand anders zu sein.

Cain beendete das Gespräch und nahm sein Whiskyglas. Er trank noch einen Schluck und genoss die Wärme, die das Getränk in ihm verbreitete. Das Treffen in Islamabad würde alles ändern, so oder so.

21

Die *Alamo* fuhr konstant mit acht Knoten westwärts. Ihr flacher Bug schnitt unter einem gewaltigen sternenübersäten Nachthimmel durch die leichte Dünung. Drake stand an Deck und beobachtete die ferne Küste durch seinen Feldstecher. Da spürte er, wie das Handy in seiner Tasche vibrierte. Auf diesen Rückruf hatte er gewartet, seit er das Codewort »Downfall« abgeschickt hatte.

»Ja, Dan?«, sagte er und setzte den Feldstecher ab.

»Ryan, es geschehen noch Zeichen und Wunder«, brach es ohne Vorrede aus Franklin heraus. Er klang etwas außer Atem. »Mein Kontaktmann in Islamabad behauptet, dass sich Cain in den nächsten Tagen dorthin auf den Weg macht.«

Drakes Puls schaltete einen Gang höher. In der ganzen Zeit, während der er über Operation Downfall nachgedacht hatte, war er niemals auf die Idee gekommen, dass Cain sich so weit aus dem Schutz von Langley entfernen würde. Wenn es um seine Sicherheit ging, war der Mann noch paranoider als Stalin und wurde fast ebenso gut bewacht.

»Wie sicher ist diese Information?«, fragte er, weil er nicht vorhatte, für eine falsche Spur alles zu riskieren.

»Vollkommen sicher«, bekräftigte sein Freund. »Cain mag ein großer Geheimniskrämer sein, doch nicht einmal er kann um die halbe Welt fliegen, ohne dass gewisse Leute in der Agency davon erfahren. Er fliegt, das steht fest. Er hat in Andrews einen Privatjet gechartert, der planmäßig in achtundvierzig Stunden starten soll.«

»Verdammt«, keuchte Drake, der ihr Glück kaum fassen konnte. Achtundvierzig Stunden waren nicht viel Zeit, um die Operation Downfall zu starten, aber sie würden wohl kaum jemals eine bessere Chance bekommen. »Was will Cain in Islamabad?«

»Das ist schwer zu sagen, aber in den letzten paar Wochen hat er so einiges in Richtung Pakistan unternommen. Er hat sogar einen seiner eigenen Leute hingeschickt, um Kontakt mit deren Geheimdienst herzustellen.«

»Mit dem ISI?«

»Ja. Ich vermute, dass er einen geheimen Deal mit ihnen einfädeln will. Es muss eine ziemlich gewichtige Sache sein, wenn er es riskiert, sich dafür so sehr zu exponieren.«

Drakes Verstand arbeitete auf Hochtouren. Er ging im Geiste das Gehörte akribisch durch, um das Verhalten des stellvertretenden Direktors zu verstehen. »Dann wird er sich mit den Kontaktleuten nicht in der Botschaft treffen wollen. Und er würde es unter keinen Umständen wagen, in ihr Hauptquartier zu gehen. Er muss einen neutralen Ort im Sinn haben. Kannst du eine Liste aller Sicheren Häuser in Islamabad beschaffen und nachsehen, ob eins davon reserviert wurde?«

»Daran habe ich längst gedacht, alter Freund. Er hat bereits einen unserer sichersten Standorte im Stadtkern von Islamabad reservieren lassen, dem Stationschef zufolge ohne weitere Begründung.«

Die würde es auch nie geben, so viel wusste Drake. Cain wollte mit Sicherheit nicht, dass irgendjemand mitbekam oder hörte, was in dem Sicheren Haus besprochen wurde. Solche Häuser oder Wohnungen waren äußerst schwer anzuzapfen und gegen jede Art von Überwachung gesichert –

gegen altmodische Observation und elektronische Mittel gleichermaßen. Es war, kurz gesagt, ein Albtraum, auch nur zu versuchen, sie zu verwanzen und so gut wie unmöglich, dort einzubrechen.

Aber nicht für ihn, denn er hatte einen Vorteil, über den kein ausländischer Geheimdienst verfügte. Dank Franklins Hilfe würde er den Grundriss der konspirativen Räumlichkeiten genau kennen und wissen, welche Sicherheitsmaßnahmen getroffen wurden und welches ihre Schwachpunkte waren. Und wenn ihm genug Zeit blieb, konnte er herausfinden, wie er sie überwinden konnte.

»Kannst du mir alles schicken, was du über den Ort des Treffens hast?«, fragte er und hoffte inständig, dass er nichts verlangte, was ihm sein Freund nicht beschaffen konnte.

»Ich habe mir schon gedacht, dass du danach fragen würdest«, räumte Franklin ein. »Informationen dieser Art liegen auf einem geschützten Server. Jeder Versuch, darauf zuzugreifen, wird automatisch aufgezeichnet – sogar bei mir. Und ich besitze nicht genug Fachwissen, um solche Sicherheitsmaßnahmen zu umgehen.«

Drake kannte glücklicherweise jemanden, der es konnte. »Keira schafft das. Das Einzige, was sie braucht, ist ein gültiger Zugangscode, um die Firewall der Agency zu überwinden.«

»Meinen Zugangscode, meinst du.« Franklin zögerte. »Bist du sicher, dass sie das schafft?«

»Sie ist die beste Hackerin, die ich kenne.« Sie war auch die einzige Hackerin, die er kannte, doch das musste er jetzt nicht unbedingt erwähnen. »Wenn es überhaupt jemand schafft reinzukommen, dann sie. Aber ohne dich kann sie das nicht.«

Sein alter Freund seufzte. »Eines Tages werde ich noch bereuen, dass ich dir helfe.«

»Das könnte ich dir nicht verdenken, aber das hier kriegen wir hin. Ich weiß es.«

»Und du bist dir ganz sicher, dass du die Sache durchziehen willst?«, fragte Franklin. »Willst du es dir nicht doch noch mal überlegen?«

Drake sah einen Moment aufs Meer hinaus. Er war in Gedanken bei seinen drei Teamkameraden, bei Anya und bei seiner Schwester, die er in Großbritannien zurückgelassen hatte. Ihr aller Leben konnte von der Operation Downfall abhängen.

»Ich stecke schon viel zu tief drin, um jetzt noch einen Rückzieher zu machen«, lautete seine ehrliche Antwort. »Operation Downfall ist meine letzte Option.«

In dem folgenden Schweigen hörte man nur das schwache Knistern der Fernverbindung. Drake spürte Franklins inneren Konflikt, und er wusste, welch großes Risiko er den Mann einzugehen bat. Normalerweise wäre er nie auf den Gedanken gekommen, jemanden einer so großen Gefahr auszusetzen, doch sie wussten beide, dass Franklins Tage ebenso gezählt waren wie die von Drake. Cain hatte ihn vielleicht noch nicht offen zum Feind erklärt, doch früher oder später würde Franklin für ihn nicht mehr nützlich sein.

Die Frage war nur, ob Dan sich bereit erklärte, die Zeit, die ihm noch blieb, für ein letztes großes Wagnis zu riskieren.

»In Ordnung, Ryan«, sagte er schließlich. »Ich kümmere mich darum.«

Drake schloss die Augen und atmete tief aus. »Guter Mann.«

»Aber sieh zu, dass du die Sache nicht verbockst«, sagte Franklin in einem aufgesetzt spöttischen Ton, um die Stimmung etwas aufzuheitern. »Katzen mögen ja neun Leben haben, aber du hast dein Glück bereits ziemlich überstrapaziert.«

Drake grinste. »Ich werde daran denken.« Das Grinsen verging ihm jedoch, da ihm bewusst wurde, was Franklin riskierte, um ihm zu helfen. »Ach, und Dan?«

»Ja?«

»Danke … für alles. Ich meine das ernst. Ich werde dich nicht enttäuschen.«

Die gute Laune war verflogen, als ihnen beiden noch einmal bewusst wurde, was Drake vorhatte. Dies konnte durchaus das letzte Mal sein, dass sie miteinander redeten.

»Zieh den Hurensohn aus dem Verkehr. Tu's für uns beide. Ich wünsch dir viel Glück, Ryan.«

Drake schob das Handy in die Tasche, ging zu der Leiter und stieg nach unten in die Hauptkabine. Falls Franklin recht hatte, arbeitete die Zeit gegen sie.

Frost saß, wie er gehofft hatte, am Kommunikationsterminal und hatte die Füße wie üblich auf dem Schreibtisch abgelegt. Beide Laptops waren aufgeklappt und eingeschaltet. Der eine war bei einem Musikdownloadportal eingeloggt, auf dem anderen bearbeitete sie die Tastatur. Aus den Kopfhörern, die sie trug, drang leise Popmusik.

Sie registrierte seine Anwesenheit, zog sich die Kopfhörer herunter, drehte sich in ihrem Stuhl und begrüßte ihn. »Was gibt es Gutes zu vermelden, Captain?«, fragte sie, als sie die Entschlossenheit in seiner Haltung bemerkte.

»Ich habe gute Nachrichten für dich.«

Sie zog eine Braue hoch. »Lass mich raten! Gibt es ein Remake von Final Fantasy VII?«

»Keine Ahnung, was das sein soll«, erwiderte er und ignorierte die scherzhafte Bemerkung. »Aber wie würde es dir gefallen, wenn ich dich bitten würde, einen Computer zu hacken?«

Nun spitzte sie die Ohren. »Wo steht der Computer genau?«

»Bei der CIA.«

Sie sackte zusammen. »In dem Fall kannst du es vergessen. Ich bin zwar gut, aber selbst der beste Hacker des Planeten kommt nicht durch ihre Firewall.«

»Das brauchst du auch nicht«, versicherte er. »Dan schickt dir seine Zugangscodes. Ich will, dass du für mich etwas herausfindest, ohne dich dabei erwischen zu lassen, weil sie es sonst bis zu ihm zurückverfolgen. Kriegst du das hin?«

»Zum Teufel, ja.« Langsam breitete sich ein Grinsen auf ihrem Gesicht aus. »Was brauchst du?«

»Es ist wohl besser, wenn ich es euch allen erkläre.«

Drake rief Mason und McKnight in ihren provisorischen Konferenzraum und berichtete ihnen in aller Eile, was ihm Franklin bei ihrem Telefonat verraten hatte. Die drei Agenten lauschten höchst aufmerksam, als er ihnen erklärte, was er bisher in Erfahrung bringen konnte, vor allem aber, wie es sich auf ihre Pläne auswirkte.

»In den letzten drei Jahren hat sich Cain niemals so weit von Langley entfernt. Er wird natürlich Leibwächter dabeihaben, aber nur die, denen er zutraut, Geheimnisse für sich zu behalten. Jedenfalls bewegt er sich außerhalb des Schutzschirms der Agency, und das macht ihn angreifbar.« Drake sah jeden von ihnen der Reihe nach an. »Wenn wir Operation Downfall wirklich durchziehen wollen, ist das die beste Gelegenheit, die wir jemals bekommen werden.«

Masons Gesichtsausdruck zeigte, dass er die Sache genauso sah. Das bedeutete jedoch nicht, dass ihm der Vorschlag besonders gefiel. »Also müssen wir jetzt einen Plan schmieden, um einen der paranoidsten Männer auf der ganzen Welt zu erledigen, dazu eine Liste aller Ausrüstungsgegenstände, aller Waffen und sonstigen Hilfen, die wir benötigen, und dann auch noch unsere Hintern nach Islamabad schaffen, um das alles innerhalb von achtundvierzig Stunden durchzuziehen.«

Drake schaute auf seine Armbanduhr. »Eigentlich sind es inzwischen nur noch etwas mehr als siebenundvierzig Stunden.«

Sein Freund lachte sarkastisch. »Du verwöhnst uns, Ryan.«

»Wir haben so was schon einmal so kurzfristig hingekriegt«, erinnerte ihn Frost. »In Libyen.«

McKnight zog eine Braue hoch. »Das ist nicht gerade ein gutes Beispiel. Wir sind in Libyen fast umgekommen.«

»Keiner behauptet, dass die Sache einfach oder schön wird«, ging Drake dazwischen, bevor sich ein Streit entfachen konnte. »Wir brauchen bloß dafür zu sorgen, dass es funktioniert. Downfall ist unser Endspiel, unser letzter Versuch. Wenn wir es richtig machen, hat das alles ein Ende.«

Die Entscheidung musste wie immer einstimmig getroffen werden. Drake wäre nie auf die Idee gekommen, seinen Freunden zu befehlen, ihr Leben für so etwas aufs Spiel zu setzen, weil ihm keiner von ihnen irgendetwas schuldig war. Er konnte es ihnen nur vorschlagen, damit sie selbst entscheiden konnten.

»Verdammt, ich bin dabei«, sagte Mason sofort. »In Mailand wartet sowieso nichts mehr auf mich.«

Frost schien derselben Auffassung zu sein, und ihr üblicher schwarzer Humor ließ auch diesmal nicht auf sich warten. »Ich würde lieber sterben, als hier ohne Kabelfernsehen leben zu müssen. Ich bin an Bord.«

Drake richtete den Blick auf McKnight, die bis zu diesem Zeitpunkt überwiegend geschwiegen hatte. Er schätzte sie innerhalb der Gruppe als Stimme der Vernunft und der

Zurückhaltung, und ihr vorsichtiger, pragmatischer Blick auf die Dinge bildete einen starken Kontrast zu Frosts ungestümer Impulsivität und Masons hartnäckiger Weigerung nachzugeben. Er war nicht immer ihrer Meinung, doch er respektierte ihre Sichtweise und schätzte ihren Rat.

»Sam? Was meinst du?«

Zu seiner Überraschung gab es diesmal keine warnenden Worte und auch keinen Appell an die Vernunft. Diesmal schien sie das Gleiche zu denken wie ihre Kameraden.

»Wenn dies unser Endspiel ist, dann sollten wir es gemeinsam spielen. Diesmal ziehen wir es durch«, sagte sie. Ihr Tonfall verriet den tief vergrabenen Zorn und Hass, der jetzt endlich an die Oberfläche drang. »Wir schnappen uns das Arschloch und bringen es um.«

Drake war von ihrem veränderten Verhalten so überrascht, dass er tatsächlich einen Augenblick um Worte ringen musste. Wahrscheinlich hatte sie endlich eingesehen, was er ihr erst neulich zu erklären versucht hatte: Solange Cain am Leben war, stellte er eine tödliche Bedrohung für sie alle dar.

»In Ordnung, dann tun wir es«, verkündete er. »Keira, überprüfe deine Mails. Dan sollte dir inzwischen seine Zugangscodes geschickt haben. Sobald du im Netzwerk der Agency bist, musst du alles über das Sichere Haus herausfinden. Caines Reisepläne, seine Sicherheitsmaßnahmen vor Ort … einfach alles. Verstanden?«

»Schon dabei«, erwiderte Frost und wandte sich ihrem Computer zu. »Setzt schon mal Kaffee auf. Wir werden ihn brauchen.«

Drake nickte. »Cole, ich brauche eine Liste von Waffen und Ausrüstungsgegenständen, die wir für diesen Job benötigen. Sam, wir brauchen Fahrzeuge und eine Operationsbasis.«

»Und was ist mit dir?«, fragte McKnight.

Drake zog eine Braue hoch. »Ich will herausfinden, wie wir in Pakistan ein- und ausreisen können, ohne dabei erwischt oder umgebracht zu werden.«

»Das wäre wünschenswert«, bemerkte Frost, ohne von ihrer Arbeit aufzublicken.

Das war es in der Tat, doch das hieß nicht, dass er die Antworten bereits kannte.

»In Ordnung, die Zeit läuft. Gehen wir an die Arbeit.«

22

»He, Leute, ich hab's!«, rief Frost.

Drake und die anderen waren sofort an ihrer Seite und sahen zu, wie sie eine Reihe von Blaupausen auf den Flachbildschirm projizierte, den sie über sich an der Wand montiert hatte.

»Kann irgendjemand feststellen, dass du darauf zugreifst?«, fragte Drake.

»Nur wenn sie schlauer sind als ich, und das ist sehr unwahrscheinlich.« In ihrer Stimme schwang keine Spur von Humor mit. »Wir sind unter dem Radar.«

Drake beugte sich vor und überflog hastig den Bildschirm, während er so viele Informationen wie möglich aufsaugte, als könnte das Display plötzlich ohne jede Vorwarnung vor seiner Nase verschwinden.

Sichere Häuser gab es in allen Varianten, abhängig davon, was die Agency brauchte. Angefangen von winzigen Ein-Zimmer-Apartments mitten in einer wimmelnden Großstadt bis zu luxuriösen Landhäusern auf mehreren Morgen großen gepflegten Grundstücken. Allen gemein war jedoch, dass sie gesichert und scharf überwacht wurden. Dadurch boten sie ihren Bewohnern ein hohes Maß an Privatheit und Sicherheit. Kurz gesagt, sie waren der ideale Ort, um heimliche Treffen mit ausländischen Geheimagenten abzuhalten.

In diesem Fall schien es sich bei dem Gebäude tatsächlich um ein Haus zu handeln, eine moderne zweistöckige

Villa auf einem von einer Mauer umgebenen Gelände. Orte wie dieser waren besonders schwer abzuhören, weil sich keine anderen Gebäude direkt daran anschlossen. Selbst ein flüchtiger Blick auf die Baupläne sagte Drake, dass diese Nuss besonders schwer zu knacken sein würde.

»Himmel, dieser Platz ist eine wahre Festung«, erklärte Mason und sprach Drakes Gedanken laut aus, als er die Pläne betrachtete. »Doppeltstarke Wände, verstärkt mit Stahlstreben, I-förmige Träger, solides Betonfundament … Sieht fast so aus, als sollte es sogar einer Belagerung widerstehen können.«

Drake rieb sich das stoppelige Kinn. »Oder einem Erdbeben.«

»Wie?« Mason sah ihn erstaunt an.

»Islamabad liegt am Rand von zwei tektonischen Platten. Sie werden hier ständig von Erdbeben heimgesucht, also müssen alle neuen Gebäude so ausgelegt sein, dass sie größere Erdstöße überstehen.« Drake wandte sich um und deutete auf einige ungewöhnliche Strukturen, die in regelmäßigen Abständen im Fundament des Gebäudes auftauchten. »Seht ihr das? Das sind seismische Dämpfer, die Schockwellen absorbieren und den Kern des Gebäudes von Erdbewegungen isolieren sollen. Wie ein Stoßdämpfer an einem Auto.«

»Woher weißt du so viel über diesen Mist?«, wollte Frost wissen.

»Ich habe zwei Jahre Statik an der Universität studiert«, antwortete er, ohne den Blick vom Bildschirm zu nehmen. »Ich hatte vor, Architekt zu werden.«

»Himmel.« Frost wirkte ernsthaft beeindruckt. »Warum hast du aufgehört?«

»Das ist alles sehr interessant, aber vielleicht könnten wir wieder zum Thema zurückkommen?«, warf Mason ungeduldig ein. »Ryan, du hast gesagt, hierbei geht es nur um Erdbebensicherheit. Was bedeutet das für uns?«

»Das bedeutet, dass wir uns nicht hineingraben können«, folgerte Drake. »Selbst wenn wir uns rechtzeitig durch die Erde buddeln könnten, stoßen wir dann auf den strukturell isolierten Keller der Villa. Wir müssten 60 Zentimeter soliden Zement durchbohren, ohne dass uns jemand hört.«

»Also kommen wir von unten nicht rein. Und was ist mit oben?«

»Wir können auf keinen Fall mit dem Fallschirm dort hineinspringen«, merkte Frost mit deutlicher Erleichterung an. »Da oben ist zwar eine kleine Terrasse, aber das Spitzdach besteht nur aus Ziegeln, und sie würden uns sofort bemerken, wenn wir im Hof landen.«

Drake konzentrierte sich wieder auf die Blaupausen und suchte etwas im Umfeld, was vielleicht hilfreich sein könnte. Aber er sah wenig, was ihm Grund zum Optimismus gab.

»Das hier sieht wie ein Schutzraum aus.« Mason deutete auf einen kleinen rechteckigen Raum in der Mitte des Hauses. »Wenn Cain es da reinschafft, ist die Sache gegessen.«

Sie waren vor einigen Monaten auf einen ähnlichen Raum während eines Angriffs auf ein Haus in Libyen gestoßen, und er hätte ihren ganzen Plan beinahe vereitelt.

»Wenn wir ihn also erwischen wollen, müssen wir schnell und ruhig vorgehen. Wir können uns nicht Zimmer um Zimmer vorkämpfen«, sagte Drake.

»Haupttor?«, schlug McKnight vor.

Frost schüttelte den Kopf. »Wenn ich das hier richtig interpretiere, ist es elektronisch versperrt. Mit einem numerischen Tastenfeld und zudem wird der Zugang von Kameras überwacht.«

»Wir könnten die Kameras mit Störsendern ausschalten«, schlug Mason vor. Ein solches Gerät schickte einen starken elektronischen Impuls über alle Wellenbereiche und blockierte so gut wie alles, was versuchte, ein Signal auszusenden, einschließlich Funkgeräte und Sicherheitskameras. Und auch das war eine Taktik, die sie schon mit beträchtlichem Erfolg eingesetzt hatten.

»Aber sie würden sofort merken, dass etwas nicht stimmt, wenn ihre gesamte Elektronik plötzlich ausfällt«, gab Frost zu bedenken.

Mason knurrte missbilligend. »Und dann würde Cain sofort im Schutzraum verschwinden.«

Drake schwieg. Er war bereits weit voraus und tauchte tief in die Eingeweide des Zielgebäudes ein, ersann und verwarf mögliche Alternativen weit schneller, als der Rest der Gruppe sie diskutieren konnte. Das gesamte Sichere Haus war ausgelegt worden, um sowohl offenen Angriffen als auch subtiler Infiltration zu widerstehen. Seine elektronischen und sonstigen Sicherheitsmaßnahmen waren sowohl hochmodern und raffiniert als auch trügerisch einfach in ihrer Durchführung. Eine sehr starke Kombination.

Wie er bereits angenommen hatte, war das hier eine harte Nuss.

Kein Einsatzteam konnte diese beeindruckenden Sicherheitsmaßnahmen schnell genug überwinden, um ihr Ziel zu erwischen, so viel war klar. Aber es gab ein Element, von dem die Planer dieses Sicheren Hauses trotz aller raffinierten Pläne und umfangreichen Sicherheitsmaßnahmen nicht hatten vorhersehen können, dass ihre Gegner darüber verfügen würden.

»Der Judas-Code«, sagte er unvermittelt.

Alle starrten ihn an.

»Was? Das klingt nach einem beschissenen Abenteuerroman«, sagte Frost verächtlich. »Worum geht es?«

»Jedes wichtige Sichere Haus hat einen Override-Code in sein Sicherheitssystem eingebaut. Wir nennen es den Judas-Code«, erklärte Drake. »Es ist eine Sicherheitsmaßnahme gegen Geiselnahmen. Für den Fall, dass das Gebäude auffliegt, kann die Agency aus der Ferne die Kontrolle über das Sicherheitssystem übernehmen. Über Kameras, Alarm, elektronische Türschlösser … Sie können alles kontrollieren, was mit dem System verbunden ist. Also wissen sie genau, wo ihre Feinde sind, wenn sie versuchen, den Ort wieder zurückzuerobern.«

Frost wirkte ungläubig. Sie hatte ganz eindeutig noch niemals von einem solchen Code gehört. »Woher zum Teufel weißt du das alles?«

»Alle Leiter von Shepherd-Teams wurden darüber instruiert, für den Fall, dass wir es jemals für die Planung einer Mission einsetzen könnten.« Er sah sie an, konnte aber ein spöttisches Lächeln nicht unterdrücken. »Tut mir leid, aber du warst einfach nicht wichtig genug.«

Sie zeigte ihm den Stinkefinger.

»Also ist dieser Code unsere Eintrittskarte.« Mason brachte sie wieder in die Spur zurück. »Wir übernehmen die Kontrolle über das Sicherheitssystem, was ja ganz gut und schön ist. Aber trotzdem müssen wir reinkommen, ohne dass Cain oder seine Männer uns dabei erwischen. Wir können nicht aus der Luft landen, wir können uns nicht von ebener Erde nähern, und wir können auch keinen Tunnel von unten graben. Was bleibt uns da?«, fragte er und sah sie stirnrunzelnd an.

In dieser Hinsicht hatte er recht. Sie hatten vielleicht ein Problem gelöst, aber es stellten sich ihnen noch zahlreiche andere.

»Kannst du uns ein Bild von der umliegenden Gegend aufrufen?«

Frost machte sich an die Arbeit. Sie rief eine Satellitenaufnahme von dem Gebiet rund um das Sichere Haus auf. Wie die meisten größeren Städte war auch Islamabad ausführlich aus der Luft fotografiert worden. Dadurch konnte sie ein dreidimensionales Bild der umliegenden Landschaft auf den Bildschirm projizieren.

Wie Drake bereits aufgrund der Größe und Qualität des Bauwerks gemutmaßt hatte, stand das Sichere Haus mitten in einem neuen luxuriösen Wohngebiet. Die meisten Häuser schienen eine ähnliche Größe zu haben, wenn nicht sogar die gleiche Bauweise. Sie waren so angeordnet, dass man den Eindruck hatte, genug Platz zu haben, während die Baugesellschaft gleichzeitig so viele Einzelhäuser wie möglich auf das Gelände packen konnte.

»Komm schon«, sagte Drake leise. »Irgendetwas Hohes, etwas Hohes.« Er betrachtete den isometrischen Blick auf die Stadt und suchte nach einem passenden Objekt. Plötzlich entdeckte er einen Kandidaten. »Da! Genau dieses Gebäude da vorn. Kannst du uns einen besseren Blick darauf geben?«

Frost zoomte das Gebäude so weit heran, wie es die begrenzte Auflösung des Programms erlaubte. Es war ein billiger Apartmentblock am Rand des neuen Wohngebietes. Vielleicht war er für jene errichtet worden, die sich keine eigene Villa leisten, aber trotzdem zu der vornehmen Nachbarschaft gehören wollten. Das Gebäude schien etwa fünf Stockwerke hoch zu sein und hatte ein Flachdach, zu dem man Zugang über ein zentrales Treppenhaus hatte.

Es war perfekt, vorausgesetzt, dass es sich innerhalb der notwendigen Reichweite befand.

»Was würdest du sagen: Wie weit ist dieses Gebäude von

dem Sicheren Haus entfernt?« Drake hoffte, dass seine hastige Kalkulation sich nicht als falsch erwies.

Frost zoomte zurück und benutzte das Skalierungstool der Website, um eine grobe Entfernung abzuschätzen. »Etwa … siebzig Meter, mehr oder weniger.«

Drake atmete erleichtert aus. »Das genügt.«

»Was hast du vor, Ryan?«, wollte McKnight wissen.

Drake wandte seinen Blick von dem Bildschirm ab und umriss kurz seinen Plan. Er war gelinde gesagt unorthodox, und er hatte nicht erwartet, dass er auf große Begeisterung stoßen würde.

Damit irrte er sich nicht.

»Willst du mich verarschen?«, protestierte Frost. »Du redest hier von irgendeinem James-Bond-Blödsinn! Das hier ist Realität, Ryan. Selbst wenn wir nicht zu Tode stürzen, werden sie uns schon aus über einer Meile Entfernung kommen sehen. Wir könnten uns genauso gut eine Zielscheibe auf die Stirn kleben.«

»Es kann klappen«, beharrte er. Er hütete sich zu sagen, dass es klappen würde, weil angesichts aller Variablen, die hier eine Rolle spielten, das tatsächlich eine sehr kühne Behauptung gewesen wäre. »Ich habe schon einmal gesehen, wie so etwas durchgezogen wurde, und das Sichere Haus ist in akzeptabler Reichweite. Wenn du einen besseren Plan hast, wie wir hineinkommen können, nur zu, ich bin ganz Ohr.«

Frost hob die Hände. »Nur weil ich nichts Besseres auf Lager habe, macht das deine Idee noch lange nicht gut.«

Drake zuckte mit den Schultern. »Es ist ein erprobtes Konzept, das bereits funktioniert hat. Das ist gut genug.«

»Also nur, damit ich es richtig verstehe: Wir brechen in dieses Apartmentgebäude in der Nähe ein, schleichen uns ungesehen aufs Dach, übernehmen die Kontrolle über das

Sicherheitssystem des Sicheren Hauses, dann schwingen wir uns wie Tarzan über die Dächer, brechen in das Haus ein, schalten sämtliche Wachen aus, auf die wir stoßen, und das alles, ohne dass Cain oder seine Handlanger uns bemerken. Dann kämpfen wir uns den Weg durch eine unbekannte Zahl von ISI- und CIA-Agenten vor zu einem Mann, der uns bisher immer einen Schritt voraus gewesen ist, wenn wir uns mit ihm angelegt haben. Danach, vorausgesetzt, dass es uns gelingt, ihn irgendwie aus dem Haus zu bringen, schaffen wir unsere Ärsche irgendwie aus einem feindlichen Land, bevor der geballte Zorn von zwei Nachrichtendiensten über uns hereinbricht.« Mason atmete langsam aus. »Das ist verdammt scheißdünn, Ryan.«

So wie er es formulierte, klang es tatsächlich nicht allzu Erfolg versprechend.

»Dünn ist alles, was wir im Augenblick haben«, räumte Drake ein. »Aber wir haben so etwas schon einmal gemacht, und ich vertraue niemandem mehr als euch dreien.«

»Aber ist das nicht genau das Problem? Wir sind zu viert, und einer von uns ist immer noch verletzt.« McKnight warf einen kurzen Blick auf Frost. »Das reicht nicht. Wenn wir das als eine legitime Operation planen, dann brauchen wir ein mindestens doppelt so großes Team, um überhaupt darüber nachdenken zu dürfen.«

»Sam hat recht. Wir haben zu wenig Leute«, nahm Frost den Faden auf. »Ich will nicht wie ein Weichei klingen, aber ich will auch nicht, dass dies hier unser letztes Gefecht ist. Wir brauchen mehr Feuerkraft auf unserer Seite, Ryan.«

Drake sah sie an und dachte über das nach, was sie sagte. Natürlich hatte sie recht. Sie waren für einen Feind wie Cain erbärmlich unterbesetzt, und dann auch noch auf fremdem Boden. Glücklicherweise waren sie in diesem Kampf aber nicht ganz ohne Verbündete.

Ob dieser Verbündete allerdings bereit war, ihnen zu helfen, und ob sein Team diese Hilfe akzeptieren würde, stand auf einem ganz anderen Blatt.

»Ich kenne da vielleicht jemanden.«

23

Pentagon, Washington D – 3. August 1985

Cain und sein Protegé Anya saßen in unbehaglichem Schweigen nebeneinander. Cain beschäftigte sich damit, den ständigen Strom des Militärpersonals zu beobachten, das durch den langen Korridor marschierte.

Schon die Ausmaße des Sitzes der amerikanischen Militärmacht waren überwältigend. Sechs Millionen Quadratfuß Bürofläche, siebzehn Meilen Korridore und über fünfundvierzigtausend Beschäftigte, die hinter diesen hohen, beeindruckenden Mauern arbeiteten. Daneben wirkte Langley wie eine Touristenfarm.

Die fünf konzentrischen Ringe der Büroblocks, die die gesamte Einrichtung ausmachten, waren von A bis E durchnummeriert. Die Büros in Ring E waren die einzigen, deren Fenster einen Blick auf die Außenwelt gewährten.

Der Korridor, in dem sie saßen, gehörte zu Ring A. Es war der innerste Ring des Gebäudes. Hier wurden die geheimsten und heikelsten Operationen geplant. Die uniformierten Frauen und Männer, die durch diese Korridore gingen, spiegelten die geheime Natur der Arbeit wider, die hier geleistet wurde. Niemand nahm Augenkontakt auf, und das aus guten Gründen.

Cain vermutete, dass dies das Einzige war, was dieser Ort mit Langley gemein hatte.

Die junge Frau neben ihm blieb vollkommen stumm.

Ihre Miene war schwer zu durchschauen, aber er hatte allmählich ein Gespür für die subtilen Veränderungen entwickelt, die in ihr vorgingen, wenn sie nervös oder wütend war. Von dem Ergebnis dieses Treffens hing sehr viel ab, das wussten sie beide.

Seine Gedanken wurden unterbrochen, als die Tür ihm gegenüber sich öffnete und eine junge Sekretärin auf den Flur trat. »Mister Cain, der Colonel empfängt Sie jetzt.«

»Los geht's«, sagte er und stand auf.

Colonel Richard Carpenter saß hinter seinem Schreibtisch und blickte verächtlich auf den Stapel von Dokumenten vor sich, die aktive Offiziere häufig Verwaltungsaufgaben entgegenbrachten. Er war ein großer, massiger Mann Mitte vierzig und hatte immer noch die muskulöse Gestalt und die breiten Schultern von jemandem, der hartes körperliches Training gewohnt ist. Nur das leichte Grau an seinen Schläfen verriet seinen Kampf mit dem Alter.

Er blickte von seiner Arbeit hoch, als Cain hereinkam, und sein Lächeln wirkte eine Spur aufrichtig. »Marcus, tut verdammt gut, Sie zu sehen.«

Er stand auf, um Cain die Hand zu schütteln, und richtete sich dabei zu seiner vollen Größe auf. Die Uniform der US-Army saß auf seinem massigen Körper, als wäre er dafür geboren, sie zu tragen. Und nach allem, was Cain über den Mann wusste, hatte er den größten Teil seines Erwachsenenlebens auch genau das getan. Er war ein Militär durch und durch und entstammte einer langen Reihe von Carpenters, die in den Streitkräften gedient hatten. Außerdem machte er nicht den Eindruck, als würde er bald den Dienst quittieren wollen.

»Danke gleichfalls, Rich.« Cain schüttelte dem Mann die Hand und deutete auf seine Begleiterin. »Das ist Anya. Ich wollte, dass Sie sie persönlich kennenlernen.«

Carpenters Lächeln wurde eine Spur dünner, als er die junge Frau betrachtete. Sie war bereits zu einem leichten Problem bei dem ehrgeizigen Projekt geworden, das er auf den Weg bringen wollte, und sie zu treffen schien seine Meinung nicht sonderlich zu ändern.

»Sie sind also Marcus' Lieblingsprojekt, richtig?« Ohne auf eine Antwort zu warten, deutete er auf zwei Stühle vor seinem Schreibtisch. »Okay. Setzen Sie sich.«

Ohne ein Wort zu sagen, setzte sich Anya auf einen Stuhl. Cain war dankbar für die Zurückhaltung, die sie bis jetzt an den Tag gelegt hatte. Sie wusste, wann sie etwas sagen musste, und was noch viel wichtiger war, sie wusste auch, wann nicht.

Wie er von ihr erwartet hatte, wenn sie sich in einer neuen Umgebung aufhielt, glitt ihr Blick überallhin. Sie nahm jede Einzelheit des kleinen, aber behaglich eingerichteten Büros auf. Carpenter war kein ganz hohes Tier, kein Sterne-General, aber Cain fand, dass er durchaus ein Gespür für Stil hatte. Und ein starkes Interesse an Militärgeschichte.

Anya war das ebenfalls aufgefallen. Ihre Aufmerksamkeit war an dem gerahmten Gemälde hängen geblieben, das sich hinter Carpenters Schreibtisch an der Wand befand. Wenig überraschend zeigte es eine historische Schlachtszene. Sonderbar war nur, dass es keine amerikanische Helden zeigte. Dieses Gemälde zeigte Napoleon Bonaparte in seinem auffälligen Zweispitz und dem grauen Militärmantel, wie er vom Rücken seines Pferdes eine Ansprache an seine Truppen hielt. Schlamm und Pulverrauch ließen ahnen, dass gerade eine Schlacht stattfand.

»Gefällt es Ihnen?« Carpenter war Anyas Interesse aufgefallen. »Es zeigt Napoleon in Waterloo, unmittelbar bevor die Kaiserliche Garde in die Schlacht zieht.«

Cain wusste genug über Geschichte, um die Bedeutung

des Gemäldes zu begreifen. Auf dem Höhepunkt dieser Schlacht hatte Napoleon seine bis dahin unbesiegte Kaiserliche Garde losgeschickt, um die Schlachtreihen der Alliierten zu durchbrechen. Doch statt seinen Sieg zu besiegeln, war die Garde in eine Falle marschiert und zurückgeschlagen worden. Der Schreck über ihren Rückzug hatte schnell dazu geführt, dass die gesamte französische Armee zusammenbrach.

»Ich habe es als Mahnung hier hängen. Jeder Soldat kann gebrochen werden, ganz gleich, wie gut sein Ruf ist.« Carpenter lächelte sie kalt an. »Wenn man das sieht, fragt man sich unwillkürlich, was ihm wohl durch den Kopf gegangen ist, als er gesehen hat, wie seine Alte Garde zurückgeschlagen und in die Flucht getrieben wurde. Ich frage mich, ob er schon in diesem Moment wusste, dass er gerade sein Kaiserreich verloren hat.«

Die junge Frau schwieg weiterhin, und Cain überlegte, ob die philosophischen Gedankengänge des Colonels auf taube Ohren stießen. Er konnte sich nicht vorstellen, dass sie eine große Leidenschaft für Militärgeschichte hegte.

»Die Mittelgarde«, sagte sie abrupt.

Carpenter runzelte die Stirn. »Wie bitte?«

»Der letzte Angriff in Waterloo wurde von der Kaiserlichen Mittelgarde durchgeführt. Die Alte Garde blieb beim Kaiser und kämpfte bis auf den letzten Mann, während der Rest der Armee sich zurückzog.« Sie sah ihn an. Dann lächelte sie schief, was Cain mittlerweile als Zeichen dafür kannte, dass sie glaubte, gepunktet zu haben. »Ein echter Soldat bricht niemals, Colonel.«

Einen kurzen Moment sah Cain, wie sich Carpenters Gesicht verfinsterte. Er war wütend darüber, dass sie ihn vorgeführt hatte, dass sie mehr wusste als er, und dass sie es gewagt hatte, ihn zu verbessern.

»Sie kennen sich in Geschichte aus. Sehr gut«, räumte er dann widerwillig ein. »Aber ich bin mehr an der Gegenwart interessiert. Marcus hat mir gesagt, dass Sie zu der Einheit wollen, die ich gerade zusammenstelle.« Er schüttelte den Kopf. »Das ist wirklich sehr ehrgeizig, aber ich fürchte, die Politik des US-Militärs erlaubt Frauen nicht, in Kampfeinheiten an der Front zu dienen, schon gar nicht in Teams von Spezialeinheiten hinter den feindlichen Linien.«

Wie schon zuvor antwortete sie nicht sofort. Sie wog ab, wie viel sie sagen und wie klar sie eine Linie ziehen wollte. Es war offensichtlich, dass Carpenter sie weder mochte noch respektierte, aber wenn sie jetzt unterwürfig auftrat, würde das seine Meinung über sie nur verstärken. Auf der anderen Seite würde es sie als Störenfried brandmarken, wenn sie trotzig oder widerspenstig wäre. Als jemanden, auf den man sich nicht verlassen konnte. Das wäre genau der Vorwand, den er brauchte, um sie wegzuschicken.

»Unterstützt das nicht genau den Punkt, um … plausibel dementieren zu können, dass die US-Armee involviert ist?«, fragte sie. »Sie wollen Ihre Hände in Unschuld waschen, wenn diese Einheit erwischt wird. Wer würde schon glauben, dass Amerika Frauen in den Kampf schickt?«

»Da hat sie nicht ganz unrecht«, bemerkte Cain.

Carpenter war nicht so leicht umzustimmen. »Es gibt einen Grund, warum wir sie nicht dorthin schicken, und das hat nichts mit Verleugnung zu tun. Wie kommen Sie darauf, dass Sie für so einen Einsatz überhaupt geeignet sind?«

»Ich nehme an, Sie haben mein Dossier gelesen.«

»Papierkram.« Er deutete auf den Stapel mit Dokumenten auf seinem Schreibtisch. »Hat mir noch nie gelegen. Außerdem bedeuten sämtliche Testergebnisse der ganzen Welt nichts da draußen in der Schusslinie, wo Leben auf dem Spiel stehen.« Er seufzte und lehnte sich auf seinem Stuhl zurück, während er sie kritisch betrachtete. »Ich frage Sie noch einmal, warum sollte ich Sie mit reinnehmen?«

»Ich will keine Sonderbehandlung. Ich bitte nur um eine Chance.« Anya warf einen Blick auf das Gemälde hinter seinem Schreibtisch. »Lassen Sie mich mit Ihrem Team trainieren, unter gleichen Bedingungen. Wenn ich versage, ist es vorbei.«

In dem Moment sah Cain es. Das Lächeln auf einem Gesicht, das daran so wenig gewöhnt zu sein schien. Das Lächeln eines Soldaten, der eine tödliche Schwäche seines Feindes erkennt.

»Einverstanden«, lenkte Carpenter ein. »Sie bekommen Ihre Chance. Keine Vergünstigungen, keine Sonderbehandlung. Wenn Sie versagen, sind Sie draußen. Einverstanden?«

»Einverstanden«, stimmte die junge Frau zu.

Marseille, Frankreich

Vierundzwanzig, fünfundzwanzig, sechsundzwanzig ...

Anya spürte Schweißtropfen auf ihrer Stirn, als sie das Metallrohr unmittelbar unter der Decke umklammerte, und sich daran so hochzog, dass ihre Schädeldecke fast die Decke berührte. Die Muskeln in ihren Armen und Schultern waren an körperliches Training gewöhnt, brannten aber von der Anstrengung, ihr ganzes Körpergewicht immer und immer wieder anzuheben und abzusenken.

Es war einer der vielen Tests, die Carpenter für sie parat gehabt hatte – dreißig Klimmzüge ohne Hilfe. Das US Marine Corps verlangte von seinen männlichen Kandidaten zehn Klimmzüge. Aber er war in der Hinsicht ebenso unbeugsam gewesen wie das Rohr, an dem sie jetzt hing. Seine Einheit sollte in jeglicher Hinsicht besser sein als der Durchschnitt, und nur die mental und körperlich stärksten Kandidaten schafften es. Und Carpenter würde seine Maßstäbe ganz sicher nicht für eine Frau senken.

Das hatte er nie getan.

Achtundzwanzig, neunundzwanzig …

Sie atmete jedes Mal, wenn sie sich herunterließ, geräuschvoll aus, und holte tief Luft, wenn sie sich wieder hochzog. Anya machte mit der einfachen, aber sehr effektiven Übung weiter, die für sie im Laufe der Jahre so vertraut geworden war, dass sie fast nicht mehr darüber nachdenken musste. Ihr Körper wusste auch so, was er zu tun hatte.

Dreißig, einunddreißig.

Sie machte immer einen Klimmzug mehr als Carpenters alte Vorgabe, nur um sich selbst zu beweisen, dass sie es konnte. Zufrieden über diesen kleinen Sieg ließ sich Anya auf den Boden fallen und drehte sich von dem improvisierten Übungsgerät weg. Dann ging sie in das winzige Badezimmer ihres Hotelzimmers.

Draußen hörte sie das Dröhnen des Verkehrs auf den belebten Straßen, das gelegentliche Hupen eines Autos oder eines Schiffs oder die Musik aus den zahllosen Restaurants und Wohnungen. All das legte sich wie ein erstickender Mantel über sie.

Sie hatte noch nie viel für Großstädte übriggehabt, schon als Kind nicht. Die brodelnde Masse von Menschen, die sich zusammendrängten, die alle um ihre gesellschaftliche Stellung kämpften, um einen Vorteil oder um Überlegenheit, der Lärm und das Chaos und die großen Gebäude selbst schienen ihr irgendwie fremd zu sein. Als gehörten sie zu einer anderen Welt, die sie zwar beobachten, aber von der sie nie wirklich ein Teil sein konnte.

Sie hatte eine schwache Kindheitserinnerung, wie sie einmal bei einem Schulausflug nach Moskau gefahren war, weit weg von ihrer Heimat. Die Lehrer und die offiziellen Führer hatten ihnen begeistert die große Metropole im Herzen der Sowjetunion zeigen wollen. Aber kaum war Anya dort angekommen, hatte sie die Stadt bereits gehasst. In ihren jungen Augen war es eine graue, trostlose Welt aus Beton gewesen, aus grotesk großen Gebäuden und übertriebenen Statuen von gefallenen Sowjethelden.

Und je mehr Zeit sie an solchen Orten verbrachte, desto mehr sehnte sie sich nach Stille und Isolation.

Sie spritzte sich Wasser ins Gesicht und trank ein paar Schluck aus der hohlen Hand. Dann hob sie den Kopf und betrachtete ihr Spiegelbild. Ihre Wangen waren gerötet von der Anstrengung der Übung, ihr blondes Haar war unordentlich, und die Lippen waren leicht geöffnet, während sich ihre Atmung allmählich verlangsamte und ihr Herzschlag ruhiger wurde. Die harten Muskeln in ihren Armen und Schultern zeichneten sich deutlich unter der gebräunten Haut ab.

Es waren viele Jahre verstrichen, seit Cain sie an jenem Tag in dieses Büro im Pentagon geführt hatte. Seitdem hatte sich vieles für sie beide verändert. Carpenter war mittlerweile tot, von ihr selbst umgebracht worden, und sie war von der Agency ausgestoßen worden. Sie war ein Flüchtling, der gejagt wurde. Nur Cain war noch geblieben, obwohl er nicht mehr derselbe Mann war wie der, den sie damals gekannt hatte.

Aber sie war auch nicht mehr dieselbe Frau, räumte sie ein. Rein körperlich betrachtet sah man ihr die zusätzlichen Jahre genauso an wie jedem anderen, und all ihr Training und ihre Disziplin bedeuteten, dass sie immer noch sehr viel von ihrer hart erarbeiteten Kraft und Fitness besaß.

Aber mehr und mehr spürte sie den Lauf der Zeit in ihrem Inneren.

Sie empfand eine Müdigkeit, die sie damals nicht gekannt hatte. Es war die Müdigkeit von jemandem, der schon viel zu lange auf der Flucht war, der zu oft mit angesehen hatte, wie böse Menschen schlechte Dinge taten und damit durchkamen, und zu oft erleben musste, dass seine eigenen Bemühungen keine Früchte trugen.

Dann fiel ihr ungebeten ein, was Drake ihr während ihres kurzen Treffens vor ein paar Tagen gesagt hatte.

Du fürchtest dich vor dem, was du tun wirst, wenn der Staub sich gelegt hat. Denn was dann übrig bleibt, ist nicht mehr Kämpfen und Töten, sondern Leben. All diese langen Jahre, die vor dir liegen, in denen du dich bemühst, dich anzupassen, jemand zu sein, der du nicht bist. In denen du versuchst, normal zu sein. Du willst darüber reden, dass ich meinen Fokus und meine Perspektive verloren hätte? Vielleicht solltest du einmal einen Blick in den Spiegel werfen.

Anya neigte normalerweise nicht zu tiefer Introspektion, weil sie das für selbstverliebt und sentimental hielt. Aber etwas in ihr vermied das auch noch aus einem anderen Grund, nämlich weil sie sich Sorgen machte, was sie wohl finden würde, wenn sie zu tief blickte, wenn sie die Dinge ans Licht zog, die in den dunklen Ecken ihrer Seele lauerten.

Wenn sie wirklich in den Spiegel blickte, was würde sie dann tatsächlich sehen? Nicht die junge und leidenschaftliche Frau, die sie einmal gewesen war, so viel war sicher. Anya fürchtete, dass sie jemanden erblicken würde, den ihr früheres Selbst niemals erkannt hätte. Dass sie jemanden sah, der voll von so viel Bitterkeit und Wut und Rachsucht war, dass all diese Eigenschaften nicht nur ein Teil von ihr geworden waren, sondern nun den Kern ihres Wesens bildeten.

Sollte das ihr wahres Testament werden? Nach allem, was

sie getan hatte, was sie riskiert und geopfert hatte, war sie da wirklich nichts weiter als ein Geist, der für immer dazu verdammt war, über dem zu brüten, was hätte sein können?

Sie packte den Rand des Waschbeckens, als sie den Kopf sinken ließ, die Augen schloss und langsam ausatmete. Sie war nicht einmal sicher, warum sie überhaupt noch in Marseille war, wo Drake doch so klargemacht hatte, dass er nichts mit ihr zu tun haben wollte.

Nicht dass sie es ihm verübeln konnte, so wie sie mit ihm umgesprungen war.

Du kannst hier sitzen und mich verurteilen, so viel du willst, aber ich brauche das. Ich brauche es, weil ich nicht so enden möchte, dass ich mehr Angst vor dem Leben als vor dem Sterben habe. Ich will nicht so enden wie du.

Sie hob den Kopf und betrachtete finster die Frau vor sich. Dann holte sie aus und hämmerte ihre Faust in den Spiegel, als wäre er ihr verhasster Feind. Das musikalische Klirren, mit dem das zerbrochene Glas in dem Waschbecken und auf den Bodenfliesen landete, entging ihr. Sie blickte auf ihre Hand und runzelte die Stirn, als sie die roten Blutstropfen sah, die aus ihren zerschnittenen Knöcheln quollen. Sie empfand keinen Schmerz.

Drakes Worte waren weit einschneidender gewesen als das zerborstene Glas, und sie wusste auch warum. Von allen Menschen, denen sie auf dieser Welt begegnet war, von den guten und schlechten, war Ryan Drake einer von den wenigen, die sie verstanden. Zumindest hatte er sie akzeptiert, und das hatte mehr für sie bedeutet, als sie jemals hätte ausdrücken können. Er war ihr wichtig, und gegen ihr besseres Wissen vertraute sie ihm.

Und sie hatte ihn zurückgestoßen. Wie alle anderen in ihrem Leben.

In dem Moment war ihr klar, dass sie Marseille noch in

dieser Nacht verlassen würde. Sie hatte sich noch nicht entschieden, wohin sie als Nächstes gehen würde, aber sie wusste, dass es Zeit war weiterzuziehen. Sie war hierhergekommen, um Kontakt mit Drake aufzunehmen, um herauszufinden, ob er sich immer noch ihrer Mission verpflichtet fühlte. Nun, sie hatte ihre Antwort.

Also würde sie verschwinden. Sie würde ihren eigenen Weg gehen, wie fast ihr ganzes Leben lang. Vielleicht war es auch besser für alle, Drake eingeschlossen. Er hatte sich hier ein Leben eingerichtet, und so zerbrechlich und verletzlich es auch sein mochte, es war real. Ein Leben weit weg von der Agency, weg von Cain. Weg von ihr.

Sie ging ins Schlafzimmer zurück, nachdem sie einen Waschlappen um ihre verletzte Hand gewickelt hatte, als das Telefon auf der Kommode vibrierte. Sie griff danach und spürte, wie ihr Herzschlag sich beschleunigte, als sie die Nummer des Anrufers sah.

Er war es. Warum rief er an? Normalerweise kommunizierten sie über SMS oder E-Mails. Irgendetwas musste sich geändert haben.

»Ich bin dran.«

»Wir müssen reden. Können wir uns heute treffen?«

Knapp und auf den Punkt gebracht, rein geschäftlich, so wie sie sich ihm gegenüber verhalten hatte.

»Es überrascht mich, dass du dich überhaupt mit mir treffen willst«, antwortete sie. Sie ließ zu, dass etwas von der in ihr brodelnden Frustration in ihre Stimme sickerte.

»Es ist wichtig. Kannst du heute hierherkommen?«

Sie wusste, dass er über eine ungesicherte Verbindung keine Details äußern würde, aber sein Ton machte klar, dass dies kein Treffen aus persönlichen Gründen war.

»Kann ich«, sagte sie schließlich. »Derselbe Ort wie zuvor?«

»Nein. Wir treffen uns in einer Stadt namens Collioure, am alten Hafen. Wir finden dich.«

Anya runzelte die Stirn. Sowohl wegen der Änderung des Ortes als auch wegen seiner Wahl des Pronomens. »Wir?«

Bei allen Treffen mit Drake waren es immer nur sie beide gewesen. In diesem Punkt war sie immer sehr klar gewesen. Sie vertraute keinem und wollte niemanden anderen dort haben.

»Komm einfach dorthin. Ich erkläre es dir, wenn du hier bist.«

»Ich wollte mich heute eigentlich mit Anatoli treffen«, erwiderte sie. Anatoli war ihr Codewort, um herauszufinden, ob Drake unter Zwang handelte. Wenn er nicht mit dem Namen Natascha antwortete, dann würde sie nicht zu dem Treffen gehen und das Telefon entsorgen.

»Sag ihm, er soll sich stattdessen mit Natascha treffen«, erwiderte Drake. »Das hier ist wichtiger.«

Anya atmete aus und merkte erst jetzt, dass sie die Luft angehalten hatte. »Also gut. Ich rufe dich an, wenn ich da bin.«

»Wir erwarten dich.«

Die Hauptkabine der *Alamo* ähnelte immer mehr einem militärischen Kommandozentrum, wenn auch einem recht improvisierten. Frost arbeitete unermüdlich an dem Computerterminal und hämmerte auf einem der Laptops herum, während sie über den Overheadprojektor wichtige Bilder oder Pläne auf eine größere Fläche warf.

Mason hatte mittlerweile eine ganze Wand in Beschlag genommen, um den Angriff auf das Haus zu planen. Sie war bereits mit ausgedruckten Bildern des Gebäudes bedeckt, mit Bauplänen, Karten der Straßen in der Umgebung und sogar handgeschriebenen Post-it-Zetteln, auf die er hastig irgendwelche Ideen gekritzelt hatte, Anforderungen für Ausrüstung und zahllose andere Notizen.

McKnight hatte die Aufgabe übernommen, eine Basis zu finden, von der aus sie operieren konnten, sobald sie in Pakistan waren. Das war leichter gesagt als getan. Um in das Land einreisen zu können, brauchten sie ein vom Außenministerium Pakistans unterzeichnetes Visum. Sie hatten nicht annähernd genug Zeit gehabt, um das zu organisieren. Die Alternative bestand darin, einen örtlichen Sponsor mit einem Empfehlungsbrief von der pakistanischen Regierung zu beauftragen. Auch das war für sie keine Option.

Ins benachbarte Tadschikistan zu fliegen schien die beste, vielleicht sogar einzige Möglichkeit zu sein, weil sie dort innerhalb von drei Tagen nach der Einreise ein befristetes Touristenvisum beantragen konnten. Mit etwas Glück hatten sie sich vorher schon über die Grenze nach Pakistan geschlichen, ihre Mission erfüllt und waren bereits auf dem Rückweg.

Dieser Plan jedoch beinhaltete zwei Probleme. Zunächst einmal war es nicht ganz einfach, einen Linienflug von Frankreich nach Tadschikistan zu bekommen. Und das zweite, größere Problem bestand darin, dass sie über Land durch die bergige Grenzregion zwischen Tadschikistan, Afghanistan und Pakistan reisen mussten, um Islamabad zu erreichen. Und das war ein wahrer Albtraum.

Da in dieser Gegend weder die Regierung noch Gesetzesvertreter präsent waren, wurde das Gebiet faktisch von Banditen, Stammeshäuptlingen und zahllosen Terroristengruppen beherrscht, die durch die Kämpfe in Afghanistan vertrieben worden waren. Es wurde insgesamt als eines der gefährlichsten Gebiete auf der ganzen Welt betrachtet. Und sie hatten so gut wie keine Wahl, als einfach mittendurch zu fahren.

Ihre Gedanken wurden unterbrochen, als die Deckluke aufging und jemand die Treppe hinabkam. Instinktiv griff sie nach der Waffe, die sie immer bei sich trug. Aber sie entspannte sich etwas, als Drake in die Kabine trat.

Er wirkte angespannt und nervös, hatte die Zähne zusammengebissen und die Schultern zusammengezogen, als würde er jeden Moment einen Kampf erwarten. Nur dass der Kampf, den er erwartete, weder Waffen noch Blutvergießen beinhaltete. Noch nicht jedenfalls.

»Köpfe hoch, Leute«, verlangte er. »Wir haben einen … Besucher.«

Ihr Herzschlag beschleunigte sich, als er von der Treppe zurücktrat, damit der Neuankömmling herunterkommen konnte. Im selben Moment wusste Samantha, wen Drake mit dem kleinen unsinkbaren Schlauchboot der *Alamo* am Strand abgeholt hatte. Es war jemand, den sie schon sehr lange hatte kennenlernen wollen.

Alles, was sie über die Taten dieser Frau in den letzten zwei Jahren gehört hatte, all diese unglaublichen Geschichten von Überleben und Ausdauer, die Berichte über ihre tödlichen Fähigkeiten und ihre kriegerische Kühnheit hatten sich in Samanthas Verstand vereinigt und diese Person mit einer fast übermenschlichen Aura ausgestattet.

Instinktiv stand sie auf, weil sie Anya auf Augenhöhe begegnen wollte.

Das war die Frau, die aus der Sowjetunion geflohen war, als sie gerade zwanzig Jahre alt gewesen war. Eine Frau, die einige der härtesten Trainingsprogramme absolviert hatte, die ersonnen worden waren, die mit den Mudschahedin in Afghanistan gekämpft hatte und fast mit ihnen gestorben wäre, die monatelange Folter und Verhöre durch das KGB überstanden hatte. Eine Frau, deren zwei Jahrzehnte Dienst bei der Agency sie in die höchsten Kreise der Macht geführt hatte und deren vernichtender Sturz zahllose Leben und Karrieren zerstört hatte.

Das war die Frau, für die Leute gekämpft hatten und gestorben waren, eine Frau, die absolute Loyalität und abgrundtiefen Hass in gleichem Maß hervorrief. Die Frau, deren bittere Suche nach Vergeltung Drake und alle in seinem Umfeld mit in die Scheiße gezogen hatte, und an der jetzt ihr aller Schicksal hing. Die Frau, derentwegen Cain sie, Samantha, rekrutiert hatte, mit dem Ziel, sie zu vernichten.

Und jetzt stand sie nicht einmal fünf Meter von ihr entfernt.

Beinahe ohne nachzudenken, griff Samantha verstohlen zu der Pistole im Halfter auf ihrem Rücken. Soweit sie sehen konnte, war Anya unbewaffnet, weil sie von einer Gruppe angeblicher Verbündeter keine Bedrohung erwartete. *Du schaffst das,* flüsterte eine Stimme in ihrem Ohr. Ein einziger Schuss, mehr brauchte sie nicht. Mit einer schnellen Bewegung konnte sie die Waffe ziehen, zielen und feuern.

Es würde höchstens zwei Sekunden dauern.

Keiner von ihnen würde es erwarten, sie würden sie ganz sicher nicht aufhalten können. Anya wäre tot, bevor sie irgendetwas tun konnten, und Samanthas Mission wäre erfüllt. Dann hatte sie alles getan, was Cain von ihr verlangt hatte, und noch mehr. Es wäre vorbei.

Natürlich würden alle sie hassen, vor allem Drake. Sie machte sich nicht die Illusion, dass er ihr diesen Verrat jemals vergeben oder nicht sogar versuchen würde, sie seinerseits zu erschießen. Er würde wütend sein, verbittert und extrem traurig, aber er wäre am Leben. Indem sie Anya tötete, rettete sie möglicherweise ihr aller Leben. War das kein angemessenes Opfer? War das nicht das Leben einer einzigen Person wert?

Sie spürte, wie ihr Herz hämmerte, wie das Adrenalin

durch ihre Adern rauschte, als sie in qualvoller Unentschlossenheit verharrte. Ihre widerstreitenden Gedanken und ihre Loyalitäten fochten einen tödlichen Kampf aus. Ihre Hand zitterte, nur wenige Zentimeter von der Waffe entfernt.

In diesem Moment drehte sich Anya zu Samantha herum, vielleicht spürte sie, dass etwas nicht stimmte. Der Blick dieser Augen, die so kalt wie ein Gletscher und so durchdringend wie eine Nadel waren, bohrte sich in ihre. Einen Herzschlag lang konnte Samantha einen Blick auf den Willen und den Verstand werfen, die dahinter lauerten, auf diese wilde, gnadenlose Seele, die das Schlimmste überlebt hatte, was diese Welt einer Person zumuten konnte. Dieser Verstand und dieser Wille waren jetzt auf sie fokussiert, fragend, einschätzend und nach einer möglichen Bedrohung suchend.

Samantha spürte, wie sich ihre Kehle zusammenzog, und sie kämpfte gegen den plötzlichen Drang an zu schlucken. Sie hatte das Gefühl, als wäre alle Farbe aus ihrem Gesicht gewichen, als hätte selbst ihr Herz aufgehört zu schlagen, als wäre sie erstarrt, wie alle anderen um sie herum.

»Oh Scheiße, nein!«, rief Frost, als sie die Frau sah. »Niemals, Ryan! Wenn das deine Lösung sein soll, dann vergiss es!«

Anyas Blick zuckte unwillkürlich zu der Stimme herum und unterbrach kurz den Kontakt. Der Moment war verstrichen, wie ein Bann, der von jemandem genommen wurde. Samantha musste sich zusammenreißen, um nicht erleichtert aufzuatmen, während sie den Kopf senkte. Ihr Herz hämmerte immer noch so laut, dass sie den Pulsschlag in ihren Ohren hören konnte.

»Freut mich auch, dich zu sehen, Frost.« Anya musterte die junge Spezialistin missbilligend.

Frost hatte jedoch offenbar kein Interesse an einem Gespräch, sondern konzentrierte ihre Aufmerksamkeit stattdessen auf Drake. Sie erhob sich von ihrem Computer, ging zu ihm und redete gefährlich leise mit ihm. »Ryan, ich weiß, dass wir bis zum Hals in der Scheiße stecken und keinen Boden unter den Füßen haben. Aber ich sage dir, dass die da nicht die Antwort ist.«

»Du hast selbst gesagt, wir bräuchten mehr Leute«, erinnerte Drake sie. »Das ist eine mehr.«

Frost schob trotzig das Kinn vor – immer ein schlechtes Zeichen bei ihr – und sah ihn böse an. »Aber sie hatte ich nicht im Sinn, das weißt du genau. Ich würde mich lieber auf Hannibal Lecter verlassen.« Sie warf Anya einen abschätzenden Blick zu. »Das soll keine Beleidigung sein.«

»Habe ich auch nicht so aufgefasst«, erwiderte Anya kalt, bevor sie Drake ansah. »Du hast mich hierhergebeten, also da bin ich. Jetzt würde ich gern den Grund erfahren.«

Drake atmete aus und nickte. »Stellen wir uns erst einmal vor. Mit Keira hast du ja bereits eine lange und fruchtbare Beziehung.« Er warf der jungen Spezialistin einen Blick zu, mit dem er sie vor weiteren Ausfällen warnte. Als er sah, dass sie klug genug war, den Mund zu halten, deutete er auf Mason. Er hatte sich während dieses Wortwechsels etwas im Hintergrund gehalten. »Das ist Cole Mason. Er ist mein Stellvertreter in diesem Shepherd-Team.«

Anya studierte ihn eine Weile, und dann huschte ein Ausdruck des Erkennens über ihr Gesicht. »Ich kenne dich«, sagte sie schließlich. »Du warst im Khatyrgan-Gefängnis dabei.«

»Das stimmt«, erwiderte Mason misstrauisch. Er hatte Anya kennengelernt, wenn auch nur kurz, als sie sie aus einem Hochsicherheitsgefängnis in Sibirien befreit hatten. Anders als Frost jedoch hatte er nach dieser Nacht keinerlei weitere Begegnung mehr mit ihr gehabt.

»Du wurdest verwundet.«

Mason reagierte verblüfft. Ein Irrläufer hatte ihn während ihrer Flucht in der Schulter getroffen. Etliche Operationen und ein Jahr anstrengender Rehabilitation später war er in den aktiven Dienst zurückgekehrt, wenn auch inoffiziell. *Kein Wunder, dass er sie nicht überschwänglich willkommen heißt,* dachte McKnight. *Anya hat seiner Karriere fast ein Ende bereitet.*

»Das ist Vergangenheit, und jetzt ist jetzt.« Zweifellos wollte er diese unerfreuliche Erinnerung hinter sich lassen. »Konzentrieren wir uns auf das Jetzt, einverstanden?«

Sie zuckte gleichgültig mit der Schulter. »Wie du willst.«

Drake räusperte sich in der Hoffnung, diese unbehagliche Begegnung zu unterbrechen, und deutete mit einem Nicken auf McKnight. »Das ist Samantha McKnight. Sie ist in Afghanistan zu unserem Team gestoßen und seitdem bei uns.«

McKnights Herzschlag hatte sich gerade beruhigt, beschleunigte sich aber plötzlich wieder, als sie sich der älteren Frau näherte. Sie konnte die Anspannung fühlen, die von Drake ausging. Zwei Mitglieder seines Teams waren Anya bereits kalt oder offen feindselig begegnet. Wenn das dritte Teammitglied genauso abweisend war, folgte daraus vielleicht, dass sie sofort verschwand.

Noch nie hatte Samantha eine an sie gerichtete Erwartung so deutlich gespürt. Sie war unsicher, was sie sagen oder wie sie sich verhalten sollte. Irgendwie bezweifelte sie, dass sie mit den Worten »Ich habe schon viel über dich gehört« das Eis brechen würde.

Zu ihrer Überraschung jedoch machte die ältere Frau den ersten Schritt auf sie zu. »Schön, dich zu treffen, McKnight.« Anya hielt ihr die Hand hin.

McKnight wusste, dass sie den Händedruck nicht

verweigern konnte, und schüttelte ihr die Hand. »Gleichfalls.«

Anyas Griff war fest, fester als nötig, und er dauerte einen Moment zu lang. McKnight sah ihr in die Augen, überrumpelt, und wusste, dass Anya mit ihr gespielt hatte.

»Ich nehme an, dass es hier wenigstens eine Person gibt, die nicht gegen mich ist?«, fragte sie.

Es war ein Test, das wurde McKnight jetzt klar. Drake hatte sie vor Anyas Fähigkeit gewarnt, jede Art von Täuschung in einer Person wahrzunehmen, selbst die subtilen Nuancen der Körpersprache lesen zu können, von deren Existenz die meisten Leute nicht einmal etwas wussten. Wie ein Pokerspieler, der die verräterischen Anzeichen seiner Widersacher erkennt, hatte sie Samanthas Unbehagen gewittert, als sie hereingekommen war, und war jetzt argwöhnisch.

»Du solltest das mit Keira nicht persönlich nehmen«, antwortete sie und zwang sich zu einem Lächeln. »Sie verhält sich fast allen gegenüber so.«

Dazu äußerte sich Anya nicht, aber Samantha spürte ein leichtes Nachlassen der Anspannung zwischen ihnen, eine minimale Akzeptanz dieser neuen Bekanntschaft. Sie hatte den Test vielleicht nicht bestanden, aber sie war auch nicht durchgefallen.

Anyas Griff entspannte sich, und sie ließ Samanthas Hand los. Dann richtete sie ihre Aufmerksamkeit wieder vollkommen auf Drake. »Du hast mich aus einem besonderen Grund herbestellt, nicht, um dein Team kennenzulernen. Also, was willst du?«

Wie es schien, sprach sie Drake aus dem Herzen. »Du solltest dich vielleicht erst mal hinsetzen«, sagte er und deutete auf eine Bank neben dem kleinen Beistelltisch.

Anya verschränkte die Arme und blieb stehen, ohne

etwas zu erwidern. Es war ziemlich offenkundig, dass sie nicht vorhatte, sich hinzusetzen.

»Wie du willst«, lenkte Drake ein.

In den nächsten zehn Minuten hörte Anya zu, während Drake die Ereignisse der letzten Tage zusammenfasste. Die Angriffe auf Mason und McKnight, der Überfall auf die Villa, ihr Rückzug auf die *Alamo* und die Schlussfolgerung, dass ihre einzige Möglichkeit darin bestand, in die Offensive zu gehen.

»Keine Spielchen mehr. Wenn er Krieg will, bekommt er ihn auch«, sagte er. Er sprach mit der eisernen Entschlossenheit eines Mannes, der seinen Kurs verfolgen würde, ganz gleich, was Anya sagen oder tun würde. »Cain wird sich in zwei Tagen mit einem Agenten des ISI in einem sicheren Haus in Pakistan treffen. Frag mich nicht, woher ich das weiß, aber ich weiß es. Wir haben die Chance, ihn aus dem Verkehr zu ziehen, vielleicht sogar die letzte Chance, die sich uns bietet. Also werden wir dorthin gehen, ihn finden und die ganze Sache beenden.«

Zu McKnights Überraschung reagierte Anya nicht sofort darauf. In ihrer Miene zeigte sich keine rachsüchtige Begeisterung, keine Freude bei dem Gedanken, ihre Nemesis auszulöschen, nicht einmal eine grimmige Entschlossenheit, die Samantha bei jemandem mit einer solch stoischen Haltung erwartet hätte. Wenn sie überhaupt eine Regung zeigte, wirkte sie noch am ehesten bestürzt von Drakes Vorschlag, als wäre ihr eine direkte Konfrontation noch nie in den Sinn gekommen.

»An Marcus Cain heranzukommen ist nicht leicht«, sagte sie schließlich. Sie sprach aus langer Erfahrung. »Ich nehme an, du hast so etwas wie einen Plan?«

Den hatte er allerdings. Trotz ihres gelegentlichen Streits hatte seine Zusammenarbeit mit Mason einen Operationsplan hervorgebracht, wenn auch erst in Ansätzen. Da er sich ihres knappen Zeitplans bewusst war, begann Drake mit einer Beschreibung des Angriffs auf Cains Sicheres Haus, während Frost Bilder von dem Grundriss des Hauses und Karten der örtlichen Umgebung auf dem Monitor präsentierte. Anya machte keinen Versuch, ihn zu unterbrechen oder Fragen zu stellen, sondern hörte einfach nur zu.

»Das ist nicht gerade schön, aber mehr haben wir nicht«, schloss er schließlich, als er die improvisierte Präsentation beendete. »Und wenn die richtigen Leute daran beteiligt sind, kann es funktionieren.«

Anya starrte auf den Bildschirm, auf dem eine Straßenansicht des Zielhauses zu sehen war. Wie immer war es wegen ihrer verschlossenen Miene schwierig, ihre Gedanken zu erraten, aber sie war ganz offensichtlich in tiefes Nachdenken versunken.

»Und was willst du von mir?«

»Zunächst einmal brauchen wir noch jemanden am Boden«, fing er an. »Es gibt nicht viele Leute, denen ich so weit vertraue, dass ich bei so etwas mit ihnen zusammenarbeiten wollte, und noch weniger, die über die notwendige Erfahrung für eine solche Operation verfügen. Du bist eine von ihnen.«

Sie sah ihn an und lächelte ironisch. »Schmeicheleien verfangen bei mir nicht, Ryan. Du brauchst noch etwas. Also, was ist es?«

Drake erwiderte ihren Blick ein paar Sekunden lang, dann griff er in die Tasche und zog ein zusammengefaltetes Papier heraus. Er faltete es auseinander. Es war eine Einkaufsliste mit Ausrüstungsgegenständen. Die *Alamo* war zwar mit Waffen und Ausrüstung gut ausgestattet, aber dieser Plan verlangte nach ein paar Gegenständen, an die eindeutig schwerer heranzukommen war.

»Wir brauchen alles auf dieser Liste«, sagte er. Es war sinnlos, es ihr gegenüber in Watte zu packen. »Und außerdem einen geheimen Transport nach Pakistan, und zwar kurzfristig.«

Anyas Blick glitt über die hastig hingekritzelten Gegenstände. Sie hob jedes Mal die Brauen, wenn sie etwas Ungewöhnliches oder Problematisches sah.

»All das so kurzfristig zu arrangieren ist weder einfach noch billig«, warnte sie.

»Setz es auf die Rechnung. Wir stehen dafür gerade«, konterte Frost mit einem spöttischen Grinsen.

Anya warf ihr einen scharfen Blick zu. »Geld ist schwerlich das Problem. Aber es gibt nur sehr wenige Männer in Pakistan, die zu solchen Ausrüstungsgegenständen Zugang haben, und noch weniger von ihnen sind vertrauenswürdig.«

»Aber du kennst jemanden?«, setzte Mason nach. Er hatte aufgrund ihrer ausweichenden Antwort erraten, dass ihre Wünsche nicht unerfüllbar waren.

»Vielleicht«, sagte sie, während sie Drake die Liste zurückgab. »Die entscheidende Frage ist, was ihr vorhabt, nachdem ihr Cain in die Finger bekommen habt.«

»Ist das nicht offenkundig? All das hat mit ihm angefangen. Und es wird auch mit ihm enden.«

Zu Samanthas Bestürzung schüttelte Anya den Kopf. »Du wirst ihn nicht töten, Ryan.«

Samantha hatte das Gefühl, als würde die Zeit stillstehen, während die Konsequenzen dieser Bemerkung in ihr Bewusstsein drangen. Anya wollte, dass Cain lebte? Warum? Welchen möglichen Grund konnte sie dafür haben?

»Scheiße, und ob wir das tun werden!«, fuhr Frost sie an. Sie ballte vor Wut die Fäuste. »Wegen dieses Hundesohnes sind gute Leute gestorben. Er wird untergehen, so oder so.«

»Ja, darauf kannst du wetten«, setzte Mason kalt hinzu. Aber er war nicht weniger wütend als Frost.

Anya jedoch achtete nicht auf die beiden, als wären sie nur Insekten, die man ignorieren und tolerieren musste. Ihr Blick blieb auf Drake gerichtet, weil sie wusste, dass er hier die Entscheidungen traf.

»Du wirst ihn nicht töten«, wiederholte sie.

»Gib mir einen Grund dafür.«

Anya deutete mit einem Nicken auf die Liste, die er immer noch festhielt. »Ohne mich ist diese Operation vorbei, bevor sie überhaupt angefangen hat. Ich werde euch nicht helfen, es sei denn, du versprichst mir, Cain nicht zu töten.«

Drake seufzte und schüttelte den Kopf. Offenbar war ihm ihr Sinneswandel ebenfalls ein Rätsel. Er war nicht wütend, weil er wusste, dass Ärger bei jemandem wie ihr nichts bewirkte. »Warum willst du sein Leben verschonen, nach allem, was er dich hat durchmachen lassen?«

McKnight hatte das Gefühl, als wäre sie in einem Albtraum gefangen. Sie sah, wie die Muskeln an Anyas Hals sich anspannten, als würde die scheinbar undurchdringliche Rüstung, mit der sie sich umgeben hatte, einen Moment aufweichen.

»Weil ich Antworten will«, sagte sie. In ihrer Stimme schwang etwas mit, was Samantha niemals erwartet hätte. Schmerz. »Ich will wissen, warum er all das getan hat, was er getan hat, warum er zu diesem Mann geworden ist, warum er mich verraten hat. Und nur er kann diese Fragen beantworten.«

»Scheiß auf Antworten!«, konterte Frost. Sie wurde mit jedem Moment wütender. »Er ist ein Arschloch – reicht das nicht als Antwort? Wenn du glaubst, dass wir unser Leben riskieren, nur damit du eine Fragestunde mit ihm veranstalten kannst, dann täuschst du dich. Die einzige Antwort, die dieses Stück Scheiße verdient, ist eine Kugel zwischen die Augen.«

Wieder achtete Anya nicht auf sie.

»He, ich rede mit dir.« Frost machte einen Schritt auf sie zu.

Anya fuhr herum und hob die Hände, um sich zu verteidigen.

In dem Moment mischte sich Samantha ein. Sie stellte sich zwischen die wütende junge Spezialistin und diese Frau, die sie mit Leichtigkeit hätte töten können, wenn sie dazu provoziert wurde.

»Immer mit der Ruhe«, sagte sie leise und packte Frosts Arm so kräftig, dass die junge Frau merkte, sie würde kein Nein als Antwort akzeptieren. »Das ist die ganze Sache nicht wert. Nicht, wenn du verletzt bist.«

Es war zwar keine sonderlich gute Ausrede, aber die Schusswunde in ihrer Seite gewährte Frost zumindest einen einigermaßen glaubwürdigen Grund, sich zurückzuziehen, ohne das Gesicht zu verlieren. Und selbst sie begriff dann die Vernunft in den Worten ihrer Gefährtin. Sie hatte sich schon einmal mit Anya angelegt, und es hatte ihr nur eine ausgekugelte Schulter und eine leichte Gehirnerschütterung eingebracht. Es war sehr unwahrscheinlich, dass Anya noch einmal so gnädig sein würde.

Sie stieß die Luft aus, riss ihren Arm aus McKnights Griff und drehte sich weg. Dann fuhr sie sich mit der Hand durch ihr kurzes dunkles Haar. »Das ist eine gottverdammte Zeitverschwendung!«, zischte sie und schüttelte angewidert den Kopf.

Nachdem diese geringfügige Irritation beseitigt war, nickte Anya Samantha einmal kurz zu und sah Drake wieder an.

»Wenn wir das hier durchziehen wollen, dann machen wir das auf meine Art und Weise. Wir gehen rein, wir entführen Cain und bringen ihn an einen sicheren Ort. Dort bekomme ich die Antworten von ihm, die ich brauche.« Sie sprach mit der langsamen, geduldigen Selbstbeherrschung eines Lehrers, der sich eines besonders trotzigen Schülers annimmt.

»Solange er am Leben ist, ist er eine Gefahr für uns alle«, antwortete Drake und verschränkte die Arme. »Das weißt du genauso gut wie ich.«

Anya nickte, als sie zögernd sein Argument akzeptierte. »Vielleicht. Aber wenn er getötet wird, dann bin ich diejenige, die es tut.«

Sie richtete sich etwas auf, als sie das sagte, und hob das Kinn, als wäre es eine höchst unerfreuliche Aufgabe, ihren mächtigsten Feind zu töten, die sie zudem aus reiner Notwendigkeit übernahm.

»Das sind meine Bedingungen. Wenn du mir dein Wort gibst, sie einzuhalten, dann helfe ich dir. Wenn nicht …« Sie zuckte mit den Schultern. »Dann wünsche ich dir viel Glück.«

Drake steckte in einem Dilemma. Wenn er Anyas Angebot akzeptierte, musste er das Ziel gefährden, für dessen Erreichung sie alles riskierten, ganz zu schweigen davon, dass er ein unberechenbares neues Element in das Team holte. Auf der anderen Seite würde es bedeuten, dass sie einen sehr wichtigen Verbündeten ausschlossen, wenn er ihre Hilfe ablehnte, und dadurch die Operation beeinträchtigten, bevor sie überhaupt begonnen hatte.

Für Samantha war die Situation noch schwieriger. Wenn Cain lange genug am Leben blieb, dass sie ihn verhören konnten, würde er fast sicher verraten, dass sie im letzten Jahr sein Maulwurf gewesen war. Denn dann hatte er keinen Grund, sich länger zurückzuhalten. Er würde sie vernichten, mit sich in den Abgrund ziehen.

Drake hob einen Moment den Blick und stieß den Atem aus. Das tat er immer, wenn er eine unerfreuliche Entscheidung treffen musste, wie Samantha herausgefunden hatte. Schließlich nickte er zustimmend. »Also gut«, räumte er dann mürrisch ein. »Du bekommst die Chance, ihn zu verhören.«

Anya hielt ihm die Hand hin, um ihre Abmachung zu besiegeln. Drake packte sie und schüttelte sie. Dann zog er sie ein bisschen dichter zu sich heran und sah ihr in die Augen.

»Aber ich muss dich jetzt warnen: Wenn er mein Team in Gefahr bringt oder es aussieht, als würden wir ihn dort nicht herausholen können, dann werden wir ihn nicht am Leben lassen. Hast du das verstanden?«

»Vollkommen.« Die Frau ließ seine Hand los und richtete ihre Aufmerksamkeit auf die Blaupausen, die auf dem Tisch vor ihr lagen. »Lass mich noch einmal deinen Einsatzplan sehen.«

Als Drake sich hinsetzte, um mit ihr noch einmal den Plan durchzugehen, wandte sich McKnight ab. Sie musste den Raum verlassen. Sie stieg die Treppe hinauf und ging zum Bug des Schiffes. Dort holte sie tief Luft und versuchte, ihr wild schlagendes Herz zu beruhigen.

Die Abmachung zwischen Drake und Anya reichte vielleicht, um sie alle in dieses Sichere Haus zu bringen, aber wenn Cain anfing zu reden, bedeutete es ihr Ende. Das durfte sie nicht zulassen. Die einzige Möglichkeit war, dafür zu sorgen, dass er nicht die Chance dazu bekam.

So oder so, er musste sterben.

24

Andrews Air Force Base – 21. Oktober 1985

Das war es also. Endlich waren sie so weit. All die Monate der Ausbildung, der Planung, der Vorbereitung waren vorbei. Die Einheit, die Carpenter und er zusammengestellt hatten, würde nach Afghanistan aufbrechen und zum ersten Mal in den Kampf ziehen.

Es war unmöglich vorherzusagen, was ihnen zustoßen würde, ob einer der Soldaten, die gerade Waffen und andere Ausrüstungsgegenstände zu der C-130 Frachtmaschine schleppten, es schafften, lebendig zurückzukommen. Aber Cain konnte sich zumindest mit der Tatsache trösten, dass sie wahrscheinlich so bereit und gut vorbereitet für das, was vor ihnen lag, waren wie die andere Gruppe auch.

Carpenter hatte Wort gehalten. Er hatte versprochen, diese wilde Ansammlung von Söldnern, Deserteuren und Exilanten in Form zu bringen, sie zu einer echten Einheit zu formen, und genau das hatte er getan. Drei Monate brutal effektiven Trainings und sorgfältige Auswahl hatten all jene allmählich ausgefiltert, denen es an mentaler und körperlicher Stärke mangelte, um es zu schaffen. Jene, die unter Druck in Panik gerieten, die unter Feuer zögerten, die zuerst an sich selbst und dann erst an die Einheit dachten.

All diejenigen, die dieses knochenharte Auswahlverfahren überstanden hatten, waren hart wie Eisen – die stärksten

Soldaten, die jemals ins Feld gezogen waren. Sie waren so intensiv ausgebildet und konditioniert worden, wie ein Mensch es nur sein konnte. Sie waren ein Speer, rasiermesserscharf und bereit zum Einsatz.

Und Anya war eine von ihnen. Selbst jetzt wusste sie noch nicht genau, wie sie das geschafft hatte. Irgendwie hatte sie Carpenters qualvollen Selektionsprozess überstanden, bei dem andere, die größer, stärker und fitter waren als sie, durchgefallen waren. Irgendwie hatte sie die Kraft gefunden weiterzumachen, alles zu überstehen, was er ihr zugemutet hatte, jeden Versuch abzuwehren, sie zu brechen. Irgendwie hatte sie sich sogar ein gewisses Maß an Respekt verdient, sowohl von ihm als auch von der Einheit.

Und jetzt würde sie mit ihnen zum ersten Mal ins Feld ziehen, weit hinter die feindlichen Linien, weit weg von jeder Hilfe, die er oder die Agency ihr bieten konnten. Der Gedanke daran, was diese junge Frau da draußen erwartete, erzeugte eine sonderbare Mischung aus Stolz, Beschützerinstinkt und Verzagtheit in ihm.

»Anya!«, rief er und ging über das Rollfeld auf sie zu.

Anya setzte den schweren Rucksack ab, den sie sich gerade auf die Schultern hatte hieven wollen, und lächelte ihn an. Es war diese Art von Lächeln, an das er noch lange denken würde, wenn er sich von ihr getrennt hatte, nach dem er sich sehnen würde.

»Marcus. Ich wusste nicht, dass du kommen würdest.« Sie wirkte fast etwas verlegen.

Ihr Englisch war mittlerweile erheblich fließender geworden. Sie hatte während ihrer Zeit in den Vereinigten Staaten hart daran gearbeitet, und sie konnte jetzt sogar ziemlich gut einen amerikanischen Akzent imitieren, wenn es nötig war.

Und das war nicht die einzige Veränderung, die die letzten Monate in dieser jungen Frau hervorgerufen hatten. Sie hatte ohnehin schon einen fitten und athletischen Körper gehabt, aber er war härter geworden und kräftiger, hatte sich an das gnadenlose und intensive Training angepasst, dem er ausgesetzt gewesen war. Ihr blondes Haar war einmal in weichen Wellen über ihre Schultern gefallen. Jetzt hatte sie es kurz geschnitten und zurückgebunden, damit es ihr nicht im entscheidenden Moment in die Augen fiel.

Und noch etwas war anders an ihr. Etwas weniger Fassbares, aber trotzdem Reales. Eine gewisse Zuversicht, die zuvor nicht da gewesen war. Die Art von Zuversicht, die viele Leute vorzutäuschen versuchten, die aber nur Soldaten tatsächlich besaßen. Wäre sie ein Mann gewesen, hätte Cain es vielleicht Prahlerei genannt. Aber wie auch immer man es nennen wollte, sie hatte es. Und sie hatte es sich verdient.

»He, ich konnte dich doch nicht gehen lassen, ohne meinem Protegé Glück zu wünschen. Wenn du Luke Skywalker bist, bin ich Obi Wan Kenobi, nur dass ich besser aussehe«, hatte er mit einem spöttischen Grinsen gesagt.

Ihre verblüffte Miene sagte ihm, dass seine Anspielung bei ihr nicht angekommen war.

»Du hast dir *Star Wars* immer noch nicht angesehen, stimmt's?«

Sie zuckte mit den Schultern und deutete auf die Agenten neben ihr. »Ich war in letzter Zeit ziemlich beschäftigt. Was ist das für eine Sache, hast du gesagt? Ist das auf meiner Ledigen-Liste?«

Cain lachte unwillkürlich über ihren Ausdruck. »Auf deiner Zu-Erledigen-Liste.«

»Zu-Erledigen-Liste«, wiederholte sie und prägte sich den Ausdruck ein. Das war typisch Anya. Sie machte denselben Fehler nie zweimal.

Cains Lachen erlosch, als er sie von Kopf bis Fuß musterte. »Aber im Ernst, ich … Ich wollte einfach nur, dass du weißt, wie stolz ich auf dich bin. Ich weiß, dass diese letzten Monate nicht leicht für dich gewesen sind, aber … Nun, es tut mir leid, dass du das alles durchmachen musstest, aber es musste schwierig sein. Ich musste wissen, ob du bereit dafür warst.«

Anya trat einen Schritt dichter an ihn heran und sah ihm in die Augen. »Ich habe um eine Chance gebeten. Du hast mir diese Chance gegeben, als kein anderer es tun wollte. Dir muss nichts leidtun, Marcus.«

Himmel, wenn ich hundert Anyas hätte, dann könnte ich die Welt verändern, dachte Cain in diesem Moment. Aber vielleicht brauchte er gar keine hundert, sagte er sich, als er sie ansah. Vielleicht genügte am Ende ja auch eine.

Er hielt ihr die Hand hin, und sie nahm sie, ohne zu zögern. Die Berührung ihrer Haut war wie ein elektrischer Schlag, und die Wärme ihrer Hand ließ das Feuer in ihm auflodern, das während der letzten Monate allmählich immer größer geworden war.

Cain war nie ein abergläubischer Mann gewesen, hatte nie an Ahnungen oder Schicksal oder irgend so einen Unsinn geglaubt, und doch spürte er die Bedeutung, die in diesem Moment lag. Dies hier war ein Wendepunkt, für sie beide. Plötzlich begriff er, dass diese junge Frau, die so unerwartet in seinem Leben aufgetaucht war, die so leicht an ihm hätte vorbeigehen können, ohne auch nur ein leichtes Kräuseln auszulösen, einen nachhaltigen Eindruck nicht nur auf ihn, sondern auch auf viele andere machen würde.

Sie würde ihm helfen, die Welt zu verändern.

»Pass da draußen auf dich auf«, sagte er und wünschte sich, dass ihm in diesem Moment etwas Bedeutsameres oder Bewegenderes eingefallen wäre. Aber andererseits brauchte sie vielleicht gar keine hochtrabenden Worte oder berührenden Gefühle. Vielleicht genügte es, dass er meinte, was er sagte.

Sie lächelte. Es war das schmerzlich schöne Lächeln, das er so gern sah, und das deshalb so bittersüß war, weil er nie wusste, wann oder ob er es je wiedersehen würde.

»Anya, wir haben fast alles verladen. Schaff deinen knochigen Arsch hierher!«, rief Carpenter von der Laderampe des Flugzeuges. »Wir warten nicht auf dich!«

Die junge Frau wurde rot und wandte den Blick ab, brach dadurch den Bann. »Ich muss jetzt gehen«, sagte sie und hob sich den schweren Rucksack auf die Schulter. »Wir sehen uns wieder, Marcus Cain.«

Dann drehte sie sich um und lief zu dem wartenden Flugzeug. Cain blieb allein auf dem Rollfeld zurück.

»Ich weiß«, sagte er leise, während er ihr nachsah.

Cain seufzte, als er jetzt fast ein Vierteljahrhundert später auf eben dasselbe Rollfeld blickte. Nur betrachtete er es diesmal aus der behaglichen Executive Lounge des Abflugbereichs der Andrews-Luftwaffenbasis. Es war ein Ort, der für die wichtigen Leute des Militärs und der Geheimdienste reserviert war. In jüngeren Jahren hätte er sich niemals vorstellen können, zu solch einem Bereich Zutritt zu haben.

Und doch war er hier, bereit, einmal halb um die Welt zu reisen, für eine Konferenz, die zum Tod des meistgesuchten Mannes der Welt und der Enthauptung des terroristischen Netzwerks führen konnte, das dieser Mann befehligte. Er war bereit, die Geschichte zu verändern, genauso wie er es sich einmal mit fast kindlicher Naivität vorgestellt hatte.

Nur machte er es diesmal allein.

Sein Gulfstream C-37A Executive Jet wurde in diesem

Moment betankt und für den Transatlantikflug zur Ramstein Air Force Basis in Deutschland vorbereitet. Dort würde er erneut einen Stopp einlegen, um aufzutanken. Dann wartete ein weiterer acht bis neun Stunden langer Flug nach Pakistan auf ihn, je nach den örtlichen Wetterbedingungen. Es war eine lange Reise, aber sie war es wert.

Er hatte es Hawkins überlassen, die Sicherheitsmaßnahmen für dieses Treffen zu arrangieren. Der Mann wusste sehr genau, wie viel davon abhing. Und doch fragte sich Cain unwillkürlich, ob all seine Vorbereitungen genügten, ob Anya vielleicht trotz allem einen Versuch unternehmen würde.

Und ob sie vielleicht sogar Erfolg haben würde.

Einem plötzlichen Impuls gehorchend, griff Cain nach seinem Handy und wählte eine Nummer aus seiner Kontaktliste. Es war eine Nummer, die er schon seit einiger Zeit nicht mehr gewählt hatte. Er hatte häufig bequeme Ausreden gefunden, um diese Nummer nicht zu wählen, weil es für sie beide einfacher war.

Er zögerte, während sein Daumen über der Call-Taste schwebte. Es wäre so leicht, es zu vermeiden, eine weitere Ausflucht zu suchen, damit er sich keiner weiteren angestrengten Konversation stellen musste, sich nicht einem seiner vielen Fehler aus der Vergangenheit stellen musste. Aber wenn das jetzt seine letzte Chance war? Wenn er nie wieder mit ihr würde sprechen können?

Fast ohne es zu merken, hatte er die Taste gedrückt. Er holte tief Luft, hielt das Mobiltelefon ans Ohr und starrte in die düsteren grauen Wolken über ihm, während er auf die Verbindung wartete.

Es klingelte. Cain hielt die Luft an, wartete darauf, dass sie das Gespräch annahm. Aber es klingelte minutenlang weiter. Vielleicht hatte er sie zum falschen Zeitpunkt erwischt. Er hoffte fast auf diese Gnade. Vielleicht war sie auch einfach beschäftigt.

Oder aber sie wollte einfach nicht mit ihm reden.

»Ja?« Eine junge, ungeduldige weibliche Stimme meldete sich plötzlich.

Cain atmete aus. »Lauren.«

Es war schon so lange her, dass er diesen Namen laut ausgesprochen hatte; nun kam ihm dessen Klang fremd vor.

»Was gibt es?«, fragte sie. Keine Begrüßung, nicht einmal der Versuch eines Small Talks und kein Hauch von Wärme. Andererseits, was hatte er erwartet?

»Ich wollte …« Er zögerte, fühlte sich unbehaglich und sprachlos. »Es ist schon eine Weile her, seit wir uns unterhalten haben. Ich wollte mich einfach mal melden … in Erfahrung bringen, wie's dir geht.«

Hatte er wirklich »in Erfahrung bringen« gesagt, als wäre sie ein unbedeutendes Nebenprojekt, dass er in den letzten Monaten auf kleiner Flamme hatte köcheln lassen?

Er hörte einen Seufzer am anderen Ende der Leitung. Der gereizte Seufzer einer jungen Frau, die sich den Mechanismen einer Konversation unterziehen musste, auf die sie keine Lust hatte. Mit einem Mann, mit dem sie nicht reden wollte.

»Gut, denke ich«, erwiderte sie schließlich. »Jedenfalls nicht anders als sonst.«

Das gab ihm keinerlei Ansatzpunkte. »Wie läuft die Universität? Macht deine Dissertation Fortschritte?«

Sie schnaubte belustigt. »Was ist denn das Thema meiner Dissertation?«

Cain schluckte und senkte unwillkürlich den Blick. Darauf wusste er keine Antwort, und das war ihr vollkommen klar. »Ich versuche es wenigstens, Lauren.«

»Warum?«, konterte sie. »Woher kommt das plötzliche Interesse? Machst du dir Sorgen, dass ich meinen monatlichen Scheck zu schnell verprasse oder so etwas?«

Er hätte vielleicht darüber gelacht, wäre die Situation zwischen ihnen beiden etwas weniger angespannt gewesen. Wäre Geld sein größtes Problem gewesen, hätte Cain sich tatsächlich als einen glücklichen Menschen betrachtet. Einfach normale Probleme in einem normalen Leben.

Aber das galt nicht für ihn.

»Nein, natürlich nicht. Es ist nur so ... Ich habe dich eine Weile schon nicht mehr gesehen ...«

»Und wessen Entscheidung war das?«, unterbrach sie ihn hitzig. Sie holte Luft und beruhigte sich, bevor sie weitersprach. »Hör zu, ich weiß nicht, wieso du dich jetzt meldest. Wenn du Schuldgefühle hast oder dich einfach nur einsam fühlst oder was, musst du eben einfach damit klarkommen. Mich aus heiterem Himmel anzurufen und zu erwarten, dass ich mich verhalten würde, als wäre nichts passiert ... Ich weiß einfach nicht, was du von mir willst. Wir kennen uns schon seit sehr langer Zeit nicht mehr.«

»Genau das will ich ändern, um Himmels willen!« Er ließ zu, dass etwas von der Frustration, die er empfand, in seiner Stimme durchklang. Frustration, die letztendlich jedoch vollkommen gegen ihn selbst gerichtet war.

»Dafür ist es ein bisschen spät, glaubst du nicht?« Ihre Stimme klang jetzt nicht mehr ärgerlich. Sie war kalt und klinisch, wie die eines Arztes, der den bevorstehenden Tod eines Patienten prognostiziert. Vielleicht war das auch gar nicht so weit von der Wahrheit entfernt.

Cain sah eine Bewegung links von sich und warf einen Blick auf den weiblichen Air Force Sergeant. Die Frau hob die Hand und streckte alle fünf Finger aus. Fünf Minuten bis zum Boarding. Cain nickte ihr zu.

»Hör zu, Lauren, im Moment habe ich leider nicht allzu viel Zeit …«

»Erzähl mir doch mal etwas Überraschendes«, erwiderte sie mit unverhülltem Sarkasmus.

»Aber das wird sich bald ändern«, fuhr er fort. »Ich habe vor, etwas zu Ende zu bringen, das schon seit sehr langer Zeit über meinem Kopf schwebt. Wenn ich damit fertig bin, werden sich eine Menge Dinge ändern. Ich kann dir nicht vorwerfen, dass du das bezweifelst, aber ich meine es ernst. Ich erwarte nichts von dir und ich will auch nichts von dir und ich verdiene auch nichts. Aber ich werde da sein. Und wenn du glaubst, dass wir zumindest miteinander reden könnten … Dann werde ich auf dich warten.«

Diesmal schlug sie nicht sofort mit einer bissigen Bemerkung oder einem sarkastischen Spruch zurück. Stille herrschte. Cain wartete und sagte nichts, weil er wusste, dass er ihr Zeit und den Raum geben musste, den sie brauchte.

»Hör zu, ich … Ich muss los.« Diesmal klang sie etwas weniger überzeugt von sich selbst. »Meine Freunde warten auf mich.«

Cain seufzte. »Verstehe.«

Wieder gab es eine Pause, eine angespannte, verlegene, zögernde Pause. »Pass auf dich auf, Dad.«

Die Verbindung wurde unterbrochen, aber das kümmerte Cain nicht. Es war schon lange her, seit sie ihn »Dad« genannt hatte. Vielleicht war das der beste Anfang, auf den er hoffen konnte.

Und in diesem Moment, als er zu dem wartenden Flugzeug ging, genügte es ihm auch.

25

St. Lukes Medical Center, Denver

Pete McKnight seufzte erschöpft, als er sich auf seinen Stuhl sinken ließ. Er war müde und außer Atem, nachdem er die zwei Treppen vom Zeitschriftenkiosk des Krankenhauses zurück in sein Zimmer hinaufgestiegen war. Aber trotzdem war er mit einigen Magazinen zurückgekommen, die er sich unter den Arm geklemmt hatte. Sie genügten, um ihn für eine Weile zu beschäftigen.

Er war von Natur aus ein umtriebiger, energischer Mann. Die Art Mann, die immer irgendein Projekt am Laufen hatte. Seine Tage müßig damit zu vertun, Bücher zu lesen und lustlos durch TV-Kanäle zu zappen, war ihm ebenso fremd wie das Krankenhaus, in dem er sich jetzt wiederfand.

Er hätte den Aufzug in sein Privatzimmer nehmen können, aber er hatte darauf bestanden, mühsam die Treppen hinaufzusteigen. Er wollte seinen kranken Körper bis an seine Grenzen treiben, weil er unbedingt wollte, dass diese Grenzen ein ganzes Stück weiter ausgedehnt würden, als sie es im Moment waren.

Trotzdem – wenigstens fühlte er sich besser als noch vor ein paar Wochen, als er von der Kombination aus Chemotherapie und Strahlentherapie so am Boden zerstört war, dass er es kaum bis ins Bad geschafft hatte, um sich zu erbrechen. Das war ein Tiefpunkt gewesen, aber die Ärzte hatten ihm versichert, es würde sich lohnen, wenn er erst einmal über den Berg war. Er konnte nicht geheilt werden, dafür war der Bauchspeicheldrüsenkrebs schon zu weit fortgeschritten, aber vorausgesetzt, dass sich sein Immunsystem von der Behandlung erholte, waren seine Chancen, noch weitere fünf Jahre zu leben, durchaus realistisch.

Realistisch – ein sonderbares Wort, wenn man damit eine Lebensspanne maß. Es war noch sonderbarer, dass die Aussicht, nur noch ein paar Jahre vor sich zu haben, ihn glücklich machte. Vor einem Jahr hatte er eine unzureichende Krankenversicherung gehabt, die nur die einfachsten palliativen Maßnahmen bezahlen wollte, und seine Lebensspanne war damals in Monaten statt in Jahren gemessen worden.

Er war drauf und dran gewesen, eine Fahrt ohne Rückfahrkarte zu seiner Jagdhütte in den Rocky Mountains zu unternehmen, mit genug Vorräten für ein paar Wochen und einem Päckchen Schlaftabletten, wenn die Lebensmittel zu Ende gingen. Pete McKnight betrachtete sich zwar ganz sicher nicht als einen dieser Machoidioten, denen die Ehre wichtiger war als das Leben, aber er hatte schon genug mitgemacht, um den Unterschied zwischen am Leben sein und wirklich zu leben zu kennen. Er würde niemals seine Tage in irgendeinem sterilen Krankenhauszimmer beenden, wo er sich verzweifelt an jeden elenden Moment klammerte.

Aber im letzten Jahr hatte sich seine Lage plötzlich und dramatisch verändert. Irgendwie hatte seine Tochter ein Schlupfloch in ihrer militärischen Krankenversicherung gefunden, die seine lebensrettende Behandlung übernahm. Sie hatte einmal versucht, es ihm zu erklären, aber die komplexen, rechtlichen Feinheiten waren für sein von Medikamenten und Schmerzen gepeinigtes Gehirn zu viel gewesen.

Er hatte sie gewarnt, skeptisch wegen ihrer gut gemeinten, aber gefährlichen Manipulation des Systems. Sie hatte seine Widersprüche jedoch beiseitegewischt und ihm gesagt, dass alles in Ordnung gehen würde und dass sie jemanden kannte, der in diesen Dingen Experte war.

Also hatte er ihr Angebot akzeptiert. Obwohl er es nicht ganz verstand und immer noch den Verdacht hegte, dass dieser Plan nicht ganz astrein war. Aber Pete McKnight hatte die Chance ergriffen weiterzuleben, statt sich dem sicheren Tod zu überlassen. Denn vor allem wollte er leben, nicht nur für sich selbst, sondern auch für Samantha. Er war alles, was sie noch an Familie hatte, und er wusste, dass sein Tod sie hart treffen würde. Härter, als sie es verdient hatte.

Warum sollte ein Mann nicht um sein Leben kämpfen, sowohl um seinetwillen als auch für die, die er liebte?

Er hatte etwa die Hälfte eines Artikels über die Hochseejagd auf Thunfische gelesen, als sich das Handy in seiner Tasche plötzlich meldete. Samantha hatte es ihm gegeben, als er seine Behandlung begonnen hatte, und ihm das Versprechen abgenommen, dass er es immer bei sich haben würde, ganz gleich, wie krank er war.

Er spürte, wie seine Aufregung bei der Aussicht stieg, wieder mit seiner Tochter zu sprechen. Es war schon viel zu lange her, seit er das letzte Mal etwas von ihr gehört hatte. Auch wenn sie ihm erklärt hatte, dass sie in Übersee im Dienst war und ihn möglicherweise nicht so oft anrufen könnte, wie sie es gern tun würde. Er verstand das aufgrund seiner eigenen Erfahrungen bei den Marines vor etlichen Jahrzehnten. Das war das typische Leben beim Militär.

»Sam. Tut verdammt gut, von dir zu hören, Mädchen.« Er grinste trotz seiner Erschöpfung. »Wie geht es dir?«

»Gut … Dad.« An ihrem Ton merkte er, dass es ihr überhaupt nicht gut ging. »Was ist mit dir? Wie läuft die Behandlung?«

»Es wird mit jedem Tag besser«, antwortete er und hoffte, dass er kräftig und zuversichtlich klang. Unwillkürlich hatte er die Hand gehoben und seine kahle Schädeldecke berührt.

»Außerdem«, fuhr er nach einem Räuspern fort, »habe ich in letzter Zeit ein Vermögen an Shampoo gespart, also kann ich wohl behaupten, hier ist alles bestens.«

Er hörte, wie sie lachte, und spürte, dass sie es vor allem seinetwegen tat.

»Hör zu, Mädchen. Was ist los?« Seine Stimme wurde ruhiger und weicher. Er sprach mit ihr wie damals, als sie noch ein kleines Mädchen war und sich wegen irgendetwas aufgeregt hatte. »Willst du darüber reden?«

»Es ist kompliziert.«

»Ich habe viel Zeit.«

Samantha seufzte. Es war ein müder Seufzer, wie er ihn schon lange nicht mehr von ihr gehört hatte. Aber er wusste, dieser Seufzer bedeutete, dass sie es ihm erzählen würde.

»Weißt du noch, wie ich dir gesagt habe, dass irgendwann einmal ein Zeitpunkt kommen könnte, an dem du etwas für mich tun müsstest, als du deine Behandlung begonnen hast?«

»Selbstverständlich.«

»Dieser Zeitpunkt ist jetzt gekommen, Dad«, gab sie ernst zu.

Pete schluckte, und sein Magen verkrampfte sich. Das war ein vertrautes Gefühl in den letzten paar Monaten geworden, aber in diesem Fall wurde es nicht von der Mischung aus Medikamenten verursacht, die er nahm, oder von den radioaktiven Strahlen, mit denen man ihn beschossen hatte.

»Okay. Was brauchst du?«

»Ich werde heute jemanden zu dir ins Krankenhaus schicken. Einen alten Freund aus der Armee. Er heißt Taylor. Wenn er zu dir kommt, dann musst du mit ihm gehen, ohne Fragen zu stellen.«

Pete runzelte bei diesen bizarren Instruktionen die Stirn, während seine Gedanken sich überschlugen. »Was soll das heißen? Wohin soll dieser Bursche mich bringen?«

»Irgendwohin, wo du in Sicherheit bist. Wo man dich nicht finden kann, jedenfalls so lange nicht, bis sich die Lage wieder beruhigt hat.«

Seine Sorge und seine Überraschung wichen jetzt echter Angst um die Sicherheit seiner Tochter. Plötzlich begann er seine wunderbare Behandlung in einem vollkommen anderen Licht zu sehen und verfluchte sich dafür, dass er ihr jemals zugestimmt hatte. »Sam, was hast du angestellt?«

»Alles wird gut, Dad.«

Alles wird gut? Das waren beruhigende Worte, die ein Vater zu seiner Tochter sagen sollte, nicht umgekehrt. »Sam, hör mir zu …«

»Ich habe keine Zeit zu streiten, Dad«, unterbrach sie ihn. Zum ersten Mal klang ihre Stimme härter. »Du musst mir diesen Gefallen tun, okay? Du hast mir versprochen, mir zu helfen, wenn ich dich darum bitten würde. Und jetzt bitte ich dich darum.«

»Ich werde dir bestimmt nicht helfen, in noch größere Schwierigkeiten zu geraten.«

Wenn es so weit war, würde er die volle Verantwortung für das übernehmen, was passiert war. Vielleicht konnte er behaupten, er hätte seine Tochter dazu gezwungen oder sie erpresst, ihm zu helfen. Wenn das bedeutete, dass er seine restliche Zeit in einer Gefängniszelle verbringen musste, dann war das nicht zu ändern. Er hatte sein Leben bereits gelebt. Vielleicht nicht ganz so lange oder so gut, wie er es gern getan hätte, aber trotzdem noch gut genug. Sie dagegen hatte ihres noch vor sich.

Er hörte, wie sie ausatmete, als sie nach den richtigen Worten suchte. »Es sind üble Leute hinter mir her, Dad. Sie könnten dich benutzen, um mir Schwierigkeiten zu machen. Das darf ich nicht zulassen, und ich kann all das, was ich tun will, nicht machen, solange ich nicht weiß, dass du in Sicherheit bist.«

»Was hast du vor?«

»Mehr kann ich dir im Moment nicht sagen«, erwiderte sie ausweichend. »Ich bitte dich, tu das für mich, bitte. Ich erkläre dir alles, wenn das hier vorbei ist, aber jetzt musst du mir bitte vertrauen.«

Pete blickte unentschlossen zur Decke. Würde er die Sache verschlimmern, wenn er einfach einen Strich zog und davonlief, oder würde ihr das die Luft zum Atmen geben, die sie brauchte, um alles richtig zu machen? Wie sollte jemand eine solche Entscheidung treffen?«

»Ich vertraue dir«, sagte er schließlich.

Es dauerte einen kurzen Moment, bevor sie antwortete. »Danke.« Ihre Stimme klang, als würde sie gleich kippen. »Pack deine Sachen zusammen und mach dich abreisefertig. Er wird bald da sein.«

Das wird nicht lange dauern, dachte er, als er das spärlich möblierte Zimmer betrachtete. Seine Habseligkeiten hier konnte er bequem in einer kleinen Sporttasche unterbringen.

»Eine andere Aussicht kann gar nicht schaden, stimmt's?« Er versuchte, die Stimmung ein wenig aufzulockern.

Aber das funktionierte nicht. Nicht jetzt.

»Ich melde mich bald wieder bei dir, Dad«, sagte sie rasch, bevor sie auflegte.

Samantha schaltete ihr Telefon aus, seufzte und wischte sich die Tränen aus den Augen, während sie sich so gut wie möglich sammelte. Immerhin musste sie in der Gruppe den Anschein wahren. Sie musste noch etwas länger schauspielern.

»McKnight?«

Beim Klang der Stimme hinter ihr fuhr sie erschrocken herum. Anya stand unmittelbar vor ihr. Wie hatte sie sich ihr nähern können, ohne das geringste Geräusch zu machen?

»Was gibt es?« Sie war von dem plötzlichen Auftauchen der anderen Frau irritiert und irgendwie beunruhigt.

Anya blickte kurz zur Seite und wirkte etwas verlegen, als hätte sie Schwierigkeiten, ein bestimmtes Thema zur Sprache zu bringen.

»Ich wollte mich bei dir bedanken«, sagte sie schließlich.

»Mir danken?« Hätte Anya auch nur die geringste Ahnung, wer und was sie wirklich war, dann wäre Dankbarkeit wohl das Letzte, was sie im Sinn hätte.

»Weil du Frost vorhin beruhigt hast. Ich … ich weiß diese Geste zu schätzen.«

McKnight spürte, wie ihr die Röte in die Wangen stieg. Sie war bereits nach dem schwierigen Gespräch mit ihrem Vater gestresst, und der Gedanke, dass sie sich jetzt ausgerechnet Anyas Dankbarkeit verdient hatte, steigerte nur ihren Zorn auf sie. Diese Frau bildete das Zentrum des Mahlstroms, der so viele Leben verschlungen hatte, und sie wollte ihr jetzt danken?

»Ich will eins klarstellen, Anya«, sagte sie und trat einen Schritt näher an sie heran. »Ich mag dich genauso wenig, wie Cole oder Keira das tun, und ich vertraue dir ganz bestimmt nicht. So wie ich das sehe, hinterlässt du überall, wo du hingehst, nur Schmerz und Tod.«

Anya betrachtete sie vollkommen emotionslos. »Und warum hilfst du mir dann?«

»Weil ich Cain noch weniger mag. Ich will, dass dieser Hundesohn für das zahlt, was er getan hat, und im Moment bist du unsere beste … unsere einzige Chance, um das zu bewerkstelligen. Ich habe einen Kampf verhindert, mehr nicht. Und ich habe es getan, weil ich nicht wollte, dass Keira verletzt wird, und ebenso wenig wollte ich, dass unsere einzige Verbündete verschwindet. Also bilde dir nicht ein, dass wir Freunde werden, wenn das hier vorbei ist. Das werden wir nicht. Mir wäre es lieber, wenn du so schnell wie möglich verschwindest, nachdem wir Cain erledigt haben.«

Äußerlich ließ sich Anya nicht anmerken, ob McKnights Ausbruch sie berührt hatte. Sie zuckte nicht zurück, ballte auch nicht die Fäuste vor Wut, und sie zeigte weder Schock, noch schien sie beleidigt. Aber McKnight spürte, dass irgendein verborgener Schalter in Anyas Verstand umgelegt worden war. Sie hatte sich in Anyas Einschätzung verändert, von einer möglichen Verbündeten in jemand vollkommen anderen.

»Deine Entscheidung«, räumte Anya ein und strich dieses Thema damit ganz offensichtlich aus ihren Gedanken. »In dem Fall will ich deine Zeit nicht länger in Anspruch nehmen.«

Sie drehte sich herum, wollte gehen, hielt aber plötzlich inne, als ihr ein anderer Gedanke kam. »Ach, McKnight?«

»Was?«

Sie deutete mit einem Nicken auf das Telefon, das McKnight immer noch in der Hand hielt. »Es war ein kluger Schachzug, deinen Vater an einen sicheren Ort zu bringen. Ich hoffe um seinetwillen, dass es nicht zu spät war.«

Sie ließ ihre Worte in McKnights Verstand nachwirken, wandte sich ab und verschwand wieder unter Deck.

26

Zusammen mit Mason beendete Drake die letzten Arbeiten an ihrem gemeinsamen Angriffsplan. Anya hatte sich bereit erklärt, den Transport nach Pakistan zu übernehmen und die Ausrüstung zu liefern, die sie brauchten. Er wusste nicht genau, welche finanziellen Ressourcen sie zur Verfügung hatte, aber aufgrund seiner letzten Erfahrungen bezweifelte er, dass sie knapp bei Kasse war.

Ohnehin nahm die Planung des komplexen und schwierigen Angriffs auf das Sichere Haus den größten Teil seiner Aufmerksamkeit in Anspruch. Er war nur zu gern bereit, die Lösung ihrer logistischen Schwierigkeiten jemand anders zu überlassen.

Er wurde aus seinen Überlegungen gerissen, als ein Schatten auf die Blaupausen fiel, die er gerade betrachtet hatte. Er hob den Kopf. Frost stand vor ihm. Ein Blick auf ihr Gesicht sagte ihm, dass sie nicht hier war, um beiläufig zu plaudern.

»Wir müssen reden«, sagte die junge Frau leise. »Unter vier Augen.«

»Ich bin beschäftigt«, sagte er. Ihm war sehr deutlich bewusst, wie wenig Zeit sie hatten.

Dann spürte er ihre Hand auf seinem Arm. Ihr Griff war kräftig und drängend. »Dann schaufel dir Zeit frei, Ryan.«

Von der gegenüberliegenden Seite des Tisches warf Mason einen Blick auf die beiden und sah Frost vielsagend an. Drake fragte sich plötzlich, ob die beiden Spezialisten sich möglicherweise verschworen hatten.

Er biss sich frustriert auf die Lippen und deutete mit einem Nicken auf den zur Waffenkammer umfunktionierten Raum im Bug der Yacht. »Also gut, gehen wir.«

Er ließ die junge Frau vorgehen und schloss die schwere Luke hinter ihnen. Die Schotten in diesem alten Schiff waren dick und wasserdicht, ebenso wie die inneren Luken. Das erschwerte das Lauschen beträchtlich. Was auch immer sie sagen wollte, hier konnte sie ungestört reden.

»Wir haben nur wenig Zeit«, warnte er sie ohne Vorrede. »Also spuck's aus!«

Frost war so direkt wie immer und folgte seinem Befehl nur zu gern. »Es geht um Cain. Genauer, es geht darum, was wir mit ihm vorhaben.«

»Du warst bei dem Gespräch dabei, genau wie ich. Möchtest du die Mitschrift haben?«

»Verarsch mich nicht, Ryan!«, konterte sie. »Du weißt genau, worüber ich rede. Der ganze Zweck von Operation Downfall ist es, diesen Hundesohn zu töten, nicht ihn zu entführen und zu verhören. Verflucht, wir können schon von Glück reden, wenn wir auch nur nahe genug herankommen, um ihn umzulegen. Aber wenn wir diese Sache nicht zu Ende bringen, wofür riskieren wir dann unser Leben?«

»Niemand redet davon, ihn am Leben zu lassen. Anya will seinen Tod genauso wie wir.«

»Tatsächlich?«, fragte Frost. »Für mich hat sich das eher so angehört, als versuchte sie, seinen Arsch zu retten.«

Drake wusste sehr genau, dass das eine lächerliche Annahme war, aber trotzdem konnte er sie nicht so einfach von der Hand weisen. Er verstand Anyas Verlangen nach Antworten, wenn er bedachte, dass Cain der letzte lebende Mensch war, der ihr erklären konnte, warum sie vier Jahre in einem russischen Gefängnis verbracht hatte. Aber es irritierte ihn ebenfalls, dass sie zögerte, ihn auf der Stelle zu töten.

»Warum sollte sie das tun? Du weißt genau, was sie seinetwegen durchgemacht hat, du weißt, was sie seinetwegen verloren hat. Sie will Rache.«

»Ich weiß ganz und gar nicht, was sie will, und ehrlich gesagt interessiert mich das auch nicht. Du willst sie mit uns nach Pakistan nehmen? Nur zu, ich kann dich nicht daran hindern. Aber Anya hat uns für meinen Geschmack zu oft hereingelegt, als dass ich oder einer von uns ihr noch vertrauen würde. Sie ist vielleicht zurzeit ein Teil dieser Operation, aber nur so lange, wie sie nützlich ist.«

»Was willst du damit sagen, Keira?«

Sie wirkte jetzt fast schon gefährlich aufsässig. »Was ich sagen will, ist, dass jemand anders Operation Downfall beenden muss, wenn Anya nicht den Mumm dazu hat.«

»Und ich nehme an, das bist du?«, fragte er herausfordernd.

»Wenn ich muss. Dieser Mistkerl geht unter, so oder so. Und er wird nicht wieder hochkommen.«

»Diese Entscheidung triffst nicht du.«

»Da hast du recht, das stimmt«, konterte sie. »Diese Entscheidung treffen wir gemeinsam. Jeder von uns riskiert genauso viel bei diesem Job, also hat jeder auch dasselbe Mitspracherecht, wenn es darum geht, wie die Sache abläuft. Wenn nicht, dann solltest du uns jetzt lieber abschreiben.«

»Und schließt dieses Wir noch irgendjemanden ein?«

Frost seufzte. »Cole ist in dieser Frage auf meiner Seite, Ryan. Das weißt du. Und Sam muss auch nicht lange überzeugt werden.«

Drake atmete langsam aus und rang um Fassung. Das hier war nicht der richtige Moment, die Beherrschung zu verlieren, weil ihm klar war, dass das nichts bringen würde. Schlimmer noch, er wusste, dass er nicht das Recht dazu hatte. Frost und der Rest des Teams waren keine Soldaten, die unter seinem Befehl standen. Sie folgten ihm, weil sie sich dazu entschieden hatten, weil er sich ihren Respekt und ihre Loyalität verdient hatte. Wenn er eines von beiden verlor, verlor er auch das Team.

»Und was genau soll ich Anya sagen, wenn die Sache so weit ist?«

Frost trat einen Schritt dichter zu ihm und senkte die Stimme. »So eine Entführung ist eine schwierige Angelegenheit, Ryan. Wir wissen beide, dass solche Sachen sehr schnell aus dem Ruder laufen können. Es wäre nicht unmöglich, dass Cain von einer verirrten Kugel getroffen wird. Daran ist niemand schuld, das ist einfach Pech.«

Pech. Davon hatten sie schon genug gehabt, auch ohne dass sie noch mehr selbst heraufbeschworen.

Frost blickte zu Boden und seufzte. »Ich wollte dieses Gespräch wirklich niemals führen. Und ich fühle mich beschissen, weil es dazu gekommen ist. Du weißt, dass wir für dich Himmel und Hölle in Bewegung setzen würden, wenn wir es könnten, aber was Anya da verlangt ...« Sie schüttelte den Kopf. »Wir brauchen mehr. Wir können ... Wir können so etwas nicht gänzlich ihr überlassen. Bitte sag mir, dass du das verstehst.«

Was sollte er sagen? Er konnte ihr nicht sagen, dass sie sich irrte, dass sie völlig danebenlag, weil er genau wusste, wie sie sich fühlte. Cain war schon immer ihre letzte Beute gewesen, ihr letztes Ziel. Vielleicht würden sie nicht alle Antworten bekommen, die sie haben wollten, vielleicht würden sie niemals herausfinden, was er wirklich versucht hatte zu erreichen, aber er wäre immer noch tot und sie würden leben.

Damit konnte Drake leben.

»Ich verstehe das«, sagte er. Er bemerkte, wie die Anspannung in ihrem Körper im selben Moment nachließ. Aber kaum hatte sie erleichtert geseufzt, trat er vor und packte ihren Arm. »Aber du musst verstehen, dass niemand ihn ohne meine Erlaubnis umbringen wird, Keira. Niemand. Wenn es so weit ist, und falls Anya nicht abdrücken kann oder will, werde ich die Sache selbst erledigen. Und ich werde auch selbst dafür die Verantwortung übernehmen. Das kannst du dem Rest des Teams mit meinen freundlichen Grüßen ausrichten. Habe ich mich klar ausgedrückt?«

Wenn all das Anya so viel bedeutete, wie er vermutete, dann würde sie wahrscheinlich niemandem gegenüber Gnade walten lassen, der ihre Abmachung brach. Außer vielleicht gegenüber ihm selbst, obwohl auch das fraglich war. Ob er jetzt in der Position war, Befehle zu erteilen oder nicht, er war immer noch der Anführer der Gruppe. Wenn jemand die Bürde tragen musste, dann war er es. Diese Verantwortung hatte er übernommen.

Frost starrte ihn mit großen Augen an. Sie hatte im Laufe der Jahre viele von Drakes Seiten erlebt, hatte die meisten Aspekte seiner Persönlichkeit gesehen, aber das hier war etwas Neues. Das war ein kälteres, dunkleres und rücksichtsloseres Element, das in der Tiefe seiner Seele lauerte. Und das jetzt ans Licht kam.

»Das hast du«, sagte sie leise. Sie war sichtlich mitgenommen.

Drake ließ sie los und erlaubte ihr zurückzuweichen. Es sah aus, als wollte sie sich den Arm reiben, überlegte es sich dann jedoch anders. Sie wollte keine Schwäche zeigen. »Dann solltest du jetzt besser wieder an die Arbeit gehen.«

Diesmal schien sie glücklich darüber zu sein, einer Konfrontation zu entkommen. Sie öffnete die Luke, um hinaufzusteigen, und blieb dann in der Öffnung stehen, als wollte sie noch etwas sagen. Dann schüttelte sie matt den Kopf und ging schweigend davon. Sie ließ ihn allein zurück.

Drake atmete langsam aus und wandte sich von dem Schott ab. Die Situation wurde mit jeder Stunde schwieriger. Er hatte erwartet, dass Anyas Auftauchen einigen Leuten gegen den Strich gehen würde, aber jetzt trieb ihre Gegenwart einen Keil zwischen ihn und den Rest seines Teams. Trotzdem brauchte er die Hilfe von allen, wenn Operation Downfall Erfolg haben sollte.

Die Alternative war klar: Entweder musste er Anyas Vertrauen missbrauchen oder seine Freunde betrügen.

»Scheiße«, sagte er leise und ging zur Luke. Er musste wieder an die Arbeit. Er konnte es sich nicht leisten, noch mehr Zeit zu verschwenden.

Als er in die Hauptkabine zurückkam, fing er kurz Masons Blick auf. Der Mann sah sofort zur Seite, was darauf schließen ließ, dass Frost ihm bereits den Inhalt ihres Gesprächs mitgeteilt hatte. Das war Drake nur recht.

»Herhören! Ich habe gerade eine Nachricht von Franklin aus Langley bekommen!«, rief Frost von ihrem Computer. Sie saß wieder an ihrer Workstation. »Cains Flug ist vor zehn Minuten von Andrews gestartet, Richtung Pakistan.«

In der Kabine machte sich Schweigen breit. Ihr Ziel war bereits unterwegs zu dem Treffen. Sicher, er musste ein ganzes Stück weiter reisen als sie, aber er war bereits in der Luft, und sie waren noch nicht einmal in den Startlöchern.

»Dann passiert es morgen Nacht«, erklärte Drake.

»Wie kommst du darauf?«

»Von Washington, D. C., nach Islamabad sind es gut siebentausend Meilen. Rechnen wir eine Zwischenlandung zum Auftanken ein, dann reden wir von einer Flugzeit von mindestens sechzehn bis siebzehn Stunden.« Drake kalkulierte es kurz im Kopf durch und versuchte die verschiedenen Zeitzonen mit einzubeziehen, die Cain passieren würde. »Das bedeutet, er dürfte etwa fünf Uhr morgens örtlicher Zeit eintreffen. Er wird nach einem Flug um die halbe Welt niemals sofort zu einem Treffen gehen.«

»Ryan hat recht«, sagte Anya. Sie kam mit einem Handy in der Hand die Treppe herunter. »Marcus hält sehr viel von Vorbereitungen, vor allem bei so entscheidenden Treffen wie diesem. Er würde niemals müde und mit Jetlag daran teilnehmen.«

Drake sah Frost an. »Kannst du uns eine Kopie seines Flugplans beschaffen?«

»Nur, wenn ich eine Kopie von Franklins Zugangscode gemacht hätte … was ich natürlich getan habe«, erwiderte die junge Frau und machte sich sofort an die Arbeit. »Es gibt keine Passagierliste, aber es gibt eine Flugnummer und ein Ziel. Es sieht aus, als würden sie eine achtstündige Pause in Ramstein einlegen, bevor sie nach Islamabad weiterfliegen.«

»Also reden wir von einer Ankunft gegen Mittag«, schlussfolgerte Drake. »Wenn er klug ist, dann wartet er bis zum Einbruch der Dunkelheit, die um …«

»Etwa neunzehn null null örtlicher Zeit eintritt«, warf McKnight ein.

»Um neunzehn null null«, wiederholte er und nickte ihr dankbar zu. »Eine Vielzahl von Fahrzeugen und Neuankömmlingen in einem Haus in der Vorstadt wird am Tag sehr viel Aufmerksamkeit erregen. Nachts lässt sich das einfacher verbergen.« Er deutete auf die ausgedruckte Karte vom Zentrum von Islamabad, die an die Wand geheftet war. Das Sichere Haus war mit Rotstift umkreist. »Also morgen Abend. Wenn wir nicht mindestens zwei Stunden vorher da sind, werden wir niemals rechtzeitig bereit sein.

Das bedeutet, wir müssen uns noch heute auf den Weg nach Islamabad machen.«

»Werden wir«, sagte Anya und hob ihr Handy. »Alle Arrangements wurden getroffen. Unser Transport wartet am Treffpunkt auf uns.«

McKnight sah sie stirnrunzelnd an. »Welcher Transport?«

Anya schob das Handy in ihre Tasche und schenkte ihr ein Lächeln. »Das wirst du schon sehen.«

27

Etwa eine Stunde später saß Drake auf dem Beifahrersitz von Anyas Mietwagen, während sich Frost, McKnight und Mason in den Fond gequetscht hatten. Der größte Teil der Waffen von der *Alamo* war im Kofferraum verstaut. Anya hatte bemerkenswert pflichtbewusst die Verkehrsregeln beachtet, als sie von Collioure losgefahren waren, damit kein übereifriger Verkehrspolizist sie etwa anhalten und erheblich mehr an ihrem Auto finden konnte als eine abgelaufene Steuerplakette.

Sie hatten es ohne Zwischenfall hierhergeschafft. Allerdings war Drake nicht ganz sicher, wo genau er sich eigentlich befand. In der Dunkelheit über gewundene Bergstraßen zu fahren hatte seinem Orientierungssinn nicht gerade geholfen.

»Wir sind da«, verkündete Anya mit einem Unterton in der Stimme, den Drake gut kannnte. Sie deutete mit einem Nicken auf eine Ansammlung von einstöckigen Ziegelgebäuden vor ihnen, wahrscheinlich Büros oder ein Empfangsbereich. Drake sah nach vorn und bemerkte ein kleines Schild. *Aérodreome Mont Louis La Quillane.*

Was auch immer das für ein Flugplatz sein mochte, er wurde ganz offensichtlich nicht sehr häufig benutzt. Die Landebahnlichter waren eingeschaltet, aber er konnte keinen Kontrollturm sehen, keinen Sicherheitszaun und auch keine Sicherheitsbeamten. Sehr wahrscheinlich war es nur eine kleine Einrichtung, die von örtlichen Privatpiloten benutzt wurde. Das machte es zu einem idealen Ort für ein heimliches Treffen der Art, wie Anya es im Sinn hatte.

»Eine echt angesagte Party hier«, bemerkte Frost vom Rücksitz. »Wonach genau suchen wir eigentlich?«

»Geduld.« Anya warf ihr einen Blick im Rückspiegel zu. »Er dürfte schon da sein.«

Sie bog mit dem Mietwagen von dem Hauptweg ab und fuhr an einem Gebäude vorbei, das wie der Ruhebereich für Piloten aussah. Alles wirkte angesichts der frühen Uhrzeit dunkel und verschlossen. Dahinter lagen zwei verrostete Hangars. Es waren die einzigen auffälligen Gebäude, die Drake hier gesehen hatte.

Anya fuhr direkt zu dem näher gelegenen der beiden Hangars. Und richtig, die beiden Schiebetüren waren offen und erlaubten ihnen einen ungehinderten Blick in den höhlenartigen Innenraum. Jetzt endlich sahen sie auch das Transportmittel, das Anya für sie arrangiert hatte.

»Heilige Scheiße!«, stieß Mason aus und starrte auf die schimmernden Umrisse der Gulfstream G280 Executive, die in der Mitte des Hangars stand. Ihre elegant geschwungenen Flügel passten kaum hinein.

»Du besitzt einen gottverfluchten Privatjet?«, fragte Frost ungläubig und eindeutig ein bisschen neidisch auf ihre neue Wohltäterin.

»Nein. Ich habe einen Privatjet gemietet«, erklärte Anya. »Was in der Kürze der Zeit gar nicht so einfach war. Glücklicherweise schuldete mir der Pilot noch einen Gefallen.«

Drake warf ihr einen kurzen Blick zu. »Ich nehme an, das hier ist nicht offiziell?«

»Allerdings nicht«, bestätigte Anya. »Der Pilot kennt sich mit dieser Art Jobs aus, und ich bin sicher, dass er niemandem gegenüber ein Wort darüber verliert. Außerdem ist er der einzige Mann, den ich kenne, der uns noch nach

Islamabad schaffen könnte, bevor Cain dort eintrifft. Trotzdem ist er ein bisschen … anders.«

Frost stürzte sich sofort darauf. »Wie genau anders? Ein anderer Rain Man? Oder ein anderer Jeffrey Dahmer?«

»Du kannst dir gern dein Urteil bilden, wenn wir ihn getroffen haben. Aber überlasst mir das Reden«, warnte Anya sie. »Er mag Amerikaner nicht besonders.«

Sie stoppte den Wagen seitlich vor dem Hangar, um den Start des Jets nicht zu behindern, schaltete den Motor ab und stieg aus. Drake folgte ihr auf dem Fuß. Das harte, kalte Metall seiner Browning drückte sich unbequem in sein Kreuz, als er sich aufrichtete, aber diese Unbequemlichkeit würde er nur zu gern ertragen. Er vertraute Anya bis zu einem gewissen Maß, aber er wusste nichts über den Piloten dieses Flugzeugs. Und er würde sich niemals unbewaffnet in eine solche Situation begeben.

Die Einstiegsluke des Jets war bereits geöffnet, die einziehbare Gangway ausgefahren. Drake sah zu, wie der Pilot herunterrutschte und sich dabei nur an den Handläufen festhielt. Er landete geschmeidig auf dem Zementboden.

Er war ein großer, hagerer Mann Ende vierzig, mit kurz geschnittenem dunklem Haar und kantigen Gesichtszügen, die Drake als typisch slawisch erkannte. Er trug ein kurzärmeliges weißes Hemd und eine Hose, wie sie für Privatpiloten üblich waren, aber nirgendwo an seiner Kleidung war ein Logo oder ein Namensschild zu sehen.

Er ignorierte Drake und den Rest der Gruppe und ging direkt auf Anya zu. Aber ein Blick auf sein Gesicht machte klar, dass er keineswegs vorhatte, sie zu begrüßen.

»Anya, was zum Teufel soll das?« Er hatte einen starken Akzent, und er deutete mit einer ausufernden Armbewegung auf das bescheidene Flugfeld um sie herum. »Du hast mir gesagt, das wäre der perfekte Treffpunkt. Du hast gesagt:

›Keine Sorge, Jewgeni, wir kümmern uns um alles. Hier gibt es keine Probleme.‹ Und was finde ich vor? Eine Startbahn, die kürzer ist als der Schwanz meines Bruders.«

Anya wirkte ausgesprochen unbeeindruckt von seiner recht schillernden Einschätzung der Lage. »Du bist nicht verletzt, und dein Flugzeug ist nicht beschädigt, wie ich annehme.«

»Nur weil ich der beste Pilot Russlands bin«, räumte er ohne eine Spur von Ironie ein.

Anya schien nicht die Absicht zu haben, diese Behauptung infrage zu stellen. »Du hast dich um die Angestellten des Flughafens gekümmert?«

Jewgeni hob seine breite schaufelartige Hand und rieb Daumen und Zeigefinger zusammen. »Ich habe ein bisschen draufgelegt, damit sie so früh aufmachen. Sie werden den Flughafen schließen, wenn wir gestartet sind, und den Mund halten.« Danach drehte er sich endlich herum und betrachtete Drake und die anderen zum ersten Mal. »Das ist also deine Crew, richtig?«

»Richtig«, bestätigte Anya.

Jewgeni klopfte eine Zigarette aus dem Paket in seiner Brusttasche, zündete sie an und inhalierte einmal tief und nachdenklich, während er die vier Agenten betrachtete. Zweifellos war ihm klar, dass sie keine Besichtigungstour planten.

Er spürte, dass Drake der Anführer der Gruppe war, näherte sich ihm langsam und blickte ihm in die Augen, als wollte er ihn abschätzen. Drake ließ das geduldig über sich ergehen und wartete ab, was passierte.

»Woher kommst du, mein Freund?«, fragte der russische Pilot.

»Das spielt keine Rolle«, antwortete Drake. »Entscheidend ist, wohin ich gehe.«

Der Pilot grinste, während er Drake weiter anstarrte. Er atmete aus und pustete Drake den Rauch ins Gesicht. »Ein kühner Kerl, was? Machst du mir Ärger, Cowboy?«

Er machte Druck, checkte Drake ab, um herauszufinden, was für ein Mann er war. Vielleicht wollte er auch nur ausprobieren, ob er ihn einschüchtern konnte, damit er ihm mehr Geld gab. Drake unterließ es, Anya Hilfe suchend anzublicken, weil er wusste, dass es zwecklos war. Außerdem würde ihn das in Jewgenis Augen schwach erscheinen lassen und ihn nur zu weiteren Provokationen ermutigen.

»Nur, wenn du mir Grund dafür gibst«, antwortete er und erwiderte den Blick des Mannes ohne jede Furcht.

Dessen Lächeln wurde breiter, und im nächsten Moment schien die Spannung zwischen ihnen zu verpuffen. Jewgeni schlug Drake freundlich die Hand auf die Schulter. »Ha! Sehr cool. Ich mag den Kerl«, verkündete er, zog noch einmal an seiner Zigarette und ließ sie dann auf den Boden vor seinen Füßen fallen. »Okay, Cowboy. Schaff deinen Scheiß an Bord, damit wir starten können.«

»Das ist alles?« Drake war überrascht, dass der Mann bereit war, sie an Bord zu nehmen, ohne auch nur das Geringste über sie zu wissen.

»Wen kümmert der Rest? Anya zahlt, also fliegen wir.« Er ging zum wartenden Jet zurück und rief über die Schulter zurück: »Beeilt euch! Ich muss morgen wieder in Moskau sein, sonst schneidet Petyr mir die Eier ab.«

»Wer ist Petyr?«, wollte Drake wissen, während er dem Piloten folgte.

»Ihm gehört der Jet«, verkündete Jewgeni unbekümmert. Er stürmte die Gangway hoch, nahm zwei Stufen auf einmal. »Ich habe ihn mir geborgt. Alles ist cool, aber tretet euch die Füße ab! Wenn ihr Hundescheiße auf dem Teppich verteilt, bringe ich euch höchstpersönlich um.«

Diesmal warf Drake Anya einen nachdrücklichen Blick zu. Seine Miene machte klar, was er von ihrem improvisierten Transportmittel hielt. Sie zuckte einfach nur mit den Schultern.

»Also gut. Schnappt euch die Ausrüstung und los geht's!«, erklärte Drake.

Sie öffneten den Kofferraum des Mietwagens und holten die Segeltuchtaschen mit den Waffen und der Ausrüstung heraus, die sie mitnahmen. Dann eilten sie zum Jet. Drake ging die Gangway hoch und manövrierte die sperrige Last durch die schmale Luke. Plötzlich befand er sich in einer anderen Welt. Und zwar einer Welt, die sich deutlich von der üblichen glatten, sterilen Kabinenausstattung unterschied, die er erwartet hatte.

Die Ledersitze und die teure Holzverkleidung waren vorgefertigt und seriös, aber das Dekor erinnerte ihn mehr an einen Nachtclub als an einen Vorstandsjet. Die Wände und Tapeten waren dunkelblau und violett und wurden von Neonstreifen beleuchtet, die den maximalen Effekt hervorriefen. Fast die gesamte vordere Wand nahm ein gewaltiger Flachbildschirm in Anspruch, an den etliche Spielkonsolen und eine, wie es aussah, Karaokemaschine angeschlossen waren. Es gab sogar eine Miniatur-Discokugel an der Decke, die so tief hing, dass man sich ducken musste, um daran vorbeizukommen.

Das Einzige, was hier fehlte, war eine Polestange, und es hätte Drake nicht überrascht, wenn irgendwo eine versteckt gewesen wäre.

»Was verflucht noch mal ist das hier?«, sprach Mason Drakes Gedanken laut aus.

Frost war ebenfalls von dem Anblick vollkommen überwältigt. »Mir fehlen die Worte«, verkündete sie. Das war etwas ganz Neues.

»Jewgeni, was genau macht Petyr?« Drake konnte sich diese Frage nicht verkneifen. Sein Leben war schon kompliziert genug, auch ohne dass er sich den Zorn eines russischen Oligarchen zuzog – vor allem eines Mannes, der reich und verrückt genug war, um eine Discokugel in einem Privatjet zu installieren.

Jewgeni blieb an der Cockpittür stehen und grinste ihn an. »Was auch immer ihm in den Sinn kommt, Mann.«

Das klingt irgendwie logisch, dachte Drake.

»Eines muss ich dem Kerl lassen, er reist jedenfalls sehr stilvoll«, räumte Frost ein, die die Flaschen mit kostspieligem Wodka und Champagner in der ausgesprochen gut ausgestatteten Bordbar des Jets musterte. »Ich könnte mich daran gewöhnen, so zu fliegen.«

»Denk nicht mal daran«, warnte Drake sie. Die nächsten vierundzwanzig Stunden würden auch so schon schwierig genug, ohne dass sie auch noch einen Kater bewältigen mussten.

»Na klar, Dad«, erwiderte die junge Frau mürrisch und stellte die Flasche Grey Goose Whisky wieder in das Getränkeregal zurück.

»Mach die Luke zu, Cowboy!«, rief Jewgeni vom Cockpit aus. Er schnallte sich bereits auf dem Pilotensitz an.

Drake gehorchte, zog die Treppe hoch und an den Rumpf, wo sie sich zusammenfaltete und die Luke sich mit einem pneumatischen Zischen schloss. »Also gut, sucht euch einen Sitz aus«, riet er ihnen, als die Turbinen hochgefahren wurden.

Als der Rest des Teams sich setzte und sich mit den Sitzgurten beschäftigte, packte Drake Anyas Arm und beugte sich vor. Er sprach so leise, dass niemand außer Anya ihn hören konnte.

»Woher zum Teufel kennst du diesen Kerl?«

»Ich habe seinen Bruder umgebracht«, antwortete sie gleichmütig.

Drake runzelte die Stirn. »Warum?«

»Weil er mich darum gebeten hat.« Sie tat die Sache mit einem Achselzucken ab. »Das ist eine lange Geschichte. Aber seitdem schuldete er mir einen Gefallen. Den ich heute eingefordert habe.«

Drake ließ sie los und lehnte sich ohne ein weiteres Wort in seinem Stuhl zurück. Manchmal war es einfach besser, nichts Genaues zu wissen, schoss ihm durch den Kopf, als Jewgeni beschleunigte und das Flugzeug rumpelnd auf die von Gras überwucherte Startbahn rollte.

Der Russe machte zwei, drei Sekunden Pause, bis die Nase in die richtige Richtung zeigte, dann drehte er den Kopf zu ihnen herum. »Festhalten! Wird vielleicht ein bisschen holprig!«

Das ist die Untertreibung des Jahrhunderts!, dachte Drake, als die Turbinen aufheulten und der Jet einen Satz nach vorn machte. Mit jeder Sekunde wurde er schneller. Das Fahrwerk rumpelte und ruckte, wenn es über kleine Büschel und Schlaglöcher rollte, und die hydraulischen Federn stöhnten geradezu unter diesen Schlägen.

Drake und seinem Team blieb nichts anderes übrig, als sich an den Sitzen festzuhalten und nicht darüber nachzudenken, wie viel Startbahn noch vor ihnen lag, als die Nase sich langsam und zögernd in den Himmel hob. Drake hätte schwören können, dass er unter dem Heulen der Triebwerke einen ersticken Fluch aus dem Cockpit hörte, aber er versuchte, das als Sinnestäuschung von sich zu schieben.

Mit einem letzten heftigen Schütteln lösten sich die Räder vom Boden, und der Jet schoss dröhnend in den Himmel hinauf. Die Triebwerke waren auf Volllast hochgefahren. Drake wollte sein eigenes Unbehagen nicht zeigen und widerstand dem Drang, erleichtert aufzuseufzen, als die dunkle Landschaft unter ihnen rasch zurückblieb.

Sie waren unterwegs, was auch immer dabei herauskommen mochte.

TEIL ZWEI

RAUBZUG

Laut ehemaligen Angehörigen des US National Security Council hat der pakistanische Geheimdienst jahrelang junge pakistanische Männer rekrutiert und radikalisiert, bevor er sie in Trainingslager der Al Kaida nach Afghanistan schickte.

28

Etwa sechs Stunden nach ihrem Start in Südfrankreich stand Drake in der kompakten und doch opulent ausgestatteten Pantry der Gulfstream und wartete, während aus der Kaffeemaschine langsam schwarze Flüssigkeit in seine Tasse träufelte. Er vermutete, dass die Getränkebar erheblich häufiger benutzt wurde als diese Kaffeemaschine.

Trotz des etwas holprigen Starts war der Flug seitdem vollkommen ereignislos verlaufen. Die Wetterbedingungen waren gut, und der Rückenwind beschleunigte ihre Reise. Diese kurze Atempause hatte dem Team die dringend benötigte Zeit gegeben, die Gedanken zu sortieren und sich auf das vorzubereiten, was vor ihnen lag.

Drake hatte die Zeit genutzt, um so viel wie möglich über ihr Operationsgebiet herauszufinden. Er hatte während seiner Militärlaufbahn in Afghanistan gedient und war durchaus mit der komplexen und oft dramatischen Geschichte dieses Landes und der seines Nachbarn Pakistan vertraut. Er hatte die Zeit genutzt, dieses Wissen so gut wie möglich zu vertiefen.

Wie viele andere Länder in Südasien wurde Pakistans Frühgeschichte durch die aufeinanderfolgenden Invasionen fremder Mächte charakterisiert, angefangen vom alten Persien über Alexander den Großen bis zum Sikh-Imperium. Aber es waren die Briten gewesen, die das moderne Pakistan wahrhaftig geformt und es mehr als ein Jahrhundert lang als Teil Indiens in ihrem Empire regiert hatten. Sie hatten seine Kultur und Traditionen nachhaltig beeinflusst. Zwei Weltkriege, der abnehmende britische Einfluss und zivile Unruhen hatten das Bedürfnis nach Unabhängigkeit wachsen lassen, und 1947 hatte sich Indien geteilt. Pakistan war damals ein souveränes Land geworden.

Die postkoloniale Geschichte war recht schillernd und von politischer Instabilität gekennzeichnet. Dazu kamen Konflikte mit dem größeren Nachbarn Indien, Bürgerkriege und Perioden von Militärdiktaturen. Heutzutage betrachtete man Pakistan als Land am Kreuzweg. Es besaß eine vergleichsweise moderate, demokratisch gewählte Regierung, eine gute industrielle Infrastruktur und starke, gut ausgerüstete Streitkräfte. Aber es wurde gleichzeitig von Stammeskonflikten, Terrorismus und ständigen Grenzkonflikten gebeutelt, ebenso von Korruption in der Regierung, von religiöser Radikalisierung, und die Armut war weit verbreitet. Kurz gesagt, seine zweihundert Millionen Bewohner wurden in viele verschiedene Richtungen gezerrt.

Offiziell war Pakistan ein Verbündeter im Krieg gegen den Terror, aber der tiefe islamische Einfluss in allen Schichten der Gesellschaft, das wachsende Misstrauen gegen Amerika und die starken ethnischen Verbindungen zum Nachbarn Afghanistan bedeuteten, dass dieser Pakt im besten Fall sehr brüchig war. Da Pakistan die achtgrößte Militärmacht der Welt war, ganz zu schweigen davon, dass sie über Atombomben verfügte, war es kein Wunder, dass Washington alles versuchte, um Pakistan an Bord zu halten.

Die Kaffeemaschine gab ein »Ping« von sich und störte seine Überlegungen. Drake nahm seine Tasse, drehte sich zur Kabine herum und betrachtete die Szenerie vor sich.

Mason hielt sich an das militärische Credo, wann immer es möglich war, Nahrung zu sich zu nehmen und zu ruhen. Er hatte etliche Tüten mit Nüssen und Kartoffelchips geleert und war dann prompt eingeschlafen. Frost klebte förmlich an ihrem Laptop und brütete über Einzelheiten des Sicherheitssystems des Sicheren Hauses, während aus ihren Kopfhörern blecherne Tanzmusik dröhnte. Damit machte sie offenkundig, dass sie nicht gestört werden wollte.

McKnight schien in einem der hinteren Sitze zu dösen. Sie hatte wenig gesprochen, seit die Gruppe die *Alamo* verlassen hatte. Sie schien in ihre eigenen Gedanken versunken zu sein. Drake konnte nur raten, was ihr durch den Kopf ging, und hatte ein paar Stunden zuvor versucht, das Thema anzusprechen. Sie hatte seine Besorgnis jedoch schlichtweg von der Hand gewiesen. Da er keine Konfrontation vor der Gruppe riskieren wollte, hatte er sich dazu entschlossen, sie nicht weiter zu bedrängen.

Die einzige Person in der Kabine, die wach und für seine Gegenwart empfänglich zu sein schien, war Anya. Sie saß etwas abseits von den anderen und starrte aus dem kleinen Fenster nach Westen. Dort tauchte der Schein der untergehenden Sonne die Wolken unter ihnen in ein rötliches Licht.

Drake ging zu ihr und setzte sich ihr gegenüber. Er stellte seine Kaffeetasse auf den Tisch zwischen ihnen. Einen Moment saß er nur da und betrachtete sie, fasziniert von der Art und Weise, wie das Licht auf ihrem Gesicht spielte. Sie wusste, dass er sie ansah, aber sie rührte sich nicht und protestierte auch nicht. Vielleicht spürte sie die Bedeutung dieses Moments. Ihm wurde klar, dass das die erste Gelegenheit war, allein mit ihr zu sprechen, seit sie zu ihrer Gruppe gestoßen war.

»Ist schon eine Weile her, seit wir zusammen geflogen sind«, sagte er leise.

Er sah ihr spöttisches Lächeln. Sie riss den Blick ihrer

leuchtend blauen Augen vom Sonnenuntergang los und betrachtete ihn. »Allerdings ist es diesmal wohl etwas komfortabler.«

»Na ja, wenigstens hast du dieses Mal nicht versucht, einen von meinen Teamkameraden umzubringen, das ist schon ein guter Anfang.« Er spielte auf den Moment vor drei Jahren an, als eine paranoide und traumatisierte Anya Frost als Geisel genommen hatte, nur wenige Minuten nachdem sie von ihnen aus einem russischen Gefängnis befreit worden war.

Anya beugte sich vor und senkte verschwörerisch die Stimme. »Dafür ist immer noch Zeit«, versicherte sie ihm, während ihr Blick kurz zu Frost zuckte.

Drake lächelte, aber sein Lächeln war nicht ganz so entspannt wie vorher. Er hatte gelernt, dass man bei Anya nichts als selbstverständlich nehmen durfte.

»Entspann dich, Ryan, das war ein Scherz.« Sie lehnte sich zurück. »Selbst ich mache ab und zu einen.«

»Ich habe auch nichts anderes angenommen.« Er trank einen Schluck Kaffee, um sein Unbehagen zu verbergen.

Anya betrachtete ihn noch einen Moment. »Du bist sicher nicht zu mir gekommen, um mit mir über alte Zeiten zu plaudern.«

»Nicht ganz. Ich wollte herausfinden, was du so im Kopf hast.«

»Dasselbe Gehirn wie immer, hoffe ich doch.«

Zwei Scherze in einem Jahr. *Sie hat wirklich gerade Geschmack an Humor gefunden,* dachte er. »Du weißt, was ich meine. Ich will alles über Cain wissen.«

Sie legte fragend den Kopf auf die Seite. »Was willst du denn wissen?« Sie würde es ihm nicht leicht machen, so viel war klar. Aber das hatte er ebenfalls nicht vor. Er wollte Antworten von ihr, genauso wie sie Antworten von Cain wollte. Und da sie jetzt ungestört miteinander sprachen, öffnete sie sich vielleicht ein wenig.

»Wenn dieser Plan funktioniert … Wenn wir zu ihm durchkommen und er dir die Antworten gegeben hat, die du haben willst, was dann? Wirst du ihn töten oder lässt du ihn laufen?«

Anya wog die Implikationen dieser Frage ab. »Ich weiß es nicht«, räumte sie schließlich ein.

Drake wurde immer noch nicht aus ihrer Haltung schlau. Anya mochte vieles sein, aber sie war nicht gerade jemand, der schnell verzieh. Warum war Cain ihrer Gnade würdig, wenn er ihr doch mehr Schaden zugefügt hatte als jeder andere Mensch dieser Welt?

»Glaubst du, er würde zögern, wenn die Situation umgekehrt wäre?«, fragte Drake sie unverblümt.

Sie stieß die Luft aus, als wäre das etwas, worüber sie nicht nachdenken wollte. »Cain war nicht immer ein schlechter Mensch. Als ich ihn kennengelernt habe, war er … ganz anders. Ich kann einfach nicht glauben, dass diese Person vollkommen verschwunden ist.«

Drake teilte diese Meinung ganz und gar nicht. Cains Handlungen während der letzten Jahre, sein ehrgeiziger Griff nach der Macht, seine Bereitschaft, unschuldige Leben zu opfern, und seine leichtfertige Missachtung der Konsequenzen seiner Handlungen, all das deutete nicht gerade darauf hin, dass er sich noch an hehre Ideale hielt.

»Was hat sich verändert?«

In diesem Moment schien eine Veränderung in Anya vorzugehen. Sie wirkte plötzlich müde, als hätte sich eine große Last auf sie gelegt. Selbst wenn Drake nichts von ihrem Leben gewusst hätte, wäre klar gewesen, wie viel Cain ihr einmal bedeutet hatte und welche Auswirkungen sein Verrat auf sie gehabt hatte.

Es war nur ein kleiner Moment der Schwäche, den sie rasch überwand. Drake sah zu, wie sie die Zähne zusammenbiss, die Schultern straffte und der Ausdruck von Schmerz und Trauer wie Schatten im Morgengrauen verschwand. Als sie ihn wieder ansah, erblickte Drake nur die kalte, harte Entschlossenheit und den eisernen Willen, die sie vom ersten Moment ihres Kennenlernens an angetrieben hatten.

»Das werde ich herausfinden«, versprach sie.

Drake war so sehr auf die Frau vor sich konzentriert, dass er nicht bemerkte, wie McKnight sie stumm aus ihrem Sitz weiter hinten beobachtete. Er sah weder den Schmerz auf ihrem Gesicht noch die Sorge und den Ärger in ihrem Blick.

»He! Wach auf, Cowboy!«, rief Jewgeni aus dem Cockpit und unterbrach ihr Gespräch. »Wir sind fast da. Noch eine Viertelstunde.«

Anya blinzelte und richtete ihre Gedanken auf praktischere Angelegenheiten. »Trink aus«, sagte sie und stand auf.

Mason neben ihnen öffnete die Augen und sah sich um. Der Ruf des Piloten hatte ihn geweckt. Er hatte immer die Fähigkeit besessen, innerhalb weniger Sekunden vollkommen klar zu sein, ganz gleich, wie tief er geschlafen hatte.

Drake trank seinen Kaffee aus und stand auf, um sich an die anderen zu wenden. »Also gut, Leute. Macht euch fertig. Wir haben nicht viel Zeit.«

»Viel Zeit wofür?« Frost zog die Kopfhörer aus ihren Ohren. Jewgenis Ruf war laut genug gewesen, die Musik in ihren Ohren zu übertönen.

Anya ging nach hinten, wo die Ausrüstung des Teams verstaut war, kniete sich hin, öffnete den Reißverschluss einer Tasche und zog zwei kompakte schwarze Nylonrucksäcke heraus.

»Um unseren Absprung vorzubereiten«, antwortete sie und warf einen der Fallschirme der jungen Spezialistin zu.

»Warte, warte, was soll dieser Quatsch?« Frost sah Drake Antwort heischend an. »Niemand hat mir gesagt, dass wir mit Fallschirmen abspringen.«

Anya legte fragend den Kopf schief. »Wie wolltest du sonst landen?«

»Ich weiß nicht … Vielleicht indem wir auf einem verfluchten Flugplatz runtergehen?«, erwiderte Frost. »Deshalb sitzen wir doch in einem Privatjet, oder?«

»Der Jet hat uns nur über unser Zielgebiet gebracht, aber er wird nicht landen. Ihr Militär hat uns zweifellos bereits auf dem Radar«, erklärte Anya und gab Drake einen zweiten Fallschirm. Die Maschine sank bereits, und die Turbinen wurden gedrosselt. »Wenn wir versuchen, außerhalb eines größeren Flughafens zu landen, lassen sie Flugzeuge starten, um uns abzufangen.«

Drake hatte natürlich von diesem Teil des Plans gewusst, so wie die meisten anderen auch. Aber er hatte es Anya überlassen, Frost diese guten Nachrichten zu überbringen. Er war der Meinung, dass diesmal jemand anders dran war, sich ihrem Zorn auszusetzen.

Die technische Spezialistin war in fast allen Situationen vollkommen furchtlos, aber sie war das, was erfahrene Veteranen einen »Five-jump-chump« nannten, wenn es um Fallschirmspringen ging. Jemand, der gerade das erforderte Minimum von fünf Sprüngen absolviert hatte, um sich das Zertifikat zu verdienen, aber jede Minute davon gehasst hatte. Es hatte bereits Drakes ganze Überredungskraft gekostet, sie damals in Russland zu dem riskanten Sprung aus großer Höhe zu überreden, und sie hatte geschworen, es nie wieder zu tun.

»Vergiss es! Ich springe nie mehr aus irgendeinem gottverdammten Flugzeug!«, erklärte Frost.

Anya zuckte unbeeindruckt von Frosts Bedenken mit

den Schultern. »Wie du willst. Die Sicherheitskräfte der Pakistanis warten in Islamabad zweifellos bereits auf dich. Ich hoffe, du hast eine gute Ausrede parat.«

In einem mentalen Duell würde Frost niemals gegen einen solchen Widersacher gewinnen können. Außerdem erkannte sie natürlich die Logik in Anyas Argument, auch wenn sie das nicht zugeben wollte.

Anklagend drehte sie sich zu Drake herum. »Du wusstest das, habe ich recht?«

»Ich weiß nicht, was du meinst«, log er und konzentrierte sich darauf, die Gurte des Fallschirms anzulegen und dafür zu sorgen, dass die Reißleine in Griffweite war.

»Entspann dich, Frost.« In Anyas Stimme schwang kein bisschen Mitgefühl mit. »Öffne einfach die Luke und mach einen Schritt nach draußen. Den Rest erledigt die Schwerkraft.«

Frost warf ihr einen giftigen Blick zu, sagte jedoch nichts, sondern konzentrierte sich stattdessen darauf, die Ausrüstung vorzubereiten. Der Rest des Teams folgte ihrem Beispiel. Sie zogen rasch ihre Zivilkleidung aus und die schwarze Einsatzuniform an. Dann legten sie schusssichere Westen an, die sie bei dem Angriff auf das Sichere Haus tragen würden. Da es keine andere Möglichkeit gab, etwas zu transportieren, mussten sie sämtliche Waffen und Ausrüstungsgegenstände bei sich tragen, wenn sie sprangen.

Trotzdem war dieser Sprung für Drake im Vergleich zu dem Sprung aus großer Höhe und der späten Öffnung ihrer Fallschirme vor drei Jahren ein Kinderspiel. Diesmal würden sie aus relativ niedriger Höhe abspringen, also brauchten sie keine sperrigen Atemgeräte und Sauerstofftanks und Thermoanzüge wie beim letzten Mal. Und trotz Frosts Protesten hatten sie alle solche Lufteinsätze während ihrer Ausbildung als Shepherd-Agenten trainiert. Solange sie alle unbeschadet und in einem Stück auf dem Boden landeten, genügte ihm das.

Als Drake den Fallschirm und seine anderen Ausrüstungsgegenstände angelegt und gesichert hatte, nahm er den letzten Gegenstand aus seiner Ausrüstungstasche. Ein einfaches Messer mit Stahlklinge. Es konnte zwar auch als Waffe benutzt werden, aber eigentlich war es eine Notfallmaßnahme, falls sein Fallschirm sich beim Öffnen verhedderte. Dann war er gezwungen, ihn abzuschneiden, sodass er den Notfallfallschirm öffnen konnte. Glücklicherweise hatte er das bisher noch nie tun müssen.

Als er das Messer in die Scheide schob, trat Anya zu ihm. Sie war bereits fertig angekleidet und bewaffnet. Sie hatte ein ähnliches Messer in einer Scheide über ihrer Brust. »Fertig?«

Er hob eine Achsel. »So gut wie. Hör zu, versteh mich nicht falsch, aber wann hast du so etwas das letzte Mal gemacht?«

Anya hatte eine sehr abwechslungsreiche und lange Karriere als paramilitärische Agentin hinter sich, in der zweifellos verdeckte Fallschirmsprünge eine Rolle gespielt hatten, aber sie war schon sehr lange außer Dienst. Vielleicht sogar zu lange.

»Fühlt sich wie gestern an«, erwiderte sie ausweichend. Ihre Miene warnte ihn davor, weiter nachzufragen. »Und da wir uns gerade ehrliche Fragen stellen, würde ich gern wissen, wer diese Fallschirme gepackt hat?«

Drake spürte den Anflug von Unbehagen in der normalerweise so gefassten Veteranin und grinste ihr verschwörerisch zu. »Ich. Fühlst du dich jetzt besser?«

»Frag mich das, wenn wir gelandet sind.«

»Noch fünf Minuten!«, rief Jewgeni.

Drake ging quer durch die Kabine zu McKnight. »Lass mich mal sehen.«

Vor jedem Sprung war es üblich, dass die Ausrüstung jedes einzelnen Teammitglieds von einem anderen Mitglied des Teams überprüft wurde, sodass niemand für seine eigene Sicherheit allein verantwortlich war. Das garantierte zwar keinen fehlerlosen Sprung, aber es verbesserte die Chancen. Und außerdem war es gut für die Moral.

»Wie fühlst du dich?«, fragte er, als er an ihren Schulterriemen zog und sich überzeugte, dass sie sicher saßen.

»Prächtig«, antwortete die Frau. Aber Drake merkte, dass sie seinem Blick auswich und ihre Gesichtshaut plötzlich grau zu werden schien.

»Bist du sicher, dass es dir gut geht?« Er hob die Lasche des Fallschirms und warf einen kurzen Blick auf ihren Schirm, um sich zu überzeugen, dass er richtig gepackt war.

»Mir geht's gut.«

»Hör zu, du musst dir keine Sorgen machen«, versprach er ihr. »Du trittst nach draußen, wartest ein paar Sekunden und ziehst die Reißleine. Das ist alles.«

»Ich weiß, wie man springt, Ryan.« Sie klang leicht gereizt.

Drake nickte und sagte nichts weiter. Was auch immer an ihr nagte, jetzt war nicht der richtige Zeitpunkt, es anzusprechen. Aber er nahm sich vor, mit ihr unter vier Augen zu reden, sobald die Umstände es erlaubten.

Nachdem alle überprüft waren, wandte Drake sich mit erhobener Stimme an das Team. »Also gut, hört zu. Wir fliegen etwa zwanzig Meilen nördlich von Islamabad über die Berge. Das Terrain, in dem wir abspringen, ist gebirgig und dicht bewaldet. Also haltet die Augen offen und achtet vor allem auf Felsen und Steilhänge. Und vermeidet es um Himmels willen, in einem Baum zu landen, wenn ihr herunterkommt. Sobald ihr am Boden seid, meldet euch über Funk. Alles klar?«

Sein Team bestätigte die Frage, obwohl Frosts feindseliger Blick ihm klarmachte, dass sie ihm deshalb wahrscheinlich noch lange grollen würde.

»Gut. Wir sehen uns am Boden.«

Jewgeni hatte den automatischen Piloten erst jetzt eingeschaltet und trat in die Kabine. Er betrachtete die kleine Gruppe amüsiert. Er ließ sich nicht anmerken, ob ihn die schwarzen Kampfanzüge, die schusssicheren Westen und die automatischen Waffen beunruhigten.

»Wir haben die Absprungstelle fast erreicht«, meldete er. »Ich fliege so langsam, wie ich kann, ohne abzusacken, aber es wird verdammt ruppig, wenn ihr springt.« Er grinste Drake an. »Versuch, nicht zu sterben, Cowboy, okay?«

»Ja. Danke, Mann«, antwortete er. *Blöder Wichser*, dachte er, sagte es aber nicht laut. Er spürte förmlich, wie Frosts Blicke sich nach der Bemerkung des Russen in seinen Rücken bohrten.

»Macht euch bereit«, sagte Anya und griff nach dem Lukenhebel. Sie würde als Erste hinausgehen, gefolgt von Mason, dann kamen Frost und McKnight.

Drake sprang als Letzter, weil er der Erfahrenste der Gruppe war. Wenn einer der anderen in Schwierigkeiten kam, konnte er theoretisch in einen beschleunigten freien Fall gehen, zu ihm gelangen und ihm helfen, bevor derjenige aufschlug. Wäre er unter ihnen, waren sie auf sich allein gestellt.

Jewgeni warf einen Blick auf seine Uhr und nickte. Anya setzte ihre Schutzbrille auf und zog an dem Lukenhebel. Der plötzliche Luftzug, dazu das Brausen des Fahrtwindes und das Heulen der Triebwerke waren so heftig, dass sie fast unwillkürlich zurückgewichen wären. Drake hörte die Alarmsirenen im Cockpit, wahrscheinlich wegen des Druckabfalls in der Kabine, aber sie waren bereits so niedrig, dass

Sauerstoffmangel wahrscheinlich kein Problem darstellen würde.

Anya stand neben der Luke und warf einen Blick über ihre Schulter zurück. Ihr Gesicht war von der Schutzbrille teilweise verdeckt, aber Drake konnte noch einmal Blickkontakt mit ihr aufnehmen, bevor sie sich umdrehte, den Rand der Luke packte und sich in die Dunkelheit warf. Mason kam als Nächster. Er blieb nicht einmal in der Tür stehen. Er ging einfach ohne wahrnehmbares Zögern weiter und fiel mit vor der Brust gekreuzten Armen in die Tiefe.

Bei Frost dagegen lief es vollkommen anders. Sie erstarrte an der Tür. Drake sah, wie sie sich zu McKnight umdrehte und etwas sagte, aber das Brausen des Windes machte es unmöglich, ihre Worte zu verstehen. Jedenfalls schüttelte McKnight den Kopf und deutete mit dem Finger auf die Tür. Sie gab Frost zu verstehen, dass sie endlich springen sollte. Jede Sekunde, die verstrich, würde die Gruppe weiter auseinanderziehen, wenn sie landete, sodass sie wertvolle Zeit damit verschwendeten, sich neu zu gruppieren.

Drake wollte gerade vortreten und mit der jungen Frau reden, als sie sich plötzlich umdrehte, einen Satz nach vorn machte und sich aus der Luke warf. Entweder hatte sie den Mut gefunden, ihre Furcht zu überwinden, oder sie hatte mehr Angst vor dem, was Drake mit ihr machen würde. Was auch immer der Grund sein mochte, sie war draußen.

McKnight sah ihn kurz an. Er streckte die Hand aus und berührte ihre Hand, hoffte, dass diese einfache Geste ausdrückte, was er zuvor nicht hatte sagen können. Er sah ihr angedeutetes Nicken, dann drehte auch sie sich herum und trat durch die Lukenöffnung.

Jetzt wurde es Zeit für ihn. Jewgeni beobachtete ihn, einen Arm erhoben, um seine Augen vor dem scharfen

Wind zu schützen. Er grinste Drake an und öffnete den Mund, um etwas zu sagen, aber in dem Lärm konnte man nichts hören. Drake interessierte das ohnehin nicht besonders, obwohl er hoffte, dass Jewgenis Boss nichts von diesem kleinen heimlichen Abenteuer erfuhr und ihn auf die Art und Weise bestrafte, wie er es so schillernd beschrieben hatte. Vielleicht konnte die Welt noch ein paar verrückte Mysterien mehr brauchen, damit es interessant blieb.

Er nickte dem Russen knapp zu, packte den Rand der Luke, verlagerte sein Gewicht einmal nach hinten auf die Fersen, um Schwung zu holen, und sprang dann in die Nacht hinaus.

29

Drake stürzte durch den Nachthimmel wie ein ungelenker Vogel. Er hatte Arme und Beine ausgestreckt, um den Luftzug zu verringern und die Fallgeschwindigkeit auszugleichen, bis er die endgültige Geschwindigkeit erreicht hatte. Der heulende Wind riss an seiner Kleidung, während die eiskalte Luft auf seiner Haut brannte und in seinen Ohren brauste, während das Flugzeug über ihnen in der Dunkelheit kleiner wurde.

Die Sonne war noch nicht lange untergegangen, und obwohl es bereits Nacht war, war es noch hell genug, dass er das Schimmern am westlichen Horizont erkennen konnte. Weiter im Süden gab es eine andere Lichtquelle. Es war der fahle, orangefarbene Schein von Tausenden elektrischen Lichtern der beiden Zwillingsstädte Islamabad und Rawalpindi. Ihr Leuchten wurde von dem Smog gedämpft, der wie eine Glocke über der Metropole lag.

Er hob die linke Hand vor sein Gesicht und warf einen Blick auf den Höhenmesser, der um sein Handgelenk geschnallt war. Bei etwa 3000 Metern Höhe konnten sie sich weitere sechzig Sekunden freien Fall erlauben, bevor sie ihre Fallschirme öffnen mussten. Wahrscheinlich würden sie sie aus Sicherheitsgründen früher öffnen, aber dadurch hatten sie eine vernünftige Spanne, in der sie sich orientieren konnten.

Unter ihm lag eine Welt aus felsigen Berggipfeln, gewundenen Flusstälern und uralten verwitterten Hochebenen.

Dazu die erodierten Kegel von weit älteren und höheren Bergketten. Er konnte in der Nähe keine Lichter entdecken, weder von Fahrzeugen noch von Siedlungen, was nur gut war.

Doch die starke Dämmerung erschwerte es, seine Kameraden zu sehen. Sie alle waren kurz hintereinander aus dem Flugzeug gesprungen, aber selbst eine Verzögerung von Sekunden konnte einen Abstand von mehreren Hundert Metern während des freien Falles bedeuten. Er konnte nur hoffen, dass sie alle ihre Sinne beisammenhatten.

Er warf einen Blick auf seinen Höhenmesser. 2400 Meter.

Dort! Unter ihm und etwas weiter rechts sah er eine Bewegung, als ein Fallschirm sich öffnete. Er hatte absichtlich dunklen Stoff für ihre Fallschirme gewählt, weil er vermutete, dass sie sie vermutlich für einen nächtlichen Absprung nutzen würden, wenn überhaupt, und dabei hatte Verstohlenheit höchste Priorität.

Als hätten alle darauf gewartet, dass ein Teammitglied den Anfang machte, öffneten sich kurz danach die anderen Fallschirme. Drake sah den zweiten Fallschirm näher neben sich, dem fast augenblicklich ein dritter weiter rechts folgte. Einer war noch übrig.

Komm schon, komm schon!, dachte er, als könnte er ihn zwingen, sich zu öffnen. Er würde der Letzte sein. Es war seine Pflicht abzuwarten, bis die anderen ihre Fallschirme ordentlich geöffnet hatten.

Noch dreißig Sekunden freier Fall.

Dann sah er eine Bewegung fast unmittelbar unter sich, vielleicht 120 Meter entfernt. Ein Fallschirm, der nach oben schoss, als die Luft ihn füllte. Aber dieser Fallschirm öffnete sich nicht zu einem sauberen, vollen Kreis wie die anderen. Stattdessen blieb er in einem Gewirr aus Leinen und Stoff verheddert und flatterte wirkungslos im Wind. Er hatte sich verwickelt und konnte sich nicht öffnen.

»Scheiße!«, zischte er. Der heulende Wind übertönte den Ausruf.

Er reagierte instinktiv. Er presste die Arme flach an seinen Körper und zog die Füße zusammen, um seinen Körper so stromlinienförmig wie einen Pfeil zu machen, als er zu dem Springer hinabschoss. Das Gefühl von Beschleunigung war sehr stark, und Drake biss die Zähne zusammen, als der Wind an seiner Kleidung und seiner Haut zerrte. Er richtete seinen Blick auf die flackernden Stoffbahnen unter sich, die immer näher kamen.

Noch 100 Meter Abstand.

Drake riskierte einen Blick auf seinen Höhenmesser. Noch 1800 Meter bis zum Boden.

Jede Sekunde brachte ihn näher an seinen hilflosen Kameraden, aber auch an einen tödlichen Aufprall auf dem Boden. Es wurde verdammt knapp.

Noch 60 Meter vom Fallschirm entfernt.

Es versuchte sich vorzustellen, wie sein Kamerad mit den Leinen über seinem Kopf kämpfte und versuchte, die Panik zu unterdrücken, die immer bei einer Fehlfunktion eines Fallschirms einsetzte. Wie er versuchte, nicht daran zu denken, dass er mit jeder Sekunde dem Tod näher kam. Er hoffte nur, dass er klug genug war, den Reservefallschirm nicht zu öffnen, bevor der Hauptfallschirm abgetrennt war. Sonst würde dieser sich in dem kaputten Fallschirm über ihm verheddern.

Noch 30 Meter. 1500 Meter freier Fall blieben noch.

Komm schon! Los!

Nachdem er sich fast quälend langsam seinem Kameraden genähert hatte, als er den schnellen freien Fall begonnen hatte, schoss der Fallschirm jetzt plötzlich zu ihm hoch und zwang ihn, zur Seite abzudrehen, um sich nicht selbst darin zu verfangen.

Als er links neben dem defekten Fallschirm war, breitete Drake Arme und Beine aus und verlangsamte seinen Sturz, sodass er neben den Springer gelangen konnte und ihn nicht einfach überholte. Denn wenn das passierte, kam er vielleicht nicht mehr hoch zu ihm, und diese eine Chance, ihm zu helfen, wäre vorbei.

Er war fast da. Er konnte die dunkle Gestalt unter sich sehen, die immer noch mit den verwickelten Seilen aus ihrem Rucksack kämpfte. Er wusste nicht, ob sein Teamkamerad merkte, dass er näher kam, aber das spielte auch keine Rolle. Er schoss auf ihn zu und musste ihn erwischen.

Als sie nebeneinander waren, streckte Drake beide Hände aus und griff nach irgendetwas, was er zu packen bekam. Seine rechte Hand rutschte an Stoff ab, und er spürte, wie etwas plötzlich unter dem Druck nachgab. Seine linke Hand jedoch erwischte einen Riemen oder etwas Ähnliches, und er hielt es fest, als er ruckartig und schmerzhaft gestoppt wurde.

Der hilflose Springer wurde durch das plötzliche Gewicht nach vorn gezogen, und sie sahen sich in die Gesichter. In diesem kurzen Moment starrte Drake in zwei leuchtend blaue Augen. Ihr Blick war normalerweise kühl und reserviert, doch jetzt lag etwas anderes darin. Furcht.

Er hätte niemals erwartet, dass ausgerechnet sie von all den Leuten ein Problem haben würde. Anya.

»Anya, du hängst fest!«, schrie er. Er hoffte, dass ihre Nähe ihr half zu hören, was er sagte. »Kannst du dich abschneiden?«

Aber so viel Glück hatten sie nicht. Sie schüttelte den Kopf und deutete auf den kaputten Fallschirm über ihr. Sie konnten zwar nicht verbal kommunizieren, aber es war offenkundig, was sie wollte. Sie konnte nicht weit genug hinter sich greifen, um den Hauptfallschirm selbst abzuschneiden.

Blieb nur noch eine Option.

Drake packte mit seiner freien Hand das Messer, das sie ihm gegeben hatte, und riss es aus der Scheide. Als Anya spürte, was er tat, schlang sie ihre Arme um seine Taille und hielt ihn fest, sodass er beide Hände zum Arbeiten benutzen konnte.

Ein Gewirr aus verschiedenen Seilen quoll aus ihrem Rucksack und führte zu dem Fallschirm, der sich eigentlich hätte aufblähen müssen. Aber weiter unten waren sie verknäuelt zu einer fast soliden Masse. Dort wollte er ansetzen.

Er packte mit der linken Hand die Seile, um sie zusammenzupressen, und setzte das Messer an. Er sägte mit kräftigen Bewegungen an dem Bündel. Die ersten Seile zerfransten und rissen unter der Spannung.

Dabei konnte es sich Drake nicht verkneifen, auf seinen Höhenmesser zu blicken und wünschte sich sofort, dass er es nicht getan hätte. Noch 1200 Meter.

»Komm schon, du Mistkerl!«, schnarrte er. Er sägte immer heftiger mit der rasiermesserscharfen Klinge an den Seilen. Immer mehr davon zerrissen, als sich das Messer durch die Nylonfasern arbeitete, aber der Fallschirm hing immer noch fest am Rucksack.

Noch 900 Meter.

Fast war es geschafft. Immer mehr Seile zerrissen und der Rest war fast bis an die Grenze seiner Belastung durch das größere Gewicht gespannt.

Noch 600 Meter.

In diesem Moment ließ Anya ihn plötzlich los und zwang Drake, die Leinen festzuhalten, damit er seine Position nicht verlor. Einen Moment fragte er sich, was zum

Teufel sie vorhatte, aber seine Verwirrung wich rasch der Erkenntnis. Anya war pragmatisch bis zum Ende und hatte ihn losgelassen, um ihn zu zwingen, seinen eigenen Fallschirm zu öffnen und sein Leben zu retten, statt mit ihr zusammen zu sterben.

Vielleicht hatte sie recht. Ihm lief die Zeit davon, er hatte keine weiteren Möglichkeiten mehr, und wenn sie beide bei diesem Sturz starben, dann war die Mission vorbei, bevor sie begonnen hatte. Dann war niemand mehr da, der Cain aufhalten konnte.

»Nein«, presste er zwischen den Zähnen hervor und schnitt noch einmal mit dem Messer wie wild an den Seilen, als wäre er in einem tödlichen Kampf mit einem verhassten Feind gefangen. Er hatte keine Ahnung, was sein Höhenmesser sagte, und es kümmerte ihn auch nicht.

Er würde sie jetzt nicht im Stich lassen.

Dann riss sich mit einem hörbaren Knall der Fallschirm los und verschwand in der Nacht. Drake hatte keinen Halt mehr und taumelte Hals über Kopf durch die Luft, während die Welt Furcht einflößend um ihn herumwirbelte. Er achtete jedoch nicht darauf, als er seine Reißleine packte. Er wusste, dass er keine Zeit hatte, seinen Flug vorher zu stabilisieren.

Er schloss seine Finger um den Stahlring, der das Ende der Reißleine darstellte, schloss die Augen und wappnete sich gegen das, was jetzt kam. Er zog einmal kräftig, und der Federmechanismus für seinen Hauptfallschirm riss diesen aus seinem Rucksack.

Sein letzter Gedanke war, dass er seinen Rucksack hoffentlich besser gepackt hatte als den von Anya. Dann wurde sein Sturz ruckartig unterbrochen, und die Riemen des Harnischs schnitten sich tief in sein Fleisch, als der Fallschirm sich über ihm öffnete und sein Sturz hart abgebremst wurde. Drake öffnete die Augen und blickte nach unten, als ein felsiger, unnachgiebiger Hügelkamm wie eine gewaltige Faust auf ihn zuschoss.

Eines der ersten Dinge, die er in der Fallschirmspringerschule gelernt hatte, war, wie man den manchmal brutalen Aufschlag einer harten Landung abfedert, um zu vermeiden, dass man sich etwas brach, was in solchen Situationen leicht passieren konnte. Als er fühlte, wie seine Stiefel die Erde berührten, entspannte er seine Beinmuskeln, fiel nach vorn und gleich zur Seite, sodass seine rechte Schulter den größten Teil des Aufpralls absorbierte. Er hatte vor, sich abzurollen, wie er es zahllose Male zuvor bereits getan hatte.

Aber der harte Boden hatte eine andere Vorstellung. Er spürte den Schmerz, als scharfe Steine sich in seine Kleidung und seine Haut gruben und der Boden ihn wie ein Vorschlaghammer traf. Trotzdem gelang es ihm, den Kopf einzuziehen und den Aufprall mit einer Rolle vorwärts abzufangen. Das nahm dem Aufprall den größten Teil der kinetischen Energie.

Dann lag Drake eine Weile nur da und starrte in den dunklen Himmel über sich, während er nach Luft rang und sein Herz wie verrückt hämmerte. Die reine Adrenalinausschüttung der letzten dreißig Sekunden machte es schwer, klar zu denken, aber allmählich ließ die Erregung nach, und er begriff, dass er nicht mehr in tödlicher Gefahr schwebte. Und als das Adrenalin sich abbaute, reagierte sein Körper auf die Schmerzen, die er sich gerade eingefangen hatte. Er blutete und hatte das Gefühl, dass er gerade einen Boxkampf über zehn Runden gegen einen Widersacher mit Ziegelsteinen statt Fäusten durchgestanden hatte.

Aber er lebte. Das bedeutete, er konnte sich bewegen und agieren, und beides musste er sofort tun. Er holte tief

Luft, ballte die Fäuste und spannte sich an, während er sich darauf konzentrierte, was um ihn herum passierte.

Steh auf! Steh sofort auf!

Der Fallschirm landete sanft um ihn herum. Drake verzog vor Schmerz das Gesicht, stemmte sich vom Boden hoch und griff nach dem Material. Er raffte es zusammen, damit es sich nicht erneut aufblähen konnte. Es war schon vorgekommen, dass ein plötzlicher Windstoß Fallschirme, die bereits am Boden lagen, erfasst hatte und die unseligen Besitzer wie Puppen über den Boden gezerrt hatte. Nachdem er diese Landung überlebt hatte, verlangte es ihn nicht danach zu sterben, weil er über eine Klippe gerissen wurde.

Dann öffnete er den Harnisch, streifte ihn ab und ließ ihn zu Boden fallen. Er war am Leben, und er befand sich auf festem Boden. Für beides war er im Moment gleichermaßen dankbar. Da das größte Problem der Landung erledigt war, konnte er sich auf das nächste Problem konzentrieren – nach den Mitgliedern seines Teams zu suchen.

Er griff hinter sich, riss die Browning aus ihrem Halfter und zog den Schlitten so weit zurück, dass er das Schimmern der Messingspatrone in der Kammer sehen konnte. Nachdem seine Waffe schussbereit war, duckte sich Drake und holte ein paarmal tief Atem, um seinen Herzschlag und seinen Körper zu beruhigen, während sich seine Sinne auf seine neue Umgebung einstellten.

Ein leichter Wind wehte und brachte die abendliche Wärme und den Geruch von Wacholder, Fichten und Zedern mit sich, während die Luft vom Lärm der Zikaden und anderem Nachtgetier erfüllt schien. Ihre Geräusche vermischten sich zu einem Hintergrundsummen, das kleine Bewegungen übertönte.

Nachdem sich seine Augen an das Dämmerlicht gewöhnt hatten, betrachtete Drake seine Umgebung. Er war am

Rand einer breiten Felsböschung gelandet, von der aus man ein weites, dicht bewaldetes Tal überblicken konnte. Nicht weit von ihm entfernt gab es Deckung in Form von Büschen und kleinen Bäumen, wo die Böschung in den Hang der Talwand überging. Instinktiv kroch Drake dorthin, langsam und vorsichtig, alle Sinne alarmiert, während er behutsam den Weg durch Geröll und über Baumwurzeln suchte.

Er hockte sich in den Schatten einer knorrigen Fichte und schaltete sein Funkgerät ein. Wie die anderen hatte er es während des Sprungs ausgeschaltet, da die Windgeräusche es vollkommen nutzlos machten. Aber jetzt wurde es Zeit, es auszuprobieren.

»Hier spricht Einheit eins. Alle Einheiten melden. Over«, sagte er leise.

Eigentlich war Flüstern zu solchen Zeiten kontraproduktiv, weil das helle Geräusch in der Nacht über große Entfernungen trug. Außerdem war das Funkmikrofon an seiner Kehle in der Lage, die Vibrationen seiner Stimmbänder aufzufangen, und nicht nur die Geräusche, die aus seinem Mund kamen. Also musste er sich keine Sorgen darüber machen, dass er gehört wurde. Die Frage war, ob irgendjemand antworten würde.

»Zwei ist am Boden. Over.« Das war Mason. In diesem Stadium gab es noch keine schicken Codewörter.

Jedes Mitglied des Teams hatte einfach eine Zahl als Rufzeichen, sodass es relativ einfach war, sich nacheinander zu melden.

»Drei ist in Ordnung. Over«, meldete McKnight.

»Vier ist verflucht froh, dass die Scheiße hier vorbei ist«, meldete sich Frost wütend. »Over.«

Drake hätte vielleicht über diese Bemerkung gelächelt, wenn sich ein Mitglied des Teams noch nicht gemeldet hätte.

»Einheit fünf, melden«, sagte er ins Mikro.

Ihm antwortete nur das statische Zischen im Lautsprecher. Drake spürte eine düstere Vorahnung, die sich wie ein Leichentuch über ihn legte, als er die letzten Momente noch einmal an sich vorbeiziehen ließ, bevor er seinen Fallschirm ausgelöst hatte. War er noch schnell genug gewesen oder zu spät?

»Einheit fünf, wie ist die Lage? Over.«

Immer noch keine Antwort. Hatte Anya ihren Reservefallschirm öffnen können, oder war ihr Körper am Boden zerschmettert worden, bevor er aufgegangen war? Lag sie in diesem Moment da draußen, zerschmettert und qualvoll sterbend?

»Einheit fünf, kommen …«

»Hörst du vielleicht mal auf, hier herumzuschreien?«, fragte eine gereizte Stimme irgendwo hinter ihm.

Drake wirbelte herum und hob seine Waffe, während er instinktiv den Sicherheitshebel umlegte.

Im gleichen Moment tauchte eine Figur aus dem Unterholz auf, kaum zwanzig Meter von ihm entfernt. Sie trug einen schwarzen Kampfanzug wie er selbst und war mit einer kompakten Maschinenpistole bewaffnet, die sie sich über die Schulter gehängt hatte, während sie näher kam.

»Anya! Himmel, warum antwortest du nicht über Funk?«, zischte Drake und senkte seine Waffe. Er war so damit beschäftigt gewesen, sich über Funk mit ihr in Verbindung zu setzen, dass er bei all den Geräuschen der Tiere und dem Rascheln der Blätter im Wind nicht gehört hatte, wie sie näher kam. Jedenfalls redete er sich das ein.

Anya hob ihr Funkgerät hoch. Selbst in dem Dämmerlicht sah er das zerschmetterte Gehäuse und die freiliegenden Drähte und Schaltkreise.

»Ich bin hart gelandet. Aber ich hätte auch kein Funkgerät

gebraucht, um dich zu finden«, setzte sie mit einem missbilligenden Blick hinzu. »Selbst ein Blinder hätte nur deinem Geschrei zu folgen brauchen, um hierherzukommen.«

»Weißt du, manche Leute zeigen Dankbarkeit, wenn jemand ihnen das Leben rettet«, erwiderte er nicht gerade besonders liebenswürdig.

»Ich musste nicht gerettet werden, Ryan. Und ich hatte noch nie zuvor ein Versagen des Fallschirms. Noch nie«, wiederholte sie, obwohl ihre Stimme nicht so autoritär klang wie sonst. Wenn überhaupt, schien sie etwas verlegen zu sein.

In diesem Moment fügte sich das Puzzle in seinem Kopf zusammen. Sie war dort oben fast gestorben, und obwohl diese Erfahrung sie erschüttert hatte, wollte sie weder Trost noch Beruhigung, wie ein normaler Mensch das vielleicht gewollt hätte. Diese Gefühle waren ihr ebenso fremd wie die Oberfläche des Mondes. Stattdessen schlug sie instinktiv um sich und ging in die Offensive, so wie sie es immer getan hatte.

»Tatsächlich? Sag das deinem Funkgerät«, konterte Drake. »Mir geht es übrigens auch gut. Danke der Nachfrage.«

Anya wollte etwas erwidern, aber dann schien sie es sich zu überlegen. Vielleicht begriff sie, dass es diesmal nicht angebracht war, sich zu streiten.

Sein Kopfhörer knisterte, als sich jemand meldete. »Eins, hier spricht Zwei. Lagebericht? Irgendein Zeichen von fünf?«

Drake warf Anya einen vielsagenden Blick zu und drückte auf den Sendeknopf. »Bestätige. Fünf ist jetzt bei mir.«

»Gut zu hören, Eins.«

Jetzt wurde es Zeit, den Rest des Teams zu versammeln. »Alle Einheiten, wir sammeln uns an meiner Position. Bereithalten für visuellen Bezugspunkt. Over.«

Er griff in eine Tasche seines Kampfanzugs und zog ein Metallobjekt heraus. Es hatte in etwa die Größe und Form eines Filzstifts, war aber erheblich schwerer. Drake richtete es nach oben und drückte auf den Knopf an der Seite. Dann sah er zu, wie ein dünner grüner Lichtstrahl in den Nachthimmel schoss.

Hochenergielaser waren zurzeit zwar bei Flugzeugpiloten nicht sonderlich beliebt wegen der Arschlöcher, die mit ihnen die Piloten in der Kanzel zu blenden versuchten, aber es gab nur wenige Möglichkeiten, seine Position auf dem Boden besser zu markieren. Drake hielt den Strahl gute fünf Sekunden in den Himmel gerichtet, damit seine Teamkameraden seine Position genau fixieren konnten.

»Alle Einheiten, versammelt euch an meiner Position«, befahl er. »Over.«

»Bestätige, Eins. Unterwegs«, antwortete McKnight. Ihre beiden Kameraden bestätigten unmittelbar nach ihr.

»Einheit eins, bestätige. Over und Aus.«

Drake schaltete das Funkgerät ab und betastete dann den zerfetzten Stoff seiner Jacke. Er war feucht und klebrig von geronnenem Blut. Er hatte sich während der Landung verletzt, und obwohl diese Abschürfungen ihn kaum behindern würden, musste er sich darum kümmern, bevor sie weitergingen. Er bewegte vorsichtig seine Schulter und wurde von Schmerzen belohnt, bei denen er sich unwillkürlich anspannte. Er hoffte, dass er sich nur eine Prellung zugezogen hatte und nichts Ernsteres.

»Du bist verletzt«, stellte Anya fest und trat zu ihm.

»Es geht mir gut.«

»Tut es nicht. Lass es mich ansehen.«

»Ich sagte, es geht mir gut.« Drake warf ihr einen Blick zu, der sie davor warnte, das Thema weiter zu verfolgen. Stattdessen stellte er sein Funkgerät ab und warf es ihr zu.

Sie fing es instinktiv auf, nicht unbedingt, weil sie es wollte. »Beziehe einfach Posten und pass auf das Funkgerät auf, falls sie noch einmal ein Signal brauchen. Schaffst du das?«

Sie antwortete nicht, was wahrscheinlich das Beste war. Er überließ sie ihrer Wache und ging ein Stück zur Seite, um seine Wunden zu versorgen und die Ankunft seiner Freunde abzuwarten.

30

Drake war erleichtert, dass seine Teamkameraden entgegen seinen Befürchtungen nicht über etliche Meilen dieses bergigen Gebietes verteilt worden waren, sondern seinem Ruf ohne Schwierigkeiten Folge leisten konnten.

Wenig überraschend war es Anya, die eine Bewegung zwischen den Felsen und den vom Wind verkrüppelten Bäumen bemerkte, die den Hügel übersäten. Instinktiv duckte sie sich und richtete ihre Waffe auf die herannahenden Gestalten.

»Roter!«, rief sie und erwartete die Parole, die bestätigen würde, dass die beiden Neuankömmlinge freundlich gesinnt waren.

»Zwerg«, antwortete McKnight. Sie tauchte mit Frost an der Seite aus der Dunkelheit auf. Anya senkte die Waffe, schien aber nicht weniger wachsam zu sein.

Frost schüttelte den Kopf, als sie näher kam. »Du bist wirklich ein Freak, Ryan.«

»Du bist genauso schlimm, wenn du weißt, was das bedeutet«, erwiderte er. Er hatte sich selbst diese Parole ausgedacht, weil er vermutete, dass in diesem entlegenen Teil der Welt niemand die alte britische Sitcom kannte. McKnight jedoch war nicht in Stimmung für Witze, vor allem nicht, als sie Drakes Schulter sah. »Ryan, alles okay mit dir?«

»Es ging mir noch nie besser«, log er und schmetterte ihre Bedenken einfach ab. Er hatte die Verletzungen flüchtig versorgt, um die Blutung zu stoppen, und war gerade dabei, seine Einsatzweste wieder zu befestigen.

»Tut es weh?« Frost wirkte ungewöhnlich besorgt.

»Ein bisschen.«

Sie grinste zufrieden. »Gut.«

»Keira, hör auf damit!«, warnte McKnight sie. »Was ist passiert, Ryan?«

Drake sah kurz zu Anya hinüber, die seinen Blick tunlichst mied und sich stattdessen darauf konzentrierte, Wache zu halten. »Ich musste meinen Schirm ein bisschen später öffnen als geplant. Entsprechend hart war die Landung.«

»Warum? Ist etwas schiefgegangen?«

»Mein Fallschirm hat versagt«, sagte Anya, ohne sich umzudrehen. »Ryan hat ihn abgeschnitten, damit ich meinen Reservefallschirm öffnen konnte.« Sie machte einen kurzen Moment Pause, bevor sie weitersprach. »Ohne ihn wäre ich tot.«

Na also, dachte Drake. *Endlich gibt sie es zu, wenn auch widerwillig.*

»Scheint so, als hätte die ganze Unternehmung ziemlich beschissen begonnen«, bemerkte Frost etwas unglücklich. Sie hatte eine recht pessimistische Einstellung, wenn es zu Operationen wie dieser kam. Frühe Schwierigkeiten betrachtete sie als schlechtes Omen. »Wer hat deinen Schirm gepackt?«

»Ryan. Er hat auch alle anderen Schirme gepackt.« Anya sah sich um und richtete ihren Blick dann auf McKnight. »Und sie hat den Schirm überprüft.«

Ein paar Sekunden lang sagte keiner etwas, während alle ihre Worte abwogen und ihnen die Konsequenzen klar wurden.

Wie üblich reagierte Frost als Erste. »Was soll das heißen?«

»Wie hat er ausgesehen, McKnight?«, fragte Anya. »Du hast dir ja ziemlich viel Zeit bei der Prüfung gelassen.«

McKnight hatte geschwiegen und beobachtete Anya, als erwartete sie, dass die Frau sich jeden Moment auf sie stürzen würde.

»Du solltest lieber sehr genau darüber nachdenken, was du hier andeutest«, warnte Frost sie.

»Es war nur eine Frage.« Anyas täuschend ruhiger Tonfall stand in sehr deutlichem Kontrast zu ihrem finsteren Blick. »Die McKnight bis jetzt noch nicht beantwortet hat.«

Drake hatte genug gehört. »Hört auf, alle beide. Scheiße wie so etwas kann passieren und passiert auch, also hört auf, aufeinander herumzuhacken und kommt damit klar. Seid einfach dankbar, dass keiner getötet wurde.«

Anya erwiderte darauf nichts, sondern drehte sich um und nahm ihren Wachposten wieder ein.

»Und du«, Drake deutete mit einem Finger auf Frost, »überprüf deine Ausrüstung. Du musst einen klaren Kopf haben, wenn es losgeht.«

Sie zuckte gereizt mit den Schultern. »Wie du meinst.«

»Sag es!«, befahl er.

»Ich hab's kapiert!«, fuhr Frost hoch. Sie warf ihm einen gereizten Blick zu und setzte den Rucksack mit der Ausrüstung ab, den sie über einer Schulter getragen hatte. Dann hockte sie sich hin, um die Ausrüstung zu überprüfen.

Drake war zufrieden, weil sie das eine Weile beschäftigen würde, und wollte sich dem nächsten Problem widmen. Im selben Moment trat McKnight zu ihm. »Danke, Ryan«, sagte sie leise. »Für das, was du gesagt hast.«

»Sobald wir aufhören, ein Team zu sein, hat Cain bereits gewonnen.« Drake stieß die Luft aus und lächelte zögernd. »Wie wäre das als schlaues, motivierendes Zitat?«

Sie zuckte mit den Schultern, aber sie erwiderte sein Lächeln. »Nicht schlecht.«

»Kontakt!«, rief Anya von ihrem Beobachtungspunkt. Wieder hatte sie die Waffe gehoben und war schussbereit. »Ein einzelner Mann nähert sich aus nördlicher Richtung.«

Und richtig, etwa eine Minute später reagierte das letzte Mitglied ihres Teams auf Anyas Anruf genauso wie McKnight. Dann tauchte er auf dem Hügelkamm auf, die Waffe in der Hand. Er war etwas außer Atem, nachdem er offenbar einen anstrengenden Lauf hinter sich hatte, schien ansonsten jedoch den Absprung und den Weg hierher ohne Kratzer überstanden zu haben.

»Geht es dir gut, Mann?«, fragte er, als er Drakes Verletzung bemerkte.

»Ich hatte eine raue Landung, das ist alles.«

Mason runzelte die Stirn, als er die unterschwellige Feindseligkeit innerhalb der Gruppe bemerkte. »Warum habe ich das Gefühl, als wäre ich in ein schreckliches Thanksgiving-Dinner geplatzt?«

»Du bist hier, also mach dich bereit zum Abrücken«, befahl Drake, der wollte, dass sie sich auf ihre Mission konzentrierten. »Anya, die Uhr tickt. Wir müssen deinen Kontaktmann finden und hier verschwinden.«

»Das ist kein Problem«, antwortete die Frau und starrte an ihm vorbei in die Dunkelheit.

»Tatsächlich?«

Sie stand langsam auf und umklammerte ihre Waffe fest. »Ja, denn er hat uns bereits gefunden.«

31

Das Team reagierte sofort. Sie wirbelten zu den neuen und unerwarteten Ankömmlingen herum. Drake und seine drei Gefährten griffen sofort nach ihren Waffen.

Drei dunkle Gestalten waren nicht einmal zwanzig Meter von ihnen entfernt aufgetaucht. Sie schienen wie Geister aus dem dunklen Wald zu kommen, trugen dunkle Umhänge, die ihre Umrisse verbargen und sogar ihre Gesichter bedeckten. Nur ihre Augen waren zu sehen. Wahrscheinlich hatten sie sich deshalb nahezu unbemerkt nähern können. Aber selbst in der Dunkelheit konnte Drake die Kalaschnikows unter ihren Umhängen erkennen, die in seine Richtung zeigten.

Es gab viele Varianten und Nachbauten dieser legendären alten sowjetischen Waffe, aber es spielte im Moment keine allzu große Rolle, welches Modell auf ihn gerichtet war. Denn sie schossen alle, wenn man auf den Abzug drückte, und sie alle konnten in so ziemlich alles, was ihre Geschosse trafen, ein beträchtliches Loch machen. Wenn diese drei Gewehre gleichzeitig feuerten, dann würden sie sein Team innerhalb von Sekunden in blutige Leichen verwandeln.

»Nicht«, warnte Anya sie, die wahrscheinlich ganz ähnliche Gedanken hatte. »Rührt euch nicht.«

»Sie haben uns im Visier«, zischte Frost.

Anya ignorierte sie, schob ihre Waffe in das Halfter und näherte sich langsam den Neuankömmlingen. Dabei sorgte sie dafür, dass ihre Hände zu sehen waren. Ihr Gesicht verriet weder Furcht noch Feindseligkeit, aber Drake sah die Anspannung in ihrem Körper, der wie eine gespannte Feder wirkte, die jederzeit auslösen konnte.

»Malak«, begann sie, bevor sie auf Paschtu weitersprach, eine der vielen Sprachen, die von den Stämmen in diesem Teil der Welt benutzt wurden.

Drake selbst verstand einigermaßen leidlich Arabisch, aber Paschtu war ihm zu fremd, um dem Gespräch folgen zu können. Er konnte nur hoffen, dass die drei maskierten Schützen die Sprache besser beherrschten.

Anya hatte offensichtlich gesagt, was sie sagen wollte, und verstummte. Drake hätte in dem folgenden unbehaglichen Schweigen eine Stecknadel zu Boden fallen hören. Selbst die allgegenwärtigen Zikaden hatten aufgehört zu zirpen.

Dann, ebenso plötzlich, wie sie aufgetaucht waren, senkte eine der Gestalten die Waffe und schlug die Kapuze zurück. Das zerklüftete bärtige Gesicht, das darunter zum Vorschein kam, verriet, dass der Mann ein beachtlich langes, aber ganz sicher kein besonders bequemes Leben geführt hatte. Ein dunkles Auge war scharf auf die Frau gerichtet. Das andere war nur eine leere Augenhöhle, die von altem Narbengewebe bedeckt war.

Dann lachte der Mann, den Anya Malak genannt hatte, zu Drakes Überraschung. Es war ein aufrichtig amüsiertes Lachen, das so gar nicht zu seinem grimmigen Gesicht passen wollte.

»Dein Paschtu ist so grässlich wie meine Visage, Anya«, sagte er auf Englisch und ging mit ausgestreckter Hand auf sie zu. Er trug Handschuhe.

Im selben Moment schien die Spannung von Anya abzufallen, sie ging ihm entgegen und packte seine Hand, als wäre er ein alter Freund. Die beiden anderen Schützen hatten ihre Waffen ebenfalls gesenkt. Drake bedeutete seinen Teamkameraden mit einem Nicken, dasselbe zu tun.

»Schön, dich zu sehen, Malak«, erwiderte Anya und ließ seine Hand los. »Deine Fähigkeiten im Spurenlesen werden immer besser.«

»Sie sind jedenfalls besser als deine, glaube ich. Andererseits haben wir auf dich gewartet.«

Sie erwiderte nichts, sondern kam stattdessen auf die wichtigen Dinge zu sprechen. »Hast du alles mitgebracht, worum ich dich gebeten habe?«

»Immer geschäftlich und immer auf den Punkt«, bemerkte Malak. »Natürlich habe ich alles. Habe ich dich schon jemals enttäuscht?«

»Darf ich ehrlich sein?«

Der Mann grinste und zeigte perfekte weiße Zähne, die selbst einen Hollywoodstar mit Neid erfüllt hätten. Drake konnte sich des Gedankens nicht erwehren, wie seltsam es war, dass er so viel Geld in seine Zahnpflege investierte, wo doch eine einfache Augenklappe ihm weit besser gedient hätte. Andererseits hatten seine Freunde vielleicht einfach zu viel Angst vor ihm, um ihm das zu sagen.

»Ha! Du hast immer noch Feuer in dir wie in den guten alten Zeiten«, sagte er und schlug ihr anerkennend auf den Arm. »Wo wir gerade davon reden: Warum bist du wieder in Pakistan? Du arbeitest doch wohl hoffentlich nicht schon wieder für die CIA?«

Anyas Miene verriet ihm, dass dieses Gespräch nirgendwohin führen würde. »Ich würde gern die Ausrüstung sehen, Malak.«

Malak betrachtete sie noch einen Moment lang und zuckte dann mit den Schultern. »Wie du willst. Komm mit, unser Lastwagen steht nicht weit von hier entfernt.«

Ohne Drake oder die anderen seines Teams auch nur

eines Wortes zu würdigen, wandte er sich um und ging über den bewaldeten Hang davon. Er machte bemerkenswert wenig Lärm angesichts des unebenen Terrains, über das sie gingen. Drake begriff allmählich, dass es keine Frage ihrer nachlassenden Wachsamkeit gewesen war, die diesen Männern erlaubt hatte, sich unbemerkt zu nähern. Wahrscheinlich hatten sie ein ganzes Leben in diesen Bergen verbracht und konnten sich lautlos wie Schatten in dem Gelände bewegen.

Anya, Drake und die anderen hatten keine Wahl, als ihnen zu folgen. Instinktiv hielten sie etwa fünf Schritte Abstand voneinander. Dadurch vermieden sie, zu dicht beieinander zu gehen und sich so zu einem leichten Ziel zu machen.

Drake ging etwas langsamer, sodass Anya ihn einholen konnte und sie sprechen konnten, ohne dass ihre neuen Führer sie hörten.

»Er scheint nicht allzu viel Interesse an uns zu haben«, bemerkte er.

Es war nicht so, dass er unbedingt Namen und Adressen mit einem pakistanischen Waffenhändler tauschen wollte, aber es überraschte ihn schon, dass Malak nichts über sie wissen wollte. Seiner Erfahrung nach waren solche Männer notorisch paranoid, wozu sie auch allen Grund hatten. Die Agency hatte sehr viele gezielte Operationen gegen Männer wie sie geführt.

»Malak kennt die Situation. Keine Namen, keine Details. Nichts, was uns kompromittieren könnte, wenn er erwischt würde.« Sie zuckte mit den Schultern. »Und außerdem vertraut er mir.«

Das erinnerte Drake merkwürdigerweise an den russischen Piloten, der sie hergebracht hatte. »Ich nehme an, das ist auch so eine von diesen langen Geschichten, stimmt's?«

Anya erwiderte nichts.

Er schüttelte den Kopf und ließ das Thema auf sich beruhen. Es gab ohnehin etwas Wichtigeres, was er ansprechen musste. »Hör zu, was vorhin mit den anderen passiert ist …«

»Spar dir deinen Atem, Drake«, unterbrach sie ihn. »Es kümmert mich nicht, ob dein Team mich mag oder nicht. Ich bin nur an Cain interessiert. Sobald wir ihn haben, werden sie mich nicht wiedersehen.«

Dazu konnte er nicht allzu viel sagen. Sie hatte ihren Standpunkt unmissverständlich klargemacht. Drake ging etwas schneller, um ihr Raum zu geben. Doch in dem Moment rief sie ihm hinterher. »Ryan!«

Er warf einen Blick über die Schulter.

»Was du für mich getan hast … da oben …« Sie wirkte plötzlich unsicher, wie immer, wenn sie sich ihm gegenüber öffnete. »Ich werde das nicht vergessen.«

Das war zwar nicht viel, aber es war so nah an einem »Danke«, wie er es von ihr jemals hören würde. Und angesichts dessen, was ihnen bevorstand, genügte es auch, einstweilen.

32

St. Luke's Medical Center, Denver

Jack Taylor ging langsam und gelassen durch den Flur und bemühte sich, sich sein Unbehagen angesichts der weißen Wände, der Ärzte in ihren weißen Kitteln, die auf den Stationen Dienst hatten, und des Geruchs nach Antibiotika nicht anmerken zu lassen.

Krankenhäuser hatte er noch nie gemocht, schon als Kind nicht, und dieses Gefühl war während seiner Karriere beim Militär nur stärker geworden. Zu viele seiner Kameraden waren in Krankenhäusern gelandet – stolze und pflichtbewusste Soldaten, die zu zerbrochenen, verbrannten oder verstümmelten Hüllen geworden waren.

Meistens war es nur Pech gewesen. Vielleicht hatten sie versucht, über das falsche Feld zu gehen, waren über die falsche Straße gefahren oder falsch abgebogen. Er hatte sie alle besucht, nachdem es passiert war, hatte sie getröstet und sogar mit einem oder zwei ein paar Scherze gemacht, aber er hatte es immer gehasst. Er hasste das Gefühl der Verzweiflung, der Perspektivlosigkeit und der Einsamkeit, das an solchen Orten immer herrschte.

Er schob diese Gedanken beiseite und folgte dem Gang, der nach rechts abbog, während er die Nummern an den Türen im Auge behielt. Er war von einer alten Freundin hierhergeschickt worden, um ihren Vater zu suchen und ihn in Sicherheit zu bringen. Er hatte Samantha versprochen, dass er für sie da sein würde, falls es jemals nötig war, und er hatte nicht die Absicht, dieses Versprechen zu brechen.

Er wusste nur zu gut, was sie aufgegeben hatte, um die anderen Angehörigen ihrer Gruppe, ihn eingeschlossen, nach ihrem dummen Abenteuer im Irak zu schützen. Der Plan hatte sie alle reich machen sollen, ihr jedoch stattdessen eine fünfzehnjährige Gefängnisstrafe eingebracht.

Schließlich fand Taylor Zimmer 6C und blieb einen Moment vor der Tür stehen, um seine Jacke zu straffen und sein Hemd auf Falten abzusuchen. Er trug Zivilkleidung, aber alte Gewohnheiten legte man nur schwer ab, und er wollte einen guten Eindruck auf Pete McKnight machen.

Auf sein höfliches Klopfen antwortete niemand. Vielleicht döste der alte Mann ja. Samantha hatte Taylor gewarnt, dass er krank und wahrscheinlich wegen der Behandlungen geschwächt war. Er klopfte erneut, diesmal etwas lauter, um dem Mann eine angemessene Vorwarnung zu geben, und öffnete die Tür.

Von Pete McKnight war nichts zu sehen, weder im Bett noch in den Sesseln am Fenster. Und der Mann war nicht nur nicht da – es gab nicht einmal eine Spur seiner Anwesenheit. Keine Kleidung, keine persönlichen Habseligkeiten auf dem Nachttisch, weder Bücher noch Magazine.

»Scheiße«, sagte er leise.

Er verließ das Zimmer und ging rasch zum Schwesternzimmer zurück. Dort wandte er sich an die diensthabende Schwester, eine schwarze Frau in mittleren Jahren, die aussah, als hätte sie schon eine lange Schicht hinter sich. Vor ihr auf dem Tisch lag ein Stapel Akten.

»Entschuldigen Sie. Ich suche den Patienten aus Zimmer 6C. Wurde er auf eine andere Station verlegt?«

Sie blickte von ihrer Arbeit hoch und musterte ihn skeptisch. »Sind Sie sein nächster Verwandter?«

»Ein Freund der Familie«, erwiderte Taylor. Er hielt es für sinnlos, sie zu belügen. »Seine Tochter tut Dienst in Übersee. Sie hat mich gebeten, vorbeizukommen und nach ihm zu sehen.«

In diesem Moment wurde ihre Miene weicher, was oft bei solchen Leuten vorkam, wenn sie es mit Familien zu tun bekamen, die durch den Militärdienst auseinandergerissen worden waren. »Ich fürchte, Sie kommen zu spät. Er hat sich heute Morgen selbst entlassen.«

»Entlassen?« Taylor runzelte die Stirn. »Bekommt er denn im Moment nicht gerade eine Chemotherapie?«

»Sie wissen, dass wir über die Behandlung von Patienten keine Auskunft erteilen dürfen, Sir. Aber wenn es Ihnen etwas nützt, dann kann ich Ihnen sagen, dass der Arzt alles versucht hat, um ihn zum Bleiben zu bewegen, aber er konnte ihn natürlich nicht in seinem Zimmer einschließen. Wir können gesetzlich keinen Patienten, der bei klarem Verstand ist, daran hindern, sich selbst zu entlassen.«

Taylor hob eine Hand, weil ihn die rechtlichen Einzelheiten nicht interessierten. »Hat er wenigstens gesagt, wohin er wollte?«

Sie legte den Kopf schief. »Haben Sie es schon einmal bei ihm zu Hause versucht?«

Taylor hatte sich bereits in Bewegung gesetzt und eilte zum Aufzug. Damit fuhr er zur Tiefgarage des Krankenhauses. Natürlich hatte Samantha ihm die Adresse ihres Vaters gegeben, falls der Mann irgendwelche Dinge oder persönliche Gegenstände brauchte. Also wusste er wenigstens, wohin er als Nächstes gehen musste.

Er hoffte nur, dass Pete McKnight dort auf ihn wartete.

Margalla-Hügel, Pakistan

Der Lastwagen, der laut Malak »nicht weit von hier« wartete, stand etwa zwei Meilen von ihrem Treffpunkt entfernt. Unter normalen Umständen ein einfacher Zwanzigminutenmarsch, aber in dem unebenen Gelände und bei der schlechten Sicht dauerte er erheblich länger.

Der Waffenhändler und seine Gefährten waren so trittsicher wie Bergziegen. Sie sprangen über schmale Schluchten oder gingen Geröllhänge hinab, als liefen sie über asphaltierte Straßen. Selbst Anya, der ein solches Terrain nicht fremd war, hatte Mühe, mit ihnen Schritt zu halten.

Jedenfalls standen sie schließlich auf einem felsigen, nicht asphaltierten Weg, der entfernt einer Straße glich. Es war zwar kein glatter Asphalt, aber im Vergleich zu dem schwierigen Gelände, das sie gerade überwunden hatten, fühlten sie sich, als liefen sie auf einem Luftpolster.

Ein paar Hundert Meter weiter weg auf dem Weg standen zwei Fahrzeuge unmittelbar hintereinander. Das hintere war ein Lastwagen mit einem Sperrholzaufbau, wahrscheinlich russischen Ursprungs, während das vordere Fahrzeug ein älterer Isuzu Trooper 4x4 war. Das eine war zweifellos für diese Art von Gelände besser geeignet, und Drake ahnte, in welchem der beiden Fahrzeuge Malak und seine Kumpel davonfahren würden.

Ein viertes Mitglied von Malaks Leuten bewachte die beiden Fahrzeuge. Er war ebenfalls mit einer Kalaschnikow bewaffnet. Er spannte sich an, als die Gruppe aus der Dunkelheit näher kam, aber ein vogelartiger Pfiff von Malak vertrieb seine Besorgnis.

»Alles, wonach du gefragt hast, befindet sich auf dem Lastwagen«, erklärte der Waffenhändler. »Willst du die Ware überprüfen?«

Anya nickte. »Selbstverständlich.«

Malak trat vor und entriegelte die hinteren Türen des Lastwagens. Dann zog er sie auf. Auf der Ladefläche waren etliche Kisten verteilt, mit Gummigurten an den Wänden befestigt, damit sie nicht während der holprigen Fahrt hier herauf durcheinanderpolterten.

Drake und Anya traten zusammen zu dem Lastwagen. Jeder von ihnen wollte sich vergewissern, dass die benötigte Ausrüstung vorhanden war und auch funktionierte. Anya warf ihm einen kurzen Seitenblick zu, weil sie vielleicht nicht erwartet hatte, dass er sich da einmischte. Aber sie widersprach nicht, als er sich um die erste Kiste kümmerte.

Die *Alamo* war sehr gut ausgerüstet gewesen, was Waffen und Ausrüstung anging, und einiges davon hatten sie auch mitgebracht. Aber natürlich konnten sie nur einen begrenzten Teil der Ausrüstung bei einem Fallschirmsprung mitnehmen. Wenn sie einen komplizierten Angriff auf ein Haus durchführen wollten, wie Drake es plante, und die notwendigen Lebensmittel beschaffen wollten, um das Team während ihres Aufenthalts zu ernähren, dann brauchten sie mehr, als sie bei sich tragen konnten. Und da kam Malak ins Spiel.

Nach fünf Minuten hatte Drake sich vergewissert, dass alles so war, wie es sein sollte. Jedenfalls konnte er trotz seiner gründlichen Prüfung keine offensichtlichen Fehler oder Defekte finden, die ihm verraten hätten, dass ihre Abmachung ein Täuschungsmanöver war. Natürlich konnte man etliches von der Ausrüstung nur testen, indem man es benutzte, aber soweit er sehen konnte, hatte Malak Wort gehalten. Wer auch immer dieser Mann war, er musste über ein ausgesprochen gutes Netzwerk innerhalb des Militärs verfügen, um das hier liefern zu können.

»Das genügt«, erklärte Anya und klappte die Kiste zu, die sie untersucht hatte.

»Was für ein Lob.« Malak grinste sie an und deutete dann auf den Lastwagen. »Das Fahrzeug gehört dir ebenfalls. Der Tank ist fast voll, und die Maschine ist in Ordnung.«

»Ich nehme an, er ist nicht gestohlen?«, setzte sie nach. Denn das Letzte, was sie brauchen konnten, war, von der pakistanischen Polizei wegen Autodiebstahls geschnappt zu werden.

Mit den Waffen und der Ausrüstung verhielt es sich natürlich anders. Drake machte sich keine Illusionen, dass sie tatsächlich legal beschafft worden wären, aber das spielte keine Rolle. Sobald sie hier fertig waren, würde alles zurückgelassen werden.

»Wofür hältst du mich?«, wollte Malak mit gespielter Empörung wissen. Aber seine Bemerkung rief keine Reaktion bei Anya hervor. »Also, sind wir hier fertig?«

»Sind wir«, bestätigte sie. Dann griff sie in ihren Anzug und reichte dem Mann ein dickes Bündel US-Dollars. Angesichts dessen, dass die pakistanische Rupie im Augenblick etwa zwischen sehr wenig und einem feuchten Furz stand, hatte die Wahl der Währung Sinn für Drake. Malak jedenfalls beschwerte sich nicht, während er das Geldbündel mit dem Daumen durchblätterte, um zu überprüfen, dass es nicht mit Ein-Dollar-Noten gepolstert worden war.

»Ich wollte dich nicht dadurch beleidigen, dass ich es gezählt habe«, sagte er, trotz der Tatsache, dass er genau das gerade getan hatte, während er die Geldscheine einsteckte.

Ein leiser Befehl auf Paschtu, und seine Kameraden gingen zu dem Geländewagen zurück, dessen Motor einen Moment später ansprang. Da ihr Geschäft jetzt erledigt war, hatten sie es zweifellos eilig, hier wegzukommen.

Malak ließ sich noch einen Moment Zeit und machte einen Schritt auf Anya zu. »Ich weiß nicht, was du hier in

Pakistan willst, aber ich wünsche dir Glück.« Er warf einen Blick auf Drake und die anderen und nahm damit ihre Anwesenheit zum ersten Mal zur Kenntnis. »Euch allen.«

Die Frau nickte kurz. »Dir auch, Malak.«

Drake bezweifelte, dass Anya unruhige Nächte wegen Malaks Wohlergehen haben würde, aber er spürte ihren wenn auch widerwilligen Respekt für den Mann. Immerhin war das mehr, als sie den meisten anderen Menschen entgegenbrachte.

Malak drehte sich um, ging zu dem Geländewagen zurück und stieg auf der Beifahrerseite ein. Drake vermutete, dass seine Fahrkünste wegen des fehlenden Auges nicht besonders gut waren. Die Scheinwerfer flammten auf, und brummend setzte sich das Fahrzeug in Bewegung. Sein Scheinwerferlicht erlosch, sobald der Wagen hinter einer Kurve verschwunden war.

Erneut war das Team allein, wenn auch weit besser ausgerüstet als zuvor. Und außerdem verfügten sie jetzt über ein Fahrzeug, das sie dorthin bringen konnte, wo sie sein sollten. Es wurde Zeit, es zu nutzen.

»Wir sollten lieber losfahren«, meinte Drake und deutete auf die hinteren Türen des Lastwagens. »Cole, du kommst zu mir nach vorn. Alle anderen steigen hinten ein. Los geht's.«

»Ich werde fahren«, sagte Anya.

Drake sah sie an. »Du bist eine Frau.«

Ihre Miene machte deutlich, dass ihr überhaupt nicht gefiel, worauf Drake hinauswollte. »Soll heißen?«

»Wir sind in einem islamischen Land.«

»Na und? In Pakistan dürfen Frauen fahren.«

»Ja. Aber es ist mitten in der Nacht, und das ist ein Lastwagen, keine Limousine. Außerdem bist du eindeutig eine Frau aus dem Westen. Du würdest Aufmerksamkeit erregen. Hast du nicht selbst gesagt, dass wir das vermeiden sollten?«

Drake und Mason hatten beide von Natur aus eine dunkle Gesichtshaut, und ihr langer Aufenthalt im Freien in heißen Ländern hatte das noch verstärkt. Auch wenn sie niemanden bei einer genaueren Inspektion täuschen konnten, würden sie in der Nacht und aus gewisser Entfernung als Einheimische durchgehen. Bei ihrer blonden Gefährtin konnte man das nicht annehmen.

Anya verschränkte schweigend die Arme. Das machte sie oft, wenn sie nicht nachgeben wollte. Zweifellos war sie sich außerdem bewusst, dass die ganze Gruppe zusah, um mitzubekommen, wie dieser kleine Machtkampf ausging.

Drake trat zu ihr, nahm ihren Arm und führte sie sanft von den anderen weg. Er senkte die Stimme, sodass nur sie ihn hören konnte.

»Ich weiß, dass du die Sache normalerweise nicht so erledigst, aber du musst jetzt mit mir zusammenarbeiten, okay?«, drängte er. »Das hier ist kein Wettkampf. Glaub mir, du bekommst deine Chance noch.«

Anya sah ihn an, und einen Moment lang hätte er schwören können, dass sie sich amüsierte. Es war schwer zu sagen, ob sie ihn verspottete, aber trotzdem war ihm das lieber als offene Feindseligkeit. »Bist du auch so diplomatisch mit deinem eigenen Team?«

Drake deutete mit dem Kinn auf Frost, die äußerlich gelassen in einer der Kisten auf der Ladefläche des Lastwagens wühlte. »Das habe ich gelernt.«

Der Himmel weiß, dass ich im Laufe der Jahre genug Übung in dieser Hinsicht hatte, dachte er.

Diesmal sah er eindeutig ein Lächeln. »Also gut. Machen wir es auf deine Art«, gab sie nach. »Diesmal.«

Nachdem diese Sache, wenn auch etwas zäh, geklärt war,

drehte sie sich um und ging zum Lastwagen. Dort stieg sie auf die Ladefläche. *Wieder ein Hindernis überwunden,* dachte Drake. Er fragte sich, wie viele Hürden sie wohl noch erwarteten.

»Also gut, die Nacht wird nicht jünger«, erklärte er und deutete auf den Lastwagen. »Zieht eure Zivilkleidung an und steigt auf.«

Während die anderen ihre Kampfanzüge ablegten, die in besiedelten Gebieten nur Aufmerksamkeit erregen würden, ging Drake mit Mason im Schlepptau zur Fahrerkabine.

»Das hast du cool gemacht, Kumpel«, bemerkte der ältere Mann mit einem ironischen Grinsen. »Hast du schon mal daran gedacht, beim Bombenentschärfungskommando zu arbeiten?«

Drake warf ihm einen Seitenblick zu. »Ist wahrscheinlich ungefährlicher als das hier.«

Eine genauere Inspektion des Lastwagens bestätigte seine Annahme, dass es ein russisches Modell war. Er war ein Produkt der Uljanowsk Automobilfabriken, ein ehemals staatliches Unternehmen aus der Sowjetära. Rein äußerlich sah es aus wie ein unauffälliges abgerundetes Rechteck, das einem Laib Brot auf Rädern ähnelte. Und dieses Aussehen hatte ihm unter den sowjetischen Lastwagenfahrern den Spitznamen Bukhanka eingebracht, was »Laib« bedeutete.

Drake war mit diesen Fahrzeugen vertraut, weil das russische Militär sie immer noch als Krankenfahrzeuge benutzte und nur wenig verändert hatte. Sie waren weder schnell noch besonders elegant, aber sie hatten dieselben Motoren wie die allradgetriebenen Militärfahrzeuge und waren einfache und zuverlässige Arbeitstiere. Er hoffte, dass es auch auf dieses Modell zutraf, denn die Fahrt, die vor ihnen lag, würde nicht leicht werden.

Das Innere des Bukhanka war ebenso einfach, funktionell

und schäbig wie das Äußere. Die Polster wiesen jede Menge Brandlöcher auf, und auf der Mittelkonsole waren Flecken, über deren Herkunft er lieber nicht nachdenken wollte. Aber die Maschine sprang beim ersten Versuch an.

Als die hinteren Türen zuschlugen, legte Drake den ersten Gang ein und löste die Bremse. Dann begannen sie ihre holpernde und gefährliche Reise nach Islamabad.

33

Goodland, Kansas

Von Denver bis zu der kleinen Stadt Goodland in Kansas waren es etwa zweihundert Meilen, laut Taylors Navigationsgerät eine Fahrt von drei Stunden. Aber dank eines kurzen Tankstopps und konsequenter Geschwindigkeitsübertretung auf dem verkehrsarmen Highway schaffte er es in nur wenig mehr als zwei Stunden bis dorthin.

Das war auch ganz gut so, denn nachdem er endlose Meilen von flachem, offenem Agrarland durchquert hatte, das sich bis zum Horizont erstreckte, war er bereit für einen Geschwindigkeitswechsel.

Als er an der Adresse ankam, die Samantha ihm gegeben hatte, hielt er vor dem bescheidenen einstöckigen Haus und blieb im Wagen sitzen, um das Gebäude und die Umgebung zu beobachten. Es wirkte wie ein typisches anständiges Viertel, das mehr oder weniger für jede kleine Stadt in Amerika repräsentativ war: große, freie Rasenflächen, gestrichene Zäune und Familienvans, die in großen Einfahrten parkten. Ein paar amerikanische Fahnen bewegten sich schlaff in der sanften Brise und kündeten davon, dass einige der Bewohner bei den Streitkräften gedient hatten.

Das Haus der McKnights glich den anderen in der Straße. Es war niedrig und kompakt, holzvertäfelt und brauchte dringend einen frischen Anstrich. Warum die Leute in einem amerikanischen Staat, der am häufigsten von Tornados heimgesucht wurde, Holzhäuser bauten, ging über seinen Horizont. Der Rasen musste dringend gemäht werden.

Auf der Einfahrt parkte kein Wagen, aber die Garagentür war geschlossen. Es war noch zu früh am Abend, als dass die Lichter eingeschaltet wären, und Jalousien vor den Fenstern verhinderten einen Blick ins Innere des Hauses. Falls Pete McKnight zu Hause war, wollte er anscheinend nicht, dass man etwas davon mitbekam.

Taylor öffnete die Wagentür, um auszusteigen, und hielt dann einen Moment inne. Er klappte das Handschuhfach auf und nahm die 9-mm-Beretta heraus, die er dort immer aufbewahrte. Er überprüfte, ob sie durchgeladen und gesichert war, dann schob er die Waffe in den Hosenbund seiner Jeans. Er wollte natürlich Ärger vermeiden, aber falls er welchen bekam, wollte er bereit sein.

Er trat auf den Bürgersteig, verschloss das Auto und ging zum Haus. Dabei suchte er die Veranda und die Haustür nach einem Anzeichen für ein gewaltsames Eindringen ab. Auf den Holzdielen standen ein paar Topfpflanzen, die verwelkt und vertrocknet waren, aber nichts wirkte ungewöhnlich.

Er blieb an der Tür stehen, beugte sich vor und spähte durch das Fenster ins Innere. Dabei legte er die Hand an die Stirn. Im Wohnzimmer regte sich nichts. Das Fernsehgerät war abgestellt, und nichts deutete darauf hin, dass irgendjemand in letzter Zeit hier gewesen sein könnte.

Es gab keine Türklingel, also klopfte er stattdessen fest an die Vordertür.

Niemand reagierte.

»Mister McKnight, hier ist Jack!«, rief er. »Sam hat mich geschickt. Sind Sie zu Hause, Sir?«

Immer noch antwortete niemand.

Er warf einen Blick über die Schulter, um sich zu überzeugen, dass ihn niemand beobachtete. Dann ging er von der Veranda zur Rückseite des Gebäudes. Der hintere Garten war in einem ganz ähnlichen Zustand wie der vordere. Alle Anzeichen deuteten darauf hin, dass in diesem Haus seit etlichen Wochen niemand mehr gewohnt hatte.

Eine kurze Inspektion der Fenster und der Hintertür sagte Taylor, dass das Gebäude nicht durch eine Alarmanlage gesichert war. Die Tür war mit einem einfachen Sicherheitsschloss versperrt, das einem Mann mit seiner Ausbildung nur wenig Schwierigkeiten gemacht hätte, wenn er Zeit und das richtige Werkzeug gehabt hätte.

Wie sich herausstellte, brauchte er sich diese Mühe aber nicht zu machen, weil er unter einem zerbrochenen Pflanzentopf einen Schlüssel fand. Da er aus der Innenstadt von Pittsburgh kam, verblüffte es ihn immer wieder, wie vertrauensvoll und naiv die Menschen in diesen Kleinstädten sein konnten.

Taylor verschaffte sich Zutritt und stand in einer kleinen vollen Küche. Überall lagen Magazine, Werkzeuge und schmutziges Geschirr herum. Nichts davon sah aus, als wäre es in letzter Zeit benutzt worden. Ein kurzer Blick in den Kühlschrank bestätigte diesen Eindruck.

»Mister McKnight?«, rief er noch einmal, nur für den Fall, dass der Mann plötzlich aufwachte und einen Eindringling in seiner Küche vorfand. Es war nicht sonderlich überraschend, dass er keine Antwort bekam.

Da Taylor keine Möglichkeit außer Acht lassen wollte, sah er sich schnell im Rest des Hauses um. Er warf einen Blick in jedes Zimmer, bis er sich überzeugt hatte, dass Pete McKnight nicht hier war, und auch schon seit einer ganzen Weile nicht mehr hier gewesen war.

»Verflucht!«, stieß er leise hervor, ging hinaus und verschloss die Tür.

Er ging wieder auf die Vorderseite des Hauses und sah einen Jungen von vielleicht zehn Jahren, der auf der gegenüberliegenden Straßenseite Fahrrad fuhr.

»He, Junge!«, rief er. »Kennst du den Mann, der hier wohnt?«

Der Junge sah zu ihm hinüber. »Mister McKnight? Ja, den kenne ich.«

»Hast du ihn in letzter Zeit gesehen?«, fragte Taylor ohne allzu viel Hoffnung.

»Glaube ich nicht. Warum?«

Aber Taylor hörte ihm bereits nicht mehr zu. Er holte sein Handy aus der Tasche, tippte Samanthas Nummer ein und drückte auf den Knopf.

Die Verbindung schien länger zu brauchen als gewöhnlich, und er ging aufgeregt neben seinem Wagen hin und her, während es in seinem Ohr klickte und summte. Der Anruf ging direkt auf die Voicemail.

Ein ausgesprochen ungünstiger Moment, um Anrufe zu ignorieren, dachte Taylor wütend.

»Sam, ich bin's. Dein Dad hat sich aus dem Krankenhaus entlassen, bevor ich dort angekommen bin. Ich habe es bei ihm zu Hause versucht, aber er ist nicht da.« Er seufzte. »Ich weiß nicht, was ich noch machen soll. Ruf mich an, sobald du das abgehört hast.«

Er unterbrach die Verbindung, sah sich noch einmal um und schüttelte den Kopf. »Wo zur Hölle steckst du, alter Mann?«

34

Samantha McKnight saß auf dem harten, unbequemen Boden der Ladefläche des Bukhanka, der über eine schlecht gepflasterte Straße rumpelte, und seufzte. Es fiel ihr schwer, die Sorge um ihren Vater zu verdrängen. Sie nahm an, dass Taylor ihn mittlerweile abgeholt hatte, und wartete ungeduldig auf die Bestätigung, dass er in Sicherheit war und es ihm gut ging. Aber sie wusste, dass sie ihr Telefon nicht einschalten konnte, solange der Rest des Teams in der Nähe war.

Also hatte sie einstweilen keine andere Wahl, als abzuwarten.

Konzentriere dich einfach auf die Mission, sagte sie sich immer und immer wieder. Die Mission war alles, worauf es ankam. Es war das Ende, nicht die Mitte. Sobald Cain tot war und sie sich um Anya gekümmert hatte, konnte sie vielleicht über ein Leben danach nachdenken. Vielleicht schaffte sie es sogar, irgendetwas von dem hier hinüberzuretten. Auch wenn sie das kaum zu hoffen wagte.

Fast ohne es zu merken, glitt ihre Hand zu ihrem Unterleib, als wollte sie das Leben schützen, das darin wuchs. Sie wusste, dass es falsch war, so zu denken, weil die Wahrscheinlichkeit sehr hoch war, dass sie die Schwangerschaft abbrechen musste. Aber irgendein Teil ihrer Psyche, den sie selbst kaum verstand, betrachtete es als etwas Kostbares, das sie um jeden Preis verteidigen musste.

Ihr war klar, dass dies sehr gefährliche Gedanken waren.

Aber sosehr sie sich auch bemühte, sie konnte sie nicht gänzlich unterdrücken.

Nachdem sie den fast unpassierbaren Bergpfad überwunden hatten, bevor die Federung oder die unglücklichen Passagiere unter der Belastung ihren Geist aufgaben, hatten sie barmherzigerweise so etwas Ähnliches wie eine richtige Straße gefunden. Sie führte sie am Ende in die kleine Stadt Khanpur. Dort waren sie auf einen der größeren Highways eingebogen, der nach Süden führte.

Islamabad mochte die Hauptstadt von Pakistan sein, aber in Wirklichkeit war es nur ein Bezirk in einer größeren städtischen Ansammlung von Siedlungen, die die erheblich ältere Stadt Rawalpindi bildeten. Die beiden Städte waren vollkommen unterschiedlich und gleichzeitig unausweichlich miteinander verwoben.

Dieser sonderbare Zustand existierte seit den Sechzigerjahren, als Islamabad neu entworfen und aufgebaut wurde, als Hauptstadt für das gerade unabhängig gewordene Land. Die Stadt hatte ein einfaches Schachbrettmuster, breite, von Bäumen gesäumte Avenuen und große Regierungsgebäude in jedem zweiten Häuserblock. Die Stadt erinnerte Samantha sehr stark an Washington, D. C.

Die Nachbarstadt Rawalpindi dagegen war vollkommen anders. Sie war in langen Jahrhunderten der Expansion, der Eroberungen, der Zerstörung und des Wiederaufbaus organisch gewachsen. Die schmalen gewundenen Straßen waren von Schlaglöchern überzogen und von Fahrzeugen aller Art verstopft; und sie wurden von Telefon- und Stromkabeln überspannt. Marktbuden, Cafés, Restaurants und Geschäfte drängten sich aneinander. Die Balkone der heruntergekommenen Wohnblocks waren von uralten Satellitenschüsseln und bunten Wimpeln übersät und schienen sich vorzubeugen, als wollten sie jeden Moment umkippen.

Und wohin man auch blickte, waren Menschen. Fußgänger schoben sich durch den stockenden Verkehr, Fahrrad- und Mopedfahrer quetschten sich durch Lücken, die viel zu klein zu sein schienen. Bettler näherten sich mit ausgestreckten Händen unglücklichen Autofahrern, Verkäufer boten ihre Waren jedem an, der in der Nähe war, und zahllose Bürger gingen einfach ihren Geschäften in der Stadt nach. Der allgemeine Eindruck war der einer chaotischen, einschüchternden, gewaltigen Masse von Menschen.

»Bullshit!«, fluchte Drake und hupte wie verrückt, als ein überladener Viehtransporter ihm den Weg versperrte. Normalerweise hätte er in diesem Moment alles vermieden, was die Aufmerksamkeit auf sie lenkte, aber in dieser chaotischen Umgebung schien es einen verdächtig zu machen, wenn man nicht alle dreißig Sekunden hupte.

»Ich kann nicht behaupten, dass ich dich beneide«, sagte McKnight, die hinter ihm kauerte und die Szenerie vor der Windschutzscheibe beobachtete. Diesmal war sie sehr erleichtert, dass sie nicht fahren musste.

Er warf ihr einen kurzen Blick zu. »Ich wünsche mir allmählich, dass wir direkt über dem Sicheren Haus abgesprungen wären.«

Sie hob die Hand und drückte sanft seine Schulter. »Wie weit sind wir noch davon entfernt?«

Drake warf einen Blick auf das nächste Straßenschild. Einer der Vorteile von Pakistans Kolonialgeschichte war, dass allgemein Englisch gesprochen wurde. Es wurde sogar in den Schulen offiziell gelehrt. Noch wichtiger war, dass die meisten Straßenschilder dadurch gut zu lesen waren. Das machte zumindest die Navigation einfacher, wenn auch nicht das Fahren selbst.

»Es sollte nicht mehr als fünf bis zehn Minuten dauern, wenn wir durch den Verkehr kämen«, antwortete er. Er gab

Gas und bahnte sich rücksichtslos den Weg zwischen zwei Mopeds und einem Schrott-Taxi hindurch. »Nur für die Akten, ich bin nicht für irgendwelche Todesfälle unterwegs verantwortlich.«

»Zur Kenntnis genommen.« Unwillkürlich musste sie lächeln, als sie sich wieder auf die Ladefläche zurücksinken ließ.

Sofort spürte sie Blicke auf sich und wusste genau, von wem sie kamen. Anya hatte während der ganzen Fahrt fast nichts gesagt, was ihr nur recht gewesen war. Nach ihrer Konfrontation vor ihrem Flug und dann wieder nach der Landung war sie auch nicht in der Stimmung, sich mit ihrer zweifelhaften Verbündeten zu unterhalten.

Trotzdem blieb das Gefühl, dass sie ständig beobachtet wurde. Samantha veränderte ihre Sitzposition, während ihr Unbehagen ständig wuchs. Zweifellos wusste Anya genau, was sie da tat. Machte es ihr vielleicht Spaß, ihr dieses Gefühl zu vermitteln?

Gereizt hob sie den Blick und sah ihre Widersacherin an. Und richtig, Anya beobachtete sie von der anderen Seite des Laderaums. Ein Monster, das in der Dunkelheit lauerte. Stumm, unvorhersehbar und tödlich.

»Gibt es ein Problem?«

Anya antwortete nicht sofort. McKnight war aufgefallen, dass sie das so gut wie nie tat, als wollte sie absichtlich die Anspannung und das Unbehagen ausdehnen.

»Du scheinst nervös zu sein, McKnight.« Anya beugte sich etwas vor, sodass sie im Licht, das durch die Fensterscheibe fiel, plötzlich deutlich sichtbar wurde. »Vielleicht sollte ich dich fragen, ob es ein Problem gibt.«

»Wie wäre es, wenn du für den Rest dieser Reise nicht mehr mit mir redest?«, konterte McKnight. »Dann wäre ein Problem bereits gelöst.«

Sie sah das Lächeln auf dem Gesicht der anderen Frau. »In Augenblicken wie diesem werden die Leute aus allen möglichen Gründen nervös. Sie machen sich Sorgen wegen der Mission, haben Angst davor, geschnappt zu werden, fürchten sich, dass das Team sie im Stich lassen könnte ... Vor allem, wenn sie Geheimnisse vor ihren Freunden hüten.«

Lüge sie nicht an, warnte eine Stimme in McKnights Kopf sie. *Sie merkt es.*

»Du bist nicht meine Freundin«, erwiderte sie mit einer Spur von Trotz. »Was geht es dich an?«

»Es geht mich etwas an, denn es könnte der Moment kommen, an dem ich dir vertrauen muss. Ich würde nicht gern davon ausgehen, dass dieses Vertrauen fehl am Platze wäre.«

»He!«, mischte sich Frost vom anderen Ende des Laderaums ein. »Sam hatte bereits gesagt, dass sie keine Lust mehr hat, dir zuzuhören. Das gilt auch für mich. Welchen Teil von ›Halt's Maul‹ hast du nicht verstanden?«

Anyas durchdringender Blick richtete sich auf die junge Spezialistin. Dann schien sich ihre Haltung zu verändern, ohne dass sie sich auch nur bewegt hatte. Sie spannte sich an wie ein Raubtier, das sich im nächsten Moment auf ihre Beute stürzen wollte, und einen Augenblick lang befürchtete McKnight wirklich, dass sie mit mehr als nur mit Worten gegen Frost zurückschlagen würde.

Dann sah sie, wie Anya sich entspannte, als sie sich wieder an die Seitenwand des Lastwagens lehnte. Das Monster verschwand wieder im Schatten.

»Achtung!«, rief Mason von vorn. »Vor uns kommt ein Sicherheitstor. Bleibt alle in Deckung, bis wir durch sind.«

McKnight drückte sich an die Wand des Fahrzeugs und versuchte, wie Anya im Schatten zu verschwinden, während Drake anhielt und sein Fenster herunterkurbelte.

»Guten Morgen«, sagte er und zwang sich, freundlich zu klingen. »Robert Douglas von Apex Deliveries. Meine Firma sollte einen Lagerraum hier reserviert haben.«

Ihr Plan erforderte natürlich eine Basis, von der aus sie operieren konnten. Hotels und Wohnungen kamen nicht infrage, weil sie einerseits zu viel Aufmerksamkeit erregten, andererseits weil das Team in der Lage sein musste, den Lastwagen unbemerkt mit Waffen und Ausrüstung zu beladen und wieder zu entladen. Sie brauchten ein großes sicheres Gebäude, das auch Fahrzeuge aufnehmen konnte.

Die beste Lösung, die ihnen eingefallen war, war ein kurzfristiger Mietvertrag für ein kleines Lagerhaus in einem der vielen Industriegebiete in Rawalpindi. Es war einfach genug gewesen, kurzfristig so etwas zu organisieren, indem sie einen falschen Firmennamen benutzten und behaupteten, sie zögen in neue Büros um. Deshalb bräuchten sie einen Platz, wo sie ihre Vorräte und die restliche Einrichtung während des Umzugs lagern konnten. Dass sie eine Monatsmiete im Voraus bezahlten, hatte geholfen, die Zahnräder ein bisschen zu schmieren.

McKnight hörte der gedämpften Unterhaltung zu, die draußen stattfand, wahrscheinlich mit dem Nachtwächter des Geländes. Sie hoffte, dass sie hereinkommende Fahrzeuge nicht inspizieren mussten. Anderenfalls steckten sie in Schwierigkeiten.

»Identifizierung? Kein Problem«, sagte Drake und gab dem Mann seinen gefälschten Reisepass mit einer Geschäftskarte von Apex Deliveries. »Unsere Niederlassung in Islamabad wurde geschlossen, aber Sie können natürlich das Hauptbüro anrufen, um sich das bestätigen zu lassen. Die Nummer steht hier unten auf der Karte.«

Wieder hörte man gedämpfte Stimmen, dann folgte Schweigen. Was ging hier vor? Gab der Nachtwächter die

Einzelheiten gerade in seinen Computer ein? Oder an einen Vorgesetzten oder sogar an die Polizei weiter? Die Sekunden verstrichen und schienen sich zu Minuten auszudehnen, während die drei Passagiere im dunklen Laderaum saßen, ohne sich zu rühren und fast ohne zu atmen.

»Hören Sie, ich will nicht nerven, aber wir haben morgen einen langen Tag vor uns«, sagte Drake. Er klang gelangweilt und müde. »Könnten wir das alles ein bisschen beschleunigen?«

Er mochte den müden Arbeiter mimen, aber McKnight spürte die Spannung förmlich, die Drake ausstrahlte. Er spielte jetzt ein sehr gewagtes Spiel, weil er den Zorn des Mannes riskierte, der die Macht hatte, ihnen den Zugang zu dem Lagerhaus zu erlauben oder zu verweigern.

Schließlich sah sie, wie Drake die Hand aus dem Fenster streckte und dann seine Dokumente und Schlüssel an Mason auf dem Beifahrersitz weitergab.

»Einheit fünf? Die erste links, dann bis ganz nach hinten? Klingt gut. Ich bin sicher, das finden wir«, sagte er. Jetzt war er sehr freundlich. »Danke für Ihre Hilfe.«

McKnight atmete unwillkürlich aus, als sie das Sicherheitstor passierten. Sie war erleichtert. Ein weiteres Hindernis, das sie überwunden hatten.

Sie brauchten nicht lange, bis sie das entsprechende Gebäude fanden. Mason sprang aus dem Fahrzeug, schloss die Türen auf und lotste sie in das Lagerhaus. Sobald sie drinnen waren, zog er die großen Rolltore zu und schirmte so das Innere gegen neugierige Blicke von außen ab.

Kaum hatte Drake angehalten und den Motor abgeschaltet, sprang Frost auf und öffnete die Türen. Helles elektrisches Licht fiel in das Innere des Lastwagens.

»Home Sweet Home«, sagte die junge Spezialistin und sprang von der Ladefläche des Lastwagens. Dann blickte sie sich um. Ihre Stimme schien in dem riesigen Lagerhaus widerzuhallen.

»Jedenfalls für die nächsten vierundzwanzig Stunden«, erwiderte Mason, nachdem er die Tore des Lagerhauses gesichert hatte.

McKnight fühlte sich wie eine Höhlenbewohnerin, die zum ersten Mal in die Sonne trat. Sie blinzelte in dem hellen künstlichen Licht, als sie ebenfalls hinaussprang. Ihre Stiefel knallten laut auf den Zementboden.

Das war das kleinste Lagerhaus gewesen, das für ihre Erfordernisse geeignet war, aber selbst in diesem bescheidenen Gebäude wirkte der Lastwagen winzig. Es wurde von großen Bogenlampen erleuchtet, die an den Dachstreben montiert waren. Ein oder zwei der Lampen flackerten summend, während sie in aller Ruhe ihre neue Operationsbasis betrachtete.

Man konnte sofort sehen, warum die Miete so niedrig war. Die Wände und die Decke bestanden aus Wellblech, das man an ein Stahlgerüst genietet hatte – für solche Gebäude eine durchaus typische Konstruktion. Der Boden war gegossener Zement und nur notdürftig verarbeitet, übersät mit Papier, Verpackungsmaterial und Zigarettenstummeln, platt gewalzt von zahllosen Rädern.

Es war ein offensichtlich häufig benutztes Lagerhaus, und angesichts der vielen Rostflecken an den Wänden und, was erheblich besorgniserregender war, auch an den Stützpfeilern, eines, das schon bessere Zeiten gesehen hatte. Die Luft roch feucht und schimmelig, nach altem Maschinenöl und anderen, noch weniger erfreulichen Gerüchen, über die sie lieber nicht nachdenken wollte.

Am anderen Ende des riesigen Raumes war ein Bereich mit Gipswänden abgetrennt worden, an denen primitive Lichtschalter angebracht waren. Vermutlich diente es als

Büro oder als Arbeitsbereich. In ihrem Fall jedoch würden sie es zum Schlafen, Essen und Waschen benutzen.

Es war nicht gerade die bestmögliche Operationsbasis, aber sie würde ihren Zweck erfüllen.

Sie hörte, wie hinter ihr Stiefel auf den Zement prallten, und wusste, dass Anya ausgestiegen war. Samantha widerstand dem Drang, sich umzudrehen oder zur Seite zu treten, weil sie irgendwie glaubte, dass das als Schwäche ausgelegt würde. Die ältere Frau jedoch ignorierte sie einfach, schob sich an ihr vorbei und stieß gegen ihre Schulter, ohne auch nur ein Wort zu sagen.

»Also gut, wir haben viel zu tun und nicht viel Zeit«, verkündete Drake. »Laden wir also unsere Ausrüstung aus und bereiten dann den Lastwagen vor. Ich will das Ziel auskundschaften, solange es noch dunkel ist.«

»Schon dabei«, antwortete Mason. Er löste die Riemen, mit der die erste Kiste festgezurrt war.

»Keira, du kommst mit mir. Ich will den Judas-Code ausprobieren.«

»Warum nicht? Klingt nach jeder Menge Spaß.«

»Das wollte ich hören«, sagte Drake. »Ihr anderen fangt an, diesen Ort hier einzurichten. Wir brauchen einen funktionierenden Operationsraum, wenn ich wieder zurück bin. Aber Waffen- und Ausrüstungschecks haben Priorität.«

»Möchtest du auch ein heißes Bad und eine Cocktailbar, wenn wir schon dabei sind?«, fragte Mason.

»Nur wenn es Piña Colada gibt!«, rief Drake über die Schulter zurück.

Anya war an ihrem Geplänkel nicht interessiert. Sie packte Drake am Arm, als er an ihr vorbeiging. »Ich komme mit dir.«

Er schüttelte den Kopf. »Schlechte Idee. Du wirst hier gebraucht.«

Ihr Griff wurde etwas fester. »Ich bin nicht um die halbe Welt gereist, um Ausrüstung auszuladen, Ryan.«

Drake betrachtete sie skeptisch. »Wir klären nur auf. Je weniger von uns daran beteiligt sind, desto besser.«

Anya zuckte mit den Schultern, als hätten seine Bedenken nichts zu bedeuten. »Ich komme trotzdem mit. Ich will das Sichere Haus selbst sehen.«

Einen Moment schien Drake mit ihr streiten zu wollen, doch dann nickte er zögernd. Vielleicht spürte er, dass sie ohnehin schon genug Probleme miteinander hatten.

»Also gut«, gab er nach und zog seinen Arm aus ihrem Griff. »Wir fahren in fünf Minuten los. Wenn du etwas tun musst, dann tu es jetzt.«

»Das Einzige, was ich tun muss, ist, dorthin zu kommen. Alles andere kann warten.«

Drake warf einen Blick auf die Uhr, weil er darauf nichts zu erwidern wusste. »Also gut, wir haben noch fünf Stunden bis zum Morgengrauen. Machen wir das Beste daraus.«

Als die anderen an die Arbeit gingen, wartete McKnight, bis Anya außer Hörweite war, und trat dann zu Drake. »Ryan, hör zu … Sei vorsichtig da draußen.«

»Das bin ich immer.«

»Das habe ich nicht gemeint.« Sie deutete mit einem Nicken auf Anya, die vorsichtig den Bürobereich am hinteren Ende des Lagerhauses erkundete. »Ich meine, sei vorsichtig in ihrer Nähe.«

Drake betrachtete sie einen Moment neugierig, während er sich fragte, was wohl ihr Unbehagen ausgelöst haben könnte. Aber er spürte, wie viel ihr das bedeutete, und nickte.

»Okay, Sam.« Er wandte sich ab und sah dann noch mal über die Schulter zu ihr zurück. Er grinste. »Halt du die

Festung. Und wenn wir in einer Stunde nicht zurück sind, ruf den Präsidenten an.«

Darüber musste selbst sie lächeln.

35

Islamabad, Pakistan

Es war immer eine merkwürdige Erfahrung, wenn man ein Ziel zum ersten Mal mit eigenen Augen sah, nachdem man lange Stunden oder in manchen Fällen auch Tage über Blaupausen und Satellitenbildern gebrütet und sich alle Einzelheiten eingeprägt hatte. Denn was auch immer man im Kopf hatte, man konnte es nie mit der Wirklichkeit vergleichen.

Ryan und Anya lagen auf dem Dach des Wohnblocks, den sie auf der Karte identifiziert hatten. Er lag etwa siebzig Meter westlich des Sicheren Hauses. Die Tür zum Dach war verschlossen und alarmgesichert gewesen, aber Drake hatte den Alarm umgangen und das Schloss geknackt und so diese beiden geringfügigen Hindernisse ausgeschaltet. Dadurch hatten sie ungesehen auf das Flachdach kriechen können.

Mittlerweile war es bereits weit nach Mitternacht, und selbst die geschäftige Metropole von Islamabad war ruhiger geworden. Der Verkehr auf den Straßen war fast vollkommen abgeebbt, und obwohl einige Häuser und Wohnungen noch erleuchtet waren, schienen die meisten Bewohner schlafen gegangen zu sein.

»Wie sieht es aus?«, fragte Anya und kauerte sich neben ihm hinter die niedrige Brüstung, die das Dach umgab. In der letzten Minute hatte sie einen Metallhaken in die gegenüberliegende Wand gebohrt, wie er von professionellen Bergsteigern benutzt wurde. Sie würden ihn heute Nacht brauchen. Aber nachdem ihre Arbeit jetzt erledigt war, wollte sie unbedingt mehr über ihr Ziel in Erfahrung bringen.

Drake veränderte leicht den Fokus seines Teleobjektivs und beobachtete den Rand des Grundstücks.

»Die Kameras sind genau da, wo sie sein sollen«, sagte er und machte rasch ein Foto von jeder Sicherheitskamera, die er fand.

Dann richtete er das Objektiv nach oben und stellte es auf eine große Satellitenschüssel auf dem Dach ein. Äußerlich ähnelte sie einer ganz normalen Fernsehschüssel und unterschied sich kaum von den anderen in diesem Viertel. Aber Drake hätte darauf gewettet, dass es eine Satcom-Anlage für das Verschicken und Empfangen sicherer Kommunikation war.

»Auf dem Dach gibt es eine Ansammlung von Antennen. Das ist zwar kein besonders gutes Ziel, aber es könnte ein guter Ankerpunkt sein. Und darunter befindet sich eine Dachterrasse.« Eine geschlossene Tür am Ende der Terrasse führte tiefer ins Haus. »Dort kommen wir hinein.«

»Sind die Antennen stabil genug, um unser Gewicht zu halten?«, wollte sie wissen.

»Das werden wir morgen Nacht herausfinden.« Drake lächelte, als er ein weiteres Detail erblickte, über das ihn keine Blaupause hätte informieren können. »Sieht aus, als hätten sie die Mauer rund um das Dach mit Glassplittern gespickt. Es sind wirklich die Details, die einem solchen Ort Charme verleihen.«

Glücklicherweise mussten sie nicht über die Mauer klettern, um hineinzukommen. Drake hatte einen weit kühneren Plan im Sinn.

Er griff nach dem Funkgerät in seiner Jacke und drückte auf den Knopf. »Einheit zwei, Lagebericht? Over.«

»Arbeite noch daran, Eins«, knisterte Frosts Stimme durch den kleinen Kopfhörer in seinem Ohr. »Stand-by.«

»Wie viel Zeit brauchst du?«

»Sorry, aber möchtest du es lieber selbst versuchen?«, konterte sie gereizt. »Du würdest überrascht feststellen, dass es nicht so einfach ist, wie das Licht in der Küche einzuschalten. Also warte gefälligst und lass mich meinen Job erledigen.«

»Sehr professionell, Zwei.«

Frost befand sich zurzeit ein paar Hundert Meter von ihnen entfernt und versuchte, einen örtlichen Telefon-Verteilerkasten anzuzapfen. Es war nicht einfach, aber es war notwendig, wenn sie die Kontrolle über das beeindruckende Sicherheitssystem des Sicheren Hauses übernehmen wollten. Wie sie erklärt hatte, war das nur mit einer Festleitung zu schaffen.

»Bewegt sich drinnen etwas?«, fragte Anya, die sich lieber auf die Dinge vor ihrer Nase konzentrierte.

Drake richtete seine Linse auf die deckenhohen Fenster im oberen Stockwerk, die einen optimalen Blick über die Stadt gewährten. Es brannten einige Außenleuchten, aber ansonsten lag das Haus im Dunkeln. »Sieht ruhig aus. Kein Zeichen irgendeiner Aktivität.«

»Cains Sicherheitsteam wird wahrscheinlich ein paar Stunden vor dem Treffen ankommen, um das Haus nach Wanzen abzusuchen«, meinte Anya. »Dann wissen wir, dass es losgeht.«

»Klingt logisch. Dann brauchen wir uns nur noch durch die Sicherheitsleute hindurchzukämpfen. Eine Kleinigkeit.«

»Einfach ist das nicht. Er wird wahrscheinlich sehr gut bewacht.«

Er nickte. »Der Standardschutz für einen so hochrangigen Direktor besteht aus einem halben Dutzend bis an die Zähne bewaffneten Agenten in Anzügen. Unauffällig, aber mit jeder Menge Feuerkraft.«

Da Drake etliche Jahre für die Agency gearbeitet hatte, war er mit ihren Protokollen sehr vertraut. Alle Agenten würden schusssichere Westen aus Kevlar tragen und mit halbautomatischen und automatischen Waffen ausgestattet sein. Wahrscheinlich MP5-K wegen ihrer leichten Handhabung und ihrer geringen Größe sowie Blend- Tränengas- und Splittergranaten, wenn sie besonders einfallsreich waren.

»Ich würde mehr erwarten«, widersprach sie. »Ganz zu schweigen davon, dass sein pakistanischer Kontaktmann höchstwahrscheinlich seine eigenen Leute mitbringt.«

Das hatte Drake ebenfalls befürchtet. Das war eine Menge Feuerkraft, mit der es sein kleines Kommandoteam zu tun bekam. Es bestand die erschreckend hohe Möglichkeit, dass dies hier zu einem wahren Massaker wurde.

Er warf ihr einen Seitenblick zu. »Hör zu, du bist doch schon eine Weile im Geschäft.« Als er ihren Blick bemerkte, fuhr er hastig fort: »Ich meinte das als ein Kompliment. Du hast alles gesehen und gemacht, was man in diesem Spiel machen kann. Sag ehrlich: Hast du jemals eine solche Situation erlebt?«

Anya spitzte die Lippen und dachte nach. »Nein«, antwortete sie schließlich. »So etwas noch nicht.«

Er hatte um eine ehrliche Antwort gebeten, und sie hatte sie ihm gegeben. Auch wenn sie ihm nicht sonderlich gefiel.

»Und ich habe mir schon Sorgen gemacht«, bemerkte Drake mit trockenem Humor. Dann richtete er seine Aufmerksamkeit wieder auf das Haus. »Betrachten wir es von der positiven Seite: Du kannst dir anschließend eine weitere Feder an deinen Hut stecken. Vorausgesetzt, wir überleben es.«

»Macht dir das wirklich Spaß?« Seine lässige Bemerkung hatte sie überrascht.

Er zuckte mit den Schultern und wollte ihre Frage schon als einfaches Missverständnis abtun. Doch als er darüber nachdachte, musste er zugeben, dass sich die Dinge für ihn in letzter Zeit verändert hatten. Er war zwar nicht direkt begeistert, aber er fühlte sich fokussierter, getriebener und lebendiger, als er sich seit langer Zeit gefühlt hatte.

Er hatte jetzt einen Zweck, eine Mission, ein Ziel, auf das er zugehen konnte. Die Gefahren und die Herausforderungen, die ihm im Weg standen, waren Probleme, die er überwinden würde. Der Feind, mit dem er es zu tun hatte, war zwar gerissen und rücksichtslos, aber er war real und fassbar, sodass er sich ihm stellen konnte.

»Ich kämpfe lieber, statt mich zu verkriechen«, sagte er, ohne sich umzudrehen. »Letzteres haben wir schon versucht. Es hat nicht besonders gut geklappt.«

»Da wir gerade ehrlich miteinander sind, es gibt etwas, das ich gern wissen würde.« Anya zögerte und suchte nach den richtigen Worten. »Du hast mich einmal gefragt, was ich machen würde, wenn all das vorbei ist, und vielleicht ist diese Frage auch berechtigt gewesen. Aber hast du sie dir selbst auch schon einmal gestellt?«

Drake hätte eigentlich ein Dutzend Antworten herunterleiern müssen. Vor ein paar Tagen hätte er das auch noch gekonnt, aber jetzt …

Jetzt fiel es ihm schwer, sich irgendetwas vorzustellen, was nach ihrer Aktion in der folgenden Nacht kommen würde, als wäre die Operation Downfall eher das Ende, nicht nur ein weiterer Schritt auf dem Weg. *Ist das die Wahrheit?*, dachte er. *Dieses ganze Gerede, nicht so enden zu wollen wie Anya, zu versuchen, das Leben zu schützen, das ich für mich in Marseille aufgebaut habe, dass ich etwas habe, wohin ich zurückgehen könnte, wenn alles vorbei ist?* Wie real war das alles gewesen?

Oder gab es einen anderen Grund, warum es ihm so schwerfiel, sich auf die Zukunft zu konzentrieren? Einen weit naheliegenderen Grund?

Glücklicherweise meldete sich in dem Moment knisternd sein Kopfhörer und unterbrach das verlegene Schweigen. »Einheit Zwei. Bereit, das Licht auszuschalten.«

Drake atmete aus, erleichtert sowohl über ihren Erfolg als auch über die willkommene Unterbrechung. »Verstanden, Zwei. Mach es.«

In den nächsten Sekunden passierte gar nichts. Autos fuhren über die nahe gelegenen Straßen, in der Ferne kläfften Hunde, und aus Häusern und Wohnungen klang gedämpfte Musik. Die Klimaanlagen summten vor sich hin. Die Welt ringsum ging ganz normal weiter, ohne etwas von der heimlichen Arbeit zu ahnen, die direkt vor ihrer Nase erledigt wurde.

Drake bekam davon jedoch nichts mit. Seine gesamte Aufmerksamkeit war auf die Überwachungskamera gerichtet, die an der Mauer des Sicheren Hauses montiert war. Er hoffte, dass die rote Anzeigenlampe endlich erlosch, während die Sekunden mit quälender Langsamkeit verstrichen.

»Komm schon, komm endlich!«, flüsterte er.

Jeder Moment, der verstrich, verminderte ihre Erfolgschancen.

Er konnte nicht sagen, wie viel Zeit verstrichen war, doch plötzlich, einfach so, erlosch das rote LED-Licht an der Seite der Videoeinheit.

»Da ist es!« Er konnte kaum glauben, dass es tatsächlich geklappt hatte. »Zwei, wie ist dein Lagebericht?«

»Ich bin drin, Eins. Es ist etwas umständlich zu bedienen, aber ich habe alles – Telefone, Türschlösser, Kameras. Der Code funktioniert.«

Drake atmete erleichtert aus. Er konnte es kaum glauben. Es würde nicht einfach werden, es konnten immer noch mindestens ein Dutzend Dinge schiefgehen und ihre Mission scheitern lassen, aber zumindest war es jetzt möglich. Das reichte fürs Erste.

»Dann haben wir alles, was wir hier brauchen«, erklärte er. »Pack zusammen, Zwei. Wir treffen uns in fünf Minuten am Sammelpunkt. Over.«

»Verstanden, Eins. Bin schon dabei. Aus.«

Drake drehte sich zu Anya herum und nickte ihr zu. »Keine Atempause für die Bösen. Gehen wir.«

Sie widersprach nicht, als er seine Sachen zusammenpackte und zur Treppe zurückging. Er schloss die Tür hinter sich, ließ aber den Alarm ausgeschaltet. Das würde ihnen Zeit ersparen, wenn sie in der nächsten Nacht zurückkehrten.

Sie verließen den Wohnblock, und Drake wandte sich nach rechts. Er ging über die Straße, dicht gefolgt von Anya, die ein schlammbraunes Shemagh, ein Palastinensertuch, über den Kopf gezogen hatte, um ihr Gesicht und ihr verräterisches blondes Haar zu bedecken. In diesem Teil der Welt würde eine Frau aus dem Westen, die nachts allein über die Straße lief, Aufmerksamkeit auf sich ziehen, die sie nicht brauchen konnten.

»Ich muss schon sagen, du bist überraschend erfindungsreich, wenn es drauf ankommt. Hast du alle deine Shepherd-Missionen so geleitet?«, fragte Anya neugierig.

»Verdammt, nein!«, erwiderte Drake verblüfft, während er die Umgebung im Auge behielt. »Ich improvisiere hier. Normalerweise hätten wir Satellitenaufklärung zur Verfügung, Drohnen, Infrarotbilder und etwa eine Woche Planungszeit. Warum fragst du? Wie hast du denn gearbeitet?«

»Wir haben gearbeitet, um zu überleben. Wir haben uns nicht bei allem auf Computer verlassen.«

Drake verdrehte die Augen. »Himmel, du hörst dich schon an wie mein Dad.«

Er konnte ihre Miene nicht sehen, aber er spürte praktisch, wie sich der Blick dieser stahlblauen Augen in seinen Hinterkopf bohrte.

Der Bukhanka parkte in einer Gasse, die von der Hauptstraße abging, etwa fünfzig Meter vor ihnen. Zu seiner Erleichterung schien der Wagen unberührt zu sein. Er hatte das Fahrzeug nicht gern unbewacht zurückgelassen, aber sie hatten keine große Wahl gehabt. Außerdem war es nicht gerade ein neuer Ferrari. In einem so wohlhabenden Viertel wie diesem hier war die Chance gering, dass jemand ein so heruntergekommenes Vehikel stehlen würde.

»Einheit Zwei ist unterwegs«, meldete sich Frosts knisternde Stimme in seinem Kopfhörer. »Bin in sechzig Sekunden da.«

»Verstanden, Zwei«, antwortete Drake. »Wir warten am …«

»Stehen bleiben!«, ertönte eine harte, gebieterische Stimme links von ihm.

Drakes Kopf fuhr herum und sah einen Mann aus dem Schatten auf der anderen Seite der Gasse treten. Einen Moment später tauchte ein zweiter Mann hinter dem Van auf.

Wie es aussah, hatten sie auf sie gewartet.

Drake spannte sich sofort an und bereitete sich darauf vor zuzuschlagen, falls das erforderlich sein sollte. Im selben Moment versuchte er die Lage einzuschätzen. Sein Blick zuckte zwischen den beiden möglichen Feinden hin und her und nahm so viele Einzelheiten von ihnen auf wie möglich.

Beide Männer hatten ähnliche Uniformen, aber sie sahen nicht aus wie Soldaten und trugen auch nicht das Blau-Kaki der örtlichen Polizeikräfte. Geheimdienstoffiziere hätten höchstwahrscheinlich Zivilkleidung getragen, also kam das ebenfalls nicht infrage. Und sie waren aus ganz ähnlichen Gründen auch keine Autodiebe.

Hätte er raten müssen, hätte er gesagt, dass die Männer zu einer privaten Sicherheitsfirma gehörten, die im Viertel patrouillierten und unerwünschte Subjekte fernhielten. Ein alter, heruntergekommener Lastwagen aus russischer Produktion, der verlassen in einer Gasse stand, hatte vermutlich ihre Aufmerksamkeit erregt.

»Da will mich wohl einer verarschen«, sagte Drake leise. Er konnte kaum glauben, dass sie von zwei Miet-Cops überrumpelt worden waren.

»Hände hoch!«, befahl der erste Mann. »Beide.«

Die Ankunft dieser Männer mochte ein schlechter Scherz gewesen sein, aber an den beiden automatischen Pistolen, die sie auf ihn gerichtet hatten, war nichts lustig. Drake versuchte, die beiden Waffen in der Dunkelheit zu erkennen. Er schätzte, es waren Glock 17, die bevorzugten Waffen von Polizisten auf der ganzen Welt.

Es war eine der ersten Handfeuerwaffen, die aus synthetischem Polymer statt aus dem üblichen Metall hergestellt worden waren. Die Glock war wegen ihres geringen Gewichts, ihres Widerstands gegen Rost und Schmutz und ihrer Zielgenauigkeit sehr schnell sehr beliebt geworden. Es gab viele unterschiedliche Kaliber, und in dem schlechten Licht war es unmöglich zu erkennen, welche Patronen die Waffen dieser beiden Männer verschossen. Aber es machte auch keinen großen Unterschied. Aus so großer Nähe hätte selbst eine 9-mm-Waffe ausgereicht, um Anya und ihn zu erledigen. Keiner von ihnen trug eine schusssichere Weste.

Als Drake sie sah, war sein erster Instinkt gewesen, nach seiner eigenen Pistole zu greifen, aber ein Blick auf die Sicherheitsleute überzeugte ihn, darauf zu verzichten. Sie hatten den Finger am Abzug. Vermutlich reichte bereits eine hastige Bewegung, um eine Reaktion zu provozieren. Und selbst wenn Anya und er diese Begegnung überlebten, dann würde eine bewaffnete Auseinandersetzung auf der Straße nur wenige Stunden vor dem Angriff auf das Sichere Haus höchstwahrscheinlich dazu führen, dass das ganze Treffen abgesagt wurde.

Da noch keiner gestorben war, vermutete er, dass Anya seiner Meinung war. Wie lange sie allerdings friedlich blieb, hing höchstwahrscheinlich davon ab, wie sich die Sache in den nächsten Sekunden entwickelte.

»Wow! Schon gut, Jungs. Alles okay.« Drake hob die Hände und bemühte sich, so wenig bedrohlich wie möglich auszusehen. Wie ein verängstigter Tourist, der von zwei bewaffneten Polizisten überrascht wurde. »Immer mit der Ruhe. Wir sind nicht bewaffnet.«

»Ist das Ihr Lastwagen?«, fragte der Mann links von ihm. Sein Englisch war für einen einfachen Sicherheitsmann überraschend gut. Er wirkte etwas älter als sein Kamerad und war wahrscheinlich derjenige von den beiden, der die Entscheidungen traf. In diesem Fall war er derjenige, den Drake für sich einnehmen musste.

Drake nickte nachdrücklich. »Ja, ist er.«

»Was machen Sie hier?«

»Wir kommen aus Vancouver«, begann er und täuschte, so gut er konnte, einen kanadischen Akzent vor.

Die goldene Regel in solchen Situationen bestand darin, niemals zu behaupten, man wäre Amerikaner oder Engländer. Die beiden Nationen hatten die Hälfte aller muslimischen Länder der Welt bombardiert und waren dort einmarschiert, und sie hatten dabei sehr viele Leute verärgert. Drake gab sich immer als Bürger von Ländern wie Kanada, Australien oder Neuseeland aus – es waren neutrale, friedliche, Englisch sprechende Nationen, für die sich niemand auch nur im Geringsten interessierte.

»Wir machen Urlaub in Islamabad, und wir haben Freunde, die in der Nähe wohnen. Wir sind nur zum Abendessen vorbeigefahren.«

Warum ein Paar, das Urlaub machte, einen heruntergekommenen alten Lastwagen fuhr statt eines Mietwagens, stand auf einem ganz anderen Blatt. Aber er setzte darauf, dass diese beiden Männer Angehörige fremder Nationen nicht ohne guten Grund behelligen würden.

»Verstehe«, sagte der Mann und senkte seine Glock etwas. Aber sein argwöhnischer Blick machte deutlich, dass er Drake die Geschichte nicht abkaufte. »Dann stört es Sie sicher nicht, wenn ich Ihren Freund frage. Ich bin sicher, dass er Ihre Geschichte bestätigen kann. Wie lauten sein Name und seine Adresse?«

Drake biss sich auf die Lippen. Er wusste, dass er sich jetzt nur noch schwer würde herausreden können. Es war einfach Pech, dass sie ausgerechnet auf den einzigen Sicherheitsbeamten der ganzen Welt stießen, der seinen Job ernst nahm.

»Es ist bereits spät«, stellte er fest. »Der Mann liegt wahrscheinlich bereits im Bett, und ich bin sicher, dass er es nicht sonderlich zu schätzen weiß, wenn Sicherheitsbeamte mitten in der Nacht an seine Tür klopfen. Ich würde ihn deswegen nur ungern behelligen.«

Darüber musste der Mann nachdenken. Mögliche Einbrecher abzuschrecken war eine Sache, aber die Bewohner, die sein Gehalt bezahlten, zu belästigen, war eine ganz andere.

Er entschied sich für einen Kompromiss. »Dann geben Sie mir zumindest seinen Namen und seine Adresse«, erwiderte er schließlich. »Dann kann ich das bei meinen Vorgesetzten überprüfen.«

Jetzt hatte der Kerl ihn erwischt, und das war ihnen beiden klar. Aber bevor er irgendetwas sagen konnte, mischte sich Anya ein.

»Hören Sie zu, es ist schon spät, wir sind müde und würden gern in unser Hotel zurückfahren«, sagte sie. Sie sprach mit einem ganz ähnlichen Akzent wie er selbst. »Sie haben kein Recht, uns aufzuhalten. Also wollen Sie jetzt aufhören, uns zu belästigen und uns endlich gehen lassen, oder sollen wir uns bei Ihrem Boss über Sie beschweren?«

Drake warf ihr einen scharfen Blick zu, um sie davor zu warnen, die Männer noch weiter zu provozieren. Sie spielte auch so schon ein sehr riskantes Spiel. Denn niemand konnte wissen, wie die beiden auf so eine offene Herausforderung ihrer Autorität reagieren würden, vor allem, wenn sie von einer Frau kam.

»Wir sind hier, um die Sicherheit der Bewohner zu gewährleisten, Miss«, antwortete er. Er suchte Zuflucht bei der offiziellen Politik. »Ich muss einen Ausweis sehen. Und ich frage Sie nicht noch einmal.«

Anya schüttelte den Kopf. »Für so etwas habe ich keine Zeit. Verschwinden Sie und belästigen Sie jemand anderen.«

Bei diesen Worten ging sie hoch erhobenen Hauptes weiter direkt zum Lastwagen, bevor Drake sie aufhalten konnte. Er wusste, dass derartiger Widerstand höchstwahrscheinlich zu einer Konfrontation führte, und vermutete, dass genau das ihre Absicht war.

Und richtig, es war der Jüngere der beiden Männer, der die Initiative übernahm. Er trat ihr in den Weg und hob seine Waffe, hielt sie direkt in ihr Gesicht. Er war ein junger Mann, tollkühn und stolz, der sich nicht von einer Frau respektlos behandeln lassen wollte.

Wahrscheinlich war es der letzte Fehler, den er machen würde.

»Zurück!«, fuhr er sie an und schwenkte die Glock, als wäre er ein Gang-Mitglied, das sein Territorium verteidigte. In der freien Hand hielt er ein Paar Handschellen. »Sofort!«

Drake wusste, dass diese ganze Sache nur auf eine Art und Weise enden konnte. Zögernd nickte er Anya zu, als der Wachmann sich ihr näherte. Sie mussten nicht miteinander reden. Jeder wusste, was der andere dachte und was getan werden musste. Es war nur eine Frage des Timings.

Sie wartete, bis er sie fast erreicht hatte, dann schnappte ihre Falle zu. Ihre rechte Hand schoss nach vorn, umklammerte die Glock und riss sie aus seinem Griff, bevor er abdrücken konnte.

Währenddessen schlug sie mit der Handfläche ihrer freien Hand zu und traf sein Kinn. Die betäubende Wirkung, wenn einem der Kiefer gegen den Schädel kracht, war nicht zu unterschätzen. Drake hatte gesehen, wie Boxer und auch erfahrene Agenten nach einem einzigen solchen Schlag zu Boden gingen, und dieser junge Sicherheitsbeamte machte keine Ausnahme. Sein Kopf ruckte von der Wucht des Schlages zurück, er stöhnte und begann zu taumeln.

Drake wartete nicht ab, was als Nächstes passieren würde. Der erste Sicherheitsbeamte schwang bereits seine Waffe zu Anya herum, als er instinktiv versuchte, seinen verletzten Kameraden zu schützen.

Drake machte zwei Schritte, bis er in Reichweite war, und trat zu. Er traf mit seinem Stiefel das rechte Knie des Mannes von der Seite. Das Kniegelenk ist nicht dafür ausgelegt, sich in diese Richtung zu beugen, und Drake hörte, wie die Knorpel und Sehnen rissen, als sie unter dem Schlag nachgaben. Der Mann konnte sein Gewicht nicht mehr tragen und kippte zur Seite. Er schien fast verwirrt über das zu sein, was da passierte.

Aber die Waffe stellte immer noch eine Bedrohung dar, die beseitigt werden musste. Drake schlug von unten zu, erwischte die Automatik und fegte sie dem Mann aus der Hand, bevor dieser schießen konnte.

Was als Nächstes passierte, tat ihm fast leid. Er packte das olivenfarbene Hemd, damit der Mann nicht zu Boden stürzte, und drehte den Kopf des Wachmannes in seine Richtung, sodass er ein optimales Ziel bot. Es war nicht nötig, zu einem dramatischen Schwinger auszuholen, weil dies viel zu lange dauerte und seinem Widersacher möglicherweise Gelegenheit gab, dem Schlag auszuweichen oder ihn abzuwehren. So etwas war reine Fantasie. Die Wirklichkeit erforderte einen kurzen, scharfen Schlag ans Kinn, den er mit der Kraft und Präzision von jahrelanger Ausbildung ausführte, und der genügte, um seinen Gegner flachzulegen.

Dann ließ er das Hemd des Mannes los, sodass dieser zu Boden sank. Sein Herz hämmerte, und sein Körper war von Adrenalin überflutet. Er atmete aus, um sich zu beruhigen, und drehte sich zu Anya herum. Ihr Gegner war ebenfalls ausgeschaltet, und während er sie beobachtete, bückte sie sich, um die Handschellen aufzuheben, die der Mann ihr hatte anlegen wollen.

»Was zum Teufel sollte das?«, fuhr er sie an.

Anya sah ihn verwirrt an. »Was meinst du damit?«

»Ich hätte uns aus der Situation herausreden können. Stattdessen musstest du dich einmischen und die ganze Sache vermasseln.«

»Er hat mich angegriffen. Und ich habe mich verteidigt.«

»Blödsinn! Du hast ihn provoziert, das weißt du genau.«

Sie stieß scharf den Atem aus. »Aus dieser Situation hätten wir uns nicht herausreden können, Ryan. Wir wussten beide, dass das passieren würde, als sie uns aufgelauert haben.«

Drake wollte etwas erwidern, aber bevor er etwas sagen konnte, wurde er von dem Geräusch von Schritten unterbrochen. Er zog seine Waffe und drehte sich herum. Im selben Moment tauchte Frost am Eingang der Gasse auf.

Sie betrachtete die Szene, und ihre Reaktion war wie immer sarkastisch. »Und, alles in Ordnung?«

Drake hob die Glock auf. »Wir hatten ein paar Schwierigkeiten.«

»Tatsächlich.«

Er ignorierte sie. »Hilf uns, Keira. Wir müssen sie von der Straße schaffen.«

Sie konnten sie auf keinen Fall hier liegen lassen. Sie waren zwar erst einmal außer Gefecht gesetzt, aber sie würden schon bald aufwachen, und dann waren sie ganz sicher mächtig sauer über das, was ihnen passiert war.

»Großartig, aber wohin willst du sie bringen?«, fragte die technische Spezialistin, während sie ihm half. »Ich glaube nicht, dass die anderen sich darüber freuen, wenn wir Gäste mit ins Lagerhaus bringen.«

Anya mied Drakes Blick, als sie den jungen Mann unter den Achseln packte und ihn zum Heck des Lastwagens zog. Was sie dachte, schien sie für den Augenblick zumindest für sich behalten zu wollen.

Außerdem hatte Drake andere Sachen im Kopf. Frost hatte recht. Sie konnten es sich nicht leisten, diese Männer gefangen zu halten. Sie hatten bereits jetzt viel zu wenig Leute, und das Risiko, dass zwei Gefangene entkommen oder Alarm schlagen konnten, durften sie auf keinen Fall eingehen.

»Ich habe eine Idee«, erwiderte Drake und durchsuchte die Taschen des älteren Sicherheitsbeamten. Schließlich fand er, was er suchte – eine Brieftasche, in der sich ein paar zerknitterte Rupien, zwei Bankkarten und ein Führerschein befanden.

36

Dieser Ort war so gut wie jeder andere.

Drake stoppte den Bukhanka an einer staubigen, nur von wenigen trockenen Büschen bewachsenen Stelle direkt neben der schmalen Landstraße, über die sie gekommen waren. Sie hatten eine Fahrt von etwa dreißig Minuten hinter sich und befanden sich jetzt gut fünfzehn Meilen außerhalb von Islamabad. Die letzte Siedlung, die sie gesehen hatten, war ein kleines Dorf ein paar Meilen hinter ihnen, das so weit außerhalb der Stromversorgung der Stadt lag, dass es seine Elektrizität für die Lichter von Dieselgeneratoren bezog.

Kurz, der Ort war so abgelegen, wie er nur sein konnte.

Er blieb ein paar Momente dort sitzen und starrte in die Dunkelheit hinaus, während er überlegte, ob es klug war, was er vorhatte. Es war zwar keine ideale Lösung, aber was war bei dieser Mission schon ideal?

Bring es einfach hinter dich.

Er hatte sich entschlossen, öffnete die Tür und trat hinaus. Dann ging er zur Rückseite des Lastwagens. Anya folgte ihm.

Die beiden Sicherheitsbeamten waren mittlerweile aufgewacht. Beide hatten einen Knebel und waren mit Handschellen gefesselt. Die Kühnheit und der Stolz, der sie dazu gebracht hatte, so überstürzt zu reagieren, waren verschwunden. Als Drake die Türen öffnete, richteten sich die Blicke ihrer dunklen Augen furchtsam auf ihn.

»Raus!«, befahl er. »Los!«

Die beiden Männer richteten sich mühsam auf und sprangen mit zitternden Beinen aus dem Lastwagen. Der Ältere humpelte sichtlich, eine Folge von Drakes Tritt. Frost folgte ihnen. Sie hielt sie in Schach, obwohl klar war, dass keiner der beiden Männer jetzt noch eine Bedrohung darstellte.

Der Jüngere murmelte etwas, und Tränen schimmerten in seinen Augen, aber wegen des Knebels konnte man seine Worte nicht verstehen. Drake zweifelte jedoch nicht daran, dass er um sein Leben bettelte. Der ältere Mann dagegen blieb stumm. Entweder war er zu stolz, um zu flehen, oder er wusste, dass es keinen Unterschied machte.

Drake trat vor die beiden Gefangenen. »Hört zu, ihr beiden. Ich werde euch jetzt ein paar Fragen stellen, und ich will ehrliche Antworten. Nickt, wenn ihr mich versteht.«

Die beiden Männer wechselten einen Blick, in dem sich Verwirrung und zaghafte Hoffnung spiegelten. Als sie aus dem Van gestiegen waren, hatten sie erwartet, dass sie exekutiert wurden, und jetzt bot man ihnen offenbar eine andere Lösung an. Als ihnen klar wurde, welche Gelegenheit sich ihnen hier bot, nickten die beiden Männer zustimmend.

»Gab es heute Nacht noch andere Sicherheitspatrouillen in diesem Gebiet?«, fragte Drake.

Nach einem Moment schüttelten die beiden die Köpfe.

»Hat einer von euch über Funk gemeldet, dass ihr diesen Lastwagen gesehen habt?«

Wieder verneinten sie.

Er wusste, dass er ihnen die nächste Frage stellen musste, dass er ihnen eine Chance geben musste, sich selbst zu beweisen.

»Denkt kurz darüber nach, dass wir wissen, wer ihr seid

und wo ihr lebt.« Drake hob die beiden Brieftaschen, die er konfisziert hatte, um seinen Worten Nachdruck zu verleihen, und sah die blanke Angst in ihren Augen. »Wenn wir euch gehen lassen, werdet ihr dann irgendjemandem etwas von dem erzählen, was heute Nacht hier passiert ist?«

Diesmal zögerten sie nicht. Die beiden Männer hätten nicht nachdrücklicher den Kopf schütteln können.

Drake warf einen Blick auf Anya, die den Ereignissen unbewegt folgte. Da sie die Gabe besaß, jede Täuschung sofort zu durchschauen, hätte sie ihn vermutlich sofort darüber informiert, wenn sie glaubte, dass die beiden Männer logen.

Drake traf eine Entscheidung und deutete in die Dunkelheit, wo die Landschaft eine Senke zu bilden schien, die in nordöstlicher Richtung verlief; fast wie ein uraltes Flussbett, das schon lange ausgetrocknet war. Es war eine Art topografische Autobahn, der man selbst in tiefster Dunkelheit problemlos folgen konnte.

»Ich will, dass ihr beide in diese Richtung davonmarschiert. Seht euch nicht um und biegt nicht ab. Geht weiter, bis zum Sonnenaufgang, dann könnt ihr nach Hause gehen. Wenn ihr tut, was ich euch sage, und den Mund haltet, verspreche ich euch, dass ihr uns nie wiederseht. Wenn ihr aber auch nur einer Menschenseele von dem erzählt, was hier heute Nacht wirklich passiert ist, dann werden wir euch finden und dann werdet ihr euch wünschen, dass wir euch getötet hätten. Und jetzt denkt sehr genau darüber nach. Denn sobald ihr eine Entscheidung getroffen habt, gibt es keinen Weg zurück. Wollt ihr wirklich tote Helden sein, und das für das miese Mindestgehalt, das man euch bezahlt?«

Die beiden Männer wechselten einen kurzen Blick. Es war ein Blick, den nur Männer hatten, denen man in letzter

Minute Gnade angeboten hatte. Sie schüttelten gleichzeitig die Köpfe, und er konnte es ihnen nicht verübeln. In ihrer Lage hätte er wahrscheinlich das Gleiche getan.

Drake zog seine Waffe und deutete auf das Flussbett. »Bewegt euch.«

Eine weitere Ermutigung brauchten sie nicht. Sie wandten sich um und liefen, so schnell sie konnten, davon. Sie stolperten und taumelten über den unebenen Boden.

»Ziemlich wagemutig, Mann«, sagte Frost und sah ihnen nach. Trotzdem war offenkundig, dass sie seine Entscheidung guthieß. »Aber dir ist schon eines klar: Es gibt keine Garantie, dass sie …«

Ihre Stimme wurde von dem dumpfen Knall einer schallgedämpften Pistole übertönt. Sie keuchte, als der Ältere der beiden Wachleute heftig zusammenzuckte und zusammenbrach, wie eine Marionette, der man die Fäden durchgeschnitten hatte. Eine halbe Sekunde später ertönte ein zweiter schallgedämpfter Schuss, und roter Nebel spritzte aus dem Kopf des jüngeren Wachmannes. Ohne ein Geräusch von sich zu geben, stolperte er nach vorn und landete neben seinem Kameraden auf dem Boden.

Keiner der beiden stand auf. Sie würden es auch nie wieder tun.

»Jesus Christus!«, schrie Frost, vollkommen schockiert von dem kaltblütigen Mord, den sie gerade mit angesehen hatte. »Was verflucht noch mal sollte das?«

Anya ließ ihre Waffe sinken, aus deren Mündung sich eine Rauchfahne kräuselte. Ihr Gesicht war vollkommen ausdruckslos. Es war, als hätte sie nur das Licht ausgemacht.

Drake riss seinen Blick von den beiden Toten los und fuhr zu ihr herum. Seine Augen glühten vor Wut. »Was zum Teufel hast du da gemacht?«

»Was erledigt werden musste«, antwortete sie kalt. »Sie

waren in dem Moment tot, als sie versucht hatten, uns zu verhaften. Das wussten wir beide.«

»Sie waren nur zwei verängstigte Zivilisten. Sie haben unser Angebot angenommen, um Himmels willen!«

»Dein Angebot«, korrigierte sie ihn. »Zudem ein Angebot, das du ihnen nicht hättest machen dürfen. Es bestand die Chance, dass sie doch redeten, und ein solches Risiko gehe ich nicht ein. Nicht, wenn so viel auf dem Spiel steht.«

»Du verdammte ...!« Frost trat mit geballten Fäusten auf Anya zu, blieb jedoch unvermittelt stehen, als die schallgedämpfte Pistole auf sie gerichtet wurde.

»Provoziere mich nicht, Frost«, warnte die ältere Frau sie. Ihr Finger ruhte locker auf dem Abzug. Einen Moment wusste Drake wirklich nicht, was sie vorhatte, und das machte ihm mehr Angst als alles andere.

Frosts Blick zuckte von der Waffe zu Anyas Gesicht und dann wieder zurück. Ihre Wut war verraucht, als jetzt ihr eigenes Leben bedroht wurde. Stattdessen zeichnete sich etwas Kälteres und Gefährlicheres auf ihrem Gesicht ab.

Hass, tief sitzender, glühender Hass.

»Oder was?«, stieß sie vor. »Du würdest auch mich umbringen?«

»Ich habe schon Schlimmeres getan. Viel Schlimmeres, und alles für die Mission«, versprach ihr Anya. »Und genauso muss es jetzt laufen, für uns alle. In dem Moment, in dem du dein Urteilsvermögen von Furcht, Bedauern oder Mitgefühl trüben lässt, hat Cain bereits gewonnen.«

Der Blick, den Frost ihr zuwarf, schwankte zwischen Verachtung und grimmigem Humor, was Drake überraschte. »Du bist wirklich klasse, weißt du das? Trotz deiner hinterhältigen Art und deiner Erfahrung und dieses ganzen anderen Mists siehst du immer noch nicht, was dir aus dem Spiegel entgegenblickt.« Sie schüttelte den Kopf, als wäre das ein Witz, dessen Pointe nur sie verstand. »Cain und du sind nur verschiedene Seiten derselben Medaille. Kein Wunder, dass du diesen Hundesohn nicht umbringen kannst – du bist längst geworden wie er.«

Drake sah, wie sich die Muskeln in Anyas Hals zusammenzogen, sah ihre beherrschte Maske unter Frosts beißenden Worten rissig werden, weil die junge Spezialistin sich nicht bösartig, sondern eher mitfühlend geäußert hatte. Und dann sah er, wie sich ihr Finger fester um den Abzug krümmte.

»Anya.« Er sprach leise und gelassen. »Keira ist nicht unser Feind, ebenso wenig wie ich. Das ist deiner nicht würdig. Nimm die Waffe runter, bevor du etwas tust, was wir alle bereuen werden.«

Aber Anya reagierte nicht. Sie stand wie erstarrt da, während die Sekunden verstrichen, angespannt und schussbereit, die Waffe immer noch auf die junge Frau gerichtet, die kaum drei Meter vor ihr stand. Drake stand so nah bei ihr, dass er hörte, wie ihre Atmung schneller geworden war, als ihr Herzschlag sich beschleunigte und Adrenalin durch ihre Adern strömte.

»Mach das nicht.«

Endlich schienen seine Worte zu ihr durchzudringen. Er sah zu, wie sie die schallgedämpfte Waffe langsam senkte und sich entspannte. Gleichzeitig lockerte sich auch der Griff um seine eigene Pistole. Ob Anya es wusste oder nicht, er hatte seine Waffe durchgeladen und entsichert, bereit zu schießen.

Zum Glück hatte sie ihn nicht gezwungen, diese Entscheidung zu treffen.

Die unbehagliche Pattsituation war vorbei. Frost warf Anya einen angewiderten Blick zu, drehte sich um und ging zu den am Boden liegenden Leichen.

»Was hast du vor?«, rief Anya ihr nach.

»Ich werde sie anständig beerdigen!«, stieß sie hervor. »Das zumindest haben sie verdient.«

Anya seufzte und sah Drake an. »Dafür haben wir keine Zeit.«

Wenn sie von ihm Unterstützung erwartet hatte, wurde sie schwer enttäuscht. Er wusste, dass sie recht hatte, was die Beerdigung anging, und er wusste auch, dass sie es eigentlich nicht hatten riskieren dürfen, die Männer freizulassen. Aber Drake wollte dieser Stimme in seinem Kopf nicht zuhören, wollte sie in diesem Moment nicht einmal zur Kenntnis nehmen. Ebenso wenig wie Anya.

»Hier«, sagte er und drückte ihr die Brieftaschen der beiden Toten in die Hand, als er sich an ihr vorbeischob. »Behalte sie. Du hast sie dir verdient.«

Er würdigte sie keines weiteren Blickes, als er zu Frost ging und ihr bei ihrer traurigen Arbeit half.

37

White River National Forest, Colorado

Pete McKnight holte tief Luft und sog die kalte Bergluft tief in seine Lunge, als er über den kleinen See blickte. Die Strahlen der Nachmittagssonne funkelten auf dem ruhigen Wasser.

Hinter den von Bäumen gesäumten Ufern des Sees erhob sich der schneebedeckte Gipfel des Mount Thomas in den fast wolkenlosen Himmel.

Er lehnte sich, in etliche Decken gehüllt wegen der Kälte, die seinem malträtierten Körper zusetzte, in dem Stuhl zurück, den er vor vielen Jahren selbst gebaut hatte. Damals war er noch jung und stark gewesen und hatte noch solche Sachen machen können.

Er saß auf der Veranda des einfachen Blockhauses, das er vor fast zwanzig Jahren gekauft hatte. Er hatte es eigentlich als Jagdhütte für den Sommer nutzen wollen. In Wirklichkeit jedoch war dieses einfache Zwei-Zimmer-Haus weit mehr ein Heim für ihn geworden, als das Haus in Kansas es jemals gewesen war. Mit diesem Ort hier verbanden ihn nur gute Erinnerungen. Erinnerungen an lange Sommertage mit der kleinen Samantha, an lange Spaziergänge, an Gespräche über alles und nichts. Erinnerungen daran, wie sie im Freien unter den Sternen geschlafen und die Dinge getan hatten, die Eltern mit ihren Kindern tun sollten. Damals hatten sie keine Sorgen gehabt.

Am meisten bedauerte er an der Krebsbehandlung, dass er kaum noch die Zeit oder die Energie hatte hierherzukommen. Es wäre schön gewesen, noch einen Sommer mit Samantha hier zu verbringen, aber er wusste, dass es dazu niemals kommen würde. Sie war eine erwachsene Frau, die ihren eigenen Weg ging, und hatte kaum noch Zeit, sich um einen sentimentalen alten Mann zu kümmern.

Er trank einen Schluck von dem Kaffee, den er auf dem altmodischen eisernen Herd gebraut hatte. Der war so ziemlich das modernste Küchengerät, das er hier besaß. Dafür schmeckte das Gebräu ziemlich gut, vor allem wegen des kleinen Spritzers Bourbon, den er hineingegeben hatte.

Was soll's?, hatte er gedacht. Um seine Leber brauchte er sich wirklich keine Sorgen zu machen.

Er spürte, wie das Telefon in seiner Tasche summte. Die Vibrationen schafften es irgendwie durch alle Schichten seiner Kleidung hindurch. Er war versucht gewesen, es wegzuwerfen, als er hierhergefahren war, um vollkommen zu verschwinden. Aus dem Raster zu fallen, wie man heute ja so gern sagte. Aber er wusste, dass sie sich nur Sorgen machen würde, wenn sie ihn nicht erreichen konnte. Also hatte er es behalten, weil er wusste, dass dieses Gespräch früher oder später auf ihn zukommen würde.

Es war vermutlich besser, es hinter sich zu bringen.

Er stellte den Kaffee zur Seite und zog das Handy aus der Jackentasche. »Ja, Sam.«

»Dad, wo zum Teufel steckst du?« Ihre Stimme klang gedämpft, drängend und angespannt. »Jack hat mich angerufen und gesagt, dass du dich aus dem Krankenhaus entlassen hast, ohne auf ihn zu warten.«

»Stimmt«, gab er zu.

»Warum denn, um Himmels willen? Ich habe ihn geschickt, um dich in Sicherheit zu bringen.«

»Ich brauche keinen jungen Mann, der den Helden spielt und für mich ein Risiko eingeht. Ich kann sehr gut auf mich selbst aufpassen«, versprach er ihr und warf einen Blick auf das Jagdgewehr, das neben ihm an der Wand der Blockhütte lehnte. Es war gut, um Rotwild zu schießen, aber vielleicht nicht so gut im Einsatz gegen Männer, die zurückschießen konnten.

Pete McKnight lächelte. Es war ein bittersüßes Lächeln. »Ich habe den wunderschönsten Ausblick vor der Nase, Sam. Den Ausblick, den wir früher einmal zusammen genossen haben. Ich wünschte, du wärst hier und könntest es sehen.«

Er wollte nicht verraten, wo er war, schließlich war das eine ungesicherte Verbindung, aber sie hatte genug Zeit hier verbracht, sodass sie wusste, worauf er anspielte.

»Du bist krank, Dad«, erwiderte sie. Ihre Stimme klang gestresst und brüchig. »Du kannst da draußen nicht allein sein, wenn irgendetwas passiert …«

»Sam, hör mir zu«, unterbrach er sie. Seine Stimme klang jetzt härter und autoritärer. »Ich bin ein alter Mann. Ich weiß, dass du das nicht glauben willst – verdammt, ich gebe es selbst nicht einmal gerne zu, aber es stimmt. Ich habe meine Zeit gehabt. Du hast mir etwas mehr Zeit gegeben, als ich erwartet habe, und dafür werde ich dir immer dankbar sein, aber der Rest ist jetzt meine Sache. Schick keine Freunde zu mir, die nach mir suchen. Lass mich das auf meine Art und Weise erledigen, und konzentriere dich auf das, was du tun musst. Ich werde hier auf dich warten … Wenn es vorbei ist.«

Er hörte ein Geräusch am anderen Ende der Leitung. Er war sich nicht ganz sicher, weil die Verbindung nicht besonders gut war, aber er glaubte, dass seine Tochter ein Schluchzen unterdrückte. Es war ein Geräusch, bei dem ihm immer das Herz wehtat.

»Ich habe Angst, Dad«, sagte sie schließlich. »Ich habe versucht, das Richtige zu tun, aber … Ich weiß nicht, wie die Sache enden wird. Ich weiß nicht, was alles noch passieren wird.«

Es brach ihm fast das Herz, sie so zu hören, zu wissen, dass sie Angst hatte und wahrscheinlich in Gefahr war. Und dass er absolut nichts tun konnte, um ihr zu helfen. Ein Vater sollte seine Tochter beschützen können, stattdessen hatte sie ihn beschützt. So sollte es nicht sein.

»Wir haben nicht alles in der Hand. Nur der Mann da oben weiß wirklich, wie alles enden wird«, sagte er sanft. »Aber wenn du die Leute um dich herum richtig behandelst, dann werden sie dich auch richtig behandeln. Okay?«

Sie schniefte und versuchte, sich zusammenzunehmen. »Schon klar.«

»Gut. Und hör mal, glaub ja nicht, dass du deinen Vater so einfach abschreiben kannst«, sagte er und zwang sich, optimistisch zu klingen. »Ich habe es immerhin bis hierher geschafft. Vielleicht stecken ja noch ein paar Meilen mehr in mir.«

Ein mechanisches Geräusch im Hintergrund sagte ihm, dass etwas auf ihrer Seite der Leitung passierte. »Ich muss Schluss machen, Dad. Ich habe jetzt keine Zeit mehr.«

»Ich liebe dich, Sam«, sagte er schnell, weil er wollte, dass sie es noch ein letztes Mal hörte. Aber die Verbindung war bereits unterbrochen worden.

Pete McKnight seufzte und schob das Telefon wieder in seine Tasche. Welchen Gefahren oder welchen Feinden sich seine Tochter auch stellen musste, er konnte ihr jetzt nicht helfen. Er konnte nur hoffen, dass andere Leute bei ihr waren, die das vermochten.

Rawalpindi, Pakistan

Samantha wischte sich die Tränen aus den Augen, steckte das Handy in die Tasche und holte tief Luft. Sie versuchte die Gedanken an ihren Vater zu vertreiben und sich zu sammeln. Sie hatte sich in eine ruhige Ecke des Lagerhauses zurückgezogen, um dieses Gespräch zu führen, trotz der Gefahr, dass sie entdeckt wurde. Sie musste herausfinden, wo er sich befand und ob er in Sicherheit war. Jedenfalls hatte sie jetzt eine Antwort bekommen.

Er war immer dickköpfig gewesen, hatte immer darauf bestanden, alles auf seine Art zu erledigen, hatte sie immer als kleines Mädchen betrachtet, das beschützt werden musste. Wahrscheinlich war sie naiv gewesen zu glauben, dass er sich jetzt, nach seiner Erkrankung, ändern würde.

Ein metallisches Knirschen und Klappern neben ihr sagte ihr, dass die Türen des Lagerhauses geöffnet wurden, um ein Fahrzeug hereinzulassen. Drake, Frost und Anya waren von ihrem Erkundungstrip zurück.

Sie fuhr sich mit der Hand durchs Haar, schniefte, holte mehrmals tief Luft und verließ dann das leere Büro, in dem sie telefoniert hatte.

Der Lastwagen war gerade mitten im Lagerhaus zum Stehen gekommen. Drake schaltete den Motor ab und stieg aus der Fahrerkabine, während Frost und Anya aus dem Laderaum stiegen. Die angespannten Mienen und die eisige Atmosphäre zwischen den drei Agenten sagten ihr, dass da irgendwas ganz und gar nicht in Ordnung war.

»Ihr seid spät«, bemerkte McKnight, als Drake sich ihr näherte. »Ist etwas passiert?«

»Wir hatten ein Problem«, erwiderte er, wich dabei jedoch ihrem Blick aus. Das war kein gutes Zeichen.

»Was für ein Problem?«

Sie sah, wie sein Blick kurz zu Anya zuckte, die bereits zu dem improvisierten Operationszentrum unterwegs war, das sie auf der anderen Seite des Lagerhauses errichtet hatten. Sie entfernte sich so weit wie möglich von Drake und den anderen.

Er schüttelte den Kopf, um weitere Fragen zu diesem Thema zu unterbinden. Und wenn Sam etwas über Drake gelernt hatte, dann, dass er so lange nicht über ein Thema redete, bis er selbst bereit dafür war. Und das war jetzt eindeutig nicht der Fall.

Wenigstens bedeutete sein Abgelenktsein, dass er ihre geröteten Augen nicht bemerkte, ihre Anspannung oder ihre Traurigkeit und Besorgnis, die sie zweifellos aus jeder Pore ausströmte. Sie sollte wohl dankbar für diese Atempause sein, so kurz sie auch sein mochte. Drake vertraute ihr vollkommen, würde sie niemals verdächtigen oder etwas gegen sie unternehmen, aber selbst er musste gespürt haben, dass sie in letzter Zeit etwas belastete. Wie lange würde es dauern, bis er das Thema zur Sprache brachte?

»Keira lädt gerade die Fotos hoch, die wir vom Zielgebiet gemacht haben«, sagte er. »Tu mir den Gefallen und sieh nach, ob sie dabei Hilfe braucht.«

McKnight runzelte die Stirn, denn sie wusste sehr genau, dass Frost keine Hilfe bei Computern brauchte. »Aber sie hat mich nicht …«

»Mach es einfach, Sam!«, fuhr er sie an, wandte sich ab und ging zu der Abteilung mit den Waffen, die in seiner Abwesenheit aufgebaut worden war.

McKnight schluckte und nickte. Noch ein kleines bisschen, sagte sie sich. Sie musste diese ganze Sache noch ein kleines bisschen länger durchhalten, dann wäre Cain tot. Dann würde all das hinter ihnen liegen.

Cole Mason überprüfte gerade die Batterien der verschlüsselten Funkgeräte des Teams, als er sah, wie Anya auf ihn zukam. Es war offensichtlich, dass sie mit ihm reden wollte, aber er hatte keine Ahnung, warum.

»Was willst du?«, fragte er sie direkt, weil er wusste, dass sie keine Zeit mit Höflichkeiten verschwenden würde.

Wie erwartet kam sie auch sofort zum Punkt. »Hat es draußen Aktivitäten gegeben, als wir weg waren?«

»Nein. Da draußen war alles so ruhig wie ein Grab.«

Er konnte nicht ahnen, wie unpassend seine Wortwahl war. »Trotzdem müssen wir heute Nacht Wachen aufstellen. Warum gehst du nicht raus auf Patrouille?«

Einfach so, sagte er sich. Als wäre er irgendein Handlanger, den man herumkommandieren konnte.

»Aus zwei Gründen. Erstens brauchen wir keine Patrouillen.« Er deutete mit einem Nicken auf den Laptop, der auf dem Tisch neben ihm stand. Der Bildschirm zeigte vier verschiedene Videobilder, die das Äußere des Lagerhauses aus unterschiedlichen Blickwinkeln wiedergaben. »Das sind drahtlose Kameraübertragungen über ein sicheres Netzwerk. Ein kleines Geschenk aus Keiras Trickkiste. Sie hat es aufgebaut, während ihr euch die Gegend angesehen habt. Wir können jeden sehen, der sich uns nähert, aus einer Meile Entfernung.«

Anya beugte sich vor und betrachtete den Laptop zweifelnd, als erwartete sie fast, dass er vom Tisch springen und sie beißen würde. Nach allem, was Drake Mason erzählt hatte, hatte sie sich mit dieser fortgeschrittenen Technik nie ganz wohlgefühlt und neigte dazu, ihr nicht zu vertrauen. Leute wie Anya gehörten zu einer anderen Generation von Agenten, aber das bedeutete nicht, dass diese immer recht hatten.

»Beruhige dich«, riet er ihr. Er wünschte sich, sie würde

verschwinden und ihn weiterarbeiten lassen. »Wir haben auch so genug zu tun. Soll uns die Technik doch ein bisschen Arbeit abnehmen.«

»Technologie kann viel zu leicht getäuscht und überwunden werden. Diese Operation sollte Beweis genug dafür sein.« Sie warf ihm einen missbilligenden Blick zu, als hätte sie von einem ehemaligen Soldaten wie ihm mehr erwartet. »Und sie ist nur so verlässlich wie die Person dahinter.«

Dazu äußerte sich Mason nicht. In Wirklichkeit fühlte er sich unter ihrem prüfenden Blick zunehmend unwohl, als wäre sie ein Lehrer und er ein Schüler, der sich schlecht benommen hatte und versuchte, irgendeine Missetat zu vertuschen. Die erfahrene Agentin hatte eine Art, die ihnen allen dieses Gefühl einflößte, und keiner von ihnen mochte das besonders.

»Und was war der zweite Grund?« Sie wechselte plötzlich das Thema.

»Was?«

Sie warf ihm einen Blick zu, der deutlich besagte, dass ihre Geduld am Ende war. »Du sagtest, es gebe zwei Gründe, warum du nicht hinausgehen wolltest. Was ist der zweite?«

Mason legte das Funkgerät weg, stand auf und sah ihr in die Augen. »Ich nehme meine Befehle von Ryan entgegen, von niemandem sonst.« Er sprach ruhig und gelassen. Er wollte keine Konfrontation provozieren. Er wollte ihr nur zu verstehen geben, dass er niemand war, den man herumschubsen oder respektlos behandeln konnte. »Ist das klar?«

Wenn er sich aufrichtete, war er fünfzehn Zentimeter größer als sie. Und außerdem war er massiger und stärker. Das entging keinem von beiden in diesem Moment. Und doch schien es nicht den geringsten Eindruck auf Anya zu machen. Jedenfalls gab sie nicht zu erkennen, dass sie in irgendeiner Weise eingeschüchtert war.

Sie erwiderte seinen Blick, als wäre er eine Kuriosität, die untersucht werden müsste, ein kleines Puzzle, das man lösen musste, bevor man sich um wichtigere Dinge kümmerte. Und zu seinem Missbehagen fühlte er sich plötzlich unsicher und vielleicht sogar etwas dumm, als er jetzt vor ihr stand.

»Du magst mich nicht, Mason, stimmt's?« Sie sprach ganz offen. »Du lehnst mich ab. Dir widerstrebt, was ich bin und was ich euch allen zugemutet habe. Du glaubst, ich wäre für all das hier verantwortlich, und du gibst mir auch die Schuld daran, dass du vor drei Jahren verletzt worden bist.«

Mason ballte die Fäuste; es fiel ihm etwas schwerer als vorhin, gelassen zu bleiben. »Das hast du gesagt, nicht ich.«

»Das musst du auch nicht. Ich weiß, dass es stimmt und … Ich kann nicht einmal behaupten, dass ich es dir verüble.« Sie spreizte die Hände, und es wirkte fast wie eine versöhnliche Geste. »Also, was unternehmen wir diesbezüglich?«

»Unternehmen?«

»Es sieht so aus, als hätte ich in diesem Team nur wenig Freunde. Frost wird mir niemals vertrauen, und was McKnight angeht … Sie hat ihre eigenen Gründe, warum sie mich nicht akzeptiert. Aber wir beide sind Soldaten, und wir wissen beide um die Notwendigkeit gegenseitigen Respekts. Und da wir schon sehr bald in den Kampf ziehen werden, würde ich das lieber als deine Verbündete tun, nicht als deine Feindin. Also frage ich dich noch einmal, Mason, was wollen wir diesbezüglich unternehmen?«

Er wusste wirklich nicht, ob das ein aufrichtiger Versuch einer Versöhnung war oder einfach nur eine andere Methode, die Situation zu kontrollieren. Mason war von Natur aus nicht rachsüchtig. Aber angesichts all dessen, was Anya ihnen zugemutet hatte, angesichts dessen, was sie für diese Frau riskiert hatten, ohne dass man es ihnen jemals gedankt hätte, brachte er es nicht über sich, ihr diesen Vertrauenskredit zu geben.

»Wir müssen nichts weiter tun, als Distanz zueinander zu halten«, sagte er schließlich. Sein Blick wurde härter. »Du erledigst deinen Job. Lass mich meinen tun. Das genügt mir völlig.«

Er hatte das Gefühl, als flöge kurz ein Ausdruck der Enttäuschung über ihr Gesicht.

»Es ist deine Entscheidung.« Sie trat einen Schritt zurück und löste den Moment der Anspannung, obwohl er sich nicht der Illusion hingab, dass sie sich zurückzog, weil sie nachgab. »Ich will deine Zeit nicht länger verschwenden.«

Mason sah ihr nach, als sie davonging, und atmete frustriert aus. Dann setzte er sich wieder hin. Er mochte seinen Standpunkt klargemacht haben oder auch nicht, aber besser fühlte er sich deswegen keineswegs.

Drake beschäftigte sich mittlerweile in der improvisierten Waffenkammer, die sie in einer Ecke des Lagerhauses aufgebaut hatten. McKnight und Mason waren eindeutig nicht faul gewesen, als er mit Anya und Keira das Zielgebiet ausgekundschaftet hatte. Zu seiner Erleichterung hatten sie alle Ausrüstungsgegenstände und Waffen bereits ausgepackt, die sie für den Angriff auf das Sichere Haus benutzen mussten. Sie hatten die Sachen demontiert, überprüft und wieder zusammengebaut, bevor sie alles auf zwei Klapptischen ausgebreitet hatten.

Aufgrund Drakes Beharren verfügte das Team über sehr viel Feuerkraft, wenn sie in das Haus eindrangen. Denn es war so gut wie sicher, dass sie zahlenmäßig unterlegen sein würden. Doch wie Drake als Soldat und auch als Außenagent oft genug am eigenen Leib erfahren hatte, war die Anzahl allein nicht aussagekräftig. Das Überraschungsmoment, Aggression und ein sorgfältig koordinierter Plan konnten selbst einer kleinen Gruppe erlauben, einen Feind zu überwinden, der ihnen zahlenmäßig weit überlegen war. Und Drake wollte auf alle drei Faktoren setzen, wenn sie dieses Sichere Haus knackten.

Es würde keine heimliche Aufklärungsmission werden, wo man nur als letztes Mittel zu Waffengewalt griff, sondern eher ein kurzer, brutaler und blutiger Anschlag. Es würde hohe Verluste geben, also zählte jeder Schuss.

Ihre Feinde trugen wahrscheinlich schusssichere Westen, die die meisten Geschosse aus Pistolen und anderen kleinkalibrigen Waffen abwehrten. Also war die naheliegende Lösung, schwerere Waffen mit größerer Durchschlagskraft zu benutzen. Das Problem war nur, dass die Art und Weise, wie sie in das Haus eindringen würden – und auch die beengten Verhältnisse in dem Haus selbst –, keinen Platz für die sperrigen Waffen bot, die sie brauchten.

Also hatte Drake sich gezwungen gesehen, den besten Kompromiss zwischen Größe und Feuerkraft zu akzeptieren, den er im Waffenarsenal der *Alamo* finden konnte. Und das war die Heckler & Koch MP7. Sie glich einer kompakten Maschinenpistole mit einem zusammenklappbaren Schaft und vorderem Handgriff und war die durchschlagkräftigste Waffe ihrer Größe, die man auf der ganzen Welt finden konnte. Sie konnte beidhändig bedient werden, man konnte einhändig oder mit zwei Händen zielen, und ihr Magazin fasste bis zu vierzig Patronen. Die Dreißig-Millimeter-Stahlmunition durchschlug selbst aus einiger Entfernung die meisten schusssicheren Westen, während die

Polymerkonstruktion die Waffe gleichzeitig leichter machte als manche Pistolen. Zusammen mit den Schalldämpfern, die er mitgebracht hatte, konnten sie eine ganze Salve von panzerbrechenden Projektilen verschießen, ohne dabei viel Lärm zu produzieren.

Und es war nicht nur das Einsatzteam, das bewaffnet sein würde. Auf einem zusammenlegbaren, zweibeinigen Ständer neben den kleineren MP7 stand wie eine Löwin, die ihren Wurf bewacht, der lange, bedrohliche Korpus eines Knight's Armament Company SR-25, eines halbautomatischen Scharfschützengewehrs. Der Plan sah vor, dass mindestens eines der Mitglieder des Teams die anderen deckte, wenn sie in das Haus eindrangen, und ihnen Feuerschutz gab, wenn sie herauskamen.

Für diese Aufgabe brauchte er eine Waffe mit einer großen Reichweite und hoher Durchschlagskraft sowie einer hohen Schussfrequenz, und in dieser Hinsicht gab es nichts Besseres als die SR-25. Diese kantigen und verlässlichen Waffen hatten sich in den letzten zwanzig Jahren auf zahlreichen Schlachtfeldern bewährt, vor allem in den verzweifelten Straßenkämpfen in Mogadischu im Jahre 1993, als ein paar Hundert US-Ranger und Agenten der Delta Force sich gegen etliche Tausend Angehörige der somalischen Miliz behauptet hatten.

Diese Waffen wurden durch Betäubungs- und Rauchgranaten ergänzt, durch USP 45 Pistolen, die ebenfalls eine hohe Durchschlagskraft hatten, und Sprengladungen, die innerhalb von wenigen Sekunden angebracht und gezündet werden konnten. Falls sie es so weit schafften, ohne dass Alarm geschlagen wurde, hatte Drake dadurch die Option, sich den Weg in den Raum freizusprengen, in dem Cain sich aufhielt. Sollte dieser Plan scheitern und Cain es in den Schutzraum schaffen, dann konnten sie immer noch versuchen, ihn zu sprengen, oder im schlimmsten Fall das Gebäude um ihn herum in Schutt und Asche legen und den Hundesohn unter Hunderten von Tonnen Schutt begraben. Sollte der Mann das alles überleben, konnte Drake sich jedenfalls nicht vorwerfen, nicht alles versucht zu haben.

Jetzt nahm er eine der MP7 vom Tisch, zog den Ladehebel zurück und überprüfte, ob die Kammer leer war. Dann setzte er sie an die Schulter und blickte über Kimme und Korn, bevor er abdrückte. Wie erwartet gab es ein scharfes Klicken, als der Abzugsmechanismus reagierte.

Er wusste zwar, dass solche Untersuchungen überflüssig waren, weil sie ihre Waffen bereits überprüft hatten, bevor sie Marseille verlassen hatten. Aber er machte es trotzdem. Sich auf etwas Praktisches wie das hier zu konzentrieren, etwas, das er verstand und kontrollieren konnte, half ihm, nicht an die verstörenden Ereignisse dieser Nacht zu denken.

»Eines muss ich dir lassen, Ryan«, sagte jemand und unterbrach seine Gedanken. »Du hast wirklich einen Hang zur Dramatik.«

Drake sah sich um. Anya hielt eine Waffe in der Hand, die aussah wie eine lange Flinte, die einen Haken aus Metall in der Mündung hatte. Daran war ein Kabel befestigt, das in einer Plastikrolle unter dem Lauf befestigt war. Das Ganze erinnerte vage an eine Waffe, aber in Wirklichkeit war die Plumett AL-52 mehr ein Werkzeug als ein Gewehr. Aber ein sehr wichtiges Werkzeug, weshalb Drake zwei dieser Geräte bei ihrem Kontaktmann Malak geordert hatte.

Der zweifelnde Ausdruck auf Anyas Gesicht jedoch, als sie mit diesem unförmigen Gerät hantierte, machte klar, dass sie alles andere als überzeugt von seinem Plan war. Er konnte es ihr nicht verübeln. Auf dem Papier, etliche Tausend Meilen entfernt, hatte alles ziemlich vernünftig ausgesehen. Aber als sie jetzt und hier mit der Realität ihres Vorhabens konfrontiert wurden, wirkte all das, gelinde gesagt, etwas beunruhigend.

Die Vorstellung, einen Greifhaken zu verschießen, hätte aus einem schlechten Spionagefilm stammen können. Und tatsächlich waren die bizarren Geräte, die Hollywood in seinen Filmen zeigte und die erwachsene Männer an Gebäudefassaden hinaufziehen konnten, reine Fantasie. Aber das Prinzip, Luftdruck zu benutzen, um einen Haken zu verschießen, an dem ein Seil befestigt war, sodass man daran entlangklettern oder in diesem Fall herunterrutschen konnte, war durchaus erprobt. Man benutzte solche Geräte bereits seit dem Zweiten Weltkrieg, als Soldaten der Alliierten mit ihrer Hilfe die Verteidigungsstellungen auf den Klippen der Normandie erklommen hatten.

»Kannst du dich nicht irgendwo anders beschäftigen?«, fragte er. Er hatte keine Lust auf Plauderei.

Sie betrachtete ihn abschätzend, als überlegte sie, wie sie am besten angreifen sollte. »Wir sollten reden, und zwar über das, was vorhin passiert ist.«

»Ich habe keine Zeit für so etwas.« Er drehte sich von ihr weg und widmete sich wieder den Waffen.

»Dann nimm dir die Zeit.« Sie packte seinen Arm und drehte ihn zu sich herum. »Denn wenn wir ein Problem haben, müssen wir das beseitigen, bevor …«

»Das einzige Problem, das wir haben, bist du!«, erwiderte Drake anklagend und riss seinen Arm frei. »Kapierst du das nicht? Du reißt dieses Team auseinander, hetzt alle gegeneinander und vor allem gegen dich auf. Und ich weiß nicht, wie ich das verhindern soll.«

»Du bist wütend auf mich …«

»Wütend? Wütend wäre ich, wenn du das letzte Toilettenpapier verbraucht oder die Aufnahme meiner Lieblings-TV-Show gelöscht hättest.« Er zog sie zu sich heran und senkte seine Stimme. »Ich habe heute Nacht zugesehen, wie du zwei Männer kaltblütig umgebracht hast. Was soll ich deiner Meinung nach davon halten?«

»Ich erwarte, dass du die Wahrheit erkennst«, antwortete sie. »Du weißt, dass das notwendig war, Ryan. Du kannst mich anlügen, wenn du das unbedingt tun musst, aber belüge dich nicht selbst. Die beiden Männer hätten uns das Leben gekostet. Uns alle. Deshalb habe ich sie umgebracht, weil ich wusste, dass du das nicht konntest. Vielleicht ist das ja der eigentliche Grund, weshalb ich hier bin. Weil ich die Dinge tun kann, zu denen ihr anderen nicht fähig seid.«

»Nein.« Er schüttelte den Kopf. »Du bist heute Nacht zu weit gegangen.«

»Was willst du damit sagen?«

»Du hattest nicht das Recht, diese Männer zu töten, Anya. Diese Entscheidung hätten wir alle zusammen treffen müssen. Aber das kapierst du immer noch nicht, und das macht mir Sorgen. Du bist hier, du hast gesagt, du würdest uns helfen, aber Fakt ist, dass du keinem von uns vertraust. Deine Scheißparanoia wird uns noch am Ende alle das Leben kosten.«

»Meine Paranoia hat mich bis jetzt am Leben erhalten.«

»Und diese Leute da drüben haben mein Leben öfter gerettet, als ich zählen kann«, konterte Drake und deutete auf sein Team. »Ich habe mehr Mist mit ihnen durchgestanden, als du dir auch nur vorstellen kannst. Ich würde jedem von ihnen jederzeit mein Leben anvertrauen.«

Diesmal sah er, wie ihr Blick flackerte. Es war ein Gefühl darin, Schmerz. Ein alter Schmerz, der schon lange begraben war, aber nichtsdestoweniger noch wehtat. »Ich war auch einmal so«, gab sie schließlich zögernd zu. »Aber ich habe gelernt, dass es sehr gefährlich ist, jemandem zu vertrauen. Und noch gefährlicher, Vertrauen geschenkt zu bekommen.«

»Vertraust du mir?«

Sie antwortete nicht sofort. Aber nicht, weil sie versuchte, ihn in Sicherheit zu wiegen oder der Frage auszuweichen, sondern weil sie nicht genau wusste, wie.

»Ich vertraue deinen Absichten, Ryan.«

Mehr Entgegenkommen würde er von ihr niemals bekommen.

»Dann hör auf, mein Team wie Feinde zu behandeln, sonst machst du nämlich genau das aus ihnen.« Er atmete zischend aus, bekam seine Wut und auch seinen natürlichen Beschützerinstinkt seinen Freunden gegenüber wieder unter Kontrolle. »Du magst sie nicht? Schön, ich bin sicher, dieses Gefühl beruht auf Gegenseitigkeit. Aber du musst eine Möglichkeit finden, mit ihnen zusammenzuarbeiten, denn ganz gleich, ob es dir gefällt oder nicht, du brauchst sie. Das hier ist etwas, was du nicht allein durchziehen kannst.«

Drake schob sich an ihr vorbei, um diesen Gedanken in sie einsickern zu lassen, und ging zu den anderen, um sich mit ihnen zu beraten. Anya versuchte nicht, ihn aufzuhalten. Stattdessen sah sie ihm in mürrischem, brütendem Schweigen hinterher.

38

Vorgelagerte Operationsbasis »Foxtail«, afghanisch-pakistanische Grenze, 23. Februar 1986

Marcus Cain fröstelte, als der eisige Wind ihm stechende Eispartikel ins Gesicht peitschte. Das Wetter war genauso lausig wie immer zu dieser Jahreszeit, genauso wie es vorhergesagt worden war. Und ihr entlegener Vorposten hoch im Hindukusch-Gebirge machte all das noch schlimmer.

So weit in die gebirgige Grenzregion würden sich keine Sowjetpatrouillen wagen, hier, wo Panzer und Artillerie sie nicht unterstützen konnten und Flugzeuge sich angreifbar für Boden-Luft-Raketen machten. Solche Orte lagen mittlerweile weit außerhalb ihrer Kontrolle.

Selbst für Cain, der sich darüber keine Sorgen machen musste, war es eine Qual gewesen hierherzukommen. Er hatte eine anstrengende vierstündige Fahrt mit dem Jeep von Islamabad hinter sich sowie eine weitere mühsame Stunde zu Fuß, weil der ohnehin kaum erkennbare Pfad für den Jeep unpassierbar geworden war.

Er war nicht zum ersten Mal froh über das Training, das er täglich absolvierte. Ohne das hätte er es wahrscheinlich auch nicht bis hierher geschafft. Er war der erste Nicht-Außenagent, der sich so weit nach draußen getraut hatte, der bis auf ein paar Meilen an die afghanische Grenze herangekommen war. Ein paar seiner Kollegen hatten versucht, ihm das auszureden, aber er hatte ihre Warnungen in den Wind geschlagen. Er wusste, dass er hierher hatte kommen müssen.

Denn er wusste, für wen er das tat.

Er zog den Kragen seiner Winterjacke etwas fester um sich und ging weiter. Seine Stiefel sanken bei jedem Schritt in dem Schlamm ein. Als er sich in ihrem behelfsmäßigen Lager umsah, fiel sein Blick nur auf wenig, was sein Herz erfreute. Der Ausdruck »Vorgelagerte Operationsbasis« beschwor Bilder einer voll ausgerüsteten militärischen Einrichtung, von Hubschraubern, die über ihren Köpfen hinwegdonnerten, von Lastwagen und gepanzerten Fahrzeugen, die an ihnen vorbeifuhren, von Soldaten, die auf und ab marschierten.

Das war bloße Fantasie. Dies hier war die Realität des heimlichen Krieges der CIA in Afghanistan. Eine armselige Ansammlung von durchnässten Zelten, von Schlamm und eisigem Regen, in dem geduckte Figuren hockten, die ihre Waffen wie neugeborene Kinder an die Brust drückten.

»Wo ist sie?«, fragte er den Soldaten, der ihn hierherbegleitet hatte.

»Da drüben. Im dritten Zelt«, knurrte der Mann und streckte seine behandschuhte Rechte aus. »Sie ist vor ein paar Stunden zurückgekommen.«

Cain nickte. »Danke.«

Er ließ seinen Führer zurück und stapfte zu dem Zelt. Zum ersten Mal seit Monaten empfand er so etwas wie Vorfreude, sogar eine Erregung bei der Aussicht, dass er die junge Frau wiedersah. Eine Frau, die er seit ihrem Abflug von der Andrews-Luftwaffenbasis nicht mehr gesehen hatte.

Das Zelt war groß genug, dass ein Mann aufrecht stehen konnte. Die Tür war mit einem Pflock verschlossen. Da er seine Ankunft nicht ankündigen konnte, begnügte er sich damit, den Pflock herauszuziehen und in das Zelt zu treten. Er war froh, aus dem Wind und dem Regen zu kommen.

In dem trüben orangefarbenen Schein einiger Kerosinlampen konnte Cain das Innere der Unterkunft erkennen. Munition und Nachschubkisten standen willkürlich durcheinander, Waffen waren zerlegt, um gepflegt und repariert zu werden, auf einer Tafel war eine große, mit handschriftlichen Bemerkungen versehene Landkarte der Gegend festgepinnt, und überall lagen Beutel mit Ausrüstung, schmutzige Stiefel, Uniformen und zahllose weitere militärische Gegenstände herum.

Die einzige Konzession an so etwas wie Komfort waren zwei zusammenklappbare Feldbetten und ein stählernes Waschbecken, in dem das Wasser von einem darunter befindlichen Gasbrenner erhitzt wurde. Anya beugte sich über diese improvisierte Spüle und spritzte sich warmes Wasser über das Gesicht und den Hals.

»Wenn Luka meinen Bericht will, dann sag ihm, dass ich gleich zu ihm komme«, sagte sie, ohne sich umzudrehen. »Ich habe seit einer Woche nichts Warmes mehr gegessen.«

Cain musste unwillkürlich lächeln. »Ich glaube nicht, dass es viele Restaurants gibt, die bis hierhin liefern.«

Anya wurde von dieser unerwarteten Stimme überrascht und wirbelte herum. Wasser tropfte von ihrem Gesicht. Das erlaubte Cain den ersten Blick auf die Frau, die er das letzte Mal vor sechs Monaten gesehen hatte, als sie in ein Flugzeug gestiegen war.

Sein erster Eindruck war der, dass sie in dieser kurzen Zeit sehr stark gealtert war. Nicht ihr Gesicht, sondern eher eine tief greifende Veränderung der Person dahinter. Es war klar, dass sie Dinge gesehen hatte, die sich die meisten Menschen kaum vorstellen konnten.

Er hatte die Geschichten über ihre Taten gehört, hatte

die Einsatzberichte gelesen, die von den Agenten im Feld weitergegeben worden waren. Wenn sie auch nur die halbe Wahrheit erzählten, dann war es kein Wunder, dass sie sich durch ihre Erfahrungen verändert hatte.

Sein zweiter Eindruck war jedoch, dass dieses Lager, so grimmig und verloren es auf ihn auch wirken mochte, für sie wahrscheinlich das Hilton war im Vergleich zu dem, was sie durchgemacht hatte. Ihr Gesicht war immer noch schmutzig, obwohl sie es gerade gewaschen hatte, ihr Haar fettig und verfilzt, ihre Haut an vielen Stellen abgeschürft und von Platzwunden übersät. Sie trug immer noch die zerfetzte und zerfranste, mit Schlamm bespritzte Kampfuniform, in der sie über die Grenze marschiert war. Er wollte sich nicht vorstellen, wann sie das letzte Mal gebadet hatte.

Und doch spielte in diesem Moment nichts davon eine Rolle für ihn. Wenn überhaupt, vergrößerte das nur den Respekt und die Bewunderung, die er für sie empfand. Sie hatte alles ertragen, was auch ihre männlichen Kameraden ertragen hatten, hatte dieselben Härten durchgestanden wie sie und, soweit er wusste, sich mit keinem Wort darüber beschwert.

»Marcus!« Sie stammelte und starrte ihn an, als wäre er ein Geist. »Ich … Keiner hat mir gesagt, dass du kommst. Was machst du hier?«

Er grinste. »Ich musste unbedingt vorbeikommen, um mein Protegé zu besuchen und herauszufinden, ob du dir mittlerweile endlich *Star Wars* angesehen hast.«

Ihre erschrockene Miene wegen seiner unerwarteten Ankunft wich sehr schnell Erleichterung, und dann erstrahlte ihr Gesicht in einem Lächeln so voller unverhohlener Freude, dass er unwillkürlich ebenfalls lächeln musste. Ohne nachzudenken, trat sie vor und schlang ihre Arme um ihn, zog ihn fest an sich.

Das war etwas, was er so an Anya schätzte. Es gab keine Arglist, keinen Versuch einer Täuschung oder Schmeichelei, wenn es um sie beide ging. Sie war so offen und vertrauensvoll ihm gegenüber, wie man nur sein konnte, und irgendwie ehrte ihn das.

Jetzt sah sie ihn an, und ihre hellblauen Augen wirkten nicht mehr kalt, ihr Blick nicht mehr hart. Es lag ein anderer Ausdruck darin, etwas, das er gespürt hatte, als sie sich vor all den Monaten in Andrews getrennt hatten. Aber jetzt brannte es weit stärker und drängender. Er nahm plötzlich ihre Nähe wahr, spürte ihren Atem auf seinem Hals, die Wärme ihres Körpers an seinem, selbst durch ihre feuchte Kleidung.

Er konnte es nicht erklären, aber als er hier mit ihr in diesem regendurchnässten Zelt mitten in diesen einsamen Bergen stand, fühlte er sich weit intimer und persönlicher mit ihr verbunden, als er es jemals mit einer Frau erlebt hatte, mit der er nackt und leidenschaftlich im Bett gelegen hatte. Es war, als würden zwei Magneten unausweichlich zueinander hingezogen, ganz gleich, wie viel Zeit oder Distanz sie getrennt hatte.

Dann, ebenso plötzlich, wie sie zu ihm getreten war, stieß sie ihn von sich weg und errötete, als sie zu Boden blickte.

»Es tut mir leid«, murmelte sie. Er sah, dass sie zitterte. »Meine Kleidung ist total schmutzig und nass, und ich habe mich nicht einmal richtig gewaschen.«

Cain sammelte sich ebenfalls. Was zum Teufel fiel ihm ein, sich so gehen zu lassen? Sie war ein Agent, und er war ihr Führungsoffizier, und es gab einen guten Grund, solche Beziehungen unpersönlich und professionell zu halten. Alles andere wäre für sie beide gefährlich.

»Mach dir darum keine Sorgen«, sagte er und trat einen

Schritt zurück. »Lass dir so viel Zeit, wie du brauchst. Ich warte draußen, bis du fertig bist.«

In Wahrheit hatte er einen anderen Grund, weshalb er hier war, und nicht den, sich einfach nur auf den neuesten Stand zu bringen. Er hoffte, es wäre etwas, wovon sie beide profitieren würden. Aber das konnte warten, bis sie wirklich bereit dafür war.

Für Anya würde er so lange warten, wie es nötig war.

Polnischer Luftraum – März 2010

Cain trank einen Schluck Scotch und starrte in die Dunkelheit jenseits des Fensters der Gulfstream. Ein paar Tausend Kilometer unter ihm lagen die Flüsse und Wälder des südlichen Polens. Vereinzelt waren die Lichter von Städten und Dörfern zu sehen. Und weiter im Osten, am Ende eines weiteren achtstündigen Fluges, lag sein endgültiges Ziel, Pakistan.

Wie schon während seines ersten Besuchs im Feld, als er sich mit Anya getroffen hatte, wurde in Afghanistan immer noch ein Krieg ausgefochten. Ein Krieg, dessen Samen zwei Jahrzehnte früher von Männern wie ihm gesät worden waren und der jetzt die ganze Region in Chaos und Tod zu stürzen drohte.

Hätten wir nur den Schaden vorhersehen können, den wir mit unseren überstürzten und kurzsichtigen Aktionen ausgelöst haben, dachte er traurig. Hätten sie nur das Monster erkannt, das sie in den so unberechenbaren Mudschahedin erschaffen hatten. Hätten sie nur den Bürgerkrieg vorhergesehen, der sich über das ganze Land ausgebreitet hatte, nachdem die Sowjets vertrieben worden waren. Es war ein

Testament aus Bitterkeit, Verrat und Radikalisierung, das sie zurückließen.

Hätten sie nur …

»Entschuldigen Sie, Sir?«, fragte eine weibliche Stimme.

Cain blickte vom Fenster hoch. Er riss sich von seinen grimmigen Gedanken los, als er den jungen weiblichen Air Force Corporal vor sich betrachtete.

»Was gibt es, Corporal?«

»Der Pilot sagt, dass wir durch Turbulenzen fliegen werden. Sie sollten sich besser anschnallen.« Die junge Frau hielt einen Moment inne, vielleicht weil sie einen Mann von Cains Rang nicht herumkommandieren wollte. »Das ist nur eine Vorsichtsmaßnahme, Sir.«

Cain nickte und leerte den Rest Scotch mit einem Schluck. Er war längst nicht so gut wie der in seiner privaten Kollektion, aber er genügte. Er würde hoffentlich ausreichen, um seine rastlosen Gedanken heute Abend zu beruhigen und ihm zu erlauben, ein paar Stunden zu schlafen.

»Bringen Sie mir noch einen, wären Sie so freundlich?« Er reichte ihr das leere Glas.

»Selbstverständlich, Sir.«

»Wie ist ihr Name? Ich meine Ihr Vorname?«

Auf dem Namensschild auf ihrer Uniform stand Peters, aber er war nicht an einem unpersönlichen Nachnamen interessiert. Man wusste nicht viel über eine Person, bis man ihren Vornamen kannte.

Die junge Frau schien von seiner Frage leicht irritiert zu sein. Seine Worte hatten die Dynamik der Situation verändert, eine kleine, aber wichtige Grenze überschritten und ihre Interaktion in eine persönliche Richtung gerückt. Er konnte ihr nicht verübeln, dass sie sich unbehaglich fühlte.

»Alyssa, Sir.« Dann wurde sie ein bisschen kühner und war bereit, etwas mehr zu geben, als die Höflichkeit verlangte. Sie lächelte ironisch. »Aber die meisten Leute nennen mich Allie. Klingt offenbar irgendwie … griffiger.«

Er nickte und dachte traurig an die Zeit zurück, als er genauso jung gewesen war wie die Frau vor ihm. »Gefällt Ihnen die Air Force, Allie?«

»So kann ich meinem Land dienen, Sir.« Jetzt wirkte sie etwas unsicher. Sie gab ihm die übliche Antwort auf eine peinliche Frage.

»Das habe ich nicht gemeint.«

Jetzt erst sah sie ihm wirklich in die Augen und begegnete ihm zum ersten Mal wie ein Mensch einem anderen. »Das wollte ich schon, seit ich ein Kind war«, sagte sie. Ihre Stimme klang jetzt selbstbewusst und überzeugt. »Ich fliege zwar keine Kampfjets, aber ich würde das hier für nichts in der Welt eintauschen.«

Himmel, wann habe ich das letzte Mal so etwas gedacht?, fragte er sich.

»Das ist gut«, erwiderte er. »Behalten Sie diese Einstellung. Klammern Sie sich daran. Sie ist kostbarer, als Sie glauben. Und erheblich zerbrechlicher.«

»Das tue ich, Sir«, sagte sie, drehte sich um und ließ ihn allein. Aber als sie in die kleine Pantry zurückging, blickte sie noch einmal über die Schulter zu ihm zurück. Vielleicht fragte sie sich, welche heimliche Bürde er trug, die ihn zu einer solch sonderbaren Frage veranlasst hatte.

Cain jedoch merkte das nicht, weil er seinen Blick bereits wieder auf die dunkle Welt außerhalb des Flugzeugs gerichtet hatte.

39

Drake trank einen Schluck von dem Energydrink, der eine schauderhaft gräuliche Farbe hatte. Er kannte das Logo nicht, das auf der Dose prangte, aber es spielte auch keine große Rolle. Der Drink enthielt mehr Zucker und Koffein, als er vermutlich normalerweise in einer Woche zu sich nahm. Und er erfüllte seine Aufgabe, ihn wachzuhalten.

Er saß in der Mitte ihrer improvisierten Operationsbasis, und der Laptop, der mit ihren drahtlosen Sicherheitskameras verbunden war, summte vor ihm. Abgesehen von einer kleinen Arbeitsleuchte war das geisterhaft blasse Leuchten des Bildschirms die einzige Lichtquelle in dem großen dunklen Lagerhaus. Sie hatten die Innenbeleuchtung abgeschaltet, um keine Aufmerksamkeit zu erregen.

Das Aufregendste, was er in den letzten zwei Stunden gesehen hatte, war eine räudige Katze gewesen, die auf der Suche nach Nahrung draußen herumgeschlichen war. Erneut wurde der Bildschirm dunkel, als der Laptop versuchte, in den Energiesparmodus zu schalten und ihn zwang, sich vorzubeugen und eine Taste zu drücken, um zu beweisen, dass er noch am Leben war.

Er hätte diese Funktion ausschalten können, aber sie zwang ihn dazu, sich regelmäßig zu bewegen. Inaktivität dagegen hätte ihn möglicherweise tatsächlich einschlafen lassen.

Er hatte sich freiwillig bereit erklärt, die erste Wache zu übernehmen, damit der Rest seines Teams sich vor Sonnenaufgang etwas ausruhen konnte, was dringend notwendig war. Die Unterbringung hier war nicht gerade luxuriös, denn sie bestand nur aus ein paar Schlafsäcken, die auf dem Boden des leeren Büros am hinteren Ende des Lagerhauses lagen. Aber er konnte sich vorstellen, dass sie eine Möglichkeit fanden, trotzdem zu schlafen. Zum Teufel, Anya schien ohnehin einen harten Boden einem warmen Bett vorzuziehen, und er bezweifelte, dass sie ein Problem damit haben würde.

Er konnte mit Fug und Recht behaupten, dass ihm einiges im Moment etliches Kopfzerbrechen bereitete, und das Schlimmste war Anya selbst. Er war zwar nicht so naiv gewesen, dass er eine entspannte Fahrt erwartet hätte, was sie anging, aber die Aggressionen, die sie bei den anderen auslöste, waren allmählich nicht mehr zu tolerieren.

Er hatte sich schon zuvor als Shepherd-Agent in gefährliche Situationen gewagt, aber er hatte immer ein intaktes Team hinter sich gehabt. Die Aussicht, den Angriff auf das Sichere Haus morgen Nacht mit einer Gruppe zu unternehmen, deren Mitglieder sich gegenseitig nicht vertrauten und nicht zusammenarbeiten konnten, war der beste Weg in ein Desaster.

Und doch war jeder Versuch, sie dazu zu bringen, etwas gegen ihren Willen zu tun, völlig vergeblich. Er dachte darüber nach, dass er noch kein einziges Mal hatte versuchen müssen, sie in ein größeres Team zu integrieren, trotz all ihrer Begegnungen, trotz der Informationen, die sie teilten, trotz der Pläne, die sie geschmiedet hatten, und der Feinde, mit denen sie es aufgenommen hatten. Er hatte noch nie erlebt, dass sie andere als gleichberechtigt behandelte, mit ihnen kooperierte, auf ihre Meinungen hörte, ihnen vertraute und sie bat, das Gleiche zu tun.

War sie einfach zu lange draußen in der Kälte gewesen? War sie schon zu verdorben, um noch mit seinem Team zusammenzuarbeiten oder überhaupt mit einem Team? Er zweifelte nicht an Anyas Engagement oder an ihrem Mut in dem Kampf, der vor ihnen lag. Aber es wurde immer offenkundiger, dass sie vorhatte, allein zu kämpfen.

»Scheiße«, murmelte er und würgte einen weiteren Schluck dieses ekelhaft süßen Getränks hinunter. Er kehrte zu seiner einsamen Wache zurück und hatte das Gefühl, dass er einer Lösung keinen Schritt näher gekommen war.

Dann hörte er Schritte hinter sich auf dem Zement. Drake drehte sich mit dem Bürostuhl herum und sah, wie McKnight sich ihm näherte. Sie tauchte aus dem Schatten an der Rückseite des Lagerhauses auf.

»Das kann nicht ganz mit der Aussicht von der Villa mithalten, habe ich recht?« Sie deutete mit einem Nicken auf die nichtssagenden Schwarz-Weiß-Bilder auf dem Monitor.

»Ich weiß nicht. Irgendwie bezweifle ich, dass es dort jetzt noch so gut aussieht«, meinte Drake traurig und warf einen Blick auf die Uhr. »Die nächste Schicht fängt erst in einer Stunde an. Du solltest noch ein bisschen schlafen.«

Samantha verzog das Gesicht. »Ich habe es versucht, vergeblich. Dachte mir, ich könnte stattdessen ein bisschen Gesellschaft vertragen.« Sie zuckte mit den Schultern und wirkte ein wenig unsicher. »Wenn du lieber allein sein willst …«

»Nein, nein«, sagte Drake rasch. »Hol dir einen Stuhl. Aber ich kann dir nicht allzu viel anbieten, außer diesem Zeug hier.«

Er hielt ihr eine ungeöffnete Dose hin, die sie mit einem gequälten Lächeln ablehnte. »Das ist nicht gerade das, was ich mir vorgestellt habe.«

»Ich auch nicht«, gab er zu. »Aber mach dir keine Sorgen, sobald das hier vorbei ist, halten wir uns schadlos. Und zwar in jeder Hinsicht.«

Sie lächelte bei dieser Vorstellung, aber er sah, dass sie

nicht wirklich bei der Sache war. Im Gegenteil, irgendwie schien eine Anspielung auf das, was sie nach dieser Aktion tun würden, eine unerfreuliche Vorstellung ausgelöst zu haben, als hätte er sie an etwas erinnert, das sie lieber vergessen hätte. Sie spielte ihm etwas vor, versuchte dafür zu sorgen, dass er sich besser fühlte. Sie versuchte, etwas zu verbergen.

Obwohl er Anya zuvor dafür getadelt hatte, dass sie sich ihrer Paranoia und ihren Gehirnspielchen hingab, konnte selbst er nicht abstreiten, dass Samantha sich in letzter Zeit verändert hatte. Er wollte ihr helfen, wenn ihr etwas Sorgen machte. Und so irrational und dumm es auch klang angesichts ihrer Beschäftigung, ganz abgesehen davon, was sie gerade vorhatten, wollte er sie beschützen.

Das hatte er schon immer gewollt.

»Darf ich dich etwas fragen?«, begann er. Er vermutete, dass jetzt ebenso ein guter Moment war wie jeder andere.

»Das klingt ja spannend.«

Drake trank noch einen Schluck und verzog das Gesicht, als die süße Flüssigkeit in seinem Magen landete.

»Was ist los?«

Ihre dunklen Brauen zogen sich zusammen, als sie die Stirn runzelte. Aber sie sah ihn nicht an, was ihm bereits eine Menge sagte. »Was meinst du damit?«

Er wollte sie nicht zu sehr unter Druck setzen, aber das hier konnte ihre letzte Chance sein, ungestört miteinander zu reden. »Du scheinst ein bisschen …«

»Müde? Gereizt? Empfindlich?« Sie lächelte bedauernd, aber er wusste nicht, ob es gespielt war. »Wahrscheinlich trifft alles zu, bedauerlicherweise. Es war eine lange Nacht, weißt du?«

Das wusste er natürlich. Aber das bedeutete nicht, dass Erschöpfung und Stress die Wurzel dieses Problems waren.

»Ich weiß, aber … Wir haben beide schon lange Nächte erlebt, aber jetzt ist es anders. Ich habe dich niedergeschlagen erlebt, verletzt, erschöpft und sehr, sehr wütend«, setzte er mit einem wissenden Grinsen hinzu und hoffte, damit ihren Argwohn zu besänftigen. »Aber das ist das erste Mal, dass ich dich … ängstlich gesehen habe.«

Sie antwortete nicht. Weder stimmte sie ihm zu noch widersprach sie ihm. Das allein genügte, um ihn zu veranlassen weiterzumachen.

»Ich habe nicht vor, Leute zu verurteilen. Und dich am allerwenigsten«, fuhr er fort. »Wenn du die Sache für dich behalten willst, ist das deine Entscheidung. Ich werde es dir nicht vorwerfen. Aber wir beide sind hier allein, und ich gehe mindestens …« Er warf einen Blick auf seine Uhr. »… achtundfünfzig Minuten nirgendwohin. Wenn du reden willst, werde ich zuhören.«

Er sah, dass sie mit sich rang, hin- und hergerissen zwischen Loyalität ihm gegenüber und … Was war es? Furcht? Furcht vor ihm oder vor etwas anderem?

»Vertraust du mir, Ryan?«, fragte sie schließlich und starrte in den Schatten.

»Mehr als jedem anderen in diesem Gebäude«, erwiderte er ehrlich.

»Und du vertraust darauf, dass ich ein guter Mensch bin.«

»Selbstverständlich.«

Sie seufzte und nickte, aber es dauerte eine Weile, bis sie weitersprach. »Ich habe dir einmal von meiner Familie erzählt, dir gesagt, dass mein Dad alles ist, was ich noch habe. Es ist nicht immer so gewesen.«

Drake sagte nichts. Sie musste all das aussprechen, aber sie musste es in ihrem eigenen Tempo tun, ohne dass er sie drängte.

»Ich hatte einen Bruder. Liam, er war drei Jahre älter als ich.« Sie lächelte, als sie sich kurz in bittersüßen Erinnerungen verlor. »Es gibt keine andere Möglichkeit, es auszudrücken – Liam war eine echte Nervensäge. Er hat mich immer verspottet, mir Streiche gespielt, sich vor seinen Freunden über mich lustig gemacht. So wie es große Brüder wohl tun, denke ich. Wir haben miteinander gekämpft und gestritten wie Hund und Katz ... Wir haben Mom und Dad fast wahnsinnig gemacht.

Und weißt du, was komisch ist? Wir sind einmal im Sommer nach Colorado in die Ferien gefahren und haben in den Rockies kampiert. Ich habe es geliebt, und er auch. Damals war er anders mir gegenüber. Denn dort kannte uns niemand, niemand hat etwas erwartet, und wir mussten nicht Bruder und Schwester sein. Zwei Wochen lang konnten wir einfach nur Freunde sein.«

Er sah, wie sie schluckte und ihre Tränen zurückdrängte, und er ahnte, was jetzt kam. »Ich war acht Jahre alt, als er starb. Meine Mutter fuhr über eine Kreuzung, Liam saß auf dem Rücksitz. Irgendein Kerl hat eine rote Ampel überfahren ... Die übliche Geschichte. Sie hat es nicht kommen sehen, ebenso wenig wie Liam. Er wurde voll getroffen und war praktisch auf der Stelle tot. Einfach so, ausgelöscht.«

»Das tut mir so leid, Sam.« Drake wusste sehr wohl, wie unzureichend solche Worte waren. Sie hatte ihm das noch nie erzählt.

Sam lächelte schwach. Sie wusste seine Absicht zu schätzen. »Meine Mom ... Ich glaube, an diesem Unfall ist sie zerbrochen. Ich meine, nicht körperlich. Sie hat fast keinen Kratzer abbekommen, aber sie war nie wieder dieselbe. Ich habe sie später mit Dad streiten hören, als sie sagte, sie wünschte sich, sie wäre auch getötet worden. Sie konnte mich kaum ansehen. Ich glaube, sie hat sich selbst die

Schuld für das, was da geschehen ist, gegeben, und ich war nur eine Erinnerung an das, was sie verloren hat.« Samantha zuckte mit den Schultern, als wollte sie den alten Schmerz abschütteln. »Sie hat uns einen Monat nach der Beerdigung verlassen. Sie ist eines Nachts in ihr Auto gestiegen, davongefahren und nie wieder zurückgekommen. Ich habe sie nie wieder gesehen.

Das war es – von da an gab es nur noch meinen Dad und mich. Er hatte so ziemlich alles verloren, sein ganzes Leben war um ihn herum zusammengebrochen, und alles, was er hatte, war ein wütendes, verängstigtes achtjähriges Kind, das er allein großziehen musste.« Sie schüttelte den Kopf, als könnte sie immer noch nicht verstehen, was da geschehen war. »Viele Leute wären daran zugrunde gegangen, hätten getrunken, wären auf die schiefe Bahn gekommen, und ich würde es keinem Einzigen von ihnen verübeln. Aber so war er nicht. Er hat sich an dem Morgen, an dem Mom verschwunden war, zu mir gesetzt und mir gesagt, dass wir beide jetzt eine Weile allein sein würden und dass es nicht mehr so sein würde wie vorher. Er meinte, wir wären jetzt ein Team und müssten zusammenarbeiten, und ganz gleich was passierte, er würde mich niemals verlassen. Ich habe ihm geglaubt … Vielleicht weil ich etwas brauchte, woran ich glauben konnte. Und was auch immer der Grund sein mochte, er hat sein Wort gehalten. Es war, als wäre er … Als würde er immer ruhiger, je mehr Druck er aushalten musste. Ich habe nie verstanden, wie er das gemacht hat, aber irgendwie hat er die Sache durchgestanden. Er hat uns beide durchgebracht.«

Jetzt sah sie ihn an, und er sah die Tränen in ihren Augen schimmern.

»Als ich gesagt habe, dass er alles war, was ich hatte, habe ich das wörtlich gemeint, Ryan. Er war die einzige Person in meinem Leben, die stets bei mir gewesen ist, die mich nie im Stich gelassen und mich nie aufgegeben hat.« Sie schluckte und blickte an die Decke, die im Dunkeln lag. »Was wir hier machen … Das ist eine Kriegserklärung. Wenn Operation Downfall schiefgeht, wird Cain uns mit allem verfolgen, was er hat, und er wird uns keine Gnade mehr gewähren. Er wird jeden aufs Korn nehmen, der uns nahesteht, meinen Dad eingeschlossen. Und ich habe Angst … Ich habe Angst, ihn zu verlieren.«

Drake hatte das Gefühl, als bekäme er keine Luft mehr. Er konnte nicht glauben, dass Samantha die ganze Zeit eine solche Last mit sich herumgeschleppt hatte, dass sie nie von dieser Tragödie erzählt hatte, die sie so früh im Leben getroffen hatte, und auch nicht von den Kämpfen, die dieser Tragödie folgten.

»Sam, warum hast du's mir nicht gesagt? Wir hätten zu ihm gehen können und einen sicheren Ort für ihn …«

Sie schüttelte den Kopf. »So einfach ist das nicht. Mein Dad ist jetzt alt und krank. Er kann nirgendwo mehr hingehen, und wir hätten die ganze Gruppe in Gefahr gebracht, wenn wir versucht hätten, ihn zu beschützen. Das konnte ich ihnen nicht antun, ihm nicht … Und mir auch nicht.«

Drake hatte sich zu ihr gebeugt, wollte sie trösten, wollte sie irgendwie vor der Trauer und der Traurigkeit beschützen, die von allen Seiten auf sie einzustürmen schien. Aber das konnte er nicht. Das hier hatte lange in ihr gegärt. Ein paar hastig gesprochene Worte konnten daran nichts ändern.

»Es tut mir leid, dass ich dir das nicht schon vorher gesagt habe, Ryan.« Tränen liefen ihr über die Wangen. Jetzt kam alles heraus, und sie konnte es nicht mehr aufhalten. »Mir tut sehr vieles leid. Ich … Ich wollte nur einfach die

Sache nicht noch schlimmer machen, wollte deine Probleme nicht noch vergrößern. Ich habe versucht ...«

Er brachte sie zum Schweigen, legte seine Hand unter ihr Kinn, hob ihren Kopf an und drückte seinen Mund auf ihren. Nicht hart oder fordernd, sondern sanft und vorsichtig, fast zögernd, als wäre es ihr erster Kuss.

Er wusste nicht einmal genau, warum er das tat. Seine Instinkte und sein Verstand sagten ihm, dass es falsch war, dass es gefährlich und dumm war, so etwas in diesem Moment zu tun, aber er konnte es nicht ändern. Es fühlte sich auf eine Art und Weise richtig an, die weit tiefer reichte als Vernunft oder rationales Denken.

Er spürte, wie sie sich anspannte und einen Moment zögerte, als er sie überraschte. Das hatte sie nicht erwartet, war nicht bereit dafür gewesen. Ihre vollen Lippen öffneten sich, als ihr Instinkt und das so gründlich unterdrückte Begehren sie überwältigten, und sie stöhnte leise, als er sie an sich zog.

Als er den Kopf zurückzog, starrte sie ihm in die Augen. Sie glänzten immer noch von den Tränen, und die Pupillen waren in dem Dämmerlicht geweitet. Sie atmete jetzt schneller, und ihr Körper zitterte unter seiner Berührung, als sie sich in diesem Moment umarmten. Sie waren nur Zentimeter voneinander entfernt.

»Es tut mir leid«, sagte er, und plötzlich war er unsicher, was sein Verhalten anging. »Ich hätte das nicht tun sollen ...«

Mehr konnte er nicht sagen, denn sie küsste ihn erneut, und dann merkte er, dass es keine Rolle mehr spielte. Es war, als hätte in ihr plötzlich ein Damm nachgegeben, als wollte sie nichts anderes als ihn, als würde sie nichts anderes brauchen. Sie schlang ihre Arme um seinen Hals, fuhr mit den Fingern durch sein Haar, presste ihren Körper gegen seinen, und ihr Atem war warm und nah auf seiner Wange.

Jetzt war ihr Kuss nicht mehr zärtlich oder zögernd. Sie sanken zu Boden, rissen an der Kleidung des anderen, öffneten Bänder und Gürtel, als sie versuchten, sich dem anderen auf die einzig richtige Art und Weise zu nähern, die jetzt noch für sie zählte.

»Jetzt«, flüsterte sie ihm ins Ohr und schob ihre Hose hinunter. »Ich will dich jetzt.«

Sie umklammerte ihn fest, grub ihre Finger fast schmerzhaft in seinen Rücken, als er in sie eindrang. Es war keine zärtliche und liebevolle Vereinigung, und das wollte sie auch nicht. Das brauchte sie jetzt nicht. Sie schloss die Augen und stöhnte vor Schmerz und Lust, kämpfte dagegen an aufzuschreien, als sie seine Stöße ebenso leidenschaftlich erwiderte.

Bilder von ihrem Vater, von Cain, von Drake und all den anderen wirbelten in einem verwirrenden Kaleidoskop von Erinnerungen und Gefühlen durch ihren Kopf, und sie presste die Augen fest zu, damit ihr nicht die Tränen kamen. Aber während sie drohten, sie zu überwältigen, spürte sie schon, wie sie verblassten, wie sie von dem auflodernden Feuer in ihr verbrannt wurden, als ihre Empfindungen einen unerträglichen Höhepunkt erreichten.

Und schließlich fand sie die Erlösung, nach der sie sich so verzehrt hatte.

Anya drehte sich von der Szene weg und wünschte sich, dass sie die Ohren vor den Geräuschen verschließen könnte, wünschte, sie könnte den Anblick ihrer miteinander verschlungenen Körper vergessen.

Sie hatte wach gelegen, während sie darauf wartete, dass die anderen wirklich schliefen, bevor sie sich in das Lagerhaus geschlichen hatte, um mit Drake zu sprechen. Sie hatte gehofft, ihn allein vorzufinden, hatte gehofft, sich irgendwie für das entschuldigen zu können, was vorher passiert war. Sie war nicht daran gewöhnt, sich bei irgendjemandem zu entschuldigen, eine schlechte Entscheidung oder einen Fehler in ihrem Urteilsvermögen zuzugeben, aber in dieser Nacht war sie bereit gewesen, genau das zu tun. Nach allem, was Drake getan hatte, nach allem, was er geopfert und ihretwegen verloren hatte, schuldete sie ihm zumindest das.

Und in Wahrheit gab es noch viel mehr, was sie ihm hatte sagen wollen. Es war drei Jahre her, seit sie sich das erste Mal begegnet waren, aber ihre eigentliche Zeit zusammen war quälend kurz gewesen. Ständig hatte sich irgendeine neue Krise zusammengebraut, hatte es ständig irgendeine Kraft von außen gegeben, die sie auseinandergerissen hatte. Es hatte nie genug Zeit gegeben zu sagen, was sie sagen musste.

Und in dieser Nacht hatte sie gehofft, das endlich richtigzustellen. Sie war bereit dafür gewesen. Sie war bereit gewesen, sich zu öffnen, ein Risiko einzugehen, jemand anders zu vertrauen.

Das gedämpfte Gespräch, als sie sich Drake genähert hatte, sagte ihr, dass jemand ihr zuvorgekommen war. Ihre Neugier hatte sie gezwungen zu lauschen. Sie war darauf trainiert, sich ungesehen zu bewegen, und es war leicht gewesen, lautlos durch die Schatten zu schleichen.

Sie war nicht überrascht gewesen, McKnight vorzufinden, aber selbst sie hatte das hier nicht erwartet. Und vor allem hatte sie nicht mit der Reaktion gerechnet, die dieser Anblick in ihr auslöste.

Sie wusste natürlich, was zwischen den beiden passierte. Wenn man wie Drake und McKnight zusammenlebte, dann war ganz klar, dass so etwas passieren musste. Selbst Anya war einmal jung gewesen und kannte nur zu gut die Macht des Verlangens. Sie hatte sich eingeredet, dass es eine logische Wahl wäre, dass die beiden gut zusammenpassten, dass Drake jemanden verdient hatte, der ihm ein normales Leben bieten, eine Chance für die Zukunft geben konnte.

Dinge, die sie selbst ihm niemals geben konnte.

Aber als sie es jetzt mit eigenen Augen sah, hörte, wie die beiden zusammen zum Höhepunkt kamen … Das war etwas vollkommen anderes. In diesem Moment lösten sich Logik und gesunder Menschenverstand auf, verließ sie ihre Objektivität. Und in diesem Moment spürte sie einen Schmerz, eine Leere tief in ihrem Inneren, als wäre eine gewaltige Kluft aufgerissen worden.

Sie entfernte sich ebenso lautlos, wie sie gekommen war, und kroch wieder in den heruntergekommenen Lagerraum zurück, in dem sie ihr Schlafquartier aufgeschlagen hatte. Es war ein winziger Verschlag mit bröckelnden Rigipswänden, der etwa drei mal drei Meter fünfzig maß. Sie wusste das so genau, weil sie den Abstand abgemessen hatte, so wie sie es jeden Tag in dieser eisigen, öden Gefängniszelle in Russland getan hatte, wo sie vier Jahre ihres Lebens verbracht hatte.

Und so dumm es auch klang, das war immer noch ihr Maßstab. Jeder Raum, der größer war, war ihrer Meinung nach eine Verbesserung.

Sie legte sich auf den harten Boden, zog den Schlafsack um sich herum und die Knie an die Brust. Sie rollte sich zu einem Ball zusammen, als versuchte sie, sich vor dem Schmerz zu schützen. Etwas, was sie sehr oft in ihrem Leben hatte üben können.

Dort lag sie, allein im Dunkeln und hörte nur das Geräusch ihres eigenen Atems. Sie vermutete, dass sie fast ihr ganzes Leben lang allein gewesen war, so oder so, aber noch nie hatte sie das deutlicher gespürt als in diesem Moment.

Anya war wütend über solche selbstmitleidigen Gedanken und presste die Augen fest zu. Sie versuchte, ihren Verstand leer zu fegen, zwang sich dazu, sich dem Schlaf zu überlassen, obwohl sie wusste, dass das vergebliche Mühe war. Heute Nacht würde es lange dauern, bis der Schlaf kam.

TEIL DREI

KULMINATION

Im Jahr 2010 berichtete angeblich die London School of Economics, sie verfüge über unbestätigte Beweise, dass der ISI die Taliban erheblich stärker mit Mitteln, Ausbildung und Zufluchtsorten unterstützte als bisher angenommen und sogar an Treffen mit dem Obersten Rat der Taliban teilnahm.

40

Im nördlichen Pakistan begann der neue Tag bewölkt und dunstig. Die Sonne war nur als heller leuchtender Fleck im Morgennebel zu erkennen, der über der Stadt Rawalpindi zu hängen schien. Nachdem die Sonne den Nebel aufgelöst hatte, stiegen Temperatur und Luftfeuchtigkeit wieder an, und die Hitze, die sich im Laufe der Nacht gelegt hatte, kehrte mit voller Wucht zurück.

Es dauerte nicht lange, bis sich die Straßen mit Fahrzeugen und Fußgängern füllten, als die Bevölkerung allmählich aus dem Schlaf erwachte und Millionen Einwohner zur Arbeit oder zur Schule gingen, in ihre Geschäfte oder zu den zahllosen anderen Orten fuhren, an denen sie ihr alltägliches Leben zubrachten. Und alle hatten keine Ahnung von den Ereignissen, die sich an diesem Abend zutragen würden.

Drake und sein Team jedoch waren schon lange vorher aufgewacht und bereiteten sich auf die Aufgaben vor, die vor ihnen lagen. Man konnte behaupten, dass keiner von ihnen eine besonders ruhige Nacht genossen hatte. Die Kombination aus nervöser Anspannung, körperlichem Unbehagen und wachsenden Erwartungen hatte dafür gesorgt, dass alle nur wenig geschlafen hatten.

Folglich war keiner von ihnen sonderlich redselig, als sie ihr karges Frühstück aus Energieriegeln und Wasser zu sich nahmen. Besonders Frost wirkte schrecklich elend. Normalerweise aß sie wie eine Verhungernde. Soweit es sie anging, war jedes Frühstück, das nicht aus großen Mengen gebratenen Fleisches bestand, reine Zeitverschwendung.

Trotzdem waren sie alle da, waren wach und hatten noch einige Stunden Zeit, ihre Vorbereitungen für den Angriff auf das Haus in der kommenden Nacht zu treffen.

»Also gut, gehen wir die Zu-erledigen-Liste durch.« Drake trank einen Schluck Wasser. »Cole, du kümmerst dich um die Waffen und die Ausrüstung. Mach noch mal eine letzte Überprüfung und verstau dann alles, für den Fall, dass unsere Nachbarn neugierig werden sollten.«

Das Lagerhaus wurde zwar von den Kameras, die sie aufgebaut hatten, sehr gut überwacht, aber es war keineswegs vollkommen gegen Einbruch gesichert. Und außerdem lag es mitten in einem stark frequentierten Industriegebiet. Das Letzte, was sie brauchen konnten, war ein neugieriger Anwohner, der seine Nase hereinsteckte und etliche Tische mit Waffen und Munition sah.

»Verstanden.«

»Keira, halte Verbindung mit Dan in Langley. Sowie Cains Flugzeug auf der Landebahn aufsetzt, will ich es erfahren.«

Frost nickte nicht gerade begeistert. »Ich bin dabei. Was machst du?«

Er warf ihr ein wissendes Lächeln zu. »Ich kaufe ein Auto.«

Der Bukhanka mochte sie vielleicht bis hierhin gebracht haben, aber wenn sie aus dem Sicheren Haus entkommen wollten, brauchten sie etwas Schnelles und Wendiges, mit vielen PS unter der Haube. Ein zwanzig Jahre alter Lastwagen mit einem Auspuff, der nur von Klebeband und Kaugummi zusammengehalten wurde, war dafür nicht geeignet.

Es war zwar nicht leicht, ohne geeignete Papiere so kurzfristig ein Auto zu kaufen, aber Drake hätte darauf gewettet, dass etliche Händler in der Stadt ihre Fahrzeuge gegen einen Stapel Bargeld eintauschen würden und keine Fragen stellten. Man musste sie nur einfach finden.

»Ich komme mit und sorge dafür, dass du uns keine Schrottkarre besorgst«, erklärte McKnight. »Ich muss das verdammte Ding ja sowieso fahren.«

»Du hast wohl kein Vertrauen zu mir.« Drake täuschte verletzten Stolz vor.

»Ich weiß, wie du fährst, Ryan. Das ist alles andere als angenehm.«

Das Verhältnis zwischen ihnen beiden war heute Morgen anders – einfacher, weniger angespannt und beklommen. Vielleicht hatte ihr Geständnis gestern Nacht geholfen, die Atmosphäre zu reinigen, oder vielleicht lag es an dem, was danach passiert war. Was auch immer der Grund sein mochte, Drake wollte sich nicht beschweren.

»Also gut, dann komm mit.« In dem Moment sah er, dass sie ihr Essen kaum berührt hatte. »Es dauert vielleicht ein wenig, bevor wir wieder etwas in den Magen bekommen. Bist du sicher, dass du das da nicht willst?«

Bei diesen Worten schien sich ihre Leichtigkeit in Luft aufzulösen. Sie zuckte mit den Schultern und versuchte, beiläufig zu wirken. »Ich bin im Moment nicht hungrig.«

Drake runzelte überrascht die Stirn. Wie die anderen hatte sie keine vernünftige Mahlzeit mehr zu sich genommen, seit sie Frankreich verlassen hatten. Das war vor gut vierundzwanzig Stunden gewesen. Fühlte sie sich unwohl? Als er sie jetzt genauer betrachtete, fiel ihm ihre bleiche Gesichtsfarbe auf.

»Was ist mit mir?«, mischte sich Anya ein. »Was soll ich machen?«

»Behalte einfach das Umfeld im Auge«, schlug er vor,

während er überlegte, wie er am besten verhindern konnte, dass sie Ärger machte. »Sorge dafür, dass uns niemand zu nahe kommt.«

Eigentlich erwartete er Widerspruch, das Beharren darauf, dass sie Drake begleiten müsste, um für heute Nacht ein passendes Fahrzeug zu finden. Bis jetzt war bei dieser Operation jede Diskussion mit ihr in einen Streit ausgeartet, ihre Entscheidungen waren hinterfragt worden, und es ging stets darum, wer die Kontrolle hatte.

Zu seiner Überraschung jedoch zuckte Anya diesmal gleichgültig mit den Schultern. »Wie du willst.«

Verblüfftes Schweigen machte sich in der Halle breit, als wüsste plötzlich niemand mehr, was er sagen sollte. Jeder schien ähnliche Gedanken zu haben wie Drake, fragte sich, warum Anya plötzlich so fügsam und zuvorkommend geworden war. Schließlich war es Frost, die das Schweigen auf ihre einzigartige Art und Weise brach.

»Wirklich, Scheiße!« Sie zeigte ihr übliches spöttisches Grinsen. »Wir haben eine ganze Besprechung durchgezogen, ohne dass wir uns in die Haare gekriegt haben. Jetzt fange auch ich an zu glauben, dass dieser beschissene Plan möglicherweise tatsächlich funktionieren könnte.«

»Danke für diesen Vertrauensbeweis, Keira«, antwortete Drake sarkastisch.

»Ich bin immer gern bereit, andere zu unterstützen.«

In Wahrheit war er höchst erfreut, dass die Atmosphäre nicht ganz so angespannt war wie am Tag zuvor. Napoleons Maxime, dass im Krieg Moral alles bedeutete, hatte schon vor zwei Jahrhunderten gestimmt und galt auch heute noch.

Trotzdem wunderte ihn die plötzliche Änderung in Anyas Verhalten. Es war möglich, dass sie beschlossen hatte, seinen Rat zu befolgen und zu lernen, mit dem Team zusammenzuarbeiten, aber davon war er nicht wirklich überzeugt. Anya nahm Ratschläge in etwa so an wie eine Diva Kritik – ausgesprochen gereizt. Und an der Art und Weise, wie sie ihn ansah, ließ sich erahnen, dass Kooperation das Letzte war, woran sie dachte.

Aber es gab trotzdem nur wenig zu gewinnen, wenn er jetzt diese neue Atmosphäre der Harmonie verdarb. Also gab er sich damit zufrieden, die Angelegenheit einstweilen auf sich beruhen zu lassen. Er stand auf und warf seine leere Wasserflasche in eine Kiste, die als Mülleimer diente. Er wollte nicht warten, bis irgendjemand doch noch einen Anlass fand, einen Streit vom Zaun zu brechen.

»Die Aufgaben sind verteilt. Also lasst uns loslegen, als wüssten wir, was wir tun.«

»Das ist eine ganz schöne Herausforderung!«, rief Mason ihm nach, als Drake zum Ausgang ging.

Lass dich davon beflügeln, mein Freund«, riet ihm Drake.

41

Ein paar Stunden später saß Drake hinter dem Steuer eines brandneuen stahlgrauen Range Rovers der dritten Generation. Gut, er war nicht direkt brandneu, sondern fünf Jahre alt, aber das Fahrzeug fühlte sich im Vergleich zu dem Bukhanka, mit dessen uralter Schaltung und Steuerung er sich hatte herumplagen müssen, sehr luxuriös an.

Nachdem er ein paar Händler in der geschäftigen Stadt aufgesucht hatte, von denen ihm zwei von Taxifahrern empfohlen worden waren, hatten sich McKnight und er für einen Gebrauchtwagenhändler am Südrand der Stadt entschieden. Er sah schmierig genug aus, um einen Handel in bar mit möglichst wenig Papierkram abzuwickeln, und gleichzeitig anständig genug, um sie nicht mit einem Haufen Altmetall abzuspeisen.

McKnight hatte für ein Honda SUV gestimmt, da die japanischen Autos in Pakistan sehr verbreitet zu sein schienen. Aber Drake hatte auf dem Range Rover bestanden. Er war größer, besser motorisiert und robuster als ein japanischer Wagen. Und er mochte das Fahrzeug.

Der Händler hatte ihm ein wissendes Grinsen zugeworfen, als sie ihre Abmachung besiegelten und das Geld den Besitzer wechselte. Vielleicht nahm er an, dass McKnight eine anspruchsvolle Ehefrau war, die zufriedengestellt werden sollte. Was Drake anging, konnte der Mann denken, was er wollte, solange er ihnen den Wagen samt Papieren aushändigte und sie damit vom Hof fahren ließ.

Jetzt waren sie auf dem Weg zurück ins Lagerhaus, während die Klimaanlage ihnen kühle Luft ins Gesicht blies, Pakistans Antwort auf Beyoncé aus den Lautsprechern plärrte und Rawalpindi draußen an den getönten Scheiben vorüberzog.

Das war nicht die schlechteste Art, in der Stadt herumzukommen, wie Drake zugeben musste. Er kam sich ein bisschen vor wie einer dieser reichen arroganten Fußballspieler, die früher in Chelsea auf der Kings Road mit ihren luxuriösen Schlitten cruisten, auf dem Weg zu einem Designerhaarschnitt oder einer Sonnenbanksitzung oder was zum Teufel solche Leute in ihrer Freizeit machten.

Er musste bei dieser Vorstellung unwillkürlich lächeln. Auto fahren, der Radiomusik lauschen und über normale, alltägliche Dinge nachdenken. Einfache Freuden, die die meisten Leute für selbstverständlich nahmen. Aber nicht er. Nie wieder.

»Hast du Spaß?« Samantha hatte seine Miene bemerkt.

»Ich habe nur ein bisschen nachgedacht.«

»Das ist immer sehr gefährlich.«

»Seit wir diese Operation begonnen haben, sind wir in einem Privatjet mit einer Discokugel geflogen, haben uns einen kostenlosen Fallschirmabsprung gegönnt und cruisen jetzt in unserem eigenen Luxuswagen durch die Stadt. Hätte ich gewusst, wie das sich anfühlt, wäre ich schon vor Jahren Freiberufler geworden.«

Sie schnaubte. »Na klar, ich amüsiere mich prächtig, seit wir hier angekommen sind.«

Drake grinste sie an. »Ich habe überlegt, ob ich dich zum Abendessen ausführe und ob wir vielleicht hinterher ein paar Drinks nehmen. Finden wir einfach raus, was der Abend uns bringt, was meinst du?«

McKnight tat so, als bedauerte sie ihre nächsten Worte

zutiefst. »Sehr verlockend, aber ich bin so gut wie sicher, dass wir schon eine andere Verabredung haben.«

»Spielverderber.«

»Arrogantes Arschloch«, konterte sie. »Glaub nur nicht, dass ich vergesse, wie du mich bei diesem Autohändler vorgeführt hast. Das werde ich dir so schnell nicht vergeben.«

Er zuckte mit den Schultern und genoss ihr Wortgeplänkel. »Es ging nicht anders. Es wird Zeit, dass du lernst, wo dein Platz ist, Weib.«

Er musste seine Hände am Lenkrad behalten und konnte deshalb nicht ausweichen, als sie ihm kräftig auf den Arm schlug. Es war ein spielerischer Schlag, aber doch kräftig genug, damit er wusste, dass sie ihm wehtun könnte, wenn sie wollte.

»Vorsicht, Mister Drake. Du bewegst dich auf gefährlichem Terrain.«

»Die Geschichte meines Lebens.«

Sie fuhren gelassen über die belebten Straßen, während um sie herum Autos, Motorräder und Lieferwagen um jeden Zentimeter Platz kämpften. Drake hatte reichlich Zeit, sich den Verkehr draußen in aller Ruhe anzusehen. Als sie in der Nacht zuvor hier angekommen waren, war sein Eindruck von Rawalpindi der einer uralten, chaotischen Stadt gewesen, die gegen ihren Willen in das zwanzigste Jahrhundert versetzt worden war. Ihre alten, baufälligen Gebäude und verwinkelten Gassen standen in starkem Kontrast zu der sauberen Effizienz des nahe gelegenen Islamabad.

Dieser Eindruck wurde jetzt, als er die Stadt bei Tageslicht betrachtete, noch verstärkt. Die Straßen und Wege waren noch voller als zuvor, die Abgase bildeten einen dichten Nebel in der Luft, und dazu gesellte sich der Qualm von Straßenküchen, in denen Fleisch über offenem Feuer brutzelte. Den fadenscheinigen Klamotten und den mageren, ausgemergelten Gesichtern nach zu urteilen, schien das hier eines der weniger begehrenswerten Viertel zu sein. Niemand wirkte glücklich, niemand ging voller Energie oder zielstrebig über die Straße, sondern alle trotteten einfach vor sich hin und versuchten, einen weiteren Tag zu überleben.

Es waren vor allem die Kinder, die seine gute Laune dämpften. Nachdem er in Afghanistan gedient hatte, war er mit ihresgleichen bedauerlicherweise sehr vertraut. Überall, wo es Armut oder Konflikte oder Unterentwicklung gab, lauerten sie in Gassen, wo sie um Essen oder Geld bettelten oder einfach nur einsam und verloren herumliefen. Sie wurden von den meisten anderen Menschen ignoriert, einige empfanden Mitleid mit ihnen und wieder andere betrachteten sie als Beute.

Ganz gleich, welche Rasse oder Nationalität sie hatten, sie sahen alle ziemlich ähnlich aus. Sie hatten die gleichen dürren Gliedmaßen, die gleichen Gesichter, unnatürlich früh gealtert durch die Dinge, die sie gesehen und getan hatten, und den gleichen hungrigen, verzweifelten Blick in den Augen. Die Glücklicheren oder Erfindungsreicheren schlossen sich zum Schutz in Gangs zusammen, in denen sie ständig um die Gunst einiger weniger, rücksichtsloser Anführer buhlten. Und der Rest lernte sehr schnell, dass nur die Starken überlebten.

McKnight spürte seinen Stimmungsumschwung.

»Von denen habe ich auch viele im Irak gesehen«, bemerkte sie leise. »Das macht es nicht einfacher.«

»Nein, macht es nicht«, stimmte Drake ihr zu und gab Gas, um so schnell wie möglich aus diesem Viertel herauszukommen. Er wollte diese verlorenen, verzweifelten Gesichter aus seinem Kopf verbannen.

Den Rest ihrer Fahrt verbrachten sie schweigend. Beide

gaben sich damit zufrieden, ihren eigenen Gedanken nachzuhängen, während sie die überfüllte Stadt allmählich hinter sich ließen und eine Ausfallstraße erreichten.

Nach der Fahrt durch die unbekannte Stadt hatte er fast das Gefühl, er würde nach Hause kommen, als er in das heruntergekommene Industriegebiet einbog und vor dem rostigen, vernachlässigten Gebäude anhielt, in dem sich ihre Operationsbasis befand.

Er wusste, dass Mason oder Anya ihre Ankunft auf den Sicherheitskameras verfolgen würden, also blieb Drake sitzen, während der Motor lief, und wartete darauf, dass die großen Türflügel sich öffneten. Aber niemand schob sie auseinander. Niemand tauchte aus dem Lagerhaus auf, und die Türen blieben fest verschlossen.

Drake wechselte einen beklommenen Blick mit seiner Beifahrerin, stellte den Motor aus und zog den Zündschlüssel ab.

»Vielleicht haben sie gerade einen Wachwechsel«, warnte McKnight ihn. Allerdings klang sie nicht sonderlich überzeugt. »Vielleicht haben sie uns auf den Kameras nicht gesehen.«

Wenn er hupte, würde das die Angelegenheit natürlich klären, aber es würde auch jeden alarmieren, der sich im Lagerhaus befand und dort nichts zu suchen hatte. Er wollte lieber keine Aufmerksamkeit erregen, bis er wusste, was in dem Gebäude vorging.

»Vielleicht.« Drake zog die Browning aus dem Halfter an seinem Rücken. Er hatte die Pistole den ganzen Tag bei sich getragen, hauptsächlich um sich gegen einen Überfall zu wappnen. »Vielleicht aber auch nicht.«

McKnight beugte sich dem Unausweichlichen, zog ebenfalls ihre Waffe und folgte ihm nach draußen, als er die Wagentür öffnete und vorsichtig ausstieg. Sofort spürten beide die feuchte Hitze. Es war fast Mittag, und die Sonne stand hoch am Himmel. Die Temperatur war entsprechend gestiegen.

Drake atmete tief ein. Die Luft war heiß und feucht wie im Dschungel, nur dass sie nach Abgasen und dem Rauch der Schornsteine in der Nähe stank. Er spürte fast augenblicklich, wie ihm Schweiß auf die Stirn trat und zwischen seinen Schulterblättern über den Rücken lief.

McKnight gab ihm Deckung, und er ging zu der kleinen Tür, die in die großen Schiebetüren eingelassen war. Er achtete darauf, dass kein zufällig vorbeikommender Passant seine Waffe sehen konnte. Dann blieb Drake neben der kleinen Tür stehen, beugte sich vor und drückte sein Ohr an das Metall.

Er hörte tatsächlich laute Stimmen in der Halle, obwohl der Lärm der Umgebung und die geschlossenen Türen verhinderten, dass er ein Wort von dem verstand, was gesprochen wurde. Eines jedoch war klar – irgendjemand da drinnen war nicht besonders glücklich.

Hatte man den restlichen Mitgliedern seines Teams einen Hinterhalt gestellt? Waren sie als Geiseln genommen worden? Wurden sie gerade in diesem Moment verhört und versuchte man, sie dazu zu bringen, Drakes Aufenthaltsort zu verraten? So oder so, er musste es herausfinden.

Er drückte vorsichtig auf den Türgriff. Sie war verschlossen und gesichert, also waren die Personen, die dort in der Halle waren, nicht durch diese Tür gekommen. Glücklicherweise hatte er daran gedacht, einen Schlüssel mitzunehmen. Er steckte ihn in das Schloss, blickte McKnight an und zählte lautlos herunter.

Drei, zwei, eins …

Er drehte den Schlüssel, stieß die Tür auf und trat hastig in das Lagerhaus. McKnight folgte ihm auf dem Fuß. Als er über die Schwelle ging, zog er mit einer einzigen geschmeidigen Bewegung seine Waffe und zielte, während er das dämmrige Innere des Gebäudes musterte in dem Versuch, seine Feinde von seinen Freunden zu unterscheiden.

Er brauchte nicht lange dafür, aber das Bild, das sich ihm bot, war so unwahrscheinlich, dass er tatsächlich unvermittelt stehen blieb und zwei Worte hervorstieß, die seine Reaktion perfekt auf den Punkt brachten.

»Oh Scheiße!«

42

Unter den Szenarien, die Drake sich in diesen wenigen Augenblicken vor dem Eintreten ausgemalt hatte, war dieses nicht dabei gewesen.

Seine Aufmerksamkeit richtete sich als Erstes auf Mason. Der große Spezialist stand neben dem geparkten Bukhanka und umklammerte seine Automatik, als wäre er bereit für einen Kampf. Sein Hemd war zerfetzt und blutverschmiert von einer Schnittwunde auf der linken Seite seiner Brust, als hätte jemand ihn mit einem Messer angegriffen. Aus der Wunde sickerte immer noch Blut, das dunkel in dem schwachen Licht glänzte, obwohl Mason ganz offensichtlich nicht sonderlich davon beeinträchtigt wurde.

Wer der Eindringling war, war nicht schwer zu erraten.

Auf dem Boden vor Masons Füßen kauerte ein Jugendlicher. Er war an den Handgelenken mit Klebeband gefesselt und hatte auch Klebeband über dem Mund. Er versuchte, vor der Waffe in Masons Hand davonzukriechen, aber Mason hielt ihn mit einem eisernen Griff an seinem Hemd fest, sodass er sich nicht rühren konnte.

Das wäre schon beunruhigend genug gewesen, aber die Situation in der Mitte des Raumes wirkte weit gefährlicher. Anya und Frost standen sich gegenseitig mit der Waffe im Anschlag gegenüber. Frost hatte eine der MP7 in den Händen und Anya ihren .45er Colt Automatik. Die junge Frau hatte sich zwischen Anya und den Jungen gestellt und bildete eine Art menschlichen Schutzschild.

»Also, das sieht nicht sonderlich gut aus«, sagte McKnight leise.

»Verflucht, lass endlich deine Scheißwaffe sinken, bevor ich dich in Stücke schieße!« Frost hatte die kompakte Maschinenpistole auf Anya gerichtet und war so sehr auf ihre Feindin fixiert, dass sie Drakes Rückkehr noch nicht bemerkt hatte.

»Das tust du nicht, Frost. Du bist keine Mörderin.« Anyas Stimme wirkte im Gegensatz zu der kaum beherrschten Wut ihrer Widersacherin täuschend kalt. »Geh zur Seite.«

»Scheiß drauf! Ich lasse nicht zu, dass du das machst. Nicht schon wieder!«

»Hört gefälligst auf mit diesem Mist, alle beide!« Mason flehte sie an, während er versuchte, den Jungen vor seinen Füßen festzuhalten und sich gleichzeitig in diese möglicherweise tödliche Auseinandersetzung einzumischen. »Die ganze Sache läuft völlig aus dem Ruder!«

»Du hast keine Ahnung, wozu sie fähig ist, Cole!«, konterte Frost. »Sie ist eine verdammte Mörderin! Ich habe es gestern Nacht mit eigenen Augen gesehen!« Sie presste den Schaft der Maschinenpistole gegen die Schulter und machte sich bereit zu feuern. »Jemand muss sie aufhalten, bevor sie uns alle umbringt.«

»Und du bist diese Person, Keira Frost?«, fragte Anya provozierend.

Drake hatte genug gehört. Was auch immer während seiner Abwesenheit passiert war, konnte warten. Er musste diese Situation beenden, bevor eine der beiden ernst machte.

»Was zum Teufel ist hier los?«, brüllte er und ging in die Mitte des Raumes. Er stellte sich absichtlich in die Schusslinie zwischen den beiden Frauen. In einem solchen Moment konnte man nicht daran denken, Zurückhaltung zu üben oder auf Diplomatie zu setzen. Er musste so laut und wütend wie möglich sein, und das fiel ihm im Moment ziemlich leicht. »Runter mit euren Waffen! Beide!«

»Halt dich da raus, Ryan!«, warnte Frost ihn und machte einen Schritt zur Seite, um freie Schussbahn auf ihr Ziel zu haben. Er vollzog ihre Bewegung nach. »Das geht dich nichts an!«

»Selbstverständlich geht es mich was an!«, erwiderte er. »Du hast genau drei Sekunden Zeit, deine Waffe runterzunehmen, sonst, das schwöre ich bei Gott, musst du mich niederschießen, wenn du verhindern willst, dass ich die Scheiße aus dir herausprügele. Eins.«

Frost biss die Zähne zusammen. »Du weißt genau, was sie gestern Nacht getan hat. Sie ist eine Mörderin, mehr hat sie einfach nicht drauf. Und sie wird es wieder tun, wenn wir sie nicht aufhalten!«

»Wovon redet sie?«, wollte McKnight wissen.

Drake antwortete nicht. Für dieses Gespräch war jetzt nicht der richtige Zeitpunkt.

»Zwei.« Er ballte die Fäuste und trat einen Schritt auf Frost zu. Er wollte nicht zu körperlicher Gewalt greifen, aber wenn es nicht anders ging, würde er sie lieber niederschlagen als mit ansehen, wie sein halbes Team sich völlig überflüssigerweise gegenseitig auslöschte.

»Du bist wohl blind, Ryan, verflucht! Nicht ich bin dein Feind, sondern sie!«

»Drei …« Drake ging auf sie zu und versperrte ihr die Schussbahn. Wenn sie Anya treffen wollte, musste sie erst ihn töten.

»Also gut, verflucht!« Frost ließ die Maschinenpistole sinken und kehrte ihm den Rücken zu. »Gottverflucht!«

Drake atmete unwillkürlich auf. Er hatte nicht wirklich erwartet, dass sie schoss, aber in einer so angespannten

Konfrontation war die Möglichkeit eines unabsichtlichen Schusses nur allzu real.

»Ich habe deine Hilfe nicht gebraucht, Ryan«, sagte Anya hinter ihm.

Drake fuhr zu ihr herum. Seine Wut und seine Enttäuschung ihr gegenüber waren nicht geringer als die Frost gegenüber. »Kein Wort mehr! Ich will nur wissen, was zum Teufel hier los ist!« Er deutete mit einem Finger auf den Jungen, der immer noch vor Masons Füßen kauerte und etwas murmelte, was durch das Klebeband unverständlich war. »Wer ist dieser kleine Mistkerl, und wieso ist er gefesselt?«

Mason war in diesem Moment der ruhigste der drei Agenten, und er raffte sich zu einer Erklärung auf. »Wir haben uns einen blinden Passagier eingehandelt. Anya hat ihn aufgespürt, als er durch eine der Entlüftungsröhren auf dem Dach geklettert ist. Er hatte eines unserer taktischen Funkgeräte im Hemd. Zum Glück hat sie ihn erwischt, bevor er es nach draußen geschafft hat.«

Oh Mist!, dachte Drake. Er warf einen Blick auf den Jungen und begriff sehr schnell, was es mit ihm auf sich hatte. Vermutlich war das ganz logisch. Industriegebiete wie dieses hier waren wahrscheinlich ideale Beutegründe für Straßenkinder. Hier gab es jede Menge Waren oder teure Ausrüstung, die man stehlen und weiterverkaufen konnte. Er hatte nur nicht erwartet, dass einer von ihnen so schnell und so leicht Zugang fand, vor allem angesichts der Sicherheitskameras, die sie aufgebaut hatten. Es war eine ernüchternde Erkenntnis.

Er warf einen Blick auf die Messerwunde auf der Brust seines Freundes. »Du blutest, Cole.«

»Diese kleine Ratte wollte sich nicht kampflos ergeben.« Mason verzog schmerzhaft das Gesicht und griff in seine

Tasche. Er holte ein kleines, offenbar selbst gemachtes Messer heraus. Der Griff bestand nur aus abgeschabtem Leder und Klebeband, das um eine Stahlklinge gewickelt war. »Er hat mich echt erwischt. Aber ich werde es überleben.«

Das Kind hatte Mut, so viel musste Drake ihm zugutehalten. Es brauchte eine gehörige Portion Mumm, sich gegen einen Mann von Masons Größe und Stärke zu wehren. Andererseits, betrachtete man die Welt, in der dieser Junge überleben musste, dann kannte der vermutlich nur Gewalt.

»Aber das Kind wird nicht überleben, wenn es nach Anya geht«, warf Frost ein. Sie war immer noch stinksauer. »Sie wollte ihn nach draußen bringen und ihn umlegen.«

»Das habe ich nicht gesagt«, verbesserte Anya sie.

»Das musstest du auch nicht. Ich weiß, wie du operierst – das hast du gestern Nacht klargemacht. Niemand stellt sich dieser Mission in den Weg.«

»Will mir endlich jemand sagen, was zum Teufel gestern Nacht passiert ist?«, wollte McKnight wissen.

Drake wollte sie auffordern, dieses Thema bis später ruhen zu lassen, aber Frost kam ihm zuvor. Zweifellos hatte sie das Gefühl, schon viel zu lange deswegen geschwiegen zu haben. »Wir haben bei unserem Aufklärungstrip zwei Kerle vom Sicherheitsdienst aufgegriffen. Sie haben versucht, uns zu verhaften, aber wir haben sie entwaffnet und wollten sie irgendwo im Nichts aussetzen. Ryan wollte sie gehen lassen, dann hat Anya eine Waffe gezogen und sie exekutiert. Kaltblütig und ohne zu zögern. Das war eine verfluchte Schweinerei!«

McKnight stieß einen erschrockenen Laut aus und wandte sich ab. Dabei schüttelte sie den Kopf. Drake fing ihren Blick auf. Es war klar – sie billigte nicht, dass er es für sich behalten hatte. Höchstwahrscheinlich hatte sie noch mehr dazu zu sagen, wenn die Umstände es erlaubten.

In der Zwischenzeit richtete Mason seine Aufmerksamkeit auf Drake und Anya. Wie McKnight war auch er über die Ereignisse der letzten Nacht im Dunkeln gelassen worden. »Stimmt das?«

Anya antwortete nicht. Sie hatte bereits alles gesagt, was sie zu dieser Angelegenheit zu sagen hatte.

»Warum hast du uns das nicht gesagt, Ryan?«, wollte Mason wissen. McKnight wäre vielleicht bereit gewesen, damit bis später zu warten, aber er nicht.

Drake warf Frost einen ärgerlichen Blick zu. »Wir haben auch so schon genug Probleme. Ich wollte nur verhindern, dass es noch schlimmer wird.«

»Er deckt sie, wie immer!« Frost trat dichter an den Jungen heran, um ihn zu beschützen. »Ich werde jedenfalls nicht hier herumsitzen und zusehen, wie sie ein Kind umbringt. Bevor das passiert, musst du mich töten, und das meine ich ernst.«

Keira Frost stand für Drake ganz unten auf der Liste derer, von denen er erwartet hätte, dass sie mütterliche Gefühle zeigten. Trotzdem konnte er ihr ihre Haltung nicht verübeln. Es gab Grenzen, die auch er nicht übertreten würde.

Anya schien von dieser Zurschaustellung von Selbstaufopferung nicht sonderlich berührt zu sein. Sie deutete auf den Jungen zu Masons Füßen. »Ob er ein Kind ist oder nicht, er war alt genug, in dieses Lagerhaus einzubrechen. Er war alt genug, uns zu bestehlen, und alt genug, uns in Gefahr zu bringen. Er hat alles gesehen; unsere Waffen, unsere Ausrüstung und unsere Funkgeräte. Selbst ihm muss klar sein, dass dies hier kein normales Lagerhaus ist. Wir wissen nicht, mit wem er darüber redet, wenn wir ihn jetzt gehen lassen.«

»Und du schlägst vor, dass wir ihn einfach hinrichten?«, erkundigte sich Mason.

»Jedenfalls müssen wir etwas unternehmen. Wir können ihn nicht der Polizei übergeben, und wir können es uns ebenso wenig leisten, ihn laufen zu lassen.« Sie zuckte mit der Schulter. »Wenn du eine bessere Idee hast, dann nur zu, teil sie uns mit!«

Drake sah den Jungen nachdenklich an. Er hatte aufgehört zu versuchen, von Mason wegzukriechen, und saß jetzt stumm auf dem staubigen Zementboden. Sein Blick zuckte von einer Person zur anderen. Er wusste genau, dass sie über ihn redeten. Vielleicht versuchte er herauszufinden, wie ihre Diskussion sich entwickelte.

»Eins nach dem anderen.« Er warf McKnight die Schlüssel für den Range Rover zu. »Fahr den Wagen in die Halle, bevor irgendein Arschloch ihn stiehlt. Keira, hilf ihr bei den Türen.«

»Wir müssen …«, begann Frost.

»Kein Widerspruch!«, fiel Drake ihr ins Wort. »Mach es einfach, sofort.«

Während die beiden Spezialisten zu den Toren des Lagerhauses gingen, um sie zu öffnen, richtete Drake seine Aufmerksamkeit wieder auf ihren Gefangenen. Er schob seine Waffe in das Halfter und näherte sich dem Jungen. Dann ging er vor ihm in die Hocke, um ihn besser betrachten zu können.

Sein Alter war schwer einzuschätzen, weil seine Unterernährung vermutlich sein Wachstum beeinträchtigt hatte. Er vermutete, dass der Junge etwa zehn Jahre alt sein mochte. Sein hageres Gesicht ließ seine dunkelbraunen wachsamen Augen größer erscheinen, als sie waren, und seine zottelige schwarze Haarmähne sah aus, als wäre sie mit demselben Messer geschnitten worden, mit dem er auch Mason angegriffen hatte. Und eine dunkelblaue Prellung an seinem Kiefer bezeugte, dass er nicht friedlich nachgegeben hatte.

Alles in allem war er ein hageres und ziemlich mitgenommen wirkendes Kind. Aber wie er bereits demonstriert hatte, war er weder dumm noch feige. In seinem Blick fand Drake keine Furcht, sondern eher diesen hungrigen, gefährlichen Ausdruck, den er mittlerweile viel zu gut kannte.

»Nicke, wenn du verstehst, was ich sage!«, befahl Drake.

Und richtig, er wurde mit einem zögernden Nicken belohnt. Das schlecht geschnittene Haar des Jungen fiel ihm bei dieser Bewegung in die Augen.

»Ich nehme dir jetzt den Knebel ab. Wenn du schreist oder versuchst, jemanden zu rufen, wirst du das bereuen. Nicke, wenn du das verstehst.«

Wieder nickte der Junge bestätigend.

Drake packte den Rand des Klebebandes und riss es mit einem Ruck herunter. Das Kind zuckte zusammen, als das Band einen Hautfetzen mitnahm, aber man musste ihm zugutehalten, dass er keinen Mucks von sich gab. *Ein zäher kleiner Mistkerl,* dachte Drake.

»Wie heißt du?«

Der Junge starrte ihn schweigend an. Seine Miene verriet, dass er die Frage verstanden hatte. Er wollte einfach nur nicht antworten. Auch das nahm Drake ihm nicht übel.

»Wie heißt du?«, wiederholte Drake. »Antworte, oder wir sind hier fertig.«

Der Junge war klug genug zu wissen, wann er kapitulieren musste. »Yasin.«

Ein metallisches Klappern hinter ihm sagte Drake, dass die Türen des Lagerhauses geöffnet wurden. Kurz darauf wurde ein Motor gestartet.

»Gut. Yasin, ich stelle dir jetzt ein paar Fragen. Wenn du mir ehrliche Antworten gibst, ist alles gut. Wenn du mich anlügst, finde ich das heraus«, sagte er und blickte kurz zu

Anya. »Gibt es noch andere Jungen bei dir? Wartet da draußen jemand auf dich?«

Yasins große braune Augen zuckten zu Drake und zu den anderen Mitgliedern der Gruppe und den Waffen, die sie in den Händen hielten. Es war nicht schwer zu erraten, was ihm durch den Kopf ging.

»Ja. Ich bin in einer Gang. Einer großen Gang, die dir viel Ärger macht, Amerikaner.«

Der Range Rover hielt neben dem alten russischen Lastwagen. Der Motor lief im Leerlauf, während Frost die Türen des Lagerhauses schloss und sie von der Außenwelt abschirmte.

»Sie suchen nach mir. Sie haben Pistolen, mehr Pistolen als ihr«, fuhr der Junge fort. Er war jetzt richtig in Fahrt. Seine Tollkühnheit kehrte wieder zurück, als er spürte, dass er die Oberhand gewann. »Sie werden euch fertigmachen, wenn ihr mich nicht laufen lasst.«

»Schön vorsichtig, Kumpel«, warnte ihn Mason. »Der Einzige, der hier fertiggemacht wird, bist du.«

Er klang ernst und überzeugend, aber Drake hatte noch ein Ass im Ärmel. Er warf einen Blick über die Schulter auf Anya, die zugesehen und zugehört hatte. Mit ihrem scharfen Blick hatte sie jede Bewegung, jedes Zucken eines Gesichtsmuskels, jeden Blick und jede Veränderung in der Haltung wahrgenommen. Sie schüttelte den Kopf und bestätigte Drakes Vermutung.

»Ich nehme an, du hast nicht zugehört, als ich dich gewarnt habe, mich nicht anzulügen, Yasin!«, sagte Drake. »Da draußen wartet niemand auf dich, habe ich recht? Du bist ganz allein hier!«

Yasins Blick zuckte nervös hin und her, und seine Zuversicht verpuffte rasch, als ihm klar wurde, dass er sich hier nicht mit einem Bluff herauswinden konnte.

»Tötest du mich?«, fragte er. Vermutlich hielt er es für überflüssig, lange drum herumzureden.

»Das war eigentlich nicht mein Plan. Yasin, ich …«

Er wurde unterbrochen, als eine Faust gegen das Metall hämmerte. Instinktiv drehte er sich zu dem Tor herum, als das Geräusch sich wiederholte. Jemand wollte in die Halle eingelassen werden.

Man hatte sie gefunden.

43

Frost stand schon am Laptop und überflog rasch die Bilder, die die Kameras lieferten. Sie brauchte nicht lange, um zu finden, was sie suchte.

»Wir haben Besuch!«, zischte sie.

»Im Ernst?« Drake fragte sich einen Moment, ob Yasin tatsächlich geblufft hatte. Vielleicht hatte er doch Verstärkung draußen. »Was für Besuch?«

»Zwei Männer in Zivilkleidung und ein Fahrzeug.«

Drake sprang hoch. Das Kind konnte einstweilen warten. »Bewaffnet?«

»Das kann ich nicht erkennen, aber sie tragen beide Anzüge. Für mich sieht es so aus, als wären es Regierungsbeamte.«

Die Schläge wiederholten sich, lauter diesmal. Wer auch immer die Männer waren, sie hatten offensichtlich keine Lust zu warten.

»Sollen wir evakuieren?« McKnight überprüfte die Kammer ihrer Schusswaffe.

»Wir riskieren eine Verfolgungsjagd, wenn wir das tun«, warnte Mason sie.

Drake traf seine Entscheidung innerhalb eines Augenblicks. »Räumt auf. Packt die Waffen und die Ausrüstung weg.«

»Was ist mit dem Kind?«, wollte Frost wissen.

»Schaff ihn in den Lastwagen«, antwortete Drake in Ermangelung einer besseren Option. »Keira, du gehst mit rein und sorgst dafür, dass er ruhig bleibt.« Er warf Yasin einen scharfen Blick zu. »Wenn er sich muckst, erschieß ihn.«

»Los geht's.« Frost verschloss Yasin mit dem Klebeband erneut den Mund und zog ihn zu dem Bukhanka. Der Junge hütete sich, sich zu wehren, entweder weil er die Polizei ebenso wenig schätzte wie Drake und die anderen, oder weil er wusste, dass sein Leben auf dem Spiel stand.

»Alle anderen bleiben cool und folgen meinem Beispiel. Vor allem du.« Er deutete mit einem Finger auf Anya, während die anderen die Waffen und verräterische Ausrüstungsgegenstände versteckten. Mason erinnerte sich an den Blutflecken auf seinem Hemd, schnappte sich seine Jacke und zog sie an.

Während alle beschäftigt waren, ging Drake zu den Türen und schob seine Browning in den Hosenbund seiner Jeans auf seinem Rücken. Er wusste nicht, ob er möglicherweise schnell danach greifen musste.

»Polizei! Aufmachen!«, rief eine gedämpfte Stimme von draußen.

»Ich komme ja schon!«, gab Drake zurück. »Eine Sekunde!«

Ihm blieb keine Zeit, sich davon zu überzeugen, ob die anderen schon fertig waren. Er konnte nur darauf vertrauen, dass sie die belastendsten Beweise verstaut hatten. Er packte den Griff der kleinen Tür und sammelte sich einen Moment, dann entriegelte er sie und zog sie auf.

Die beiden Männer, denen er sich gegenübersah, entsprachen Frosts Beschreibung. Sie trugen Zivilkleidung, Anzüge, aber beide sahen aus, als hätten sie schon eine Weile keine Reinigung mehr gesehen. Sie hatten Sonnenbrillen aufgesetzt und trugen die sauber gestutzten Schnurrbärte, die für jeden Mann über dreißig in diesem Teil der Welt obligatorisch zu sein schienen. Aber da hörte die Ähnlichkeit auch schon auf.

Der Mann direkt vor Drake war der Größere der beiden. Er war mindestens zehn Zentimeter größer als sein Kamerad. Er wirkte grimmig und ernsthaft, und alles an ihm schien größer und deutlicher zu sein als nötig. Sein kantiges Kinn ragte vor, sein Kiefer war so breit und schwer wie eine Schaufel, seine Nase sehr lang, seine Brauen dick und buschig. Seine Haut war von Pockennarben übersät, vielleicht durch eine Akne in der Jugend. Insgesamt machte der Mann den Eindruck, als wäre er jemand, den man besser nicht verarschte.

Der andere Mann war kleiner und schmächtiger, und sein Anzug flatterte an seinem Körper. Im Gegensatz zu den fast brutalen Gesichtszügen seines Kameraden wirkte dieser Mann weich und geradezu liebenswürdig. Sein ergrauendes Haar war quer über den Kopf gekämmt, in einem heroischen, aber vergeblichen Versuch, eine kahle Stelle zu überdecken. Er hatte die Art eines freundlichen, harmlosen Gesichts, die Drake an eine alte Bonbon-Reklame erinnerte.

Trotz seiner schmächtigen Statur und seines weniger einschüchternden Gesichts strahlte dieser Mann jedoch eine ruhige Autorität und Selbstvertrauen aus. Drake hatte genug Zeit beim Militär verbracht, um einen hohen Offizier zu erkennen, wenn er einen sah.

»Kann ich Ihnen helfen?« Drake spielte den unschuldigen Zivilisten.

Und richtig, der Kleinere der beiden Männer hob sein Abzeichen gerade lange genug hoch, dass Drake das Emblem der Punjab Province Police erkennen konnte.

»Guten Tag, Sir. Ich bin Detective Gondal, und das ist Detective Mahsud.« Seine Stimme war ebenso leise und dezent wie sein Äußeres. Und sein Englisch war makellos. »Wir sind vom Punjab Police Department.«

»Verstehe.« Drake hoffte, dass seine Miene seine sich überschlagenden Gedanken nicht spiegelte. »Was kann ich für Sie tun?«

»Sind Sie der Besitzer dieses Gebäudes?«, fragte der Größere der beiden Beamten, Mahsud.

»Ich habe es gemietet. Es dient uns als vorläufiger Lagerraum.«

»Und wie lange sind Sie schon hier?«

»Ich bin erst gestern hier angekommen.«

»Verstehe. Hätten Sie etwas dagegen, wenn wir hereinkommen, Mister …?« Gondal ließ die Frage offen und erwartete, dass Drake die Lücke füllte.

»Douglas«, antwortete Drake, ohne zu zögern. Es war der Name in seinem falschen Reisepass. »Robert Douglas.« Es war eine Art von Klischee, dass falsche Identitäten mit denselben Buchstaben beginnen sollten wie der wirkliche Name, aber die Logik dahinter war sehr erprobt. Die Namen kamen einem leichter von der Zunge, wenn sie mit vertrauten Buchstaben begannen, sodass man eine fatale Pause vermied, die jemanden einem erfahrenen Beamten gegenüber verraten konnte. Und Drake wusste noch nicht genau, mit welcher Art von Männern er es hier zu tun hatte.

»Douglas«, wiederholte Gondal. »Es ist ein heißer Tag, Mister Douglas. Dürfen wir vielleicht hineinkommen?«

»Ich würde zuerst gern erfahren, warum Sie überhaupt hier sind.« Wenn er zu freundlich oder zu nachgiebig war, dann fragten sie sich vielleicht, ob er irgendetwas vertuschen wollte.

»Wir wollen Ihnen nur ein paar Fragen stellen.« Er wirkte fast so, als wollte er sich dafür entschuldigen, dass er

Drake störte. »Wir werden Sie nicht lange aufhalten, aber wir würden Ihre Mitarbeit zu schätzen wissen.«

Drake nickte und trat zur Seite, um die beiden Männer einzulassen. Mahsud musste sich ducken, um durch die kleine Tür zu treten. Sofort sahen sie die kleine Ansammlung von Leuten an den Schreibtischen. Drake bemerkte, dass Mahsud unwillkürlich an seine rechte Hüfte griff, wo er zweifellos eine Waffe unter seiner Jacke trug.

Drakes Gefährten unterbrachen das, was sie zu tun vorgaben, und drehten sich zu den beiden Detectives herum. Ihre Mienen reichten von Überraschung über Misstrauen zu kaum verhohlener Feindseligkeit. Vor allem Anya sah aus, als wäre sie bereit, zuerst zu schießen und Fragen erst nächste Woche zu stellen.

»Leute, die Männer hier sind vom Punjab Police Department«, erklärte Drake, während er die beiden Detectives durch das Lagerhaus führte. Dabei warf er Anya einen warnenden Blick zu, auf keinen Fall eine überhastete Bewegung zu machen. »Sie wollen uns ein paar Fragen stellen.«

Die beiden Polizisten wechselten einen Blick, als sie sich dem Lastwagen näherten. Ganz offensichtlich sagte ihnen dieses Fahrzeug etwas.

»Ist das Ihr Lastwagen?«, wollte Mahsud wissen.

»Er ist eine Strafe für unsere Sünden.« Drake zwang sich zu einem schmerzlichen Lächeln. »Das alte Mädchen hat sich nicht gerade als besonders nützlich erwiesen. Deshalb haben wir den Rover gekauft. Er ist ein bisschen zuverlässiger, verstehen Sie?«

»Leider nicht. Ein Wagen wie dieser liegt außerhalb der finanziellen Möglichkeiten eines einfachen Detectives«, sagte Gondal und lachte leise. »Wo wir gerade beim Thema sind, welcher Arbeit gehen Sie nach, Mister Douglas?«

»Wir sind ein Frachtunternehmen. Apex Deliveries.«

Drake griff in seine Tasche und holte eine zerknitterte Geschäftskarte heraus, die er dem Mann stolz hinhielt, als genieße er die Möglichkeit, seine Firma repräsentieren zu können. »Wir wollen nach Pakistan expandieren, deshalb hat meine Firma uns als eine Art von … Vorauskommando losgeschickt, um das Fundament zu legen, ein Lagerhaus zu mieten, die Logistik zu regeln und den ganzen Rest zu organisieren.«

Apex Deliveries war eine von zahllosen Tarnfirmen, die die Agency als bequemes Cover für geheime Operationen gegründet hatte. Sie war in dem Sinne legitim, als sie eine eingetragene Firma mit Gewerbesteuern, finanziellen Unterlagen und Kontaktadressen war und sogar eine eigene Website unterhielt, um die Illusion eines funktionierenden Unternehmens aufrechtzuerhalten. Natürlich hatte sie noch nie auch nur ein einziges Stück Fracht bewegt, und das »Firmenhauptquartier« war nur ein Postfach in Milwaukee, das einmal im Monat überprüft wurde. Aber das bedeutete vermutlich für zwei Polizeibeamte auf der anderen Seite der Welt nicht besonders viel.

Gondal sah sich um, betrachtete die magere Ansammlung von leeren Klapptischen und den heruntergekommenen Lastwagen in der Mitte des Raumes. Das sah nicht direkt aus wie die Drehscheibe einer großen Frachtfirma.

»Sie sagten, Sie wollten mir ein paar Fragen stellen«, erinnerte Drake die Männer.

Mahsud drehte sich zu ihm herum und setzte seine Sonnenbrille ab. Dahinter kamen zwei dunkle, abschätzende Augen zum Vorschein. »Wo waren Sie zwischen Mitternacht und zwei Uhr früh letzte Nacht?«

Drake wusste sofort, worauf der Mann hinauswollte. Er versuchte ihn mit dieser plötzlichen Frage zu überrumpeln, wollte ihn zum Schwitzen bringen, sodass er vielleicht irgendetwas Entscheidendes verriet.

»Hier natürlich«, antwortete Drake, dem es gelang, wegen dieser Frage verblüfft zu wirken. »Wir sind erst gestern Abend hier angekommen.«

»Sie alle?«, setzte Mahsud nach.

»Ja, wir alle.«

»Und der Nachtwächter wird Ihre Aussage bestätigen, wenn wir ihn fragen? Ihr Lastwagen hat das Gelände während dieser Zeit nicht verlassen?«

Jetzt versuchte er es auf die harte Tour. Aber Drake wusste, dass der Nachtwächter kein Buch darüber führte, ob Fahrzeuge kamen oder wegfuhren. Er hatte an der Hütte des Mannes halten müssen, um seine Aufmerksamkeit zu bekommen, und selbst da war er gereizt gewesen, weil er gestört wurde, während er ein Kricketmatch auf einem kleinen tragbaren Fernseher verfolgt hatte.

»Wenn er seinen Job gemacht hat, dann denke ich schon.« Er betrachtete die beiden Männer neugierig. »Hören Sie, ich will keine Schwierigkeiten machen, aber wir haben viel Arbeit vor uns. Würden Sie mir vielleicht verraten, worum es hier geht?«

»Verzeihen Sie meinem Kollegen seine Manieren, Mister Douglas. Wir beide haben einen langen Tag hinter uns.« Gondal zog ein Taschentuch aus der Tasche und wischte sich die Stirn. »Zwei Männer sind letzte Nacht aus einem Wohnbezirk in Islamabad verschwunden. Und heute Morgen wurden ihre Leichen in flachen Gräbern etliche Meilen außerhalb der Stadt gefunden. Während dieser Entführung haben Zeugen einen grauen geschlossenen Lastwagen in dieser Gegend gesehen, dessen Beschreibung auf Ihr Fahrzeug passt. Außerdem haben sie Geräusche von einem Kampf gehört und laute Stimmen, die Englisch sprachen.«

Scheiße, Scheiße, Scheiße!, dachte er. Offenbar hatten sie die beiden Leichen nicht so gut entsorgt, wie sie gedacht hatten. Vielleicht war das Gebiet, in dem sie die beiden begraben hatten, stärker frequentiert, als sie mitten in der Nacht vermutet hatten. Oder aber der Geruch hatte Raubtiere angelockt, die wiederum das Interesse von Menschen geweckt hatten.

Schlimmer noch, irgendjemand in einem nahe gelegenen Gebäude musste die Konfrontation mitbekommen haben. Vielleicht hatten sie sogar die beiden Sicherheitsoffiziere gerufen, um den verdächtigen Lastwagen zu untersuchen. Und jetzt hatte sich die Polizei des Falles angenommen.

Das war eine Lage, die sehr schnell aus dem Ruder laufen konnte. Wenn die Männer sie verdächtigten, etwas Illegales getan zu haben, konnten sie sie alle auf der Stelle festnehmen. Das Ergebnis wäre ein völliges Scheitern ihrer Mission und das Ende jeder Hoffnung, dass sie Cain jemals in die Finger bekamen.

Ein kurzer, flüchtiger Blick zu Anya sagte ihm, dass sie ähnliche Gedanken hegte. Und die leichte Veränderung in ihrer Haltung verriet ihm, dass sie bereit war, direkt und brutal zuzuschlagen, um das zu verhindern. Er wusste mittlerweile nur zu gut, wie rücksichtslos sie sein konnte, wenn man sie in eine Ecke drängte.

»Also hat man Sie losgeschickt, um jeden im Viertel zu befragen, der einen solchen Lastwagen besitzt?« Drake schaffte es, mitfühlend zu lachen, und schüttelte den Kopf. »Dann müssen Sie heute aber sehr viele Besuche gemacht haben, Detective.«

Der ältere Mann lächelte bedauernd. »Sie haben keine Ahnung. Aber trotzdem müssen wir den Vorschriften Folge leisten, also bleibt uns nichts anderes übrig. Gut, Sie sagen, Sie waren letzte Nacht hier in diesem Lagerhaus. Kann das jemand bezeugen?«

»Wir alle können das«, mischte sich Mason ein. »Wir

haben bis spät in die Nacht unser Zeug ausgepackt. Hätte jemand versucht wegzugehen, hätten wir es gesehen.«

»Es sei denn natürlich, Sie alle wären in die Sache verwickelt«, erwiderte Mahsud. Er klang düster und anklagend.

Drake hob hilflos die Hände. »Hören Sie, ich verstehe ja, dass Sie Ihre Arbeit machen müssen, aber wir sind nur Fahrer einer Lieferfirma. Wir laufen nicht nachts herum und ermorden Leute.«

»Das verstehe ich. Niemand klagt Sie irgendeiner Sache an, Mister Douglas. Das ist nur eine ganz normale Standardprozedur.« Gondal machte eine Pause, als er überlegte. »Kann ich Ihre Reisepässe sehen?«

Drake warf einen Blick auf Anya, weil er sie loswerden wollte, bevor sie etwas tat, was sie alle bereuten. »Anna, würdest du mir einen Gefallen tun und die Pässe holen? Sie müssten hinten im Büro liegen.«

»Anna« zögerte einen Moment, dann nickte sie. »Selbstverständlich.«

Als sie losging, um die falschen Ausweise zu holen, die sie mitgebracht hatten, bemühte sich Drake so gut wie möglich, nicht so auszusehen, wie er sich fühlte – ein extrem schuldiger Mann, der in sehr großer Gefahr schwebte aufzufliegen. Seine einzige Hoffnung in diesem Moment bestand darin, dass sie sich mit einem Bluff aus der Situation befreien konnten. Jedenfalls konnten sie es sich nicht leisten, noch mehr Tote zurückzulassen, schon gar nicht Polizeibeamte, die schon bald vermisst würden, wenn sie sich nicht zurückmeldeten.

In diesem Moment sah er zu Mason und hatte das Gefühl, als würde sein Herz einen Schlag aussetzen. Ein kleiner, aber deutlich sichtbarer Fleck hatte sich auf seiner Jacke gebildet, und etliche kleine rote Flecken zeigten sich auch in dem Stoff auf der linken Seite seiner Brust. Noch war es nicht sonderlich offensichtlich, aber Drake wusste, dass sich das bald ändern würde.

Und wenn er es sehen konnte, dann würden auch Gondal und Mahsud es jeden Moment bemerken. Und wenn sie einen Blutfleck an einem der Männer sahen, die sie wegen einer Entführung und eines Mordes befragten, dann konnte Drake sich von der Chance verabschieden, sich aus dieser Lage herausreden zu können.

Da Drake keine andere Möglichkeit hatte, Masons Aufmerksamkeit zu erregen, starrte er ihn an, bis der spürte, dass irgendetwas nicht stimmte, und den Blick erwiderte. Als Drake Augenkontakt hatte, richtete er seinen Blick nachdrücklich auf Masons Brust. Er konnte es zwar nicht laut sagen, aber was er meinte, war auch so glasklar.

Du blutest! Unternimm etwas, bevor du uns alle verrätst!

Sein Freund riss die Augen auf und zuckte zusammen, sodass Drake begriff, dass seine Botschaft angekommen war. Dann drehte sich Mason beiläufig um und griff nach einem Plastikbecher mit Kaffee, der schon seit heute Morgen auf dem Tisch gestanden hatte. Er setzte ihn an die Lippen und tat so, als würde er trinken. Dann hustete er und ließ den Becher los.

»So ein verfluchter Mist!« Er stöhnte, als der kalte Kaffee auf seine Jacke spritzte und den Blutfleck verdeckte. »Ich habe diesen verdammten Kaffee gerade erst gekauft!«

Mahsud sah irritiert zu, als Mason einen Lappen nahm, mit dem er noch heute Morgen automatische Waffen gereinigt hatte, und sich daranmachte, den Kaffeefleck abzuklopfen.

Zum Glück kehrte Anya in dem Moment mit den Pässen in der Hand zurück. Sie gab sie Gondal, der sie rasch durchblätterte und jede Person in dem Raum mit dem Bild in dem Reisepass verglich.

Jeder von ihnen besaß etliche falsche Reisepässe verschiedener Nationalitäten. Sie hatten sie zu einem recht beträchtlichen Preis bei einem Fälscher in Berlin erstanden, der Drake wärmstens empfohlen worden war. Sie würden zwar keiner genauen technischen Prüfung standhalten, aber das bloße Auge täuschen können.

Der Detective legte sie zufrieden auf den nächsten Klapptisch. »Sie scheinen alle in Ordnung zu sein.« Er griff in seine Jacke und zog ein Handy heraus. »Es macht Ihnen sicher nichts aus, wenn ich Ihre Firma anrufe, um zu bestätigen, was Sie mir erzählt haben?«

Drake unterdrückte den Drang zu schlucken. »Selbstverständlich nicht. Machen Sie nur.«

Gondal wählte bereits die Nummer, bevor Drake auch nur zu seiner Antwort angesetzt hatte.

Dan Franklin schreckte aus dem Schlaf hoch, als ein Handy summte. Er öffnete die Augen und hob den Kopf vom Kissen. Dann blickte er müde auf die Uhr auf seinem Nachttisch. 03:12 morgens.

Wer zum Teufel rief ihn um diese Uhrzeit an?

Er brauchte einen Moment, bis ihm klar wurde, dass das nicht sein offizielles Handy war. Es wurde auf dem Boden neben seinem Bett aufgeladen. Es war ein anderes Telefon, dessen Nummer nur ein Mann kannte – Ryan Drake.

Das Telefon lag in der obersten Schublade seines Arbeitszimmers auf der anderen Seite des Raumes. Er hörte, wie es erneut summte. Der Ton wurde durch die Wäsche gedämpft, zwischen der es lag.

Wenn dieses Telefon klingelte, bedeutete das, dass Drake seine Hilfe brauchte.

»Scheiße«, sagte er leise und schwang seine Beine über den Rand des Bettes, während das Klingeln weiterging.

Gondal sagte nichts, während er mit dem Telefon am Ohr dastand, und sämtliche Aktivitäten im Lagerhaus schienen zum Erliegen gekommen zu sein. Drake stand dicht neben dem Mann und hörte das Summen, als es auf der anderen Seite klingelte.

Die beiden Detectives wechselten einen vielsagenden Blick. Die Art von Blick, die nur Leute sich zuwerfen können, die schon lange zusammenarbeiten und sich gut kennen.

Mahsud nahm das als Signal aufzupassen und ging langsam um den Bukhanka herum, wie ein Haifisch, der seine Beute umkreiste. Als er an der Fahrerkabine vorbeikam, warf er einen Blick durch das offene Fenster und bemerkte das schmutzige, heruntergekommene Innere. Dann ging er zu den Türen des Laderaums. Er hatte die Hand auf der Hüfte, bereit, seine Waffe beim ersten Anzeichen von Ärger zu ziehen.

Drake wusste, dass er den Mann nicht aufhalten konnte, ohne Verdacht zu erregen.

Er spürte einen Blick auf sich ruhen und wusste, von wem er kam. Dann sah er zu Anya hinüber. Die Frau nickte einmal kurz und nachdrücklich zu dem Detective hinüber. Drake brauchte keine Gedanken lesen zu können, um zu wissen, was sie dachte.

Wenn er diese Türen aufmacht, musst du ihn töten.

Das Telefon klingelte weiter, während Franklin versuchte, sich aus dem Bett zu hieven. Geschwächt von seiner Wirbelsäulenoperation, von der er sich immer noch erholte, war er selbst in guten Zeiten nicht besonders schnell auf den Beinen. Aber am Morgen war es immer am schlimmsten. Es machte fast den Eindruck, als müssten seine Beine unabhängig von seinem Gehirn aufwachen.

Aber heute war nicht der richtige Tag, um zu verschlafen.

Er biss die Zähne zusammen, hielt sich am Nachttisch fest und zog sich mit dessen Hilfe in eine stehende Position. Seine Beine fühlten sich taub und schwer unter ihm an, wie zwei tote Klumpen Fleisch, die nicht mit seinem Körper verbunden waren. Aber er stand.

Dann setzte er sich in Bewegung. Er schleuderte ein Bein förmlich nach vorn und verlagerte dann sein Gewicht, machte einen Schritt nach dem anderen. Allmählich kam das Gefühl wieder, als das Blut zirkulierte, und die Taubheit ließ langsam nach.

Noch ein Schritt und noch einer. Das Telefon klingelte immer noch. Wie lange schon? Er wusste es nicht.

Noch ein Schritt. Er versuchte, sein linkes Bein nach vorn zu schieben, versuchte, schneller zu gehen, aber dann setzte er seinen Fuß schräg auf, und er knickte über den Knöchel ab. Er verlor das Gleichgewicht und stürzte schwer auf den Holzboden.

»Verflucht!«, schrie er frustriert.

Keira Frost hockte in dem rostigen, schmutzigen und nach Öl stinkenden Frachtraum des Lastwagens und starrte in dem dunklen Raum den jungen Burschen an, der gefesselt und geknebelt an der gegenüberliegenden Wand lehnte. Seine Augen waren in der Dämmerung groß, und das Weiße darin leuchtete, als er ihren Blick ebenso starr erwiderte. Seine Brust hob und senkte sich unter seinen hastigen Atemzügen.

Zweifellos war er sich der Gefahr bewusst, entdeckt zu werden, und wusste auch, was es für ihn bedeuten würde. Die Automatik, die sie auf ihn gerichtet hielt, ließ daran keinen Zweifel.

Frost legte einen Finger an die Lippen, damit er ja still

blieb. Er konnte zwar nicht schreien, aber es gab viele Möglichkeiten, in einem so kleinen metallischen Raum Lärm zu machen. Sie konnte nur hoffen, dass er der Polizei noch weniger traute als ihnen, oder dass er einfach wusste, was mit ihm passieren würde, wenn er versuchte, sie zu alarmieren.

Draußen vor der Tür beobachtete Drake mit wachsender Verzweiflung, wie Mahsud sich den hinteren Türen des Lastwagens näherte. Es war mittlerweile klar, dass er sich versucht fühlte, den Lastwagen zu durchsuchen, weil Gondals Anruf ja ganz offensichtlich nicht angenommen wurde. Und jeder Protest würde seinen Argwohn nur schüren.

In diesem Moment drehte sich Gondal zu Drake herum und betrachtete ihn. Seine Miene hatte sich verändert, als wäre ein innerer Schalter umgelegt worden. Der liebenswürdige, freundliche ältere Herr von vorhin war verschwunden, und jetzt zeigte sich eine scharfe, kalkulierende Intelligenz in seinem Blick, die, wie Drake genau wusste, die ganze Zeit darin gelauert hatte.

Es war klar, dass Gondal mittlerweile diesen Anruf als Zeitverschwendung betrachtete, und dass er die Leute hier in diesem Lagerhaus nicht mehr als Ziele einer Routinebefragung betrachtete, sondern als mögliche Mordverdächtige. Und er würde auf diesen Verdacht hin agieren.

Sie hatten keine andere Wahl, als zuerst zu reagieren. Das bedeutete, sie mussten die beiden Polizeibeamten so leise wie möglich ausschalten, ihre Leichen verstecken und hoffen, dass sie ihre Mission erfüllt hatten, bevor das Verschwinden der Männer bemerkt wurde. Es war ein riskantes Spiel, aber sie hatten keine andere Möglichkeit.

Damit lud er sich zwei weitere überflüssige Tote auf sein Gewissen.

Fast ohne sich dessen bewusst zu sein, griff Drake zu der Automatik, die hinten in seinem Hosenbund steckte. Anya neben ihm folgte seinem Beispiel.

Franklin blickte zu seinem Sekretär hoch, der wie der Gipfel eines unbezwingbaren Berges über ihm zu thronen schien. Er war auf dem kalten harten Holzboden gelandet und wusste, dass er morgen jede Menge blaue Flecken haben würde. Aber das spielte jetzt keine Rolle.

Es war nur wichtig, endlich an dieses Telefon zu kommen. Drakes Leben konnte von dem abhängen, was er in den nächsten Sekunden tat.

Plötzlich durchströmte ihn die Energie der Verzweiflung, und Franklin kroch die letzten Schritte vorwärts, dann packte er den Griff der zweiten Schublade des Sekretärs und zog sich daran vom Boden hoch. Seine Muskeln zitterten unter der Anstrengung, während er sich mit jedem Moment höher zog und es ihm schließlich gelang, einen Fuß fest auf den Boden zu setzen.

Er packte die oberste Schublade, riss sie auf, schob die Hand hinein und bekam das billige Plastikgehäuse des Handys zu fassen, bevor er wieder zu Boden sank.

Aber das spielte jetzt keine Rolle. Er drückte den Rufknopf, hielt das Telefon ans Ohr und konnte seinen keuchenden Atem zumindest so lange unterdrücken, um zwei Worte auszusprechen.

»Apex Deliveries.«

Auf der anderen Seite der Weltkugel erstarrte Detective Gondal, als er gerade sein Handy sinken ließ, um den Anruf zu beenden. Er streckte seine freie Hand aus und schnippte mit den Fingern, um seinen Kollegen auf sich aufmerksam zu machen, als er das Telefon wieder ans Ohr drückte. Mahsud blieb unmittelbar vor den Türen des Lastwagens stehen und wartete, was als Nächstes passierte.

Drake hatte ebenfalls innegehalten und starrte den älteren Mann angespannt und stumm an. Am liebsten hätte er triumphierend die Faust geballt, aber er wusste, dass es noch viel zu früh war, um sich zu freuen. Selbst wenn Franklin den Anruf beantwortet hatte, gab es keine Garantie dafür, dass Gondal ihm abkaufte, was er sagte.

»Guten Morgen, Sir«, begann er in derselben liebenswürdigen Manier, die er Drake gegenüber an den Tag gelegt hatte. »Mein Name ist Detective Sajid Gondal vom Punjab Police Department. Ich rufe wegen eines Ihrer Angestellten in Rawalpindi an.«

»Polizei? Stimmt irgendetwas nicht?« Franklin keuchte, und es gelang ihm, sein körperliches Unbehagen und seine Erschöpfung in erschrockene Sorge umzumünzen. »Ist ihnen irgendetwas passiert?«

»Ganz und gar nicht, Sir. Sie sind im Moment gerade bei mir. Genau genommen verfolge ich eine andere Spur und habe gehofft, Ihre Leute von unseren Untersuchungen ausschließen zu können.«

»Verstehe …« Franklin machte eine kleine Pause. »Und wie kann ich Ihnen dabei helfen?«

»Ich habe vier Ihrer Leute hier bei mir. Ich wüsste sehr zu schätzen, wenn Sie mir die Namen der vier bestätigen könnten und sie mir vielleicht sogar kurz beschreiben könnten. Das würde ausreichen, um zu bestätigen, wer sie sind.«

»Na klar. Mal sehen … Wir haben Bob Douglas, den Teamleiter. Er ist einunddreißig, groß, dunkelhaarig und hat grüne Augen. Dann gibt es da noch Carl Masterson. Ein großer Bursche, kahlrasierter Kopf und olivenfarbene Haut. Er stemmt ganz gern Gewichte. Sarah McCord ist

Anfang dreißig, hat braunes Haar und … Sommersprossen auf der Nase.«

Drake wappnete sich für das, was jetzt kam. Er wusste bereits, wo Franklins Beschreibung nicht mehr stimmen würde, und jetzt kam es. Er konnte nur hoffen, dass die Fähigkeit seines Freundes zu improvisieren ebenso gut war wie sein Gedächtnis.

»Und die Letzte müsste Kate Fisk sein. Sie ist klein, dunkelhaarig und hat ein Piercing in der Nase.«

Gondal runzelte die Stirn und warf einen Blick zu Anya. Sie passte nicht zu dieser Beschreibung. Sie war diejenige, deren Äußeres und deren Pass nicht einmal annähernd auf Franklins Beschreibung zutrafen.

»Sind Sie sicher?«, fragte Gondal, und Drake zuckte innerlich zusammen.

»Also ich …« Franklin verstummte und fragte sich zweifellos, was zum Teufel da los war. Drake und er hatten sich vorher auf diese Geschichte geeinigt, und Franklin hatte sich die falschen Identitäten des Teams eingeprägt, falls sie in genau eine solche Situation gerieten, wo er für sie bürgen musste.

Auf die Veränderung im Team war er jedoch nicht vorbereitet. Von seiner Warte aus bedeutete das, dass er versuchte, blind gegen einen Widersacher zu kämpfen, und dabei auch noch eine seiner Hände auf dem Rücken gefesselt war.

Bevor Drake etwas sagen oder sich einmischen konnte, ergriff Anya die Initiative. »Kate ist erkrankt, kurz bevor wir die Vereinigten Staaten verlassen haben«, sagte sie hilfreich und so laut, dass Franklin ihre Stimme am anderen Ende hören konnte.

»Ach ja, natürlich!« Franklin begriff sofort die Lage und stellte sich – ganz Profi – darauf ein. »Tut mir leid, Detective, aber hier ist es noch sehr früh am Morgen, und ich habe noch nicht einmal einen einzigen Schluck Kaffee getrunken. Kate musste in letzter Sekunde aussteigen. Ich kann mich im Moment nicht an den Namen ihrer Vertreterin erinnern, aber ich weiß, dass sie groß ist, blondes Haar und blaue Augen hat. Wenn Sie mir etwas Zeit geben, sehe ich in unseren Personalakten nach und nenne Ihnen dann gern ihren Namen.«

»Das dürfte nicht nötig sein, Sir.« Gondal warf Drake einen nachdenklichen Blick zu. »Sie waren sehr hilfreich. Mein Büro wird sich mit Ihnen in Verbindung setzen, wenn wir noch etwas brauchen.«

»Selbstverständlich. Ich wünsche Ihnen einen schönen Tag, Sir.« Franklin spielte seine Rolle als Angehöriger im mittleren Management perfekt. Drake hätte ihn geküsst, wenn er in Reichweite gewesen wäre.

Gondal beendete das Gespräch, nahm die Reisepässe vom Tisch und hielt sie Drake hin. »Tut mir leid, dass ich Ihnen Umstände gemacht habe, Mister Douglas. Aber ich weiß Ihre Kooperation zu schätzen.«

»Aber das ist doch gar kein Problem«, versicherte ihm Drake, während er die Dokumente entgegennahm.

»Sie sind hier, falls wir noch weitere Fragen an Sie haben?«

»Selbstverständlich. Jedenfalls so lange, bis uns unsere Firma endlich eine anständige Unterkunft bezahlt«, setzte er mit einem gequälten Lächeln hinzu. »Sie können unsere Geschäftskarte gern behalten. Sollten Sie noch etwas benötigen, können Sie uns jederzeit über diese Nummer erreichen.«

»Danke.« Gondal blieb noch einen Moment stehen, als wollte er noch etwas sagen. Dann jedoch senkte er den Blick und setzte seine Sonnenbrille wieder auf. »Ich fürchte, dass wir noch etliche Besuche erledigen müssen, bevor der Tag zu Ende geht.« In Begleitung von Mahsud ging er langsam und gelassen zum Ausgang und ließ Drake und die anderen allein.

An der Tür blieb er stehen. »Oh, eines noch, Mister Douglas.«

»Und das wäre?«

Er warf Drake einen scharfen Blick zu. »Hüten Sie sich vor Ärger, solange Sie in Pakistan sind.«

Es gelang Drake, ein amüsiertes Lächeln aufzusetzen. »Das habe ich vor.«

Der ältere Mann nickte, drehte sich um, trat durch die kleine Tür hinaus und ließ sie hinter sich zufallen. Erst als sie hörten, wie ein Motor draußen angelassen wurde, riskierte Mason es, den Laptop zu öffnen, der mit den Sicherheitskameras draußen verbunden war.

»Sie verschwinden«, verkündete er und ließ den Kopf sinken, als die Spannung schließlich von ihm abfiel. »Wir haben es geschafft.«

McKnight atmete geräuschvoll aus. »Dem Himmel sei Dank.« Drake näherte sich dem Lastwagen und schlug ein paarmal gegen den Aufbau, um Keira zu signalisieren, dass sie jetzt gefahrlos herauskommen konnte. Die Türen öffneten sich sofort, und Frost tauchte aus dem dunklen Inneren auf. Sie umklammerte ihre Waffe. Yasin saß immer noch dort auf dem Boden, wo sie ihn zurückgelassen hatte.

»Alles in Ordnung?«, fragte Mason die junge Frau, als sie sich streckte.

»Nach dieser Nummer brauche ich ein frisches Höschen«, bemerkte sie trocken. »Himmel, das war vielleicht knapp. Ich dachte schon, wir hätten Columbo am Hals.« Sie warf einen Blick auf Drake und wirkte diesmal wirklich beeindruckt. »Erinnere mich daran, dass ich Dan bei unserem nächsten Treffen ein Bier ausgebe. Das hat er sich heute redlich verdient.«

Drake wünschte sich sehr, dass er ihre Erleichterung teilen könnte. »Ich würde den Champagner noch nicht kalt stellen.«

»Was willst du damit sagen?«

»Diese Kerle waren keine Beamten der Polizei von Punjab. Das waren Agenten.«

Seine Worte genügten, um ihre gute Laune zu vertreiben. »Du meinst Nachrichtendienst?«

Er nickte grimmig. Jedenfalls war klar, was Gondal wirklich war. Der zerknitterte, schlecht sitzende Anzug, die liebenswürdige, etwas tapsige Art, die bescheidene Haltung, all das war eine sehr sorgfältig kultivierte Fassade, die die Leute in Sicherheit wiegen sollte, damit sie nicht aufpassten und Fehler machten. Fehler, die er ausnutzen konnte.

»Woher zum Teufel willst du …?«

»Ryan hat recht«, fiel ihr Anya ins Wort. Sie warf Drake einen Blick zu, der widerwillige Anerkennung auszudrücken schien. »Sie haben gelogen, als sie behaupteten, sie wären Polizeibeamte. Ich vermute, dass sie zum pakistanischen Geheimdienst gehören.«

Mason runzelte die Stirn, weil er die Verbindung nicht erkannte. »Aber warum sollte sich der ISI um zwei ermordete Angehörige eines privaten Sicherheitsdienstes kümmern?«

Frost dagegen hatte die Puzzleteile bereits zusammengesetzt, auch wenn ihr das Bild nicht gefiel, das sie zeigten. »Ach du lieber Himmel. Schnallst du's nicht, Cole?«

»Es waren keine Sicherheitsbeamte«, erklärte Drake.

Er begriff erst jetzt, wie sehr sie sich letzte Nacht geirrt hatten. Die beiden Männer, die sich als Angehörige eines Sicherheitsdienstes ausgegeben hatten, waren höchstwahrscheinlich selbst ISI-Agenten gewesen. Vielleicht wussten die Pakistanis bereits von der Existenz des Sicheren Hauses und benutzten Agenten, um den Ort heimlich zu überwachen. Oder aber man hatte ihnen den Ort des Treffens vorab gemeldet, und sie versuchten, ihn auszukundschaften.

Was auch immer der Grund sein mochte, Drake und Anya waren jedenfalls letzte Nacht auf sie gestoßen. Hätten sie die beiden verschont, dann wären sie zu ihren Vorgesetzten zurückgekehrt und hätten ihnen alles erzählt, was passiert war. Damit hätten sie die ganze Operation gesprengt, bevor sie überhaupt vom Stapel gelaufen war. Nur Anyas schnelles und brutal pragmatisches Handeln hatte das verhindert.

Er warf Anya einen Blick zu, die ihn kurz erwiderte. Er musste nicht sagen, was er dachte. Sie wusste es bereits.

Die restlichen Mitglieder seines Teams jedoch zögerten nicht, ihre Gedanken zu äußern.

»Jesus, wenn der ISI bereits in die Sache verwickelt ist, dann sind wir am Arsch!«, erklärte Mason.

»Wenn sie uns schon umzingelt haben?«, überlegte McKnight laut.

Frost begriff ebenfalls die Probleme, die sich stündlich zu potenzieren schienen. »Erst die Agency und dann die Pakistanis? Das ist doch Scheiße! Wir marschieren da heute Nacht in einen wahren Shitstorm.«

»Dann sollten wir die Sache abblasen und sofort verschwinden«, schlussfolgerte Mason.

»Also gut, hört zu! Alle!«, ergriff Drake das Wort. »Beruhigt euch. Niemand hat uns umzingelt. Wenn sie sicher wüssten, dass wir in diese Angelegenheit gestern Nacht verwickelt waren, dann würden wir jetzt nicht einmal diese Unterhaltung führen.«

Es war zweifellos eine sehr beängstigende Vorstellung, und Drake wusste, dass der ISI nicht zögern würde, wenn es um den Tod seiner eigenen Agenten ging. Gondal wäre mit einem bewaffneten Kommando hier aufgetaucht, wenn er irgendwelche echten Beweise gehabt hätte.

Frost schüttelte den Kopf. »Aber sie …«

»Ganz offensichtlich wissen sie, dass irgendetwas geplant ist«, räumte Drake ein. »Und sie verdächtigen uns zumindest so sehr, dass sie hierhergekommen sind. Aber wir sind nur eine Spur unter Hunderten. Sie können nicht allen Spuren folgen, und bis sie herausgefunden haben, was wir hier machen, sind wir längst wieder verschwunden.«

Frost verschränkte die Arme und betrachtete ihn skeptisch. »Was schlägst du vor?«

»Wir halten uns an unseren Plan.«

Sicherlich war das ein riskantes Spiel, aber das war bisher jeder Aspekt dieser Operation gewesen. Und falls Gondal bereits irgendeine Überwachung dieses Lagerhauses angeordnet hatte, dann gab es schwerlich einen Anblick, der verdächtiger wirkte, als wenn das ganze Team nur Minuten nach seiner Inspektion abrückte. Die beste Option war durchzuhalten, so unpassend das auch sein mochte, bis es Zeit war zu verschwinden.

Er wusste, dass er die anderen beschäftigen musste. »Cole, kümmer dich um dein Hemd. Sam, bereite den Lastwagen vor und belade ihn. Anya, schaff das Kind in eines der Büros im hinteren Bereich und sorge dafür, dass es nichts anstellen kann.«

»Ich kümmere mich um den Jungen«, bot sich Frost an.

Drake schüttelte den Kopf. »Du überprüfst, ob das mit dem Judas-Code noch funktioniert. Anya, er gehört dir.«

»Schön.« Anya schien nicht allzu glücklich darüber zu sein.

Sie wollte gerade in den Lastwagen klettern, um den Gefangenen herauszuholen, als Frost ihr in den Weg trat.

Sie war selbst jetzt noch aufsässig und schien den Jungen beschützen zu wollen. »Du wirst ihn nicht umbringen.«

Einer der merkwürdigen Aspekte von Anyas Persönlichkeit, den Drake mittlerweile kapiert hatte, war, dass sie immer einen gewissen Respekt Leuten gegenüber empfand, die zu dem standen, woran sie glaubten, selbst wenn sie anderer Meinung war. Sie hatte noch nie ein besonders gutes Verhältnis zu Keira Frost gehabt, dafür waren ihre beiden Persönlichkeiten zu unterschiedlich. Aber trotzdem sah er jetzt so etwas wie widerwilligen Respekt in ihrem Blick, als sie die junge technische Spezialistin betrachtete.

»So lautet der Deal«, sagte sie schließlich.

Sonderbarerweise schien das Frost zu befriedigen. Anya mochte vieles sein und vieles getan haben, aber sie hatte noch nie einen von ihnen direkt belogen. Frost hielt ihren Blick noch einen Moment länger, dann trat sie zur Seite und erlaubte ihr vorbeizugehen.

Da ein weiterer Streit abgewendet war, blickte Drake auf seine Uhr. »Also gut, Cains Maschine müsste innerhalb der nächsten Stunde landen. Beendet eure Waffen- und Ausrüstungschecks und macht euch bereit abzurücken. Haben das alle verstanden?«

Niemand widersprach.

»Gut. An die Arbeit!«

44

Als sie über die unebene, staubige Straße fuhren, die von dem Industriegebiet wegführte, beugte sich Gondal auf dem Beifahrersitz ihres Wagens über sein Notebook und tippte eine lange Reihe von Zahlen ein.

»Was hältst du davon?«, fragte ihn Mahsud, während er mit seiner großen Pranke steuerte.

Gondal blieb stumm, während er sich darauf konzentrierte, die Nummern der Reisepässe einzugeben, die er sich eingeprägt hatte, sowie die Nummernschilder der beiden Fahrzeuge. Wie der Zufall es wollte, hatte er ein hervorragendes Gedächtnis, vor allem wenn es um Zahlen und geschriebenen Text ging. Es war eine Gabe, die man nur mit sehr viel Disziplin richtig nutzen konnte, aber sie hatte sich für seine Karriere als Geheimdienstagent als ungeheuer wertvoll erwiesen.

Schließlich war er fertig, legte das Notebook in seinen Schoß und atmete aus. Er versuchte sich zu beruhigen, während er erneut vor seinem inneren Auge diese Begegnung im Lagerhaus Revue passieren ließ. Jedes gesprochene Wort, jede Geste, jede Bewegung und jede Miene. Diese Faktoren waren unterschiedliche Elemente in einer Gleichung, die ihm erlaubte, sein Urteil zu fällen.

»Dieser Anführer, Douglas … er verbirgt etwas«, erwiderte er schließlich. »Wir haben ihn nervös gemacht, auch wenn er das gut verborgen hat.«

Das konnte natürlich alles Mögliche bedeuten. Vielleicht

führten sie von diesem Lagerhaus aus irgendeine illegale Operation durch, oder vielleicht war eines der Fahrzeuge gestohlen. In beiden Fällen hatte er nur wenig Interesse an ihnen. Einfache Verbrechen oder Betrug bedeuteten Gondal nichts. Er hatte Wichtigeres zu bedenken.

Zwei seiner Männer waren tot. Das konnte er nicht einfach ignorieren.

Mahsud grunzte zustimmend. Er war von Natur aus misstrauisch und neigte wahrscheinlich zu derselben Meinung, auch wenn er weniger gut informiert war.

»Und was willst du diesbezüglich unternehmen?«

Das war die Frage. Wenn er eine ganze Einheit losschickte, um sie festzunehmen, war das zumindest etwas übertrieben, und wenn er ein Beobachtungsteam dort postierte, würde das wertvolle Ressourcen binden, die er dringend woanders brauchte. Er zögerte, einen der beiden Schritte einfach nur aus einem Gefühl heraus in die Wege zu leiten. Er brauchte etwas mehr, womit er arbeiten konnte.

»Wir werden ein bisschen graben«, erklärte er und griff nach seinem Handy.

Eine genauere Überprüfung der Nummernschilder und von Douglas' Reisepass sowie von Apex Deliveries, für die er angeblich arbeitete, würde ihm sagen, ob sein Verdacht zutraf. Und wenn das der Fall war, würde er sich mit allem, was er hatte, auf diesen Mann stürzen.

Keira Frost war allein in einem der leeren Büros, als Drake sie fand. Sie hatte ihr T-Shirt hochgezogen, um die Schusswunde an ihrer Seite zu versorgen. Ein alter Verband mit Blutflecken lag auf dem Tisch neben ihr. Er hörte, wie sie scharf Luft holte, und sah, wie sie sich anspannte, als sie die antiseptische Salbe auf die Wunde drückte. Aber sie war weder vorsichtig, noch zögerte sie. Sie bewegte sich schnell und unaufgeregt, als wäre ihr der Schmerz nur recht.

Er konnte sich denken, was an ihr nagte. Aus ebendiesem Grund war er hierhergekommen.

»Willst du reden oder einfach da stehen bleiben und mich anglotzen?«, fragte sie, ohne sich umzudrehen. Sie hatte gehört, dass er hereingekommen war.

Drake wusste genau, was er sagen wollte. »Wie lange ist das schon her?«

»Das hier ist nicht *Herr der Ringe*, Ryan. Also hör auf, in Rätseln zu sprechen. Wie lange ist was her?« Sie rollte frisches Verbandszeug ab, drückte es auf ihre Seite und griff nach dem chirurgischen Klebeband auf dem Tisch vor ihr.

Er verschränkte seine Arme, weil er wusste, dass ihr die nächste Frage nicht gefallen würde und sie sie wahrscheinlich auch nicht beantworten wollte. Aber ob sie das wollte oder nicht, sie würde es müssen.

»Dass du in derselben Situation gewesen bist wie Yasin?«

Er sah sofort, wie sie sich verspannte, aber diesmal lag es nicht an dem Schmerz. Sie ließ das Klebeband fallen, das sie gerade vom Tisch genommen hatte.

»Verflucht!«, zischte sie und bückte sich unbeholfen, um es aufzuheben.

Drake war schneller und nahm es vom Boden hoch, bevor sie es zu fassen bekam. »Gib mir das zurück!«, fuhr sie ihn an und versuchte, es ihm wegzunehmen.

»Ich habe genau gesehen, wie du dich für ihn eingesetzt hast.«

»Er ist doch noch ein Kind, um Himmels willen!« Aber trotz ihres rauen Tons konnte sie nicht verhindern, dass sie rot anlief.

»Du hast noch nie so reagiert.«

»Na und?« Sie war stinksauer. »Himmel, welche Rolle spielt das denn?«

»Es ist wichtig für mich.« Diesmal ließ er es zu, dass sie nach dem Klebeband griff und es ihm aus der Hand riss. »Und ich weiß genau, dass das unaufhörlich an dir nagen wird, wenn du nicht damit herauskommst.«

Es war nicht allzu schwer gewesen, in diesem Punkt eins und eins zusammenzuzählen. Frost hatte noch nie viel über ihr Leben vor dem Militär und der Agency geredet, und sie hatte immer klargemacht, dass sie das auch genauso haben wollte. Er hatte stets vermutet, dass sie eine schwierige Jugend gehabt hatte, über die sie nicht gern reden wollte, aber selbst er hatte so etwas wie das hier nicht erwartet.

»Das ist eine uralte Geschichte«, murmelte sie. »Davon willst du nichts wissen.«

»Versuch es einfach.«

»Das möchte ich lieber nicht.«

»Das kümmert mich nicht.«

Sie seufzte müde und legte das Klebeband auf den Tisch. Dann ließ sie die Schultern sinken, als ihr klar wurde, dass sie keine Chance hatte. »Mein Dad – ich meine meinen richtigen Vater – ist nicht lange bei uns geblieben, nachdem ich geboren wurde. Ich hatte nie die Chance, diesen Mistkerl kennenzulernen. Aber es gab andere Kerle … Später. Es gab später immer andere Kerle.« Sie grinste ihn auf diese besondere Art an, wie sie es immer tat, wenn sie sich unbehaglich fühlte. »Such dir einfach irgendeine traurige Geschichte aus. Die meisten dieser Kerle haben sich überhaupt nicht für mich interessiert, und einige waren sogar richtig genervt, dass ich existiere. Du glaubst, ich wäre jetzt eine Nervensäge? Du hättest mich erleben sollen, als ich zehn Jahre alt war.«

Drake sagte nichts. Er wusste, dass da noch mehr kam.

»Dann bin ich älter geworden und war kein Kind mehr.

Und einer von diesen Kerlen fand Gefallen an mir. Einen weiteren Grund brauchte ich nicht. Also bin ich durchgebrannt, als ich vierzehn war. Ich bin per Anhalter nach Chicago gefahren, wo ich untertauchen konnte, wie ich glaubte. Ich habe etwa ein Jahr lang auf der Straße gelebt, genau wie Yasin.«

Sie zuckte mit den Schultern, als spielte das jetzt keine Rolle mehr für sie, aber ihre Augen erzählten eine andere Geschichte. »Man glaubt, dass man harte Zeiten erlebt hat, aber das hat man nicht. Nicht wirklich. Die erlebt man erst, wenn sich einem der Magen verkrampft, weil man seit zwei Tagen nichts mehr gegessen hat, und man seine Füße nicht mehr fühlt, weil man die Nacht unter einer Unterführung verbracht hat, und zwar Mitte Dezember. Chicago hat verdammt lange Winter, das kannst du mir glauben. Es war mir zuerst nicht klar, aber ich hab es gelernt. Ich habe sehr viel gelernt.«

Drake legte ihr eine Hand auf die Schulter, obwohl er nicht genau wusste, was er damit bewirken wollte. Er wollte ihr irgendetwas geben, sie wissen lassen, dass er für sie da war.

»Das tut mir leid, Keira.«

Sie lächelte. Es war dieses ironische, spöttische Lächeln, das er so gut kannte. »Was zum Teufel tut dir leid? Jeder hat irgendeine traurige Geschichte zum Besten zu geben.«

»Einschließlich Yasin?«

Ihr Lächeln erlosch. »Gib ihm eine Chance, Ryan. Ich weiß, dass es riskant ist, aber … Er hat es nicht verdient, dort zu sein, wo er ist. Das hat kein Kind verdient.«

Das waren edle Gefühle, zweifellos, aber Drake machte sich keine Illusionen. Sie waren nicht nach Pakistan gekommen, um die Welt zu verbessern, zu retten oder irgendjemandem zu helfen. Sie hatten ein ganz anderes Ziel hier.

»Selbst wenn wir ihn laufen lassen, wird das nichts ändern«, warnte Drake sie. »Er wird dann nicht besser dran sein als heute Morgen.«

»Aber er ist dann noch am Leben. Das ist erheblich besser.«

In dem Punkt hatte sie recht. Was auch immer ihre Absichten hier waren, wie kalt und rücksichtslos sie auch sein würden, sie waren trotzdem noch Menschen. Wenn sie das aus den Augen verloren, dann verdienten sie es selbst vielleicht nicht, diese Nacht zu überleben.

»Also gut. Ich werde ihn nicht erschießen. Wie klingt das?«

Sie lächelte schwach. Es war nicht viel, aber es war echt.

»Das klingt nach einem Fortschritt.«

Yasin beobachtete stumm, wie Anya sorgfältig die Kugeln aus dem Magazin ihres Colt M1911 entfernte und die Messingpatronen auf dem staubigen Boden aufreihte. Wenn man die Spannung von den Federn nahm, dann verhinderte man, dass sie immer schwächer wurden; die Waffe würde dann nicht in einem entscheidenden Moment blockieren. Und außerdem war das hier etwas, was sie ablenkte.

Sie saß mit gekreuzten Beinen auf dem Boden, den Rücken gegen die Wand gelehnt, und blickte auf die Waffe. Selbst ohne die Pistole wusste sie, dass sie von dem hageren, nicht ausgebildeten Jungen auf der anderen Seite des Raumes nichts zu befürchten hatte.

Trotzdem spürte sie seine Blicke, als sie sich mit der Waffe beschäftigte. Das lenkte sie ab und ärgerte sie, und sosehr sie es auch zu ignorieren versuchte, verstärkte sich das Gefühl nur, während die Sekunden verstrichen. Sie hatte sich in der Nähe von Kindern noch nie wohlgefühlt, vielleicht weil sie in ihrem Erwachsenenleben so wenig mit ihnen zu tun gehabt hatte.

»Wenn du etwas zu sagen hast, dann raus damit!«, forderte sie ihn auf. Sie sprach Paschtu. Es kam nicht oft vor, dass sie das Gefühl hatte, ein Schweigen brechen zu müssen, aber jetzt war so ein Moment.

Sie hatte ihm den Knebel abgenommen, damit er leichter atmen konnte, nachdem sie ihm klargemacht hatte, sie würde dafür sorgen, dass er nie wieder redete, wenn er schrie oder auch nur rief. Eine sehr deutliche Beschreibung dessen, wie man einem Menschen die Zunge aus dem Mund entfernte, hatte genügt, um ihren Standpunkt zu verdeutlichen.

»Du kennst dich mit Pistolen aus.« Das war eine Feststellung, keine Frage.

»Ja.«

»Wer hat dir das beigebracht?«

»Viele verschiedene Leute.«

Sie konnte raten, welche Frage als Nächstes kam.

»Hast du schon mal jemanden umgebracht?«

Sie hielt es nicht für nötig, ihn zu belügen. »Ja.«

»Wie viele?«

Jetzt sah sie ihn an. »Einschließlich kleiner Jungen?«

»Ich bin kein Junge«, konterte er. Ihre herablassende Bemerkung hatte seinen Stolz verletzt. »Ich werde nächsten Monat zwölf. Ich bin alt genug, um ein Mann zu sein.«

Anya konnte ein amüsiertes Lächeln angesichts des vergeblichen Versuchs männlichen Mutes nicht verbergen und kümmerte sich wieder um ihre Waffe. »Ein Mann zu sein erfordert mehr, als nur älter zu werden. Das wirst du eines Tages lernen, falls du so lange lebst.«

»Woher willst du das wissen?«

Sie überprüfte gerade den Schlossmechanismus ihrer Waffe, hielt jetzt aber inne. »Was?«

»Woher willst du das wissen?«, wiederholte er. »Du bist kein Mann.«

Damit hatte er recht, aber sie hatte kein Interesse daran, sich von einem Menschen, der dreißig Jahre jünger war als sie, in eine philosophische Diskussion verwickeln zu lassen.

»Du redest zu viel«, erklärte sie und widmete sich wieder ihrer Waffe.

»Hättest du mich getötet?«, fragte er sie plötzlich. Er redete mit der unverblümten Ehrlichkeit, über die man nur als Jugendlicher verfügte. »Wenn sie dich nicht daran gehindert hätten?«

Sie zwang sich dazu, nicht gereizt zu seufzen, und warf ihm erneut einen Blick zu. »Möchtest du das vielleicht gern herausfinden?«

Doch diesmal wurde er von ihrer indirekten Drohung nicht eingeschüchtert. »Jetzt wirst du das nicht tun. Du hast es dem anderen Mann versprochen. Er ist ein guter Mensch, glaube ich. Du nicht.«

Anya zuckte mit den Schultern und konzentrierte sich wieder auf ihre Pistole. Sie konzentrierte sich auf etwas, das ihr vertraut war.

»Wie ich schon sagte, du redest zu viel.«

45

Vorgelagerte Operationsbasis »Foxtail«, afghanisch-pakistanische Grenze – 23. Februar 1986

»Nein!« Anya reagierte beleidigt und trotzig auf den neuen Befehl, den Cain ihr gerade überbracht hatte. »Das mache ich nicht.«

»Das entscheidest nicht du«, erinnerte Cain sie. »Das sind deine Instruktionen. Du wirst nach Langley zurückbeordert, um dort einen Abschlussbericht vorzulegen.«

»Abschlussbericht?«, wiederholte sie. »Unsere Mission hier ist noch nicht abgeschlossen.«

»Deine schon.«

Anya verschränkte die Arme und starrte ihn böse an. Sie wollte nicht klein beigeben. »Ich soll also wie ein eingeschüchterter Hund nach Langley zurücklaufen und den Rest der Taskforce hier allein zurücklassen? Nein!« Sie schüttelte nachdrücklich den Kopf. »Ich lasse sie nicht allein.«

Cain war über ihre Reaktion ebenso verärgert wie verblüfft. Nachdem sie monatelang hinter feindlichen Linien operiert, gekämpft und ständig ihr Leben riskiert hatten, hätten die meisten Agenten sofort die Chance ergriffen, in die Staaten zurückzukehren. Warum war sie so fest entschlossen, hier an diesem gottverlassenen Ort zu bleiben?

»Du wirst tun, was man dir sagt!« Er klang jetzt schärfer. »Was zum Teufel ist mit dir los, Anya?«

Sie trat auf ihn zu, während der Wind draußen heulte

und der Regen gegen die Seite des Zeltes prasselte. »Du hast keine Ahnung, was diese Mission hier für mich bedeutet. Ich musste doppelt so hart arbeiten, damit sie mich respektiert haben, musste mein Leben häufiger riskieren als jemals zuvor. Jetzt respektieren sie mich endlich, und du verlangst von mir, dass ich wie ein Feigling davonlaufe? Nein!«

Cain war vollkommen frustriert wegen ihrer dickköpfigen Weigerung, Vernunft anzunehmen, und schlug mit der Faust auf den Kartentisch.

»Verflucht, Anya! Weißt du eigentlich, welche Fäden ich ziehen musste, um …«

Er verstummte und wünschte sich, er könnte die letzten Worte zurücknehmen.

Aber es war schon zu spät. Der Schaden war angerichtet.

Ihre leuchtend blauen Augen wurden zu schmalen Schlitzen. »Was willst du damit sagen, Marcus?«

»Vergiss es.« Er wandte sich von ihr ab.

Sie trat vor, packte seinen Arm, zog ihn zu sich und starrte ihm in die Augen. »Du bist dafür verantwortlich, stimmt's? Du bist derjenige, der dafür gesorgt hat. Warum?«

»Weil ich Angst habe, dich zu verlieren!«, fuhr er sie an und gab endlich die Wahrheit zu, die er so gern verschwiegen hätte. »Weil ich jeden Tag, seit du in dieses verfluchte Flugzeug gestiegen bist, an dich denken muss. Ich liege jede Nacht wach und denke darüber nach, was du machst, frage mich, ob du in Sicherheit bist … Und wünsche mir, ich wäre bei dir. Deshalb will ich, dass du zurückgehst, Anya. Weil ich das alles nicht noch einmal durchmachen will.«

Anya trat einen Schritt zurück, völlig schockiert von dem, was sie gerade gehört hatte. *Natürlich ist sie schockiert,* dachte er wütend. Wie zum Teufel hatte er auch erwarten können, dass sie anders auf ein Geständnis von einem Mann reagieren würde, der zehn Jahre älter war als sie.

»Vergiss, was du gerade gehört hast«, riet er ihr und versuchte sich herauszureden. Er blickte zur Seite, unfähig, ihren Blick zu erwidern. »Es war ein langer Flug, und du musst dir diesen Blödsinn nicht anhören.«

Dann hörte er ihre Stimme, die plötzlich dünn und unsicher klang, wo sie zuvor noch trotzig und wütend gewesen war. »Marcus?«

»Was?«

Er blickte hoch, als sie näher kam, ihren Kopf neigte und ihre Lippen auf seinen Mund drückte. Zögernd und vorsichtig zunächst, aber schon bald mit wachsender Zuversicht und Verlangen. Er war von dieser unerwarteten Reaktion so überrascht, dass er einen Moment lang nichts unternehmen konnte.

Erst als er ihre Arme um seinen Hals spürte und seine unwillkürlich um ihre Hüfte schlang, begriff er, was da passierte. Das war der Moment, als sich alles veränderte, als all seine Sorgen und Ängste und Unsicherheiten sich auflösten, als er die Wärme ihres festen Körpers an seinem fühlte. Er begehrte sie mit einer Dringlichkeit, mit einer Notwendigkeit, mit einer Gier, die er noch nie zuvor erlebt hatte, und irgendwie wusste er, dass es ihr genauso ging. Dass es schon immer so gewesen war.

Die beiden, die in vielerlei Hinsicht so unterschiedlich waren, hatten endlich gefunden, was sie brauchten und wollten. Den jeweils anderen.

Benazir Bhutto International Airport, Pakistan – März 2010

Da er unter dem Schutz diplomatischer Immunität reiste, konnte Marcus Cain geradewegs durch den geschäftigen

Flughafen marschieren, nachdem er sein Flugzeug verlassen hatte. Er konnte Sicherheitsschleusen und Passkontrolle umgehen, als gehörte ihm dieser Flughafen. Andere Männer hätten vielleicht diese Zurschaustellung von Macht und Privileg genossen, aber Cain hatte andere Sachen im Kopf.

Wie vereinbart warteten Hawkins und eine Abteilung Einsatzkräfte draußen, um Cain zu ihrem kleinen Konvoi aus zwei Fahrzeugen zu begleiten. Hawkins' gut geschnittener Anzug bildete einen starken Kontrast zu seinem Furcht einflößend vernarbten Gesicht. Cain dachte flüchtig daran, dass er diesem Mann irgendwann eine Schönheitsoperation spendieren musste, als Hawkins neben ihm herging.

»Wie steht es mit der Sicherheit?«, fragte Cain sofort. Hawkins hütete sich, den Mann zu begrüßen oder sich nach dem Flug zu erkundigen, und wahrscheinlich interessierte er sich auch nicht dafür. Welchen Grund es auch haben mochte, es passte Cain sehr gut in den Kram.

»Alles ist vorbereitet«, bestätigte der Agent. »Das Sichere Haus ist bereit, und überall haben wir Männer platziert, die sämtliche Aspekte dieser Operation überwachen.«

»Verlässliche Männer, nehme ich an?«, fragte Cain.

Hawkins warf ihm einen Seitenblick zu. Die Narbe verzerrte sein Lächeln zu einer herablassenden, höhnischen Grimasse. »Von mir selbst handverlesen. Glauben Sie mir, wir haben für diese Art von Job die richtigen Leute.«

Mehr brauchte Cain nicht zu wissen. Was auch immer seine persönlichen Motivationen waren, Cain gab sich damit zufrieden, alle operativen Einzelheiten in den Händen dieses Mannes zu lassen.

Eskortiert von Hawkins und zwei bewaffneten Agenten vor und hinter sich marschierte Cain durch das Hauptterminal. Die Menge der Reisenden teilte sich vor ihm, als er zu den großen Automatiktüren ging, die nach draußen führten.

Sobald sie das kühle klimatisierte Innere des Flughafengebäudes verlassen hatten, traf ihn die Hitze wie ein physischer Schlag. Die tropische Luft war feucht und trieb ihm fast augenblicklich den Schweiß aus den Poren, während die Sonne durch eine Lücke zwischen den Wolken brannte.

Cain setzte eine Sonnenbrille auf und warf einen Blick auf die beiden schwarzen Audi SUVs mit diplomatischen Kennzeichen, die in der belebten Parkzone auf sie warteten. Cain und Hawkins verschwanden sofort im ersten Fahrzeug, weil sie der bedrückenden Hitze entkommen wollten. Die anderen Agenten stiegen fast alle in den zweiten Wagen ein.

»Was haben Sie über Qalat in Erfahrung gebracht?« Cain lockerte seine Krawatte. Früher einmal war er an so heiße Klimata wie dieses hier gewöhnt gewesen, aber sein letzter Außeneinsatz lag schon lange zurück. Viel zu lange, das wurde ihm jetzt klar.

»Er wird zu dem Treffen kommen«, erklärte Hawkins, als ihr Fahrer anfuhr und sie das Flughafengelände verließen.

»Das habe ich nicht gefragt.«

Hawkins zuckte mit den Schultern. »Er ist eine harte Nuss. Er bleibt cool, wenn man ihn unter Druck setzt und bricht nicht schnell zusammen. Ich habe ihn mit dieser Schwarzen Liste überrumpelt, aber ich glaube nicht, dass so etwas ein zweites Mal gelingt.«

Cain hatte ganz gewiss nicht vor, es zu versuchen. Er warf einen Blick auf seine Uhr, als die beiden Fahrzeuge sich auf die Hauptstraße nach Islamabad einfädelten. Noch etwas über vier Stunden. Genug Zeit, um sich auf die Aufgabe vorzubereiten, die vor ihm lag. So oder so würde es ein sehr langer Tag für beide Männer werden, und er hatte vor, darauf so gut wie möglich vorbereitet zu sein.

»Ein Mann wie er wird sein bestes Unterpfand nicht einfach so verschenken«, fuhr Hawkins fort. »Wenn er dieses Spiel schon spielen muss, dann wird er dafür etwas haben wollen. Irgendetwas Großes.«

So hat er es schon immer gemacht, sagte sich Cain, als er sich an den jungen pakistanischen Geheimdienstagenten erinnerte, der Qalat vor zwei Jahrzehnten gewesen war. Ein Emporkömmling, der in der oberen Liga mitspielen wollte, seinen Einfluss testete und immer nach einem neuen Spiel suchte. Cain wusste, wie man solche Männer behandeln musste.

»Habe ich Ihnen jemals von dem ersten Job erzählt, den ich bekommen habe?« Er lehnte sich auf seinem Sitz zurück, während der Verkehr und müde wirkende Passanten an ihnen vorbeiglitten. »Ich war fünfzehn Jahre alt und habe in einem T-Shirt-Laden am San Clemente Beach gearbeitet. Es war so ein Laden, der diese beschissenen Logos zum Aufbügeln machte. Jedenfalls war da dieser ältere Typ, ich schätze mal, er ging aufs College, ein Bursche namens Billy Henderson. Er führte den Laden, wenn der Besitzer nicht da war. Er war ziemlich arrogant und von sich eingenommen, aber Sie hätten sehen sollen, wie er verkaufte. Es war, als würde man einen meisterhaften Künstler bei der Arbeit beobachten. Ich meine, dieser Bursche konnte gelben Schnee an einen Eskimo verkaufen und dann noch dafür sorgen, dass der Kerl sich dabei gut fühlte.«

Cain hatte schon immer Leute bewundert, die diese Art von Selbstbewusstsein besaßen. Die Art von Menschen, die einfach an vollkommen Fremde herantreten und ihnen das Geld aus der Tasche ziehen konnten. Man musste etwas Besonderes sein, wenn man das konnte, und Billy war in dieser Hinsicht einer der Besten gewesen.

»Das einzige Problem mit dem jungen Billy war, dass er ganz gern ab und zu Geld aus der Kasse stahl. Ich nehme an für Bier, oder vielleicht hatte er auch einfach nur das Gefühl, dass er Sklavenarbeit leistete. Ich war damals ein ehrlicher Junge, ob Sie es glauben oder nicht, also habe ich dem Ladenbesitzer erzählt, was da vorging. Und wissen Sie, was er geantwortet hat?« Er lächelte schwach, als er sich erinnerte. »*Das weiß ich.* Können Sie das glauben? Er wusste, dass der Junge ihn die ganze Zeit bestahl, aber er wusste auch, dass Billy ihm noch viel mehr Geld einbrachte, also ließ er es ihm durchgehen. Eine sich gegenseitig befruchtende Beziehung.«

»Und das war es?«, erkundigte sich Hawkins.

»Nicht ganz. Es lief noch etwa zwei Monate so weiter. Dann war der Sommer vorbei, und der junge Billy wollte wieder aufs College gehen. Er kam vorbei, um seinen Gehaltsscheck abzuholen. Aber er bekam ihn nicht. Stattdessen bekam er eine Rechnung über das gesamte Geld, das er in den letzten Monaten gestohlen hatte, und das Versprechen von dem Besitzer, dass er Billy verhaften lassen würde, wenn er das nicht zurückzahlte. Wie sich herausstellte, hatte der alte Knabe sehr sorgfältig über alles Buch geführt, was dieser Bursche gemacht hatte, und nur auf den richtigen Moment gewartet. Da die Saison jetzt vorbei war, brauchte er den armen Billy wohl nicht mehr, um seine beschissenen T-Shirts zu verkaufen.« Selbst jetzt noch musste Cain grinsen, als er sich an das Gesicht von Billy erinnerte. »Ich habe aus dieser Nummer etwas sehr Wichtiges gelernt. Man kommt mit einer ganzen Menge durch, solange man nützlich ist. Aber irgendwann holt es einen ein.«

Und so wie der junge Billy Henderson mochte sich auch Vizur Qalat als nützlich erweisen, aber früher oder später würde die Sommersaison auch für ihn enden.

»Sobald wir haben, was wir brauchen, benötige ich Sie vielleicht, um Qalat meine Rechnung zu präsentieren«, erklärte Cain. »Nach dieser Geschichte will ich keine offenen Fragen zurücklassen.«

Hawkins grinste, und seine Narbe verzerrte seinen Mund zur grausamen Parodie eines Lächelns, als er sich auf seinem Sitz zurücklehnte. Cain kannte viele Männer, die wegen der Umstände oder weil ihr Beruf es verlangte, zu Killern geworden waren, aber bei Hawkins verhielt sich das anders. Er genoss es, er gierte danach und zögerte nie, das zu tun, was verlangt wurde, ganz gleich, wie grauenvoll es auch sein mochte. Das machte ihn zum perfekten Soldaten für diese neue Art des Krieges.

Cain vermutete, dass jeder große Soldat ein Produkt seiner Zeit war, wie ein Raubtier, das perfekt an seine Jagdgründe angepasst war. Anya war ganz sicher ein Produkt ihrer Jagdgründe gewesen, aber ihr Krieg und ihre Zeit waren jetzt vorbei.

Dafür würde Cain sorgen.

46

Drake stand vor dem einfachen Holztisch in der Mitte des Lagerhauses, der zum Mittelpunkt der Planung des Teams geworden war. Er war jetzt übersät mit Laptops, Handys, Karten, ausgedruckten Bildern und Blaupausen des Zielgebäudes. Sie hatten in sehr kurzer Zeit sehr viel geleistet, um all das zusammenzutragen. Und nur die Zeit würde erweisen, ob es genügte.

Da sie keine Klimaanlage hatten, war die Temperatur im Lagerhaus im Laufe des Tages stetig gestiegen. Drake spürte, wie ihm der Schweiß den Rücken hinablief, und sein Hemd klebte unangenehm an seiner feuchten Haut.

Er versuchte solche Gedanken beiseitezuschieben und blickte von dem vollen Tisch hoch. Er wollte gemeinsam mit dem Team noch ein letztes Mal den Plan durchgehen. Es waren seine Freunde und Kameraden, Leute, mit denen er gekämpft und geblutet hatte, die ihr Leben für seines riskiert hatten, und für die er mit Freuden auch seines riskiert hätte. Sie waren ebenso seine Familie wie seine Schwester zu Hause, wie die Mutter, die er erst letztes Jahr verloren hatte, und jetzt bat er sie, noch einmal mit ihm in den Kampf zu ziehen.

Etwas abseits von den anderen, bedrohlich und einschüchternd, stand die Frau, mit der all das begonnen hatte. Anya, der tödlichste Soldat, den er je kennengelernt hatte. Er bat auch sie, ein letztes Mal in den Krieg zu ziehen, alles zu riskieren, für ein letztes Ziel.

Alles oder nichts. Siegen oder sterben. Aus dieser Sache würde nur eine Seite lebend herauskommen.

»Gut, das war es«, begann er. »Ihr alle seid mit mir den Plan schon durchgegangen, also fasse ich mich kurz. Wenn irgendjemand irgendetwas zu sagen hat, wäre jetzt der richtige Zeitpunkt.«

Die anderen nickten stumm, als Drake seine Aufmerksamkeit auf die Karte des Zielgebiets richtete, die auf dem Tisch lag.

»Schritt eins besteht darin, das Sicherheitssystem des Gebäudes zu neutralisieren. Keira, du näherst dich dem Haus so weit, dass du senden kannst, und schickst dann den Judas-Code rein. Du hackst dich in die Kameras und schaltest die elektronischen Torschlösser aus. Sobald wir bestätigt haben, dass Cain da ist, und wissen, in welchem Raum er sich befindet, beginnt Schritt zwei – der Angriff auf das Gebäude.«

Er deutete auf den Wohnblock, den Anya und er zuvor ausgekundschaftet hatten. »Das Kommandoteam bezieht hier oben Position und wartet auf den Befehl zum Losschlagen. Sobald die Kameras ausgeschaltet sind, schießen wir unsere Enterhaken auf die Gruppe von Antennen hier oben auf dem Dach.« Er hob ein ausgedrucktes Bild der Satellitenschüssel hoch, das er während ihrer Aufklärung gemacht hatte. »Wenn die Haken gefasst haben, lassen wir uns an den Seilen auf das Dach des Gebäudes hinab und erledigen sämtliche Sicherheitsteams, die draußen sind.«

Es klang einfach, wenn er es so beschrieb, aber Drake machte sich keine Illusionen. Die Mitglieder des Kommandoteams konnten sich nicht verteidigen und waren total verletzlich, wenn sie über die Leine zu dem Gebäude glitten. Wenn man sie dabei bemerkte, waren sie so gut wie tot.

»Schritt drei besteht darin, in das Sichere Haus einzudringen«, fuhr er fort. »Während Keira die Kameras im Auge behält, rückt das Kommandoteam rasch zu dem Raum vor, in dem sich Cain befindet. Jeden, der uns in die Quere kommt, schalten wir aus oder töten ihn.« Er richtete seine Aufmerksamkeit auf die Blaupausen. »Dem Bauplan des Gebäudes nach zu urteilen wäre der naheliegendste Ort für das Treffen die Lounge im Obergeschoss. Es ist ein großer offener Konferenzraum, der jede Menge Sicherheitsleute und Gäste aufnehmen kann, und außerdem gibt es von dort einen direkten Weg zum Schutzraum, falls ein Notfall auftritt. Unsere Priorität besteht darin, diesen Fluchtweg zu unterbrechen. Wir können davon ausgehen, dass wir immer noch das Überraschungsmoment auf unserer Seite haben, also greifen wir mit Blendgranaten an und schalten Cains Sicherheitsbeamte aus.«

Während er den Plan erklärte, versuchte er sich vorzustellen, wie dieser Überfall sich abspielen würde. Er stellte sich das Dröhnen der Blendgranaten vor, imaginierte, wie er sich durch die Tür zwängte und mit der Waffe den Raum abdeckte. Er stellte sich den Rückschlag der MP7 in seinen Händen vor, wenn er eine Salve auf jemanden abfeuerte, der das Pech hatte, sich ihm in den Weg zu stellen.

Die ganze Sache würde nicht leicht werden. Es bestand die Chance, dass die Männer, die Marcus Cain beschützten, einfache Agenten waren, die ihre Arbeit erledigten. Männer, die Familie hatten. Söhne, Väter, Brüder, deren Tod noch lange auf Drakes Gewissen lasten würde. Aber jetzt waren sie Feinde, Bedrohungen, mit denen man auf die härtestmögliche Art umgehen musste, weil sie weder ihm noch seinem Team Gnade gewähren würden.

»Sollte Cain es in den Schutzraum schaffen, müssen wir nach unserem Ersatzplan vorgehen und Sprengladungen anbringen, um entweder die Sicherheitstür auszuhebeln oder ihn zu töten.« Das war zwar nicht das favorisierte Ergebnis, aber sie würden Cain erledigen, so oder so.

»Wird das funktionieren?«, fragte Anya.

»Jede Sprengladung enthält genug PE4, um dreißig Zentimeter Stahlbeton zu zerstören«, erklärte Samantha. »Ich habe sie selbst vorbereitet. Wenn das den Schutzraum nicht aufbrechen kann, dann schafft das nichts.«

Anya betrachtete sie skeptisch. Wenn es um Sprengstoff ging, war die Spannbreite für einen Irrtum zwangsläufig sehr klein. »Du weißt, was du tust?«

Die Spezialistin war keineswegs erbost über diese Frage, sondern lächelte sie geduldig an. »Ich habe fünf Jahre lang in der Sprengstoffbeseitigung gearbeitet. Ja, ich weiß, was ich tue.«

Drake wusste, dass das eine Untertreibung war. Was Samantha nicht über Bomben und Sprengstoffe wusste, war auch nicht wissenswert.

Anya legte den Kopf schief, sagte aber nichts. Ihre Miene jedoch ließ vermuten, dass sie zumindest McKnights Kompetenz zufriedenstellend fand.

Drake räusperte sich, um von diesem unangenehmen Wortwechsel abzulenken. »Außerdem ist es ohnehin ein Szenario für den schlimmsten aller möglichen Fälle. Gehen wir davon aus, dass wir in den Raum eindringen und alle Agenten neutralisieren können, die ihn beschützen, ist Cain in unserer Hand. Das führt uns zum letzten Schritt – abrücken. Sam wird mit dem Range Rover auf uns warten, wenn wir Cain nach draußen bringen. Keira wird bis dahin das Sicherheitssystem des Tors außer Kraft gesetzt haben, sodass sie ohne Schwierigkeiten auf den Hof des Gebäudes gelangen sollte. Das Kommandoteam wird Cain fesseln und in dem Fahrzeug verstauen, und wir werden dann das Gelände so schnell wie möglich verlassen.«

Damit war Drake am Ende seiner Zusammenfassung angekommen und betrachtete die anderen. »Fragen?«

Anya hatte tatsächlich eine. »Wo bin ich während des Angriffs?«

»Hier, von wo du alles überwachen kannst.« Drake deutete auf den Wohnblock, von dem aus man einen Blick auf das große Sichere Haus hatte. »Dein Job besteht darin, das Kommandoteam zu decken, wenn sie hineingehen, und alle Feinde auszuschalten, die auftauchen. Und du beschützt uns, wenn wir wieder herauskommen.«

»Nein.« Sie schüttelte den Kopf. »Ich führe das Kommandoteam an.«

Mason hatte bis jetzt geschwiegen und wechselte jetzt einen nervösen Blick mit Drake. »Das ist nicht der Plan.«

»Dann ist der Plan für mich nicht akzeptabel.«

Frost warf der älteren Frau einen gereizten Blick zu. »Niemand hat danach gefragt, ob der Plan für dich akzeptabel ist oder nicht. Das hier ist keine beschissene Volksdemokratie!«

Anya erwiderte Frosts feindseligen Blick ebenso abweisend. »Ihr habt mich darum gebeten hierherzukommen. Was bedeutet, dass ihr meine Hilfe braucht.«

»Wir haben dich hierhergeholt, um uns zu helfen, nicht um uns anzuführen.« Drake sprach ruhig und gelassen. Er wusste, dass sein Team Anya niemals als Anführerin akzeptieren würde, aber sie musste selber zu dieser Erkenntnis kommen. »Du hilfst uns am besten, indem du uns deckst.«

»Das ist nicht deine Entscheidung. Ich bin die logische Wahl, um diesen Angriff anzuführen.«

»Wie kommst du darauf?«, wollte Mason wissen.

Anya hob trotzig das Kinn, und in ihren Augen blitzte störrischer Stolz auf. »Ich habe das schon lange vor euch gemacht. Ich habe mehr Angriffe durchgeführt als jeder Einzelne von eurem gesamten Team.«

»He, Anya, Realitätscheck. Niemand gibt einen Scheiß darauf, was du vor zwanzig Jahren gemacht hast«, konterte Frost. Sie war ganz offensichtlich in weit weniger diplomatischer Stimmung als Drake. »Das ist eine uralte Geschichte, ebenso wie du. Und wir brauchen keine alte War-Einmal, die Primadonna spielt.«

Unter normalen Umständen betrachtete Anya Frosts bissige Bemerkungen ungefähr so störend wie einen Mückenstich. Eine unbedeutende Irritation, die man ertragen musste, während man sich auf wichtigere Dinge konzentrierte. Aber diese Worte schienen bis zu ihr durchzudringen und trafen einen wunden Punkt.

Langsam drehte sie den Kopf und betrachtete die junge Spezialistin. »Soll ich dir mal was sagen, Frost? Ich war einmal gar nicht so anders als du. Selbstbewusst, arrogant und davon überzeugt, dass ich alles wusste. Uralte Geschichte, wie du selbst gesagt hast. Aber ich habe schnell gelernt, wie sehr ich mich geirrt habe. Ich hoffe um deinetwillen, dass du das nicht auf die gleiche Art und Weise lernen musst wie ich.«

Selbst Frost war trotz ihres heißblütigen Temperaments einen Moment eingeschüchtert. »Erspare mir diese Lektion«, sagte sie, aber ihre Worte klangen nicht mehr ganz so bissig. »Sie setzt allmählich Staub an.«

Anya schüttelte den Kopf und verschränkte die Arme. Eine Geste, von der Drake wusste, dass sie immer ein schlechtes Zeichen war. »Ich gehe mit dem Kommandoteam hinein oder ich gehe gar nicht. Ganz einfach.«

»Warum?«, fragte Drake.

Ihr Blick glitt über die Gruppe, von einem Mitglied zum anderen, als sie sich auf das vorbereitete, was ihre Worte auslösen würden. »Weil ich weiß, dass dein Team nicht die Absicht hat, unsere Vereinbarung einzuhalten.«

Welche Reaktion sie auch immer auf diese Bemerkung erwartet hatte, Drake bezweifelte, dass sie mit den bösartigen und beleidigten Protesten gerechnet hatte, die auf sie niederprasselten.

»Ach, fick dich doch!«, spie Frost förmlich hervor. »Dich hierherzuholen war der größte Fehler, den wir je gemacht haben.«

»Ist das die Person, die uns angeblich helfen soll?«, wollte Mason wissen. »Das ist völliger Blödsinn, Ryan.«

»Das ist eine gottverdammte Zeitverschwendung!« McKnight wandte sich ab und fuhr sich mit den Händen durchs Haar. Sie war vollkommen empört.

Drake hatte genug gehört. Die Situation eskalierte, und wenn er sie nicht sofort unter Kontrolle brachte, dann war ihre brüchige Allianz für immer vorbei.

»Also gut, Ruhe. Haltet den Mund! Alle!«, brüllte er. Seine wütende Stimme übertönte die der anderen und hallte laut durch das Lagerhaus.

Sofort verstummten die Teammitglieder, obwohl die Feindseligkeit Anya gegenüber fast greifbar war. Die Frau selbst jedoch schien davon vollkommen unbeeindruckt zu sein. Sie hatte weit Schlimmeres in ihrem Leben ertragen als böse Worte und laute Stimmen.

Drake atmete langsam aus, um sich zu sammeln, und sah Anya an. Sie stand im Zentrum dieses Konflikts, und er musste sie auf ihre Seite holen, so oder so.

»Komm mit!«, fuhr er sie an, drehte sich herum und ging zu einem Seiteneingang des Lagerhauses. Er machte sich nicht die Mühe, sich umzudrehen. Er wusste, dass sie ihm folgen würde.

Er riss die Tür auf und stand auf einer breiten Gasse, die zwischen ihrem Lagerhaus und einem ganz ähnlichen nebenan hindurchführte. Es war niemand in der Nähe zu sehen, was nicht sonderlich überraschend war angesichts des heruntergekommenen Zustands dieses Geländes. Trotzdem konnte er das Brummen des Verkehrs auf den Hauptstraßen hören, untermalt von dem Geräusch schwerer Maschinen in einigen Gebäuden weiter entfernt. Die Hitze war hier draußen noch schlimmer als in dem Gebäude.

Er bereute bereits, dass er nach draußen gegangen war, aber er wusste, dass das, was sie sich zu sagen hatten, unmöglich vor den Ohren der anderen gesagt werden konnte.

»Sag, was du zu sagen hast, Ryan«, forderte Anya und schlug die Tür hinter sich zu.

Drake blieb mit dem Rücken zu ihr stehen und ballte die Fäuste. »Was zum Teufel ist mit dir los?«

»Was meinst du damit?«

Er drehte sich zu ihr um. »Du legst dich ständig mit jedem an, seit ich dich ins Team geholt habe. Du versuchst uns zu provozieren und uns gegeneinander auszuspielen. Warum? Willst du, dass diese Mission scheitert? Denn du scheinst alles dafür zu tun, dass genau das passiert.«

Anya betrachtete ihn in angespanntem Schweigen. »Bist du fertig?«

»Nein, das bin ich nicht. Aber wir sind fertig, es sei denn, ich bekomme ein paar Antworten«, versprach er ihr.

»Du willst keine Antworten.«

Er kniff die Augen zusammen. »Tatsächlich nicht? Was will ich dann?«

»Du willst eine Versicherung. Wir sollen dir sagen, dass alles gut laufen wird, dass wir das alles überstehen werden, wenn wir zusammenarbeiten.« Sie seufzte leise und schüttelte den Kopf. »Aber das werden wir nicht, Ryan. Rede dir nichts ein, heute Nacht werden Leute sterben. Vielleicht du, vielleicht ich. Vielleicht sogar wir alle.«

Er konnte nicht glauben, was er hörte. »Wenn du das

wirklich glaubst, warum willst du dann diesen Angriff anführen?«

Zu seiner Überraschung blickte sie zur Seite, als könnte sie seinen Blick nicht erwidern. »Wie gesagt, du willst keine Antworten.«

Er konnte das nicht mehr hören. Drake machte einen Schritt nach vorn, packte sie an den Schultern und stieß sie gegen die Seite des Lagerhauses. Das Wellblech erzitterte unter dem Aufprall. Anya starrte ihn an, sichtlich verblüfft von seiner plötzlichen Gewalttätigkeit.

»Keine Spielchen mehr«, sagte er. Sein Gesicht war nur Zentimeter von ihrem entfernt. »Warum machst du das?«

»Weil ich Angst habe!«, schrie sie. Zum ersten Mal verlor sie ihre coole Haltung. »Wolltest du das hören, Ryan? Gut, da hast du es. Hier ist meine Beichte. Ich habe Angst!«

»Blödsinn!« Er weigerte sich, ihr das abzukaufen. Solange er sie kannte, hatte er noch nie auch nur einen Anflug von Angst bei Anya erlebt. Und sie hatte viel zu viel durchgemacht, um so etwas gerade jetzt zu empfinden. »Wovor solltest du jetzt Angst haben?«

Er sah, wie sie schluckte, sah, wie sich die Muskeln in ihrem Hals bewegten, sah, wie die Mauern, die sie um sich hochgezogen hatte, zusammenbrachen. Sie sahen sich in die Augen, und zum ersten Mal verbarg sie nicht, was dahinter lag – keine stählerne Entschlossenheit oder abwägende Intelligenz. Er sah, was wirklich der Kern ihres Wesens war, sah die Furcht und das Bedauern wegen der Dinge, die man zu lange nicht ausgesprochen hatte, sah den Schmerz und die Trauer darüber, was hätte sein können, und die verlorene Hoffnung auf etwas, was noch sein konnte.

»Angst um dich«, sagte sie und ihre Stimme zitterte. »Ich habe Angst, dich zu verlieren.«

Sie kämpfte hart darum, ihre Fassung zu behalten, ihre

Gefühle unter Kontrolle zu behalten wie immer, aber diesmal war es anders. Diesmal verlor sie den Kampf. Diesen Gefühlen, denen sie sich jetzt gegenübersah, hatte sie schon lange nicht mehr gestattet, ans Tageslicht zu treten.

Drake atmete aus und ließ sie los. Er trat einen Schritt zurück, als hätte sie ihm eine Ohrfeige gegeben. »Nein.« Er weigerte sich, das zu akzeptieren. »Du lügst.«

Diese Worte schienen den Damm zu brechen, und Anya konnte nicht mehr an sich halten. Sie stürzte sich auf ihn, als wollte sie ihn angreifen, packte Drake am Hemd und wirbelte ihn herum, und stieß ihn dann mit dem Rücken an die Wand, so wie er es gerade mit ihr gemacht hatte. Sie war längst nicht so groß oder so stark wie er, aber die Intensität und die Aggression ihres Handelns genügten, um diesen körperlichen Nachteil auszugleichen. Die dünne Stahlwand erbebte, als er mit seinem ganzen Gewicht dagegenkrachte.

»Sieh mich an, Ryan. Sieh mich an!«, zischte sie und presste ihren Unterarm gegen seine Kehle, als wäre er ein Feind, den sie außer Gefecht setzen musste. »Und dann sag mir, dass ich lüge.«

Anya hatte ihm Dinge vorenthalten, hatte Geheimnisse vor ihm, aber sie hatte ihn noch nie willentlich belogen. Er wusste, dass sie jetzt nicht damit anfangen würde, aber das machte es ihm nicht leichter, ihr zuzuhören.

»Nein!« Er schlug wütend ihren Arm zur Seite. »Du hast mich ein Dutzend Mal fast umgebracht. Du hast mich und mein Team jedes Mal in Gefahr gebracht, wenn wir dir auch nur nahe gekommen sind, und du hast kein einziges Mal auch nur das leiseste Bedauern darüber gezeigt. Also tu jetzt nicht so, als würde mein Leben dir irgendetwas bedeuten. Wir wissen beide, dass dem nicht so ist.«

Er hatte das nicht gewollt, hatte keine alten Erinnerungen hervorzerren, keinen alten Groll wiederbeleben wollen, aber wenn sie darauf bestand, die Geschichte neu zu schreiben, war er bereit, ihr zu zeigen, wie falsch sie damit lag. Diese Konfrontation gärte schon in ihm, seit sie ihn vor drei Jahren im Irak dem Tod überlassen hatte.

»Wenn dir auch nur das Geringste an mir liegen würde, hättest du mich damals nicht zurückgelassen!«

Er sah den Schmerz in ihrem Blick, den Zorn und wusste, dass seine Worte sie tief getroffen hatten. Tiefer, als er es sich jemals vorgestellt hatte, diese distanzierte, rätselhafte Frau treffen zu können. Und die Reaktion, die seine Worte provozierten, war erheblich intensiver, als er erwartet hätte.

Sie stieß ihn mit beiden Händen gegen die Brust und schleuderte ihn an die Wand zurück. Es war eine instinktive Reaktion, angetrieben von dem Bedürfnis, einfach nur um sich zu schlagen, und nicht, ihn ernsthaft zu verletzen.

»Ich habe das gemacht, um dich zu beschützen, Ryan!« Sie zitterte fast vor Wut und tief vergrabener Frustration, nachdem sie beide sich ihrer Vergangenheit jetzt stellten. »Verstehst du das denn nicht? Oder bist du wirklich zu dumm, um die Wahrheit zu begreifen?«

Er hob die Arme, um sie wegzuschieben, und sie reagierte auf die einzige Art und Weise, die sie kannte. Sie packte seine ausgestreckten Hände und versuchte, sie wegzubiegen. Drake jedoch hatte schmerzhaft erlebt, was sie mit Leuten anstellen konnte, die versuchten, sie zu überwältigen. Er hatte mit ihrer Reaktion gerechnet und setzte seine beträchtliche Kraft ein, um sie daran zu hindern, die Oberhand zu gewinnen. Da sie in dieser Art von Auseinandersetzung den Kürzeren ziehen würde, stieß sie pfeifend die Luft aus und gab zögernd zu, dass keiner von ihnen einen solchen Kampf gewinnen würde.

»Dich zurückzulassen ist mir so schwergefallen wie noch

nie etwas in meinem Leben!«, sagte sie und gab endlich dieses Geheimnis preis, das sie so lange für sich behalten hatte. »Aber ich habe es gemacht, um dich zu beschützen … Vor mir und vor genau dem, was mit allen passiert, die mir zu nahe kommen. Das hattest du nicht verdient, denn du bist ein guter Mensch. Du bist besser als sie … besser als ich.«

Drake hörte verblüfft zu, während sie redete und wusste, dass sie jetzt alles rauslassen musste, nachdem sie einmal angefangen hatte. Noch nie zuvor hatte sie sich so geöffnet, hatte sich noch nie gestattet, ihre Verletzlichkeit so zu zeigen.

»Ich habe versucht, mich von dir fernzuhalten und gehofft, dass du die Sache irgendwann vergessen und mich in Ruhe lassen würdest. Aber irgendwie, Ryan Drake, irgendwie hast du mich immer zu dir zurückgezogen. Ich wusste, dass es falsch war, dass es für uns beide gefährlich war, aber ich wollte es trotzdem. Und das macht mir Angst.« Sie schluckte schwer, und er hätte schwören können, dass er Tränen in ihren Augen glänzen sah. »Ich habe Angst, dass ich dich diesmal für immer verliere, und … Ich weiß nicht, ob ich damit leben könnte, wenn das passiert.«

Dann schwiegen sie. Es war ein Schweigen, das nur von ihrem keuchenden Atem und ihrem lauten Herzschlag gestört wurde, als sie mitten in ihrem Kampf regungslos dastanden. Sie waren weder Feinde noch Freunde, sondern irgendetwas vollkommen anderes. Als er so nah bei ihr stand, die Wärme ihres Körpers fühlte und die Wut und die Verletzlichkeit und die Furcht in ihren Augen sah, beobachtete, wie sich ihre Lippen teilten, wenn sie ausatmete, erinnerte sich Drake unwillkürlich an das einzige andere Mal, als er sie so gesehen hatte.

Es war die Nacht gewesen, als sie zueinandergefunden hatten, als sie ihren Schmerz und ihre Trauer im flackernden Licht eines Lagerfeuers geteilt und auf die einzige Art und Weise, die sie kannten, Erlösung gesucht hatten. In diesen kurzen Momenten hatte er sich ihr näher gefühlt als jeder anderen Person in seinem ganzen Leben. Zwei Seelen, getrennt durch ein Leben voller unterschiedlicher Erfahrungen, Triumphe und Tragödien, und doch waren sie unausweichlich zueinander hingezogen worden, hatten einander akzeptiert und verstanden, ohne zu urteilen oder etwas zurückzuhalten.

Es war drei lange Jahre her, seit er diese Verbindung das letzte Mal gespürt hatte, und jetzt endlich rührte sie sich wieder. Und als sie sich rührte, sehnte er sich mit einer fast schon verzweifelten Begierde danach, dies erneut zu erleben.

Und ihm wurde klar, dass es Anya nicht anders ging.

Doch der Moment wurde unterbrochen, als die Tür des Lagerhauses aufschlug und Frost heraustrat. Sie schützte ihre Augen vor der tief stehenden Nachmittagssonne. Drake und Anya ließen einander los, und die Frau trat einen Schritt zurück, als Frost sie ansah.

»Entschuldigung. Ich … Ich wollte nicht stören.« Die junge Technikerin wirkte verlegen und fühlte sich offensichtlich unbehaglich, als ihr klar wurde, dass sie etwas tatsächlich sehr Persönliches unterbrochen hatte.

»Was gibt es, Keira?« Drake hatte Mühe, seine Fassung wiederzuerlangen.

Die junge Frau räusperte sich. »Ich dachte, du solltest wissen, dass Cains Flugzeug vor ein paar Minuten gelandet ist. Ich vermute, dass er mittlerweile zur US-Botschaft unterwegs ist.«

Drake atmete aus und nickte. Er zwang sich dazu, nur an die Mission zu denken und alles andere auszublenden. Jetzt war nur die Mission wichtig. Sie hatte Priorität gegenüber allem anderen.

»Geh rein und pack alles zusammen. Wir brechen in zehn Minuten auf.«

Frost öffnete die Tür, zögerte jedoch. Vielleicht überlegte sie, ob sie irgendetwas zu der Konfrontation sagen sollte, die sie gerade mit angesehen hatte.

»Das ist alles, Keira«, erklärte Drake nachdrücklich und kam ihr zuvor.

Sobald sie verschwunden war und die Tür hinter sich geschlossen hatte, wandte Drake seine Aufmerksamkeit wieder Anya zu. Er wollte ihr noch so viel sagen, sie mussten so viele Dinge klären, aber jetzt war nicht der richtige Zeitpunkt. Das wussten sie beide.

»Wir sprechen später weiter darüber«, versprach er ihr. »Aber jetzt müssen wir uns auf unser Spiel konzentrieren. Beide.«

Sie sagte nichts. Der Moment ihrer Verletzlichkeit war verstrichen, und sie war wieder wie immer, ruhig, konzentriert und rücksichtslos.

»Und nur damit das klar ist, ich führe das Kommandoteam«, sagte er ruhig. Bevor sie protestieren konnte, hob er die Hand. »Wir wissen beide, dass sie dir nicht folgen werden. Also vertraue mir, Anya. Wenn alles, was du gerade gesagt hast, stimmt … Dann trau mir zu, dass ich das hier richtig mache.«

Sie sagte nichts, aber er sah, wie sie zögernd nickte. Das genügte. Drake drehte sich um und zog die kleine Tür auf, um wieder zum Team zu gehen.

Und ließ sie allein zurück.

47

Vorgelagerte Operationsbasis »Foxtail«,
afghanisch-pakistanische Grenze – 23. Februar 1986

Marcus Cain schloss die Augen und atmete aus. Sein Körper war immer noch warm von dem kurzen, schnellen Moment intensiver Leidenschaft. Er hatte sich diesen Moment öfter vorgestellt, als er zählen konnte, und doch hätte er nie geglaubt, dass er jemals real werden könnte. Dass er ihn jemals erleben würde.

Die junge Frau neben ihm war ebenso nackt wie er. Sie setzte sich auf. Er öffnete die Augen, um sie anzusehen, sog ihre Schönheit förmlich in sich ein, ihren sehnigen Körper, die hart antrainierte Kraft, die langen eleganten Gliedmaßen, die weichen Kurven ihrer Brüste und Hüften. Sie machte keinen Versuch, sich zu bedecken. Scham war eine Eigenschaft, die sie zweifellos nach all den Monaten im Feld hatte aufgeben müssen. Und das machte sie noch beeindruckender. Er hatte noch nie eine Frau erlebt, die so vollkommen zu Hause in ihrem eigenen Körper war.

Sie spürte seine Blicke auf sich und sah ihn an. »Das war …« Sie unterbrach sich und errötete vor Verlegenheit. »Ich wollte nicht …«

»Bereust du es?« Er machte sich Sorgen, dass er sie möglicherweise überrumpelt haben könnte.

Sie dachte einen Moment darüber nach und schüttelte dann den Kopf. Sie war immer noch rot im Gesicht, aber er sah auch, dass sie lächelte. Und ihre Augen, deren Blick so oft herausfordernd und intensiv war, hatten jetzt eine Wärme, die keinerlei Zweifel in ihm zurückließ.

Sie beugte sich zu ihm, küsste ihn erneut, langsam und genüsslich diesmal, und die Berührung ihrer nackten Haut auf seiner ließ ihn wünschen, dass sie es noch einmal tun könnten.

Sie griff nach ihrer Hose, die auf dem Boden lag, und zog sie an. »Was du vorhin gesagt hast, Marcus … Ich verstehe, warum du es getan hast«, sagte sie und fuhr sich mit der Hand durch ihr zerzaustes Haar. »Aber ich habe dir schon einmal gesagt, dass ich keine Vergünstigungen haben will, keine Sonderbehandlung. Und das habe ich auch so gemeint.« Sie seufzte und sah ihn an. »Es ist deine Entscheidung. Wenn du mir befiehlst, nach Hause zu gehen, dann mache ich das. Aber es wäre mir lieber, wenn du es nicht tun würdest.«

Er hatte geahnt, dass sie so etwas sagen würde. Sie war loyal wie immer.

»Was wirst du tun, wenn du hierbleibst?«

Die junge Frau zuckte mit den Schultern. »Weitermachen und zu Ende bringen, was wir angefangen haben.«

»Weißt du, die Leute in Langley fangen an, sich für dich zu interessieren. Deine Karriere in der Agency könnte sich überallhin entwickeln, wohin du willst. Du könntest Instruktorin werden, die nächste Generation von weiblichen Außenagenten ausbilden.«

»Die nächste Generation?« Sie wirkte fast belustigt. »Bin ich bereits ausgemustert?«

»Das habe ich nicht gemeint.«

»Das weiß ich«, räumte sie ein. »Aber ich bin keine Anführerin, Marcus. Das wollte ich auch noch nie sein. Das hier ist genau das, was ich tun will, dafür bin ich gemacht.«

Er dachte darüber nach. Sie hatte eine fast schon magnetische Ausstrahlung, ein Charisma, auf das die Leute einfach reagierten, unabhängig von ihrem Geschlecht oder ihrem Alter. Die Leute würden jemandem wie ihr folgen. Er fragte sich, ob sie selbst ihr Potenzial erkannte.

»Ich kann deine Meinung also nicht ändern?«, fragte er ohne allzu viel Hoffnung.

Sie sah ihn an und lächelte, als sie nach ihrem T-Shirt griff. Es war das Lächeln von jemandem, der wusste, dass er gewonnen hatte. »Wenn wir hier in Afghanistan fertig sind, dann werde ich dein Angebot annehmen. Das verspreche ich dir. Aber jetzt noch nicht.«

»Ich nehme dich beim Wort.« Cain seufzte und fügte sich in das Unausweichliche. »Es gibt noch etwas. Die meisten Außenagenten bekommen einen Codenamen. Die Jungs in Langley haben ein paar Ideen gesammelt, aber ich glaube, ich habe einen Namen gefunden, der zu dir passt.«

Sie lachte, während sie sich das T-Shirt über den Kopf zog. »Das könnte interessant sein. Verrate ihn mir.«

»Maras.«

Sie erstarrte, das T-Shirt halb über den Kopf gezogen.

»Du hast mir berichtet, dass deine Mutter dir alte Mythen und Legenden erzählt hatte, als du noch ein Kind warst. Also habe ich ein bisschen recherchiert. Wenn ich die litauische Mythologie richtig verstanden habe, dann war Maras eine Göttin des Krieges.« Er sah sie an, gekleidet in ihre Militärkleidung und umringt von den Waffen ihres Berufs. »Ziemlich angemessen, findest du nicht?«

Zu seiner Überraschung wandte Anya sich ab, als wollte sie ihre Miene verbergen. »Ja«, sagte sie. Sie klang ungewöhnlich ernsthaft, obwohl das doch eigentlich eine beiläufige Konversation sein sollte. »Ja, das ist es, Marcus.«

Gelände der US-Botschaft, Islamabad

Cain schnappte nach Luft, als er sich das eiskalte Wasser ins Gesicht spritzte, das sämtliche Müdigkeit vertrieb. Er richtete sich auf und betrachtete sein Spiegelbild in dem Spiegel über der Spüle.

Du siehst alt aus, dachte er, als er die Falten um seine Augen und den Mund bemerkte, das Grau an seinen Schläfen. Er war einer der alten Männer von Langley, über die er sich früher einmal so amüsiert hatte.

Das war zwar nicht gerade die beste Aussicht für eines der wichtigsten Treffen seines beruflichen Lebens, aber eine bessere hatte er nicht. Es war fast so weit. Vor dem Fenster der Suite in der US-Botschaft, die er kurzfristig belegte, sank die Sonne dem westlichen Horizont entgegen, als der Nachmittag dem Abend wich.

Er trocknete sich das Gesicht mit einem Handtuch ab, griff nach seiner Krawatte und band sie sorgfältig um. Er sorgte dafür, dass der Knoten genau in der Mitte saß. *Als würde ich mich für ein Vorstellungsgespräch fertig machen,* dachte er mit einem Anflug von schwarzem Humor. Er zog sein Jackett an, fuhr sich mit den Händen durchs Haar und nickte seinem Spiegelbild zu.

Was hatte Tennyson noch einmal über solche Situationen gesagt? Geschwächt von Zeit und Schicksal, aber willensstark.

Das würde genügen.

Als Cain kurz darauf aus der Suite trat, wurde er sofort von Hawkins flankiert, der vor der Tür Wache gehalten hatte. Die beiden Männer gingen durch den Korridor, und vor ihnen bildeten Techniker und Analysten eine Gasse, wie das Meer vor dem Bug eines mächtigen Kriegsschiffes.

»Ist alles vorbereitet?«

Der Furcht einflößende Agent nickte. »Alles ist an seinem Platz. Ein Wort genügt, und wir können loslegen.«

Das war die letzte Chance, um zu kneifen.

»Dann los.«

Hawkins verzog sein Gesicht zu diesem einzigartigen höhnischen Grinsen, griff nach seinem Handy und tätigte den Anruf bei seinen Vorausteams, die er bereits vor Ort geschickt hatte. Wie üblich war seine Nachricht kurz und bündig. »Dalia hat Grün.«

Cain musste unwillkürlich lächeln. Zweifellos bedeutete einem Mann wie Hawkins das Codewort für diese Operation nichts, aber wäre Anya hier gewesen, hätte sie die historische und spirituelle Bedeutung zu schätzen gewusst. Dalia war die Göttin des Schicksals und der Bestimmung, die den Faden der Zukunft für die Leben der Menschen spann und die Geschichten ihrer Leben niederschrieb.

Heute würde er selbst eine neue Geschichte schreiben.

Er trat in den größeren Büroraum, der das Nervenzentrum der Operationen der Agency in Islamabad beherbergte. Hier erwartete sie der Stationschef Hayden Quinn. Anders als der zuversichtliche und vielversprechende Sachbearbeiter, den Cain einmal persönlich zum Stationschef befördert hatte, wirkte der Mann jetzt erschöpft und ausgelaugt von den Anforderungen des Jobs. Ganz zu schweigen davon, dass er nervös und gereizt war, weil Cain persönlich vor ihm stand.

»Stellvertretender Direktor Cain«, begann er. Er versuchte, herzlich und einladend zu wirken. »Es ist schon eine Weile her, seit wir uns persönlich unterhalten haben. Es freut mich, dass Sie hier sind.«

»Sie sollten sich nicht zu sehr an mich gewöhnen, Hayden«, antwortete Cain. »Ich bin nur hier, um ein paar lose Enden zu verknüpfen.«

Es war nicht schwer zu erkennen, welche Rückschlüsse Quinn aus diesen Worten zog. »Verstehe. Gibt es … Kann ich Ihnen irgendwie helfen?«

»Ganz und gar nicht. Alles ist gut organisiert.«

»Sir, wenn Sie vorhaben, das Gelände der Botschaft zu verlassen, dann sollten wir zumindest unsere Sicherheitsteams …«

»Wie ich schon sagte, alles ist bestens organisiert.« Cain trat auf ihn zu und legte dem jüngeren Mann verständnisvoll die Hand auf die Schulter. »Machen Sie sich keine Sorgen, Hayden. Sie waren bereits außerordentlich hilfreich.«

Das stimmte. Quinn hatte seine Rolle gespielt, so oder so.

»Passen Sie gut auf sich auf.«

Cain ließ den Stationschef stehen und darüber nachdenken, was die Zukunft wohl für ihn bereithielt, während er zur Tiefgarage weiterging, begleitet von Hawkins.

Quinn wartete, bis beide Männer den Raum verlassen hatten, bevor er sein Handy herausholte und hastig eine Nummer in DC wählte.

»Ja, Quinn?« Franklins Stimme klang etwas gereizt.

»Es geht los«, sagte Quinn. »Cain ist unterwegs.«

Samantha beugte sich über die Spüle und spuckte den letzten Rest Galle aus, den sie hochgewürgt hatte. Ihr Unterleib schmerzte von den Muskelkrämpfen, die er gerade hatte ertragen müssen, und die Übelkeit, die ihren hastigen Rückzug zum primitiven Ruheraum des Lagerhauses ausgelöst hatte, hob ihre Stimmung auch nicht gerade.

»Nicht jetzt«, flüsterte sie. Sie kämpfte gegen die Übelkeit an, als sie ihr Spiegelbild in dem schmutzigen Glas über der Spüle betrachtete. »Nicht ausgerechnet jetzt.«

Sie konnte es sich nicht leisten, allzu lange hierzubleiben. Drake und die anderen waren zum Aufbruch bereit, beide

Fahrzeuge waren beladen und warteten. Wenn sie sie noch länger warten ließ, würden sie wahrscheinlich misstrauisch werden.

Nur noch ein paar Stunden, sagte sie sich. *Halte noch ein paar Stunden durch, dann ist es vorbei.* Dann war es vorbei.

»Wie lange weißt du es schon?«, fragte jemand von der Tür.

Samantha fuhr herum, und es verschlug ihr den Atem. Anya stand mit verschränkten Armen in der Tür und beobachtete sie scharf.

»Was meinst du damit?«

»Du weißt genau, worüber ich rede, Samantha.« Zum ersten Mal benutzte sie ihren Vornamen. »Die anderen haben es vielleicht nicht bemerkt, aber ich schon. Du hast kaum gegessen, seit wir hier sind, und wenn du doch isst, dann spuckst du es für gewöhnlich hier aus.« Anya trat einen Schritt auf sie zu. »Man nennt es Morgenübelkeit, aber ob es morgens oder abends passiert, es geht nie wirklich weg. Das Gefühl von Müdigkeit, das einfach nicht verschwindet, ganz gleich, wie lange du schläfst … Die Übelkeit, als wärst du in einem Wagen gefangen, der sich bewegt. Glaub mir, ich weiß, wovon ich rede.«

Samantha starrte die ältere Frau in dem dämmrigen Licht an. Da war eine Frau, die schon lange vor ihr an diesem Punkt gewesen war, die immer noch die Bürde dessen trug, was sie verloren hatte.

»Ich frage dich noch einmal, wie lange weißt du es schon?«

Samantha seufzte und war zu müde, um weiter zu lügen. Bei jemandem wie Anya war es ohnehin sinnlos. »Etwas mehr als eine Woche. Als die Übelkeit anfing.«

»Und du hast vor, es zu behalten?«

Die Direktheit der Frage traf sie wie ein Schlag in den

Bauch, vielleicht weil es eine Frage war, die sie sich selbst noch nicht getraut hatte zu stellen.

»Ich weiß es nicht.«

Anya betrachtete sie lange. »Du solltest das hier nicht machen. Dort, wo wir hingehen, hat eine schwangere Frau keinen Platz. Es könnte sein, dass heute Nacht Leute sterben. Du selbst könntest heute Nacht sterben und dein Kind mit dir.«

Erzähl mir etwas, was ich nicht weiß, dachte Samantha grimmig. Trotzdem würde sie auf keinen Fall jetzt kneifen. »Es ist meine Entscheidung. Ich gehe.«

»Was würde Ryan sagen, wenn er das wüsste?« Sie hob eine Braue. »Ich nehme an, du hast es ihm noch nicht erzählt.«

Samantha schluckte schwer und unterdrückte erneut eine aufsteigende Übelkeit, als sie auf die erfahrene Agentin zuging. »Hör mir zu, Anya. Wir beide werden niemals wirklich Freunde werden. Ich weiß das, und du weißt es auch. Aber ich bitte dich jetzt trotzdem, es Ryan nicht zu erzählen. Ich habe es ihm noch nicht gesagt, weil wir uns auf die Mission konzentrieren müssen. Wir dürfen weder an die Zukunft noch irgendetwas anderes denken. Heute Nacht ist die Mission alles, was zählt. Also bitte ich dich, es ihm nicht zu verraten. Ich bitte dich, mich euch helfen zu lassen. Bitte.«

Anya sagte nichts, aber Samantha sah die Veränderung der anderen Frau, als ihre Worte in ihr Bewusstsein drangen. Schmerz und Trauer, alt und schon lange begraben, schienen wieder an die Oberfläche zu kommen. Und dieses eine Mal betrachtete Anya Samantha nicht als eine Bedrohung oder einen Feind.

»Es ist deine Entscheidung«, sagte sie schließlich und wandte sich ab. »Wenn du dich dafür entscheidest mitzukommen, kann ich dich nicht beschützen.«

»Ich kann mich selbst beschützen.«

Anya blieb kurz in der Tür stehen und schien etwas sagen zu wollen, dann überlegte sie es sich anders. Ohne sie eines weiteren Blickes zu würdigen, drehte sie sich um und verschwand im Schatten des kleinen Ganges.

48

ISI Hauptquartier, Islamabad

Agent Gondal war nach einem langen und ermüdenden Nachmittag erst kurz zuvor wieder in sein Büro zurückgekehrt. Sie hatten Spuren und Hinweise verfolgt, zu Lastwagen, auf die die Beschreibung der Zeugen passte. Die meisten Spuren hatten ins Nichts geführt. Gondal fühlte sich, als wäre er in nur einem Tag in jeden Winkel dieser Stadt gefahren, und er war mehr als bereit, seine Schicht zu beenden.

Plötzlich stürmte Mahsud in sein Büro. Er hielt etliche Blätter Papier in der Faust, und sein normalerweise grimmiges und ernstes Gesicht wirkte uncharakteristisch aufgeregt.

»Wir haben sie!«, verkündete er und klatschte die Papiere mit seinen Pranken auf Gondals Schreibtisch. »Die Antworten wegen unserer Nachfrage zu dem Kennzeichen, mit der du mich vorhin beauftragt hast, sind eingetroffen. Es ist falsch – alles. Diese Mistkerle haben uns belogen.«

Gondal runzelte die Stirn, schnappte sich die Papiere und überflog sie hastig. Robert Douglas hatte laut seiner Reisepassnummer niemals existiert. Es gab keinerlei Unterlagen über ihn in irgendeiner der englischen Datenbanken, zu denen sie verdeckt Zugang hatten.

Und nicht nur das, auch Apex Deliveries schien keine echte Firma zu sein, trotz des Anrufs, den er zuvor bei dem Vorgesetzten von »Douglas« getätigt hatte. Und zu allem

Überfluss war der Lastwagen, dessen Nummernschild er sich eingeprägt hatte, letzten Monat von einem Depot in Peshawar als gestohlen gemeldet worden.

Er hatte genug gesehen.

»Stell ein Einsatzteam zusammen«, befahl er hastig. »Und sag ihnen, sie sollen sofort zu diesem Lagerhaus vorrücken.«

Mahsuds Grinsen glich der Fratze eines Raubtiers. »Das habe ich bereits.«

Der Aussichtspunkt auf dem Berg wurde Daman-e-Koh genannt und lag etwa 750 Meter über dem Meeresspiegel am Rand der Margalla-Berge. Der Name bedeutete in Altpersisch so viel wie Vorgebirge, und dort hatten Drake und sein Team haltgemacht, nachdem sie das Lagerhaus verlassen hatten. Es war tagsüber ein bei Touristen sehr beliebter Ort, weil er einen beeindruckenden Panoramablick über Zentral-Islamabad bis zum Süden und auf die beeindruckenden Gipfel der Berge dahinter gewährte.

Von einem operativen Gesichtspunkt aus war dieser Ort ein idealer Zwischenstopp. Sie waren hier kaum eine Meile von der US-Botschaft entfernt und auch nicht sehr viel weiter von dem Sicheren Haus, das sie schon bald angreifen würden. Es war ihre letzte Probebühne. Ein Ort, an dem sie sich für den Angriff rüsten konnten.

Da der Abend bevorstand, hatten die meisten Touristen und Ausflügler bereits ihre Sachen zusammengepackt, und nur noch ein paar Nachzügler waren unterwegs zu ihren Fahrzeugen. Sie hatten den langen Marsch vom Gipfel des mächtigen Pir Sohawa herab bewältigt. Das Team hatte sowohl den Lastwagen als auch den Range Rover an einer ruhigen Stelle des Parkplatzes abgestellt und konnte sich so an die Arbeit machen, ohne Angst haben zu müssen, entdeckt zu werden.

Ein Stück von den anderen entfernt, die ihre letzten Checks durchführten, kniete sich Anya behutsam auf einen grasigen Fleck mit dem Gesicht zur untergehenden Sonne. Sie schloss die Augen, holte tief Luft und sog den Duft von Gras und Wildblumen ein, dann beugte sie sich vor und fuhr mit ihren Fingerspitzen sacht über das raue, feste Gras unter ihr.

Obwohl die Regenwolken am Himmel noch nicht wirklich bedrohlich wirkten, hatte es auf ihrer Fahrt hierher etwas genieselt, und das Gras war immer noch feucht von dem kurzen Schauer.

Sie hielt die Augen geschlossen und den Rücken gebeugt und fuhr mit den feuchten Händen über ihr Gesicht, während sie ausatmete. Sie spürte, wie ein Windhauch über ihre Haut strich und die letzten Strahlen der untergehenden Sonne ihr Gesicht wärmten, als sie es zum Himmel hob.

Anya hatte dieses einfache Ritual zur inneren Reinigung und Vorbereitung von ihrer Mutter gelernt, hatte es unzählige Male durchgeführt, immer bevor sie in den Kampf zog. Früher einmal hatte sie dadurch die Neugier und sogar das Gelächter ihrer Kameraden erregt, aber sie machte es trotzdem. Es half ihr, und es erlaubte ihr, dieses winzige Fragment der Person zu bewahren, die sie einmal gewesen war.

»Ich hätte dich nicht für religiös gehalten.«

Aus ihrer Träumerei gerissen, öffnete Anya die Augen und sah sich um. Frost stand in der Nähe. Offenbar hatte sie sich ihr genähert, während sie mit dem Ritual beschäftigt gewesen war. Die junge Frau deutete mit dem Kopf nach links, als wollte sie ihre Worte bekräftigen.

Anya folgte ihr mit dem Blick. Direkt unter ihnen am Ende einer von Bäumen gesäumten breiten Avenue, die mitten durch die Stadt führte, lag die große verwinkelte Faisal-Moschee. Es war ein gewaltiges Gebäude der islamischen Religion und konnte allein in seiner Hauptgebetshalle über zehntausend Menschen aufnehmen. Die vier Minarette waren jeweils fast 80 Meter hoch und erhoben sich in den Abendhimmel wie die Spitzen von gigantischen Speeren.

»Ich habe nicht gebetet«, antwortete Anya, als sie begriff, dass Frost ihr Ritual für ein islamisches Gebet gehalten hatte. Anya hatte sehr viel über diese Religion erfahren, hauptsächlich von deren Anhängern. Viele Lehren fand sie durchaus bewundernswert, aber letztlich hatte ihr keine Religion besonders gefallen. Ganz gleich, wie edel ihre Ideale oder wie menschlich ihre Prinzipien waren, es war viel zu leicht für verbitterte, wütende und rachsüchtige Menschen, sie in eine Waffe zu verwandeln.

»Was war es dann?«

Anya spürte, wie sie errötete. Über diesen Aspekt ihres Lebens redete sie nicht gern, schon gar nicht mit jemandem wie Keira Frost. Die Frau hasste sie ja bereits – und es hätte ihr gerade gefehlt, ihr jetzt auch noch einen Anlass zu geben, sie zu verspotten.

»Eine Vorbereitung.« Sie erhob sich geschmeidig, ohne sich mit den Händen abzustützen. Ein Ergebnis ihres jahrelangen Trainings. »Mehr nicht.«

In dem Moment sagte Frost einen Namen, den Anya nicht erwartet hatte, noch einmal zu hören.

»Maras.«

Anya verspannte sich unwillkürlich. »Was?«

»Das war doch dein Codename, stimmt's? Den Cain dir gegeben hat, als du für die Agency gearbeitet hast«, meinte Frost. »Ryan hat mich gebeten, ihn zu recherchieren, als uns damals die Mission übertragen wurde, dich aus dem Gefängnis zu holen. Maras – es ist eine Legende der baltischen Heiden. Eine Göttin des Krieges. Dafür hat Cain dich gehalten.« Sie warf Anya einen neugierigen Blick zu, irgendwie spöttisch und erstaunlicherweise auch respektvoll. »Sie muss zu ihrer Zeit ganz schön beeindruckend gewesen sein.

Anya lächelte über diese Bemerkung, aber es war ein Lächeln ohne Humor oder Wärme. Es war ein trauriges, nachdenkliches Lächeln. »Es ist sonderbar, dass du denselben Fehler machst wie er.«

»Was meinst du damit?«

»Maras. Sie war keine Göttin des Krieges, sondern des Todes und des Elends.«

»Das kommt doch aufs Gleiche raus, oder?«

Anya schüttelte traurig den Kopf. »Im Krieg gibt es so etwas wie Ehre. Jedenfalls sollte es so sein. Aber Maras … Sie hat den Tod in jeder nur möglichen Form gebracht. Ihr Schicksal war es, sterbliche Männer zu lieben und zuzusehen, wie sie für sie starben. Jeden, der ihr zu nah kam, ereilte dasselbe Ende, ganz gleich, was sie unternahm, um es zu verhindern. Das war ihr Schicksal … Und es ist auch meines. Vielleicht hat Cain also damit gar nicht so falschgelegen.«

Diesmal erwiderte Frost nicht sofort etwas. Aber Anya spürte, wie sich ihre Gedanken drehten, wie sich die Teile des Puzzles zusammensetzten, um eine Schlussfolgerung zu bilden. Sie sprach ihre Gedanken jedoch nicht laut aus, weil das auch überflüssig war.

»Warum bist du zu mir gekommen, Frost?« Anya wechselte das Thema.

»Eigentlich bin ich hier, um mich zu entschuldigen.«

Jetzt war Anya überrascht. »Entschuldigen?«

Die junge Frau seufzte und blickte auf die Stadt unter ihnen. Sie wirkte wie jemand, der sich darauf vorbereitet, eine unerfreuliche und schwierige Aufgabe anzugehen. »Normalerweise mache ich so etwas nicht, also bilde dir nicht ein, dass das noch einmal vorkommt. Niemals. Aber trotzdem … Ich möchte mich für einige der Dinge entschuldigen, die ich zu dir gesagt habe. Für einige, wohlgemerkt, nicht für alle!«, setzte sie schnell hinzu.

Das war wirklich eine Premiere. Frost hatte sich noch nie für irgendetwas entschuldigt.

»Warum sagst du mir das jetzt?«

»Verdammt, wir sind vielleicht morgen um diese Zeit längst tot. Es ist sehr gut möglich, dass ich keine zweite Chance dafür bekomme.« Sie zuckte mit den Schultern und warf Anya einen Seitenblick zu. Ihr Verhalten war etwas weniger brüsk als sonst. »Und … ich habe kapiert, dass du einige harte Zeiten durchgemacht hast, okay? Ich will nicht behaupten, dass ich die blutigen Einzelheiten kenne, und ehrlich gesagt will ich die gar nicht wissen. Ich kann so schon schlecht genug schlafen. Aber was ich sagen will … Ich verstehe, warum du so bist, wie du bist. Es gefällt mir nicht immer, und um ehrlich zu sein, an deiner Fähigkeit, mit Menschen umzugehen, solltest du mal arbeiten, aber ich kann dir nicht wirklich vorwerfen, dass du eine paranoide Soziopathin bist.«

Anya wusste wirklich nicht, was sie darauf erwidern sollte. Auf ein solches Gespräch war sie nicht vorbereitet gewesen, und einen Moment fragte sie sich, ob Frost einfach versuchte, sich über sie lustig zu machen. Aber sie hatte keine Spur von Spott im Tonfall oder in der Miene der Frau bemerkt. So oder so meinte sie wohl, was sie sagte.

»Ich sollte mich wohl bei dir bedanken.«

»Na ja, das war gar nicht so schlimm.« Jetzt sah Anya, wie die junge Frau amüsiert lächelte. »Das heißt aber nicht, dass wir jetzt Freunde wären oder so.«

Das stimmte ebenfalls, und Anya nahm an, dass es schon immer so bei ihr gewesen war. Ihr Leben hatte ihr nicht viele Möglichkeiten geboten, Freundschaft mit einer Frau zu schließen, und nach einer Weile hatte sie ohnehin die Gesellschaft von Männern vorgezogen. Damit wollte sie nicht behaupten, dass die nicht ebenfalls ihre Schattenseiten hatten, aber die Dynamik ihrer Beziehungen war einfacher und leichter zu verstehen. Ihrer Meinung nach beruhten die Freundschaften, die Frauen schlossen, auf subtilen Einmischungen, auf Andeutungen, auf verschleierten Bemerkungen und auf ständiger gegenseitiger Einschätzung. Für jemanden, der sehr schnell Täuschungen oder Irreführungen registrierte, war das oft eine schwierige und frustrierende Erfahrung gewesen. Schließlich hatte sie angefangen, sich von ihrem eigenen Geschlecht zu distanzieren.

Und doch gab es seltene Momente, in denen sie sich unwillkürlich die Frage stellte, ob sie den richtigen Weg eingeschlagen hatte, sich fragte, was sie vielleicht versäumt hatte. So unerklärlich es auch sein mochte, angesichts dessen, mit wem sie sich gerade unterhielt, war das genau solch ein Moment.

»Das würde mir nicht einmal im Traum einfallen«, sagte sie schließlich leise.

Sie schwieg, und auch Frost sagte nichts. Sie gaben sich beide mit ihrem Schweigen zufrieden. Und diesmal hatte Anya auch nichts gegen die Anwesenheit der jungen Frau.

In der Nähe öffnete Drake gerade die hinteren Türen des heruntergekommenen alten Lastwagens, der es irgendwie die steile, verschlungene Straße zu ihrem Sammelpunkt auf dem Berg geschafft hatte. Als er sie aufschwang, sah er sich dem schmalen Gesicht und den großen dunklen Augen von Yasin gegenüber. Sie hatten seinen Knebel entfernt, ihn losgebunden und ihn einfach in dem Lastwagen eingesperrt, bis sie wussten, was sie mit ihm tun wollten.

Jetzt war es Zeit, die Sache zu erledigen.

»Hier.« Drake warf ihm eine Jeans, Turnschuhe und ein frisches Hemd zu. Sie hatten die Sachen auf dem Weg hierher für praktisch ein paar Cent an einer der zahllosen Marktbuden erstanden, die die Straßen von Rawalpindi säumten. »Zieh das an.«

Der Junge betrachtete ihn misstrauisch, reagierte aber nicht und sagte auch nichts.

»Du hast dreißig Sekunden Zeit«, sagte Drake. »Danach verlässt du diesen Lastwagen, so oder so.«

Er schloss die Türen erneut und nahm die Zeit auf seiner Uhr. Richtig, er hörte hastige Bewegungen innerhalb des Lastwagens. Als er die Tür öffnete, hatte Yasin die neue Kleidung angelegt. Seine alte lag in einem schmutzigen Haufen neben ihm.

Das neue Hemd schlabberte um seinen dürren Körper, und er hatte die Jeans an den Knöcheln aufgekrempelt, damit sie passten. Aber insgesamt sah er erheblich besser aus als vorher. Allerdings hätte er einen Besuch bei einem Friseur vertragen können.

»Raus.« Drake winkte ihn aus dem Laderaum.

Yasin tastete sich langsam vor, zögernd und misstrauisch, als hätte er Angst, dass das alles ein grausamer Witz sein könnte. Hatte Drake sich in letzter Sekunde anders entschieden und würde ihn doch töten? Trotzdem stieg er schließlich aus und baute sich vor Drake zu seiner bescheidenen Größe auf.

Drake griff in die Tasche, holte ein Geldbündel heraus und zählte Rupien im Wert von etwa hundert Dollar ab. Yasins Augen leuchteten, als er das Geld sah. Es musste ein kleines Vermögen für ihn sein.

Drake hielt ihm das kleine Bündel Geldscheine hin. »Nimm das. Es ist nicht viel, aber du solltest dir davon eine Weile etwas zu essen und eine Unterkunft leisten können.«

Im selben Moment schlugen das Staunen und die Gier des Jungen in Argwohn und fast schon in Feindseligkeit um. Zweifellos war es ihm nicht fremd, dass ältere Männer obdachlosen Jungen Geld für ganz besondere Dienste anboten.

»Warum gibst du mir das?«

»Entspann dich. Ich will nichts dafür.« Drake erriet seine Gedanken. »Nimm einfach das Geld und verschwinde.«

Der Junge runzelte die Stirn. »Das ist alles?«

»Das ist alles. Ich schlage vor, du hältst dich eine Weile von deinem alten Viertel fern. Jedenfalls so lange, wie du noch Geld hast.«

Drake wusste nur zu gut, wie so etwas lief. Er hatte selbst mit angesehen, wie brutal Kinder sein konnten, wenn sie überleben mussten. Yasin gehörte zu der Nahrungskette in seinem alten Viertel. Er war dort bekannt, und wenn einer seiner Rivalen von der Straße auch nur witterte, dass er Geld hatte, würden sie ihn in Stücke reißen, um es zu bekommen. Bis sie es selbst wieder an einen größeren, härteren und rücksichtsloseren Jungen verloren. Geld kletterte die Leiter empor, so funktionierte es schon immer.

»Und außerdem wüsste ich es zu schätzen, wenn du niemandem gegenüber etwas von uns erwähnst«, fuhr Drake fort. »Wir wollen kein Aufsehen erregen, und ich nehme an, dass du das auch nicht willst.«

Irgendwie glaubte er nicht, dass dieses Kind sie bei der Polizei verpfiff. Hätte Yasin das getan, hätte er auch zwangsläufig das Geld abgeben müssen, das Drake ihm gegeben hatte. Aber es konnte nicht schaden, diesen Punkt zu betonen.

Yasin wirkte unentschlossen. Einerseits hätte er gern nach dem Geld gegriffen, das ihn einige Wochen ernähren würde, wenn er es gut einteilte, aber er konnte nur schwer sein Misstrauen überwinden, das ihn so lange am Leben erhalten hatte.

»Du hast meine Frage nicht beantwortet. Warum hilfst du mir? Ich habe dich bestohlen. Ich habe einen deiner Freunde verletzt.«

Drake zuckte mit den Schultern und blickte dann kurz zu Frost hinüber, die gerade von einer kleinen Wiese hinter dem Parkplatz zurückkehrte. »Eine Freundin von mir ... Sie glaubt an eine zweite Chance. Vielleicht hat das ein bisschen auf mich abgefärbt. Also nimm das Geld, bevor ich meine Meinung ändere.«

Yasin riss Drake das Geld aus der Hand und sprang dann hastig einen Schritt zurück, als erwartete er, dass Drake ihn hereinlegen wollte und ihn jetzt bestrafen würde. Als klar war, dass der Mann ihm nichts tun wollte, schien er sich zu entspannen, und sein Misstrauen legte sich ein wenig.

»Es ist ein langer Marsch zurück in die Stadt.« Drake deutete mit einem Nicken auf die Straße. »Du solltest lieber losgehen, wenn du vor Einbruch der Nacht dort sein willst.«

»Nimm mich mit«, sagte Yasin. Er spie die Worte so schnell hervor, dass es fast wie ein einziges Wort klang.

»Wie bitte?«

»Nimm mich mit. Ich kann kämpfen. Ich kann euch helfen.«

Drake hätte über dieses Angebot gelacht, wenn er nicht den ernsten, fast verzweifelten Blick in den Augen des Jungen gesehen hätte. Er meinte es wirklich ernst, was eine Antwort noch schwieriger machte.

Drake machte sich keine Illusionen, was passieren würde, wenn das Geld aufgebraucht war. Es würde Yasins Leben eine Weile erträglicher machen, aber es konnte sein Leben nicht vollkommen ändern. Drake spürte, was die Zukunft für ihn bereithielt, für ihn und die zahllosen anderen Kinder in Städten wie Rawalpindi – absolut gar nichts.

Zweifellos spürte Yasin das ebenfalls und sah Drake und die anderen vielleicht als einen Ausweg, als ein Fenster zu einer anderen Welt. Eine gefährliche und unsichere Welt, das schon, aber alles war im Vergleich zu dem Elend und der entsetzlichen Armut seiner eigenen Existenz eine Verbesserung.

»Glaub mir, dorthin, wo wir hingehen, willst du nicht mitkommen«, sagte Drake. »Du bist besser hier dran.«

»Hier werde ich sterben.« In seiner Stimme schwang weder Ärger noch Furcht oder Hoffnung mit. Nur die traurige Akzeptanz von etwas, was er mit vollkommener Gewissheit wusste.

Drake fühlte sich mies, weil er Yasin verscheuchen musste. Aber so, wie die Dinge standen, konnte er selbst von Glück sagen, wenn sein Team und er diese Sache lebend überstanden. Auch ohne dass sie unterwegs alle Waisen und Streuner aufgabelten. Er konnte diesem Jungen weder Schutz noch ein neues Leben bieten, und wenn er nur so tat, war das noch schlimmer als die Alternative.

Es war besser, ehrlich zu ihm zu sein, als eine falsche Hoffnung zu erzeugen.

»Daran kann ich nichts ändern, Junge. Aber wenn es dich tröstet, ich hoffe, dass du es schaffst.« Er deutete auf die Straße. »Geh weiter. Geh los und halte dich in Zukunft von Lagerhäusern fern. Beim nächsten Mal sind die Leute vielleicht nicht so nachsichtig wie wir.«

Yasin zögerte, drehte sich um und setzte sich in Bewegung. Zuerst langsam, dann schneller, als sein natürliches Misstrauen wieder einsetzte. Er drehte sich noch einmal um, eine dürre und verlorene Gestalt in schlecht sitzender Kleidung, und dann war er verschwunden.

Drake atmete aus, unterdrückte sein schlechtes Gewissen und zwang sich, an das zu denken, was vor ihm lag. Er verschloss den Lastwagen und schlug die Türen etwas härter als nötig zu. Dann ging er zu den anderen, die sich vor dem Geländer am Rand des Parkplatzes versammelt hatten.

»He, Ryan! Komm mal her und sieh dir das an!«, rief Mason ihm zu.

Drake wusste, dass sie nur wenig Zeit für Sightseeing hatten, aber er ging trotzdem zu ihnen. Als er den Beobachtungspunkt erreicht hatte und sah, was sie sahen, blieb er unvermittelt stehen und betrachtete ehrfürchtig den Anblick, der sich ihm bot.

Ganz Islamabad schien sich unter ihnen zu erstrecken. Stahl und Glas der neuen Wolkenkratzer schimmerten im Abendlicht, und die winzigen Scheinwerfer von Tausenden von Fahrzeugen bildeten ein dünnes Band aus Licht, wie Blut, das durch die Arterien der Stadt pumpte. Der Himmel über ihnen schien in Orange-, Gold- und tiefen Rottönen zu glühen.

Es war ein atemberaubender und Ehrfurcht einflößender Anblick, und ein paar Sekunden lang sagte keiner von ihnen auch nur ein Wort. Es genügte völlig, hier zu stehen und diesen Anblick zu teilen.

Drake spürte, wie jemand seine Hand ergriff, und sah sich um. Es war Samantha. Er drückte ihre Hand und hätte sie gern an sich gezogen. Er sah ein schwaches Lächeln auf ihrem Gesicht, eine stumme Antwort auf sein Gefühl.

»Verschwende nie die Zeit damit, etwas Wichtiges zu tun, wenn du einfach dasitzen und einen Sonnenuntergang betrachten kannst«, brach Mason das Schweigen. Er lächelte, aber in seinen Augen lag ein sehnsüchtiger, nachdenklicher Ausdruck. »Das hat mein Vater immer gesagt, als ich noch ein Kind war. Ich habe es bis jetzt nie kapiert.«

»Ich glaube, dein alter Herr hatte da nicht ganz unrecht«, stimmte McKnight ihm zu.

»Keine Einsprüche von meiner Seite«, setzte Frost hinzu. Sie wirkte unnatürlich ruhig und nachdenklich.

Anya sagte gar nichts. Aber Drake erkannte an ihrer Miene, dass Masons Worte auch in ihr eine Saite angeschlagen hatten.

Es war ein besonderer Moment, das war ihm in diesem Augenblick klar. Ein Augenblick, der ihm für den Rest seines Lebens bleiben würde, ganz gleich, wie lange das noch dauern mochte. Der letzte Sonnenuntergang, der letzte Moment der Ruhe vor dem Sturm, bevor sie in die Schlacht gegen einen der gefährlichsten Feinde zogen, dem sie sich je gestellt hatten. Es war die letzte Chance zu sagen, was er sagen musste.

»Ich will nicht so tun, als wüsste ich, wie die Sache heute Nacht ausgeht«, begann Drake. »Aber ich weiß, was es uns gekostet hat, bis hierher zu kommen, wie weit wir dafür gehen mussten. Jeder von uns. Ich weiß auch, wie viel wir unterwegs zurücklassen mussten. Also gut, wir werden nichts mehr verlieren und auch niemanden mehr zurücklassen. Ich habe euch am Anfang erzählt, dass Operation Downfall nicht irgendeine weitere Mission ist, sondern für uns alle das Ende der Fahnenstange. Machen wir das richtig, dann ist es vorbei. Und zwar endgültig. Heute Nacht werden wir allem ein Ende bereiten.«

Er spürte, wie Samantha seine Hand fester packte, spürte ihre Nähe. Und mehr noch, er fühlte den Rest der Gruppe um sich herum, ihre beruhigende Präsenz. Fünf unterschiedliche Leute mit fünf vollkommen unterschiedlichen Leben, die sich für einen einzigen Zweck zusammengeschlossen hatten.

Sie waren bereit, in den Krieg zu ziehen.

49

Vizur Qalat saß wieder auf dem Rücksitz seines luxuriösen Mercedes SUV und beobachtete, wie die großartigen Gebäude an der Jinnah Avenue an den abgedunkelten kugelsicheren Fenstern vorbeiglitten. Mittlerweile war es Nacht geworden, und der Verkehr in den Hauptstraßen der Stadt ließ allmählich nach, nachdem die Rushhour vorbei war.

Der Ort für das Treffen lag weit im westlichen Wohnbereich der Stadt. Es war ein Viertel, in dem vor allem Ärzte, Anwälte, erfolgreiche Regierungsminister lebten oder einfach jene, die es gut verstanden, etwas von dem Rahm abzuschöpfen, ohne sich erwischen zu lassen. Dort würde er endlich seinen früheren CIA-Kontaktmann treffen.

Marcus Cain – es war ein Mann, mit dem er seit über zwanzig Jahren nicht mehr persönlich gesprochen hatte. Er dachte darüber nach, wie sich ihrer beider Leben in dieser Zeit verändert hatten. Sie waren beide in ihren jeweiligen Organisationen aufgestiegen, auf fairen Wegen und auch anderen, und beide hatten sich als würdige Widersacher erwiesen. Und jetzt trafen sie sich. Jeder brachte etwas mit, das der andere wollte, um erneut in den Ring zu steigen.

»Wie lange noch?«, fragte er Baloch, seinen Fahrer.

Seine beiden Bodyguards waren ebenfalls hier, und drei weitere folgten ihm in einem zweiten Wagen in etwa vierzig Meter Abstand. Er bezweifelte zwar, dass Cain sich so viel Mühe machen würde, um einen Anschlag zu verüben, aber das hieß nicht, dass er ohne entsprechende Vorbereitung zu diesem Treffen kommen wollte.

»Noch fünf Minuten, Sir«, gab der große massige Mann über die Schulter zurück. Sein ohnehin muskulöser Körper wirkte in der schusssicheren Weste, die er unter seinem Anzug trug, noch massiger.

Qalat nickte und lehnte sich auf seinem Sitz zurück. Dann blickte er nach Norden und sah die vier großen Minaretttürme der Faisal-Moschee in den Nachthimmel ragen. Sie wurden von starkem Flutlicht angestrahlt. Es war ein moderner Entwurf, der an Islamabads Verschmelzung von Vergangenheit und Zukunft erinnern sollte, von Tradition und Fortschritt. Nach Qalats Meinung war es einfach nur ein dekadentes und hässliches Stück Architektur.

Wäre er ein gläubiger Moslem gewesen, hätte er wahrscheinlich ein Gebet gesprochen, als er daran vorbeifuhr, und um Allahs Hilfe für diese Nacht gebetet. Aber er brauchte solche spirituellen Aufmunterungen nicht. Ein echter Mann schmiedete sein Schicksal mit Mut, Willenskraft und Intelligenz. Davon hatte er genug, sonst hätte er es kaum so weit geschafft, und er hatte nicht vor, ausgerechnet jetzt zu versagen.

Er war bereit für Marcus Cain.

»Das ist es. Halt an.« Drake deutete auf eine schmale Seitenstraße, die von der Hauptstraße abging. Das Sichere Haus war nicht weit von diesem Ort entfernt, und es wurde Zeit auszusteigen.

Samantha bog von der Hauptstraße ab, lenkte den Range Rover in die Gasse und hielt an. Sie ließ den Motor laufen, damit sie weiterfahren konnte, sobald das Kommandoteam draußen war.

Drake schloss die Augen, um sich zu sammeln, nickte

und griff nach dem Türhebel. »Wir sind da. Bringt euch in Position und haltet Funkkontakt. Wir melden uns, sobald wir unsere Position erreicht haben.«

Frost drehte sich auf ihrem Sitz herum und sah ihn an. Zweifellos wünschte sie sich sehnlichst, sie zu begleiten. Aber sie hatte in dieser Nacht andere Aufgaben zu erledigen. »Tretet ihnen mächtig in den Arsch, habt ihr gehört?«

Mason grinste sie an. »Etwas anderes kommt gar nicht infrage.«

Mason und Anya waren ausgestiegen und gingen um das Fahrzeug herum, um die Waffen, die taktische Ausrüstung und die Gewehre mit den Mauerhaken aus dem Kofferraum zu holen. Sie verstauten alles in schweren Segeltuchtaschen, die sie auf das Dach tragen mussten. Zweifellos hätte der Anblick von drei Leuten, die eine so verdächtige Ladung herumschleppten, Verdacht erregt, hätte man sie am helllichten Tag gesehen. Glücklicherweise jedoch würde die Dunkelheit sie einigermaßen schützen.

Drake wollte ebenfalls aussteigen, als Samantha sich herumdrehte. »Ryan?«

»Ja?« Sie hielt ihm die Hand hin. Er bemerkte an ihrem Blick, dass sie noch einiges sagen wollte, aber sie wussten beide, dass das jetzt nicht möglich war. Sie hatten keine Zeit mehr. Stattdessen packte Drake ihre Hand und drückte sie. Sie erwiderte den Händedruck, kräftig, sodass ihre Knöchel sich weiß unter ihrer Haut abhoben, als wollte sie nicht mehr loslassen.

»Wir sind bald wieder zurück«, versprach er ihr. »Halte uns die Plätze frei.«

Sie lächelte, aber es war kein unbeschwertes Lächeln. Es war ein trauriges, bittersüßes Lächeln voller Bedauern. »Komm bald wieder, sonst trete ich dir höchstpersönlich in den Hintern.«

»Ryan, wir müssen los.« Anya steckte den Kopf in die Tür. Sie hatte eine schwere Tasche über der Schulter. Er bemerkte, dass ihr Blick kurz zu Samantha zuckte, und fragte sich unwillkürlich, welche Geheimnisse die beiden Frauen wohl teilen mochten.

Aber jetzt war nicht der richtige Zeitpunkt für so etwas. Drake ließ Samanthas Hand los, trat auf den Bürgersteig und schlug die Tür hinter sich zu. Dann klopfte er mit der Hand auf das Dach, um ihr zu zeigen, dass sie losfahren konnte.

Samantha verschwendete keine Zeit. Sie fuhr rückwärts auf die Hauptstraße zurück und brauste davon. Nach wenigen Momenten hatte sich der Rover in den Verkehr eingefädelt, und die drei Agenten standen allein da.

Drakes Blick richtete sich auf den Wohnblock nicht weit von ihnen entfernt. Sie waren zwar an Ort und Stelle, mussten aber immer noch das Dach erreichen.

»Gehen wir«, sagte er leise und schulterte die Tasche.

Auf einem Industriegelände am südlichen Rand von Rawalpindi sprang der Nachtwächter vor Schreck hoch, als etliche schwarze SUVs durch das Haupttor brausten. Sie rasten mit Höchstgeschwindigkeit in das Labyrinth aus Lagerhäusern und Fabriken.

Vor einem Lagerhaus kam der kleine Konvoi quietschend zum Stehen. Es war ein kleines, verfallenes und verrostetes Gebäude, das aussah, als würde es nur noch durch bloße Sturheit zusammengehalten. Kaum waren die SUVs zum Stehen gekommen, sprangen schwarz gekleidete Agenten heraus und näherten sich dem Lagerhaus von allen Seiten. Ihre Maschinenpistolen hatten sie an der Schulter angesetzt.

Befehle und Updates wurden über Funk weitergegeben,

als sie an Schlüsselstellen Position bezogen, bereit, das Lagerhaus zu stürmen, sobald das Kommando erfolgte.

Zehn Meilen entfernt im benachbarten Islamabad saß Gondal in der Zwischenzeit in einem der vielen Einsatzräume des ISI und beobachtete die zitternden grünlichen Bilder, die von einigen Helmkameras der Agenten übertragen wurden.

»Der Einsatzleiter meldet, dass sie alle in Position sind«, sagte Mahsud. Er drückte das Telefon an seine breite Brust. »Sie warten nur noch auf den Befehl.«

Gondal atmete aus. »Los.«

Im selben Moment bewegten sich die grünlichen Bilder, man hörte den gedämpften Knall von Schüssen, die die Schlösser des Lagerhauses sprengten, und plötzlich sah er auf dem Bildschirm das Innere des ihm vertrauten Lagerhauses. Diesmal jedoch gab es keinen Range Rover dort, keinen heruntergekommenen alten russischen Lastwagen, und vor allem kein Anzeichen von den Mietern dieses Gebäudes.

Gondal ballte die Fäuste und lehnte sich auf seinem Sitz zurück, während das Einsatzteam seine Pflicht tat und die kleinen Bürofluchten und Lagerräume am hinteren Ende des Lagerhauses durchsuchte. Er wusste bereits, dass sie nichts finden würden.

»Robert Douglas« und seine Kumpane waren ihm entkommen.

Er warf einen Blick zu Mahsud, dessen grimmige und unglückliche Miene die seine spiegelte. »Gib eine stadtweite Suche nach beiden Fahrzeugen heraus, und fang an, die Profilbilder weiterzugeben, die ich habe anfertigen lassen. Ich will, dass sie gefunden werden!«

Wer auch immer diese Leute waren und was sie in Pakistan wollten, sie hatten zwei seiner Außenagenten ermordet.

Er würde dafür sorgen, dass sie für ihre Verbrechen zur Rechenschaft gezogen wurden.

Als Drake in dem Wohnblock oben an der Tür zum Dach angekommen war, von wo aus er das Sichere Haus beobachten konnte, öffnete er die Tür einen Zentimeter und kniete sich davor. Er tastete den Rahmen nach dem kleinen Marker ab, den er zurückgelassen hatte – ein zerbrochenes Streichholz. Es lag noch da, wo es gewesen war.

Er umklammerte die Browning mit dem Schalldämpfer und öffnete die Tür noch ein Stück. Dann trat er auf das Dach hinaus und sah sich um. Mason war direkt hinter ihm, eine Pistole in der einen und die schwere Segeltuchtasche in der anderen Hand. Anya bildete die Nachhut, ähnlich bewaffnet und beladen.

»Alles klar«, zischte Drake. Er ließ die Waffe sinken und schloss behutsam die Tür.

Anya machte sich sofort an die Arbeit. Sie ließ die Segeltuchtasche zu Boden sinken, kniete sich hin und öffnete sie. Dann zog sie das zerlegte Scharfschützengewehr heraus, das sie mitgebracht hatte. Sie arbeitete ruhig und effizient und setzte die Waffe schnell und geschickt zusammen. Nach wenigen Sekunden rastete der Lauf ein.

Mason beschäftigte sich damit, seine eigene Tasche auszupacken. Vorsichtig nahm er die beiden MP7 Maschinenpistolen heraus, gefolgt von acht Magazinen mit je vierzig Schuss, vier pro Waffe. Sie hätten vielleicht noch mehr mitnehmen können, aber die beiden Männer waren sich einig gewesen, dass sie damit wenig gewannen. Wenn es eine Situation gab, aus der sie dreihundertzwanzig Schuss Munition aus automatischen Gewehren nicht befreien konnte, waren sie ohnehin tot.

Während seine beiden Kameraden ihre Aufgaben erfüllten, ging Drake hastig zu der Brüstung des Gebäudes. Er duckte sich, damit er von unten nicht gesehen wurde.

Dann richtete er sich gerade so weit auf, dass er über den Rand blicken konnte, setzte einen Feldstecher an die Augen und richtete ihn auf das Sichere Haus. Wie er erwartet hatte, war das Licht innen angeschaltet, und die Jalousien waren heruntergelassen. Es gab keine Anzeichen von öffentlichen Aktivitäten auf der Dachterrasse oder im Hof darunter. Das bedeutete, alle Agenten, die vor Ort waren, mussten sich im Inneren des Gebäudes befinden.

Drake hörte das Knirschen von Stiefeln auf dem Kies. Er drehte sich herum, als Anya sich neben ihn schob, das Scharfschützengewehr in den Armen. Sie legte die schwere Waffe hin, stemmte sich hoch und betrachtete ihr Ziel.

»Sieht alles ruhig aus«, bemerkte sie.

Das war keine Überraschung. Wäre das Gebäude von bewaffneten Wachen im Hof oder auf dem Dach kontrolliert worden, hätte das die Aufmerksamkeit der Polizei, der örtlichen Sicherheitspatrouillen oder sogar neugieriger Nachbarn erregt. Und all das wollte Cain zweifellos tunlichst vermeiden.

»Das werden wir bald ändern«, versicherte ihr Drake und griff nach seinem Funkgerät. »Alpha Eins an Bravo Eins. Wir sind am Sammelpunkt. Wie lautet dein Lagebericht?«

»Bravo Eins ist in Position. Kommunikationspaket ist grün. Bin bereit loszulegen.«

»Verstanden. Warte auf meinen Befehl.« Drake schaltete sein Funkgerät aus und kroch zu der Stelle, wo Mason ihre Waffen und die weitere Ausrüstung ausgepackt hatte.

»Alles in Ordnung?«, fragte der Spezialist leise.

»Bis jetzt wenigstens.« Drake öffnete den Reißverschluss seiner Jacke, darunter kam ein dunkles T-Shirt zum Vorschein. Dann nahm er die schusssichere Weste, die Mason auf den Boden gelegt hatte, und zog sie sich über den Kopf. Er befestigte die Clips und zog die Riemen straff, bis die Weste fest saß.

Die Reservemagazine verschwanden in einigen Taschen, die an der rechten Seite der Weste befestigt waren. Da Drake Rechtshänder war und folglich mit der linken Hand nachlud, wäre jede andere Stelle höchst unpassend und unpraktisch gewesen. Mason dagegen war Linkshänder, und entsprechend saßen die Magazine bei ihm auf der linken Seite.

Die Blend- und Rauchgranaten verschwanden in Netztaschen vor seiner Brust. Hollywood zeigte vielleicht Soldaten mit einer Ausrüstung, von der die Granaten herunterbaumelten, aber so etwas hatte Drake in der Realität noch nie gesehen. Es sei denn, der fragliche Soldat hätte einen tiefen Groll gegen seinen eigenen Körper gehegt.

Als Letztes kamen die Sprengladungen. Sowohl Drake als auch Mason hatten eine Sprengstoffladung dabei, in einer speziellen Tasche, die sie um einen Schenkel gebunden hatten. Diese Ladungen konnten so ziemlich alles aufsprengen, von einer verstärkten Stahltür bis zu den Angeln eines Banktresors. Sie konnten im Notfall per Fernbedienung gezündet werden, aber so etwas erforderte Zeit, und Drake war es lieber, die ganze Sache einfach zu halten. Außerdem hatte Samantha den einfachen Zünder einer Handgranate so modifiziert, dass er eine Zeitverzögerung von fünf Sekunden hatte.

Mason hatte die beiden Plumett-Hakengewehre ebenfalls zusammengesetzt. Er packte die beiden klobigen Waffen an ihren Handgriffen und trug sie zum anderen Ende des Dachs. Dort legte er sie neben Anya. Wenn der Moment gekommen war, würden sie von dort aus ihre Haken verschießen.

»Beide Gewehre sind geladen und scharf«, sagte Mason, als er zurückkehrte.

Drake nickte bestätigend.

Jetzt zögerte Mason. »Du weißt, dass wir weder Ersatzhaken noch -leine haben.«

»Weiß ich.«

»Wenn wir vorbeischießen …«

Drake warf ihm einen scharfen Blick zu. »Das werden wir nicht.«

Die Plumetts hatten eine ziemlich primitive Zielvorrichtung, die es erlaubte, bis auf hundert Meter Entfernung das Ziel zu fixieren, aber sie waren selbst im besten Fall keine Präzisionswaffen. Der schwere Stahlhaken mit den daran befestigten Kabeln war etwa so aerodynamisch wie ein Ziegelstein, der von einem Katapult geschleudert wurde. Das zwang die beiden Männer, sich auf ihre jahrelange Erfahrung und Ausbildung an diesen Waffen zu verlassen, und auf eine große Portion Glück.

Drakes bestes Szenario sah vor, dass beide Haken im Ziel landeten und den beiden Männern erlaubten, gleichzeitig über die Leinen zu gleiten, um so den größtmöglichen Überraschungseffekt zu erzielen. Sollte das schiefgehen, wusste er, dass eine dieser extrem haltbaren Leinen sie beide gerade eben tragen konnte. Deshalb waren sie mit leichteren Schutzwesten und kleinen kompakten Waffen ausgestattet, weil das ihr gemeinsames Gewicht senkte.

Natürlich bestand immer die Chance, dass beide Haken versagen würden, und in dem Fall war der Angriff vorbei, bevor er überhaupt begonnen hatte. Drake wollte darüber lieber nicht nachdenken.

»Ich weiß, Ryan.« Mason betrachtete seinen Freund ein paar Sekunden, bevor er sich wieder um seine Vorbereitung kümmerte. Nachdem seine Schutzweste fixiert war und er seine Ersatzmunition verstaut hatte, zog er zwei Bergsteigerhandschuhe an, die seine Hände bei ihrem schnellen Abstieg am Seil schützen würden. Er krümmte probehalber die Finger, um sich an das Gefühl zu gewöhnen.

Drake betrachtete ihn. Mason war ein sehr großer Mann. Sein Körper war gestählt und muskulös durch seine aktive Karriere und durch sein regelmäßiges Training mit Gewichten. Ein Abstieg über dieses hohe Geschwindigkeitsseil hätte für einen Mann mit einer derartigen Kraft im Oberkörper ein Kinderspiel sein sollen, aber Mason litt immer noch unter einer alten Schussverletzung in der Schulter. Die Operation und auch die Rehamaßnahmen hatten das ihre getan, aber die Wunde bereitete ihm immer noch Probleme. Drake ahnte, was dem Mann durch den Kopf ging.

»He.« Er tippte ihm mit einem behandschuhten Finger auf den Arm. »Du schaffst das. Der Abstieg ist der einfache Teil.«

Mason nickte langsam und biss sich auf die Lippe.

»Versuch einfach nur, mit deinem fetten Arsch nicht in irgendjemandes Blumenbeet zu landen, okay?«

Jetzt endlich bekam er eine Reaktion. »Wenn das hier vorbei ist, dann erinnere mich daran, dass ich dich irgendwann mal in einen Boxring schleife«, antwortete Mason, dessen Augen stolz und trotzig aufblitzten. »Dann werden wir herausfinden, wer nicht mehr in Form ist.«

Drake grinste. Wenn alles andere scheiterte, half es normalerweise, wenn man jemandem richtig auf die Füße trat. Das hatte beim Militär funktioniert, und es funktionierte auch jetzt.

Er wollte gerade auf die Erwiderung seines Freundes eingehen, als etwas auf seiner Wange landete. Er hob die Hand und legte einen Finger darauf. Als er ihn betrachtete, schimmerte das Leder des Handschuhs feucht.

Dem ersten Regentropfen folgte ein weiterer und dann noch einer. Drake hörte sie auf das kiesbedeckte Dach fallen. Und im nächsten Moment öffneten sich plötzlich die himmlischen Schleusen, als hätte jemand am Rad gedreht. Die beiden Männer hockten im Freien und konnten nicht mehr tun als zusehen, wie das Tröpfeln sich in einen alles durchnässenden Wolkenbruch verwandelte.

Pakistan und Afghanistan mochten im Bewusstsein der Öffentlichkeit als bergige Wüstenlandschaften gelten, die in glühend heißen Sommern gebacken wurden und in bitterkalten Wintern erstarrten. Aber Islamabad hatte ein tropisch-kontinentales Klima. Und tropisches Wetter bedeutete Monsune. Wie es schien, hatten sich die dunklen Regenwolken, die sich den ganzen Tag gesammelt hatten, genau diesen Moment ausgesucht, um ihre Ladung auf Drake und seine Gefährten abzulassen.

»Ich nehme das als gutes Omen«, erklärte Mason und versuchte, sich vor dem Regen zu schützen. Ihre Kleidung war bereits vollkommen durchnässt. »Es fühlt sich fast an, als würde eine Möwe auf deinen Kopf scheißen.«

Im selben Moment knisterte es in Drakes Ohrhörer. »Vielleicht wollt ihr euch eure Ponchos überwerfen, Alpha Team«, sagte Frost, die in dem vollkommen trockenen Range Rover hockte. Er hörte sogar über das Funkgerät, wie die Wassertropfen auf das Dach prasselten. »Sieht fast aus, als würde es regnen.«

»Im Ernst, Bravo«, erwiderte Drake bissig. »Ist uns kaum aufgefallen.«

Das Positive war, dass sich bei diesem Wetter weniger Menschen auf die Straßen trauten, es weniger Aktivitäten gab und die Chance, entdeckt zu werden, geringer war. Und der Lärm des Regens selbst lieferte vielleicht auch nützliche Hintergrundgeräusche, die halfen, ihren Angriff zu tarnen.

Auf der anderen Seite bedeutete es, dass sie hier im Dunkeln hocken mussten und bis auf die Haut nass wurden, während sie darauf warteten, dass ihre Ziele eintrafen. Das war nicht gerade amüsant.

»Das ist alles andere als gut für unsere Funkgeräte«, erklärte Mason.

»Versuch, sie so gut abzuschirmen wie möglich.« Ihre Funkgeräte waren zwar so konstruiert, dass sie allen möglichen Wetterbedingungen trotzten, aber kein elektronisches Gerät war vollkommen immun gegen Feuchtigkeit. Und sie hatten keine Reservegeräte dabei. Wenn ein Funkgerät ausfiel, war diese Person praktisch taubstumm.

»Achtung!«, meldete sich Anya über Funk, um sicherzustellen, dass sie die Aufmerksamkeit von allen hatte. »Ein Fahrzeug nähert sich dem Sicheren Haus. Ein SUV, schwarz. Neues Mercedes-Modell.«

Drake war sofort an der Mauer und richtete seinen Feldstecher auf das Zielgebäude. Richtig. Ein Fahrzeug, auf das Anyas Beschreibung passte, war vor dem automatischen Sicherheitstor zum Stehen gekommen. Er sah, wie ein Fenster heruntergelassen wurde und der Fahrer sich herauslehnte, um in die Gegensprechanlage am Tor zu sprechen. Dabei hob er den Arm über den Kopf, um sich vor dem Regen zu schützen.

Ein paar Minuten später öffneten sich die Tore, als die elektronischen Motoren sie auf ihren Schienen zurückzogen.

Drake warf Anya einen aufgeregten Blick zu und aktivierte sein Funkgerät. »Alle Einheiten, Achtung. Ein Fahrzeug fährt auf das Gelände. Das könnte die Zielperson sein.«

50

Als sein Fahrzeug vor dem Haupteingang der großen, prachtvollen Residenz hielt, war Vizur Qalat unwillkürlich beeindruckt. Und zugegebenermaßen etwas neidisch. Eines musste man Marcus Cain lassen, der Mann hatte Stil.

Der Ort, den er für ihr Treffen ausgesucht hatte, war eine luxuriöse zweistöckige Privatvilla. Sie lag auf einem von einer Mauer umgebenen und nur durch ein Tor zugänglichen Gelände, das zweifellos von allen Seiten und in jedem Winkel durch Kameras und Bewegungsmelder gesichert war. Das Gebäude selbst war für seinen Geschmack etwas zu modern. Eckige, klare Kanten, grauer Beton und große Panoramafenster. Aber die Ausstrahlung und die Dominanz des Hauses gefielen ihm.

Besonders beeindruckend war es deshalb, weil dieses Sichere Haus jetzt kompromittiert war. Er wusste von seiner Existenz und Lage, was es nach dieser Nacht nutzlos machte. Es war ein nachdrückliches Statement für das, was Cain aufgeben konnte, nur um ein einfaches Treffen anzuberaumen. Diese Tatsache entging Qalat nicht.

Sein Fahrer trotzte dem Wolkenbruch und ging um den Wagen herum, um ihm die Tür zu öffnen. Er hatte keinen Schirm dabei, und sein Anzug schimmerte bereits feucht.

Qalat holte tief Luft, stieg aus und ging direkt zum Haupteingang des Gebäudes. Zügig, aber durchaus gemessen, trotz des Regens. Und er sah sich auch nicht um, als seine beiden Leibwächter sich beeilten, ihn zu flankieren.

Wie er erwartet hatte, öffnete sich die Tür in dem Moment, in dem er davorstand. Ein großer, kräftiger Mann Mitte dreißig erwartete ihn und lächelte einladend. Er trug einen teuren Anzug, aber sein kurzer praktischer Haarschnitt und sein Alter sowie sein Körperbau ließen vermuten, dass er zum Militär gehörte.

Qalat spürte fast, wie seine beiden Beschützer sich anspannten, als sie näher kamen.

»Mister Qalat. Bitte, kommen Sie herein.« Der Mann trat zur Seite, sodass Qalat und seine Bewacher an ihm vorbeigehen konnten. »Mein Name ist Wilkins.«

Qalat achtete kaum auf ihn, sondern konzentrierte sich darauf, seine Umgebung einzuschätzen. Angesichts ihrer Situation war es vollkommen klar, dass der Name dieses Mannes nicht Wilkins war und dass er einfach nur einer von Cains Lakaien sein dürfte.

Und auch das Innere des Gebäudes bestätigte seine Erwartungen. Es konnte ohne Weiteres mit dem Äußeren mithalten. Es gab viel modernen Beton und Stahl und in einem kleinen Sitzbereich etwas weiter hinten in der Eingangshalle einige wenige Möbel. Der Boden bestand aus glänzenden Marmorfliesen, deren Ränder fugenlos aneinanderstießen. Er vermutete, dass man mit den Fingern über die Verbindungen streichen konnte, ohne sie zu fühlen.

»Es tut mir leid, dass wir heute Abend so schlechtes Wetter haben«, fuhr der Amerikaner fort. »Am Ende der Eingangshalle befinden sich Waschräume, falls Sie sie aufsuchen möchten.«

Qalat fuhr mit der Hand durch sein Haar. Es war zwar feucht, aber er hatte sich nicht lange im Regen aufgehalten, und es schien noch korrekt zu sitzen. Sein Anzugjackett hatte zwar ein paar Tropfen abbekommen, aber es war nicht nass genug, um es wechseln zu müssen.

Bei seinen beiden Leibwächtern war das allerdings etwas anders, nur interessierte ihn das nicht. Sie wurden gut genug bezahlt und konnten dafür schon etwas Feuchtigkeit aushalten.

»Das dürfte nicht nötig sein«, versicherte er dem jüngeren Mann.

Wilkins nickte. »Ausgezeichnet. Dann möchte ich Sie bitten, alle Handys sowie sämtliche Aufnahmegeräte, die Sie möglicherweise bei sich haben, auszuschalten und die Akkus herauszunehmen.«

Einer von Qalats Leibwächtern wollte widersprechen, aber Qalat brachte ihn mit einer Handbewegung zum Schweigen. »Selbstverständlich!«, presste er hervor. »Das machen wir gern.«

Es war bei einem solchen Treffen eine Standardvorsichtsmaßnahme. In Cains Lage hätte Qalat dasselbe getan. Nachdem er den Akku aus seinem Handy genommen, ihn Wilkins ausgehändigt und sich überzeugt hatte, dass seine beiden Agenten seinem Beispiel gefolgt waren, richtete er sich auf und betrachtete den jüngeren Mann ungeduldig.

»Sie haben jetzt, was Sie wollten, Mister Wilkins. Also, ich bin ein sehr beschäftigter Mann. Ich würde jetzt gern mit Mister Cain sprechen.«

Er registrierte ein Flackern in Wilkins Augen. Weder Spott noch Belustigung, nur eine Andeutung – er wusste, dass Qalat bluffte. Denn selbstverständlich war das hier keine unbedeutende Unbequemlichkeit, mit der man in seinem Beruf immer rechnen musste. Es war vielleicht das wichtigste Treffen seines Lebens, und das wussten sie beide.

»Selbstverständlich. Hier entlang, Mister Qalat.«

Als die kleine Gruppe aus dem Wagen ausstieg, das Gebäude betrat und sich die Tür hinter ihnen schloss, drehte sich

Drake zu Anya herum. Sie hatte durch das Zielfernrohr ihres Scharfschützengewehrs die Lage vermutlich erheblich besser erkannt als er selbst.

»Konntest du Cain identifizieren?« Die Frau schüttelte den Kopf. Eine Strähne ihres feuchten blonden Haares fiel ihr ins Gesicht. »Es war zu dunkel, um irgendjemanden zu erkennen.«

Das hatte er bereits vermutet. Zum Glück musste er von hier oben aus nicht alles beobachten.

»Alpha Eins an Bravo Eins«, sprach er in sein Funkgerät. »Mögliche Sichtung. Fahr es hoch.«

»Verstanden, Alpha. Bravo ist dran.«

Eine halbe Meile entfernt saß Keira Frost auf dem Beifahrersitz des Range Rovers, ohne auf das Prasseln des Regens auf dem Autodach zu achten, während sie sich ausschließlich auf den Laptop vor ihr konzentrierte.

»Komm schon, komm schon, sprich mit mir«, murmelte sie, während ihr tragbares Satelliten-Uplink versuchte, eine Verbindung mit dem Host-Sicherheitsprogramm herzustellen. »Mach hier jetzt nicht auf schüchtern.«

McKnight saß neben ihr und sah sich unruhig um. Auf dem Boden vor ihrem Sitz lag eine Automatik mit Schalldämpfer. Der schwere Regen hatte die positive Wirkung, dass nur wenige Fußgänger in der Gegend unterwegs waren, aber das konnte ihre Nerven nicht sonderlich beruhigen; sie war extrem angespannt, jetzt, so kurz vor ihrem Ziel. Und zu dieser Anspannung gesellte sich auch noch die Übelkeit, die einfach nicht nachlassen wollte und ihr Unbehagen verstärkte.

»Wie lange dauert das denn noch?«, fragte sie ungeduldig.

»Bleib cool, Sam. Ich bin dabei.«

»Das Leben von Ryan und Cole steht auf dem Spiel, Keira. Also sag mir nicht …«

»Ich sagte doch, ich bin dabei!«, fuhr Frost ihr in die Parade und warf ihr einen scharfen Blick zu. Bevor sie noch etwas sagen konnte, sah sie, wie auf dem Bildschirm ein neues Dialogfenster aufpoppte und sie benachrichtigte, dass eine Verbindung hergestellt war.

Frost schaltete ihr Kehlkopfmikro ein. »Bravo Eins, wir haben Verbindung. Ich gebe jetzt den Judas-Code ein.«

Das Dialogfenster flackerte ein paarmal, als ihr Computer versuchte, die Kontrolle über das Sicherheitssystem des Gebäudes zu übernehmen. In den codierten Schaltkreisen fand eine digitale Schlacht statt. Die beiden Frauen verfolgten in gespanntem Schweigen, wie sie enden würde.

Dann veränderte sich das Fenster plötzlich und wurde durch einige Videoübertragungen ersetzt, die unterschiedliche Blicke sowohl aus dem Inneren des Hauses als auch vom Äußeren zeigten. Es waren Liveaufnahmen der Sicherheitskameras, die in dem ganzen Haus verteilt waren.

»Ja! Wir sind drin!« Frost grinste vor Aufregung.

»Was hast du da?« McKnight beugte sich neugierig zu ihr.

»Kameras, Alarmsysteme, Torkontrolle. Ich hab alles.« Sie griff erneut an ihren Hals. »Bravo an alle Einheiten. Wir sind online.«

»Hast du Zyklon schon im Blick?«, fragte Drake sofort.

Zyklon war das Codewort für Cain. *Ein Sturm.* Nicht ganz unangemessen, wenn man das Chaos und die Vernichtung bedachte, die er im Laufe der Zeit verursacht hatte.

»Ich kümmere mich sofort darum.«

51

Nachdem Qalat in das Obergeschoss des Gebäudes geführt worden war, fand er zwei weitere Agenten am Eingang eines Raumes vor, wahrscheinlich eine Lounge oder ein Konferenzraum. Die Tür hinter ihnen war geschlossen, und die beiden Männer versperrten ihm den Weg in den Raum.

»Ich fürchte, ich muss Ihr Sicherheitspersonal bitten, hier zu warten«, sagte Wilkins. Er schaffte es, fast entschuldigend zu klingen.

Qalats Leibwächter hatten eine ganz andere Vorstellung und plusterten sich auf.

»Sie können nicht ohne Schutz dort hineingehen, Sir!«, flüsterte Baloch, der Chef seiner Leibwächter, auf Paschtu. »Niemand weiß, was …«

»Ich kann Ihnen versichern, dass es für Sie dort vollkommen sicher ist«, mischte sich Wilkins ein. Er sprach dieselbe Sprache fließend und akzentfrei. Die Überraschung, die er damit auslöste, schien ihn irgendwie zu befriedigen. »Solange Sie in diesem Gebäude sind, wird Ihnen kein Leid widerfahren. Deshalb sind wir hier.«

Qalat dachte kurz darüber nach. Es widersprach zwar seinen Instinkten, sich blind und wehrlos in eine solche Situation zu begeben, aber ihm war klar, dass Cain einfachere Mittel und Wege gefunden hätte, wenn er seinen Tod wollte. Wenn er jetzt kniff, war das zudem ein Eingeständnis großer Schwäche.

»Schon gut«, pfiff er schließlich Baloch zurück. Er warf

Wilkins einen gereizten Blick zu. »Schließlich sind wir hier unter Freunden«, setzte er hinzu.

Diesmal lächelte Wilkins, aber es lag keine Spur von Wärme darin.

»Danke, Sir. Würden Sie bitte Ihre Arme spreizen?«

Qalat leistete der Aufforderung Folge. Wilkins trat vor und klopfte ihn schnell und effektiv nach versteckten Waffen ab. Als er keine fand, trat er einen Schritt zurück und nickte den beiden Agenten zu, die die Tür bewachten. Sie traten synchron zur Seite und einer von ihnen öffnete die Tür. Dahinter lag ein großer offener Raum mit einer Sitzgruppe.

»Der stellvertretende Direktor Cain wartet auf Sie, Sir«, sagte er und bedeutete Qalat weiterzugehen. »Bitte, gehen Sie hinein.«

Qalat warf seinen beiden Männern einen vielsagenden Blick zu, straffte sich, hob das Kinn und ging weiter, um seinen alten Widersacher zu treffen.

Auf dem Dach, von dem aus man das Sichere Haus überwachen konnte, wurde die Atmosphäre immer angespannter, während die Sekunden verstrichen, ohne dass Frost sich meldete. Jeder Moment, den sie warten mussten, verstärkte die Chance, dass sie vielleicht entdeckt wurden oder den Zeitrahmen verpassten, in dem sie zuschlagen konnten.

»Wir sind hier draußen vollkommen ungeschützt, Ryan!« Mason zischte und konnte es kaum erwarten, endlich loszuschlagen. »Ich sage, wir gehen jetzt rein, solange wir noch können.«

»Nein«, entschied Drake. »Erst, wenn wir Cain eindeutig identifiziert haben.«

»Wir bekommen keine zweite solche Chance, Mason.«

Anya blickte von ihrer Waffe hoch und betrachtete die beiden Männer. »Sei geduldig.«

»Du hast leicht reden.«

Der Blick, den sie Mason daraufhin zuwarf, sprach von all den Jahren voller Lügen und Verrat, die sie wegen Cain hatte ertragen müssen. Er sprach von einem Leben, das sie aufgegeben hatte, von hoffnungslosen Aufträgen, kündete von all dem Leid und dem Schmerz, den sie ertragen hatte. Es war nur ein kurzer Blick und sagte doch alles.

»Das ist nicht leicht für mich«, erklärte sie.

Der geräumige Salon war wie der Rest des Hauses ultramodern eingerichtet. Die Wände bestanden aus nacktem Beton und offenen Stahlträgern. Die deckenhohen Fenster hätten zweifellos einen beeindruckenden Blick über die Stadt geboten, wären sie nicht vollkommen von Jalousien verschlossen gewesen, die das Innere vor neugierigen Blicken schützten. Der Boden bestand aus kostspieligem Hartholz, nicht aus Marmor wie im Erdgeschoss, aber es war so blank poliert, dass es spiegelte.

In der Mitte des Raumes stand ein gläserner Kaffeetisch mit Tassen und einer Kaffeekanne zwischen zwei weißen Ledercouchen. Marcus Cain saß auf der hinteren Couch und wirkte vollkommen gelassen wie ein Mann, der sich nach einem harten Arbeitstag entspannt.

Als er Qalat sah, lächelte er und stand auf. Allerdings hatte sein Lächeln nichts Herzliches, und trotz seiner Zurschaustellung von Gastfreundlichkeit wirkte er wie ein Boxer, der sich auf den Weg in den Ring macht.

»Vizur, ich freue mich, Sie zu sehen. Es ist schon lange her.« Er trat um den Kaffeetisch herum und näherte sich dem Mann mit ausgestreckter Hand.

Qalat ergriff sie und registrierte den kräftigen Händedruck des Mannes. Typisch amerikanisch, Stärke in einer Situation zu demonstrieren, die eigentlich Intelligenz und Gerissenheit erforderte.

»Das ist es allerdings«, stimmte Qalat zu und verglich den Mann vor sich schnell mit jenem, den er vor zwei Jahrzehnten in Afghanistan getroffen hatte. Sein Haar war an den Schläfen ergraut, das Gesicht hatte mehr Sorgenfalten als früher, aber alles in allem schien er diese Jahre gut überstanden zu haben. »Das ist ein sehr beeindruckendes Haus.«

Cain zuckte mit den Schultern, als wäre das nicht weiter von Bedeutung. »Die Agency leidet zurzeit nicht unter einem Mangel an Geldmitteln.« Dann erinnerte er sich an seine Manieren und deutete auf die Couch unmittelbar vor ihnen. »Bitte, machen Sie es sich bequem. Wir haben viel zu besprechen.«

»Heilige Scheiße! Wir haben ihn!« Frost schlug vor Aufregung auf das Armaturenbrett vor sich.

Und richtig, ein Videofenster vor ihr zeigte Cain, zusammen mit einem zweiten Mann im Wohnzimmer des Gebäudes. Es fand genau dort statt, wo sie vermutet hatten.

McKnight griff mit zitternden Fingern nach ihrem Funkgerät. »Bravo Zwei an alle Einheiten. Wir haben eine bestätigte Sicht von Zyklon. Ich wiederhole, Zyklon ist vor Ort.«

»Verstanden«, erwiderte Drake. Die Anspannung in seiner Stimme war selbst über Funk zu hören. »Wie ist seine genaue Position?«

»Er ist im Wohnzimmer im Obergeschoss. Genau dort, wo wir vermutet haben. Ich sehe einen anderen Tango bei ihm. Männlich, asiatisch, Mitte vierzig, sehr wahrscheinlich Pakistanis.«

»Sonst niemand?«

»Negativ. Die beiden anderen Pakistanis warten im oberen Korridor vor dem Zimmer, zusammen mit drei weißen Männern in Anzügen. Es scheinen alles Leibwächter zu sein.«

»Verstanden. Konzentriere dich einstweilen auf Zyklon. Wie ist seine genaue Position?«

»Er sitzt an einem Kaffeetisch in der Mitte des Raumes und redet mit seinem pakistanischen Kontaktmann.«

»Kannst du die Audioleitung anzapfen?«, fragte Drake schnell.

»Moment, Alpha. Ich bin schon dabei«, antwortete sie und machte sich an die Arbeit.

Qalat setzte sich auf die Couch gegenüber und betrachtete den Vizedirektor ruhig über den Glastisch hinweg.

»Möchten Sie eine Tasse Kaffee?« Cain griff nach der Kanne und schenkte sich selber eine Tasse ein. »Soweit ich weiß, haben Sie eine Vorliebe dafür.«

Qalats Puls beschleunigte sich bei diesen Worten. Cain erinnerte ihn subtil daran, wie leicht es seinen Agenten vor etlichen Tagen gefallen war, an Qalats Leibwächtern vorbeizukommen. Sie waren in der Lage gewesen, einmal an ihn heranzukommen. Sie würden es erneut schaffen, wenn das nötig war.

»Danke«, erwiderte Qalat ruhig.

»Bevor wir anfangen, möchte ich Ihnen danken, dass Sie sich heute Nacht mit mir treffen«, fuhr Cain fort, während die kochend heiße schwarze Flüssigkeit aus der Kanne in die Tasse sprudelte. Das Aroma von frisch gebrühtem Kaffee verbreitete sich im Raum. »Es gibt nicht viele Männer, die so viel Vertrauen aufgebracht hätten, aber ich hatte das Gefühl, dass Sie anders sind. Schließlich kommen Männer wie wir auf exakt diese Weise in unserem Geschäft voran, richtig? Indem wir Risiken eingehen.«

»Marcus, wir kennen uns beide bereits sehr lange. Viel zu lange, um solche Spielchen zu spielen. Also, wie man in solchen Momenten gerne sagt, verzichten wir auf die Förmlichkeiten. Wir sind beide hier, weil wir etwas haben wollen, und wir beide haben dafür etwas anzubieten. Kommen wir doch einfach zum Geschäft!«

Cain war gerade dabei gewesen, Qalat einen Kaffee einzuschenken, und blickte jetzt hoch. Seine Miene verriet weder Ärger noch Gereiztheit, sondern eher Erleichterung.

»Wissen Sie was, Vizur? Sie haben vollkommen recht.«

Draußen im Gang marschierte Baloch unruhig in dem breiten Flur auf und ab. Da die Tür geschlossen war und von den beiden CIA-Agenten blockiert wurde, hatte er keine Ahnung, was in dem Raum dahinter vorging. Er wusste nicht, worüber sein Boss sprach und ob er überhaupt in Sicherheit war.

Sein Kollege Kassar hatte auf einem der teuer wirkenden Eichenstühle mitten im Korridor Platz genommen. Von seiner feuchten Kleidung tropfte Wasser auf den Fliesenboden. Er hatte die Zähne zusammengebissen, und seine Finger verkrampften sich, als versuchte er, die nervöse Anspannung zu vertreiben, die ihn erfüllte.

Die ganze Situation war irgendwie schräg. Er konnte das Gefühl an nichts Konkretem festmachen, denn ihre amerikanischen Gastgeber waren überaus höflich und zuvorkommend gewesen. Aber er spürte es tief im Inneren. Es war eine fast greifbare Aura von Drohung und Unheil, die diesen Ort umgab, trotz aller Versicherungen des Gegenteils. Und dieses Gefühl wuchs mit jeder Sekunde.

Er fühlte sich gereizt, eingeengt und gefangen. Sein feuchter Anzug klebte unangenehm an seiner Haut, und seine Krawatte schnürte seinen Hals ein. Er lockerte sie, dann suchte er in seiner Anzugjacke nach einer Packung

Zigaretten. Einige Männer tranken, andere suchten Trost bei Frauen oder andere Ablenkungen. Für ihn war Nikotin immer das Mittel der Wahl gewesen.

Sofort verspannten sich die beiden amerikanischen Leibwächter, zweifellos weil sie das Schlimmste befürchteten. Als er jedoch die Zigarettenpackung hervorzog, entspannten sie sich wieder etwas. »Ich muss Sie bitten, hier nicht zu rauchen, Sir«, warnte der Mann namens Wilkins ihn, als Baloch eine Zigarette herausklopfte und sie sich zwischen die Lippen steckte.

»Warum?«, fragte Baloch und drehte sich etwas zur Seite, um sie anzuzünden. »Haben Sie Angst, dass es Sie umbringt?«

»Eigentlich nicht, nein.«

Baloch zuckte zusammen, als er das vertraute dumpfe Ploppen eines Schalldämpfers hörte, und nahm dann aus dem Augenwinkel etwas Rotes wahr. Instinktiv drehte er sich dorthin um. Er sah gerade noch, wie Kassar zur Seite sackte und aus dem teuren Eichenstuhl kippte. Hinter ihm an der Wand klebte ein großer Fleck von Blut und Gehirnmasse.

»Kontakt!«, schrie er instinktiv auf Paschtu und griff nach seiner eigenen Waffe. Erneut ertönte das Ploppen, und als Schwärze in seinem Kopf explodierte, wusste er, dass er zu spät reagiert hatte.

»Heilige Scheiße!«, schrie Frost über Funk.

Drakes Herzschlag beschleunigte sich sofort, und jeder Gedanke an den Regen, der auf sie herunterprasselte, war vergessen. Sie lauschten zwar der Audioübertragung aus dem Sicheren Haus, aber weder er noch seine beiden Gefährten konnten etwas sehen. Nur Frost und McKnight kannten das gesamte Bild.

»Bravo, wiederhole deine letzte Äußerung! Lagebericht!«

»Die beiden pakistanischen Leibwächter sind tot.«

Drake begegnete Anyas Blick. Ihre Miene reflektierte denselben Schrecken und Unglauben, die er empfand. »Was ist passiert, Bravo?«

»Cains Männer haben die beiden gerade einfach umgelegt!«, stieß Frost hervor und ignorierte dabei das Funkprotokoll, als sie hastig berichtete, was sie gesehen hatte.

Weder Drake noch Anya sagten etwas, aber sie dachten beide dasselbe. Was zum Teufel ging in diesem Gebäude vor?

Qalat sprang auf die Füße, als er den panischen Schrei und das unverkennbare Ploppen von schallgedämpften Waffen hörte.

»Setzen Sie sich bitte, Vizur«, sagte Cain ruhig und stellte die Kaffeekanne behutsam ab.

Qalats Herz schlug heftig, und sein Blick war finster und anklagend. »Was zum Teufel war das?«

»Das? Das war das Geräusch, mit dem Ihre Männer exekutiert wurden«, erwiderte der Vizedirektor, als wäre draußen gerade nichts besonders Interessantes vorgegangen. »Nehmen Sie Milch oder Zucker in Ihren Kaffee?«

Qalat spürte, wie ihm die Galle in den Hals stieg, während seine Wut auf Cain wuchs, weil der eine so komplizierte List ersonnen hatte, um ihn zu ermorden. Es war alles eine Lüge gewesen. Der geheime Kontakt, das Versprechen gegenseitiger Hilfe, das Angebot von Verhandlungen. All das hatte er nur gemacht, um ihn hierherzulocken, damit er, Qalat, sich aus der Deckung wagte.

»Sie Mistkerl!« Er hatte die Fäuste vor Wut geballt. »Wie können Sie das wagen? Ich bin in gutem Glauben hierhergekommen!«

Cain zuckte mit den Schultern. »Das hier ist eines dieser Szenarien, in dem man gibt und nimmt. Sie haben mir etwas genommen, als einer Ihrer Leute sich in Camp Chapman in die Luft gesprengt hat. Also habe ich mir heute etwas zurückgeholt. Seien Sie dankbar, dass ich nicht mehr genommen habe. Noch nicht.«

»Ihr Mitarbeiter hat versprochen, dass man uns nichts antun würde.«

»Nein. Er hat versprochen, dass *Ihnen* nichts passieren würde. Und das wird es auch nicht, vorausgesetzt, Sie kooperieren.« Er lehnte sich auf seinem Sitz zurück, die Kaffeetasse in der Hand. »Also setzen Sie sich. Sofort.«

Die Tünche höflicher Gastfreundschaft war verschwunden; jetzt kam der Mann zum Vorschein, der dahinter gelauert hatte. Der kalte, kalkulierende und rücksichtslose Intellekt, der alles bis zu diesem Moment genauestens geplant hatte.

Langsam ließ sich Qalat wieder auf die Couch sinken. Sein Blick glühte vor Hass.

»Schon besser«, erklärte Cain. »Sie werden es vielleicht nicht glauben, wenn Sie mich ansehen, aber ich habe sehr viel Ähnlichkeit mit dem Weihnachtsmann. Ich habe es mir zur Aufgabe gemacht, genau herauszufinden, wann die Menschen böse oder brav gewesen sind. Und gerade Sie waren ein sehr böser Junge, Vizur. Ich weiß, dass Sie aktiv unsere Jagd auf hohe Al-Kaida-Kommandeure zu beiden Seiten der afghanischen Grenze behindert haben. Ich weiß, dass Sie hinter dem Selbstmordattentat auf Camp Chapman stecken, und ich weiß auch, dass al-Balawi ein Doppelagent des ISI gewesen ist, der unter Ihrem direkten Befehl gearbeitet hat.«

Qalat äußerte sich nicht dazu. Er verschwendete keine Zeit damit, diese Anschuldigungen zurückzuweisen, weil er wusste, dass es vergeblich war. Cain hätte sich diese Mühe nicht ohne klare Beweise gemacht.

»Ebenso weiß ich, dass Ihre Männer letztes Jahr in der Türkei aktiv gewesen sind, dass Sie an einem gescheiterten Versuch beteiligt waren, eine geheime Computerdatei der Agency zu stehlen, die sogenannte Black List. Sie haben das gemacht, um genauere Kenntnisse über unsere verdeckten Operationen hier in Pakistan zu erlangen, weil Sie wissen wollten, ob wir uns unserem Ziel nähern. Damit Sie uns aufhalten könnten, bevor wir ihm zu nahe kommen.«

Qalat konnte nicht glauben, wie viel dieser Mann wusste, wie viele Stücke des Puzzles er hatte zusammensetzen können, wie viele scheinbar nicht miteinander in Beziehung stehende Vorfälle er zu einer zusammenhängenden Geschichte zusammengesetzt hatte. Er hatte das Gefühl, als versuchte er Schach gegen einen Mann zu spielen, der eine Erwiderung auf jede Strategie wusste, der jedes Vorrücken vereitelte. Er war in jeder nur vorstellbaren Art und Weise ausmanövriert, ausgespielt und besiegt worden.

»Sie scheinen sehr viel zu wissen, Marcus«, sagte er. Irgendwie gelang es ihm, seine äußere Gelassenheit beizubehalten. »Das ist sehr beeindruckend, aber ich nehme an, es gibt einen Grund, warum ich noch am Leben bin. Also sagen Sie mir, was Sie wollen.«

»Sie wissen, was ich will. Oder vielmehr, wen ich will.« Cain trank einen Schluck Kaffee und stellte die Tasse dann auf den Tisch, wobei er die ganze Zeit seinen Blick nicht von Qalat nahm. »Ich will Osama bin Laden, und Sie werden ihn mir liefern.«

»Jesus Christus, ich glaube nicht, was ich da höre!«, stieß Mason hervor, als er das Gespräch über das Funknetz verfolgte. »Das kann einfach nicht sein.«

»Bravo, sag mir, dass du das aufnimmst!«, zischte Drake, vollkommen überrumpelt von dem Thema des Gesprächs im Sicheren Haus. Er hatte zwar nur den Audiokanal und konnte nicht sehen, was da vorging, aber das brauchte er auch nicht. Die Worte allein ließen ihm das Blut in den Adern gefrieren.

»Jedes Wort, Alpha!«, bestätigte Frost.

»Gut. Halte dich bereit, die externen Kameras auf mein Zeichen hin auszuschalten. Wir gehen hinein.«

Unabhängig davon, was für ein schmutziger Handel dort heute Nacht abgeschlossen wurde, hatte Drake ihr eigentliches Ziel, weshalb sie hier waren, nicht vergessen. Cain war dort, und er war angreifbar, und sie würden nie wieder eine bessere Chance bekommen, ihn endlich ausschalten zu können. Jetzt oder nie.

»Warte«, unterbrach Mason ihn plötzlich. »Noch nicht.«

Drake sah ihn an. »Was meinst du damit?«

»Das ist nicht irgendein schmieriger Waffendeal, auf den wir hier gestoßen sind. Er redet darüber, den weltweit meistgesuchten Mann hochzunehmen, um Himmels willen!«

»Er redet über sehr viele Dinge«, erinnerte Drake ihn. »Das macht sie noch lange nicht real.«

»Und wenn du dich irrst? Angenommen, Cain zieht das tatsächlich durch. Wenn wir uns jetzt einmischen, dann eliminieren wir vielleicht unsere einzige Chance, diesen verfluchten Hurensohn endlich zu erwischen.«

»Bravo ist bereit. Wie lauten deine Befehle?«, fragte Frost über Funk dazwischen.

»Warte kurz, Bravo«, erwiderte Drake rasch und richtete seine Aufmerksamkeit wieder auf Mason. Was auch immer sie da über Funk hörten, konnte eine Fehlinformation sein, eine Spekulation oder sogar eine direkte Lüge. »Wir sind nicht hierhergekommen, um uns auf irgendwelche Möglichkeiten einzulassen. Cain ist unser Ziel, Cole. Wir halten uns an den Plan.«

»Pläne ändern sich.«

»Der hier nicht.«

»Gerade dieser Plan!«, zischte Mason. »Kapierst du das denn nicht? Hast du eine Ahnung, wie viele Tausende, ja Zehntausende von Menschen wegen dieses einen Mannes gestorben sind, und wie viele Tausende noch sterben werden, wenn er weiterleben darf? Willst du all diese Toten auf dein Gewissen laden? Denn dort werden sie landen, wenn wir jetzt da reingehen.«

Darauf wusste Drake keine Antwort. Mason forderte von ihm, eine unmögliche Entscheidung zu treffen – das Leben eines Feindes gegen die Möglichkeit, einen anderen vielleicht töten zu können. Die Chance, die Leute zu beschützen, die ihm auf der ganzen Welt am wichtigsten waren, gegen das Leben von zahllosen anderen Unschuldigen, deren Tod vielleicht abgewendet werden konnte.

Vielleicht.

Qalat betrachtete seinen Widersacher eine Weile in nachdenklichem Schweigen. Also waren sie endlich zum Punkt gekommen. Das hier war Cains Endspiel. Der Faden, an dem ihr beider Schicksal jetzt hing. Der Tod des meistgesuchten Mannes der Welt. Die Enthauptung des terroristischen Netzwerks, das jahrelang Furcht und Vernichtung über den ganzen Globus verbreitet hatte.

»Ein sehr ehrgeiziges Ziel«, bemerkte er kühl, ohne sich etwas anmerken zu lassen. »Und dazu eines, das noch viele andere verfolgen. Nehmen wir einen Moment an …«

»Schluss mit Annahmen!«, unterbrach ihn Cain. »Keine weiteren Lügen. Keine Andeutungen mehr und kein Unsinn. Ich bin nicht wegen einer Annahme um die halbe

Welt in diese stinkende Mistgrube von einem Land geflogen, Vizur. Wir wissen beide, dass der ISI ihn und wahrscheinlich die meisten hohen Kommandeure der Al Kaida spätestens seit der Invasion beschützt. Und wir wissen auch, dass Sie einer der Männer sind, die uns zu ihm führen können. Also reden wir nicht länger darüber, was wir annehmen, sondern reden wir über das, was Sie wissen.«

»Hörst du das, Alpha?«, mischte sich Frost über Funk ein. Ihre Stimme klang blechern in Drakes Ohr. »Um Himmels willen, ich habe das Gefühl, dass dieser Hundesohn gleich zusammenbricht.«

Drake traf in diesem Moment seine Entscheidung. Ein angespannter Moment auf einem regennassen Dach, bevor sie in einen Kampf zogen, war nicht der geeignete Zeitpunkt für philosophische Überlegungen. Er wusste, dass sie das Zeitfenster zum Handeln verlieren würden, wenn sie noch länger zögerten.

So oder so, Cain würde heute Nacht erledigt werden.

»Wir haben keine Zeit dafür …«

Er verstummte, als Mason seinen Unterarm packte. Sein Griff war wie der eines Schraubstocks. »Es ist nicht dein Land, das von diesem Mistkerl angegriffen wurde, Ryan.« In seinen Augen glühte ein Feuer, das Drake noch nie zuvor gesehen hatte. »Cain ist ein widerliches Stück Scheiße, aber ich werde nicht zulassen, dass du …«

Jetzt verstummte Mason, als sich etwas Kaltes und Metallisches gegen seine Schläfe presste. Es war der lange klobige Schalldämpfer auf einem Colt M1911 Automatik.

»Wir sind aus einem ganz bestimmten Grund hier.« Anya spannte den Hammer. »Unsere Mission ist im Moment alles, was noch zählt. Wenn du das nicht verstehst, dann nützt du uns nichts.«

Mason war weder verängstigt noch wütend über diese Demonstration von Macht, sondern grinste spöttisch. »Also hier stehen wir, stimmt's? Du lässt zu, dass dieses Miststück mich erschießt, Ryan?«

Drake warf Anya einen warnenden Blick zu, der ihr sagte, sie sollte sich zurückhalten. Aber ob sie es tat, konnte er nur vermuten. »Mir wäre es lieber, du kämpfst mit mir, damit wir das hier zu Ende führen können.«

»Du weißt, was hier auf dem Spiel steht«, hakte Mason nach.

»Das weiß ich«, versicherte Drake seinem Freund.

»Du weißt, dass wir nicht Tausende von unschuldigen Leben opfern können, nur um unseren eigenen Arsch zu retten.« Mason schüttelte den Kopf. »Wenn du von mir verlangen willst, damit zu leben, dann sollte sie besser sofort abdrücken.«

Drake packte den Arm seines Freundes und beugte sich zu ihm. »Dazu kommt es nicht. Ich schwöre bei Gott, wenn die Abmachung da drin echt ist, dann werden wir eine Möglichkeit finden, sie umzusetzen. Selbst wenn wir uns höchstpersönlich diesen ISI-Agenten schnappen und die Wahrheit aus ihm herausprügeln müssen.« Er sah Anya an, die Mason immer noch die Waffe an die Schläfe hielt. »Richtig?«

»Ich bin wegen Cain hier«, sagte sie, ohne den Blick von dem Mann zu nehmen, den sie bedrohte. »Dieser Krieg geht mich nichts mehr an.«

»Ich nehme das als ein Ja.« Drake sah Mason wieder an. »Cole, ich brauche dich, alter Freund. Du musst mir vertrauen, noch ein letztes Mal. Bitte.«

Der Mann war innerlich gespalten, das stand ihm deutlich im Gesicht geschrieben. Aber er vertraute Drake wie keinem anderen auf der Welt, und am Ende siegte genau dieses Vertrauen.

»Also gut, verflucht! Also gut.«

Drake ließ Mason los. »Nimm die Waffe runter, Anya.«

Sie zögerte kurz, dann zog sie den Colt zurück, obwohl sie Mason immer noch misstrauisch betrachtete.

Drake griff nach seinem Funkgerät, als Mason ihn an der Schulter packte und sich dicht zu ihm beugte. »Um unser aller Willen hoffe ich, dass du in diesem Punkt recht hast, Ryan.«

Drake antwortete nicht, und nach einem angespannten Augenblick machte sich Mason daran, sein Plumett-Hakengewehr vorzubereiten.

Drake holte tief Luft und drückte auf den Knopf seines Kehlkopfmikrofons. »Alpha an alle Einheiten. Operation Downfall beginnt. Ich wiederhole, Downfall beginnt. Bereitet euch darauf vor, die externen Kameras auf mein Zeichen hin auszuschalten.«

»Verstanden, Alpha. Bravo ist bereit.«

Anya kehrte zu ihrer Position am Scharfschützengewehr zurück und brachte die Waffe in Position. »Charly ist bereit.« Ihre Stimme klang tief und ruhig.

Drake bückte sich, nahm das schwere Hakengewehr am Tragegriff und schwang es sich auf die Schulter. Dann richtete er den langen plumpen Lauf auf das Zielgebäude.

52

Qalat war von der abrupten Veränderung in Cains Tonfall überrascht, ebenso von der brutalen Art und Weise, wie er sein Spiel durchgezogen hatte. Die Tünche von Zivilisiertheit und Höflichkeit war verschwunden, aber das war keine willentliche Entscheidung gewesen. Cains kaum beherrschte Aggression sprach von Jahren aufgestauter Frustration, von Enttäuschungen und von Scheitern.

In dem Moment erkannte Qalat die Wahrheit. Sein Widersacher hatte dieses Treffen nicht aus kalter, rücksichtsloser Kalkulation angesetzt, sondern aus Verzweiflung. Er brauchte das, was Qalat ihm geben konnte. Unbedingt.

Dadurch hatte er einen Hebel.

»Also gut«, sagte Qalat schließlich. Er hatte sich entschieden, dem Mann zu geben, was er wollte. Jedenfalls bis zu einem gewissen Grad. »Sie haben natürlich recht. Da Sie offene Worte zu schätzen scheinen, bitte sehr. Wir haben die ranghohen Anführer des weltweiten Dschihad beschützt, wir haben sämtliche Bemühungen der CIA, sie aufzuspüren, unterminiert, und wir machen das bereits eine längere Zeit. Erfolgreich, wie ich hinzufügen möchte.«

Drake ignorierte den Regen, der auf sie herunterprasselte, und starrte durch die primitive Zielvorrichtung des Plumett auf die Satellitenschüssel, die auf einem Stahlrahmen etwa siebzig Meter entfernt an einer Ecke des Gebäudedachs stand. Selbst unter idealen Bedingungen war dieses

Ziel schwer zu treffen, geschweige denn in der Dunkelheit, während der Regen das Kabel schwerer machte und seinen Blick behinderte.

Er konnte nur das Beste hoffen.

Neben ihm sah er die dunkle Gestalt von Mason, der geduckt dastand und die Waffe in ähnlicher Weise auf das Ziel gerichtet hatte. Zwei Chancen auf einen Treffer.

Und sie hatten keine Zeit mehr zu verschwenden.

»Auf mein Zeichen, Bravo.« Er krümmte den Finger am Drücker. »Drei, zwei, eins … Jetzt!«

Ein paar Hundert Meter von ihnen entfernt aktivierte Frost einen vorbereiteten Befehl auf ihrem Laptop, der die Stromversorgung aller externen Kameras unterbrach. Einen Moment später wurden die Video-Einspeisungen auf ihrem Bildschirm dunkel.

»Die Kameras sind ausgeschaltet, Alpha. Ich wiederhole, sie sind blind!«

Drake bewegte den Lauf der Waffe noch einmal ein winziges Stück, atmete dann leise aus und drückte ab.

Es gab keinen ohrenbetäubenden Knall wie bei einer normalen Feuerwaffe. Der erste Eindruck war ein plötzliches mächtiges Zischen, als die Luftdruckpatrone des Plumett sich entlud und den stählernen Greifhaken und das daran angebrachte Kabel siebzig Meter durch die Luft schleuderte.

Die kinetische Energie des Rückschlags hämmerte den Kolben der Waffe heftig gegen seine Schulter, aber darauf achtete Drake nicht. Seine Aufmerksamkeit war ausschließlich auf seinen Haken gerichtet, der durch die Luft auf die Satellitenschüssel zuflog, und dem sich eine Sekunde später ein zweites Projektil aus Masons Waffe anschloss.

Beide Haken rasten auf ihr Ziel zu und sanken langsam herab, als ihre Geschwindigkeit nachließ und die Schwerkraft einsetzte. Das hoch belastbare Kabel spulte sich ab wie eine Angelschnur, an deren Haken gerade ein kapitaler Fang hing.

Dann ruckte Masons Waffe plötzlich nach vorn und wäre ihm fast aus den Händen gerissen worden. Sein Haken blieb mitten in der Luft stehen und fiel dann geradewegs zu Boden, als wäre er gegen eine unsichtbare Wand geprallt.

»Scheiße! Fuck!«, schnarrte der Mann frustriert und blickte auf die Schlaufe in dem Kabel, die sich an der Trommel verfangen hatte und sie blockierte.

Drake achtete nicht darauf. An diesem technischen Fehler konnten sie jetzt nichts ändern. Stattdessen verfolgte er seinen eigenen Haken, der langsam auf sein Ziel herabsank wie ein klobiges Projektil aus einer uralten Belagerungsmaschine.

»Komm schon, komm schon«, flüsterte er und hoffte, dass er gut genug gezielt hatte.

Kontakt.

Er hatte hoch gezielt und bemerkte bestürzt, dass sein Haken den soliden Stahlrahmen verfehlte, auf den die Satellitenschüssel montiert war. Stattdessen traf er auf die Schüssel selbst.

Drake zuckte zusammen und wartete darauf, dass der Haken von der Metalloberfläche abprallte und nutzlos auf das Dach darunter fiel, wo nichts war, woran er sich solide hätte festhaken können.

Zu seiner Überraschung jedoch durchbohrte der Haken den dünnen Maschendraht aus Metall, aus dem die Schüssel bestand, und flog weiter. Einer der Haken verfing sich an dem Metallarm, auf den die Schüssel montiert war.

»Ich glaube es nicht!«, keuchte Drake.

Die Metallschiene war mindestens einen Zentimeter

dick und so entworfen, dass sie nicht nur das Gewicht der Schlüssel trug, sondern sie auch bei schlechtem oder stürmischem Wetter in Position hielt. Also war dieser Montagearm ein genauso guter Ankerpunkt wie jeder andere. Und er sollte, jedenfalls theoretisch, genügen, um das Gewicht eines Mannes zu tragen.

Ob das zutraf, würde er in ein paar Sekunden herausfinden.

Er ließ das Gewehr fallen, packte das Kabel mit seinen behandschuhten Händen und zog es unter Aufbietung aller Kräfte so straff, wie er konnte. Dann verhakte er es an dem Punkt, den sie bei ihrem gestrigen Aufklärungsausflug hier gesetzt hatten.

»Alpha hat einen festen Ankerpunkt«, sagte er über Funk, um die anderen zu informieren. »Wir bereiten uns darauf vor hinüberzugehen. Irgendwelche Anzeichen von Aktivität, Bravo?«

»Noch nichts, Alpha«, erwiderte Frost. Ihre Stimme klang ebenso gespannt wie das Kabel, das in der Dunkelheit verschwand. Es schien, als wäre der Aufprall des Hakens nicht bemerkt worden.

Als Drake den einfachen Schlitten packte, den er für seinen Abstieg auf das Kabel setzen würde, rannte Mason zu ihm. »Das Scheißkabel hat sich verklemmt«, knurrte er, während er seinen eigenen Schlitten aus der Schutzweste zog.

»Das ist nicht dein Fehler, Cole«, antwortete Drake sofort. So etwas konnte selbst den Besten passieren, und bedauerlicherweise tat es das auch. »Ich gehe zuerst. Lass mir drei Sekunden Zeit, dann folgst du mir.«

Mason betrachtete das Kabel argwöhnisch. »Wird es unser beider Gewicht tragen?«

Das war die große Frage. Rein theoretisch hielt das Kabel

ein Gewicht von fünfhundert Pfund aus, etwas mehr als das Gewicht beider Männer mitsamt ihrer Ausrüstung. Aber der unerwartete Fehler in Masons Kabel könnte vielleicht auf schlecht erhaltene oder fehlerhafte Kabel hinweisen, was beides darauf hinauslaufen konnte, dass sie eine Reise zum Boden ohne Rückfahrschein unternahmen. Drake konnte nur hoffen, dass die beiden Sets aus unterschiedlichen Fertigungsserien stammten.

»Das finden wir in einer Minute heraus«, sagte er, setzte seinen Schlitten auf das Kabel und befestigte ihn. »Mach dich bereit. Drei Sekunden. Okay?«

»Ja.«

Drake holte tief Luft, hielt sich an der Leine fest und stemmte einen Fuß auf die Umrandungsmauer direkt am Rand des Gebäudes.

»Ryan?«

Überrascht blickte Drake zu Anya. Die Frau hatte kurz ihren Blick vom Zielfernrohr ihres Scharfschützengewehrs gehoben und sah ihn an. Sie sagte nichts, aber er spürte, dass sie nach Worten rang, dass sie etwas sagen wollte, was ihre Gefühle, die sie gerade empfand, ausdrückte.

Er wusste, dass sie diesen Kampf nicht gewinnen würde, und kam ihr zu Hilfe.

»Wir sehen uns wieder«, versprach er und blinzelte ihr zu.

Dann beugte er sich zurück, um etwas Schwung zu holen, packte den Schlitten fester und sprang über die Brüstung in den Abgrund hinaus.

Ein paar Sekunden lang war in dem geräumigen Zimmer kein Wort zu hören. Cain starrte Qalat über den Tisch hinweg an, als könnte er kaum glauben, dass der Mann etwas derartig Gewichtiges so offen zugegeben hatte. Er räumte absolut unverblümt ein, dass der pakistanische Geheimdienst den meistgesuchten Mann der ganzen Welt schützte.

»Und, haben Sie keine Fragen?« Qalat brach schließlich das Schweigen.

»Was soll ich Sie fragen?«

Qalat lächelte kurz. »Warum, natürlich. Ist das nicht etwas, was jeder in Ihrer Position wissen will? Warum sein angeblicher Verbündeter ihn hintergeht? Damit er seinen Widersacher versteht?«

Jetzt war es an Cain zu lächeln. »Nein, Vizur. Ich werde Sie nicht fragen, weil es mich ehrlich gesagt überhaupt nicht interessiert. Vielleicht tun Sie es aufgrund religiöser Ideologie, vielleicht weil Sie eingeschüchtert wurden, vielleicht gehört es zu irgendeinem regionalen Machtkampf. Verdammt, möglicherweise geht es sogar einfach nur um Geld.« Er tat all das mit einem Achselzucken ab. »Das spielt für mich keine Rolle.«

Cain griff umständlich nach seiner Kaffeetasse und trank einen Schluck.

»Ich will Ihnen etwas sagen. Ich spiele diese kleinen Täuschungsmanöver-Spielchen seit fast dreißig Jahren. Ich habe sowjetische Generäle überredet überzulaufen, ich habe Stammesführer dazu gebracht, Blutfehden beizulegen. Ich habe Allianzen mit Warlords in so ziemlich jedem Drecksloch von Afghanistan bis nach Afrika geschlossen. Ich habe bestochen, habe Meuchelmorde in Auftrag gegeben und Regierungsvertreter erpresst. Ich habe mit und gegen Agenten von so ziemlich jedem Geheimdienst auf der ganzen Welt gearbeitet. Wissen Sie, was ich daraus gelernt habe? Unter dem Strich sind alle gleich. Sie alle tun das, was in dem jeweiligen Moment in ihrem eigenen Interesse liegt. Und ich kann gar nicht genug betonen, wie sehr es in Ihrem eigenen Interesse liegt, mir zu sagen, wo er ist.«

Drake biss die Zähne zusammen. Seine Arme und Schultern schmerzten, als sie sein ganzes Gewicht tragen mussten. Das Kabel bog sich, schwang rauf und runter, aber es hielt. Nach wenigen Augenblicken war der Wohnblock hinter ihm in der Dunkelheit verschwunden, als er an dem Seil entlangschoss. Regen und Wind peitschten ihm ins Gesicht, Hausdächer flogen unter ihm vorbei. Der Schlitten, an dem sein Schicksal jetzt hing, kreischte schrill aufgrund der Geschwindigkeit, mit der er am Kabel entlangraste.

Jetzt gab es keinen Weg mehr zurück, keine Möglichkeit aufzuhalten, was ihnen bevorstand, kein Mittel, sich zu schützen. Wenn ein Wachposten auf der Dachterrasse auftauchte, zu der er unterwegs war, konnte Drake auf keinen Fall seine Waffe ziehen. Er musste einfach darauf vertrauen, dass Anyas Künste als Scharfschützin heute Nacht perfekt waren.

Jetzt konnte er sich einfach nur noch festhalten, der Belastung trotzen und sich auf die Landung vorbereiten, als das Zielgebäude auf ihn zuschoss.

Erneut begann das Kabel heftig zu schaukeln, was ihm sagte, dass Mason ebenfalls seinen Abstieg begonnen hatte. Wieder verspannte er sich und wartete mit angehaltenem Atem auf das plötzliche Geräusch, auf das Verschwinden der Spannung, das ihm sagen würde, dass das Kabel gerissen war.

Aber es kam nicht. Trotz des größeren Gewichts hielt das einzelne Kabel.

Das Zielgebäude tauchte rasend schnell aus der Nacht auf. Seine äußeren Sicherheitslampen erinnerten ihn an Scheinwerfer von Fahrzeugen, die auf ihn zuschossen. Drake versuchte die Vorstellung zu unterdrücken, er wäre ein wildes Tier, das gleich auf der Straße überfahren würde, als er die Beine anzog und sich auf den Aufprall vorbereitete. Die Außenwand kam näher.

Wenn er zu schnell landete, würde es keine Rolle mehr spielen, wie gut die Fahrt bis hierhin gelaufen war. Er würde sich trotzdem die Knochen brechen, sodass er nicht mehr handeln konnte. Zu seiner Erleichterung jedoch verlangsamte sich seine Fahrt, weil der Winkel des Seiles immer flacher wurde, durch die natürliche Biegung des Kabels, das sich über eine so große Entfernung spannte. Er sah die Glassplitter auf der Mauer rund um das Gelände, als sie unter ihm hinwegzischte, und suchte nach Feinden. Aber er entdeckte keine.

Die Mauer der oberen Terrasse tauchte vor ihm aus der Finsternis auf. Drake hob seine Beine in Position und bereitete sich auf die Landung vor. Dann knallte es, und beide Stiefel krachten gegen die nasse Betonwand. Er hatte das Gefühl, dass sämtliche Knochen in seinem Körper vibrierten. Drake bog die Knie, fing den Aufprall ab und atmete aus, als er schließlich zum Stehen kam.

Er hatte es geschafft.

Erleichterung durchströmte ihn, aber sie wich augenblicklich der Erkenntnis, dass er sich bewegen musste. Er riss an dem Streifen an seinem Handgelenk, mit dem er sich von dem Schlitten löste, und duckte sich zur Seite, als Mason auftauchte.

Die Landung des älteren Mannes war erheblich eleganter als seine. Mason war ein erfahrener Army-Ranger, und ihm waren solche Attacken nicht fremd. Er wusste, wie er seinen Körper positionieren musste, um so gut wie möglich zu landen.

In wenigen Sekunden hatte er sich ebenfalls von seinem Schlitten gelöst, zog seine Waffe und eilte zu Drake, der sich bereits neben der Dachterrassentür positioniert hatte, die ins Innere des Hauses führte, und den Eingang deckte.

Mason nickte kurz und bestätigte, dass mit ihm alles in

Ordnung war. Drake griff nach seinem Funkgerät. »Alpha Team ist in Position«, flüsterte er. »Wir sind bereit reinzugehen.«

»Verstanden. Ich sehe dich, Alpha«, bestätigte Anya. »Keine Zielpersonen in Sicht.«

Die Tür zur Dachterrasse war mit einem elektronischen Kombinationsschloss gesichert, und eine rote LED-Birne brannte trotzig und bestätigte, dass sie verschlossen war.

»Bravo, zieh das Schloss aus dem Verkehr.«

Eine Sekunde später wurde das Licht grün, und es klickte metallisch, als das Schloss sich öffnete. Der Weg war frei.

»Ich wünschte, wir hätten diesen Scheiß vor ein paar Jahren im Irak auch gehabt«, bemerkte Mason, als Drake nach dem Türgriff langte.

»Der schwierigere Teil kommt noch«, warnte Drake ihn. »Alpha Team geht rein.«

Er drehte den Knauf, und die Tür schwang auf. Drake ging voran, und die beiden Männer schlichen in das Sichere Haus.

»Nehmen Sie einen Moment an, alles funktioniert genauso, wie Sie es hoffen. Sie töten bin Laden und nehmen Al-Kaida die Führungsebene«, begann Qalat. »Glauben Sie wirklich, dass es einen Unterschied macht? Sie und ich, wir wissen, wie sehr seine Anhänger zum Kampf entschlossen sind. Wir beide jedenfalls wissen es – wir haben schließlich viele von ihnen selbst ausgebildet. Eine Tatsache, die Sie vielleicht lieber vergessen möchten.«

»Ich habe nichts von alldem vergessen, was wir gemacht haben«, versicherte ihm Cain.

»Dann wissen Sie auch, dass es sie nicht aufhalten wird, wenn Sie einen ihrer Anführer töten. Diese Männer kämpfen einen Heiligen Krieg im Auftrag Allahs selbst. Jeder von ihnen würde nur zu gern in seinem Namen sein Leben geben.«

»Sie auch?«

Qalat verlagerte sein Gewicht auf der Couch. »Ich habe keine Angst vor dem Tod, wenn Sie das meinen.«

Cains Augen glitzerten. »Es gibt Schlimmeres als den Tod, Vizur. Sehr viel Schlimmeres. Und glauben Sie mir, Sie wollen nicht herausfinden, wozu ich fähig bin.«

Drake ging die Stahltreppe hinab, die von der Dachterrasse ins Innere des Hauses führte. Er hatte die MP7 an die Schulter gesetzt und den klobigen Schalldämpfer auf die offene Tür unter ihnen gerichtet, als sie sich ihr näherten. Mason war nur ein paar Schritte hinter ihm und deckte ihn. Das leise Tröpfeln von Wasser aus ihrer nassen Kleidung war das einzige Geräusch in diesem engen Treppenhaus.

Nachdem sie die Blaupausen des Gebäudes studiert und sich eingeprägt hatten, kannte Drake jeden Zentimeter dieses Sicheren Hauses, als wäre es sein Elternhaus. Hinter der Tür lag der Flur des Obergeschosses, der zum Wohnzimmer am anderen Ende führte. Dort würden sie Cain und seinen mysteriösen Kontaktmann finden.

Im Vergleich zu dem Äußeren des Gebäudes, das elegant und modern wirkte, war das Treppenhaus einfach und praktisch gehalten. Die Wände waren verputzt, und es fanden sich einige handschriftliche Notizen darauf, vermutlich während des Baus von den Handwerkern hinterlassen. Licht spendete eine einzelne nackte Birne an der Decke. Man hatte sich nicht die Mühe gegeben, diesen Bereich des Hauses zu Ende fertigzustellen oder zu dekorieren, weil man hier niemals wohnen wollte.

»Alpha ist im Treppenhaus und nähert sich dem Gang im ersten Stock«, sagte er. Er hörte seine Stimme fast nicht, weil sein Herz so laut in seinen Ohren schlug. »Bravo, Lagebericht. Wie viele Tangos sind vor uns?«

Frost saß auf dem Beifahrersitz des Range Rovers ein paar Hundert Meter von ihnen entfernt und schaltete auf die Kamera im Treppenhaus um, damit sie ein Bild von Cains Leibwächtern bekam.

»Bravo hat – Scheiße!« Sie keuchte, als die Videoübertragung plötzlich erlosch. Sie starrte auf einige leere Testbildschirme. »Moment, Alpha, Stand-by!«

Ihr Herz schlug schneller, als sie hastig nach der Quelle des Problems suchte. *Gerate nicht gleich in Panik,* sagte sie sich. *Es kann nur ein kurzer Ausfall sein.*

»Was zum Teufel ist da los?« McKnight beugte sich dichter zu ihr.

»Ich arbeite schon dran!«, zischte Frost. Ihre Angst und ihre Sorge trieben sie in die Defensive.

McKnight warf ihr einen finsteren Blick zu. »Dann arbeite schneller, um Himmels willen! Cole und Ryan sitzen da wie auf dem Präsentierteller!«

Drake hockte sich in das Treppenhaus und zwang sich, ruhig zu sprechen. »Wie lautet der Lagebericht, Bravo?«

Er hörte einen erstickten Fluch. »Bravo sitzt im Dunkeln!«, meldete Frost. Sie konnte die Angst in ihrer Stimme nicht unterdrücken. »Wir haben keine Augen mehr im Haus.«

Ihm stockte der Atem. »Kannst du den Sichtkontakt wiederherstellen?«

»Das ganze Ding ist tot, ich habe keine Kontrolle mehr«, gab sie zu. »Ich wiederhole, Bravo hat keine Kontrolle.«

»Himmel!«, knurrte Mason. Angespannt betrachtete er die Tür, während er seine Waffe hob. »Wir sind blind.«

»Mir gefällt das nicht, Alpha!«, meldete sich McKnight in seinem Ohr. »Ich empfehle euch einen raschen Rückzug.«

»Nein!«, widersprach Drake.

»Wir sind ausgesperrt. Wir müssen abbrechen.«

»Wenn wir jetzt abbrechen, verlieren wir ihn.« Drake spürte die Wut und die Ungeduld, die Verzweiflung, die mit jeder Sekunde stieg. Sie waren um die halbe Welt gereist, hatten alles riskiert, um so weit zu kommen, und jetzt saß Marcus Cain keine zehn Meter von ihnen entfernt. »Dann war alles umsonst.«

»Ich weiß, wie sehr du das willst, aber benutze deinen Kopf, Alpha!«, flehte sie ihn an. »Die Sache ist es nicht wert, dafür zu sterben.«

Drake wusste bereits, was er tun würde, aber er musste wissen, ob Mason zu ihm stand. Er nahm einen Moment den Blick von der Tür und sah seinen Kameraden an. Die beiden Männer wechselten einen Blick, in dem die Erfahrung eines gemeinsamen Dienstes bei solchen Missionen lag. Sie hatten so oft gemeinsam ihr Leben riskiert und sich gegenseitig vertraut.

»Wir gehen bis zum Ende«, sagte er leise.

Mason nickte. »Und ob wir das machen.«

Drake lächelte seinem Freund dankbar zu und griff nach seinem Funkgerät. »Alle Einheiten, Stand-by. Alpha geht rein.«

Dicht gefolgt von Mason sprang er die letzten Stufen der Treppe hinab, stürmte durch die Tür und in den makellosen mit Marmor gefliesten Korridor dahinter. Der Tritiumstrahl seiner schallgedämpften Waffe zuckte nach links und nach rechts und suchte hastig nach einem Ziel. Er fand keins. Der Gang war leer.

Keine Ziele, keine Blutflecken von den zwei angeblich

toten ISI-Agenten. Waren sie etwa im Erdgeschoss getötet worden? Hatten die Mörder vielleicht bereits den Tatort gesäubert und die Leichen entsorgt?

»Links alles sauber«, flüsterte er.

Mason deckte ihm den Rücken und fand ebenfalls keine Feinde. »Rechts alles klar.«

Die Tür zum Wohnzimmer lag direkt vor ihnen. Keine Wachen standen ihnen im Weg. Hinter dieser Tür saß Marcus Cain. Er musste dort sein. Es gab nur einen Weg in diesen Raum hinein und aus ihm hinaus, und er konnte unmöglich entkommen sein, ohne dass sie ihn gesehen hätten.

Er war dort, und Drake würde ihn gleich stellen.

53

Auf dem Dach des Wohnblocks hockte Anya immer noch an der Brüstung und blickte auf das Sichere Haus hinab. Sie betrachtete es durch das starke Zielfernrohr, ohne auf den Regen zu achten, der immer noch auf sie herunterprasselte. Der lange Lauf ihres Gewehrs glitt langsam über das Äußere des Gebäudes und suchte nach einem Ziel. Sie fand keins.

Sie fand überhaupt keine Spur von irgendwelchen Sicherheitsleuten.

Irgendetwas an dieser Aktion stimmte nicht. Sie konnte es nicht rational erklären, aber ihr Bauchgefühl sagte ihr, dass irgendetwas nicht in Ordnung war. Sie hatte während ihrer langen Karriere schon häufig an solchen Operationen teilgenommen, aus unterschiedlichen Gründen, und manche dieser Einsätze waren weit weniger herausfordernd gewesen, als man angenommen hatte. Aber das hier war etwas anderes. Es war einfach zu leicht.

Als wenn sie in das Haus eingeladen worden wären …

Sie riss die Augen weit auf, als sich die einzelnen Teile plötzlich zu einem klaren, eisigen Bild zusammensetzten. Anya griff nach ihrem Funkgerät.

»Charly an Alpha. Bravo hat recht, das ist eine Falle. Sofort zurückziehen! Ich wiederhole, zieht euch sofort zurück!«

Aber Drake hörte sie nicht. Er war bereits im Angriffsmodus, und das Blut rauschte in seinen Ohren, als sein Herz immer schneller hämmerte.

Er sprintete durch den kurzen Korridor. Seine Stiefel hinterließen nasse Abdrücke auf den Marmorfliesen. Vor der Tür blieb er stehen, die Waffe im Anschlag und entsichert. Mason hielt sich neben ihm, bereit, ihn zu decken.

Sie hatten diesen letzten Schritt des Angriffs zahllose Male geübt. Jeder hatte seinen festen Sektor in dem Raum und sein eigenes Schussfeld. Sobald sie die Tür aufgebrochen hatten, würde Drake nach rechts und Mason nach links gehen. Sie würden rasch vorrücken, um Abstand zwischen sich zu bekommen, und jeden töten, der eine Waffe auf sie richtete.

Sobald sie Cain und seinen Kontaktmann vom ISI vor dem Lauf hatten, würden sie sie gefangen nehmen und für den Transport vorbereiten. Drake hoffte fast, dass Cain sich widersetzte. Er würde ihn nicht töten, noch nicht, aber eine Kugel vom Kaliber 4.6 in der Kniescheibe würde genügen und war nicht tödlich.

Er spielte mit dem Gedanken, die Tür zu sprengen, aber er verwarf die Idee, nachdem er die Tür betrachtet hatte. Das war keine gehärtete, verstärkte Sicherheitstür, sondern eine einfache Zimmertür in einem normalen Holzrahmen. Um die zu öffnen, brauchten sie keinen Sprengstoff.

Drake warf einen letzten Blick auf seinen Kameraden, um sich zu vergewissern, dass er bereit war, nickte einmal und platzierte dann einen einzigen kräftigen Tritt unmittelbar unter dem Türschloss. Die Tür flog splitternd auf und gab einen Blick auf das geräumige Zimmer dahinter frei.

Die beiden Männer rückten sofort vor. Mason ging als Erster, weil Drakes Tritt seinen Schwung eine halbe Sekunde lang unterbrochen hatte. Wie geplant wandte sich Drake nach rechts, während sein Gefährte nach links ging. Sie suchten beide den Raum nach Zielen ab.

Drakes Augen und seine Waffe bewegten sich hastig hin

und her, von Adrenalin getrieben, und er nahm jede Einzelheit auf, als er vorrückte. Der Raum war sehr groß, und seine sparsame Möblierung betonte seine Proportionen noch. Die Jalousien waren heruntergelassen und versperrten ihnen den Blick auf die Stadt. Zwei Ledercouchen und ein Kaffeetisch standen in der Mitte des Raumes, und an einer Wand zwei Bücherregale, beide leer.

Es war ein sehr großer und fast leerer Raum. In dem weder Cain war noch ein ISI-Agent.

Es war gar nichts da.

»Klar!«, rief er und ließ seine Waffe sinken.

»Klar!«, kam Masons Antwort von der anderen Seite des Raumes. »Was soll der Scheiß? Hier ist gar nichts!«

In diesem Moment schossen ihm hundert Fragen durch den Kopf, aber sie alle wurden von der Furcht und der bösen Vorahnung zum Schweigen gebracht, die seinen Magen plötzlich verkrampften.

»Das ist alles falsch«, sagte er leise.

Mason drehte sich zu ihm herum. Seine Miene zeigte vollkommenen Unglauben. »Das ist unmöglich! Frost hatte ihn vor der Kamera, und er kann unmöglich an uns vorbeigekommen sein. Er war in diesem gottverdammten Zimmer!«

In dem Moment kam Drake eine Idee. Eine Möglichkeit, vollkommen an den Haaren herbeigezogen, unwahrscheinlich, und doch die einzige, die zu dem passte, was sie sahen. Es war die einzige Erklärung für das, was gerade passierte.

»Nein, das war er nicht!«, stieß Drake hervor. »Das hier ist ein Fake.«

»Was?«

»Es war nicht real! Was Keira auf ihrem Monitor sah, ist woanders passiert. Sie haben es inszeniert, um uns hierherzulocken!«

Irgendwie hatte Cain vorab von ihrem Plan erfahren.

Irgendwie war ihnen dieser Mistkerl schon wieder einen Schritt voraus. Drake konnte nicht erklären, wie es passiert war, und konnte sich nicht vorstellen, wie sein Plan so entsetzlich hatte schiefgehen können, aber diese Fragen mussten bis später warten.

Jetzt war die oberste Priorität, hier so schnell wie möglich rauszukommen. Seine Ungläubigkeit und der Schock wichen dem fast überwältigenden Drang zu entkommen.

»Zu mir!«, zischte er und setzte seine Waffe an die Schulter, während er zur Tür ging. Dabei aktivierte er sein Kehlkopfmikrofon. »Alpha an alle Einheiten, Downfall ist aufgeflogen! Ich wiederhole, wir sind kompromittiert! Rückzug zu …«

Er zuckte zusammen, als ein schrilles elektrisches Fiepen durch seinen Kopfhörer zischte, und riss den Ohrhörer heraus, bevor der Ton ihn betäubte. Angesichts von Masons schmerzhaftem Knurren und seiner ähnlichen Reaktion erlebte er offenbar gerade dasselbe.

»Aua! Verflucht! Was zum Teufel war das?«, wollte Mason wissen.

Noch bevor Drake antworten konnte, gingen die Lichter innerhalb des Gebäudes plötzlich aus und tauchten den Raum mit den beiden Männern in tiefste Dunkelheit. Sie waren allein, von jeder Verstärkung abgeschnitten, konnten nicht kommunizieren, geschweige denn irgendetwas sehen.

Nach einem winzigen Moment des Schocks schaltete Drakes Gehirn sofort von Flucht auf schlichtes Überleben. Wenn die Lichter in dem Gebäude ausgingen, konnte das nur eines bedeuten. Diese bedrohliche Erkenntnis wurde im selben Moment durch das Geräusch von Schritten im Korridor bestätigt.

»Runter!«, schrie er, drehte sich herum und warf sich

hinter die nächste Couch, als schallgedämpftes Gewehrfeuer durch die Tür in den Raum prasselte.

Im Range Rover blickte Frost von ihrem Laptop hoch. Ihr Gesicht war schmerzverzerrt, als sie den Kopfhörer aus ihrem Ohr zog. »Scheiße! Jemand blockiert uns!« Sie kannte dieses statische Fiepen nur zu gut. »Ryan und Cole sind abgeschnitten. Was zum Teufel sollen wir machen?«

McKnight hatte genug gehört. Sie glitt auf den Fahrersitz und startete den Motor. Der sprang sofort an, wie eine alte Bestie, die aus ihrem Schlummer geweckt worden war.

»Festhalten!«, rief sie, als sie den Gang einlegte.

Drake schaffte es gerade über die Couch und landete hart auf den Marmorfliesen dahinter. Er zog das schwere Möbelstück auf sich, als der Schütze in der Tür das Feuer eröffnete. Die erste Salve zischte unmittelbar über seinen Kopf hinweg, und die Kugeln kamen ihm so nah, dass er den Luftdruck spürte, als sie vorbeipfiffen.

Es war nicht viel mehr zu hören als das leise Ploppen des Schalldämpfers und das Klicken des Schlittens der Waffe, sodass er deutlich das Knirschen von Glas vernahm, als sich einige Kugeln in die großen Fenster hinter ihm gruben.

Der Schütze korrigierte seine Zielerfassung und stellte auf Dauerfeuer. Er durchlöcherte die umgekippte Couch mit seinen Kugeln. Drake konnte dieses mörderische Feuer nicht erwidern und musste sich flach auf den Boden pressen, als die Projektile seine dünne Deckung durchlöcherten und ihn mit Stofffetzen, Schaumstoff und Holzsplittern übersäten. Das Mündungsfeuer beleuchtete seine so sparsam möblierte Umgebung wie grelle Stroboskopblitze.

Er hatte keine Ahnung, wo Mason war und wie es ihm ging. Von seiner Position hinter der Couch sah er nur einen kleinen Teil des Raumes, aber das genügte, um ihm zu verraten, dass sie mächtig in der Scheiße steckten.

Über kurz oder lang würde der Schütze in der Tür keine Munition mehr haben, aber es war sehr wahrscheinlich, dass einer seiner Kameraden unmittelbar hinter ihm wartete und bereit war zu übernehmen. Sie konnten sogar in diesem Moment im Schutz des Geschosshagels in den Raum vordringen. Zweifellos hatten sie Nachtsichtgeräte, die ihnen erlaubten, sich problemlos zu orientieren, während ihre Widersacher blind waren. Mason und er waren in die Ecke gedrängt, in der Unterzahl und auch waffenmäßig unterlegen, konnten also diesen Kampf unmöglich gewinnen.

Er drehte sich herum und richtete seine Waffe auf die Tür. Dann stellte er auf Dauerfeuer und leerte das Magazin. Er schoss durch die Couch, wie sein Feind es gemacht hatte. Er konnte weder zielen noch lohnte es, Munition zu sparen. Er wollte nur so viele Kugeln wie möglich in die Richtung dieses Mistkerls jagen.

Das MP7 schlug heftig gegen seine Schulter, Patronenhülsen landeten klappernd und rings um ihn herum auf dem Boden. Die Couch war bereits vom feindlichen Feuer ziemlich zerlegt und wurde jetzt förmlich zerfetzt. Drake spürte, wie etwas an seinem Arm zupfte und eine heiße, unbehagliche Spur hinterließ, aber er achtete nicht sonderlich auf diese unbedeutende Irritation.

Er nahm eine Hand von der Maschinenpistole, um einhändig weiterzuschießen, griff mit der freien Hand in die Netztasche seines Kampfanzugs und riss eine Betäubungsgranate heraus. Er schob den Daumen durch den Ring, und ein kurzer Ruck genügte, um ihn herauszuziehen. Dann ließ er den Griff mit dem Zündungsmechanismus los und schleuderte die Granate über die Couch in Richtung Tür, wie er hoffte, und presste seine Hände auf die Ohren.

»Cole, Detonation!«, schrie er einen Moment, bevor die Granate detonierte.

Die Couch schützte seine Augen vor dem gleißenden Blitz. Er hörte einen gedämpften Schmerzensschrei in der Nähe der Tür und dann gebrüllte Befehle von mindestens zwei Männern.

»Infrarot ist aus!«

»Rückzug! Deckung! Deckung!«

Dann hörte er rasche Schritte auf den Marmorfliesen. Ihre Widersacher bewegten sich, zogen sich von der Tür zurück und versuchten offenbar, sich neu zu orientieren, nachdem ihre Infrarotsicht durch die Blendgranate ausgeschaltet wurde.

Er erwartete wildes Maschinengewehrfeuer, stattdessen jedoch hörte er ein dumpfes Ploppen, zu laut für eine schallgedämpfte Waffe, aber zu gedämpft für eine normale Feuerwaffe. Einen Moment lang war er verwirrt und fragte sich, womit sie jetzt angegriffen wurden.

Seine Frage wurde einen Moment später beantwortet, als er fühlte, wie etwas Schweres die andere Seite der Couch traf. Es klapperte metallen, als das Objekt auf den Boden prallte. Eine Sekunde später gab es einen zweiten dumpfen Knall, als etwas gegen das Fenster flog und ähnlich klappernd zu Boden fiel.

Im selben Moment wurde ihm klar, was dieses Geräusch bedeutete. Jemand da draußen benutzte einen Milkor MGL, einen tragbaren Granatwerfer, um Granaten in den Raum zu feuern. Die Waffe ähnelte einem gigantischen Revolver, der Vierzig-Millimeter-Granaten statt Kugeln verschoss. Dieser MGL war eine verheerende Infanteriewaffe, die einen ganzen Teppich aus hochexplosiven Geschossen über ein Zielgebiet verteilen konnte.

Aber diesmal gab es keine Explosionen oder einen tödlichen Schrapnellhagel. Nur ein lautes ständiges Zischen, als die Chemikalien in den Granaten aktiv wurden. Sie verbreiteten einen geisterhaft weißen Rauch. Einen Moment fragte er sich, ob sie einfach nur einen Rauchvorhang bilden wollten, um erneut anzugreifen. Aber als der Rauch Drakes Augen erreichte, begriff er, dass ihre Strategie erheblich raffinierter war.

»Cole! Tränengas!« Er kroch hastig von der Quelle der beißenden Wolke weg, die den ganzen Raum auszufüllen drohte.

Auf dem Dach des Wohnblocks, von dem aus man auf das Sichere Haus blicken konnte, flog die Feuerschutztür plötzlich auf, und ein Team aus schwarz gekleideten Agenten stürmte heraus. Sie verteilten sich sofort, um die Freifläche abzudecken, und hatten M4-Sturmgewehre im Anschlag.

Drei von ihnen näherten sich Anyas Scharfschützenposition. Sie wussten genau, wo sie nach ihr suchen mussten. Zwei waren bewaffnet wie der Rest des Sturmkommandos, der Dritte trug einen Taser, mit dem er sein Opfer betäuben und kampfunfähig machen konnte. Sie hatten den Befehl, sie lebendig und unverletzt zu fassen, falls möglich. Statt jedoch die Scharfschützin überrumpeln zu können, war die Stelle leer, das unbenutzte Gewehr lag auf dem Boden.

»Alles klar!«, rief einer der Agenten von der anderen Seite des Dachs.

Neben dem Gewehr baumelte ein Seil über den Rand der Dachplattform. Es reichte bis zum Boden hinab und hatte ihr offenbar erlaubt, rasch hinunterzuklettern, als sie vermutete, dass ihre Position verraten worden war. Der Agent mit dem Taser wechselte einen vielsagenden Blick mit seinen beiden Gefährten und aktivierte dann sein Mikrofon.

»Team Zwei. Das Dach ist gesichert. Keine Spur von Maras. Ich wiederhole, Maras ist nicht hier. Sieht aus, als hätte sie sich abgeseilt.«

Die Antwort war kurz und knapp, charakteristisch für den Mann, der sprach. »Sie ist in der Nähe. Sie verschwindet nicht ohne Drake. Findet sie!«

Der Agent hütete sich zu widersprechen. »Verstanden.«

54

Drake warf das verbrauchte Magazin aus und zog ein frisches Magazin aus seiner Netztasche, rammte es in die Maschinenpistole und schlug noch einmal dagegen, um sicherzugehen, dass es richtig saß. Die Luft um ihn herum stank bereits nach verbranntem Kordit, nach Magnesium von der Betäubungsgranate und vor allem nach ätzendem CS-Gas.

Drake schloss die Augen und griff nach der Granate neben sich, die eine stetige Wolke aus giftigem Dampf in die Luft pustete. Er war froh, dass er seine Bergsteigerhandschuhe trug, als er die Hand um das Projektil schloss. Die chemische Reaktion darin war exothermisch, was bedeutete, das Gehäuse war glühend heiß.

Trotz der schützenden Handschuhe verbrannte die Hitze seine Haut, und er stöhnte vor Schmerz, als er das Geschoss zum anderen Ende des Raumes warf und sich duckte, um der schlimmsten Wirkung des Gases zu entgehen. Dadurch hatte er sich etwas Zeit verschafft, wenn auch bestenfalls Sekunden. Diese Tränengasgranaten würden einen Raum dieser Größe innerhalb weniger Momente vollkommen ausfüllen und eine erstickende Wolke bilden, der sie weder widerstehen noch entkommen konnten.

Drake wusste aus eigener Erfahrung, wie wirkungsvoll ein solches Gas sein konnte. Seine Augen brannten bereits wie Feuer, und ihm liefen die Tränen über die Wangen, während sich ihm der Hals zuzuschnüren schien und das

Atmen schwieriger wurde. Wenn er sich dem Gas noch länger aussetzte, wäre er innerhalb von wenigen Sekunden blind und vollkommen kampfunfähig.

»Cole, melde dich, Mann!«, befahl er und zog den Schlitten zurück, um die erste Patrone in die Kammer zu laden. Falls Mason hier war, wollte er ihn nicht auch noch aus Versehen unter Beschuss nehmen.

Keine Antwort. Drakes Herz schien einen Schlag auszusetzen.

»Cole! Wo steckst du?«

Drake hörte Schritte, die sich näherten, und hob gerade die Waffe an, als eine Gestalt im Kampfanzug über die Couch sprang und neben ihm auf dem Boden landete.

»Verflucht, mach mal eine kleine Pause!«, zischte Mason. Er lehnte sich gegen den Rest der Couch. »Du bist ja schlimmer als Keira.«

»Alles okay?« Drake schob die Waffe um den Rand der Couch und feuerte kurz in den Flur, um ihre Feinde zu ermutigen, in Deckung zu bleiben.

»Ich höre nicht mehr allzu gut«, gab Mason zu. Und wie Drake tränten auch ihm die Augen durch das Tränengas. »Wie ist unsere Lage?«

»Wir sind am Arsch.«

Mason runzelte die Stirn. »Was?«

»Wir sind angeschissen«, führte Drake hastig aus. »Sie warten einfach ab, bis das Gas uns erledigt.«

»Dann brauchen wir einen anderen Ausgang, und zwar schnell. Und zwar einen, bei dem wir nicht verrecken.«

Dem wollte Drake nicht widersprechen. Er drehte sich um und richtete seine Waffe auf das nächste deckenhohe Fenster, das auf die Zufahrt hinausführte, und gab einen kurzen Feuerstoß ab.

Eigentlich hatte er erwartet, dass das Glas klirrend zersprang, aber stattdessen hörte er nur ein paar klatschende Einschläge, als die Kugeln von der flachen Oberfläche abprallten und nicht die geringste Spur hinterließen. Ein zweiter Feuerstoß hatte dieselbe frustrierende Wirkung.

»Verfluchtes kugelsicheres Glas«, sagte Drake ungläubig und ließ die Waffe sinken. Ihre Angreifer hatten wirklich an alles gedacht. Kein Wunder, dass sie es nicht eilig hatten, den Raum zu stürmen – ihre Zielpersonen saßen hier fest, und die Zeit war auf ihrer Seite.

Jetzt erst wurde Drake das ganze Ausmaß dieser Situation bewusst. »Ich habe uns direkt in eine Falle geführt, Cole.« Er klang fast schockiert. »Ich hatte nicht die geringste Ahnung.«

Mason hörte eine Bewegung in dem raucherfüllten Korridor, erhob sich ein Stück und gab einen Feuerstoß ab. Er wurde mit einem Schrei belohnt und einer Salve, die ebenso ungenau war.

»Kasteien kannst du dich später. Genau genommen werde ich das selbst erledigen, sobald wir hier raus sind«, versprach er und duckte sich wieder. »Jetzt konzentriere dich lieber darauf, wie wir am Leben bleiben. Verschaff uns einen Ausgang!«

Die bedrohliche Gaswolke rollte auf sie zu wie die Finger einer Geisterhand, die versuchte, das Leben aus ihnen herauszuwürgen. Sie konnten die Fenster mit ihren Waffen nicht zerstören, und sie waren zu dicht daran, um eine Sprengladung anzubringen. Die Explosion hätte sie ebenfalls getötet. Der einzige Ausweg führte durch das Haus, vorbei an den bewaffneten Agenten, die ihnen den Weg versperrten.

Diese Schlacht konnten sie sehr wahrscheinlich nicht gewinnen, aber alles war besser, als hier zu ersticken.

»Cole, gib mir deine Sprengladung.« Drake streckte die Hand aus.

»Wofür zum Teufel brauchst du die?«

»Gib sie mir einfach«, wiederholte Drake. Da sie keine Granaten hatten, um den Korridor frei zu sprengen, hatte er keine andere Wahl, als zu improvisieren.

Mason fluchte leise, griff in die Tasche an seinem Schenkel und reichte Drake einen Block olivgrünes Plastik mit einem einfachen Zünder in der Mitte.

Drake nahm die zweite Sprengladung aus seinem Beutel und sah seinen Kameraden an. »Gib mir Deckung.«

»Ich sollte dich besser gleich selbst erschießen«, knurrte Mason, ging aber trotzdem auf die Knie und richtete seine Waffe auf den Flur. »Also los!«

Drake umklammerte beide Sprengladungen und riss die Sicherungen heraus, um den Fünf-Sekunden-Zünder zu aktivieren, während Mason den Flur mit kurzen Feuerstößen eindeckte, um Munition zu sparen.

Vier Sekunden.

Drake richtete sich gerade weit genug auf, um zu sehen, wo sich die Tür befand, und schleuderte die erste Sprengladung in den Flur. Falls er sein Ziel verfehlte und der Sprengstoff bei ihnen im Raum landete, war das wahrscheinlich der letzte Fehler, den er jemals gemacht hatte.

Drei Sekunden.

Die erste Ladung war draußen. Er hörte gedämpfte Schreie von draußen, wahrscheinlich von einem der feindlichen Agenten, der die Sprengladung gesehen hatte. Er konnte nur hoffen, dass keiner von ihnen mutig genug war zu versuchen, sie wieder in den Raum zurückzuschleudern.

Zwei Sekunden.

Drake packte die zweite Ladung und schleuderte sie hinter der ersten her, als die Gaswolke sie erreicht hatte. Jetzt war es zu spät, um zurückzuweichen. Er packte Mason an seinem Kampfanzug und riss ihn zu Boden. Dann presste er die Hände über die Ohren und riss weit den Mund auf in der Hoffnung, dass ihn das einigermaßen vor den Auswirkungen der Druckwelle schützen würde, die gleich über sie hinwegfegen würde.

»Deckung! Deckung!«, schrie er.

Eine Sekunde.

Der Range Rover bog nicht weit von dem Haus entfernt um eine Ecke. Die Reifen quietschten, als sie über die regennasse Fahrbahn rutschten. Der Wagen hatte einen hohen Schwerpunkt und drohte umzukippen. McKnight riss heftig am Steuerrad und konnte das schlingernde Fahrzeug gerade noch stabilisieren.

»Da ist es!« Frost deutete auf das Sichere Haus, das etwa fünfzig Meter vor ihnen lag. »Da drüben!«

»Ich sehe es!« McKnight gab Gas, und die starke Maschine reagierte mit einem heiseren Dröhnen.

»Großartig! Hast du einen Plan?«

»Wir gehen rein, holen Ryan und Cole und legen jeden Scheißkerl um, der sich uns in den Weg stellt. Nicht unbedingt in dieser Reihenfolge. Irgendwelche Fragen?«

Sie brauchte Frost nicht anzusehen, um zu wissen, dass die junge Frau ihr typisches aggressives Lächeln auf dem Gesicht hatte. »Genau die Art Plan, die ich mag. Du solltest lieber …«

Sie verstummte, als ein greller orangefarbener Blitz die Straße vor ihnen in gleißendes Licht tauchte. Es warf lange Schatten über den regennassen Boden. Die beiden Frauen blickten instinktiv zu dem Sicheren Haus hinüber und sahen schockiert, dass die Fenster im Obergeschoss plötzlich wie in einer Gischtwolke aus Flammen, Rauch und Glassplittern zerbarsten und nach außen flogen. Die Detonation wurde von einem gewaltigen Donnerschlag begleitet, der so laut war, dass selbst die Fenster in den nahe gelegenen Häusern zersplitterten.

»Scheiße!«, schrie sie und trat auf die Bremse, als brennende Trümmer und Glassplitter vor ihnen auf die Straße regneten.

Der Range Rover schleuderte heftig und kam unmittelbar vor dem Trümmerfeld zum Stehen. Die beiden waren wie betäubt von dem, was sie gerade gesehen hatten, und konnten nicht reagieren, während sie entsetzt auf das zerklüftete, traurige Loch starrten, das sich gerade im Obergeschoss des Sicheren Hauses gebildet hatte.

»Ryan!«, keuchte McKnight.

Er lebte noch.

Sein Körper schmerzte, als wäre er in einer Trommel herumgewirbelt worden, zusammen mit einem Dutzend Ziegelsteinen. Die Welt um ihn herum bestand nur noch aus Dunkelheit und einem schrillen Pfeifen, das alle anderen Geräusche übertönte. Aber er war am Leben.

Drake schüttelte den Staub vom Kopf, öffnete die Augen und sah sich um. Ganz allmählich konnten seine Augen ihre Umgebung wieder einigermaßen erkennen.

Ein Blick genügte, um ihm zu bestätigen, dass die Sprengladungen ganze Arbeit geleistet hatten. Der zeitlich versetzte Doppelschlag mit der zweiten Ladung hatte die Wirkung der Explosion massiv vergrößert.

Das Licht der Straßenlampen und anderer Gebäude durchdrang jetzt den Rauch und die Flammen, sodass er den Rest des Raumes erkennen konnte. Die beiden Couches und der Kaffeetisch, die zuvor in der Mitte des Raumes gestanden hatten, waren von der Wucht der Explosion wie Kinderspielzeug zur Seite gefegt worden und lagen zertrümmert an der Wand.

Außerdem hatte die Explosion den größten Teil des Tränengases vertrieben, und was noch im Raum war, strömte langsam hinaus.

Eine Bewegung neben ihm zeigte ihm, dass sein Kamerad noch am Leben war. Drake sah zu, wie sich die zertrümmerte Couch bewegte und umkippte und ein übel mitgenommener Mason zum Vorschein kam, der sich aufrichtete und den Kopf schüttelte. Wie Drake war auch er nach der Explosion vollkommen mit Staub und Gips bedeckt, und er blutete aus etlichen kleineren Wunden, wo ihn Glassplitter getroffen hatten. Aber ansonsten schien er noch auf den Beinen zu sein.

»Cole!«, rief Drake. Er war erleichtert, dass sein Freund noch am Leben war, wenn auch nicht gerade unverletzt. »Alles okay?«

»Mir ginge es verdammt viel besser, wenn wir hier endlich raus wären!« Er deutete auf das zertrümmerte Fenster. Der Wolkenbruch draußen hatte geholfen, das Feuer zu löschen, das die Explosion erzeugt hatte, aber es hing immer noch eine dicke Rauchwolke in der Luft. »Gute Arbeit, übrigens. Und ausgesprochen subtil.«

»Du kannst mir später danken. Jetzt komm, beweg dich!« Drake rappelte sich auf. Ihre Feinde mochten desorientiert und von der Explosion zurückgetrieben worden sein, aber sie würden sich sehr schnell erholen und konnten jeden Moment zurückschlagen. Ihre einzige Chance, das hier zu überleben, bestand darin, zuerst zuzuschlagen.

Die Fenster hätten vielleicht einen Ausweg geboten, wenn dieser Raum im Erdgeschoss gelegen hätte. Aber bis zum Boden waren es zehn Meter, sodass sie sich wahrscheinlich alle Knochen brechen würden, wenn sie hinaussprangen.

Die beiden Männer schnappten sich ihre Waffen vom

Boden und traten in den Korridor hinaus. Ihnen bot sich eine Szene völliger Zerstörung. Offenbar hatte Drake die Sprengwirkung dieser beiden Ladungen unterschätzt, denn die beiden Explosionen hatten ein Loch in den Boden zum Erdgeschoss gesprengt. Zwischen den qualmenden Trümmern lagen blutige Fleischbrocken und Uniformfetzen herum.

Offensichtlich hatten es nicht alle geschafft, in Deckung zu gehen, bevor die Sprengladungen explodiert waren.

»Geh weiter, Mann!«, drängte Drake seinen Kameraden und sprang über das Loch im Boden. Es stank nach Pulverrauch und nach etwas, das Drake in seiner militärischen Laufbahn oft genug gerochen hatte. Nach verbranntem Fleisch.

»Kontakt!«, rief Mason neben ihm.

Eine Gestalt in einem Kampfanzug war vor ihnen aus dem Rauch aufgetaucht. Der Mann taumelte gegen die Wand, als wäre er betrunken. Wahrscheinlich hatte die Explosion seinen Gleichgewichtssinn zerstört.

Aber sie wollten kein Risiko eingehen. Die beiden Männer hoben die Waffen und feuerten. Es ertönte ein dumpfes Klatschen, als die Geschosse in die kugelsichere Weste und in den Körper einschlugen. Der Mann schrie vor Schmerz und Überraschung auf, taumelte zurück und brach blutüberströmt mitten in den Trümmern zusammen.

Drake und Mason liefen bereits weiter, noch bevor er aufhörte, sich zu bewegen. Die Waffen schussbereit an die Schultern gesetzt, stolperten sie an ihm vorbei. Der Rauch brannte in ihren Augen, als sie zu der Treppe liefen, die am Ende des Gangs lag. Wenn sie es erst einmal ins Erdgeschoss schafften, dann, das wusste Drake, konnten sie in den Hof hinauslaufen und versuchen, einen Ausweg aus diesem Haus zu finden …

Einen Moment später dachte er nicht mehr daran, da zwei Agenten am oberen Ende der Treppe auftauchten und ihre Waffen auf Mason und ihn richteten.

»Kontakt!«, rief er und hob seine Waffe, um zu feuern. Er drückte bereits ab, als etwas gegen seine Brust schlug und ihn zurückschleuderte. Er bekam einen Moment lang keine Luft mehr. Er gab einen gezielten Feuerstoß ab, während er einen Schmerzensschrei ausstieß und zu Boden fiel. Er versuchte krampfhaft zu atmen.

Undeutlich sah er, wie die beiden Feinde auf ihn zukamen und das Mündungsfeuer ihrer Waffen in der Dunkelheit blitzte. Seine kugelsichere Weste hatte vielleicht verhindert, dass die erste Kugel ihn tötete, aber er erwartete, dass ihm jeden Moment eine zweite den Garaus machte.

Dann plötzlich tauchte jemand hinter den beiden auf. Wieder blitzte es in der Dunkelheit, und er sah ungläubig zu, wie die beiden Männer zusammenbrachen und zu Boden fielen.

»Ich glaube es nicht!«, stieß Mason hervor, als eine Gestalt aus dem Rauch hervortrat. Es war eine Frau, die nur mit einer Pistole bewaffnet war. Eine Frau mit blondem Haar.

»Bist du okay, Ryan?« Anya hockte sich neben ihn. Aus der Mündung ihrer Waffe kräuselte sich immer noch Rauch.

Drake hustete und rang nach Luft. »Ich amüsiere mich prächtig«, ächzte er. »Solltest du uns nicht eigentlich Deckung geben?«

Sie musste am Seil heruntergeklettert sein, als sie den Funkkontakt verloren hatten, weil sie wusste, dass sie von ihrem entfernten Beobachtungspunkt aus nicht besonders nützlich war.

Trotzdem hätte sie kaum zu einem besseren Zeitpunkt

auftauchen können, und er sah, wie sie grimmig lächelte. »Genau das mache ich gerade.«

Drake hätte darüber ebenfalls gelacht, wenn ihre Situation nicht so bedrohlich gewesen wäre. So lächelte er ihr nur dankbar zu, was weit vielsagender war als alle Worte.

Sie hielt ihm ihre behandschuhte Rechte hin. »Und jetzt hoch mit dir.«

Er packte ihre Hand, und sie zog ihn hoch. Er schaffte es, einen Fuß auf den Boden zu bringen, und richtete sich auf. Dabei hielt er sich an der Wand fest. Etwas Warmes tropfte an seinem Arm herab, und mit einer seltsam unbeteiligten Neugier bemerkte er, dass Blut aus einer langen Wunde aus seinem Unterarm lief. Er hatte die Verletzung bis jetzt nicht einmal bemerkt, aber er erinnerte sich schwach an den Stich, als während des Feuergefechts zuvor etwas an ihm gezupft hatte. Offenbar war dieses Etwas etwas näher gewesen, als er gedacht hatte.

»Schaffst du das?« Anya klang besorgt.

»Ich krieg das hin, keine Sorge.« Er winkte sie weiter, während er seine Waffe aufhob, das Magazin auswarf und ein neues hineinschob.

»Dann sollten wir jetzt machen, dass wir hier wegkommen, bevor noch mehr von ihnen auftauchen«, drängte Mason und eilte zur Treppe. Drake und Anya folgten ihm auf dem Fuß und schwenkten dabei ihre Waffen nach beiden Seiten.

Sie eilten die Treppen hinab, liefen durch das geräumige Foyer und blieben neben der Eingangstür stehen.

»Bereit?« Drake umklammerte den Griff der Maschinenpistole mit blutigen Fingern.

Mason und Anya nickten schweigend, dann drehte Drake den Knauf und stieß die Tür auf. Der Hof dahinter war leer. Und nirgendwo gab es Deckung. Wenn sie hier erwischt wurden, während sie versuchten zu flüchten, würden sie zweifellos sterben.

»Rauchgranate!«, zischte Mason und schleuderte die Granate in die Mitte des offenen Hofs. Der war bereits von rauchenden Trümmern übersät, aber eine Rauchwand konnte ihnen vielleicht das Leben retten. Und im selben Moment stieß die Granate eine Wolke aus grellrotem Rauch aus.

»Da! Was ist das?«, rief Frost und deutete auf die Wolke aus rotem Rauch, die sich plötzlich in dem Innenhof bildete.

McKnights Augen leuchteten in wilder Hoffnung auf. Weder eine Explosion noch ein Feuer produzierten eine Wolke von dieser Farbe, und es war auch unwahrscheinlich, dass die Personen, die ihr Team in einen Hinterhalt gelockt hatten, eine Rauchbombe gezündet hatten. Es konnte nur eine ihrer eigenen Rauchgranaten sein.

»Sie sind es!«, rief sie und legte den ersten Gang ein. »Wir fahren rein. Halte dich fest, Keira.«

Sie hatte ihre Warnung kaum ausgestoßen, als sie das Gaspedal bis zum Bodenblech durchtrat.

»Fahrzeug im Anmarsch!«, schrie Mason und deutete auf den Geländewagen, der auf das Haupttor zuschoss, das immer noch den Eingang zu dem Gelände versperrte.

Drake konnte kaum glauben, was er sah. »Es ist Sam!«, stieß er hervor. Sie musste den roten Rauch gesehen haben. »Macht euch bereit!«

Das Tor selbst bestand aus dicken Stahlrohren, die zusammengeschweißt waren und durch noch dickere Querbalken verstärkt wurden. Die zogen sich automatisch zurück, wenn der richtige Code auf dem Tastenfeld daneben eingegeben wurde.

McKnight hatte aber nicht die Absicht, so lange zu warten. Drake zuckte zusammen, als der Grill und der Kotflügel des Fahrzeugs gegen das Tor krachten und eingedrückt wurden. Aber dem Tor ging es nicht besser. Es konnte der Wucht von zwei Tonnen allradbetriebenem Metall nicht standhalten und wurde aus den Angeln gerissen, bevor es über die Motorhaube und die Windschutzscheibe krachte.

McKnight machte eine Vollbremsung, woraufhin das Tor von der Front des Range Rovers rutschte und in einem Haufen verbeulten Metalls auf dem Boden landete. Die Front des Fahrzeugs war eine Masse aus zersplittertem Fiberglas, zerbrochenen Scheinwerfern und verbogenem Metall, aber der Motor röhrte immer noch trotzig.

»Los! Schaff sie hier rein!«, schrie sie Frost an.

Die junge Frau brauchte keine weitere Ermutigung, sondern zog ihre Automatik, riss die Tür auf und sprang heraus, um ihre beiden Kameraden zu holen. Aber kaum hatte sie den Fuß auf den Boden gesetzt, als eine Salve in den Asphalt vor ihr einschlug und das Innere des Fahrzeugs mit Steinbrocken überzog.

»Scheiße! Beschuss!«, schrie sie und duckte sich in den Fußraum.

McKnight hatte kaum Zeit genug, sich zwischen die Sitze zu werfen, bevor ein weiterer Feuerstoß Löcher in die Windschutzscheibe schlug. Etliche Kugeln drangen hindurch und bohrten sich in ihren Sitz. Sie schrie vor Schmerz und Erschrecken auf, als Glassplitter auf sie herunterregneten.

Drake stand draußen und schrak bei dem Geräusch von Maschinengewehrfeuer zusammen. Es kam von oben, und er sah entsetzt zu, als die Kugeln in den Boden rund um den Range Rover einschlugen. Einige trafen auch das Fahrzeug selbst. McKnight und Frost schienen in Deckung gegangen zu sein, und der Rauch, den die Granate produzierte, genügte, um sie einigermaßen zu verbergen. Aber es war nur eine Frage der Zeit, bevor dieser willkürliche Beschuss ein Ziel fand.

»Feuer von oben!«, schrie Mason und hob die Waffe, als er nach dem Schützen suchte. Aber sein Blick wurde von der überstehenden Terrasse des Obergeschosses blockiert. »Ich komme nicht zum Schuss!«

»Ich gehe!«, erklärte Anya. »Bewegt euch, wenn die Schüsse aufhören.«

Sie hatte gerade zwei Schritte getan, als Drake sie am Arm festhielt. »Wir teilen uns jetzt nicht auf.«

»Wir haben keine Zeit zu streiten.« Anya riss ihren Arm aus seinem Griff. »Deine Freunde brauchen dich hier, Ryan. Lass mich das erledigen.«

Der Ausdruck eiserner Entschlossenheit in ihrem Blick sagte ihm, dass sie sich nicht umstimmen lassen würde. Wie immer traf Anya ihre eigenen Entscheidungen, und sie hatte sich entschlossen, ihre Flucht zu decken. Und trotzdem lag die Bedeutung dieses Moments wie ein Gewicht auf seinen Schultern.

»Du folgst uns sofort zum Rückzugspunkt, wenn wir hier verschwinden«, sagte er, konnte jedoch das Gefühl nicht loswerden, dass sie das nicht tun würde.

Anya nickte einmal und wandte sich zum Gehen, dann zögerte sie noch einen Moment. »Kümmere dich um Samantha. Sie ist … Sie wird dich brauchen, wenn das hier vorbei ist, Ryan.«

Bevor Drake noch etwas sagen konnte, hatte sie sich umgedreht und rannte zum Haus zurück.

Hoch über ihnen, auf der Terrasse, von der sie sich vor Kurzem abgeseilt hatte, hockten zwei schwarz gekleidete

Agenten an der Brüstung und richteten ihre M4-Karabiner auf das Fahrzeug, das in der Rauchwolke gerade noch so zu erkennen war. Der eine konzentrierte sich darauf, die beiden Passagiere festzunageln, während er hoffte, dass er den Fahrer tötete oder zumindest kampfunfähig schoss, während der andere sein Feuer auf den Motorblock konzentrierte, um das Fahrzeug außer Gefecht zu setzen und so eine Flucht zu verhindern.

Das war keine leichte Aufgabe, da der Rauch ihr Ziel verbarg, aber die beiden Männer waren kampferprobte Profis und konnten von ihrem erhöhten Standort aus ungefährdet in den Innenhof schießen. Soldaten kamen nur selten in den Genuss einer solch außergewöhnlichen taktischen Überlegenheit.

Nachdem der erste Agent eine lange Salve abgefeuert hatte, fühlte er, wie der Ladehebel seiner Waffe zurückflog und arretierte. Ein Zeichen dafür, dass das Magazin leer war.

»Magazinwechsel!«, rief er, warf das leere Magazin aus und stieß rasch ein neues hinein.

Da er sich auf die Waffe in seinen Händen konzentrierte, bemerkte er die Gestalt nicht, die durch die Schatten an der Wand hinter ihm schlich, und er hörte ebenso wenig das leise Klatschen von Schritten auf dem nassen Zement.

Der erste Hinweis auf eine Gefahr war auch gleichzeitig das Letzte, was er fühlte. Sein Kopf wurde zurückgerissen und seine Kehle freigelegt. Er sah noch das Aufblitzen einer Klinge und stieß ein gurgelndes Stöhnen aus, als das Messer in seinen Hals drang und Arterien und Luftröhre zerfetzte.

Er konnte nicht verhindern, dass ihm der Karabiner aus der Hand gerissen wurde und er dann von dem unsichtbaren Killer herumgedreht wurde, sodass er sich zwischen dem Angreifer und seinem Kollegen befand. Der hatte auf das Kampfgeräusch reagiert, indem er sein Gewehr auf die

Quelle des Lärms richtete. Vielleicht hatte er gespürt, dass jemand ihnen in den Rücken gefallen war und sie angriff. Als er sah, dass sein sterbender Kamerad als menschlicher Schutzschild benutzt wurde, eröffnete er das Feuer und zielte auf die kaum sichtbare Gestalt dahinter. Aber die meisten der 5,56-Millimeter-Geschosse schlugen in die Schutzweste seines Gefährten ein.

Ein Schmerzensschrei und ein Blutspritzer sagten ihm, dass zumindest eine Kugel ihr Ziel gefunden hatte, aber da war es bereits zu spät. Der Feuerstoß, der ihm entgegenschlug, wurde zwar einhändig abgegeben, aber er zielte auf seinen Kopf. Es war eine sehr ungelenke Art, ein Sturmgewehr abzufeuern, doch obwohl die meisten Kugeln vorbeigingen, fand eine aus dieser Nähe ihr Ziel. Der Mann grunzte vor Überraschung, als die Kugel in seine linke Augenhöhle einschlug, bevor sie ein großes Loch in seinen Hinterkopf fetzte.

Er wurde von der Wucht des Aufpralls herumgeschleudert und stürzte bereits tot über den Rand der Brüstung in die Tiefe.

Drake und Mason sprangen erschrocken zurück, als die Leiche des Agenten nur wenige Meter von ihnen entfernt auf dem Boden aufschlug. Blut und Gehirnmasse aus seiner schrecklichen Kopfverletzung bildeten eine Pfütze rings um ihn.

»Jesus Christus!«, stieß Mason aus und blickte hoch.

Drake begriff, dass die Schüsse von oben aufgehört hatten, und er verstand sofort, was passiert war. »Sie hat es geschafft!«, stieß er fast erstaunt hervor. »Das ist unsere Chance! Los, Cole!«

Mason brauchte keine Ermutigung. Er rannte auf den Range Rover zu und riss die Beifahrertür auf. Frost hockte immer noch im Fußraum.

»Alles okay?«, fragte er. Von seiner üblichen Coolness war nichts mehr übrig, als er die beiden Frauen betrachtete und nach Schusswunden suchte.

»Ging mir noch nie besser.« Frost grinste ihn gequält an. »Was hat dich so lange aufgehalten?«

»Wir haben uns die Gegend angesehen.« Er hob die Waffe und drehte sich zu dem Gebäude herum, falls noch mehr Agenten auftauchten, um von oben auf sie zu feuern. »Ryan, du bist gedeckt! Los!«

McKnight schüttelte Glassplitter aus ihrem Haar und kletterte auf den Fahrersitz. »Wir müssen hier verschwinden. Sofort!«

Drake tauchte einen Moment später auf. Er riss die hintere Tür auf und zögerte eine Sekunde, während er zu der Dachterrasse hochblickte, von wo die beiden Agenten sie noch vor wenigen Augenblicken so mörderisch unter Feuer genommen hatten.

Er konnte trotz der Dunkelheit und des Regens die Gestalt erkennen, die dort oben stand. Eine Frau, deren Kleidung und blondes Haar von dem Wolkenbruch durchnässt war. Anya.

Sie hatte ihnen das Leben gerettet, aber zu welchem Preis? Sie konnte aus dieser Höhe unmöglich herunterspringen, ohne zu sterben oder sich zumindest äußerst schwer zu verletzen. Und wenn sie durch das ganze Haus lief, würde sie kostbare Zeit vergeuden, die sie einfach nicht hatten. Dieser Wagen war ein Magnet für Kugeln, und sein verletztes und reduziertes Team hatte dem nichts entgegenzusetzen. Wenn dieser Wagen zerstört wurde, dann konnten sie sich von jeder Hoffnung auf Flucht verabschieden.

Ihre Blicke begegneten sich kurz, und sie nickte ihm zu. Es war ein akzeptierendes und ermunterndes Nicken. Sie schätzte die Situation genauso ein wie er. Sie hatte das bereits in dem Moment getan, als sie sich bereit erklärt hatte hinaufzugehen. Jetzt sagte sie ihm, dass er sie zurücklassen sollte.

»Verdammt, Anya!«, flüsterte er, wandte sich ab und sprang auf den Rücksitz des Fahrzeugs. »Rein mit dir, Cole! Wir müssen weg!«

Mason kletterte hastig in den Wagen und schlug die Tür zu.

»Was ist mit Anya?«, fragte Frost McKnight, als sie den Rückwärtsgang einlegte. »Wir können sie doch nicht einfach hier …!«

»Wir können nicht auf sie warten!«, unterbrach Samantha sie. Sie zitterte vor Wut, als sie sich auf dem Sitz herumdrehte. »Wenn wir hierbleiben, sterben wir alle!« Auch wenn Drake es nicht gern zugab, wusste er, dass ihre einzige Chance darin bestand, zu ihrem vorher festgelegten Rückzugsort zu fliehen und zu versuchen, Kontakt mit Anya aufzunehmen, sobald sie in Sicherheit waren. Wenn die Frau eines verstand, dann zu überleben. Und wenn irgendjemand es schaffte, aus dieser Situation herauszukommen, dann sie.

Drake erwiderte Samanthas Blick im Rückspiegel. »Fahr los, Sam!«

Sie hatte nicht vor, das Thema noch länger zu diskutieren, und gab Gas. Der Motor war zwar durch den Aufprall auf das Tor und möglicherweise auch durch den Geschosshagel in Mitleidenschaft gezogen, aber er funktionierte immer noch. Das Fahrzeug schoss zurück und holperte dabei über Trümmerteile.

McKnight fuhr an den zerstörten Resten des Tors vorbei und schlug heftig das Lenkrad ein. Der Wagen schleuderte nach links, und kaum hatte sie die Nase des Fahrzeugs ausgerichtet, gab sie Vollgas. Sie rasten mit quietschenden Reifen und in einem Sprühnebel von Wasser davon.

Von der Dachterrasse beobachtete Anya mit großer Erleichterung, wie das Fahrzeug davonschoss. Die anderen waren der Falle entkommen, die Cain ihnen gestellt hatte. Das wenigstens war etwas, was ihr ein gutes Gefühl vermittelte.

Während der Regen weiter auf sie herunterprasselte, blickte sie auf die blutige Wunde in ihrer Seite. Eine der Kugeln, die aus nächster Nähe auf sie abgefeuert worden waren, musste eine Schwachstelle in ihrer schusssicheren Weste durchschlagen haben. Sie hatte sich dabei eine Rippe gebrochen. Schon das Atmen tat weh, und sie wusste, dass diese Verletzung sie ernsthaft behindern würde.

Deshalb hatte sie Drake gesagt, er solle verschwinden. Sie hätte es niemals rechtzeitig zu dem wartenden Fahrzeug geschafft, und alles wäre umsonst gewesen.

Sie stöhnte vor Schmerz und stieß sich von dem Geländer der Terrasse ab. Dann stolperte sie ins Innere des Hauses. So oder so war sie jetzt auf sich allein gestellt.

»Das Ganze war eine Falle!«, sagte Frost, als sie das Sichere Haus hinter sich zurückließen. »Alles. Der Code, das Treffen, die Bilder der Überwachungskamera ... Cain hat einfach nur versucht, uns herauszulocken. Er wusste über unsere sämtlichen Pläne genau Bescheid.«

McKnight warf der jungen Frau einen kurzen unbehaglichen Blick zu, konzentrierte sich dann aber schnell wieder auf die Straße vor sich.

»Er hat uns eine Falle gestellt. Wir hatten keine Chance«, bestätigte Mason und ließ entmutigt die Schultern hängen.

Frost schloss die Augen. Sie atmete schwer, und ihre Wangenmuskeln traten hervor. Dann plötzlich schlug sie mit beiden Fäusten auf das Armaturenbrett vor sich, so fest, dass das Plastik brach.

»Dieser verfluchte Dreckskerl!«, schrie sie und schlug erneut frustriert auf das Armaturenbrett ein. »Alles was wir getan haben, war vollkommen umsonst!«

»Hör auf, Keira! Hör damit auf!«, fuhr Drake sie an. »Das wissen wir jetzt. Deswegen herumzuschreien ändert nichts.«

McKnight wollte sich gerade in den Streit einmischen, als eine Bewegung auf der Straße vor ihr ihre Aufmerksamkeit erregte. Eine Gestalt war direkt auf die Straße getreten und vertrat ihnen den Weg.

Einen Moment fragte sie sich, ob es irgendein Fußgänger auf dem Heimweg war, der sie nicht bemerkte. Erst als er sich zu dem Wagen herumdrehte und die rechte Hand hob, sah sie, was das war.

»Oh nein!«, stieß sie hervor, trat auf die Bremse und schlug das Lenkrad ein, als sie verzweifelt versuchte auszuweichen.

Ein Blitzen aus der Metallröhre in der Hand des Mannes sagte ihr, dass sie zu spät reagiert hatte. Sie konnte sich gerade noch zu Drake herumdrehen und eine Warnung schreien, als die 40-Millimeter-Granate in den linken Vorderreifen des Range Rovers einschlug und explodierte.

55

Jetzt war der Moment gekommen, um seine Karten auf den Tisch zu legen.

»Also gut«, räumte Qalat schließlich ein. »Ich kann ihn Ihnen ausliefern.«

Cain lehnte sich ein Stück auf der Couch zurück, aber er blieb so eisig und konzentriert wie zuvor. »Also gut. Reden Sie!«

»Ich habe natürlich zunächst ein paar Bedingungen.«

Cain hob eine Braue. »Sie versuchen immer noch, Ihr Blatt zu überreizen, was? Erklären Sie mir, warum ich verhandeln sollte, wenn ich Sie irgendwohin schaffen könnte, wo Sie niemand findet, und Sie so lange foltern könnte, bis Sie es mir einfach verraten?«

Qalat bezweifelte die Worte des Mannes keineswegs. Man konnte Cain ohne Weiteres zutrauen, dass er irgendwo geheime Einrichtungen unterhielt, ohne Wissen der US-Regierung oder der CIA. Und vor allem ohne Wissen des ISI, der wahrscheinlich niemals erfahren würde, was aus ihm, Qalat, geworden war.

»Weil ich die Informationen, die Sie brauchen, nicht habe.« Qalat hob eine Hand. »Noch nicht, heißt das. Aber ich kann sie Ihnen besorgen.«

»Reden Sie weiter«, drängte Cain.

»Der ISI ist Ihrer eigenen Agency sehr ähnlich. Alle Informationen werden segmentiert und auf mehrere Ressorts verteilt, damit sie nur einigen wenigen Schlüsselagenten bekannt sind. Das soll uns genau vor der Situation schützen, in der wir beide uns jetzt befinden.«

»Und Sie sind keiner dieser Schlüsselagenten.«

»Nein«, räumte Qalat ein. »Aber ich weiß, wie ich an die Informationen herankomme.«

Er hörte, wie Cain langsam ausatmete, als er sich auf das vorbereitete, was sein Widersacher von ihm verlangen würde. »Und wie genau kann die CIA dabei behilflich sein?«

Qalat lächelte. »Die CIA muss jemanden für mich umbringen.«

Hawkins grinste zufrieden, als das Wrack des Range Rovers etwa zwanzig Meter vor ihm zur Ruhe kam. Er lag jetzt auf dem Dach, weil die Explosion der Granate ihn umgeworfen hatte, als der Fahrer versuchte, ihm auszuweichen. Vergeblich – er war auf alle Eventualitäten vorbereitet gewesen.

Er schlang sich den M203 Granatwerfer am Halteriemen über die Schulter und griff zu seinem Funkgerät, als er sich langsam dem zerstörten Fahrzeug näherte.

»Alle Einheiten, wir haben sie!«, sagte er ruhig und zog die USP Automatik Kaliber .45 aus dem Halfter an seiner Hüfte. »Rückt vor und sucht nach Überlebenden.«

Ein halbes Dutzend seiner Agenten näherte sich dem umgekippten Autowrack, während er selbst näher kam. Sie hämmerten gegen die Türen und rissen sie auf. Er sah, wie eine junge Frau vom Beifahrersitz gezogen wurde. Ihr Körper war schlaff, also war sie bewusstlos oder tot. Was genau, interessierte ihn nicht.

Als Nächster kam ein Mann, groß und kräftig, der noch so fit war, dass er trotz seiner aussichtslosen Situation auf seine Häscher einschlug. Ein oder zwei Schläge trafen auch das Ziel, aber ein Hieb mit einem Gewehrschaft in den Nacken genügte, um ihn zu Boden zu schicken und seinen schwächlichen Versuchen, Widerstand zu leisten, ein Ende bereitete.

Dann endlich sah Hawkins ihn.

Ryan Drake wurde halb bewusstlos aus dem Wrack gezogen. Er blutete und war verletzt, aber noch am Leben. Dass er so etwas überlebte, sprach dafür, dass er ein verdammt zäher Kerl war. Er hob den Blick, als Hawkins näher kam und versuchte, in dem prasselnden Regen etwas zu erkennen.

»Hallo, Ryan.« Hawkins genoss diesen Moment, auf den er sieben lange Jahre gewartet hatte. Es freute ihn, dass Drake am Leben war. Jedenfalls noch. »Ist schon verdammt lange her.«

Jetzt sah er Schock und Furcht und Entsetzen in Drakes Blick. Der Unglaube, die Qual, als seine so lange vergrabenen Erinnerungen wieder hochkamen. Hawkins fragte sich unwillkürlich, an wie viel von ihrer gemeinsamen Zeit sich Drake tatsächlich erinnerte.

Nun, das würde er herausfinden, bevor er fertig war. Er würde alles herausfinden, was Drake wusste. Und dann würde er ihn töten.

»Ich freue mich darauf, unsere Bekanntschaft aufzufrischen«, sagte er und ging neben ihm in die Hocke. »Aber zuerst tu einem alten Kumpel einen Gefallen und erzähl mir etwas. Wo steckt Anya?«

Hass und Trotz glühten in Drakes leuchtend grünen Augen auf. Gedankenschnell zuckte seine rechte Hand nach unten und riss etwas aus einer versteckten Scheide an seiner Taille. Stahl blitzte auf, und einer der Agenten, der ihn festhielt, schrie vor Schmerz auf und taumelte zur Seite. Blut spritzte aus einer klaffenden Messerwunde in seinem Hals.

Einen Herzschlag später stieß Drake mit dem Messer

nach Hawkins und zielte auf seine Brust. Die Klinge kam nur wenige Zentimeter vor ihrem Ziel zum Stehen. Hawkins verstärkte seinen eisernen Griff an Drakes Handgelenk und verdrehte ihm den Arm, bis er das befriedigende Stöhnen hörte, das Schmerz und Wut verriet. Als die Sehnen und Knorpel über ihre Belastbarkeit gedehnt wurden, ließ Drake das Messer los, und die Klinge landete klappernd auf dem Boden.

Hawkins musste über den tapferen, aber vergeblichen Versuch des Mannes grinsen, ihn auszuschalten. Wäre er ein kleines bisschen schneller gewesen, hätte er wohl sogar Erfolg gehabt.

»Oh, alter Junge, ich kann dir gar nicht sagen, wie sehr du das bereuen wirst. Aber zuerst muss ich ein paar andere Dinge erledigen.« Er stand auf und drehte sich zu den Agenten herum, die ihn umringten. »Verschnürt sie für den Transport. Es kann nicht mehr lange dauern, bis die Polizei hier auftaucht.«

Natürlich hatte diese brutale und explosive Konfrontation in der Nachbarschaft beträchtliches Aufsehen erregt. Die meisten hatten aus Angst vor einem terroristischen Angriff Schutz in ihren Häusern gesucht, hockten im Keller oder in manchen Fällen sicherlich auch in ihren Schutzräumen. Andere waren auf die Straße gelaufen und glotzten schockiert auf den umgestürzten Wagen und die bewaffneten Männer in Kampfmontur, die um ihn herumschwärmten.

Sekunden später war bereits in der Ferne das Heulen von Sirenen zu hören. Hawkins' Männer machten sich sofort an die Arbeit und zerrten die verletzten Überlebenden in einen Van, der gerade eben neben ihnen angehalten hatte.

Hawkins packte einen seiner Untergebenen am Arm und beugte sich dicht zu ihm. Er wirkte finster und bedrohlich.

»Bringt mir gute Nachrichten über Anya oder sucht euch einen neuen Job.«

»Wir haben eine Blutspur, die vom Haus wegführt, und wir haben bereits Männer darauf angesetzt. Es sieht aus, als wäre sie verletzt. Sie wird nicht weit kommen.«

»Findet sie!«, fuhr er den Mann an und zeigte dabei seine ganze Wut.

Der Mann schien unter diesem kaum verhüllten Zorn zu schrumpfen und eilte davon, eine Hand bereits am Mikrofon seines Funkgeräts.

Ein paar Hundert Schritte entfernt stolperte Anya durch eine schmale Gasse. Sie konnte kaum atmen, weil ihre gebrochene Rippe sich in ihre Lunge zu bohren schien. Sie hörte die Schreie und die Stimmen, alles auf Englisch, und sah sogar den Strahl einer Taschenlampe, der von den Pfützen reflektiert wurde, durch die sie lief.

»Hier ist noch mehr Blut!«, rief einer.

»Ich bin dran!«, antwortete ein anderer. »Pass gut auf!«

Cains Männer kamen immer näher. Sie konnte nicht gegen sie kämpfen, jedenfalls nicht allein. Und sie konnte ihnen auch nicht entkommen. Sie wurde langsamer, als der Ernst ihrer Lage ihr allmählich klar wurde.

Statt durch das zerstörte Tor zu flüchten und zu riskieren, gesehen zu werden, war sie von dem Gelände entkommen, in dem sie über eine der Mauern rund um das Grundstück gesprungen war. Sie hatte ihre Kampfweste benutzt, um die Glasscherben abzudecken, die an der Oberkante in den Zement eingelassen waren. Trotz dieser Vorsichtsmaßnahme hatte sie etliche tiefe Schnitte davongetragen, und das warme Blut sickerte in ihre Kleidung. Aber sie spürte den Schmerz kaum noch.

Er war nichts gegen die Qual, die sie durchströmt hatte,

als sie zusehen musste, wie der Rover von der Granate erwischt wurde. Sie hatte gesehen, wie er umgestürzt und auf dem Dach liegen geblieben war. Und sie hatte gesehen, wie Drake und seine Gefährten aus dem Wrack gezogen wurden.

Es war alles vorbei. Alles, was sie geplant hatten, all ihre Strategien und Pläne waren zerstört. Wieder einmal hatte Cain gesiegt. Er hatte sie, Anya, besiegt.

Anya prallte gegen eine Ziegelmauer und glitt daran herunter, bis sie in einer stinkenden Pfütze aus Regenwasser saß. Sie achtete nicht auf den Wolkenbruch um sich herum.

»Sie kann nicht weit sein!«, hörte sie einen Ruf, der hinter einer Biegung in der Gasse ertönte. »Wir haben sie gleich!«

Das stimmte. Aber wenn sie vorhatten, sie lebendig zu fangen, dann würde sie sie enttäuschen. Sie hatte immer noch ihren Colt M1911 und ein paar Kugeln im Magazin. Die letzte würde sie für sich selbst benutzen. Sie hatte genug Lebenszeit im Gefängnis zugebracht und wusste, dass sie das nie wieder ertragen würde.

Wenn das hier ihr letztes Gefecht war, dann konnte sie nichts daran ändern. Sie hatte dem Tod oft genug in ihrem Leben ein Schnippchen geschlagen, und ihr war klar gewesen, dass er irgendwann zurückschlagen musste. Vor dem, was danach kam, hatte sie keine Angst.

Am meisten bedauerte sie, dass sie niemals die Chance bekommen würde, Cain zu stellen, niemals die Antworten bekommen würde, die sie so dringend brauchte.

Da hörte sie es – eine Stimme.

»Anya!«

Stirnrunzelnd sah sie sich nach dem Sprecher um. Sie fragte sich kurz, ob einer aus dem Team irgendwie dem Wrack entkommen war.

»Anya!«, wiederholte die Stimme. Es war nicht die Stimme eines Mannes, sondern die eines Jungen.

Anya sah nach rechts und beobachtete ungläubig, wie eine der schweren Stahltüren, die auf die Gasse führten, sich einen Spalt öffnete. In dem Spalt tauchten das schmale Gesicht und die dunklen Augen eines Jungen auf, von dem sie niemals gedacht hätte, dass sie ihn wiedersehen würde.

»Yasin?« Sie konnte kaum glauben, was sie da sah. »Was hast du …?«

»Schnell!«, drängte der Junge sie und winkte sie zu sich. »Hierher! Jetzt!«

Jetzt waren die Schritte von Stiefeln, die durch Pfützen platschten, deutlich zu hören. Anya reagierte instinktiv. Sie stieß sich von der Mauer ab und stolperte über die Gasse. Sie schob sich durch den Türspalt und brach dahinter auf dem Boden zusammen, als die Tür sich mit einem Klicken schloss und abgeschlossen wurde.

Schreie ertönten von draußen und Schritte rannten an der Tür vorbei. Anya hockte ein paar Sekunden im Dunkeln und hörte nur das Geräusch ihres eigenen angestrengten Atmens. Dann leuchtete in der Nähe eine Flamme auf, von einem einfachen Feuerzeug. In ihrem Licht sah sie den jungen Burschen, den sie etwas früher am Tag weggeschickt hatten.

Er starrte sie ein paar Sekunden an, bemerkte ihre schmerzverzerrte Miene, ihr nasses Haar und das Blut auf ihrer Kleidung.

»Wie hast du mich gefunden?« Sie schaffte es kaum, die richtigen Worte zu finden.

Er lächelte schwach. »Ich bin euch gefolgt. Ich habe das Haus gesehen, die Explosion, die Schießerei. Ich wusste, dass sie dich auch jagen würden, also bin ich hier eingebrochen und habe gewartet, bis du vorbeikommst.«

»Was ist das für ein Ort?« Das Licht beleuchtete nur ein paar Quadratmeter Zementboden und Mauern aus unverputztem Stein.

»Ein Kleiderladen, glaube ich. Die Schlösser von so einem Geschäft sind immer leicht zu knacken.«

Anya wusste einfach nicht, was sie sagen sollte. Was Einfallsreichtum anging, konnte dieser einfache Junge viele professionelle Agenten beschämen.

Aber eine Sache konnte sie einfach nicht verstehen. »Warum hast du mir geholfen? Ich war noch heute morgen bereit, dich umzubringen.«

Die Augen des Jungen schimmerten im Licht der Flamme. »Was hat dein Freund Ryan gesagt? Ich glaube an eine zweite Chance.«

Anya hob die Hand und strich sich ihr nasses Haar aus den Augen. Die Wunde an ihrer Seite schmerzte mit jeder Minute mehr. Sie musste bald behandelt werden, bevor sie ein echtes Problem wurde, vorausgesetzt, dass sie es überhaupt bis zu einem Arzt schaffte.

»Wir müssen hier verschwinden«, fuhr Yasin fort. »Sie haben jetzt deine Spur verloren, aber sie werden nicht lange brauchen, bis sie sie wiederfinden.«

Welchen Sinn hat das schon, dachte sie in einem Moment brutaler Ehrlichkeit. *Auch das wird nichts von dem ändern, was heute Nacht passiert ist. Drake und die anderen werden immer noch tot sein.*

Dann kam ihr ein Gedanke, etwas, was sie bei ihrer hastigen Flucht nicht bedacht hatte. Drake und die anderen waren lebendig aus dem Wrack gezogen worden, und man hatte sie nicht auf der Stelle exekutiert, was sie eigentlich erwartet hätte. Sie waren zweifellos eine schöne Beute für Cain, aber sie waren nicht das eigentliche Ziel gewesen.

Das war sie.

Und solange sie frei herumlief, würde Cain die anderen nicht töten. Er würde sie als Druckmittel benutzen, weil er wusste, dass er Drake und die anderen gegen Anya ausspielen konnte. Und in dieser Hinsicht hatte er auch recht. Sie konnte nicht kämpfen, und sie konnte nicht hierbleiben, also war die einzig logische Entscheidung Rückzug.

Sie hasste es, aber es gab nichts anderes. Sie konnte kämpfen und für nichts sterben oder weglaufen und am Leben bleiben. Und vielleicht einen Weg finden, dieser Sache eine Wende zu geben.

Sie sah Yasin an und erinnerte sich daran, welches Pronomen der Junge benutzt hatte. »Du hast gesagt, wir müssen hier weg«, sagte sie. »Was meinst du mit *wir*?«

»Ich will mit dir gehen«, erklärte er. »Ich kann dir helfen zu entkommen, aber das mache ich nur, wenn du mich mitnimmst.«

Anya sagte dazu nichts. Sie wusste, dass dort, wo sie hinging, kein Platz für ein Kind war. Andererseits schien er hier auch nicht gerade auf Rosen gebettet zu sein. Und wenn er recht hatte, dann war er vielleicht tatsächlich in der Lage, ihr zu helfen. Ein schwacher Schrei, der von dem Heulen von Polizeisirenen untermalt wurde, verlieh dem Thema Nachdruck.

»Zeit für eine Entscheidung«, drängte Yasin sie. »Denn ich verschwinde hier, mit dir oder ohne dich.«

»Also gut«, räumte Anya schließlich ein. Sie presste vor Schmerz die Worte zwischen den Zähnen hervor. »Ich helfe dir, aber zuerst musst du mich hier wegschaffen.«

Anya schwor sich, dass Cain und Hawkins für die heutigen Ereignisse teuer bezahlen würden, rappelte sich dann mühsam auf und folgte Yasin ins Innere des Gebäudes.

56

»Und wessen Tod wollen Sie?« Cain klang milde neugierig.

Qalat machte eine kleine Pause und nannte dann den Namen. Man musste Cain zugutehalten, dass sich auf seinem Pokerface keine Regung zeigte.

»Das ist eine große Forderung.«

»Und sie wird große Resultate zeitigen«, versicherte ihm Qalat. »Wir wissen beide, dass der derzeitige Direktor des ISI mit den Fundamentalisten sympathisiert und außerdem das größte Hindernis für eine Kooperation zwischen uns ist. Er hat sehr viele Freunde im Parlament und auch anderswo. Aber sobald man sich seiner … angenommen hat, entsteht ein Machtvakuum, das gefüllt werden muss. Ich werde dafür sorgen, dass ich zum vorläufigen Direktor ernannt werde. Sobald ich die Kontrolle und Zugang zu seiner Sicherheitsstufe habe, bekommen Sie alle Informationen, die Sie brauchen, um bin Laden töten zu können.«

»Und Sie sind dann Leiter des ISI«, erinnerte ihn Cain.

»Wie sagt man noch so schön? Eine Hand wäscht die andere.« Er lächelte. »Betrachten Sie das als eine Möglichkeit, Marcus. Eine Möglichkeit, nicht nur einen Mann töten zu können, sondern auch eine neue Ära der Kooperation zwischen unseren Geheimdiensten herbeizuführen, vielleicht sogar zwischen unseren beiden Ländern. Stellen Sie sich vor, was Sie in diesem Teil der Welt erreichen können, wenn der ISI wirklich zuverlässig auf Ihrer Seite steht. Wir könnten die Machtverhältnisse in Zentralasien verändern.«

»Das sind große Worte«, bemerkte Cain zynisch. »Aber Sie verlangen sehr viel, ohne mir die geringste Garantie zu geben, dass Sie Ihr Wort halten. Wenn ich mich für Sie eingesetzt habe, was hält Sie dann davon ab, unsere Abmachung einfach zu ignorieren?«

Qalat fuhr mit der Hand durch die Luft. Er brauchte die Mikrofone und Kameras nicht zu sehen, um zu wissen, dass sie hier waren. »Nur ein Narr hätte darauf verzichtet, jedes Wort aufzunehmen, das heute Nacht in diesem Raum gesprochen wird. Unsere Vereinbarung bindet uns, uns beide. Wenn der eine den anderen hintergeht, stürzen beide. Ich persönlich möchte lieber mit Ihnen als gegen Sie arbeiten.« Er zuckte mit den Schultern. »Oder aber Sie bringen mich in Ihre Folterkammer und finden heraus, wer von uns recht hat.«

Qalat trank einen Schluck Kaffee, und es gelang ihm, das Zittern seiner Hand zu unterdrücken. Äußerlich wirkte er vielleicht wie ein gelassener Mann, der die Lage im Griff hat. Aber insgeheim wusste er sehr genau, dass Cain seine Drohung durchaus wahr machen konnte. Ihm war mittlerweile klar, dass er hier einem vollkommen anderen Mann gegenübersaß als dem, den er vor zwanzig Jahren kennengelernt hatte.

»Wenn Sie mich im Stich lassen, spielt es keine Rolle, wie hoch Sie im ISI aufsteigen«, sagte Cain schließlich. »Es spielt keine Rolle, wie weit Sie weglaufen oder wie gut Sie sich verstecken. Früher oder später werde ich Sie finden, und dann ist die Enthüllung unserer Abmachung das Letzte, worüber Sie sich Gedanken machen müssen.«

Seine Worte klangen eisig in ihrer Ernsthaftigkeit, aber trotzdem witterte Qalat den Sieg. »Also haben wir einen Deal?«

»Ich habe selbst auch eine Bedingung«, erwiderte Cain.

»Wir führen gerade eine Operation in der Stadt durch, parallel zu unserem Treffen hier. Es sind keine pakistanischen Bürger daran beteiligt, sondern es handelt sich mehr um eine Art von internen ... Aufräumarbeiten. Aber ich würde es sehr zu schätzen wissen, wenn Sie Ihre Leute zurückpfeifen würden.«

Qalat betrachtete ihn neugierig, nickte aber. »Einverstanden. Sie haben mein Wort.«

Cain stellte den Kaffee ab und erhob sich steif von der Couch. Dann zeigte er zur Tür. »Meine Mitarbeiter sorgen dafür, dass Sie sicher nach Hause kommen. Und machen Sie sich keine Sorgen, wir kümmern uns um Ihre beiden Freunde.«

Daran hegte Qalat keinen Zweifel. Er nahm Cains formale Verabschiedung als zögernde Akzeptanz ihrer Vereinbarung, nickte und wandte sich zum Gehen. Er streckte die Hand nach dem Türgriff aus, als Cain noch eine Bemerkung machte.

»Wissen Sie, Billy Henderson hätte Sie gemocht.«

Qalat runzelte die Stirn und warf einen Blick über die Schulter zurück. »Wer?«

»Spielt keine Rolle.« Cain tat die Bemerkung mit einer Handbewegung ab. »Sichere Heimfahrt, Vizur.« Nach einer unbehaglichen Pause drehte sich Qalat um und ging hinaus.

»Wie ist der Status der taktischen Teams?«, wollte Gondal wissen und ging wie ein gefangenes Tier in dem Raum hin und her, während er auf ein Update wartete.

Vor zehn Minuten hatte er Berichte bekommen, in denen von Explosionen und einem Schusswechsel in einer Wohngegend auf der Westseite der Stadt die Rede war – nicht weit von der Stelle entfernt, wo in der Nacht zuvor die beiden ISI-Agenten verschwunden sein mussten.

Es war nicht schwer, eins und eins zusammenzuzählen und darauf zu schließen, dass »Robert Douglas« und sein Agententeam darin involviert waren. Gondal hatte sofort reagiert und alle verfügbaren taktischen Einheiten zu diesem Ort geschickt. Er hoffte, den terroristischen Plan zu vereiteln, den Douglas in Gang gesetzt hatte.

Mahsud jedoch antwortete nicht auf seine Frage. Gondal sah zu dem Hünen hinüber und stellte fest, dass er über sein Telefon gebeugt dasaß und seine dichten Brauen zu einer finsteren Miene zusammengezogen hatte.

»Verflucht, was geht da vor?«, fuhr Gondal ihn an. Es kam selten vor, dass er seine Frustration so deutlich zeigte.

Mahsud hob langsam den Kopf und sah ihn an. »Die taktischen Teams wurden zurückgezogen.«

»Was?«, stammelte Gondal und glaubte einen Moment, seinen Kollegen falsch verstanden zu haben. »Auf wessen Befehl hin?«

Mahsud legte das Telefon zur Seite. »Der Befehl kam von ganz oben. Wir sollen uns zurückziehen und alle Daten über Douglas und sein Team herausgeben. Offenbar soll diese Angelegenheit ohne weiteres Aufsehen geregelt werden.«

»Du meinst, wir sind draußen?«

Mahsud erwiderte darauf nichts. Es war auch nicht nötig. Die beiden Männer wussten sofort, dass das eine offizielle Zwangsmaßnahme war. Die Frage war nur, von wem sie gekommen war.

Cains Telefon klingelte. Er wusste sofort, wer anrief, und nahm das Handy hoch. Er drückte den Ruf-Knopf.

»Bericht!« Seine Stimme klang gepresst vor Erwartung.

Hawkins saß in einem Fahrzeug, den Hintergrundgeräuschen nach zu urteilen. Der Motor lief offenbar auf hohen

Touren. »Drake und die anderen haben den Köder geschluckt, so wie wir es geplant haben. Wir haben sie. Wir sind unterwegs zum Sammelpunkt.«

»Was ist mit Anya?« Drake und die anderen interessierten Cain im Vergleich zu ihr relativ wenig.

Einen Moment herrschte Schweigen. »Wir arbeiten daran.«

Cain schloss die Augen und atmete tief ein und aus, um gelassen und geduldig zu bleiben. »Sie arbeiten daran«, wiederholte er. »Ihnen ist klar, dass alles, was wir bisher geschafft haben, hinfällig ist, wenn sie entkommt.«

»Sie wird nicht entkommen«, versprach ihm Hawkins, obwohl sein übliches Selbstbewusstsein etwas geschrumpft zu sein schien. »Nicht, solange wir Drake haben. Er ist immer noch der Schlüssel dafür, sie zu finden, und jetzt gehört er uns.«

Cain wusste, dass zumindest dies stimmte. »Wie ist sein Zustand?«

»Er lebt noch. Er ist verletzt, aber er lebt.«

»Sie sind mir dafür verantwortlich, dass das auch so bleibt!«, befahl Cain. Er kannte Hawkins' Neigung zu Folter und rascher Exekution. »Was ist mit McKnight? Hat sie es geschafft?«

»Ja, mehr oder weniger. Soll ich das ändern?«

Alles zu seiner Zeit, dachte Cain. Nachdem sie Drake erwischt hatten, gab es noch einige lose Enden, die miteinander verknüpft werden mussten. Und Samantha war der Anfang.

»Nein, bringen Sie sie zu mir. Es wird Zeit, dass wir ein Abschlussgespräch führen.«

57

Drake konnte sich nicht bewegen. Er war an einen Stuhl gebunden, und seine Hände waren mit Handschellen hinter seinem Rücken gefesselt.

Er hatte keine Ahnung, wo er war, wusste nur, dass ihr gescheiterter Angriff auf das Sichere Haus erst einige Stunden zurücklag. Er erinnerte sich an die schmerzhafte Fahrt hierher, geknebelt und mit Augenbinde, unfähig, sich zu bewegen, während die Blutzirkulation in seinen Händen allmählich durch die Plastikbänder abgeschnürt wurde, die sich in seine Handgelenke schnitten.

Schließlich war die Reise zu Ende. Und jetzt saß er in irgendeinem schmutzigen Keller, der feucht war, nach Moder stank und von einer nackten Glühbirne an der Decke erhellt wurde.

Hinter ihm schwang eine Tür an rostigen Angeln auf. Er hörte Schritte, die auf dem schmutzigen Boden knirschten.

Eine Gestalt näherte sich und beobachtete ihn dabei die ganze Zeit.

Jason Hawkins. Ein Mann, den er einmal nur allzu gut gekannt hatte. Ein Mann, der einmal sein kommandierender Offizier gewesen war.

Er hatte sich seit ihrer letzten Begegnung nicht sonderlich verändert. Er war immer noch groß und kräftig, hatte dasselbe dunkle kurze Haar und dieselben kräftigen überheblichen Gesichtszüge. Nur die große Narbe, die eine Seite seines Gesichts entstellte, war neu. Drake hoffte, dass die Person, die sie ihm beigebracht hatte, ein langes und glückliches Leben führte.

»Also, Ryan, da sind wir.« Hawkins verschränkte die Arme vor seiner breiten Brust. »Es tut mir leid, dass das hier nicht gerade das Hilton ist, aber seien wir ehrlich, wir wurden beide schon schlechter untergebracht, stimmt's?«

Sein Ton war fast jovial, als wären sie wirklich alte Freunde, die miteinander über alte Zeiten plauderten.

»Du bist wahrscheinlich mittlerweile ziemlich angepisst«, fuhr Hawkins fort. »Ich jedenfalls wäre das bestimmt. Scheiße, all diese Arbeit, all diese Planungen und diese Mühe, und dann mit ansehen zu müssen, wie es sich in nichts auflöst. Das kann einen Mann schon ganz schön aufwühlen. Wenn ich du wäre, würde ich mich wahrscheinlich fragen, wie wir das gemacht haben. Woher wussten wir das alles? Haben wir Satellitenüberwachung benutzt? Drohnen? Digitale Überwachung?«

Er seufzte mit gespieltem Mitgefühl. »Leider nicht. Die Antwort liegt ein bisschen näher. In deinem Fall sogar sehr nah.«

In diesem Moment blitzte ein Bild von Samantha vor Drakes Augen auf. Samantha, die er zum ersten Mal vor zwei Jahren in Afghanistan getroffen hatte, die in den folgenden Monaten ein wichtiger Teil seines Teams geworden war, die immer so verlässlich, so verfügbar gewesen war, so bereit, das Wohl der anderen über ihr eigenes zu stellen. Samantha, die weit mehr für ihn geworden war als einfach nur ein Teammitglied.

»Nein!«, keuchte er. Was er da hörte, entsetzte ihn zutiefst. *Das ist ein Trick,* sagte er sich. *Ein Trick, um mich zu verwirren.* »Nein, du lügst.«

»Tatsächlich? Wie viel weißt du denn wirklich über sie? Kennst du ihre Dienstakte, ihre Geschichte …?«

Sie hatte nie gern über sich selbst oder über ihre Vergangenheit geredet, aber das teilte sie mit sehr vielen Menschen. Das machte sie nicht automatisch zu einer Verräterin.

»Sie wurde von der Agency überprüft.«

»Das war gefälscht, alter Freund. Cain selbst hat dafür gesorgt. Sie wurde geholt, um einen Job zu erledigen, um dich im Auge zu behalten und dafür zu sorgen, dass du Cain nie wirklich zu nahe kommst. Die Samantha McKnight, die du zu kennen glaubst … Sie hat nie wirklich existiert. Und jetzt existiert sie bald gar nicht mehr.«

»Blödsinn! Ich glaube dir nicht«, knurrte Drake. Er klammerte sich immer noch verzweifelt an die Hoffnung, dass der Mann log. Er weigerte sich zu glauben, dass die Frau, die er liebte, so etwas machen würde.

»Ich habe mir gedacht, dass du so etwas sagst.« Hawkins grinste gehässig, als er ein Handy aus der Tasche nahm, es hochhielt und eine Audioaufnahme abspielte.

»Sagen Sie mir nicht, dass ich mich beruhigen soll! Die beiden sind fast gestorben!«, zischte eine Stimme aus dem Hörer. Sie war wütend und vorwurfsvoll. Die Stimme einer Frau.

Samanthas Stimme.

»Und wenn sie gestorben wären?« Die Stimme war männlich, tief, glatt und ungerührt. Die Stimme von Marcus Cain.

»Das war nicht unsere Vereinbarung, Marcus. Zu so etwas habe ich mich nicht bereit erklärt.«

Drake konnte sich kaum dazu zwingen zuzuhören, aber Hawkins erhöhte die Lautstärke, um sicherzugehen, dass Drake jedes Wort verstand. Er genoss die Qualen, die er seinem Gefangenen zufügte, Qualen, die weit effektiver waren als sämtliche körperlichen Schmerzen, die er Drake hätte zufügen können.

»Und wozu genau haben Sie sich bereit erklärt, Samantha? Wollten Sie Drake aus allen Schwierigkeiten heraushalten? Mir seine Lieblingsfilme verraten? Und was war mit Sex? Gehörte das auch zu unserer Vereinbarung?«

Oh Himmel, nein. Drake stieg die Galle hoch, als sich die Stücke des Puzzles plötzlich zusammenfügten. Samantha, die immer eine direkte Aktion gegen Cain abgelehnt hatte, immer versucht hatte, sie von einer Konfrontation abzubringen. Es war nicht nur natürliche Klugheit gewesen, die ihr Handeln bestimmt hatte, sondern sie hatte aktiv versucht, ihren wahren Herrn zu beschützen.

»Sie haben von mir verlangt, sein Vertrauen zu gewinnen. Ich habe getan, was ich tun musste.«

Diese letzte Bemerkung war ein klares Eingeständnis, in dem Schuldbewusstsein und Bedauern mitschwangen. Es war klar, dass sie ihr Handeln nicht genossen hatte, aber trotzdem den Verrat nicht ungeschehen machen konnte, den sie an ihm begangen hatte. An ihnen allen.

Jetzt konnte er es nicht mehr abstreiten. Samantha, die Frau, der er sein Leben anvertraut hatte, hatte die ganze Zeit gegen ihn und gegen sein Team gearbeitet.

»Nein …«, presste Drake zwischen den Zähnen hervor und blickte zu Boden, um Hawkins' triumphierendes Grinsen nicht sehen zu müssen.

»Frauen, was? Man kann ihnen einfach nicht trauen.« Hawkins schob das Handy wieder in seine Tasche. »Also, nachdem das geklärt ist, können wir beide uns ums Geschäftliche kümmern.«

Drake hob den Kopf und wagte nicht einmal, sich vorzustellen, was dieser Mann mit ihm anstellen würde. »Was für ein Geschäft?«

Hawkins warf ihm einen Blick zu, in dem geduldiges, mitfühlendes Verständnis zu liegen schien. »Das ist das

Problem, Ryan. Gestern Nacht sind sehr viele meiner Männer gestorben, hauptsächlich deinetwegen. Verdammt, du hast sogar versucht, mich umzubringen. Das ist etwas, was ich nicht ungestraft durchgehen lassen darf. Das verstehst du doch, habe ich recht? Die Jungs schreien förmlich nach Blut. Nach deinem Blut, und sie werden keine Ruhe geben, bis sie es bekommen. Zu deinem Glück will Cain dich lebendig haben, und das bringt mich jetzt in eine schwierige Situation. Also … was kann man da wohl machen?«

Drake spürte, wie sein Puls sich beschleunigte. Er kannte Hawkins und ahnte, dass jetzt gleich etwas Schreckliches kommen würde. Aber nichts konnte ihn auf das vorbereiten, was der Mann als Nächstes tat.

»Holt sie rein!«, rief Hawkins.

Die Tür öffnete sich erneut, und Drake hörte schlurfende Schritte, gedämpfte Flüche und einen Kampf. Kurz danach tauchten zwei von Hawkins' Männern auf, die Masken über ihre Gesichter gezogen hatten, und jeder hatte einen gefesselten Gefangenen vor sich.

»Setzt euch, Jungs.« Hawkins nickte ihnen zu.

Die beiden Maskierten traten Mason und Frost in die Kniekehlen, sodass sie vor Drake auf die Knie fielen. Man hatte beiden die Hände auf den Rücken gefesselt, beide waren noch wegen der Folgen des Unfalls und, wie Drake vermutete, von den Misshandlungen ihrer Häscher übel zugerichtet. Aber sie waren am Leben und sahen ihn an. Er sah die Angst in ihrem Blick, die ebenso groß war wie seine.

»Großartig. Da wir jetzt alle versammelt sind, wird es Zeit, dass ich die Lage erkläre.« Hawkins genoss ganz offensichtlich jede Sekunde. »Man hat mir befohlen, euch hierherzubringen. Damit habe ich kein Problem, aber soll ich euch was verraten? Ich habe nur Platz für zwei.« Drake sah entsetzt zu, wie er eine große klobige Automatik aus dem

Holster an seiner Seite zog. »Aber ich bin ein vernünftiger Mann und möchte, dass das hier ein fairer Prozess wird. Deshalb lasse ich den guten Ryan hier entscheiden, wer von euch beiden mitkommt und wer … na ja, wer eben nicht.«

Oh Gott! Drake konnte es nicht fassen. Hawkins wollte ihn entscheiden lassen, welcher seiner Teamkameraden exekutiert wurde.

»Nein!« Drake riss an seinen Fesseln. »Nein! Du nimmst mich! Du bringst mich um und lässt die beiden in Ruhe, du Scheißkerl!«

Er sah den Schlag nicht kommen, denn er traf ihn von hinten. Aber der Schmerz und das plötzliche grelle Licht in seinem Kopf sagten ihm, dass einer von Hawkins' Agenten ihm mit der Waffe auf den Hinterkopf geschlagen hatte. Nicht so hart, dass er bewusstlos wurde, aber hart genug, um ihn zum Schweigen zu bringen und Sterne vor seinen Augen blitzen zu lassen.

»Wenn du mich das nächste Mal unterbrichst, dann bringe ich sie beide um«, versprach Hawkins. »Also, es ist ganz einfach. Ich zähle bis fünf, und bis dahin entscheidest du, wer von den beiden überlebt. Du kannst dich nicht für das Team opfern, also komm nicht auf die Idee, dich selbst zu nominieren. Wenn du dich weigerst, einen auszusuchen, lege ich einfach beide um. Und das wollen wir doch nicht, hab ich recht?«

»Mach diesem Dreckskerl nicht das Vergnügen!«, stieß Frost heraus und starrte Hawkins finster an.

Er grinste amüsiert. »Sie ist wirklich eine kleine Wildkatze. Willst du sie wirklich noch länger um dich haben?«

Mason hatte bis jetzt geschwiegen. Jetzt schluckte er und hob trotzig das Kinn. »Ich mach es, Ryan«, sagte er ruhig. »Ich bin bereit. Ich habe vor diesem Arschloch keine Angst.«

»Halt verdammt noch mal die Klappe, Cole!«, konterte

Frost. Tränen schimmerten in ihren Augen. »Ryan, wenn es einer von uns sein muss, dann nimm mich. Mit dieser Scheiße könnte ich hinterher ohnehin nicht weiterleben!«

»Wow, wie heldenhaft!« Hawkins schien beeindruckt. »Diese Bereitschaft zur Selbstaufopferung treibt mir echt eine Träne ins Auge.« Seine Bemerkung brachte ihm ein Lachen von den anderen Agenten im Raum ein. »Aber die Zeit läuft. Also bringen wir es hinter uns, einverstanden? Eins.«

»Tu das nicht«, flehte Drake ihn an und starrte seine beiden Freunde an. Wie sollte er eine solche Entscheidung treffen?

Hawkins ignorierte ihn und lud seine Waffe durch. »Zwei.«

»Ryan, ich schwöre zu Gott, rette Cole!«, flehte Frost ihn an. Wut und Angst kämpften hörbar in ihr um die Vorherrschaft. »Ich bringe dich um, wenn du das nicht tust.«

»Drei.«

Mason ignorierte sie und konzentrierte sich auf Drake. »Ryan, hör mir zu! Mach es einfach, Mann. Nimm mich! Zieh jetzt nicht den Schwanz ein. Entscheide dich gefälligst für mich!«

»Vier.«

Drake schloss die Augen, während ihm die Tränen über die Wangen liefen, als die Schreie, die Drohungen und das Flehen sich zu einem Rauschen im Hintergrund vermischten, und er nur noch den Countdown hörte. Er hatte noch eine Sekunde Zeit, das Leben eines Freundes zu retten und einen anderen zum Tode zu verurteilen.

»Fünf. Die Zeit ist abgelaufen, Ryan.«

Drake öffnete die Augen und starrte Hawkins an. Der Name kam über seine Lippen, bevor es ihm klar wurde. »Keira«, sagte er leise. »Ich rette Keira.«

»Guter Mann, Ryan.« Hawkins lächelte zufrieden. »Jetzt glaubst du vielleicht, dass ich irgendeinen beschissenen Schachzug vorhabe, zum Beispiel, dass ich sie töte, nur um dich verrückt zu machen. Aber das tue ich nicht. Du sollst wissen, dass alles, was jetzt passiert, deine Schuld ist, Ryan.«

Mit diesen Worten presste er die Waffe gegen Masons Kopf. Drake erwiderte seinen Blick in diesem letzten Moment und sah nur Akzeptanz, keine Furcht. Und Dankbarkeit.

»Nein!«, kreischte Frost, als er abdrückte.

Der Schuss donnerte laut in dem Raum und übertönte Drakes gequälten Schrei, als sein Freund vor Hawkins auf den Boden fiel.

Drake spürte, wie er zitterte, wie ihm der Atem in der Kehle stecken blieb und der Schock ihn überkam, während er auf Masons Leiche blickte. Er war tot. Sein Freund war tot.

»Siehst du, so schwer war das doch gar nicht, habe ich recht?« Hawkins schob die Automatik wieder in das Halfter zurück.

Drake sah ihn an. Seine Augen brannten vor Hass. »Dafür wirst du sterben. Das Letzte, was du sehen wirst, ist mein Gesicht.«

»Rede dir das nur ein, alter Junge. Das macht dir vielleicht die nächsten Tage etwas erträglicher.« Mit dieser beiläufigen Warnung warf er einen Blick auf seine Agenten und deutete dann auf die Leiche. »Entsorgt das da. Und verschnürt die beiden anderen, damit wir verschwinden können. Wir haben keine Zeit zu verschwenden, Jungs.«

Drake nahm diese Worte nicht mehr wahr. Er hatte den Kopf gesenkt und die Augen geschlossen, als der Schmerz ihn überkam wie eine nicht enden wollende Welle.

58

Samantha zuckte zusammen, als man ihr die Kapuze vom Kopf riss. Ihr Blick fiel auf eine felsige Landschaft mit Bergen und kargen, windgepeitschten Ebenen. Die Sonne stieg gerade über den Horizont und warf ihr orangefarbenes Licht über das verbrannte Land.

Der Van, mit dem sie hergebracht worden war, stand nicht weit von ihr entfernt, der Motor lief. Der Fahrer und ihre beiden Wächter rauchten und hatten ihre Waffen an den Riemen über die Schulter geschlungen. Ein zweites Fahrzeug parkte dicht daneben; ein großer Mercedes SUV – ein Fahrzeug, mit dem man leitende Angestellte und hochrangige Personen der Agency herumkutschierte.

»Ich bin sehr enttäuscht von dir, Samantha.«

Sie schluckte und drehte sich herum. Marcus Cain stand nur ein kleines Stück von ihr entfernt. Er trug immer noch den teuren Anzug, der so typisch für ihn war, aber er wirkte heute etwas weniger frisch und perfekt. Es war offenbar eine lange Nacht für sie beide gewesen, und sein leicht zerknittertes Äußeres verlieh ihr das sonderbare Gefühl von Befriedigung.

Sie verzichtete darauf, sich vorzustellen, wie sie aussehen musste.

»Du hast mich im Stich gelassen«, fuhr er fort. »Dabei habe ich sehr viel Vertrauen in dich gesetzt. Ich habe darauf vertraut, dass du meine Augen und meine Ohren bist. Und ich dachte, wir würden uns verstehen.«

»Ich enttäusche dich nur zu gern. Wo sind meine Freunde?«, wollte sie wissen.

Er lachte amüsiert. »Deine Freunde? Es ist komisch, dass du sie immer noch deine Freunde nennst, nach allem, was du ihnen angetan hast. Du kannst deinen Arsch darauf verwetten, dass sie dich nicht mehr als Freundin betrachten.« Dann wurde seine Miene ernster und streng. »Ich wünschte wirklich, ich wäre dabei gewesen, weißt du das? Als sie Drake verraten haben, was genau du gewesen bist und was du getan hast. Soweit ich gehört habe, war es diese Information, die dem Kerl schließlich das Rückgrat gebrochen hat.«

Seine Worte drangen wie Messer in ihren Leib und brannten dort mit jedem Atemzug, aber irgendwie gelang es ihr, sich nichts von der Qual anmerken zu lassen, die sie empfand. Sie wollte ihm nicht die Befriedigung geben.

Und doch, während sie dastand, konnte sie immer noch nicht ganz verstehen, wie er sie hatte besiegen können, wie er gewusst hatte, wo sie sein würden und was sie vorhatten. Sie hatte ihre Verbindung zu Cain nach dem Überfall auf ihre Villa abgebrochen und war abgetaucht, hatte sich ganz dem Ziel gewidmet, seinen Untergang herbeizuführen.

»Du fragst dich, wie wir dich gefunden haben. Und wie ich dich besiegt habe«, erriet er ihre Gedanken. »Deswegen brauchst du dich nicht zu schämen. Ich würde es auch wissen wollen, wenn ich an deiner Stelle wäre.«

Samantha schwieg.

»Es war dein Dad«, sagte Cain leise und wirkte fast mitfühlend. »Das Notfalltelefon, das er auf dein Drängen hin immer bei sich haben sollte. Einer unserer Leute im Krankenhaus hat zwei Tage gebraucht, um es zu finden und zu präparieren.«

Sie hätte wütend sein sollen, dass er ihren Versuch, ihn zu täuschen, so leicht durchschaut hatte. Sie hatte nicht vorausgeahnt, dass er Spione in dem Krankenhaus hatte, in dem ihr Vater behandelt wurde. Sie hätte daran denken müssen, aber sie konnte dieses Gefühl jetzt nicht aufrufen. Alles, was sie empfand, war nur eine abgrundtiefe Traurigkeit.

»Sobald du angerufen hast, um dich nach ihm zu erkundigen, hatten wir deine Nummer«, erklärte Cain. »Wir konnten dich überall auf diesem Planeten aufspüren, bis hin nach Islamabad. So habe ich erfahren, dass Drake den Köder geschluckt hat. Und dass du mit ihm unter einer Decke steckst. Wie gesagt, ich bin enttäuscht von dir. Dazu musste es nicht kommen.«

»Hör auf mit dem Blödsinn, Marcus. Wir wissen beide genau, was gestern Nacht passiert ist. Es ist vorbei, wir sind Geschichte.« Sie machte sich keine Illusionen, warum er sie hierher, zu einem so entlegenen Ort gebracht hatte. Es war ziemlich offensichtlich, dass sie nicht lebend von hier wegkommen würde.

Sie atmete aus und sah sich um, betrachtete die schneebedeckten Gipfel und den klaren blauen Himmel. Die Kargheit besaß eine Schönheit, die ihr irgendwie gefiel. Alles in allem war das gar kein so schlechter Ort, um ihrem Ende zu begegnen.

Mit einem flüchtigen Gefühl von Trauer und Bedauern berührte sie ihren Bauch. Sie wusste, dass sie niemals fühlen würde, wie das Baby trat, niemals seine winzigen Bewegungen spüren würde, ebenso wenig, wie sie es in den Armen halten und in seine Augen blicken würde. Würde es blaue Augen haben wie sie oder leuchtend grüne wie Drake? Dann begriff sie, wie albern solche Gedanken waren. Sie wusste nicht einmal, ob es ein Junge oder ein Mädchen sein würde.

Vielleicht ist es auch besser so, dachte sie. *Denn sonst wäre das, was jetzt kommt, noch härter zu ertragen.*

»Also hier wird es passieren.« Es war eine Feststellung, keine Frage. »Du hast dir einen hübschen Ort für mich ausgesucht. Also gut, dann bring es hinter dich. Erweise mir nur die Höflichkeit, es schnell zu machen, und erspare mir deine beschissene kleine Siegesrede.«

»Du glaubst, ich will dich töten?« Diese Andeutung schien ihn fast zu empören. »Warum sollte ich das tun? Aber nein, Samantha, ich werde dich nicht töten. Ich werde im Gegenteil dafür sorgen, dass du ein langes Leben führst, in dem du viel Zeit hast, über deine Entscheidungen nachzudenken. Du wirst wieder ins Gefängnis zurückkehren, wo ich dich gefunden habe. Jedenfalls mehr oder weniger«, setzte er hinzu. »Der Ort, den du von jetzt an dein Heim nennen wirst, ist ein bisschen … primitiver als der, den du gewohnt warst.«

Bei seinen Worten lief es ihr eiskalt über den Rücken.

»Wo wir gerade davon reden«, fuhr Cain fort. »Jeder Gefangene hat das Recht auf ein Telefonat. Ich hoffe, es stört dich nicht, aber ich habe mir die Freiheit genommen, deins bereits zu tätigen.« Er hielt ihr ein Handy hin, auf dem ein Anruf aktiv war. »Mach nur, nimm es. Am anderen Ende ist jemand, der mit dir reden möchte.«

Oh Gott, flehte sie stumm. *Bitte, nicht er.*

Sie konnte nicht verhindern, dass ihre Hand zitterte, als sie nach dem Telefon griff und es ans Ohr hob. »Wer ist da?«

Niemand antwortete. Sie hielt den Atem an.

»Sam.«

In dem Moment erstarb etwas in ihr, sie hatte das Gefühl, als würde sie innerlich zerbrechen. Sie erkannte die Stimme ihres Vaters sofort.

Sie legte eine Hand auf das Handy und starrte Cain mit blankem Hass an. »Du Scheiß …«

Sofort wurden drei Waffen auf sie gerichtet.

»Vorsichtig«, warnte er sie und winkte den Agenten zu, die sie mit ihren Waffen bedrohten. Sie würden nicht zögern zu schießen, wenn sie eine falsche Bewegung machte. »Die Zeit läuft, Sam. Wenn ich du wäre, würde ich sie nutzen.«

Sie zwang sich zur Ruhe und legte das Telefon wieder ans Ohr. »Dad. Ich bin …«

»Es sind Leute hier, Sam. Männer mit Pistolen. Ich weiß nicht, wie sie mich aufgespürt haben, aber sie haben es getan.« In seiner Stimme schwang keinerlei Angst mit. Andererseits, ein Mann, der an Krebs starb, musste auf dieser Welt nicht mehr allzu viel fürchten. »Es tut mir leid, Kind. Ich habe dich im Stich gelassen.«

Samantha presste die Augen zu, als ihr die Tränen über die Wangen liefen. Wenn er gewusst hätte, wie leicht es Cain gefallen war, ihn zu finden.

»Ich bin diejenige, die sich entschuldigen sollte, Dad. Ich … ich war nicht für dich da, als du mich gebraucht hast. Das alles war meine Schuld. Ich bin …« Ihre Stimme brach vor Schmerz. »Ich wollte nicht, dass es so endet.«

»Da irrst du dich.« Seine Stimme klang härter, gebieterischer. Ein Vater bis zum Ende. »Du warst es, Sam, verstehst du das nicht? Als Liam gestorben ist und deine Mam uns verlassen hat … Du warst diejenige, die mich am Leben gehalten hat. Du hast mir einen Grund gegeben weiterzumachen. Du warst es, wofür ich jeden Tag gekämpft habe, wofür ich gearbeitet und wofür ich gelebt habe. Du warst alles, was ich jemals gebraucht habe.«

Sie hörte, wie er seufzte. Es war ein sehnsüchtiges, friedliches Seufzen.

»Ich stehe am See, Sam. Wo wir immer gefischt haben. Ich habe einen wunderschönen Blick, und ich wünschte, du wärst hier und könntest es ebenfalls sehen.«

»Ich auch, Dad.« Sie musste es ihm sagen. Sie musste es ihm jetzt sagen. »Ich liebe …«

Sie zuckte heftig zusammen, als ein lauter Pistolenknall in der Leitung zu hören war. Dann schrie sie schockiert, traurig und gequält auf, als das Gespräch unterbrochen wurde. Sie ließ das Telefon fallen, sank auf die Knie und ließ die Schultern hängen, als sie vollkommen am Boden zerstört war. Dabei strömten ihr die Tränen über das Gesicht.

»Das ist hart, habe ich recht?« Cain klang einen Moment fast mitfühlend. »Jemanden zu verlieren, den man liebt.«

»Mein Vater hat niemals irgendjemandem etwas getan«, brachte sie heraus. »Du hättest ihn nicht töten müssen.«

Dann sah sie seinen wissenden Blick. »Da du mich so gern reden hörst, werde ich dir eine Geschichte über meinen eigenen Vater erzählen. Er gehörte zu einer anderen Generation als dein Vater. Er hatte während des Krieges im Pazifik gedient. Er war Kampffliegerpilot. Und dazu ein ziemlich guter, jedenfalls so lange, bis er abgeschossen wurde und in Guadalcanal gefangen genommen wurde. Wie die meisten Männer in dieser Lage endete er in einem japanischen Kriegsgefangenenlager. Du kannst dir wahrscheinlich vorstellen, wie die Bedingungen dort ausgesehen haben, und es dauerte nicht allzu lange, bis er an Flucht dachte. Er brauchte eine Weile, aber schließlich gelang es ihm, in der Nacht durch den Stacheldraht zu kriechen und im Dschungel zu verschwinden. Er hielt zwei Tage durch, bevor sie ihn erwischten. Sie haben ihn nicht umgebracht. Stattdessen brachten sie ihn zurück, stellten ihn vor das ganze Lager, suchten sich zwei seiner Kameraden aus und enthaupteten sie beide direkt vor ihm.« Er zuckte mit den Schultern. »Danach gab es keinen einzigen Fluchtversuch mehr. Siehst du, was uns entmutigt, ist nicht die Wirkung, die wir auf unser eigenes Leben haben, sondern das, was mit den Menschen passiert, die uns wichtig sind. Sie sind diejenigen, die den Preis für unsere Fehler zahlen. Und es ist ihr Leiden, das uns daran hindert, in der Nacht Schlaf zu finden. Glaub mir, ich weiß, wovon ich rede.«

Samantha konnte sich nicht zu einer Antwort aufraffen. Sie hätte wütend auf ihn sein sollen, hätte sich trotz der bewaffneten Wachen auf ihn werfen sollen, hätte ihm die Kehle herausreißen oder ihm die Augen auskratzen sollen. Stattdessen jedoch hockte sie dort auf den Knien und tat gar nichts. Denn tief in ihrem Innersten wusste sie, dass Cain eigentlich nicht wirklich die Schuld an all dem trug.

Sondern sie.

»Hättest du unsere Vereinbarung eingehalten, wenn ich Wort gehalten hätte? Hättest du uns in Ruhe gelassen?« Sie wusste nicht einmal genau, warum sie es wissen wollte, warum sie sich mit dieser Frage quälte.

Er dachte lange darüber nach. »Ja«, antwortete er schließlich. »Ja, das hätte ich getan.« Er ließ die Worte wirken, bevor er weitersprach. »Und du wirst sehr lange Zeit haben, darüber nachzudenken.«

Er winkte die Agenten zu sich. Zwei von ihnen traten vor und packten sie unter den Armen, hoben sie hoch und führten sie zu dem wartenden Fahrer.

»Hier trennen sich unsere Wege, Samantha.« Cain wandte sich ab. »Wir beide fahren in verschiedene Richtungen davon, und ich kann mir nicht vorstellen, dass wir uns noch einmal wiedersehen.«

»Warte!«, flehte sie und drehte sich verzweifelt zu Cain herum. »Sag mir eins. Was ist mit Ryan? Lebt er noch?«

Der Blick in Cains Augen war unergründlich, was sie fast verrückt machte. Und sie wusste, dass er genau das wollte, weil ihm klar war, dass diese unbeantwortete Frage sie für den Rest ihrer Tage quälen würde.

»Schafft sie hier weg!«, befahl er und ging zu dem SUV.

Das Letzte, was Samantha sah, bevor die Türen des Vans zugeschlagen wurden, war Marcus Cain, der sich eine Sonnenbrille aufsetzte, als er in das Luxusfahrzeug stieg. Dann verschwand die Welt draußen mit einem lauten Knall, und sie blieb allein in der Dunkelheit zurück.

EPILOG

Krakau, Polen – drei Tage später

Alex Yates achtete sorgfältig darauf, dass sein Gesicht eine vollkommen emotionslose Maske blieb, als er auf die Karten in seiner Hand blickte. Er dachte in dem dämmerigen Licht der einzelnen Glühbirne über dem Tisch stumm darüber nach.

Drei Damen, eine Zehn und eine Zwei. Ein Dreier, alles andere als ein besonders vielversprechendes Blatt. Die einzige Frage war, ob es besser war als das seiner Gegner. Es waren nur noch zwei im Spiel. Die anderen hatten gepasst, als der Einsatz immer höher wurde.

Basierend auf den Karten, die bisher ausgeteilt und auf den Tisch gelegt wurden, und auf dem Muster, mit dem der Geber mischte, schätzte Alex, dass seine Hand etwa zu sechzig Prozent die bessere war. Ein anderer Mann wäre gezwungen gewesen, rein instinktiv vorzugehen, und sein Urteil nur auf den Glauben an sein eigenes Blatt und das zu gründen, was er an der Miene seiner Widersacher ablesen konnte. Alex dagegen war aus einem anderen Holz geschnitzt.

Sein Verstand und das fotografische Gedächtnis, das selbst das winzigste Detail mit perfekter Klarheit registrierte, waren neue und einzigartige Waffen, mit denen seine Mitspieler nicht mithalten konnten.

Unter all den Möglichkeiten, die er sich für sein Leben

vorgestellt hatte, war diese hier nicht vertreten gewesen. Noch etwa vor einem Jahr war er mit einem falschen Reisepass und einem Rucksack voller Bargeld hierhergekommen; das Geld war das Honorar für seinen Versuch, streng geheime Computerdateien von der CIA zu stehlen. Anschließend war er gezwungen gewesen, vor den Behörden zu flüchten.

Er hatte diese Abwechslung von seiner ehemaligen Existenz aus Langeweile und Drogensucht zu der Zeit fast begrüßt. Er hatte sich ein Leben auf der Flucht romantisch vorgestellt, eine abenteuerliche Angelegenheit, und seine überaktive Fantasie hatte Visionen von James-Bond-Smokings, von Cocktails und Kartenspielen mit hohem Einsatz in prachtvollen Casinos entworfen.

Na ja, das Letztere hatte er auch bekommen, in gewisser Weise. Aber in dieser Underground-Spielhölle, die in den mittelalterlichen Straßen von Krakau versteckt war, gab es keine Smokings, und der billige Wodka in dem Glas vor ihm hätte Mister Bond zweifellos nicht sonderlich beeindruckt.

Wenn meine Freunde mich jetzt sehen könnten, dachte er und grinste sarkastisch.

»All in«, sagte er schließlich und schob sein restliches Geld in die Mitte des Tisches. *Was soll's*? Wenn er die Sache vermasselte, wollte er es wenigstens auf eine spektakuläre Art und Weise tun.

Sein Gegner war ein Mann Mitte dreißig mit einem hageren Gesicht und einer gebrochenen Nase. Sein weit aufgeknöpftes Hemd zeigte eine Tätowierung von Stalins abgehacktem Kopf in einem Korb. Es war die Art Mann, vor der Alex normalerweise am liebsten zwei Zeitzonen weit entfernt gewesen wäre, weil er um sein Leben fürchtete, wenn er etwas Falsches sagte oder tat. Aber er hatte das Glück, den Besitzer dieses Spielclubs zu kennen, weil er ihm geholfen hatte, zwei Männer aufzuspüren, die versucht hatten, ihn über das Internet zu erpressen. Alex hatte keine Ahnung, was mit ihnen passiert war, nachdem er ihren Aufenthaltsort in Erfahrung gebracht hatte, aber eines wusste er ganz genau: Solange er hier war, würde ihm nichts passieren.

Der Mann kaute langsam auf dem Kaugummi, den er seit mindestens zwei Stunden im Mund hatte, und hob den Blick langsam von dem Stapel Geld zu Alex' Gesicht, suchte nach einem verräterischen Zeichen.

Alex starrte ihn an und ließ sich nichts anmerken.

»Skurwysyn!«, knurrte er schließlich, was übersetzt etwa Hurensohn bedeutete, und warf die Karten verdeckt auf den Tisch.

Alex zwang sich dazu, weder zu lächeln noch erleichtert aufzuschreien, weil er jetzt genug Geld hatte, um einen weiteren Monat leben zu können. Er strich seine Gewinne ein, während die anderen Spieler verschwanden, um noch mehr zu trinken zu holen.

»Scheiß drauf. Wenn du in Rom bist, mach, was die Römer tun«, sagte er und leerte das Glas mit Wodka. Den hatte er sich heute verdient.

Er war so mit seinem Erfolg beschäftigt, dass er fast nicht bemerkt hätte, wie sich die hübsche blonde Frau neben ihn auf den Stuhl setzte.

»Ich habe mir wirklich nicht vorgestellt, dass du das Geld, das ich dir gegeben habe, so verwendest, Alex«, tadelte sie ihn.

Alex war gerade dabei, die polnischen Banknoten zu stapeln, und erstarrte. Er schloss die Augen, als die Erinnerungen an das letzte Jahr plötzlich wieder in ihm hochstiegen. Erinnerungen, wie er verfolgt und verhört wurde und fast ermordet worden wäre. Erinnerungen daran, dass er zugesehen hatte, wie Freunde starben. Und Erinnerungen an eine Frau mit blondem Haar im Zentrum von alldem.

»Anya«, sagte er und drehte sich langsam herum, um sie zu betrachten. Es überlief ihn kalt beim Anblick dieses harten, grausam schönen Gesichts. »Will ich wirklich wissen, wie du mich gefunden hast?«

»Du bist nicht so schwer aufzuspüren, wie du glaubst«, erklärte sie. »Schon gar nicht, wenn du Verbindungen zur polnischen Unterwelt knüpfst.«

Das genügte, um seinen Zorn zu wecken. »Wenn du hergekommen bist, um mir eine Lektion zu erteilen, dann verschone mich damit. Es gibt nicht gerade sehr viele Jobs für Leute, die keinerlei Empfehlungen vorweisen können und höchst fragwürdige Dokumente haben.«

»Ich bin nicht hier, um dir eine Lektion zu erteilen«, erwiderte sie scharf, aber ihre Miene wurde weicher, bevor sie fortfuhr. »Ich bin hier, um dich um Hilfe zu bitten.«

»Du willst meine Hilfe?« Ihr Eingeständnis überrumpelte ihn. »Welche Hilfe kann dir ein ehemaliger Computerhacker schon bieten?«

»Genau die Hilfe, die ich brauche.«

Sie betrachtete ihn eine Weile, als wollte sie abschätzen, ob er der Aufgabe gewachsen war, die sie für ihn hatte. Es dauerte etliche Sekunden, bis sie weitersprach, aber sie hatte ihre Entscheidung getroffen.

»Du musst jemanden für mich ausfindig machen.«

DANKSAGUNG

Nachdem ich in den letzten Jahren an der Ryan-Drake-Serie gearbeitet habe, habe ich endlich verstanden, dass es für einen Autor bei jeder Buchserie letztendlich um zwei Dinge geht – Geduld und Belohnung. Geduld, um Konfrontationen, Charaktere und Motivationen auszuarbeiten, und die Belohnung, wenn man sie dann endlich aufeinander loslassen kann und das Drama sich entfaltet. *Das CIA-Komplott* ist für mich die Belohnung für etliche Jahre der Vorbereitung und Geduld, und es ist wirklich eines der Bücher, die zu schreiben mir am meisten Spaß gemacht hat.

Natürlich ist das alles nicht nur durch mein Schreiben entstanden, sondern durch die gemeinsamen Bemühungen vieler Menschen hinter den Kulissen. Zuerst und vor allem möchte ich meinem Lektor Iain Miller für seine einsichtige und professionelle Anleitung danken, mit der er dieses Buch geformt hat, sowie für seine Fähigkeit, zum Kern der Geschichte vorzudringen. Mein Dank gilt auch allen bei Canelo für ihre Unterstützung und ihre Fachkenntnis und Dan Mogford für sein hervorragendes Cover-Design. Und wie immer danke ich meiner Agentin Diane Banks für ihre anhaltende Ermutigung und Hilfe.

»Hohes Risiko, rasante Action, mitreißende Charaktere. Nicht verpassen!«

Lee Child

480 Seiten. ISBN 978-3-7341-0518-0

Ein geheimnisvoller Milliardär versammelt ein Team von Spezialisten, um einen Schatzzug aufzuspüren, der seit der russischen Oktoberrevolution verschollen ist. Doch sie sind nicht die einzigen, die an der Beute interessiert sind. Ihre Gegner sind skrupellos und ihnen zahlmäßig weit überlegen. Außerdem kommen sie dem russischen Geheimdienst FSB in die Quere, der mehr über den Schatz zu wissen scheint, als er sollte. Jeder der *Hunters* ist ein hoch spezialisierter Individualist, doch wenn sie es schaffen, zu einem Team zu verschmelzen, sind sie unschlagbar.

Lesen Sie mehr unter: **www.blanvalet.de**

Ein hochspannender Cocktail aus Abenteuer, Wissenschaft und Action.

544 Seiten. ISBN 978-3-7341-0365-0

Der Absturz des Satelliten mitten in der mongolischen Wüste ist schon schlimm genug. Schließlich befindet sich an Bord das Auge Gottes, eine streng geheime experimentelle Kamera. Doch das letzte Bild, das der Satellit an die Basis übertragen hatte, ist noch schrecklicher. Painter Crowe von der SIGMA-Force kann kaum glauben, was er sieht. Auf dem Foto ist genau zu erkennen, dass die gesamte Ostküste der USA in Trümmern liegt! Wenig später kommt es zu einer noch unglaublicheren Entdeckung: Die fotografierte Szene liegt 90 Stunden in der Zukunft! Painter Crowe bleiben weniger als vier Tage, um die Katastrophe zu verhindern …

Lesen Sie mehr unter: **www.blanvalet.de**